KB206331

三國志 演義

1

도원결의

三國

Romance of the Three Kingdoms

나관중 지음 김민수 옮김

도원결의

志

演義 제 **1** 권

솔과학

주요 인물 소개

한헌제漢獻帝

이름은 유협劉協이며 동한의 마지막 황제이다. 영제靈帝가 특별히 사랑한 왕미인 소생으로 중평6년서기 189년 영제가 죽고 소제少帝가 즉위할 때 그는 발해왕에 봉해졌다가 다시 진류왕이되었으나, 동탁이 소제를 폐하고 당시 아홉 살이던 그를 황제로 세웠다. 32년간 제위하면서 처음에는 이각과 곽사에게서, 후에는 조조의 꼭두각시 노릇을 하다가 결국 조조의 아들 조비에게 자리를 물려주고 말았다.

유비劉備

자는 현덕玄德이며 탁현涿縣 출신이다. 소열황제昭烈皇帝로 촉한을 건국했다. 황건적의 난이 일어나자 관우·장비와 함께 도원결의를 맺고 군사를 일으켜 공을 세우고 서주목, 예주목, 좌장군 의성정후에 봉해졌으나 세력이 약해 각지를 전전하다삼고초려 끝에 제갈량을 얻은 뒤 뜻을 펼치며 촉을 유장에게빼앗고 한중 땅을 차지한 뒤 황제가 되어 국호를 촉한蜀漢이라했다. 관우의 복수를 위해 오나라를 치러 갔다가 이릉전투에서 패하고 백제성에서 죽었다.

관우關羽

자는 운장雲長이며 하동 해량解良 출신으로 충의忠義와 무용武勇의 상징으로 현재도 관성제군關聖帝君으로 숭배되고 있다. 술이 식기 전에 화웅을 베고 원소의 명장 안량과 문추를 죽였으며, 조조의 온갖 회유에도 유비를 찾아 다섯 관을 지나며여섯 장수를 베었다. 적벽대전에서 의리 때문에 조조를 살려보내 주었으며 형주를 지키던 중 자신을 너무 과신하다 결국죽음을 맞고 말았다.

장비張飛

자는 익덕翼德. 축군逐郡 출신으로 유비·관우와 함께 의형제를맺고 평생 의리를 저버리지 않았다. 성격이 괄괄하고 술을 좋아해 여포에게 성을 빼앗긴 적도 있지만 장판교 다리 위해서기개 하나로 홀로 조조의 백만 대군을 물리친 적도 있다. 관우의 복수를 위해 오를 칠 준비를 하다가 불같은 성정을 못이기고 결국 부하에게 암살되었다.

동탁董卓

자는 중영仲穎 농서 임조臨洮 출신이다. 공적도 없으면서 뇌물로 벼슬을 얻어 십상시 난 때 낙양으로 들어가 권력을 장악하고 황제를 폐위하고 권력을 농단했다. 낙양 궁궐을 모두 불태우고 장안으로 도읍을 옮겼다. 그가 얼마나 잔인하고 포악한 행동을 했으면 정사 삼국지에도 글자로 나타낸 이래로 이러한 자는 없었다고 기록하고 있다. 왕윤의 연환계로 초선을 이용하여 여포에게 죽임을 당했다.

여포呂布

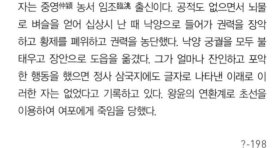

?-198

자는 봉선奉先이며 오원군五原郡 출신이다. '마중적토 인중여포'馬中赤兎 人中呂布라는 말이 나올 정도로 당시 무장들 가운데서 무용이 가장 뛰어난 인물이다. 병주幷州 자사 정원 밑에서 주부로 지내던 중, 적토마 등을 준 동탁에 매수되어 정원을 죽이고 동탁의 수양아들이 되었다. 그러나 왕윤의 연환계에 걸려 초선을 두고 동탁과 다투다가 동탁을 죽였다. 이각과 곽사에게 패해 이리저리 떠돌다 결국 조조와 유비의 연합군에 의해 죽었다.

조조曹操

155-220

본성은 하후夏候이며 자는 맹덕孟德이고 패국沛國 초현譙縣 출신이다. 황건적의 난을 진압하며 공을 세우고 동탁을 제거하기 위해 원소 등과 제휴하여 대권을 장악했다. 이후 수많은 전투에 참가하여 여러 차례 죽을 고비를 넘기며 여포·원소·유표 등을 차례로 평정하여 중국 북부를 통일했다. 난세의 간웅으로서 문무를 모두 겸비했으며 상황 판단과 결단력이 빠르고 휘하에 유능한 모사와 장수들이 많아 위나라를 세울 기틀을 마련했다.

하후돈夏候惇

?-220

자는 원양元讓이며 패국 초현譙縣 출신이다. 조조가 처음 군사를 일으킬 때부터 함께하여 조조와 같은 해에 사망했다. 고순과 싸우다 조성이 쏜 화살이 왼쪽 눈에 꽂히자 그 눈알을 바로 삼키고 달려가 조성을 죽였다. 박망파 전투에서 제갈량에게 패하자 스스로 포박하고 죽기를 청했는데 조조가 풀어줬다. 출정할 때도 스승을 모시고 학문을 익혔으며 늘 청렴하고 검소한 생활을 했다.

장료 張遼

169-222

자는 문원文遠이며 안문군 마읍현馬邑縣 출신이다. 원래 여포의 부장이었으나 여포가 패하고 죽을 때 조조에게 귀순했다. 서주에서 유비가 조조에게 지고 달아나고 관우가 고립무원이 되었을 때 장료가 세 가지 죄를 들어 관우를 설득하여 항복하게 한다. 관우가 유비를 찾아 나서며 오관참육장을 하고 하후돈과 싸우려 할 때 조조의 명을 알리며 싸움을 말린다. 장료는 주로 동오와의 싸움에서 수많은 공을 세웠다.

원소 袁紹

?-202

자는 본초本初이며 여남 여양汝陽 출신이다. 후한 말 사세삼공四世三公의 명문가 출신이다. 반동탁 연맹의 맹주이자 군웅할거 시대의 최대 세력으로 북부지방에 군림했으나 결단력이 부족하고 모사들의 말도 듣지 않아 관도대전에서 조조에게 패한 뒤 병이 들어 사망했다. 후계를 둘러싼 자식들 간의 다툼으로 결국 조조에게 멸망하고 말았다.

손권 孫權

182-252

자는 중모仲謀이며 오군 부춘富春 출신으로 오나라 초대 황제이다. 손견의 둘째 아들로 형 손책이 죽자 그 뒤를 이어 주유 등의 보좌를 받아 강남을 경영했다. 조조가 형주를 장악하고 압력을 가하자 주유의 건의에 따라 유비와 손잡고 조조의 대군을 맞아 적벽대전에서 대승을 거두었다. 그 뒤 형주의 귀속 문제로 유비와 대립하다 다시 조조와 결탁하여 관우의 목을 베어 조조에개 보냈다.

유표 劉表

142-208

자는 경승景升이며 산양 고평高平 출신이다. 형주 자사로 있을 때 몰래 전국새를 숨겨 돌아가는 손견을 공격해 원수 사이가 되었다. 손견이 형주를 침입하자 원소와 동맹하여 대항하다 황조가 포로로 잡히는 등 고전했지만 괴량의 계책으로 손견을 죽이고 형주를 지켰으며 손견의 시신과 황조를 교환함으로써 싸움을 마무리했다. 오갈 데 없던 유비를 받아 주어 후에 유비가 근거지를 마련하는 계기가 되었다.

제갈량諸葛亮

181-234

자는 공명孔明이며 낭야 양도현陽都縣 출신이다. 별호는 와룡臥龍, 시호는 충무忠武, 작위는 무향후武鄕侯이다.

유비의 삼고초려로 초야에서 나와 손권과 연합하여 적벽대전을 승리로 이끌어 천하삼분지계의 기초를 닦았다. 유비를 촉한의 황제로 만들고 승상이 되었으며 유비가 죽은 뒤에도 남만정벌을 한 뒤, 출사표를 내고 여러 차례 위를 공격했지만 성공하지 못하고 결국 오장원에서 병사하였다.

조운趙雲

?-229

자는 자룡子龍이며 상산군 진정현眞定縣 출신이다. 처음 원소의 휘하에 들어갔다가 원소의 그릇이 크지 않음을 알고 공손찬에게 갔다가 다시 유비의 휘하로 들어갔다. 그는 당양 장판 전투에서 조조의 백만 대군 사이에서 유비의 아들을 구하는 등 수많은 전투에서 혁혁한 공을 세워 관우나 장비와 동등한 대우를 받았다. 조운은 무예는 물론 학식과 통찰력까지 갖춘 인물로 무모한 전투에는 서슴지 않고 간언했다. 제갈량의 북벌 시에는 70세가 넘는 나이에도 출정하여 적장을 다섯이나 베었다.

주유周瑜

175-210

자는 공근公瑾으로 여강 서현舒縣 출신이다. 손책의 친구이자 동서지간으로 손책의 창업 일등공신이다. 손책이 죽은 후 노숙과 함께 손권을 보좌하였으며 조조의 대군을 맞아 적벽대전에서 크게 승리하는 등 동오의 정권 안정에 크게 기여하였다. 그러나 제갈량의 재능을 시기하여 몇 번을 죽이려다 실패하고 강릉전투에서 조조군에 맞은 화살의 상처가 덧나 35세의 젊은 나이에 죽고 말았다.

노숙魯肅

172-217

자는 자경子敬으로 임회 동성현東城縣 출신이다. 일찍이 주유가 노숙에게 군량을 요청하자 곡식 창고 하나를 주유에게 내어주며 친교를 쌓았다. 조조가 형주를 점령하자 동오의 대부분의 신하가 조조에게 항복하자고 했으나 유일하게 노숙이 유비와 결탁하여 조조와 싸워야 한다고 주장하여 주유와 함께 적벽대전을 승리하여 조조를 물리쳤다. 주유가 죽은 뒤 강동의 군권을 거느리다 병사하였다.

삼국지연의,
쉽고 생동감 넘치는 필치로 다시 태어나다

중국 고전은 우리의 삶에 교훈과 지식을 제공하며 오랜 기간 사랑을 받고 있다. 이 중에는 독자들이 이야깃거리로 찾는 경우도 있고 교훈을 얻기 위해서 읽기도 하는데, 이처럼 우리는 책에서 무언가 얻기 위해 독서를 한다.

하지만 현대 사회에서는 편리한 기기들이 주위에 널려 있어 아날로그 감성을 느낄 수 있는 독서를 통해 지식을 쌓는 행위는 점점 줄어들고 있다. 그만큼 우리는 편하게 습득하는 것에만 의지한 채, 예전보다 더 많은 지식을 습득하고 있다는 착각에 빠져 정작 우리가 필요로 하는 독서는 게을리하고 있다.

이러한 때에 역사의 교훈을 통해 현대의 삶을 조명할 수 있는 책이 나왔다. 얼핏 보면 이전의 책이랑 내용이 비슷하다고 할 수 있지만, 역자는 원문의 내용을 가장 충실히 번역하여 독자들이 원문을 정확히 이해하면서도 읽기 편하게 기술하고 있으니, 독자들로 하여금 옛것을 읽히고 그것을 미루어 새것을 앎으로써 역사와 삶의 과정을 이해할 수 있도록 하였다.

....

『三國志演義』는『三國志通俗演義』,『三國演義』 등으로 불리는 방대한 분량의 장편소설이다.

원나라 말기에서 명나라 초기에 소설가 나관중이 저술한『三國志演義』는 진수(陈寿)의『三國志』와 배송지(裴松之)가 주해한『三國志』와 민간의 삼국에 관해 전해져 내려오는 이야기에 예술적인 내용을 가미하여 창작한 장편의 장회소설이다. 이는 명나라 때 쓰인『西游记』, 북송 말을 배경으로 쓴『水浒传』, 청대 작가 조설근(曹雪芹)이 쓴『红楼梦』과 함께 중국 고전의 4대 명작으로 불린다.

『三國志演義』는 지금까지 여러 판본이 출간되어 시대와 나라를 불문하고 많은 독자들에게 사랑을 받고 있으며, 청나라 초기에 이르러 모종강(毛宗岗)이『三國志演義』를 정비하였는데, 문사를 수정하고 시문을 다른 것으로 바꾸면서 여러 판본 중 가장 수준이 높고 널리 알려지는 판본이 되었다.

역자 김민수 선생은 특이한 이력의 소유자다. 대학에서 경제학을 전공하고 다시 중문과를 다니면서 중국어를 배웠으며, 40여 년간의 오랜 출입국관리 공무원 및 중국 공관의 주재관 생활을 통해 한중 양국 간의 교류에 일조해 왔다. 특히 중국에서의 유학 생활은 공무원으로서 근무하는데 시야를 넓혀주었을 뿐만 아니라 중국 고전에 대한 이해에 많은 도움이 되었을 줄 믿는다. 또한 공무원 퇴임 후에는 대학에서도 강의를 하는 등 그의 오랜 공무원 경력과 중국 유학 경험은 대학교에서 학생들에게 그 내용을 생생하게 전달하였을 것이다.

이런 와중에도 학문에 대한 열정이 대단하여 우리에게 익히 알려진 『三國志演義』에 대한 번역서 준비 소식을 최근 알려 왔다. 다양한 판본과 이에 따른 번역서가 출판되어 있어 각계각층의 독자가 있는 『三國志演義』를 또 다른 관점과 기준을 내세워 번역하는 것은 그만큼 어려운 일임에 틀림없다. 하지만 역자인 김 선생은 나름대로의 번역 기준을 세워 기존 번역서와의 차별화를 꾀하고자 하였다. 이 번역본의 특징은 다음과 같이 요약할 수 있다.

첫째, 고사성어나 중국어 단어의 의미를 그대로 전달한다.

둘째, 장회소설의 원문을 충실히 번역하면서 대화 형식에 어울리게 전달한다.

셋째, 본문에 나오는 모든 한시를 운률 등에 맞추어 정형시로 전달한다.

마지막으로, 근현대 중국 화가인 김협중(金協中) 선생의 삽화는 글의 내용을 생동감 있게 묘사하고 있어 고사(故事)의 장면을 이해하는 데 도움이 될 것이다.

동국대학교 중어중문학과 교수
한중인문학회 명예 회장 한용수

차례

삼국시대 행정 지도

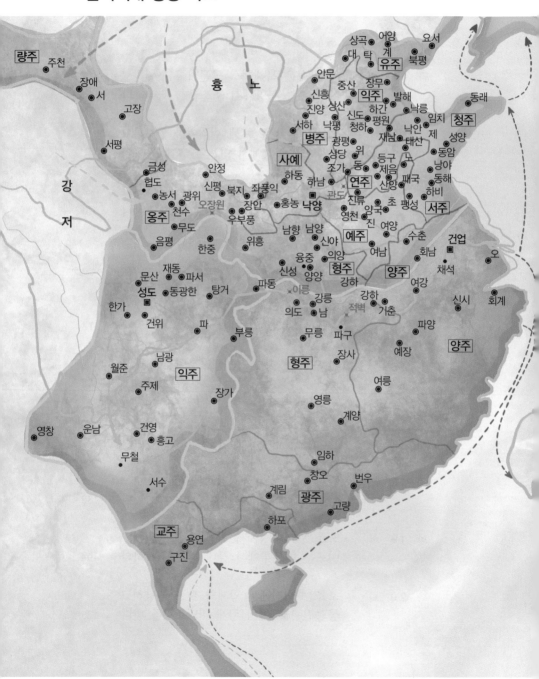

서기 196년 군웅 할거 시대

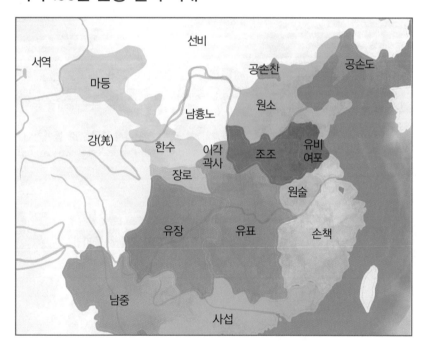

유비의 황건적 토벌(서기 184년)

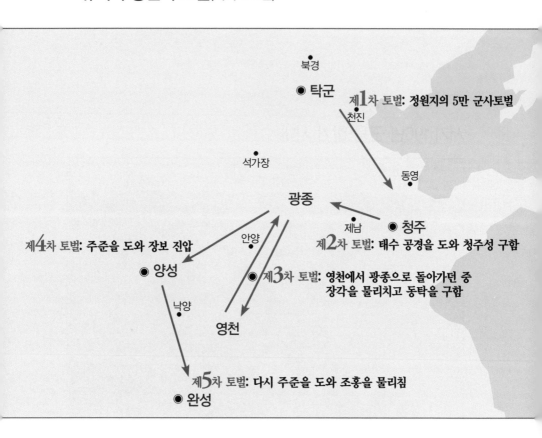

북경

● 탁군

제**1**차 토벌: 정원지의 5만 군사토벌

천진

석가장

동영

광종

제남   ● 청주

제**4**차 토벌: 주준을 도와 장보 진압

안양

제**2**차 토벌: 태수 공경을 도와 청주성 구함

● 양성

제**3**차 토벌: 영천에서 광종으로 돌아가던 중
장각을 물리치고 동탁을 구함

낙양

영천

제**5**차 토벌: 다시 주준을 도와 조홍을 물리침

● 완성

번역을 마치며

코로나19로 집 안에 머무르는 시간이 점점 많아지던 2020년 어느 봄날, 나는 우연히 서재의 맨 위에 꽂혀 있는 책을 본 순간, 문득 번개처럼 뇌리를 스치는 무언가를 느꼈다.

왜, 여태껏 그 생각을 못했을까?

그 책은 바로 중국의 『4대기서』(四大奇書)였다.

오래전 중국 유학 시절, 언젠가 한국에 돌아가서 여유가 있을 때 꼭 한번 원서로 읽어 보리라 마음먹고 베이징의 두수청(圖書城)에서 구입했던 책이다. 최고급 양장 세트로 된 그 책은 일반 책의 거의 열 배나 되는 거금을 들여 구입했었다.

곧바로 『삼국연의』를 꺼내서 첫 장을 펼쳤다. 몇 페이지로 이루어진 머리말 부분은 그런대로 속도가 났다. 그러나 본문에 들어가니 쉽지 않았다. 인명(人名)이나 관직명(官職名), 그리고 지명(地名) 등이 섞여 있어 그것을 확인하느라 진도가 생각보다 더디었다. 우연히 중국 인터넷을 검색하다가 삼국연의용 대사전(大辭典)이 있다는 것을 알았다. 예전에는 금병매(金瓶梅)용 사전만 있었는데 삼국연의용 사전도 나와 있는 것을 알고 기쁜 마음에 즉시 주문했다. 주문하는 김에 모종강(毛宗崗) 평(評)이 들어 있는 삼국연의도 함께 구입했다.

어느덧 20회를 넘어 시간 가는 줄 모르고 원서 읽기에 빠져 있던 중 문득 궁금증이 생겼다. 기존에 번역된 책들은 원문을 어떻게 번역했는지 확인해 보고 싶은 생각이 든 것이다. 그래서 원문을 가장 충실하게 번역했다는 삼국지와 비교해 봤다. 그 책은 나름대로 정확하게 번역하려고 노력했음을 느낄 수 있었다. 하지만 표현이 어색하거나 아쉬운 부분이 많이 있었다. 또한 나무는 보이는데 숲이 보이지 않는 느낌이 들었다.

그래서 전문 작가가 번역한 삼국지와 대조해 보았다. 과연 사용한 언어나 문체가 훨씬 매끄럽고 읽기에 편했다. 하지만 군데군데 원문과 다른 내용의 번역의 내용이 눈에 들어왔다.

그러던 어느 날 중국의 동포 작가가 번역한 삼국지가 있다는 것을 알았다. 그 책은 한국의 유명 작가가 번역한 삼국지를 혹독하게 비판하며 내놓은 책이었다. 그 책의 일부분만 비교해 보았음에도 필자는 이해하기 어려운 부분을 여러 군데 발견했다. 예를 들어 '소신(小臣)'이라는 말은 '신하가 임금에게 자신을 낮추어 부르는 일인칭 대명사'이니 그대로 '소신'이라고 번역하는 것이 상식인데 그 책에는 '작은 신하'로 번역해 놓았다. 또한 '신출귀몰(神出鬼沒)'이라는 말은 '귀신처럼 자유자재로 나타났다 사라짐'을 비유하는 말이니 그런 표현으로 번역하든지 아니면 그대로 '신출귀몰'이라고 해도 충분히 이해할 수 있는데 그 책에는 '신선이 나왔다가 귀신이 물러가는'이라고 한자의 뜻을 그대로 풀이해 놓았다.

그뿐만이 아니다. '我能料其生, 不能料其死也!'이라는 말은 사마중달이 탄식하며 했던 말이다. 당시 상황은 공명이 죽은 줄 알고 사마의가 촉의 군사를 추격하는데 갑자기 공명이 수레를 타고 나타나자 혼비백산하여 달아났다. 사마의는 며칠 뒤 공명이 정말 죽었으며 수레에 타고 있던 공명은 나무 인형이었음을 알게 되었다. 이 말은 촉나라 사람들이 '죽은 제갈량이 산 사마중달을 달아나게 했다(死諸葛能走生仲達).'는 속담을 만들어 낸 말로 유명한데 그 문장은 '나는 그(공명)가 살아 있는 줄로만 알았지, 죽었으리라고는 짐작도 못했구나!'의 의미로 번역해야 할 것인데 그 책은 '그가 살아 있을 때는 그래도 내가 헤아릴 수 있었으나 그가 죽은 뒤는 짐작하지 못했구나!'로 번역해 놓았다.

수많은 삼국지 번역서 가운데 이렇게 번역된 책이 청소년 권장 도서로 선정되었다는 사실이 못내 아쉬웠다. 그래서 내가 한번 번역해 보겠다고 마음먹은 것이다.

하지만 막상 본격적으로 번역을 하려고 하니 은근히 겁이 났다. 현재 수십 종의 삼국지 완역본이 나와 있는데 공연히 그 숫자만 하나 더 늘리는 것이 아닐까 하는 두려움이 앞섰다. 그럼에도 유혹을 떨쳐 버리지 못한 것은 내 자신에게 만족한 번역을 해 보고 싶은 욕망이 너무 강했기 때문이다.

현재 출판된 완역본 대부분은 자신의 책이 완전한 번역이라고 주장하지만 원문을 충실하게 번역한 책을 나는 발견하지 못했다. 정작 『삼국지연의』의 나라인 중국에서는 3백여 년 전에 출판된 모종강본을 지금까지 한 글자도 고치지 않고 출판하고 있는데, 그 책을 내용은 물론 글의 형식마저 무시하며 번역해 놓고 과연 원본에 충실한 완역이라고 말할 수 있겠는가! 더구나 가장 중요하고 기본이 되어야 할 책의 이름이 『삼국지』라니?

하지만 초고 번역을 마치고 퇴고를 거듭할수록 어느덧 자신감은 사라지고 불안감만 더 커져 갔다. 내 나름대로 최선을 다했지만 능력과 재주가 부족함을 인정하지 않을 수 없다. 독자 분들의 아낌없는 지도 편달을 바란다.

이 번역서만의
특징

나는 원문을 가능한 정확하게 번역하기 위해서 몇 가지 원칙을 세웠다.

첫째, 원문의 대화체는 예외 없이 대화체로 번역하여 표기했다. 그러기 위해서 표현이 좀 진부하게 느끼더라도 원문에 있는 형식을 그대로 유지했다. 예를 들어 원문에 '玄德曰', '曹操曰'이라고 표기된 것은 그대로 '현덕 曰', '조조 曰'이라고 번역했다. 그리고 '玄德笑曰', '曹操大怒曰' 등으로 '曰' 앞에 수식어가 있는 경우에는 '현덕이 웃으며 말하기를:' 또는 '조조가 크게 화내며 말하기를:' 등으로 번역했다.

둘째, 이 소설은 독자들로 하여금 직접 눈으로 읽게 쓰여진 소설이라기보다는 전문 이야기꾼들이 말하는 것을 듣는 형식으로 쓰여진 장회(章回) 소설이다. 따라서 장회 소설의 형식을 그대로 유지하여 매회 마지막에 등장하는 문장을 모두 그대로 번역했다. 예를 들어 제 1회의 맨 마지막 부분인 '필경동탁생명여하, 차청하문분해(畢竟董卓生命如何, 且聽下文分解).'를 원문 그대로 번역하여 '필경 동탁의 목숨은 어찌될 것인가? 다음 회를 기대하시라.' 등으로 번역하여 당시 이 이야기를 들려주었던 생생한 장면을 상상해 볼 수 있게 했다.

셋째, 저자가 표현하려는 의도대로만 번역하기 위해 번역자의 주관적 생각은 최대한 배제하면서도 자연스러운 느낌을 받을 수 있도록 했다. 번역에 몰두하면서 저도 모르게 감정이 개입하려는 유혹도 들었지만 그런 감정을 억제하려고 노력했다.

넷째, 『삼국지연의』에는 맨 처음 등장하는 서사(序詞)를 포함하여 본문 안에 실려 있는 210여 개의 한시(漢詩)와 매 회 처음과 마지막을 장식하는 대구(對句) 240여 개 등 모두 450여 개의 한시가 있다. 이 시의 대부분은 오언절구(五言絶句) 또는 칠언절구(七言絶句)로 되어 있는데 이 모든 한시를 최대한 원문의 뜻에 맞게 번역하면서도 정형시로 번역했다. 이런 번역은 지금까지 출판된 수십여 종의 삼국지연의 중에 처음이다. 마지막 부분의 가장 긴 한시까지 모두 정형시로 번역을 마치는 순간 희열을 감출 수가 없었다. 독자들의 엄정한 평가를 기대한다.

마지막으로 본 완역본에는 중국의 삼국지연의 그림의 거장인 김협중

(金協中) 화백이 심혈을 기울여 그린 그림 120여 편이 글 중의 가장 극적인 장면에 생동감 넘치게 묘사되어 있다. 독자들의 관심과 흥미를 한층 돋우어 주리라 확신한다.

이 책을
읽기 전에

지금까지 우리가 읽은 책은 삼국지가 맞는가?

한국 사람들에게 가장 오랫동안 제일 많이 읽힌 소설책을 들라고 하면 아마 삼국지가 아닐까? 또한 한 번도 읽지 않은 사람은 있어도 한 번만 읽은 사람은 없는 소설책을 말하라고 해도 서슴지 않고 삼국지를 들 것이다.

하지만 원래 『삼국지』(三國志)는 중국 진(晉)나라의 진수(陳壽)가 위·촉·오의 삼국시대 역사를 기록한 사서(史書)이다. 반면에 우리가 읽었던 삼국지는 원나라 말기 나관중이 지은 소설인 『삼국지통속연의』(三國志通俗演義: 이하 삼국지연의라 칭함)이다.

중국에서는 나관중의 삼국지연의를 삼국지라고 제목을 붙여 출판하는 일은 없다. 그러나 유독 일본과 우리나라에서는 삼국지라고 제목을 붙이고 있는데, 왜 그럴까?

1900년대 초 일본인 작가 요시카와 에이지(吉川英治)가 나관중의 삼국지연의를 일본어로 번역하면서 삼국지라고 제목을 붙였고, 해방 전후로 한국의 작가들이 그 책을 다시 한글로 번역하면서 제목을 그대로 가져오고 그 후에 번역한 대부분의 작가들 역시 제목을 삼국지로 붙이면서 굳어져 버린 것이다.

이제는 더 이상 나관중의 삼국지연의를 삼국지라고 호도하는 일은 없어야 할 것이다.

그럼에도 삼국지연의가 역사적 사실을 기반으로 쓴 소설임에는 분명하다. 청나라 학자 장학성(章學誠)은 삼국지연의가 7할은 사실이고 나머지 3할은 허구라고 평하는 만큼 독자들은 그것을 감안하고 읽으면 좋겠다.

나관중은 이 책을 어떻게 집필하게 되었는가?

위·촉·오를 중심으로 한 삼국시대는 중국의 5천 년 역사에서 1백 년도 되지 않은 아주 짧은 시간이다. 그럼에도 이 시대를 소재로 한 소설이 중국에서 가장 흥미로운 역사 소설로써 중국의 사대기서(四大奇書) 중에서도 으뜸으로 자리매김하고 있는 이유는 무엇일까?

그렇게 된 데는 정사(正史) 삼국지가 큰 기여를 했다. 흔히들 역사는 승자의 기록이라고 한다. 위(魏)나라를 이어받아 삼국을 통일한 진(晉)나라는 당연히 위나라의 조조를 중심으로 역사를 기술했다. 하지만 백성들 사이에서는 잔인한 살육을 자행하고 온갖 만행과 권모술수를 일삼은 조조보다는 백성을 위하여 덕행을 베풀고 인의(仁義)를 중시한 유비를 중심으로 한 촉(蜀)나라의 이야기가 인기를 끌고 회자되면서 1천 년 이상 확대 재생산되며 민간에 의해서 꾸준히 이어져 왔다.

송대(宋代)에 이르러 상공업이 크게 발전하면서 대도시에 사람들이 많이 모이게 되자, 삼국시대를 소재로 한 전문 이야기꾼들이 많이 등장했다. 그들은 일정한 이야기 대본은 있었지만 청중의 반응을 살피며 임기응변으로 내용을 고치기도 하고 본 줄거리와 상관없는 것이라도 그럴듯

한 재미있는 일화가 있으면 한데 어울려서 집어넣기도 하면서 청중들의 흥미를 이끌었다. 그런 전문 이야기꾼 가운데 곽사구(霍四究)의 설삼분(說三分)이 가장 유명했다.

송이 멸망하고 이민족인 원나라가 중국을 지배하면서 어려운 한자로 된 고전 문화보다는 잡극(雜劇)이나 강담(講談) 등 민중 예술이 더욱 발전하였고 벼슬길이 막힌 한족의 문인들 가운데, 삼국지를 소재로 꾸며진 이야기 대본인 『전상삼국지평화』(全相三國志平話)는 더욱 인기를 끌면서 자연스럽게 전국 각지에 전문 이야기꾼들이 늘어났다.

나관중도 그런 이야기꾼 중의 한 사람이었다. 산서(山西)의 태원(太原)에서 출생한 나관중 역시 이야기꾼으로 여행 경비도 벌 겸 각지를 돌아다니며 민간 전설을 수집하여 강소(江蘇)의 임안(臨安: 지금의 항주)까지 진출했다.

나관중이 이 책을 쓰기 전에 전문 이야기꾼들이 교본으로 사용한 삼국지평화는 그 내용이 야담(野談)이나 화본(話本)을 기초로 구성되어 있어서 역사적 사실과 차이가 많이 있었을 뿐만 아니라 허황된 내용이 많았다.

나관중은 임안에서 수호전(水滸傳)의 작가인 시내암(施耐庵)을 만나면서 그의 인생은 완전히 바뀌게 되었다. 시내암의 제자 겸 막역한 친구가 된 나관중은 삼국지평화를 기본으로 진수의 삼국지 및 배송지주(裵松之注) 등 여러 역사서와 그동안 자신이 수집한 민간에서 전해 내려오는 여러 이야기 가운데 역사적으로 현저하게 다른 부분은 바로 잡고, 지나친 미신적 요소나 황당한 부분은 삭제했다. 그런 바탕 위에 자신의 천부적인 소설적 재능을 더하여 마침내 구어체 장편 장회소설인 『삼국지통속연의』를 집필하게 된 것이다.

나관중은 이 책을 누구를 위해 집필하였는가?

나관중(1330?~1400)이 집필한 이 책은 원래 일반 독자들을 위한 책이라기보다는 전문 이야기꾼들을 위한 화본(話本)이었다. 그래서 소설의 형식도 이른바 장회(章回) 소설로 240회로 구성되어 있었다.

매 회마다 마지막 부분에는 극적인 요소를 가미하여 끝맺음 하면서 '그 다음을 알고 싶으면 내일 또 들으러 오시오!'라고 하여 듣는 이들의 관심과 흥미를 이끌었다.

나관중이 소설을 쓸 당시 일반 백성들 가운데 글자를 아는 사람은 그리 많지 않았다. 중국이 대륙을 통일한 1949년, 최초로 조사한 문맹률 통계에서 중국의 문맹률은 무려 80% 이상이었다. 그런데 그보다 5백여 년 전에, 더구나 몽골족 등 중국의 이민족이 중국을 1백 년 이상 지배한 당시의 상황에서 일반 백성들 가운데 어려운 한자를 읽을 수 있는 사람이 과연 얼마나 있었을까?

비록 글자는 알지 못해 눈으로 직접 읽지는 못하지만 삼국지연의의 내용을 모르는 사람은 거의 없었으니 그 당시 삼국지연의와 전문 이야기 꾼의 인기가 어느 정도였을지는 미루어 짐작할 수 있다.

문맹률이 현저히 낮아진 지금도 전문 이야기꾼의 인기는 여전하다. 이는 1천 년 이상 내려오는 전통 문화의 뿌리가 얼마나 깊게 자리 잡았는지를 증명한다. 이제는 이야기꾼들의 무대가 도시의 광장이 아닌 TV나 유튜브 등으로 옮겨졌을 뿐이다.

내가 처음 중국에 갔던 1994년 중국의 주요 CCTV 채널에서 매일 삼국지연의의 열변을 토하는 전문 이야기꾼을 볼 수 있었다. 그중 가장 인기 있는 이야기꾼은 위엔쿠오청(袁闊成)과 싼티엔팡(單田芳) 등이다. 당시 60세가 넘은 그들은 중국 전통 의상을 입고 한 손에 부채를 들고 삼국지연의를 이야기하는데, 계속 듣다 보면 비록 완전히 이해하지는 못해도 무언가 마력에 빨려 들어간 듯 몰입되곤 했었다.

이 두 사람은 이미 고인이 되었지만 지금도 이른바 '중국평서표연예술가(中國評書表演藝術家)'라는 호칭으로 활동을 하는 사람들이 많다. 티엔리엔위엔(田連元)·리엔리루(連麗如)·리우란팡(劉蘭芳) 등은 지금도 여전히 인기 있는 유명한 평서 표연 예술가이며 현재 현역으로 활동하는 전문 이야기꾼들이 수십 명이 있다. 심지어 일부 초등학교에서도 학생들이 이런 경연 대회를 열기도 한다.

지금 우리가 읽는 이 책은 나관중이 지은 책이 맞는가?

나관중이 지은 『삼국지연의』는 그 저본(底本)이라 할 수 있는 『삼국지평화』의 내용은 전체에서 차지하는 비중이 10% 수준에 불과했으니 얼마나 많은 자료를 참고했는지 미루어 짐작할 수 있다.

그러나 처음 나관중이 쓴 삼국지연의는 인쇄본으로 출판된 것이 아니라 필사본에 불과했다. 따라서 수많은 전문 이야기꾼들이 나관중의 책을 빌려 필사하여 사용하였고 그 방대한 분량을 일일이 베껴 쓰는 과정에서 오탈자는 물론 자신의 생각을 추가하거나 내용을 생략했을 수도 있지 않겠는가?

시간이 흐르면서 나관중이 쓴 삼국지연의는 점점 인기를 얻으며 그가 죽은 지 1백여 년이 훨씬 지난 16세기에 이르러 수십 종의 판본이 경쟁을 벌이면서 본격적으로 인쇄되기 시작했다.

명나라 시대 판본들은 크게 두 가지로 나눌 수 있다. 가정(嘉靖) 임오년(壬午年: 서기 1522년)에 처음으로 인쇄본으로 출간된 이른바 가정본 《삼국지통속연의(三國志通俗演義)》 계열과 흔히 교열인과 출판인의 이름만 적힌 《삼국지전(三國志傳)》 계열이다.

오랫동안 이 가정본이 나관중의 원본으로 알려져 왔었다. 그 이유는 이 가정본에만 유일하게 '진나라 평양후 진수가 남긴 역사 전기를 후학 나관중이 순서에 따라 편집했다.(晉平陽侯陳壽史傳, 後學羅貫中編次.)'라고 기록되어 있기 때문이다.

하지만 최근 연구 결과에 따르면 필사본의 흔적이 더 많이 남아있는 『삼국지전』 계열의 판본들이 나관중의 원작에 더 가깝고, 따라서 실제 나관중이 쓴 원본은 『삼국지전』 계열의 판본보다도 수준이 떨어질 것이라는 결론이다.

그 이후에도 여러 간본(刊本)이 나오고 명(明) 말기에 이지(李贄, 字는 卓吾, 1527~1602)는 『삼국지연의』에 평을 붙이면서 2개의 절(節)을 하나로 합하여 240절(節)을 120절(節)로 줄였는데, 이를 '이탁오평본(李卓吾評本)'이라고 한다.

1679년 모성산(毛聲山)과 모종강(毛宗岡) 부자(父子)는 촉한정통론(蜀漢正統論)에 기초해 가정본의 과오를 바로잡고 소설 작품 전체의 통일성을 높이고 문체(文體)를 더욱 간결하게 다듬어 마침내 19권(卷) 120회(回)로 구성된 새로운 판본을 간행했다.

모종강은 맨 처음 시작 부분인 서사(序詞) 등 소설에 나오는 시문(詩文)을 당송(唐宋) 시대의 유명 시인들의 시로 바꾸고 각 회마다 시작 전에 서시평(序始評)과 본문 중간 중간에 협평(夾評)을 추가했다. 서시평은 각 회에 대한 자신의 감상이고, 협평은 적절한 해설이다.

이 모종강본(毛宗崗本)은 다른 판본을 압도하여 300여 년이 지난 지금까지 정본(定本)으로 간주되고 있다.

오늘날 중국에서 발행되는 『삼국지연의』의 대부분은 모종강본이지만, 서시평이나 협평은 생략한 채 번역한 책들이 많다. 또한 모종강본으로 출판하면서도 책의 저자명은 『羅貫中 著』로 되어 있고 일부 책만 『羅貫中 著, 毛宗崗 評』으로 표기하고 있다.

본인은 모종강본을 번역하면서 한동안 고민에 빠진 적이 있다. 그 이유는 서시평과 협평까지 모두 번역하는 것이 과연 독자들에게 도움이 될 것인지 판단이 어려웠기 때문이다. 오히려 그 내용이 너무 산만해지고 특히 협평은 독자들이 스스로 평가하고 판단하는 데 장애가 될 수 있겠다는 생각이 들었다.

결국 서시평과 협평의 번역은 생략하고 원문 번역에만 충실하기로 했다. 다만 이야기 전개 과정에서 앞 회에 언급되었던 부분을 다시 설명하는 경우에만 '몇 회 참고' 형식으로 처리하여 독자들의 이해에 도움을 주고자 했다.

이 번역서는 중국 인민문학출판사(1994년판)에서 출판한 『삼국지연의』를 기본으로 하고 상해고적출판사(2020년판)에서 발행한 『삼국지연의』(주평본)과 조화출판사(2006년판) 『삼국지연의』를 참고했다.

이 책을 내면서

이 졸고가 아름다운 작품으로 탄생하기까지 많은 분들의 도움이 있었다. 먼저 저의 기획 의도와 원고 샘플만 보고 흔쾌히 출판을 제의해 주시고 제가 제시한 조건 등을 수락해 주신 솔과학 김재광 대표님께 감사드린다. 그리고 책을 멋지게 편집하고 디자인해 주신 디자인블루 오흥만 디자이너에게도 감사드린다.

본 책에는 진한엠앤비에서 출판한 『원본그림삼국지』에 수록된 그림이 삽화로 들어가 있다. 이 그림의 사용을 허락해 주신 김갑용 대표님께도 감사드린다. 그리고 초고 번역을 마치고 어찌할까 고민 중 적극적으로 출판을 권유하며 정보를 제공해 준 교보문고 김근화 님과 문흥원 시인 께도 감사드린다.

마지막으로 2년 반 동안 매일 12시간 이상 책상에 앉아 씨름하는 남 편을 위해 뒷바라지해 준 아내에게도 감사드리며 초등학교를 베이징 한 족 학교를 다녀, 중국 사람보다 중국어 발음이 좋은 두 딸 보미와 가영 이의 적극적인 지지와 응원이 있었다.

올해는 한중 수교 30주년이 되는 해이다. 지금쯤 양국 간의 각종 교 류와 기념행사 등으로 떠들썩해야 하는데 한여름임에도 분위기는 얼음 장처럼 차갑다. 다행히 경제 분야에서 올해는 한국이 일본을 제치고 중 국의 제2의 교역 대상국이 될 가능성이 크다고 하니 반가운 뉴스가 아 닐 수 없다. 본 책이 한중 양국 간의 문화 교류 활성화에 조금이나마 도 움이 되면 좋겠다.

2022년 8월 2일
김민수

제 1 권

도원결의 桃園結義

도원결의라는 표현이 정사 삼국지에 직접적으로 기록되어
있지 않지만 세 명이 형제처럼 지냈다는 기록은 곳곳에서 찾아볼 수 있다.
도원결의는 나관중이 소설을 쓰기 위해 참고한 삼국지평화에
이미 나와 있는 대사이다.

서사(序詞)[1]

장강 물 세차게 굽이쳐 동으로 흐르고	滾滾長江東逝水
물 위의 포말처럼 영웅들 스러져 갔네	浪花淘盡英雄
옳고 그름 성공 실패 돌아보니 헛되네	是非成敗轉頭空
푸른 산은 여전히 옛 모습 그대로인데	靑山依舊在
그동안 저녁노을 몇 번 정도 붉었을까	幾度夕陽紅
백발인 강가의 고기잡이꾼과 나무꾼은	白髮漁樵江渚上
가을 달 봄 바람을 감상하기 좋아하네	慣看秋月春風
한 단지 탁주에 서로 만남을 기뻐하며	一壺濁酒喜相逢
고금의 여러 일들 흥에 겨워 얘기하네	古今多少事都付笑談中

---

1 명(明)나라 문인 양신(楊愼)이 지은 '임강선(臨江仙)'이라는 사(詞)의 일부분으로 삼국연의에는 청(淸)나라 초기 모종강본(毛宗崗本)에 처음으로 등장함. 양신은 중국의 역사를 10단계로 나누어 '이십일사탄사(二十一史彈詞)'라는 노래를 지었으며 이 부분은 그중 3단계인 진(秦)과 한(漢)나라의 노래 부분임. 역자 주.

제 1 회

도원에서 호걸 삼인은 의형제를 맺었고
황건적 무찌르고 처음으로 공을 세우다

宴桃園豪杰三結義

斬黃巾英雄首立功

예로부터 '천하대세는 나뉜 지 오래면 반드시 합해지고, 합해진 지 오래면 반드시 나뉜다(天下大勢, 分久必合, 合久必分).'라고 했으니, 주(周)나라 말에 일곱 나라로 나뉘어 싸우다 진(秦)으로 합해지고, 진이 멸망 후 초(楚)와 한(漢)으로 나뉘어 서로 싸우다가 다시 한(漢)으로 합해졌다. 한고조(漢高祖) 유방(劉邦)이 흰 뱀(白蛇)을 베어 죽이고 군사를 일으켜 천하를 통일하고, 그 후 광무(光武)가 중흥시키고 헌제(獻帝)에 이르렀으나 결국 세 나라로 나누어지고 말았다.

한(漢)이 어지러워진 것은 환제(桓帝)와 영제(靈帝) 두 황제로부터 시작되었다. 환제 유지(劉志)는 환관들만 총애한 나머지 이른바 '당고지화[2](黨錮之禍)'를 단행했다.

환제가 죽고 당시 열두 살이던 영제 유굉(劉宏)이 즉위하니 대장군 두무(竇武)와 태부(太傅) 진번(陳蕃)이 함께 영제를 보좌했다. 그러나 환관

---

2   환관을 탄핵하는 선비들은 모두 사익을 추구하는 무리들로 몰아 평생 벼슬길에 나오지 못하도록 자격을 박탈한 사건. 역자 주.

조절(曹節) 등이 권력을 제멋대로 휘두르자 두무와 진번이 그들을 죽일 계획을 꾸몄으나 그만 계획이 사전 누설되는 바람에 오히려 그들의 손에 죽고 말았다. 이 일이 있고 난 뒤에 환관들의 횡포는 갈수록 심해졌다.

건녕(建寧) 2년(서기 169년) 4월 보름, 온덕전(溫德殿)에 오른 황제가 막 자리에 앉으려는 순간, 전각 모퉁이에서 광풍이 일면서 큰 푸른 뱀(靑蛇) 한 마리가 대들보 위에서 날아 내려와 옥좌 위에 똬리를 틀었다. 황제가 기겁을 하고 넘어지자 주위에서 모시던 자들이 급히 부축해 궁으로 모셔갔으나 백관들은 오히려 모두 몸을 피해 달아났다. 잠시 후 뱀은 사라지고 천둥과 함께 비와 우박이 억수같이 퍼부었는데, 한밤중이 되어서야 비로소 그쳤으며 그로 인해 무너진 집들은 그 수를 셀 수 없을 만큼 많았다.

건녕 4년(서기 171년) 2월에는 낙양(洛陽)에 지진이 일어났고, 바닷물이 넘쳐 해변에 살던 백성들은 모두 큰 파도에 휩쓸려 바닷속으로 밀려 들어갔다.

영제의 두 번째 연호인 광화(光和) 원년(서기 178년)에는 암탉이 수탉으로 변하는 일이 생겼고, 그해 6월 초하루에는 검은 기운이 열길 넘게 날아서 온덕전으로 들어왔다. 7월에는 옥당(玉堂)에 무지개가 나타나고, 오원산(五原山) 언덕이 모두 무너져 내렸다. 상서롭지 못한 여러 가지 일들이 끊이지 않고 발생하자 황제가 조서(詔書)를 내려 백관들에게 왜 이렇게 재난과 이변이 자주 일어나는지 물었다.

의랑(議朗) 채옹이 상소하기를, 무지개가 뜨고 암탉이 수탉으로 변한 것은 바로 상궁과 내시들이 정사에 간여하기 때문이라 했는데, 그의 상소는 매우 간절했고 직설적이었으며 진정 충신다운 용기 있는 행동이었다.

황제는 채옹의 상소를 보고 나서 탄식을 하며 일어나 화장실을 가는데, 환관 조절이 황제 뒤에서 그 상소를 몰래 훔쳐보고 주위 사람들에게 알렸다. 그러고는 마침내 채옹에게 죄를 뒤집어씌워 시골로 쫓아 버렸다.

그 후로 장양(張讓)·조충(趙忠)·봉서(封諝)·단규(段珪)·조절(趙節)·후람(侯覽)·건석(蹇碩)·정광(程曠)·하운(夏惲)·곽승(郭勝) 등 열 명의 내시들이 패거리를 만들어 온갖 농간을 부리니 이를 '십상시(十常侍)'라 한다. 황제는 장양을 높여서 아버지라고 부르기까지 했으니, 조정의 정사는 갈수록 잘못되어 가고 마침내 천하의 인심은 세상이 뒤집히기를 은근히 바라며 도처에서 도적들이 벌떼처럼 일어났다.

이때 거록군(巨鹿郡)에 삼형제가 있었으니, 그들의 이름은 장각(張角)·장보(張寶)·장량(張梁)이다. 장각은 원래 과거에 급제하지 못한 수재로 산에 들어가 약초를 캐다가 우연히 한 노인을 만났다. 푸른 눈의 동안(童顔)인 그 노인은 려장(藜杖: 명아주 줄기로 만든 지팡이)을 손에 쥐고 있었는데 장각을 부르더니 한 동굴 속으로 데리고 들어가서 천서(天書) 세 권을 주면서 말하기를: "이 책 이름은 '태평요술(太平要術)'이라고 한다. 네가 이 책을 얻었으니 하늘을 대신하여 교화를 베풀고 널리 세상 사람들을 구해야 한다. 만일 다른 마음을 품는다면 반드시 나쁜 업보를 받을 것이다."

장각이 절을 하고 이름을 물으니 그 노인이 말하기를: "나는 바로 남화노선(南華老仙)이니라."

말을 마친 노인은 순식간에 한줄기 신선한 바람으로 변해 사라져 버렸다. 장각은 그 책을 얻은 후 밤낮으로 배워 마침내 바람과 비를 불러올 수 있게 되자 스스로 '태평도인(太平道人)'이라고 불렀다.

중평(中平) 원년(서기 184년) 정월, 역병(疫病)이 유행하자 장각은 부수

(符水)³를 나누어 주고 사람들의 병을 고쳐 주면서 스스로 '대현량사(大賢良師)'라 불렀다.

장각은 5백여 명의 제자를 두었는데 이들은 구름처럼 사방으로 떠돌아다니며 부적을 쓰고 주술을 외우며 사람들을 현혹시켰다. 그들의 제자들이 계속 늘어나면서 장각은 아예 그들을 36방(方)으로 나누고 큰 방은 1만여 명, 작은 방은 6~7천 명으로 이루고, 각 방마다 수령(首領)을 두어 그를 장군이라 부르게 했다. 그러고는 이런 유언비어를 퍼뜨렸는데:

푸른 하늘은 이미 죽었고   蒼天已死

누런 하늘이 마땅히 서네   黃天當立

갑자년이 되는 해가 되면   歲在甲子

천하가 크게 길할 것이다   天下大吉

그리고 자신을 따르는 사람들에게 각자 자기 집 대문 위에다 흰 흙으로 '갑자(甲子)' 두 글자를 써놓게 하니, 청주(靑州)·유주(幽州)·서주(徐州)·기주(冀州)·형주(荊州)·양주(楊州)·연주(兗州)·예주(豫州) 등 8개 주의 백성들은 집집마다 대현량사 장각의 이름을 받들어 모시게 되었다.

장각은 자신을 따르는 무리 가운데 마원의(馬元義)에게 은밀히 황금과 비단을 가지고 올라가서 십상시 중의 한 사람인 봉서와 친교를 맺고 내통하도록 했다.

장각은 두 아우와 상의하기를: "민심이란 지극히 얻기 어려운 것이다. 지금 민심이 모두 우리 편인데, 만일 이 기회를 틈타 천하를 취하지 않는다면 그야말로 애석한 일이 아니겠는가!"

3 　道教에서 부적을 이용하여 병을 치료하는 수단. 역자 주.

장각은 은밀히 황색 깃발을 만들면서 기일을 정하여 거사하기로 하는 한편, 제자 당주(唐周)에게 서신을 가지고 말을 달려가 궁중의 봉서에게 거사 계획을 알리도록 했다. 그런데 궁중으로 간 당주는 마음이 변하여 거사 계획을 고해바쳤다. 황제는 대장군 하진(何進)에게 군사를 동원하여 마원의를 잡아다가 목을 베도록 했다. 그러고는 봉서 등 관련자들을 모조리 잡아들여 하옥시키도록 했다.

거사가 탄로 난 것을 안 장각은 그날 밤으로 군사를 일으키고 자신을 '천공장군(天公將軍)'이라 부르도록 하고, 장보(張寶)와 장량(張梁)은 각각 '지공장군(地公將軍)'과 '인공장군(人公將軍)'으로 부르게 했다.

그리고 무리들에게 말하기를: "이제 한(漢)의 운세가 끝나고 있으며 큰 성인(聖人)이 나타났으니, 너희들은 모두 하늘의 뜻에 순종하고 정의를 따르고 태평성대를 즐기도록 하라."

사방에서 누런 수건(黃巾)을 두르고 장각을 따라 반란에 참여한 백성의 무리가 4~5십만 명에 달하여, 그들의 기세가 너무나 등등하니 관군들은 그들이 가까이 왔다는 소문만 듣고도 질겁하여 달아났다.

황제는 대장군 하진의 주청에 따라 황급히 각처로 조서를 보내 방비를 튼튼히 하고 적을 토벌하여 공을 세우도록 하는 한편, 중랑장(中郎將) 노식(盧植)·황보숭(皇甫嵩)·주준(朱雋)에게 각각 정예병을 이끌고 세 방면으로 나뉘어 가서 도적들을 토벌하게 했다.

한편 장각의 한 부대는 이미 유주(幽州)의 경계까지 침범해 왔다. 유주 태수 유언(劉焉)은 강하경릉(江夏竟陵) 사람으로 한(漢) 노공왕(魯恭王)의 후손이다. 그는 도적의 군사들이 쳐들어온다는 말을 듣고 교위(校尉) 추정(雛靖)을 불러 대책을 논의했다.

추정 曰: "도적의 무리는 많고 우리 군사는 적으니 태수께서는 속히 군사를 모집하여 적의 공격에 대비해야 합니다."

유언은 그의 말이 옳다고 여겨 즉시 의병을 모집한다는 방문(榜文)을 붙이도록 했다. 이 방문이 탁현(涿縣)에 도달함으로써 탁현의 한 영웅을 세상 밖으로 이끌어 냈다.

그의 사람됨은 책 읽기는 그다지 좋아하지 않았으나 천성이 너그럽고 온화했으며, 말수가 적고 희로애락(喜怒哀樂)의 감정을 얼굴에 드러내지 않았다. 평소 큰 뜻을 품고 천하의 호걸들과 교류하는 것을 좋아했다.

외모는 키가 7자(尺) 5촌(寸)이요, 두 귀는 어깨에 늘어졌으며, 두 손을 뻗으면 무릎 아래까지 내려오며, 눈은 눈동자를 돌리면 그의 귀를 볼 수 있었고, 얼굴은 남성미가 관(冠)에 달린 옥과 같았고 입술은 연지를 바른 것처럼 보였다.

그는 중산정왕(中山靖王) 유승(劉勝)의 후예이자, 한(漢) 경제(景帝) 각하(閣下)의 현손(玄孫)으로서 성은 유(劉), 이름은 비(備), 자(字)는 현덕(玄德)이다. 오래전 한무제(漢武帝) 시절, 유승의 아들 유정(劉貞)이 탁록정후(涿鹿亭候)[4]로 봉해졌으나 후에 주금(酎金)[5]을 바치지 못하여 제후 벼슬을 잃었는데 그런 연유로 그의 자손 한명이 이 탁현에 남아 있게 된 것이다.

현덕의 조부는 유웅(劉雄)이고, 부친은 유홍(劉弘)이다. 유홍은 일찍이 효렴(孝廉)[6]에 추천되어 하급 관리가 되었으나 얼마 되지 않아 세상을 떠났다. 현덕은 어려서 부친을 여의고 모친을 지극한 효성으로 섬겼다. 그는 집이 가난하여 미투리와 돗자리를 짜서 팔며 살았다. 탁현의 누상촌에 있던 그의 집 동남쪽에 거대한 뽕나무 한그루가 있었는데 높이가 다

---

4   탁록정후라는 관직명은 잘못 표기된 관직명이다. 삼국지 촉서 선주전(先主傳)에 따르면 탁현(涿縣)
    의 육성정후(陸城亭侯)가 올바른 관직명임. 역자 주.
5   제후가 제사용으로 황제에게 바치는 황금. 역자 주.
6   효성과 어진 성품을 지닌 사람을 관리로 특채하는 제도. 역자 주.

섯 장(丈: 1장은 약 3.03미터)이 넘어, 멀리서 보면 무성하게 우거진 모습이 마치 수레 덮개 같았다.

한 관상쟁이가 그 나무를 보고 말하기를: "이 집에서 반드시 귀인이 날 것이다."

현덕이 어릴 때 이 나무 아래서 동네 아이들과 놀면서 말하기를: "나는 천자가 되어 이런 덮개가 있는 수레를 타야지!"

숙부 유원기(劉元起)가 그 말을 듣고 매우 기이하게 여겨 말하기를: "이 애는 보통 놈이 아니야!"

그는 가난한 현덕의 집에 자주 재물을 보내 주곤 했다. 현덕이 15세가 되던 해, 모친은 그를 다른 지방으로 유학을 보냈다. 이를 계기로 그는 일찍이 정현(鄭玄)과 노식(盧植)을 스승으로 모시고 공손찬(公孫瓚) 등을 벗으로 삼았다. 유언이 방문(榜文)을 내걸어 군사를 모집할 때 현덕의 나이는 이미 스물여덟 살이었다.

그날 방문을 보던 현덕은 분개하여 자신도 모르게 한숨을 쉬며 한탄을 하고 있었다. 그때 바로 뒤에 있던 한 사람이 성난 목소리로 말하기를: "대장부가 나라를 위해 힘을 쓰려하지 않고 어찌 긴 한숨만 내쉰단 말이오?"

현덕이 뒤돌아보니 신장은 8척이나 되는 사람이 표범 머리(豹頭)에 고리눈(環眼)을 하고 있고, 제비턱(燕頷)에 범 나룻(虎鬚) 형상으로, 그 목소리는 거대한 천둥소리 같고, 그 기세는 달리는 말과 같았다.

현덕은 그의 얼굴 생김새가 범상치 않은 것을 보고 성명을 물었다.

그 사람 曰: "내 성은 장(張), 이름은 비(飛), 자(字)는 익덕(翼德)이라 하오. 대대로 탁군(涿郡)에 살면서 논밭도 꽤 가지고 있으며, 술도 팔고 돼지도 잡으며 천하 호걸들과 사귀기를 좋아하오. 때마침 공이 방문을 보고 한숨짓기에 한번 물어본 것이오."

현덕 曰: "나는 본래 한(漢) 황실의 종친으로 성은 유, 이름은 비라 하오. 지금 들으니 황건적이 난을 일으켰다는데 도적들을 토벌하여 백성들을 편안하게 해 주고 싶은 생각은 간절하지만 다만 힘이 못 미치는 것이 한스러워 길게 탄식했을 뿐이오."

장비 曰: "나에게 어느 정도 재산이 있으니 고을 안의 용사들을 불러 모아 공과 함께 큰일을 도모해 보면 어떻겠소?"

현덕은 매우 기뻐하며 장비와 함께 곧바로 주막으로 들어가서 술을 마셨다. 한참 술을 마시고 있을 때 거구의 한 사내가 수레를 밀고 가다가 주막집 문 앞에서 잠시 멈춰 쉬더니 안으로 들어와 자리에 앉으면서 술집 심부름꾼을 부르기를: "여기 술 한 잔 가져오너라. 빨리 마시고 성으로 들어가서 의병 모집에 응하려고 한다."

현덕이 그 사람을 보니 신장은 9척(尺)이요, 수염도 두 척 정도로 길었으며, 얼굴은 홍갈색 대추(重棗) 같고 입술은 연지를 바른 것 같았다. 봉황의 눈(丹鳳眼)에 잠자는 누에 눈썹(臥蠶眉), 용모는 당당하고 위풍도 늠름했다.

현덕은 바로 그에게 동석을 권하고 그의 성명을 물었다.

그 사람 曰: "나의 성은 관(關), 이름은 우(羽), 자(字)는 장생(長生)이었는데 후에 운장(雲長)으로 고쳤소. 하동(河東) 해량(解良) 출신이오. 그곳의 한 호족이 권력만 믿고 사람을 업신여기기에 내가 그자를 죽여 버렸소. 그리고 강호 이곳저곳을 떠돌아 피해 다니기를 5~6년 되었는데, 지금 듣자 하니 이곳에서 도적을 치기 위해 군사를 모집하고 있다기에 응모하려고 일부러 찾아왔소."

현덕이 즉시 자신의 뜻을 애기해 주자 운장이 매우 기뻐했다. 그들은 장비의 집으로 가서 함께 대사를 논의했다.

장비 曰: "우리 집 뒤에 복숭아밭이 있는데 마침 꽃이 만발해 있소.

내일 그곳에서 천지에 제사를 지내고 우리 셋이 형제를 맺고 한마음으로 힘을 합쳐 대사를 도모합시다.”

　현덕과 운장이 한목소리로 대답하기를: “그것 참 좋은 생각이오!”

　다음 날 복숭아밭에서 검은 소(烏牛)와 백마(白馬) 등으로 제물을 차려 놓고 세 사람은 분향재배한 뒤에 맹세하기를: “유비·관우·장비 이 세 사람은 비록 성은 다르지만, 형제의 의(義)를 맺고 한 마음으로 힘을 합쳐 곤경과 위험에 처한 자들을 구해, 위로는 나라에 보답하고 아래로는 백성들을 편안하게 하려 하옵니다. 비록 동년, 동월, 동일에 태어나지는 못했지만, 동년, 동월, 동일에 죽기를 원하오니, 하늘과 땅을 주관하시는 온갖 신령이시여 이 마음 굽어살피시어 의를 배반하고 은혜를 망각하는 자가 있으면 하늘과 사람이 함께 죽여주시옵소서!”

　맹세를 마친 뒤, 현덕을 형으로 모시고, 관우는 그다음, 장비는 동생이 되었다. 천지신명께 제사를 지낸 후 다시 소를 잡고 술상을 차려 고을 안의 용사들을 모으니 3백여 명이 되었다. 그들은 복숭아밭에서 술에 취하도록 실컷 마셨다. 다음 날 병장기를 준비했는데 탈 말이 없는 것이 유감이었다. 어떻게 해야 할지 고민하는 그 순간, 누군가 두 명의 손님이 한 무리의 사람들과 한 떼의 말들을 몰고 집으로 오고 있다고 알려왔다.

　현덕 曰: “이것은 하늘이 우리를 돕고 있음이야!”

　셋은 나가서 그들을 맞이했다. 알고 보니 두 손님은 중산(中山)의 거상들로 한 명은 장세평(張世平), 또 한 명은 소쌍(蘇双)이라고 했다. 그들은 매년 북쪽으로 말을 팔러 가는데 근래에 도적 떼가 일어나서 돌아오는 길이었다. 현덕은 두 사람을 집안으로 청해 술을 대접한 뒤 도적들을 토벌하여 백성들을 편안하게 하고자 하는 자신의 뜻을 설명했다. 두 사람은 매우 기뻐하며 튼튼한 말 5십 필을 그냥 내주고 또 금은 5백 냥과 강

宴桃園豪傑三結義

철 1천근도 그냥 주면서 병장기를 만드는 데 쓰라고 했다.

현덕은 두 사람에게 고맙다고 인사하고 배웅한 뒤, 솜씨 좋은 장인에게 쌍고검(双股劍)을 만들도록 했다. 운장은 청룡언월도(青龍偃月刀)를 만들었는데, 이것은 일명 냉염거(冷艶鋸)라고도 불렸으며 무게가 82근이나되었다. 장비는 장팔점강모(丈八点鋼矛)를 만들었으며 각자 전신의 갑옷도 장만했다.

그들은 고을의 장정 5백여 명을 모아 유주의 교위 추정(雛靖)을 만나러 갔다. 추정은 그들을 태수 유언(劉焉)에게 안내해 주었다. 세 사람은 태수를 만난 후 각자 통성명을 하고 현덕이 자신의 종파(宗派)를 말하기 시작하자 유언은 크게 기뻐하며 즉시 현덕을 자신의 조카로 인정했다.

며칠 후 황건적 장수 정원지(程遠志)가 군사 5만 명을 거느리고 탁군(涿郡)을 치러 온다는 보고를 받았다. 유언은 추정에게 현덕 등 세 명과 함께 군사 5백 명을 이끌고 가서 황건적을 막으라고 명했다.

명을 받은 현덕은 흔쾌히 군사를 거느리고 대흥산(大興山) 아래에 이르러 적과 마주쳤다. 적의 무리들은 모두 머리를 풀어 헤치고 누런 두건으로 이마를 동여매고 있었다.

양쪽의 군사들이 서로 대치한 가운데 현덕이 말을 타고 나가니, 그의 왼편에는 운장이, 오른편에는 익덕이 수행했다. 현덕은 채찍을 휘두르며 크게 꾸짖기를: "나라를 배반한 이 역적들아, 어찌하여 빨리 항복하지 않느냐?"

정원지는 크게 화를 내며 즉시 부장(副將) 등무(鄧茂)를 출전시켰다. 장비가 장팔사모를 치켜들고 달려 나가 손을 번쩍 쳐들어 등무의 명치를 찌르자 뒤로 벌렁 나자빠지며 말에서 떨어졌다. 정원지는 등무가 죽은 것을 보고 즉시 말을 박차고 칼을 휘두르며 장비에게로 달려 나갔다. 운장이 큰 칼을 휘두르며 말을 타고 달려 나가 그를 맞이했다. 운장을 보고 기겁을 하고 놀란 정원지는 미처 손을 써보지도 못한 채, 휘두르는 청룡도에 맞아 몸이 두 동강 나고 말았다.

후세 사람들이 두 사람을 칭송하는 시가 있었으니

영웅들의 뛰어난 재주 이제야 드러났네	英雄露穎在今朝
한 사람은 창을 또 한사람은 칼을 쓰네	一試矛兮一試刀
첫 출전으로 바로 그 위력 떨쳐 보이니	初出便將威力展
천하를 셋으로 나눔에 이름을 드날리네	三分好把姓名標

적의 무리들은 정원지의 목이 달아나는 것을 보고 모두 창을 버리고 달아났다. 현덕이 군사를 이끌고 뒤를 쫓아가자 투항하는 자들이 셀 수가 없었다. 현덕이 크게 승리하고 돌아오자 유언이 몸소 나와 영접하고 군사들에게 상을 주어 위로했다.

다음 날 청주(靑州) 태수 공경(龔景)으로부터 첩문(牒文)을 받았는데 성이 황건적에 포위당해 곧 함락될 위기에 처했으니 제발 구원해 달라는 내용이었다.

유언은 현덕과 의논했다.

현덕 曰: "제가 구하러 가고 싶습니다."

유언은 추정에게 군사 5천 명을 주어, 현덕·관우·장비와 함께 청주로 출병하도록 했다.

도적의 무리는 지원군이 온 것을 보고 군사를 나누어 혼전을 벌였다. 현덕은 군사 수가 적어서 이기지 못하고 30리 밖으로 물러나 진을 쳤다.

현덕이 관우와 장비에게 말하기를: "도적의 무리는 많고 우리 군사는 적으니 기습을 해야만 이길 수 있다."

그러고는 관우에게 1천 명의 군사를 이끌고 산의 좌측에 매복하도록 하고, 장비에게도 1천 명의 군사를 주어 산의 오른편에 매복하고 있다가 징 소리를 신호로 일제히 뛰쳐나가 같이 싸우도록 했다.

다음 날 현덕과 추정은 군사들을 이끌고 북을 치고 고함을 지르며 앞으로 나아갔다. 도적의 무리들도 마주 싸우러 나왔다. 현덕이 군사를 데리고 곧바로 뒤로 물러나자 적들은 마치 이긴 듯한 기세로 추격해 왔다. 적들이 막 산 고개까지 쫓아오자 현덕의 진영 안에서 징소리를 울리면서 좌우에 매복해 있던 양쪽의 군사들이 일제히 뛰쳐나왔다. 패한 척 달아나던 현덕도 군사를 돌아서서 다시 공격을 시작했다. 세 방면에서 협공을 시작하니 적의 무리들은 크게 무너지며 흩어졌다. 기세를 몰아 현덕의 군사들은 곧바로 추격하여 청주성 아래에 이르니 태수 공경 역시 민병들을 거느리고 성을 나와 싸움을 도왔다. 적들은 대패했고 죽임을 당한 자들의 수도 부지기수였다. 마침내 청주성은 포위에서 풀려났다.

후세 사람이 현덕을 칭송하는 시를 지었으니:

계략을 꾸며 신비한 공을 세우니	運籌決算有神功
두 호랑이가 용 하나만도 못하네	二虎還須遜一龍
처음 출전하여 큰 업적 쌓았으니	初出便能垂偉績
당연히 삼국에서 한 곳 차지하지	自應分鼎在孤窮

태수 공경이 군사들에게 음식을 주어 배불리 먹이고 나자 추정이 돌아가려고 했다.

현덕 曰: "근자에 들으니 중랑장 노식이 도적의 우두머리 장각과 광종(廣宗)에서 싸우고 있다는데, 저는 예전에 노식을 스승으로 모신 적이 있습니다. 그곳으로 가서 노식을 도와주고 싶습니다."

이리하여 추정은 자기의 군사를 이끌고 돌아가고 현덕은 따로 관우·장비와 함께 본부의 군사 5백 명을 데리고 광종으로 갔다. 현덕이 노식의 군영으로 들어가 예를 표하고 자신이 찾아온 뜻을 설명하자 노식은 크게 기뻐하며 자신의 진영에서 출병 지시를 기다리도록 했다.

당시 장각의 도적 무리는 15만 명, 노식의 군사는 5만 명이었는데 광종에서 서로 버티면서 승부를 가리지 못하고 있었다.

노식이 현덕에게 말하기를: "나는 지금 이곳에서 적들을 포위하고 있지만 적장의 동생 장량과 장보가 영천(穎川)에서 황보숭과 주준의 군사와 대치하고 있네. 내가 관군 1천 명을 줄 테니 자네는 군사를 이끌고 영천으로 가서 그곳 정황을 잘 살펴본 뒤 기일을 정해 적들을 쳐부수도록 하게."

명을 받은 현덕은 군사를 이끌고 밤길을 따라 영천으로 갔다. 이때 황보숭과 주준은 군사를 거느리고 적을 막고 있었는데, 적들은 전세가 불리해지자 장사(長社)로 후퇴하여 풀밭에서 진을 치고 있었다.

황보숭이 조준에게 계책을 말하기를: "적들이 풀밭에 진영을 구축하고 있으니 화공(火攻)을 쓰는 게 좋겠소."

그러고는 군사들에게 한 사람당 풀단 하나씩 준비해서 몰래 매복해 있도록 했다.

그날 밤 큰바람이 불기 시작하자, 이경(二更: 밤 9시에서 11시)이후 매복해 있던 군사들이 일제히 불을 지르고 황보숭과 주준도 각자 군사들을 이끌고 가서 적의 진영을 공격했다. 화염이 하늘 높이 치솟으니 몹시 놀란 적병들은 당황하여 말에 안장을 올리거나 몸에 갑옷을 걸칠 정신도 없이 사방으로 도주하기에 바빴다.

동이 틀 무렵, 장량과 장보는 패잔병을 이끌고 간신히 길을 찾아 달아났다. 그때 갑자기 한 무리의 군사들이 모두 붉은 깃발을 휘날리며 적의 눈앞에 나타나 그들이 도망하는 길을 막았다. 먼저 번개처럼 뛰어나온 장수는 신장이 7척, 가는 눈에 긴 수염을 가지고 있었는데, 관직이 기도위인 그는 패국(沛國) 초군(譙郡) 사람으로 성은 조(曹), 이름은 조(操), 자는 맹덕(孟德)이라고 했다.

조조의 부친 조숭(曹嵩)은 본래 성은 하후씨(夏候氏)였는데 그가 중상시(中常侍) 조등(曹騰)의 양자로 들어갔기 때문에 그의 성이 조씨로 바뀌게 된 것이다. 조숭이 조조를 낳았는데 어릴 적 이름은 아만(阿瞞)이었고 길리(吉利)라고도 했다.

조조는 어릴 때부터 사냥을 좋아했고 가무를 즐겼으며 꾀가 많고 임기응변에 뛰어났다. 조조에게는 숙부가 한 분 계셨다. 그는 조조가 놀기만 좋아할 뿐 절제하지 못하는 것을 보고 노여워했는데 그 일을 조숭에게 일러바치자 조숭은 조조를 꾸짖었다.

조조는 문득 꾀를 생각해 내서 숙부가 오는 것을 보고 거짓으로 땅에 나자빠져 중풍을 맞은 것처럼 행동했다. 이를 본 숙부는 깜짝 놀라서 조숭에게 알렸다. 조숭이 급히 와서 보자 조조는 아무런 일이 없었던 것처럼 멀쩡했다.

조숭 曰: "숙부 말로는 네가 중풍을 맞은 것처럼 경기(驚氣)를 일으켰다는데 지금은 괜찮으냐?"

조조 曰: "저는 원래 그런 병을 앓은 적이 없는데요. 숙부님의 사랑을 잃어서 없는 말을 지어내시나 봅니다."

조숭은 그 말을 믿었다. 그 뒤로 숙부가 조조의 잘못을 말하더라도 조숭은 결코 들으려고 하지 않았다. 그래서 조조는 더 제멋대로고 방탕했다.

그 당시 교현(橋玄)이라는 사람이 있었는데 조조에게 말하기를: "천하가 곧 혼란에 빠질 텐데 세상에 이름을 떨칠만한 뛰어난 인재가 아니면 구제할 수 없을 것이다. 천하를 안정시킬 수 있는 자는 바로 당신이야."

남양(南陽)의 하옹(何顒)이라는 사람도 조조를 보고 말하기를, "한(漢) 황실은 곧 망할 텐데 천하를 안정시킬 사람은 틀림없이 이 사람일 것이다."

또한 여남(汝南) 사람 허소(許劭)는 사람의 됨됨이를 알아보기로 유명했다. 조조가 그를 찾아가 묻기를: "저는 어떤 사람입니까?"

허소는 대답하지 않았다.

조조가 다시 묻자 허소가 말하기를: "당신은 치세(治世)에는 유능한 신하이지만 난세(亂世)에는 간웅(奸雄)이네."

조조는 그 말을 듣고 매우 기뻐했다.

그의 나이 20세에 효렴(孝廉)으로 추천되어 랑(郎)이란 관직을 얻어 낙양 북부위(北部尉) 벼슬을 제수받았다. 그는 처음 부임하자마자 오색봉 10여 개를 만들어 현(縣)의 성문 네 곳에 비치해 두고 법을 어긴 자가 있으면 권세와 신분의 높고 낮음을 따지지 않고 모두 처벌했다.

한번은 중상시 건석(蹇碩)의 숙부가 칼을 들고 밤중에 다니다가 마침 순찰하던 조조에게 붙잡혀 곤봉으로 맞았다. 이 일로 인해 성 안과 밖에서 감히 법을 범한 자가 없어졌으며, 조조는 위엄과 명성을 크게 떨쳤다.

후에 그는 돈구(頓丘)의 현령(縣令)이 되었다. 황건적이 일어나자 기도위(騎都尉)에 임명되어 마보군(馬步軍) 5천 명을 이끌고 영천으로 싸움을 도우러 가는 도중에 마침 패하고 도주하는 장양과 장보를 조조가 막아선 것이었다. 한바탕 큰 살육전이 벌어져 적의 머리 1만여 개를 베었고, 깃발·징·북·말 등을 무수히 빼앗았으나 장양과 장보는 죽기로 싸워서 간신히 탈출했다.

조조는 황보승·주준과는 잠시 인사만 나누고 곧바로 군사를 이끌고 장양과 장보의 뒤를 쫓아갔다.

그런데 현덕이 관우·장비와 함께 영천에 와서 보니 큰 함성 소리가 들리고, 멀리 불빛이 하늘까지 뻗쳐 있었다. 현덕이 급히 군사를 이끌고 달려가자, 적들은 이미 패하고 흩어진 뒤였다. 현덕은 황보승과 주준을 만나 노식의 뜻을 충분히 설명했다.

황보승 曰: "장양과 장보의 세력은 모두 흩어지고 바닥이 났으므로 반드시 광종(廣宗)으로 가서 장각에게 의탁할 것이네. 그러니 즉시 밤을 새워 달려가서 광종을 지키고 있는 노식을 돕는 게 좋겠네."

현덕은 명을 받고 즉시 군사를 이끌고 돌아갔다. 돌아가는 도중에 한 무리의 군사들이 죄수를 태운 수레 함거를 호송해 오는 것이 보였다. 그 수레 안의 죄수는 바로 노식이 아닌가! 현덕은 깜짝 놀라 즉시 말에서 내려 무슨 영문인지 물었다.

노식 曰: "내가 장각을 포위하여 막 쳐부수려 할 때 장각이 요술을 부리는 바람에 승리하지 못했네. 조정에서 황문(黃文) 좌풍(左豊)을 보내서 현지 사정을 알아보도록 했는데 그자가 나에게 뇌물을 요구하더군. 그래서 내가 '군량미도 모자라는 판에 천자의 사자(天使)에게 바칠 돈이 어디 있겠습니까?'라고 했더니, 좌풍은 내 말에 원한을 품고 조정으로 돌아가 내가 보루만 높게 쌓아놓고 싸우지 않아서 군사들의 군기가 빠져 있다고 보고했다네. 그 때문에 조정에서 진노하여 중랑장 동탁(董卓)을 내려보내서 나 대신에 군사를 통솔하도록 하고 나를 수도로 끌고 가서 죄를 물으려 하는 것이라네."

장비가 이 말을 듣고 몹시 화를 내며 호송하는 군인들을 죽이고 노식을 구출하려고 했다.

현덕이 급히 제지하면서 말하기를: "조정에는 응당 공론이라는 것이 있는데 네 어찌 이리 급하게 서두른단 말이냐?"

군사들은 노식이 탄 함거를 둘러싸고 떠나갔다.

관공 曰: "노 중랑장은 이미 잡혀가 버리고 다른 사람이 군사를 통솔한다면 우리가 가더라도 의지할 곳이 없습니다. 오히려 탁군으로 돌아가는 편이 낫습니다."

현덕은 관공의 말에 따라 바로 군사를 이끌고 북쪽으로 향했다. 길을 떠난 지 이틀이 채 못 되어 갑자기 산 뒤에서 함성이 크게 울렸다. 현덕은 관우·장비와 함께 말을 타고 높은 언덕으로 올라가 멀리 보니 한군(漢軍)이 대패하였고 황건적들은 뒤편의 산천에 가득히 땅을 덮고 몰려오는데 깃발에는 커다란 글씨로 '천공장군'이라고 쓰여 있었다.

현덕 曰: "저놈이 장각이다. 빨리 가서 싸우자."

세 사람은 말을 달려 군사를 이끌고 나갔다. 이때 장각은 마침 동탁을 쳐부수고 승세를 몰아 쫓아오고 있었는데 뜻밖에 세 사람을 만나 싸우게 되었으니, 장각의 군사는 큰 혼란에 빠져 50여 리나 패하고 물러났다. 세 사람은 동탁을 구해 진영으로 돌아갔다.

동탁은 세 사람에게 어느 곳의 어느 관직에 있는지 물었다.

현덕 曰: "아무런 관직도 없소이다."

그 말에 동탁은 몹시 깔보고 무례하게 굴었다. 현덕이 밖으로 나오자 장비가 크게 화를 내며 말하기를: "우리는 일부러 달려와서 피를 흘리며 싸워서 저놈을 구해 주었는데, 저놈은 오히려 이처럼 무례하게 나오니, 내 저놈을 죽이지 않고는 도저히 분을 삭이지 못하겠소."

바로 칼을 빼들고 동탁을 죽이려고 막사 안으로 들어가려고 했다.

이야말로:

50

인정과 세태는 예나 지금이나 여전한데　　　　人情勢利古猶今
관직도 없는 영웅을 누가 알아주겠는가　　　　誰識英雄是白身
어디에서 장비처럼 통쾌한 인물을 얻어　　　　安得快人如翼德
은혜를 배반한 인간들 모두 베어버릴까　　　　盡誅世上負心人

필경 동탁의 목숨은 어찌 될 것인가? 다음 회를 기대하시라.

제 2 회

장비는 독우에게 분노의 채찍질을 하고
하진은 환관들을 죽이려고 모의를 한다.

張益德怒鞭督郵

何國舅謀誅宦竪

　　동탁(董卓)은 자(字)가 중영(仲潁)이며 농서(隴西) 임조(臨洮) 사람으로 당시 관직은 하동(河東) 태수였는데 천성이 오만방자했다. 그날 현덕을 푸대접하자 장비가 분을 못 이겨 그를 죽여 버리려고 했다.

　　현덕과 관우가 급히 제지하며 말하기를: "그는 조정에서 임명한 관리인데 어찌 함부로 죽일 수 있단 말이냐?"

　　장비 曰: "만일 저놈을 죽이지 않으면 도리어 저놈 부하로 있으면서 명을 따라야 하는데, 나는 그런 짓은 죽어도 못하겠소. 두 형님께서 여기에 남아 있겠다고 한다면 나 혼자라도 다른 데로 갈 것이오."

　　현덕 曰: "우리 세 명은 같은 날 죽기로 의를 맺었는데 어찌 서로 헤어진단 말이냐? 차라리 우리 모두 다른 데로 가면 될 것 아니냐!"

　　장비 曰: "그렇게 한다면 내 분이 조금은 풀어지겠소."

　　세 사람은 밤새도록 군사를 이끌고 주준을 찾아갔다. 주준은 그들을 매우 뜨겁게 대우하고 군사를 하나로 합쳐서 장보(張寶)를 치러 갔다.

　　이때 조조는 황보숭을 따라 장양을 치러 가서 곡양(曲陽)에서 크게 싸우고 있었다. 이쪽에서는 주준이 장보를 치러 나갔는데, 장보는 반란군의 무리 8~9만 명을 이끌고 산 뒤에 주둔하고 있었다. 주준은 현덕에게 선봉장이 되어 반란군과 대적하도록 했다. 장보는 부장(部將) 고승에게 말을 타고 나가 싸움을 걸도록 하자, 현덕은 장비로 하여금 그를 치도록 했다.

장비가 창을 치켜들고 말을 달려 나가 고승을 대적했는데 몇 합 싸우지도 않아 고승을 찔러 말에서 떨어뜨렸다. 현덕은 군사를 지휘하여 즉시 돌진해 들어갔다. 장보는 말 위에서 머리를 풀어 해친 채, 칼을 들고 요술을 부리기 시작했다. 그러자 바람이 세차게 불고 천둥소리가 진동하더니, 한줄기 검은 기운이 하늘에서 내려오는데, 그 검은 기운 속에서 무수히 많은 군사와 말들이 쏟아져 나오는 것 같았다. 현덕이 황급히 군사들을 돌렸으나 혼란에 빠져 결국 싸움에서 패하고 돌아와 주준과 계책을 논의했다.

주준 曰: "저놈들이 요술을 부리는데, 우리는 내일 돼지와 양과 개를 잡아 피를 준비해서, 군사들을 산꼭대기에 매복시켜 놓았다가 적들이 뒤를 쫓아오면 높은 언덕 위에서 그 피를 뿌리도록 하세. 그 방법이 저들의 요술을 풀어낼 수 있는 해결책이네."

현덕은 그의 계책을 따라 관우와 장비에게 각각 군사 1천 명씩을 이끌고 가서 산 뒤의 높은 언덕에 매복해 있도록 하면서 돼지·양·개의 피와 그 밖의 오물들을 충분히 준비해 가도록 했다.

다음 날 장보는 깃발을 흔들고 북을 치며 군사를 이끌고 나와 싸움을 걸었다. 현덕이 그를 맞이했다. 한창 교전이 시작될 즈음 장보는 또 요술을 부렸다. 갑자기 바람이 세차게 불고 천둥이 울리면서 모래와 자갈이 날리기 시작하고 검은 기운이 하늘에 가득하고 군마(軍馬)가 하늘에서 마구 쏟아져 내려왔다.

  현덕이 말머리를 돌려 달아나자 장보는 곧장 추격하여 쫓아왔다. 장보의 군사들이 막 산꼭대기를 지나려고 할 때, 관우와 장비의 신호포를 발사하자 관우와 장비의 복병들이 기다렸다는 듯이 미리 마련해 두었던 피와 오물들을 일제히 뿌렸다. 그러자 공중에서 종이로 만든 사람과 풀로 만든 말들이 어지러이 땅에 떨어지면서 바람과 천둥이 뚝 그치고, 모래 돌멩이도 더 이상 날지 않았다.

  장보는 자신의 요술이 풀려버린 것을 보고 급히 퇴군하려 했다. 그때 좌측에서 관우가, 우측에서 장비가 일시에 군사를 이끌고 뛰쳐나오고, 뒤에서는 현덕과 주준이 함께 쫓아 올라오니 적의 군사들은 대패했다. 현덕은 멀리 '지공장군'이라고 쓰인 깃발을 보고 쏜살같이 말을 달려 쫓아가니, 장보는 급한 나머지 큰길을 피해 황량하고 외진 곳으로 도주했다. 현덕이 화살을 쏘아 그의 왼쪽 팔을 맞혔다. 장보는 팔에 화살이 박힌 채 그대로 달아나 양성(陽城)으로 들어가 문을 굳게 닫고 수비만 하면서 싸우러 나오지 않았다.

  주준은 군사를 이끌고 가서 양성을 포위하고 공격을 하는 한편, 정탐꾼을 보내 황보숭의 정황을 알아보도록 했다.

  정탐꾼이 돌아와 보고하기를: "황보숭은 적과 싸워 크게 이겼으나 동탁이 여러 차례 패하자 조정은 황보숭에게 동탁의 직책을 대신하도록 했습니다. 황보숭이 도착했을 때 장각은 이미 죽어서 장양이 그를 대신하여 반란군의 무리를 이끌고 관군에 대항했습니다. 황보숭은 일곱 번이나 연승하여 곡양(曲陽)에서 장양의 목을 베었습니다. 황보숭은 장각의 관 뚜껑을 열고 그 시체를 다시 참형하여 효수(梟首)[7]하고 낙양으로 보내 본보기로 삼았으며 남은 무리는 모두 항복했습니다.

---

7 머리를 베어 높은 곳에 매달던 옛날 형벌. 역자 주.

조정은 황보숭의 벼슬을 거기장군(車騎將軍)으로 높이고 기주목(冀州牧)도 관할하도록 했습니다. 황보숭은 또 표문을 올려 노식에게는 공만 있을 뿐 죄는 없다고 주청하여 조정은 노식에게 원래의 관직을 회복시켜 주었습니다. 조조 역시 공이 있어 제남상(濟南相)으로 제수하고 즉시 군대를 귀환하고 임지로 부임하도록 했습니다."

주준은 보고를 받고 나서 군사들을 재촉하여 전력으로 양성(陽城)을 공격했다. 반란군은 형세가 위급해지자 장수 엄정(嚴政)이 장보를 찔러 죽이고 그 수급을 바치며 투항했다. 마침내 주준은 여러 군(郡)들을 평정하고, 조정에 승전 보고를 올렸다.

이즈음 황건적의 또 하나의 잔당인 조홍(趙弘)·한충(韓忠)·손중(孫仲) 등 세 사람은 수만 명의 무리를 모아 동정을 살피며 불을 지르고 약탈하며 장각의 원수를 갚는다고 들고 일어났다.

조정은 즉시 주준으로 하여금 승리하여 토벌의 모범으로 삼으라고 명령했다

주준은 조서를 받들어 군사를 거느리고 길을 떠났다. 이때 적들은 완성(宛城)을 점거하고 있었는데, 주준이 군사를 이끌고 가서, 공격을 하자 조홍은 한충을 출전시켰다. 주준이 현덕·관우·장비로 하여금 성 서남쪽을 치라고 하자, 한충은 즉시 정예병들을 이끌고 서남쪽으로 와서 적을 막았다.

주준은 직접 기병 2천 명을 이끌고 동북쪽을 향했다. 적들은 성이 함락될까 봐 겁이나 서둘러 서남쪽을 포기하고 돌아왔다. 현덕이 배후에서 습격하자 적의 무리는 크게 패하고 성안으로 달아나 버렸다. 주준은 군사들을 나누어 성 전체를 포위했다. 성안에 군량미가 떨어지자 한충은 사람을 보내 성 밖으로 나와 투항하겠다고 했으나 주준은 이를 허락

하지 않았다.

현덕 曰: "옛날 한고조께서 천하를 얻으신 것은 무릇 항복을 권유하여 투항하는 자들을 받아 주셨기 때문인데, 공은 어찌하여 한충의 투항을 거절하십니까?"

주준 曰: "그때는 그때이고, 지금은 지금이오. 옛날 진(秦) 말기 항우(項羽)의 시절에는 천하가 크게 어지러워 백성들에게 마땅한 주인이 없어 투항해 오면 상을 주겠다고 하면서 항복해 오기를 권했던 것이오. 이제는 이미 천하가 통일되었고 오로지 황건적만이 반란을 일으켰소. 저들의 항복을 받아준다면 사람들에게 선행을 권유할 명분이 없소. 그리되면 적들은 형세가 이로울 땐 제멋대로 약탈을 일삼다가 형세가 불리해지면 바로 항복하려고 할 것이오. 이것은 도적질할 의지만 부추기는 것이므로 결코 좋은 계책이 될 수 없소."

현덕 曰: "도적들의 항복을 받아 주지 않은 것은 좋습니다. 지금 우리는 성을 철통같이 에워싸고 있고, 적들은 항복을 구걸하다 안 되면 반드시 죽기를 각오하고 싸우려 들 것입니다. 1만 명이 한마음이 되어도 대적하기 어려운데, 하물며 성안에는 수만 명이 죽기를 각오하고 있지 않습니까? 아무래도 동남쪽은 틔워주고 서북쪽에서만 공격한다면 적들은 분명히 성을 버리고 도주할 것이며, 그들이 전의를 상실하면 그 때 바로 사로잡을 수 있습니다."

주준은 현덕의 의견에 동의하고 바로 동쪽과 남쪽 두 곳의 군사들을 철수시키고 일제히 서북쪽으로 쳐들어갔다. 한충은 과연 성을 버리고 군사들을 데리고 도망을 갔다. 주준은 현덕·관우·장비와 함께 전군을 거느리고 기습하여 한충을 활로 쏘아 죽였으며, 잔여 무리들은 사방으로 흩어져 달아났다.

계속 추격하던 그때, 조홍과 손중이 반란군의 무리들을 이끌고 와서 주준과 맞섰다. 주준은 조홍의 세력이 큰 것을 보고 잠시 뒤로 물러났는데, 조홍은 그 틈을 타서 성을 다시 탈환했다. 주준은 10리 밖으로 물러나 진을 쳤다. 다시 공격을 시작하려는 순간 갑자기 동쪽에서 한무리의 군사들이 도착했다. 우두머리 장수는 생김새가 넓은 이마에 얼굴은 넓적하고 범의 몸통에 곰의 허리를 가지고 있었다. 그는 오군(吳郡)의 부춘(富春) 사람으로 성은 손(孫), 이름은 견(堅), 자(字)는 문대(文台)로 손무자(孫武子: 손자)의 후손이다. 그가 17세 때 부친을 따라 전당(錢塘)에 갔는데 해적 십여 명이 상인들의 재물을 빼앗아 강기슭 위에서 나누고 있는 것을 보았다.

손견이 부친에게 말하기를: "이 도적들을 사로잡아야 하겠습니다."

그러고는 칼을 들고 언덕 위로 올라가 큰 목소리로 이쪽저쪽을 쳐다보며 마치 사람들을 지휘하며 부르는 것처럼 행동했다. 도적들은 관군들이 몰려오고 있는 것으로 착각하고 빼앗은 재물을 모두 버리고 달아났다. 손견은 바로 쫓아가서 그중 한 명을 죽였다. 이 일로 군현에 이름이 알려지고 교위(校尉)로 천거되었다.

후에 회계(會稽)의 요망한 도적 허창(許昌)이 반란을 일으켜 스스로 '양명황제(陽明皇帝)'라 칭하고 수만 명의 무리를 모았다. 손견은 군(郡)의 사마(司馬)와 함께 용사 천여 명을 모집한 뒤, 주군(州郡)과 합세하여 적을 쳐부수고 허창과 그의 아들 허소(許韶)의 목을 베었다. 자사(刺史) 장민(藏旻)이 그의 공을 위에 보고하여 조정에서는 손견에게 염독현(鹽瀆縣)의 현승(縣丞) 벼슬을 제수하고, 다시 우이승(盱眙丞)·하비승(下邳丞) 벼슬을 제수했다.

그리고 황건적들이 난을 일으킨 것을 본 손견은 고을의 소년들과 모든 행상들을 모집하고 회하(淮河)의 정예병 1천 5백여 명과 함께 주준을 지원하러 온 것이다. 주준은 매우 기뻐하며 바로 손견은 남문을, 현덕은

북문을 치라고 명하고 주준 자신은 서문을 치기로 하고, 동문은 남겨
두어 적들이 달아날 수 있도록 했다. 손견은 앞장서서 성 위로 올라 20
여 명을 베어 죽였다. 나머지 무리들이 흩어져 달아나자 조홍이 날듯이
말을 몰아 긴 창을 뻗으면서 손견에게 달려들었다. 손견이 성 위에서 몸
을 날려 조홍의 긴 창을 빼앗아 들고 조홍을 찔러 말에서 떨어뜨린 뒤
오히려 조홍의 말을 빼앗아 타고 몸을 날리며 이리저리 닥치는 대로 적
을 죽였다.

한편 손중(孫仲)은 무리를 이끌고 북문으로 도망치다가 마침 현덕과
마주쳤다. 그는 전의를 상실한 채 그냥 도망만 가고자 했다. 현덕이 화
살을 쏘아 그를 명중시키자 뒤로 벌렁 나자빠지면서 말에서 떨어졌다.
주준의 대군이 바로 그들을 쫓아 쳐들어갔는데 적의 머리를 벤 것이 수
만 급이었고, 항복한 자는 수를 헤아릴 수도 없었다.

이리하여 남양(南陽) 일대의 십여 군 (郡)은 모두 평정되었다.

주준이 회군하여 장안으로 돌아오자 황제는 조서를 내려 주준을 거
기장군(車騎將軍)과 하남윤(河南尹)으로 봉했다. 주준은 표문을 올려 손
견·유비 등의 공로를 보고했다. 손견은 조정에 연고가 있어 별군사마(別
郡司馬)란 벼슬을 제수받고 임지로 떠났다. 그러나 현덕은 여러 날을 기
다렸지만 결국 어떠한 관직도 제수받지 못했다.

세 사람은 울적한 기분을 달래려고 거리로 나가 한가히 거닐다 마침
랑중(郎中) 장균(張鈞)의 행차와 마주쳤다. 현덕이 그를 보고 자신의 공적
을 자세히 설명했다. 장균이 듣고 크게 놀라 그 길로 입궁하여 황제에게
아뢰기를: "지난날 황건적이 반란을 일으킨 이유는 모두 십상시의 매관
매직(賣官賣職) 때문이었습니다. 자신들과 친하지 않으면 등용하지 않고,
자신들의 원수만 아니면 중한 죄가 있어도 죽지 않았기 때문에 마침

58

내 천하가 크게 어지러워진 것입니다. 이제 십상시의 머리를 베시어 그 머리를 남문 밖에 높이 매달고, 사자를 파견하여 공이 있는 자에게는 후한 상을 내리시겠다고 천하에 포고한다면, 세상은 저절로 맑고 태평해질 것입니다."

이에, 십상시가 황제에게 아뢰길: "장균이 주상을 기만하고 있습니다."

황제는 무사(武士)에게 장균을 쫓아내라고 명령했다.

십상시들이 함께 의논하기를: "이것은 필시 황건적을 토벌하는 데 공은 있지만, 관직을 얻지 못한 자가 일부러 불만을 터뜨렸음이 틀림없다. 추가로 공적을 평가해서 그들에게 미관말직이라도 한 자리씩 주었다가 나중에 다시 처리해도 늦지 않을 것이다."

이리하여 현덕은 정주(定州) 중산부(中山府) 안희현(安喜縣)의 현위(縣尉: 치안담당)를 제수받고 날짜를 택하여 부임했다. 현덕은 군사들을 해산하여 고향으로 돌려보내고, 다만 친밀하게 수행하던 군사 20여 명만 데리고 관우·장비와 함께 안희현에 부임했다. 그가 현에 배치되어 업무를 처리한 지 한 달이 지났음에도 백성들의 재물에 털끝만큼도 손해를 끼치지 않으니, 백성들은 모두 감화를 받았다.

부임한 이후 현덕은 늘 관우·장비와 한 식탁에서 밥을 먹고 한 침상에서 잠을 잤다. 현덕이 많은 사람이 모인 자리에 앉아 있을 때도 관우·장비는 그의 곁에 서 있었으며, 하루 종일 서 있어도 피곤해하지 않았다.

그가 현위(縣尉)로 부임해 온 지 채 넉 달이 못 되었을 때 조정에서 조서를 내려보냈는데, 그 내용은 군공(軍功)으로 지방관아의 간부가 된 자들 중에서 허위 공적으로 제수받은 자가 있는지 재심사하여 도태(淘汰)시킨다는 것이다. 현덕은 자기도 방출되지 않을까 불안했다.

마침 태수의 보좌관인 독우(督郵)가 지방관아 관원들의 근무 성적을 평가한다는 명목으로 안희현에 온다고 하여 현덕은 성문 밖으로 독우를 영접하러 나가서 독우에게 예를 갖추었다. 그러나 독우는 그저 말 위에 앉아서 채찍으로 까딱 흔드는 것으로 현덕의 인사를 받았다. 관우와 장비는 몹시 화가 났다. 역참(驛站)에 도착하여 독우는 남향의 높은 곳에 앉아 있고 현덕은 계단아래 서 있었다.

한참 시간이 흐른 뒤 독우가 묻기를: "유(劉) 현위(縣尉)는 어디 출신인고?"

현덕 曰: "저는 중산정왕(中山靖王)의 후예로 탁군(涿郡)에서 황건적을 토벌한 이래로 삼십여 차례 크고 작은 싸움을 하여 작은 공이나마 세워 지금의 직책을 제수받았습니다."

독우가 소리를 버럭 지르며 말하기를: "네가 감히 황실의 종친으로 사칭하며 공적을 거짓으로 보고하는가? 이번에 조정에서 조서를 내린 것도 바로 너처럼 엉터리로 관직을 얻은 자를 가려내어 그 직을 박탈시키려는 것이다."

현덕은 그저 '네, 네,' 연거푸 대답하며 물러 나와야 했다.

현으로 돌아오는 길에 현의 현리(縣吏: 아전)와 상의했다.

현리 曰: "독우가 저렇게 위세를 부리는 것은 바로 뇌물을 달라는 것입니다."

현덕 曰: "나는 백성들에게 추호의 잘못을 한 것이 없는데 어찌 그에게 뇌물을 줘야 한단 말이오?"

다음 날 독우는 먼저 현리들을 불러 현덕 현위(縣尉)가 백성들에게 죄를 지었다는 것을 강제로 자백하도록 윽박질렀다. 현덕은 몸소 현리들을 풀어달라고 독우를 수차례 찾아갔으나 문 앞에서 들여보내 주지 않고 저지당해 결국 독우를 만나지조차 못했다.

화가 난 장비는 술을 실컷 마시고 말을 타고 역참 앞을 지나가다가 5~6십여 명의 노인들이 역참 문 앞에서 통곡을 하고 있는 것을 보고 도대체 무슨 일인지 물었다.

여러 노인이 말하기를: "지금 독우가 현리 들을 잡아다 족치며 유공(劉公)에게 없는 죄를 뒤집어씌우려 하고 있습니다. 우리는 모두 사실대로 고하려고 왔는데, 안에 들이기는커녕 문지기들에게 두들겨 맞기만 했습니다."

화가 머리끝까지 치밀어 오른 장비는 고리눈을 부릅뜨고, 이를 부드득 갈면서 구르듯이 말에서 내려와 역참으로 들어가는데 문지기들이 어떻게 그가 들어가는 것을 막을 수 있겠는가!

곧바로 후당(後堂)으로 뛰어들어가 보니 독우는 대청 위에 앉아 있고 현리는 밧줄로 꽁꽁 묶인 채 땅에 엎드려 있었다.

장비가 큰 소리로 호통치기를: "백성을 해치는 이 도적놈아! 내가 누군지 아느냐?"

독우가 입을 채 열기도 전에 장비에게 머리채를 잡힌 채 역참 밖으로 질질 끌려 나왔다. 곧바로 현청 앞에 있는 말뚝에 붙들어 매어 놓고는 버드나무 가지를 잡아당겨 꺾어 그의 두 다리를 힘껏 내리쳤다. 연이어 버드나무 가지 십여 개가 부러졌다.

현덕이 홀로 답답한 마음을 달래고 있는데, 현청 앞에서 시끄러운 소리가 들려 옆에 있는 사람에게 물어보니 대답하기를: "장 장군이 현청 앞에서 어떤 사람을 묶어 놓고 심하게 매질하고 있습니다."

현덕이 황급히 뛰어나가 보니, 묶여 있는 자는 독우가 아닌가! 현덕이 깜짝 놀라 도대체 무슨 일인지 물었다.

장비 曰: "백성을 해치는 이런 도적놈을 때려죽이지 않으면 누구를 죽인단 말이오?"

張翼德怒鞭督郵

62

독우가 사정하며 말하기를: "현덕 공, 제발 날 좀 살려 주시오!"

현덕은 원래 성품이 인자한지라 즉시 호통을 치며 장비의 매질하는 손을 멈추게 했다.

이때 관우가 옆으로 와서 현덕에게 말하기를: "형님께서는 수많은 공을 세웠지만 얻은 거라고는 겨우 현위(縣尉) 벼슬자리인데, 오늘 오히려 독우에게 이런 모욕만 당했습니다. 가시덤불 속에서는 난새(鸞)[8]나 봉황이 둥지를 틀지 않습니다. 내 생각으로는 이참에 차라리 독우를 죽여 없앤 뒤, 벼슬을 버리고 고향으로 돌아가 다른 꿈을 키우는 것이 좋겠습니다."

현덕은 인수(印綬)[9]를 꺼내어 독우의 목에다 걸어 놓고 꾸짖으며 말하기를: "백성들을 해치는 너 같은 놈은 죽여야 마땅하지만, 이번만은 잠시 목숨은 살려 주겠다. 나는 인수를 돌려주고 이 길로 떠날 것이다."

독우는 돌아가서 정주 태수에게 이 사실을 알렸으며 태수는 문서로 성부(省府)에 보고하자 사람을 보내서 잡아 오도록 했다.

현덕·관우·장비 세 사람은 대주(代州)로 가서 유회(劉恢)에게 몸을 의탁했다. 유회는 현덕이 한(漢)의 황실 종친이라는 사실을 알고 자기 집에 숨겨주고 더 이상 언급하지 않았다.

한편 십상시들은 모든 권력을 장악하고 나서 서로 상의하여 자신들을 따르지 않는 자는 무슨 죄라도 뒤집어씌워 죽여 버리자고 했다. 조충과 장양은 사람을 보내서 황건적을 쳐부순 장수나 군사들에게 황금과 비단을 받아오도록 했고, 요구에 응하지 않는 자는 상주(上奏)하여 파직했다.

황보숭과 주준은 모두 응하지 않았으므로 조충 등은 이들의 관직을

---

8 중국 전설에 나오는 상상의 새. 역자 주.
9 관인에 매달은 끈, 즉 관직을 상징함. 역자 주.

박탈하도록 상주했다. 황제는 또 조충 등을 거기장군에 봉하고 장양 등 13명을 모두 열후(列侯)에 봉했다. 조정은 갈수록 문란해지고 백성들의 원성은 날로 높아졌다.

이리하여 장사(長沙)의 구성(區星)이라는 자가 난을 일으켰고, 어양(漁陽)에서는 장거(張擧)·장순(張純)이란 자들이 반란을 일으켰는데 장거는 스스로 천자라 칭하고 장순은 대장군이라 칭했다. 반란을 알리는 상주문이 눈송이 흩날리는 것처럼 연달아 날아들어 형세가 위급함을 알려왔지만, 십상시들은 그것들을 전부 감추고 황제에게 보고조차 하지 않았다.

하루는 황제가 후원에서 십상시들과 술을 마시며 연회를 열고 있을 때, 간의대부(諫議大夫) 유도(劉陶)가 황제 앞에 와서 대성통곡을 했다.

황제가 무슨 일인가 물으니 유도가 아뢰길: "천하의 위태로움이 바람 앞의 촛불인데 폐하께서는 어찌 환관들과 어울려 술이나 마시고 계시옵니까?"

황제 曰: "나라가 이렇게 태평한데 어찌 위태롭다고 하느냐?"

유도가 다시 아뢰기를: "지금 사방에 도적들이 들고일어나 주군(州郡)을 침략하고 있사옵니다. 이런 화는 모두 십상시들이 벼슬을 팔고 백성을 해치며 주상을 기망했기 때문입니다. 조정에 바른말을 하는 사람들은 모두 떠나고, 그 화가 지금 눈앞에 있사옵니다."

이 말을 듣던 십상시들은 일제히 관을 벗고 황제 앞에 무릎을 꿇고 엎드려 아뢰기를: "대신들이 받아들이지 않겠다고 한다면 신들은 살아갈 수 없사옵니다. 원컨대 신들의 목숨만 살려 주신다면 고향으로 돌아가 가산(家産)을 모두 정리하여 군자금으로 보탤 것입니다."

그들은 말을 마치고 통곡하기 시작했다.

황제가 화를 내며 유도에게 말하기를: "너의 집에도 역시 너를 가까이 모시는 사람이 있을 텐데 어찌 나는 가까운 신하를 두지 말라는 것이냐?"

그러고는 무사를 불러 그를 끌고 나가 참하라고 명했다.

유도가 큰 소리로 외치기를: "신이 죽는 것은 아깝지 않으나, 4백여 년 이어져 온 한(漢) 나라가 지금에 와서 하루아침에 무너지는 것이 안타까울 뿐입니다."

무사들이 유도를 에워싸고 나가서 막 그의 목을 치려고 할 때, 한 대신이 멈추라고 소리치며 말하기를: "손대지 마라, 내가 황제에게 간(諫)하러 갈 것이니 기다리거라."

주위에서 바라보니 그는 바로 사도(司徒) 진탐(陣耽)이었다.

그가 즉시 궁으로 들어가서 황제께 간하여 아뢰기를: "유(劉) 간의(諫議)가 도대체 무슨 죄를 지었다고 참형을 당해야 합니까?"

황제 曰: "그는 나의 가까운 신하들을 비방하고 짐을 모독하였느니라."

진탐이 아뢰기를: "지금 천하의 백성들은 십상시의 육신을 씹어 먹고 싶어 하는데, 폐하께서는 오히려 저들을 부모처럼 공경하고 계시옵니다. 저들은 한 치의 공도 없음에도 모두 열후(列侯)에 봉해 주셨습니다. 하물며 봉서 등은 황건적과 결탁하여 내란까지 일으키려 하였습니다. 폐하께서는 지금도 여전히 자성(自省)하지 않으시니, 사직(社稷)이 당장 무너져 내리는 것을 보게 될 것입니다."

황제 曰: "봉서가 난을 일으키려 했다는 것은 사실이 분명치 않다. 십상시 중에서도 어찌 한두 명의 충신이 없겠는가?"

진탐이 자기의 머리를 일부러 계단에 부딪치며 간하자, 황제가 진노하며, 그를 당장 끌고 나가 유도와 함께 하옥시키라고 명했다. 그날 밤, 십상시는 옥중에 갇혀있는 그들 두 명을 모살(謀殺)해 버렸다. 그리고 황제의 조서를 거짓으로 꾸며 손견을 장사(長沙) 태수로 임명하여 구성(區星)

을 토벌하도록 했다.

50일도 채 되지 않아 손견이 강하(江夏)를 평정하고 승전 소식을 보고하자 손견을 오정후(烏程侯)에 봉한다는 조서를 내렸다. 그리고 유우(劉虞)를 유주목(幽州牧)으로 봉하고 군사를 거느리고 어양(漁陽)으로 가서 장거(張擧)와 장순(張純)을 토벌하도록 했다.

한편 대주(代州)의 유회(劉恢)가 문서로 현덕을 유우에게 추천하여 만나보게 했다. 유우는 대단히 기뻐하며 현덕을 도위(都尉)로 임명하고 곧바로 군사를 이끌고 가서 적들의 소굴을 치라고 명했다.

현덕은 여러 날 동안 크게 싸워 적들의 예기를 꺾었다. 그럼에도 장순(張純)은 한결같이 흉포한 행동만 했다. 결국 군사들이 변심하고 휘하의 두목이 장순을 살해하여 그의 목을 현덕에게 바치며 무리들을 데리고 항복했다.

장거(張擧)는 형세가 더 이상 버틸 수 없는 상황이 되자 스스로 목을 매어 자살했다. 이리하여 어양은 완전히 평정을 되찾았다.

유우는 조정에 유비가 큰 공을 세웠음을 보고하니 조정은 유비의 독우를 매질했던 사건을 사면함과 동시에 하밀승(下密丞)을 제수했다가 다시 고당위(高堂尉)로 자리를 옮겨 주었다.

공손찬(公孫瓚)도 현덕의 과거 공적을 조정에 올려 별부사마(別部司馬)로 천거하고 평원(平原) 현령(縣令)을 겸하도록 했다.

현덕은 평원에서 꽤 많은 군사 자금과 물자를 확보함으로써 과거의 기상을 재정비했다. 또한 유우는 적을 평정한 공으로 태위(太尉)에 봉해졌다.

중평 6년(서기 189년) 4월, 영제(靈帝)의 병이 위독해지자 대장군 하진

(何進)에게 황제 사후(死後)의 문제를 상의하러 입궁토록 했다. 하진은 원래 백정 출신이었다. 누이가 궁으로 들어와 귀인(貴人)이 되어 황자(皇子) 변(辯)을 낳자 마침내 황후로 책봉되었는데, 하진은 누이 덕에 권세를 잡고 중요한 임무를 맡게 된 것이다.

영제는 또 왕미인(王美人)을 총애하여 황자 협(協)을 낳았는데 하(何) 황후가 질투하여 왕미인을 독살해 버렸다. 그래서 황자 협은 동태후(董太后)의 궁중에서 자랐다. 동태후는 곧 영제의 생모요, 해독정후(解瀆亭侯) 유장(劉萇)의 부인이다.

본래 환제(桓帝)에게는 대를 물려 줄 황자(皇子)가 없어 해독정후의 아들을 들여왔는데, 그가 바로 영제이다. 영제가 대통을 잇게 되자 곧 그의 어머니까지 궁중으로 맞아들여 부양하면서 태후로 높였다.

동태후는 일찍이 황제에게 황자 협(協)을 태자로 삼으라고 권한 바 있고, 황제 역시 협을 편애하여 그를 황태자로 삼으려 했다.

영제의 병세가 위독해지자 중상시 건석(蹇碩)이 황제에게 아뢰기를: "만일 협을 황태자로 세우고자 하신다면 반드시 먼저 하진을 죽여 후환을 없애야 하옵니다."

황제는 그 말이 옳다고 여기고 하진을 입궁하도록 한 것이다. 하진이 궁문 앞에 다다랐을 때, 사마번은(司馬燔隱)이 하진에게 말하기를: "지금 입궁해서는 안 됩니다. 건석이 공을 모살하려 합니다."

하진은 크게 놀라 속히 집으로 돌아와서 여러 대신들을 불러놓고 환관들을 모조리 죽여 버리자고 했다. 이때 자리에 앉아 있던 누군가 일어나며 말하기를: "환관들의 기세는 충제(忠帝)·질제(質帝) 때부터 일어나기 시작하여 조정에 온통 퍼져 있는데, 어떻게 모두 죽일 수 있겠습니까? 만일 일처리가 치밀하지 못하면, 틀림없이 멸문지화를 당하고 말 것입니다."

하진이 보니, 그는 바로 전군교위(典軍校尉) 조조였다. 하진이 꾸짖기를: "너 같은 애송이가 조정대사를 어찌 알겠느냐?"

잠시 주저하고 있는 그때 반은(潘隱)이 와서 말하기를: "황제께서 이미 붕어하셨습니다! 지금 건석이 십상시와 모의하여 국상(國喪)을 비밀에 부쳐놓고, 조서를 거짓으로 꾸며 하국구(國舅:하진)를 궁으로 불러들여 후환을 없앤 다음, 황자 협(協)을 새 황제로 세우려 하고 있습니다."

반은의 말이 채 끝나기도 전에 사자가 와서 하진은 속히 입궁하여 후사를 정하라는 전갈을 알렸다.

조조가 말하기를: "오늘의 계책은 먼저 황제의 자리부터 바로 잡고 그 다음에 내시들을 처치하도록 하십시오."

하진이 말하기를: "누가 나와 함께 황위를 바로 잡고 역적들을 치겠는가?"

한 사람이 선뜻 앞으로 나서며 말하기를: "저에게 정예병 5천 명만 내어 주시면 궁궐 문을 부수고 궁으로 들어가서, 새로운 황제를 세우고 환관들을 모조리 죽여 조정을 깨끗이 청소함으로써 천하를 편안하게 하겠습니다."

그는 사도(司徒) 원봉(袁逢)의 아들이자 원외(袁隗)의 조카로, 이름은 소(紹), 자(字)는 본초(本初)로 현재 직책은 사예교위(司隷校尉)였다.

하진은 매우 기뻐하며 황제의 근위군(御林軍) 중에서 정예병을 일일이 점검하여 5천 명을 내어 주었다.

원소는 온몸을 갑옷과 투구로 무장하고, 하진은 하옹(何顒)·순유(荀攸)·정태(鄭泰) 등 대신 30여 명을 데리고 줄지어 들어가서 바로 영제의 영구(靈柩) 앞으로 나아가 태자 변(辯)을 부축하여 황제 자리에 앉도록 했다.

백관들의 숭배 의식이 끝나고, 원소가 궁으로 들어와 건석을 체포하

68

려 하자, 건석은 황급히 궁안의 정원(御園)으로 들어가 꽃나무 아래 숨었으나, 중상시 곽승(郭勝)에게 발각되어 살해되었다. 그러자 건석이 통솔하던 금군(禁軍)들은 모두 투항했다.

원소가 하진에게 말하기를: "환관들이 당을 결성하고 있으니 이 기회에 그들을 모두 죽여 버리는 것이 좋겠습니다."

장양 등은 다급해진 상황을 눈치채고 황급히 하태후에게 달려가서 아뢰기를: "애당초 대장군을 살해하려고 음모를 꾸민 자는 건석 한 사람뿐이며 결코 저희와는 상관이 없습니다. 그런데도 지금 대장군은 원소의 말만 믿고 저희를 모두 죽이려고 하는데 태후 마마께서는 제발 저희를 불쌍히 여겨 주시옵소서."

하태후 曰: "너희들은 조금도 걱정하지 말거라. 내가 마땅히 너희들을 지켜줄 것이니!"

그러고는 하진을 궁으로 들어오라고 했다. 태후가 하진에게 은밀하게 말하기를: "나와 당신은 원래 신분이 변변치 못한 사람들인데 장양 등이 아니었다면 우리가 어찌 이런 부귀영화를 누릴 수 있단 말이냐? 건석은 나쁜 마음을 먹었다가 이미 주살 당했는데 너는 어찌하여 다른 사람 말만 믿고 환관들을 모조리 죽이려 하느냐?"

하진은 태후의 말을 듣고 나와 여러 관리에게 말하기를: "건석이 나를 해치려고 음모를 꾸몄으니 그놈의 집안은 모두 멸족해도 좋다. 그러나 나머지 환관들은 살해할 필요가 없다."

원소가 말하기를: "만일 풀을 베기만 하고 그 뿌리를 뽑지 않으면 반드시 그로 인해 목숨을 잃게 될 것입니다."

하진이 말하기를: "내 뜻은 이미 결정되었으니 너는 더 이상 여러 말 하지 말라."

결국 관원들은 모두 물러갔다.

다음 날 하태후는 하진을 녹상서사(錄尙書事)로 임명하고 그 외의 사람들에게도 모두 관직을 주었다.

동태후가 장양 등을 궁으로 불러 상의하면서 말하기를: "하진의 누이는 애초에 내가 천거해서 밀어주었는데, 이제 그의 아들이 황제 자리에 오르니 내외 신료들이 모두 그의 심복으로 채워져서 그의 위엄과 권세가 너무 커져 버렸다. 앞으로 나는 어찌해야 하느냐?"

장양이 아뢰기를: "태후 마마께서 수렴청정하시면서 정사에 관여하시고, 황자 협(協)을 왕으로 봉하시고 장인(國舅)인 동중(董重)의 벼슬을 더 높이어 군권을 장악하게 하십시오. 그리고 신 등을 중용하신다면 대사를 도모할 수 있습니다."

그 말을 들은 동태후는 매우 기뻐했다.

다음 날 조회(朝會)가 열리자, 동태후는 교지를 내려 황자 협을 진류왕(陳留王)으로 봉하고, 동중을 표기장군(驃騎將軍)으로 삼고 장양등과 함께 정사에 참여하도록 했다.

하태후는 동태후가 이렇게 권력을 휘두르는 것을 보고, 궁중에서 연회 자리를 만들어 동태후를 초청했다.

술이 어느 정도 취할 무렵, 하태후가 일어나 동태후에게 술잔을 권하고 절을 두 번 올린 다음 말하기를: "우리는 모두 부녀자인데 부녀자가 정사에 참여하는 것은 온당치 않은 것 같사옵니다. 옛날 여후(呂后)가 권력을 장악했다가 결국 여씨(呂氏)종족 1천여 명이 모두 죽임을 당한 일이 있습니다. 이제 우리는 마땅히 궁궐 속 깊숙이 들어앉아 있고 조정의 대사는 원로대신들에게 상의해서 처리하도록 하는 것이 나라를 위해 다행이라고 생각합니다. 원컨대 은혜를 베풀어 제 말을 들어주시옵소서."

동태후가 크게 노하면서 말하기를: "네가 왕미인(王美人)을 독살한 것은 질투하는 마음 때문이었다. 이제 네 아들이 황제가 되고, 오라버니 하진이 세력을 잡았다고 네가 이처럼 오만방자하다니! 내가 표기장군에게 칙령을 내려, 네 오라버니 목을 베는 것쯤은 손바닥 뒤집는 것 보다 더 쉽다는 걸 어찌 모르느냐?"

하태후 역시 물러서지 않고 화내며 말하기를: "나는 좋은 말로 충고했는데 어찌 도리어 화를 내십니까?"

동태후 曰: "네 집안은 원래 돼지 잡고 술 팔던 백정 출신인데 무슨 식견이 있다고 떠드느냐?"

두 태후의 다툼이 계속되자 장양 등이 각자 궁으로 돌아가기를 권했다.

하태후는 밤이 깊었음에도 하진을 불러 방금 있었던 일을 이야기 하니, 하진은 궁에서 나와 삼공(三公)을 불러 대책을 논의했다. 다음 날 아침 조정회의에서 신하들에게 동태후는 원래 번비(藩妃:제후의 비)이므로 궁중에 오래 머물러 있어서는 안 되니 마땅히 하간(河間:하북성 소재)으로 보내서 안치시켜야 하며, 그것도 당일 중으로 도성문 밖으로 내보내야 한다고 주청하도록 했다.

그리고 한편으로는 사람들을 보내 동태후를 호송하도록 하고, 또 한편으로는 엄선한 금군(禁軍)들에게 표기장군 동중의 집을 포위하고 장군 인수(印綬)를 수색하도록 했다.

동중은 일이 위태롭게 되었음을 알고 후당에서 자결했다. 군사들은 집안사람들의 곡소리를 듣고서야 비로소 철수했다. 장양·단규는 동태후 집안이 이미 망한 것을 보고 곧바로 금·구슬·노리개 등을 하진의 동생 하묘(何苗)와 그의 모친 무양군(舞陽君)에게 뇌물로 주며 그들에게 아침저녁으로 하태후에게 가서 좋게 말을 해 달라고 부탁했다. 그 결과 십상시들은 또다시 가까운 곳에서 총애를 받게 되었다.

그해 6월, 하진은 몰래 사람을 시켜, 하간역(河間驛) 뜰에서 동태후를 독살한 후, 시신을 장안으로 옮겨와 문릉(文綾)에 묻어 버렸으나, 하진은 아프다는 핑계로 나와 보지도 않았다.

사예교위(司隷校尉) 원소가 들어와서 하진에게 말하기를: "장양·단규 등이 공께서 동태후를 독살하고 반란을 도모하려 한다는 유언비어를 퍼뜨리고 있습니다. 이 기회에 환관들을 죽여 버리지 않으면 후에 반드시 큰 화를 당할 것입니다. 지난날 두무가 내시들을 죽이려고 했다가 거사 기밀이 누설되는 바람에 도리어 큰 화를 당했습니다. 현재 공의 형제가 거느리고 있는 군(軍)의 부하 장수들은 모두 영준(英俊)하니, 만일 그들에게 전력을 다하도록 한다면 확실하게 장악할 수 있습니다. 이것은 하늘이 준 기회로 절대 놓쳐서는 안 됩니다."

하진 曰: "그래, 차차 상의해 보도록 하세나."

하진 주위에 있던 자가 이 사실을 장양에게 몰래 전하니, 장양 등은 이 말을 다시 하진의 동생 하묘에게 전하며 더 많은 뇌물을 바쳤다.

하묘는 궁으로 들어가 하태후에게 일러바치기를: '대장군은 새 황제를 보좌하는 사람인데 인자한 일은 행하지 않으시고 그저 사람 죽이는 일에만 전념하고 있습니다. 지금 아무 이유도 없이 또 십상시를 죽이려고 하니, 이것이야말로 나라를 혼란에 빠지게 하는 길입니다.

하태후도 그 말에 동의했다. 얼마 후 하진이 궁으로 들어와 하태후에게 환관들을 죽여 버리겠다고 말했다.

하태후 曰: "내시들은 궁궐 안을 통솔하는 것은 한(漢) 황실의 오래된 전통이다. 선제(先帝)께서 세상을 떠나신 지 얼마나 되었다고, 선제를 모시던 신하들을 죽이려고 하는 것은 종묘사직을 중히 여기는 처사가 아니다."

하진은 원래 결단력이 없는 인간인지라 태후의 말을 듣자 그저 '예,

예,' 하고 물러 나왔다.

원소가 쳐다보며 묻기를: "대사(大事)는 어찌 되었습니까?"

하진 曰: "태후께서 윤허하지 않으셨다. 어떡하지?"

원소 曰: "그럼 사방의 영웅들에게 군사를 이끌고 장안으로 들어와서 환관 무리를 죽이라고 하십시오. 그렇게 하면 일이 워낙 다급해지니 태후께서도 따르지 않을 수 없을 것입니다."

하진 曰: "그 계책 참 절묘하구먼!"

하진은 곧바로 각 진(鎭)에 격문을 띄워 그들을 낙양으로 올라오도록 했다.

주부(主簿) 진림(陳琳)이 말하기를: "안 됩니다. 속담에 이르기를 '눈 가리고 제비와 참새를 잡는다(掩目而捕燕雀).'라고 했는데 이는 자신을 스스로 속이는 것입니다. 미물(微物)조차도 속여서는 뜻을 이룰 수 없다고 했거늘, 하물며 국가의 대사에 속임수를 쓰면 되겠습니까? 이제 장군은 황제의 위엄을 등에 업으시고 중요한 병권을 다 장악하고 계시니 그 기세가 위풍당당하고, 무슨 일이든지 다 마음대로 처리할 수 있습니다.

만약 환관을 죽여 없애려고 한다면, 그것은 화롯불에 솜털 태우는 것과 같습니다. 다만 속히 결심하시어 권력을 행사하기로 결단을 내리신다면 하늘과 사람 모두 따를 것입니다. 그러나 반대로 외부의 신하들을 불러 도성의 궁궐을 범하려고 영웅들이 한자리에 모인다면 각자 딴마음을 품게 될 것입니다.

이것이야말로 소위 자신은 창을 거꾸로 잡고 상대방에게 자루를 쥐어주는 꼴이 되어 공은 이루지 못하고 반대로 나라만 혼란에 빠지고 말 것입니다."

하진이 비웃으며 말하기를: "그것은 겁쟁이들의 생각이지!"

옆에 있던 한 사람이 손뼉을 치고 크게 웃으며 말하기를: "이 일은 손바닥 뒤집기보다 더 쉬운 일인데 무슨 말이 이렇게 많습니까!"

누군가 했더니 역시 조조였다.

이야말로:

황제 곁의 소인배들의 난을 제거하려면　　　浴除君側宵人難
반드시 조정안 지사의 계략을 따라야지　　　須聽朝中智士謀

조조는 과연 뭐라고 말할 것인가? 다음 회를 기대하시라.

제 3 회

동탁은 온명전 회의에서 정원을 구짖고
이숙은 황금과 구슬로 여포를 꼬드기다

議溫明董卓叱丁原

饋金珠李肅說呂布

　　조조는 그날 하진에게 말하기를: "환관들의 화(禍)
는 예나 지금이나 늘 있는 일입니다. 이런 일은 황제
가 이들에게 권력과 총애를 부당하게 빌려주었기 때
문에 이 지경에 이른 것입니다. 만약 죄를 다스리고자 한다면 바로 그 원
흉만 잡아 없애면 되고, 그런 일은 옥리(獄吏) 한 사람이면 충분합니다.
떠들썩하게 외부의 군사를 장안까지 불러드릴 필요가 어디 있습니까?
환관들을 모두 다 주살하고자 한다면 일은 탄로가 나게 마련이고 그것
은 반드시 실패할 것이라고 나는 생각합니다."

　　하진이 성질내며 말하기를: "맹덕 역시 사심을 품고 있는 것인가?"

　　조조가 물러나며 혼자 말로 말하기를: "천하를 어지럽게 하는 자는
바로 당신이야!"

　　하진은 은밀하게 사자를 시켜서 비밀조서를 가지고 밤낮으로 각 진
(鎭)으로 달려가서 전하도록 했다.

　　한편 전장군(全將軍)에 오향후(鰲鄕侯) 겸 서경자사(西京刺史)인 동탁(董

卓)은 전에 황건적을 무찌르는 데 아무런 공이 없어, 조정 회의에서 그의 죄를 다스리려고 했는데, 십상시에게 뇌물을 바치고 가까스로 처벌을 면했다. 더구나 조정의 권력 있는 신하와 결탁하여 오히려 높은 벼슬을 얻었는데, 바로 서주(西州) 대군 20만 명을 통솔하게 되었다.

그런데도 그는 늘 조정에 불만을 품고 있던 터에 조정에서 온 조서를 받고 매우 기뻐하며 자기 말을 잘 듣는 충신들 위주로 군사를 꾸린 뒤 속속 떠나도록 했다. 그는 사위인 중랑장 우보(牛輔)에게 섬서(陝西)를 지키도록 하고, 이각(李傕)·곽사(郭汜)·장제(張濟)·번조(樊稠) 등을 데리고 대군을 인솔하여 낙양으로 출발했다.

동탁의 사위이자 그의 모사(謀士)인 이유(李儒)가 말하기를: "지금 비록 조서를 받들기는 하지만 어딘지 석연치 못한 점이 많습니다. 사람을 보내서 황제께 표문을 올리는 것이 어떻겠습니까? 명분이 정당해야 그 말에 순리가 있어, 대사를 도모할 수 있습니다."

동탁은 이유의 말에 따라 즉시 표문을 올렸는데, 대강 이런 내용이었다.

"신이 듣기에 세상이 이처럼 혼란하고 반역이 끊이지 않는 것은 모두 황문상시(黃門常侍) 장양의 무리들이 군신 상하 간의 존비(尊卑)의 도를 무시하고 태만했기 때문이라고 합니다.

끓는 물을 멈추기 위해서는 탕기를 들어 올리는 것보다 장작을 치우는 것이 낫고, 악성 종기를 터뜨리면 비록 아프기는 해도, 독을 기르는 것보다는 낫다고 했습니다.

신이 감히 징과 북을 울리며 낙양으로 들어가 장양 등을 제거하기를 청하옵니다. 이렇게 하는 것이 종묘사직과 나라에 큰 다행이 될 것이옵니다."

하진이 표문을 보고 나서 대신들에게 보여 주자 시어사(侍御史) 정태(鄭

泰)가 간하여 말하기를: "동탁은 시랑(豺狼: 승냥이와 이리)과 같은 놈입니다. 그런 자를 장안으로 들어오게 하면 반드시 사람을 잡아먹을 것입니다."

하진 日 : "자네는 의심이 너무 많구먼. 함께 대사를 도모하기에는 부족해!"

노식 역시 간하기를: "저도 평소 동탁의 됨됨이를 잘 알고 있는데 얼굴은 선량해 보이지만 속마음은 이리와 같은 놈입니다. 일단 궁 안으로 들어오면 반드시 큰 화가 생길 것이니 들어오지 못하게 하여 난이 일어나지 않게 하십시오."

하진이 듣지 않자, 정양과 노식은 관직을 버리고 떠나 버렸으며 조정 대신들 가운데 떠나간 사람이 태반이나 되었다.

하진은 사람을 보내 민지(澠池)에서 동탁을 영접했으나, 동탁은 그곳에 군사를 주둔시키고 움직이지 않았다.

한편 장양 등은 외부의 군사들이 왔다는 것을 알고 함께 의논하기를: "이것은 하진의 모략이다. 우리가 먼저 손을 쓰지 않으면 모두 멸족을 당할 것이다."

그러고는 먼저 도부수(刀斧手) 50명을 장락궁(長樂宮) 가덕문(嘉德門) 안쪽에 매복시켜 놓고, 하태후에게 가서 고하기를: "지금 대장군이 황제의 가짜 조서로 외부 병사들을 이곳으로 불러들여 신들을 죽이려고 하고 있습니다. 태후마마께서 저희를 불쌍히 여겨 살려 주시옵소서!"

태후 日: "너희가 대장군 부중(府中)으로 가서 사죄드리는 것이 어떠냐!"

장양이 아뢰기를: "만일 저희가 대장군 부중으로 가면 살과 뼈가 모두 가루가 될 것입니다. 원컨대 마마께서 대장군을 궁으로 불러들이시어 그러지 말라고 해주시옵소서. 만일 그가 마마의 말도 듣지 않으면 신 등은 모두 마마 앞에서 죽음을 청할 수밖에 없습니다."

이리하여 태후가 조서를 내려 하진을 궁으로 들어오라고 불렀다.

하진이 조서를 받고 곧바로 가려고 하는데 주부(主簿) 진림(陳淋)이 간하기를: "태후의 이번 조서는 필시 십상시의 모략일 것이니 절대로 가시면 안 됩니다. 가시면 반드시 화를 입게 될 것입니다."

하진 曰: "태후께서 부르셨는데 어찌 화를 당한단 말이냐?"

원소 曰: "지금 우리들의 계략이 누설되어 이미 탄로가 났는데도 장군께서는 여전히 궁에 들어가려고 하시는 겁니까?"

조조 曰: "먼저 십상시를 나오라고 한 연후에 들어가시지요?"

하진이 비웃으며 말하기를: "그건 애송이 같은 식견이지. 내가 천하의 권력을 쥐고 있는데 십상시가 감히 어찌한단 말이냐?"

원소 曰: "장군께서 꼭 들어가려 하신다면 저희가 갑옷을 입은 병사를 이끌고 호위해서 따라가 만일의 사태에 대비하겠습니다."

이리하여 원소와 조조는 각기 정예병 5백 명을 선발하여 원소의 동생 원술(袁術)이 통솔하도록 했다.

원술은 갑옷과 투구를 쓰고 군사들을 이끌고 청쇄문(青瑣門) 밖에다 배치해 놓았다. 원소와 조조는 칼을 차고 하진을 호송하여 장락궁(長樂宮) 앞에 이르자 내시가 황태후의 조령(詔令)을 전하기를: "황태후께서는 특별히 대장군 혼자만 들어오시고 다른 사람은 함부로 들여보내지 말라고 하셨습니다."

원소와 조조 등은 모두 궁문 밖에서 저지당하고, 하진은 당당하게 혼자 들어갔다. 가덕문(嘉德門) 앞에 이르렀을 때 장양과 단규가 마중을 나와 좌우로 그를 에워쌌다. 하진이 깜짝 놀라자, 장양이 엄한 목소리로 하진을 꾸짖으며 말하기를: "동태후가 도대체 무슨 죄가 있다고 네놈이 함부로 독살을 한단 말이냐? 그리고 국모의 상중에 아프다는 핑계로 나와 보지도 않은 놈아, 네놈은 본래 돼지 잡고 술 팔던 가장 미천한 놈인

데 우리가 천자께 천거해서 지금까지 부귀영화를 누리게 해 주었건만,
은혜에 보답은 못 할망정 도리어 우리를 해치려고 하다니! 네놈은 우리
가 탁하다고 말하는데 그러면 맑은 놈은 도대체 어떤 놈들이냐?"

하진이 황급히 도망갈 길을 찾으려고 하자 궁궐문은 이미 닫히고 복
병들이 일제히 뛰어나와 하진의 몸을 두 동강 내고 말았다. 후세 사람
들이 이를 탄식하여 지은 시가 있으니:

한 황실 기울어 천수 끝나려 할 때	漢室傾危千數終
지략 없는 하진이 삼공이 되었구나	無謀何進作三公
충신들의 간언을 들을 줄 몰랐으니	幾番不廳忠臣諫
궁중에서 칼 맞는 일 피할 수 있나	難免宮中受劍鋒

장양 등은 이미 하진을 살해하고, 원소는 한참 동안 궁문 출입자를 보
지 못하자, 궁문 밖에서 크게 소리치기를: "장군님, 수레에 오르시지요!"

장양 등이 성벽 위에서 하진의 수급을 내 던지며 부하들에게 지시하
듯이 말하기를: "하진은 모반을 하였으므로, 이미 그의 목을 베었다. 하
지만 나머지 그를 따랐던 자들은 모두 용서해 주겠다."

원소가 매섭고도 큰 목소리로 소리치기를: "환관들이 대장군을 모살
했다! 악당들을 죽이고자 하는 자들은 앞으로 모두 나와 싸워라!"

하진의 부장(副將) 오광(吳匡)이 즉시 청쇄문 밖에 불을 질렀다. 원술
은 군사들을 이끌고 궁정 안으로 돌진하여 들어가서 환관들이 보이기만
하면 어른, 아이 불문하고 닥치는 대로 죽였다. 원소와 조조도 궁궐 문
을 부수고 안으로 쳐들어갔다.

조충(趙忠)·정광(程曠)·하운(夏惲)·곽승(郭勝) 등 네 명의 환관은 도망
을 치다, 취화루(翠花樓) 앞에 이르러 난도질을 당해 죽었다. 궁중에는

화염이 하늘을 찌르고, 장양·단규·조절·후람 등은 태후와 태자 및 진류왕(陳留王)을 겁박하여 궁중 깊숙이 들어가서 뒷길로 통한 북궁으로 도주하려고 했다.

노식이 관직은 버렸으나 아직 궁을 떠나지 않고 있었는데, 궁 안에 변괴가 일어난 것을 보고, 갑옷으로 갈아입고 창을 들고 전각 아래 서 있었다. 때마침 멀리서 단규가 하태후를 협박하여 오고 있는 것을 보고 큰 소리로 외치기를: "단규 이 역적 놈아! 네 놈이 어찌 감히 태후를 겁박하느냐?"

단규는 잽싸게 몸을 돌려 달아나고 태후는 창밖으로 뛰어나오자 노식이 급히 구해 화를 면했다.

한편 오광이 궁궐 안마당으로 돌진해 들어가다가 하진의 동생 하묘 역시 칼을 들고 나오는 것을 보았다. 오광이 큰 소리로 외치기를: "하묘도 함께 공모해서 제 형을 죽인 놈이다. 당장 저놈도 죽이자!"

옆에 있던 다른 무리들도 함께 말하기를: "공모해서 형을 죽인 도적놈을 죽이자!"

하묘가 도망을 가려고 했으나 이미 사방이 포위되어 결국 칼로 베어져 잘게 가루가 되어 버렸다. 원소는 또 군사들에게 십상시의 가족들은 노소를 불문하고 모조리 잡아 죽이라고 명령했다. 그러자 수염이 없는 여러 재수 없는 사람들이 잘못 걸려들어 죽임을 당하기도 했다.

조조는 한편으로는 궁중의 불을 진화하도록 하고, 또 한편으로는 하태후를 청하여 중요한 정사를 대리하도록 했다. 그리고 군사들에게 장양을 계속 추격하여 어린 황제를 찾아오도록 했다.

한편 장양과 단규는 어린 황제와 진류왕을 협박하여 화염을 뚫고 밤새 달려 북망산에 이르렀다. 대략 이경쯤 되었을 때, 뒤에서 함성 소리가 들리더니 말을 탄 사람들이 쫓아 왔다. 앞장을 선 하남중부(河南中部)의 연사(椽史) 민공(閔貢)이 큰 소리로 외치기를: "역적 놈은 도망을 멈추어라!"

장양은 사태가 위급해짐을 깨닫고 곧바로 강물에 투신해 죽고 말았다.

황제와 진류왕은 어떤 상황인지 잘 몰라서 감히 소리를 내지 못하고 강가의 풀 더미 속에 엎드려 있었다. 군사들이 사방으로 흩어져 찾았으나 황제가 숨어있는 곳을 찾지 못했다. 황제와 왕은 사경(四更)까지 그대로 엎드려 있었다. 이슬은 내리는데 배는 고프고 서로 부둥켜안고 울었지만, 남에게 들킬까 봐 풀 더미 속에서 울음을 삼키고 있었다.

진류왕 曰: "여기는 오래 머물러 있을 곳이 못 되니 빠져나갈 수 있는 길을 찾아봐야 하겠습니다."

그래서 두 사람은 옷을 서로 붙잡아 매고 강기슭 위로 기어 올라갔다. 그곳은 온통 가시덤불만 우거졌고 캄캄해서 길이 보이지 않았다. 정말 어찌해야 좋을지 모를 그 순간, 갑자기 수 천마리의 반딧불이가 떼를 지어 와서는 환하게 비추는데 바로 황제 앞에서만 빙빙 날아다녔다.

진류왕 曰: "이것은 하늘이 우리 형제를 도와주는 것입니다."

즉시 반딧불이를 따라 걸어가니 과연 길이 보이기 시작했다.

오경(五更: 새벽 3시~5시)이 될 때까지 계속 걸으니, 다리가 아파 더 이상 걸을 수가 없어 마침 산언덕 옆에 건초 더미가 보이길래 황제와 왕은 그 건초 더미 옆에서 누웠다.

건초 더미 앞에는 집이 한 채 있었는데 집주인은 그날 밤에 두 개의 붉은 해가 자기의 집 뒤에 떨어지는 꿈을 꾸었다. 깜짝 놀라서 옷을 걸치고 집 밖으로 나와 사방을 둘러보다 집 뒤의 건초 더미 위에서 붉은 빛이 하늘로 솟아오르는 것을 보고 황급히 다가가서 자세히 살펴보니, 과연 두 사람이 풀 더미 옆에 누워 있는 것이 아닌가!

집주인이 물어보기를: "두 소년은 뉘 집 자식인가?"

황제가 머뭇거리고 있자 진류왕이 황제를 가리키며 말하기를: "이분은 바로 황제이시니라. 십상시 난을 피해 여기까지 오게 되었으며 나는 황제의 동생 진류왕이다."

집 주인은 너무나 놀라서 두 번 절을 하고 아뢰기를: "신은 앞선 황제 때의 사도(司徒) 최열(崔烈)의 아우 최의(崔毅)라 하옵니다. 십상시가 매관매직을 일삼고 어진 자들을 질투하는 것을 보고 일부러 이곳에 숨어 살고 있사옵니다."

최의는 곧바로 황제를 부축하여 집안으로 모신 다음, 밥상을 차려서 무릎을 꿇고 바쳤다.

한편 민공(閔貢)은 단규를 쫓아가서 붙잡은 뒤 묻기를: "황제께서는 어디 계시느냐?"

단규 曰: "오는 도중에 서로 헤어져 어디에 계시는지 모릅니다."

민공은 즉시 단규를 죽이고 그의 목을 베어 말의 목에 매단 다음, 군사를 사방으로 풀어 천자를 찾으라고 명령하고 자신은 혼자 말을 타고 길을 따라가며 찾았다.

민공이 우연히 최의의 집에 다다랐을 때 최의가 말에 매달린 수급을 보고 무슨 일인지 물어보자 민공이 자세히 설명했다.

최의가 민공을 황제에게 안내하여 뵙게 해 주자 군신이 모두 통곡했다.

민공 曰: "나라는 하루라도 군주가 안 계시면 아니 되옵니다. 폐하께서는 속히 환도(還都)하시옵소서."

최의의 집에는 바짝 마른 말 한 필밖에 없었으므로 황제에게 말을 타게 하고 민공과 진류왕이 함께 말을 타고 집을 떠나 길을 가다 3리도 채 못가서 사도(司徒) 왕윤(王允)·태위(太尉) 양표(楊彪)·좌군교위(左軍校尉) 순우경(淳于瓊)·우군교위(右軍校尉) 조맹(趙萌)·후군교위(後軍校尉) 포신(鮑信)·중군교위(中軍校尉) 원소 일행의 사람들과 수백 명의 군사가 어가를 영접하러 오니, 황제와 신하들 모두 통곡했다.

그들은 장규의 수급을 먼저 장안으로 보내 백성들에게 대역죄인의 최후가 어떻게 되는지 보게 하고, 좋은 말을 골라 황제와 진류왕이 바꾸어 타도록 하고 황제를 호위하여 장안으로 돌아갔다.

일찍이 낙양의 어린애들이 노래 부르기를:

황제는 황제가 아니고 왕은 왕이 아니네	帝非帝王非王
수많은 기마병들이 북망산으로 달려가네	千乘萬騎走北邙

이제 보니 그 참언이 그대로 들어맞았다.

황제의 어가가 몇 리 못 갔는데 갑자기 수많은 깃발이 해를 가리고 먼지가 하늘을 뒤덮으며 한 무리의 군사들이 달려왔다.

백관이 실색을 하고 황제 또한 몹시 놀랐다.

원소가 말을 달려 앞으로 나가서 묻기를: "어떤 놈들이냐?"

그때 수놓은 깃발 그림자 속에서 한 장수가 나타나더니 날카로운 소리로 말하기를: "천자께서는 어디 계시느냐?"

황제는 부들부들 떨면서 말을 못 하는데 진류왕이 말을 채찍질하며 앞으로 나가 꾸짖기를: "길을 가로막은 자는 누구냐?"

동탁 曰: "서량자사(西涼刺史) 동탁(董卓)이오!"

진류왕 曰: "너는 어가를 호위하러 왔느냐? 아니면 겁박하러 왔느냐?"

동탁 曰: "특별히 어가를 호위하러 왔나이다."

진류왕 曰: "호위하러 왔다면 황제께서 여기 계시는데 어째서 말에서 내리지 않느냐?"

동탁이 깜짝 놀라 황급히 말에서 내려 길옆에서 엎드려 절을 했다.

진류왕이 말로서 동탁을 타이르는데 시종일관 한 마디 말실수도 없었다.

동탁은 내심 기이하게 생각하고 이때 이미 현재의 황제를 폐하고 새로운 황제를 옹립해야겠다는 마음을 품었다.

이날 환궁하여 하태후를 만난 사람들은 모두 통곡했다. 그러고 나서 궁중 안을 뒤져보니 전국옥새(傳國玉璽)가 보이지 않았다.

동탁은 군사들을 성 밖에 주둔시켜 놓고 매일 철갑으로 무장한 군사들을 거느리고 시내를 제멋대로 돌아다니자 백성들은 두려워서 벌벌 떨었다. 동탁은 궁중에 드나들면서도 전혀 거리낌이 없었다.

후군교위 포신이 원소를 찾아와서 동탁은 이미 딴마음을 품고 있으니 속히 제거해야 한다고 말했다.

원소 曰: "조정이 이제야 겨우 안정되었는데 경거망동해서는 안 되오."

포신은 또 왕윤을 찾아가서 역시 같은 말을 했지만, 왕윤도 말하기를: "다음에 의논하시지요!"

누구도 자기의 말에 관심을 보이지 않자, 포신은 자기의 군사들을 이끌고 태산(泰山)으로 떠나버렸다.

동탁은 하진 형제의 부하 군사들을 끌어들여 전부 자기 휘하의 군사로 만들어 버렸다.

그리고 은밀하게 자기 사위이자 책사인 이유(李儒)에게 말하기를: "내가 현 황제를 폐위시키고 진류왕을 옹립시키려고 하는데 어떻게 생각하느냐?"

이유 曰: "마침 조정에는 주인이 없으니 지금이 절호의 기회입니다. 우물쭈물하다가는 반드시 변이 생길 것입니다. 내일 온명원(溫明園)에 백관들을 모아 놓고 황제를 폐립(廢立)하고자 하는 뜻을 분명히 밝히시고 따르지 않는 자는 바로 목을 베어 버리십시오. 위엄과 권위를 행사할 때는 바로 지금입니다."

동탁은 기쁜 마음으로 다음 날 거대한 연회장을 만들어 놓고 조정의 고관들을 모두 초청했다. 대신들은 다들 동탁을 겁내고 있는데 누가 감히 동탁의 초청을 거절하겠는가!

동탁은 백관들이 다 도착할 때까지 기다렸다가 천천히 온명원 문 앞에서 말에서 내려 칼을 찬 채로 자리로 들어갔다.

술잔이 몇 차례 돌고난 뒤, 동탁은 술잔 돌리기를 멈추고 음악도 그치게 한 다음 무게 잡는 목소리로 말하기를: "내가 할 말이 있으니 다들 조용히 들으시오."

대신들이 모두 귀를 기울였다.

동탁 曰: "천자는 만백성의 주인으로 위엄과 엄숙한 태도가 없으면 종묘사직을 받들 수가 없소. 그런데 지금의 주상은 나약하여, 총명하고 학문을 좋아하는 진류왕만 못하오. 진류왕이야말로 대위(大位)를 이을 분이오. 그래서 나는 황제를 폐하고 진류왕을 새 황제로 세우려고 하는데 여러 대신은 어떻게 생각하시오?"

모든 대신이 이 말을 듣고 감히 아무 소리도 못 하는 그때, 의자에 앉아 있던 한 사람이 탁자를 밀치고 나와 연회석 앞에 서서 큰 소리로 외치기를: "안 된다. 절대로 안 돼! 당신이 도대체 뭔데 그런 엄청난 소리를 지껄이는가! 천자는 확실한 선황제의 적자(嫡子)이시고 아직 어떠한 과실도 없는데 어찌 함부로 폐립을 입에 올린단 말이냐! 당신이 황제 자리를

議溫明董卓北丁原

빼앗고 싶은 것이냐?"

동탁이 보니 그는 형주자사(荊州刺史) 정원(丁原)이었다.

동탁이 화를 내며 꾸짖기를: "나를 따르는 자는 살 것이오, 거스르는 자는 바로 죽을 것이다!"

즉시 허리에 차고 있던 칼을 빼 들어 정원의 목을 베려고 했다. 이때 이유는 정원의 뒤에 한 사람이 서 있는 것을 보았다. 그는 생김새가 위풍당당하고 늠름했으며, 손에는 방천화극(方天畵戟)을 쥐고 성난 눈으로 동탁을 노려보고 있었다.

이유가 급히 앞으로 나와 말하기를: "오늘 여기는 연회의 자리이니 더이상 국정을 논해서는 안 됩니다. 내일 도당(都堂)에서 공식적으로 거론해도 늦지 않습니다."

여러 사람이 모두 정원에게 말을 타고 떠나기를 권했다.

동탁이 백관들에게 묻기를: "내 말이 도리에 맞지 않소?"

노식 曰: "명공(明公)[10]이 틀렸소. 옛날 태갑(太甲: 商나라 제4대 군주)이 공명하지 않자, 대신(大臣) 이윤(伊尹)이 그를 동궁으로 폐위시키고 창읍왕(昌邑王)을 황제 자리에 오르게 하였소. 그러나 불과 27일 동안 3천여 가지나 되는 악행을 저질렀기 때문에, 대장군 곽광(霍光)이 태묘에 고(告)하고 그를 폐위시킨 일이 있소. 그러나 지금의 주상께서는 비록 어리시기는 하지만 총명하고 어지시며 지혜로운 분이오. 게다가 털끝만큼도 과실이 없소. 공은 외군(外軍)의 자사(刺史)에 지나지 않고, 평소 국정에 참여하지도 않았으며 이윤이나 곽광과 같은 큰 인재도 못 되면서 어찌 황제의 폐립과 같은 일을 강요할 수 있단 말이오? 성인(聖人)께서도 말씀하시기를 '이윤의 뜻이 있다면 그럴 수 있지만, 이윤의 뜻이 없다면 그것은

10　명망이 높은 사람을 호칭하는 말로 여기서는 동탁에 대한 존칭의 표현임, 역자 주.

바로 찬역(簒逆)이다.'라고 하셨소."

동탁이 매우 화를 내며 칼을 빼어 들고 앞으로 나가 노식을 죽이려고
했다. 이때, 시중(侍中) 채옹(蔡邕)과 의랑(議郎) 팽백(彭佰)이 간하여 말하
기를: "노상서(盧尙書:노식)는 널리 인망이 높으신 분인데, 지금 그를 해친
다면 천하가 모두 두려움에 떨 것입니다."

그러자 동탁은 마지못해 멈추었다.

사도 왕윤이 말하기를: "폐립과 같은 문제를 술자리에서 의논해서는
안 됩니다. 다음에 다시 논의하기로 합시다."

그래서 백관들은 모두 해산했다.

동탁이 칼을 들고 온명원 문 앞에 서 있는데, 성문 밖에 갑자기 한
사람이 말을 타고 왔다 갔다 하고 있는데 그는 손에 미늘창[11]을 쥐고
있었다.

동탁이 이유에게 묻기를: "저놈은 누구냐?"

이유 曰: "저놈은 정원의 의붓아들(義子)로, 성은 여(呂), 이름은 포(布)
이며 자(字)는 봉선(奉先)이라고 하는 자입니다. 주공께서는 그를 잠시 피
하셔야 합니다."

동탁은 온명원 안으로 들어가서 몸을 숨겨 피했다.

다음 날 정원이 군사를 이끌고 성문 밖에 와서 동탁에게 싸움을 걸
고 있다고 알려 왔다. 동탁이 화가 나서 군사들을 이끌고 이유와 함께
나갔다.

양 진영이 서로 대치하고 있을 때, 여포가 머리를 땋아서 금관 투구
를 쓰고, 몸은 온갖 수를 놓은 전포(戰袍) 위에 두꺼운 갑옷을 입고, 허

---

11 끝이 나뭇가지처럼 둘 또는 세 가닥으로 갈라진 창. 역자 주.

리에는 사자와 만왕(蠻王)[12] 모양을 장식한 보대(寶帶)를 매고, 손에는 미늘창을 들고 말을 달려 정건양을 따라서 진 앞으로 나오고 있는 것이 보였다.

건양이 동탁을 가리키며 욕을 퍼붓기를: "나라가 불행하여 환관들이 권력을 농간을 부려 만백성들이 도탄에 빠졌을 때 네 놈은 한 치의 공도 세운 게 없으면서, 어찌 감히 폐립의 망언을 입에 담아, 조정을 어지럽히려 하느냐?"

동탁이 미처 대꾸할 틈도 없이 여포가 쏜살같이 말을 달려 쳐들어왔다. 동탁이 깜짝 놀라 뒤로 물러나자 건양이 군사들을 이끌고 뒤쫓아 왔다. 동탁의 군사는 크게 패하여 30여 리나 물러나 진을 치고 대책을 논의했다.

동탁 曰: "보아하니 여포 이놈은 보통 놈이 아니다. 내가 만일 이놈만 얻는다면 천하에 무슨 걱정이 있겠는가?"

한 사람이 나와서 말하기를: "주공께서는 염려하지 마십시오. 제가 여포와 같은 동향이라 잘 아는데 그는 용맹하기는 하지만 꾀가 없고, 이득이 보이면 의리를 망각하는 자입니다. 제가 세 치 혀를 적당히 놀려 여포가 두 손 모으고 투항해 오도록 하지요. 그러면 되겠습니까?"

동탁이 매우 기뻐서 쳐다보니 그 사람은 호분중랑장(虎賁中朗將) 이숙(李肅)이었다.

동탁 曰: "자네는 여포를 어떻게 설득할 것인가?"

이숙 曰: "주공께는 적토(赤免)라고 하는 명마 한 필이 있는데, 하루에 천리를 간다고 들었습니다. 그 말에 황금과 명주(明珠)를 더하여 이(利)로서 그의 마음을 사로잡은 다음, 제가 적당한 말로 꾀면 여포는 틀림없이

---

12 거치른 남방민족의 왕을 상징. 역자 주.

정원을 배신하고 주공께 투항해 올 것입니다."

동탁이 이유에게 묻기를: "자네가 그렇게 한다면 여포가 정말 나에게 오겠는가?"

이유 曰: "주공께서 천하를 취하려 하시면서 어찌 말 한 필을 아까워하십니까?"

동탁은 흔쾌히 적토마를 주면서 거기에 황금 1천 냥과 명주 수십 개, 그리고 옥대(玉帶) 하나를 내어 주었다.

이숙이 예물을 가지고 여포의 진영으로 갔다. 길가에 매복해 있던 군사들이 에워쌌다.

이숙 曰: "속히 가서 여포 장군께 여쭈어라. 옛 친구가 찾아와서 뵙기를 청한다고."

군사들이 그대로 보고하자 여포가 들어오게 하라고 명령을 했다.

이숙이 여포를 보며 말하기를: "아우님, 그동안 별고 없으신가!"

여포가 읍(揖)¹³을 하면서 말하기를: "오랜만입니다. 지금 어디에 계신지요?"

이숙 曰: "현재 호분중랑장의 직책을 맡고 있다네. 아우님이 사직을 바로 잡으려 한다는 말을 듣고 기쁨을 감출 수가 없었네. 내게 좋은 말이 한 필 있는데 하루에 천리를 갈 수 있다네. 물 건너고 산에 오르는 것도 마치 평지를 달리듯이 가는데 적토마라고 한다네. 특별히 아우님께 드러서 아우님의 범 같은 위세에 도움이 되었으면 하네."

여포가 즉시 말을 끌고 오라고 하여 보는 순간, 과연 이 말은 전체가 이글거리는 숯불처럼 벌젖고, 잡털은 반 오라기도 없으며 머리부터 꼬리까지 길이는 한 장(丈)이요, 발굽부터 목까지 높이는 8척(尺)이라, 거기에

13　마주 잡은 두 손을 얼굴 앞으로 들고 허리를 공손히 구부렸다 펴면서 손을 내리는 인사. 역자 주.

포효하는 울음소리는 하늘을 뚫고 바다로 들어가는 기세가 아닌가!

후세 사람들이 이 적토마에 대해 읊은 시가 있으니:

천리 내딛는 발굽 아래 이는 티끌 먼지	奔騰千里蕩塵埃
물 건너고 산 오르니 자줏빛 안개 걷혀	渡水登山紫霧開
말고삐 당겨 끊고 옥 재갈 흔드는 모습	掣斷絲韁搖玉轡
불룡이 하늘에서 날아 내려오는 듯하네	火龍飛下九天來

그 말을 본 여포가 너무 기뻐하며, 이숙에게 감사하다며 말하기를: "형이 이런 좋은 말을 주었는데 이 은혜를 어찌 갚아야 할지 모르겠습니다."

이숙 曰: "나는 오로지 의기 때문에 찾아왔는데, 무슨 보답을 바라겠는가!"

여포가 술을 내와 대접했다.

술이 거나하게 취하자, 이숙이 말하기를: "내가 아우님은 오랜만에 만나지만, 자네 부친은 자주 뵙는다네!"

여포 曰: "형님, 취하셨네요. 선친이 세상을 떠나신 지 오래되었는데 어떻게 형과 서로 만난다는 겁니까?"

이숙이 웃으며 말하기를: "그게 아니라, 지금의 정자사(丁刺史)를 두고 하는 말이라네."

여포가 당황하며 말하기를: "제가 정자사에게 붙어 있는 것은 어쩔 수 없어서 그런 것입니다."

이숙 曰: "아우님은 하늘을 떠받들고 바다를 부리는 재주가 있는데, 이 세상 누군들 아우님을 공경하지 않겠는가? 공명과 부귀를 마치 주머니 속의 물건을 취하듯이 할 수 있는데, 어쩔 수 없어서 남의 밑에 있다는 게 도대체 무슨 말인가?"

여포 曰: "그런 주인을 만나지 못한 게 한이오!"

이숙이 웃으며 말하기를: " '좋은 새는 나무를 가려 둥지를 틀고, 훌륭한 신하는 주인을 가려서 섬긴다(良禽擇木而棲, 賢臣擇主而事).'라는 말이 있지 않은가. 기회를 보고도 잡지 못하면 후회해도 때는 이미 늦을 것이네?"

여포 曰: "형은 조정에 있으니 누가 세상의 영웅이라고 보시오?"

이숙 曰: "내가 많은 신하를 두루 보아 왔는데, 아무래도 동탁만 한 인물이 없네. 동탁의 사람 됨됨이는 현명한 자를 공경하고 선비를 섬길 줄 알며, 상벌이 분명하다네. 그는 결국 대업을 이룰 것이네."

여포 曰: "나도 그 분을 따르고 싶은데 줄이 닿는 사람이 없는 게 한이오."

바로 그때 이숙이 황금과 명주, 그리고 옥대를 여포 앞에 벌려 놓았다.

여포가 놀라서 묻기를: "이것들은 다 무엇입니까?"

이숙은 주위 사람들을 다 물리게 한 뒤, 여포에게 알리기를: "이것들은 동탁 공이 오랫동안 아우님의 명성을 흠모하여 특별히 나를 시켜 아우님께 갖다 드리라고 하신 거라네. 적토마 역시 동탁 공이 주신 것일세."

여포 曰: "동탁 공께서 이처럼 저를 아껴 주시는데, 제가 앞으로 어떻게 이 은혜를 갚아야 할지 모르겠습니다."

이숙 曰: "나처럼 재주가 없는 놈도 여전히 호분중랑장을 하고 있는데 공이 만일 동탁 공에게 온다면 말로 표현할 수 없는 귀한 대접을 받을 것이네."

여포 曰: "제가 찾아뵐 때 드릴 만한 예물이 티끌만큼도 없는 게 한이오."

이숙 曰: "그런 공이야 아우님이 하려고만 한다면 손바닥 한 번 뒤집는 사이에 세울 수 있는 것 아닌가!"

여포가 한참동안 망설이고 고민하더니 말하기를: "내가 정원을 죽이고 군사들을 이끌고 동탁에게 가면 어떻겠소?"

이숙 曰: "아우님이 만약 그렇게만 할 수 있다면 그보다 더 큰 공이 어디 있겠소. 그러나 이 일은 지체해서는 안 되고 속히 결단해야 할 것이오."

여포는 이숙에게 내일 투항하러 가겠다고 약속했고, 이숙은 이별하고 돌아갔다.

그날 밤 이경(二更) 무렵, 여포가 칼을 들고 정원의 막사 안으로 들어갔다. 정원은 마침 촛불을 켜 놓고 책을 보다가 여포가 들어오는 것을 보고 말하기를: "내 아들이 온 걸 보니, 무슨 일이 있느냐?"

여포 曰: "나도 어엿한 장부인데 어찌 네 아들이 되겠느냐!"

정원 曰: "봉선(奉先)아! 어째서 마음이 변했느냐?"

여포는 앞으로 가서 단칼에 정원의 목을 베어 버렸다. 그리고 주위를 둘러보며 큰 소리로 외치기를: "정원은 어질지 못해 내가 이미 그를 죽여 버렸다. 나를 따르려거든 여기에 남고, 따르지 않으려거든 스스로 떠나라!"

군사의 절반은 떠나갔다. 다음 날 여포는 정원의 수급을 가지고 이숙을 만나러 갔다. 이숙은 즉시 여포를 데리고 동탁에게 안내를 했다. 동탁은 크게 기뻐하며 술상을 내와 대접했다.

동탁이 먼저 절을 하며 말하기를: "내가 오늘 장군을 얻은 것은 마치 가뭄에 새싹이 단비를 만난 것이나 다름없소이다."

여포가 동탁을 좌정하게 한 뒤 절을 하며 말하기를: "공께서 만일 저를 버리지 않으신다면 제가 예를 다하여 의부(義父)로 모시겠사옵니다."

동탁이 황금 갑옷과 비단 전포를 하사하고 즐겁게 술을 마신 뒤 헤어졌다. 그 뒤로 동탁은 위세가 갈수록 커졌다. 그는 스스로 전장군(前將軍)의 일을 맡고, 자신의 아우 동민(董旻)을 좌장군 호후(鄠侯)에 봉하고, 여포는 기도위(騎都尉) 중랑장(中郎將) 도정후(都亭侯)에 봉했다.

이유는 동탁에게 폐립의 계책을 서둘러 정할 것을 권했다.

마침내 동탁은 성(省)안에서 연회를 열고 고위 대신들을 모두 소집한 뒤, 여포에게 무장한 군사 천여 명으로 좌우에서 시위하도록 했다. 이날 태부(太傅) 원외(袁隗)를 비롯한 백관들이 모두 참석했다.

술잔이 여러 배 돈 뒤, 동탁이 칼을 들고 말하기를: "지금 주상은 판단이 흐리고 나약하여 종묘를 받들게 할 수 없다. 내가 이윤(伊尹)·곽광(霍光)의 고사(故事)를 본받아, 황제를 폐하여 홍농왕(弘農王)으로 삼고, 진류왕(陳留王)을 새 황제로 옹립하고자 한다. 이에 따르지 않는 자는 목을 벨 것이다!"

모든 신하가 두려워서 감히 대답하지 못하고 있을 때, 중군교위 원소가 앞으로 나와 말하기를: "주상이 즉위하신 지 얼마 되지 않으셨고, 또 덕을 잃으신 것도 전혀 없는데, 당신이 적자(嫡子)를 폐위시키고 서자(庶子)를 옹립하려는 것은 반역이 아니면 무엇이냐?"

동탁이 화내며 말하기를: "천하의 모든 일은 나에게 달렸다. 내가 지금 하겠다는데 어느 누가 감히 따르지 않겠단 말이냐! 네 놈 눈에는 나의 날카로운 칼날이 보이지 않는단 말이냐?"

원소 역시 칼을 뽑으며 말하기를: "네 놈 칼만 예리하고 내 칼은 예리하지 않단 말인가?"

두 사람은 술자리에서 맞붙었다.

이야말로:

| 정원이 의기를 세우려다 먼저 죽었는데 | 丁原仗義身先喪 |
| 칼을 뽑아 맞선 원소 그 형세 위태롭네 | 袁紹爭鋒勢又危 |

결국 원소의 목숨은 어찌 될 것인가? 다음 회를 기대하시라.

제 4 회

동탁은 황제를 폐하고 진류왕을 세우고
조조는 동탁을 죽이려다 칼만 헌납하다

廢漢帝陳留踐位

謀董賊孟德獻刀

동탁이 원소를 죽이려 했으나 이유가 제지하면서 말하기를: "대사를 정하기도 전에 함부로 신하를 죽여서는 안 됩니다."

원소는 보검을 손에 든 채 백관들에게 작별 인사를 하고 나와, 자신의 관직 증표를 동문에다 걸어 놓고 말을 달려 기주(冀州)로 떠나가 버렸다.

동탁이 태부(太傅) 원외(袁隗)에게 말하기를: "당신 조카는 참으로 무례하오. 내 그렇지만 당신의 체면을 생각해서 잠시 용서하겠소. 그건 그렇고 폐립(廢立)의 일은 어떻게 생각하시오?"

원외 曰: "태위의 소견이 옳습니다."

동탁 曰: "감히 조정의 중요 논의를 막으려는 자는 군법으로 처벌할 것이다."

모든 신하가 벌벌 떨면서 한목소리로 말하기를: "분부대로 따르겠습니다."

연회가 끝나고 동탁이 시중(侍中) 주비(周毖)와 교위(校尉) 오경(伍瓊)에게 묻기를: "원소가 이렇게 떠났는데 앞으로 어찌해야 좋겠는가?"

주비 曰: "원소는 화가 단단히 나서 마음이 상해 떠나갔으니, 그를 급하게 잡아들이려 했다가는 오히려 변고가 생기게 될지 모릅니다. 더구나 원씨 집안은 4대에 걸쳐 은혜를 베풀어 문하생과 옛날 부하들이 천하에 널리 퍼져 있습니다. 만일 그가 호걸들을 거두고 무리를 불러 모은다면, 영웅들이 이때다 하고 일어나서 산동(山東)은 아마 공의 지배에서 벗어날 것입니다.

차라리 그를 사면해 주고 어느 한 곳의 군수로 예우해 주는 것이 더 낫습니다. 그리하면 원소도 고맙게 생각할 것이고 걱정거리도 사라질 것입니다."

오경 曰: "원소는 계략은 좋지만, 결단력이 없으니 염려할 필요가 없습니다. 역시 그에게 어느 곳에 군수 자리 하나 주어 민심을 수습하는 게 좋을 것 같습니다."

동탁은 그들의 말을 듣고 그날로 사람을 보내 원소를 발해(渤海)의 태수로 임명했다.

9월 초하루, 황제를 가덕전으로 오시게 하고 문무백관들이 다 모인 가운데 동탁은 칼을 뽑아 손에 들고 모두를 향해 말하기를: "천자께서는 우둔하고 나약하여 군주로서 천하를 다스리기에 부족하다. 이제 여기 황제 폐립의 책문이 있으니 낭독하도록 하겠소."

그리고 이윤에게 명하여 책문을 낭독하게 하니:

"효령황제(孝靈皇帝)께서 일찍이 신하와 백성을 버리시어 지금의 황제가 대통을 이으시니 온 천하가 큰 희망을 품었다. 그러나 황제는 자질이 경박하고 엄숙한 용모나 장중한 태도를 지키지 못하여 상중(喪中)에 몸가짐을 태만히 함으로써, 그 부덕함이 이미 드러나 황제의 자리를 크게 욕되게 했다.

황태후의 가르침 또한 국모로서 위엄이 없어 국정을 통할함에 어지럽기 그지없다. 영락(永樂)태후께서 갑자기 붕어하시니 천하의 공론에 의혹이 있었으며, 삼강의 도와 천지의 기강이 무너지지 않았던가!

진류왕 협(協)은 성덕(盛德)이 많으시고 법도가 숙연하시며 상중에도 몹시 슬퍼하시고 말씀에도 틀림이 없으시니, 그의 아름다운 명성이 천하에 퍼져 있어 마땅히 황제의 홍업(洪業)을 이어받아 만세의 대통을 계승하실 분이다.

이에 지금의 황제를 폐하여 홍농왕(弘農王)으로 삼고, 황태후에게 국가 정사를 반납하도록 할 것이다.

그리고 진류왕을 받들어 새 황제로 모시고 하늘과 백성에 순응함으로써, 만백성에게 희망을 주려고 한다."

이유가 책문 낭독을 마치자, 동탁이 큰 소리로 좌우에 지시하여 황제를 옥좌에서 끌어내려 옥새(玉璽)의 인수(印綬)를 풀게 한 다음 북쪽을 향해 무릎을 꿇고 신하라 칭하며 명령을 따르도록 했다. 또한 황태후를 불러서 태후 복(服)을 벗게 하고 칙령을 기다리라고 하니, 황제와 황태후 모두 통곡을 했다. 신하들 가운데 참담하게 여기지 않은 자가 없었다. 그때 계단 아래에서 한 신하가 격분을 못 이겨 분노의 목소리로 외치기를: "역적 동탁 네 이놈! 네가 감히 하늘을 속이려 하느냐? 내가 지금 내 목의 피를 네 놈에게 뿌릴 것이다!"

큰 소리와 동시에 손에 들고 있던 상간(象簡:상아로 만든 수판)을 휘둘러서 동탁을 내리쳤다.

동탁이 몹시 화를 내며 무사들에게 당장 끌어내라고 외쳤는데 그는 바로 상서(尙書) 정관(丁管)이었다.

동탁은 그를 끌어내어 당장 목을 베라고 명령했는데, 정관은 입에서 욕이 그치지 않았으며 죽을 때까지 얼굴색 하나 변하지 않았다.

후세 사람들이 시를 지어 이를 한탄하였으니:

역적 동탁이 황제 폐립 도모하려 하니	董賊潛懷廢立圖
한나라 종묘사직이 무너지게 되는구나	漢家宗社委邱墟
조정의 모든 대신들 다 입 다물었는데	滿潮臣宰皆囊括
오직 정공 한 사람 진정한 대장부로다	惟有丁公是丈夫

동탁은 진류왕에게 황제의 자리에 앉으시게 하고 문무백관들의 축하 예를 마친 후, 하태후와 홍농왕 및 홍농왕의 비(妃) 당씨(唐氏)를 영안궁으로 데리고 가서 연금시키고, 궁문을 봉쇄하여 신하들의 무단출입을 금지하였다.

가련한 어린 황제는 4월에 즉위하여 9월에 폐위당한 것이다.

동탁이 새로 옹립한 진류왕 협(協)의 다른 이름은 백화(伯和)로서 영제의 둘째 아들 즉 헌제(獻帝)인데, 이때 그의 나이 겨우 아홉 살이었다. 헌제는 즉위 후 연호를 바꾸어 초평 원년(初平 元年: 서기 190년)이라고 했다.

동탁은 상국(相國: 승상)이 되어 황제에게 인사할 때 자신의 이름을 부르지 않았고, 조회에 들어갈 때도 종종걸음으로 빨리 걷지 않아도 되고, 칼을 차고 신발을 신은 채 황제가 앉아 있는 전상(殿上)에 올라갈 수 있으니, 그 권세와 위풍을 누구와 비교할 수 있겠는가!

이유는 동탁에게 명망 있는 유명 인사들을 발탁해 기용함으로써 인망(人望)을 얻으시라고 권하면서, 채옹(蔡邕)을 추천했다. 동탁이 그를 불러들였으나, 채옹은 부름에 응하지 않았다. 화가 난 동탁이 사람을 보내

채옹에게 전하기를: "만약 오지 않으면 당신 가족을 모두 몰살시키겠다."

겁이 난 채옹은 부름에 응할 수밖에 없었다. 동탁은 채옹을 보고 아주 기뻐하며, 한 달에 세 번씩이나 그의 벼슬을 올려 시중(侍中)으로 봉하고, 매우 친한 척하며 후하게 대우했다.

한편 폐위된 황제와 하태후 및 당비는 영안궁 안에 갇혀있었는데 의복과 음식이 점점 부족해지고 어린 황제는 눈물이 마를 날이 없었다. 하루는 우연히 제비 한 쌍이 궁중 뜰에 날아든 것을 보고 시 한 수를 읊었는데:

푸른 새싹 위로 연기 휘감아 날고	嫩草綠凝烟
하늘엔 제비 한 쌍 훨훨 날아가네	裊裊双飛燕
떨어지는 한줄기 물 푸르디푸르니	洛水一條青
오솔길 오가는 사람들 부러워하네	陌上人稱羨

저 멀리 푸른 구름 깊숙한 그곳이	遠望碧雲深
바로 내가 살던 옛 궁전 아니던가	是吾舊宮殿
누가 충성심과 의로움을 내세워서	何人仗忠義
원한 맺힌 이 심사를 풀어줄 텐가	洩我心中怨

동탁은 늘 사람을 시켜서 폐위된 어린 황제 등의 동정을 살피도록 했는데, 마침 이날 감시하던 자가 이 시를 구해서 동탁에게 올렸다.

동탁 曰: "나를 원망하는 시를 짓다니, 이제 그들을 죽일 명분이 생겼구나."

즉시 이유에게 무사 열 명을 데리고 영안궁으로 들어가서 황제를 죽이라고 명했다. 마침 황제와 태후 그리고 당비는 함께 누각 위에 있었는데 이유가 왔다고 궁녀가 보고하니 황제가 크게 놀랐다. 이유가 황제에게 독주를 올리자, 황제가 무슨 일이냐고 물었다.

이유 曰: "봄 날씨가 화창해서 동(董) 상국(相國)께서 특별히 올리시는 장수하는 수주(壽酒)이옵니다."

태후 曰: "이게 수주라고 했느냐? 그럼 네가 먼저 마셔 보거라!"

이유가 화를 내며 말하기를: "네가 마시지 않겠다는 거냐?"

이유가 주위의 무사들을 불러 단도(短刀)와 흰 비단을 앞으로 가져오라고 하며 말하기를: "수주를 마시지 않겠다면 이 두 가지 물건은 받을 수 있겠지!"

당비가 무릎을 꿇고 사정하기를: "제가 황제를 대신해서 술을 마실 테니, 공께서는 제발 두 모자의 목숨만은 살려 주시지요!"

이유가 꾸짖으며 말하기를: "네가 누구라고 감히 왕을 대신해서 죽겠다는 말이냐?"

그러고는 술을 들어 하태후에게 말하기를: "네가 먼저 마셔라!"

하태후가 큰 소리로 하진 이 멍청한 놈이 반역자를 조정으로 끌어들여 오늘과 같은 화(禍)를 불러온 것이라며 큰 소리로 욕을 퍼부었다.

이유가 황제에게 어서 마시라고 재촉하자,

황제 曰: "내가 어머니와 작별 인사를 할 수 있도록 해 주시게!"

그리고 대성통곡을 하면서 노래를 지었는데, 그 노래 가사는:

하늘땅이 뒤집히니 해와 달도 뒤바뀌어	天地易兮日月翻
황제 자리 버리고 울타리로 물러났지만	棄萬乘兮退守藩
신하에게 핍박당해 목숨조차 오래 못가	爲臣逼兮命不久
대세는 지나갔으니 흘린 눈물 부질없네	大勢去兮空淚潸

당비 역시 노래 가사를 지었으니:

장차 하늘이 무너지니 땅도 꺼지누나	皇天將崩兮后土頹
황후의 몸으로서 못 모심이 한이로다	身爲帝姬兮恨不隨
생사의 길 달라서 이제 이별하려하니	生死異路兮從此別
어이하랴 이 외로움 마음이 슬프도다	奈何煢速兮心中悲

노래가 끝나자, 서로 끌어안고 통곡을 했다. 이유가 꾸짖으며 말하기를: "상국께서 결과를 기다리고 계시는데 너희들은 이렇게 시간만 끌고 있으니, 누가 와서 구해 주기라도 바라는 것이냐?"

태후가 큰 소리로 욕하면서 말하기를: "동탁 이 역적 놈이 우리 모자를 핍박하는데 황천(皇天)께서 절대로 그를 용서하지 않을 것이야. 네놈들도 악을 돕고 있으니 응당 멸족을 면치 못할 것이다!"

이유가 몹시 화를 내며 태후를 두 손으로 잡아당겨 곧장 누각 아래로 던졌다. 그리고 무사들에게 당비는 목매어 죽이고, 황제는 독주를 입에 들이부어 죽이라고 소리쳤다.

그리고 돌아가서 동탁에게 보고하자, 동탁은 그들을 성 밖으로 내보내 장례를 치르도록 명령했다.

이때부터 동탁은 매일 밤 궁으로 들어와 궁녀들을 간음하고 밤에는 용상에서 잠을 잤다.

동탁이 한번은 군사들을 이끌고 성을 나와 양성(陽城)지방까지 간 적이 있는데, 마침 2월이라 촌민들이 사새(社賽)[14]를 지내고 있었고 그 마을의 남녀들이 다 모여 있었다. 동탁은 군사들에게 그들을 포위하라고 명

---

14 농민들이 춘분 전후로 땅신에게 제사 지내는 풍속. 역자 주.

한 다음 모두 다 죽여 버리고 부녀자와 재물은 약탈하여 수레에 싣고 죽인 사람들의 천여 개의 수급은 수레 아래에 매달았다. 그리고 수레들을 길게 이어서 줄지어 도성으로 돌아오면서 도적들을 토벌하고 큰 승리를 하고 돌아오는 길이라고 큰 소리로 떠벌였다. 성문 밖에 이르자 동탁은 수급들은 모두 불태우고 부녀와 재물들은 군사들에게 골고루 나누어 주었다.

월기교위(越騎校尉) 오부(伍孚)는 자(字)가 덕유(德瑜)인데 동탁이 이처럼 잔혹하고 포악한 짓을 하는 것을 보고 분개하며 불만을 품고 있었다. 그는 늘 조복(朝服)안에 작은 갑옷을 입고 그 안에 단도(短刀)를 숨기고 동탁을 죽일 기회를 엿보았다. 하루는 동탁이 입조하러 들어오는데 오부가 기다리고 있다가 전각 아래에 이르자 단도로 동탁을 찔렀다. 그러나 동탁은 힘이 워낙 장사인지라, 양손으로 그를 움켜쥐었고 바로 여포가 와서 그를 땅에 내동댕이쳤다.

동탁 曰: "어떤 놈이 너에게 모반을 하라고 시켰느냐?"

오부가 눈을 부릅뜨고 크게 웃으면서 말하기를: "당신은 내 군주가 아니고, 나는 네놈의 신하가 아니거늘 어찌 모반이 있겠느냐? 네놈 죄악이 하늘을 찔러 모든 사람이 너를 죽이기를 원한다. 내 너를 거열(車裂)[15]을 하여 만천하에 사죄하지 못하는 것이 한이로다!"

동탁이 몹시 노하여 그를 끌고 나가 능지처참하라고 명령했다.

오부는 숨이 끊어질 때까지 동탁을 욕하는 것을 멈추지 않았다.

후세 사람이 그를 칭찬한 시가 있었으니:

한 말에 충신으로는 오부가 있었으니	漢末忠臣說伍孚
충천하는 그 호기 세상에 다시 없네	沖天豪氣世間無

15　옛날 사람의 머리와 사지를 다섯 대의 수레에 나누어 묶어 찢어 죽이던 혹형. 역자 주.

역적 죽이려던 그 이름 아직 전해져 　　　　　朝堂殺賊名猶在
만고에 길이길이 대장부라 칭한다네 　　　　　萬古堪稱大丈夫

　동탁은 이 일이 있고 난 뒤 후 궁궐을 출입할 때 항상 무장한 병사들이 호위하도록 했다.

　한편 발해의 원소는 동탁이 권력을 농단하고 있다는 소식을 듣고 사람을 시켜 밀서를 가지고 왕윤을 찾아뵙도록 했는데 그 밀서의 내용은:

　"역적 동탁이 하늘을 속이고 황제를 폐하니, 이는 인간으로서 차마 말을 입에 담을 수도 없는 일입니다. 그러나 공께서는 그자가 함부로 날뛰도록 내버려 두고 듣고도 못 들은 척하시는데, 이 어찌 나라에 보답하고 임금께 충성을 다하는 신하라 하겠습니까?
　소직은 지금 군사를 모아 훈련을 시켜서 왕실을 깨끗이 청소하고자 하오나, 감히 경솔하게 움직이지는 못하고 있습니다. 공께서 만일 뜻이 있다면 이 기회에 도모하셔야 할 것입니다. 만일 저에게 시키실 일이 있으시다면, 당연히 즉각 명을 받들겠습니다."

　왕윤은 서신을 받고 방법을 모색하려 했지만, 도무지 뾰족한 방도를 찾지 못했다. 어느 날 궁중 당직실 안에 옛 신하들이 모여 있는 것을 보고 왕윤이 말하기를: "오늘 이 늙은이 생일인데 저녁때 우리 집에서 술이나 한잔했으면 하오!"
　함께 있던 신료들이 모두 말하기를: "꼭 가서 축수(祝壽)를 올리지요."
　그날 밤 왕윤은 자기의 집 후당에서 연회를 열었는데 대신들이 모두 왔다. 술잔이 어느 정도 돌았을 때, 왕윤이 갑자기 얼굴을 감싸고 크게 울었다.

　여러 대신이 놀라서 묻기를: "왕(王) 사도(司徒)께서는 이 즐거운 생신 날에 무슨 연유로 그렇게 비통해하십니까?"

　왕윤 曰: "실은 오늘 이 늙은이 생일이 아니라오. 여러분들과 한번 이야기라도 나누어 보고 싶은데 동탁이 의심할까 봐 두려워 그렇게 핑계를 댄 것이라오. 동탁이 군주를 속이고 권력을 농단하여 사직은 잠시도 보존하기 어려운 상황에 있습니다. 생각해 보면 고조황제께서 진(秦)과 초(楚)를 멸망시키고 천하를 얻었는데, 이제 와서 동탁의 손에 망하게 될 줄 어느 누가 생각이라도 했겠습니까? 그래서 이 늙은이가 우는 것이오."

　왕윤의 말이 끝나자 모든 대신이 따라 울었다 그때 앉아 있던 한 사람이 손뼉을 치고 크게 웃으면서 말하기를: "조정의 모든 대신이 밤낮으로 매일 울기만 하면, 그 울음소리가 동탁을 죽이기라도 한답니까?"

　왕윤이 보니 그는 효기교위(驍騎校尉) 조조(曹操)였다.

　왕윤이 화를 내며 말하기를: "자네 조상 역시 한(漢) 왕조의 녹을 먹었는데, 자네는 나라에 보답할 생각은 하지 않고 어찌 비웃기만 한단 말인가?"

　조조 曰: "제가 웃는 것은 다름이 아니오라 여러 대신께서 동탁을 죽이려는 어떤 계책도 없는 것으로 보여서 그런 것입니다.

　소직이 비록 재주는 없지만 즉시 동탁의 머리를 베어 도성문에 매달음으로써 천하에 사죄하고자 합니다."

　왕윤이 존경의 눈빛을 보내며 일어나서 묻기를: "맹덕(孟德)은 어떤 고견을 가지고 계시는가?"

　조조 曰: "요즘 제가 몸을 낮추어 동탁을 모시고 있는데, 실은 그자를 도모할 기회를 엿보기 위함입니다. 이제 동탁이 저를 꽤 신임하고 있어 그에게 가까이 갈 기회를 얻을 수 있습니다. 왕 사도께서 칠보도(七寶

刀) 한 자루를 갖고 계신다고 들었습니다. 그것을 저에게 빌려주시면 상부(相府)에 들어가서 동탁을 찔러 죽이겠습니다. 그놈만 죽일 수 있다면 제가 죽는다 해도 여한이 없습니다."

왕윤 曰: "맹덕이 그러한 마음을 가지고 있었다니 천하에 이보다 다행한 일이 어디 있겠는가!"

그러고는 즉시 몸소 술을 따라서 조조에게 올리니, 조조는 그 술을 바닥에 뿌리면서 맹세를 했다. 왕윤은 바로 보도를 가져와서 그에게 주었다. 조조는 칼을 집어넣고 술을 다 마신 후 즉시 일어나 모든 대신에게 작별 인사를 하고 떠났다. 다른 대신들은 잠시 더 앉아 있다가 모두 헤어졌다.

다음 날 조조는 보도를 품에 안고 상부(上府)에 와서 묻기를: "승상께서는 어디에 계시느냐?"

모시는 하인이 말하기를: "작은 누각 안에 계시옵니다."

조조가 들어가자 동탁이 침상 위에 앉아 있는 것이 보였으며 그 옆에는 여포가 서 있었다.

동탁 曰: "맹덕은 어찌 이리 늦었는고?"

조조 曰: "제 말이 야위어 빨리 달리지를 못합니다."

동탁이 여포를 돌아보며 말하기를: "내게 서량(西涼)에서 보내온 좋은 말들이 있으니 봉선이 네가 직접 가서 한 필을 골라 맹덕에게 주거라."

여포가 명을 받고 밖으로 나갔다.

조조가 내심 생각하기를: '지금 이 도적놈을 죽여야 한다.'

즉시 칼을 빼서 그를 찌르려고 하는데, 동탁은 힘이 장사라는 생각이 문득 들면서 가볍게 행동을 할 수 없었다.

동탁은 뚱뚱하여 오래 앉아 있지 못하고 침상 위에서 얼굴을 안쪽으로 향한 채 드러누워 있었다.

조조는 또 생각하기를: '지금이 이놈을 죽일 수 있는 절호의 기회야!'

급히 보도를 꺼내어 손에 들고 막 찌르려는데 뜻밖에 동탁이 고개를 들어 거울을 보는데 거울 속에 조조가 등 뒤에서 칼을 뽑아 들고 있는 모습이 보이자 급히 몸을 돌려 묻기를: "맹덕은 지금 뭘 하고 있느냐?"

그때 마침 여포는 말을 끌고 누각 앞에까지 와 있었다.

조조는 황급히 칼을 손에 들고 꿇어앉아 말하기를: "제게 보도 한 자루가 있어 은혜를 입은 승상께 바치려고 하던 참입니다."

동탁이 그 보검을 받아 보니, 칼의 길이는 한 자 남짓하고 칼자루에는 칠보가 박혀 있고 칼날은 매우 예리했으니 과연 보도라고 할 만하다.

동탁은 그것을 곧바로 여포에게 건네주며 잘 보관하라고 했다. 조조는 칼집을 풀어 여포에게 주었다.

동탁이 조조를 데리고 전각 밖으로 나와 말을 보여 주자 조조가 감사하다며 말하기를: "시험 삼아 한번 타 봐도 되겠습니까?"

동탁은 바로 말안장과 고삐를 주라고 했다. 조조는 말을 끌고 상부를 나와, 말을 채찍질하여 동남쪽으로 달려 나갔다.

여포가 동탁을 보며 말하기를: "방금 전 조조가 한 행동은 마치 자객질을 하러 온 것처럼 보였습니다. 그만 들통이 나자 칼을 바치려 했다고 핑계를 댄 것은 아닐까요?"

동탁 曰: "나도 역시 의심이 간다."

이때 마침 이유가 오자 동탁은 이유에게 그간의 상황을 설명했다.

이유 曰: "조조는 장안에 처자식이 없이 혼자 지내고 있습니다. 지금 사람을 보내 들어오라고 불러서 만일 어떤 의심도 없이 즉시 들어온다면 바로 칼을 상납하기 위함이오, 핑계를 대면서 들어오지 않는다면 틀림없이 자객 행위였을 것이니 그를 잡아 가두어 문초해야 할 것입니다."

동탁은 그 말이 옳다고 여기고 즉시 옥졸 네 명을 보내 조조를 들어 오라고 했다. 그들이 간 지 한참이 되어서야 돌아와서 보고 하기를: "조 조는 숙소에도 돌아오지 않고 말을 달려 동문으로 갔습니다. 문지기가 어디 가냐고 묻자 조조는 '승상께서 나를 급한 공무로 보내서 가는 것이 다.'라 하고는 말을 타고 떠나갔다고 합니다."

이유 曰 : "조조 이 역적 놈이 뒤가 켕겨서 도망친 것입니다. 자객질을 하려고 했던 것이 분명합니다."

동탁이 화가 치밀어 말하기를: "내 그놈을 그렇게 중용해 주었거늘, 오히려 나를 해치려고 들다니!"

이유 曰: "이번 일은 필시 공모자가 있을 것입니다. 조조를 잡아들이 면 금방 알 수 있습니다."

동탁은 즉시 각처에 용모파기(容貌疤記)와 함께 문서를 돌려 조조를 체 포하도록 명령하고, 그를 잡아오는 자에게는 황금 천 냥의 상을 주고, 만 호후(萬戶厚) 벼슬에 봉할 것이며 그를 숨겨주는 자는 동일한 죄로 다스 릴 것이라고 했다.

한편 성 밖으로 도망을 나온 조조는 바람처럼 달려 자기의 고향인 초 군(譙郡)으로 달아났다. 그러나 가는 길에 중모현(中牟縣)을 지나다가 관 문을 지키는 군사들에게 붙잡혀 현령에게 끌려갔다.

조조가 말하기를: "저는 객지를 떠돌아다니는 상인으로 성은 황보(皇 甫)라 하옵니다."

현령은 조조를 뚫어져라 쳐다보고 한참 동안 생각을 하다가 마침내 입을 열어 말하기를: "내가 이전에 낙양에서 벼슬을 구하려고 할 때 너 를 본 적이 있다. 너는 바로 조조인 줄 내 이미 알고 있는데 어찌 나를 속이려고 하느냐? 일단 이 자를 감옥에 가두어 두어라. 내일 장안으로 데리고 가서 상을 청할 것이다."

그리고 잡아 온 군사들에게는 술과 밥을 내어 주고 돌려보냈다. 한밤 중이 되자 현령은 심복에게 조조를 옥에서 꺼내 후원으로 데리고 오게 한 다음 꼬치꼬치 캐묻기를: "내가 듣기에 승상께서 당신을 그렇게 박하게 대하지 않았다고 하던데, 어찌하여 그런 화를 자초한 것이냐?"

조조 曰: "제비와 참새가 어찌 고니의 뜻을 알겠느냐!(燕雀安知鴻鵠志哉) 당신은 이미 나를 잡았으니, 당장 나를 데리고 가서 상이나 청하면 그만이지, 더 이상 물어볼 게 뭐 있느냐?"

현령이 옆에 시중들던 하인들을 물리고 조조에게 말하기를: "당신은 나를 그렇게 얕보지 마시오! 나는 부패한 관리가 아니오. 아직 제대로 된 주군을 만나지 못했을 뿐이오."

조조 曰: "내 조상은 대대로 한(漢) 조정의 녹을 먹고 살아왔소. 나라에 보답을 하지 못한다면야 어찌 금수(禽獸)와 다르다 할 것이오? 내가 그동안 몸을 굽혀 동탁을 섬긴 것은 기회를 보아 그를 도모하여 나라의 해를 제거하려 했기 때문이오. 이제 이 일을 성공하지 못했으니, 이게 하늘의 뜻인 것 같소!"

현령 曰: "맹덕이 하필 이쪽으로 오셨는데 어디로 가실 작정이오?"

조조 曰: "나는 고향으로 돌아가는 길이었소. 그곳에서 거짓 조서를 꾸며 천하 제후들을 불러 모아 군사를 일으켜 함께 동탁을 죽이는 것이 나의 바람이오."

현령은 조조의 말을 듣고 묶여 있던 결박을 풀어서 부축하여 자리에 앉게 하고는 절을 두 번을 하고 말하기를: "공께서는 진정으로 천하의 충과 의를 지닌 선비이시오!"

조조 역시 절을 하며 현령의 성명을 물었다.

현령 曰: "저의 성은 진(陳), 이름은 궁(宮), 자는 공태(公台)라 하옵니

110

다. 노모와 처자가 모두 동군(東郡)에 있소. 이제 공의 충의에 감동하여 지금의 관직을 버리고 공을 따라 함께 도주하겠소."

조조는 너무나 기뻤다. 그날 밤 진궁은 여비를 마련하고 조조에게 갈 아입을 옷을 주었다. 그리고 각자 등에 칼을 메고 말을 몰아 조조의 고향으로 달려갔다.

길을 떠난 지 사흘째 되던 날, 성고(成臯) 지방에 이르렀을 때 날은 이미 저물어가고 있었다. 조조가 채찍으로 수풀 깊은 곳을 가리키며 진궁에게 말하기를: "여기에 성은 여(呂) 이름은 백사(伯奢)라는 분이 사시는데, 제 부친과 의형제를 맺은 사이입니다. 바로 그 집에 가서 소식도 들을 겸 하룻밤 묵고 가는 게 어떻겠소?"

진궁 曰: "아주 좋습니다."

두 사람은 집 앞에서 말을 내려 백사를 만나러 들어갔다.

백사 曰: "지금 조정에서 문서를 전국에 내려보내 너를 잡아들이려고 혈안이 되어 있다. 그래서 자네 부친은 이미 진류(陳留)로 피신을 하러 가셨는데, 자네는 어찌하여 이곳까지 왔는가?"

조조는 지금까지의 자초지종을 이야기한 뒤 말하기를: "만일 진 현령이 아니었던들 저는 이미 살과 뼈가 가루가 되었을 것입니다."

여백사가 진궁에게 인사하며 말하기를: "어린 조카가 만일 현령을 만나지 않았더라면 조씨 가문은 멸문지화를 면치 못했을 것입니다. 현령께서는 마음 편히 앉아 쉬십시오. 오늘 밤은 초라하지만, 이곳 초가집에 묵고 가십시오."

말을 마치고 일어나서 안으로 들어가더니 얼마 안 되어 다시 나와 진궁에게 말하기를: "이 늙은이 집에는 좋은 술이 없어 서촌(西村)에 가서 한 병 사 와야겠습니다."

말을 마치고 황급히 나귀를 타고 갔다.

조조가 진궁과 함께 한참 동안 앉아 있는데 갑자기 집 뒤에서 칼을 가는 소리가 들렸다.

조조 曰: "여백사는 나의 혈육이 아니오. 집에서 나가는 걸 보니 아무래도 의심이 가는데 몰래 동정을 살펴보는 것이 좋겠소."

두 사람은 살금살금 초당 뒤로 걸어가니 누군가가 말하기를: "묶어 놓고 죽이는 것이 어때?"

라고 말하는 것이 아닌가!

조조 曰: "그래, 지금 먼저 손을 쓰지 않으면 반드시 붙잡히고 말거야."

바로 진궁과 함께 칼을 들고 들어가서 남녀를 불문하고 모두 죽였는데 죽인 사람이 여덟 명이나 되었다. 그런데 주방을 수색하다 보니 이게 웬일인가! 죽이려고 묶여 있는 돼지 한 마리가 있지 않은가!

진궁 曰: "맹덕은 의심이 많아 좋은 사람들을 잘못 죽이고 말았네!"

급히 집을 나온 조조는 말을 타고 채 2리(里)도 못 가서 여백사가 나귀 안장의 앞턱에 술 두 병을 매달고 손에는 과일과 채소를 들고 오는 것을 보았다.

그가 부르며 말하기를: "조카님과 나리께서는 어찌 그냥 떠나려 하십니까?"

조조 曰: "죄를 지은 몸이라 오래 머물러 있을 수가 없을 것 같습니다."

백사 曰: "내 대접하려고 이미 집사람들에게 돼지 한 마리 잡아 놓으라고 분부했는데 조카님과 나리가 하룻밤 묵어가는 게 무슨 부담이 되겠습니까? 어서 말을 돌리세요."

조조는 그런데도 말을 채찍질하여 달려가더니 몇 걸음 가지 않아 갑자기 칼을 뽑아 뒤돌아서서 다가와 백사를 부르며 말하기를: "저쪽에 오는 사람은 누구시오?"

백사가 머리를 돌려 그쪽을 보고 있을 때 조조는 칼을 휘둘러 백사를 베어 나귀에서 떨어뜨렸다.

진궁이 몹시 놀라며 말하기를: "방금 전에는 모르고 그랬다지만 지금은 도대체 무슨 짓이요?"

조조 曰: "백사가 집에 가면 많은 사람이 죽어 있는 것을 알게 될 것인데, 그가 어찌 가만히 있겠소. 만일 많은 사람을 데리고 우리를 쫓아오면 필시 화를 면치 못할 것이오."

진궁 曰: "알면서도 일부러 사람을 죽이는 것은 결코 옳은 일이 아니오!"

조조 曰: "내가 천하 사람들을 저버릴지언정 천하 사람들이 나를 저버리게 놔두지는 않을 것이오!(寧敎我負天下人, 休敎天下人負我)"

진궁은 더 이상 말을 하지 못했다.

그날 밤 몇 리를 더 가다가 달빛 아래에 객점 문을 두드리고 들어가서 투숙했다. 말을 배불리 먹인 뒤 조조는 깊은 잠에 빠졌다.

진궁은 생각하기를: '나는 조조가 좋은 사람이라고 여기고 벼슬까지 버리며 그를 따라서 왔는데 알고 보니 이자는 정말 악독한 자가 아닌가! 이자를 지금 살려서 두었다가는 반드시 후환이 될 것이야!'

바로 검을 뽑아 조조를 죽이려고 했다.

이야말로:

| 심보가 악독하면 좋은 사람이겠는가 | 設心狠毒非良士 |
| 조조와 동탁은 알고 보니 같은 사람 | 操卓原來一路人 |

과연 조조의 목숨은 어찌 될 것인가! 다음 회를 기대하시라.

제 5 회

조조는 거짓 조서로 제후들과 호응하고
세 영웅 관문 군사 깨고 여포와 싸우다

發矯詔諸鎭應曹公

破關兵三英戰呂布

진궁이 막 칼을 내리쳐 조조를 죽이려 하다가 갑
자기 생각을 바꾸며 말하기를: "내가 나라를 위한답
시고 그를 따라 여기까지 왔는데 내 손으로 그를 죽
인다는 것은 의롭지 못하다. 차라리 그를 버리고 떠나는 것이 더 낫겠
다."

칼을 다시 칼집에 넣고 말에 오른 진궁은 날이 밝기 전에 혼자 동군
(東郡)으로 떠나갔다.

조조가 일어나 보니 진궁이 보이지 않았다. 그는 곰곰이 생각하기를:
'이 사람은 어제 내가 그런 말을 한 것을 보고 잔인한 사람으로 의심하
여 나를 버리고 떠난 것이다. 그렇다면 나도 당장 떠나야지, 여기 오래
머물러 있으면 안 된다.'

즉시 밤을 새워 가며 진류(陳留)로 가서 부친을 찾아뵙고 그간의 일들
을 소상히 말씀드린 뒤, 가산을 정리하여 의병을 모집하고자 했다.

부친 曰: "그런 일의 성공 여부는 자금 동원에 달려 있다. 이곳에 효
렴(孝廉) 위홍(衛弘)이란 사람이 있는데 그 집은 거부인데 재물은 가벼이

여기고 의를 중시한다. 만일 그의 도움을 받을 수 있다면 대사를 도모해 볼 수 있을 것이다."

조조는 술자리를 준비해 놓고 위홍을 집으로 정중히 초청하여 말하기를: "이제 한(漢) 황실은 주인이 없고 동탁이 전권을 행사하며 군주를 속이고 백성들을 해하고 있어 천하의 모든 사람이 이를 갈고 있습니다. 제가 최선을 다해 사직을 지키려 했으나 힘이 부족한 것이 한입니다. 공께서는 충성과 의리의 선비이시니 감히 도움을 청하는 바입니다."

위홍 曰: "나도 그런 마음을 가진 지 오래되었지만, 영웅을 만나지 못한 것이 한이었는데, 이제 맹덕과 같은 큰 뜻을 품은 분을 만났으니 우리 집 재산으로 도와드리겠습니다."

조조는 매우 기뻐했다. 그는 우선 가짜 조서를 만들어 각지에 사람을 보내 알리고, 의병을 불러 모았다. 의병을 모집하는 표시로 흰 기 하나를 높이 세웠는데 그 기의 한 면에는 '충의(忠義)' 두 글자가 씌어 있었다. 얼마 지나지 않아 모집에 응해 오는 병사들이 마치 비가 쏟아지듯 모여들었다.

하루는 양평(陽平) 위국(衛國) 사람으로 성은 악(樂), 이름은 진(進), 자를 문겸(文謙)이라는 자가 조조를 찾아왔다. 그리고 또 산양(山陽) 거야(鉅野) 사람으로 성은 이(李), 이름은 전(典), 자를 만성(曼成)이라고 하는 자도 찾아왔다. 조조는 이들을 모두 중간 관리로 삼았다.

또한 패국(沛國) 초군(譙郡) 사람 하후돈(夏侯惇)이라는 사람도 찾아왔는데, 그의 자는 원양(元讓)으로 하후영(夏侯嬰)의 후손이었다. 그는 어려서부터 창봉(槍奉)을 배웠다. 14세 때 스승에게서 무술을 배우고 있는데, 어떤 사람이 스승에게 욕을 하자 그를 살해하고 외지로 달아났다가 조조가 의병을 일으켰다는 소문을 듣고 그의 아우 하후연(夏侯淵)과 함께 각기 장사 천여 명을 데리고 찾아온 것이다. 이 두 사람은 실은 조조와 형제지간이나 마찬가지이다. 조조의 부친 조숭(曹嵩)이 원래 하후씨의 아들이었는데, 조씨 집안에 양자로 들어갔으니 이들은 같은 혈족이 되는 것이다.

얼마 뒤, 조씨 형제 조인(曹仁)·조홍(曹洪)도 각각 군사 천여 명을 데리고 도우러 왔다. 조인의 자는 자효(子孝), 조홍의 자는 자겸(子兼)으로 두 사람 모두 활쏘기, 말타기에 능할 뿐만 아니라 무예에도 정통했다.

조조는 매우 기뻐하며 군마 훈련에 열중하였고, 위홍은 자신의 전 재산을 모두 내놓아 군사들이 입을 옷과 갑옷 그리고 깃발 등을 만들게 했으며 사방에서 양식을 보내온 사람들의 수도 헤아릴 수 없을 정도로 많았다.

한편 원소는 조조의 가짜 조서를 받고 곧바로 휘하의 문무 관리들을 모아 군사 3만 명을 인솔하여 조조와 만나서 맹세(會盟)하기 위해 발해를 출발했다. 조조는 모든 군(郡)에 격문을 만들어 보냈는데 그 격문의 내용은 :

"조조 등은 삼가 대의로써 천하에 고하노니, 동탁이 하늘과 땅을 속이고, 나라를 멸망시키고 군주를 시해했으며, 궁궐을 더럽히고 문란하게 하였으며, 백성들을 잔혹하게 살해하고, 탐욕과 잔인무도한 행동으로 그 죄악이 넘치도록 쌓여있다.

이제 천자의 비밀조서를 받들어 의병을 널리 모집하여 흉악한 무리를 무찔러 없애 버리고 나라 전체를 깨끗이 청소하려고 한다. 바라건대 의병을 일으켜 본보기로 삼고 공분을 함께 풀며, 왕실을 다시 일으키고 백성들을 구제토록 하라.

격문이 이르는 날, 속히 받들어 행하도록 하라!"

조조가 보낸 격문이 도착한 뒤, 각 진(鎭)의 제후들은 모두 군사를 일
으켜 호응하였는데:

제1진 후장군(後將軍) 남양(南陽) 태수 원술(袁術)

제2진 기주(冀州) 자사 한복(韓馥)

제3진 예주(豫州) 자사 공주(孔伷)

제4진 연주(兗州) 자사 유대(劉岱)

제5진 하내군(河內郡) 태수 왕광(王匡)

제6진 진류(陳留) 태수 장막(張邈)

제7진 동군(東郡) 태수 교모(喬瑁)

제8진 산양(山陽) 태수 원유(袁遺)

제9진 제북(濟北) 상(相) 포신(鮑信)

제10진 북해(北海) 태수 공융(孔融)

제11진 광릉(廣陵) 태수 장초(張超)

제12진 서주(徐州) 자사 도겸(陶謙)

제13진 서량(西涼) 태수 마등(馬騰)

제14진 북평(北平) 태수 공손찬(公孫瓚)

제15진 상당(上黨) 태수 장양(張楊)

제16진 오정후(烏程侯) 장사(長沙) 태수 손견(孫堅)

제17진 기향후(祁鄕侯) 발해(渤海) 태수 원소(袁紹)

여러 방면에서 온 군사들은 그 규모도 제각각 달라서 3만 명도 있고,
1~2만 명을 이끌고 온 자도 있었다. 그들은 각기 문관과 무장을 거느리
고 모두 낙양으로 모여들었다.

그즈음 북평 태수 공손찬이 정예병 1만 5천 명을 거느리고 덕주(德州) 평원현(平原縣)¹⁶을 지나고 있었다. 마침 그때 멀리 뽕나무들이 우거진 곳에서 황색 깃발 하나를 들고 여러 명이 말을 타고 맞이하러 오고 있었다. 공손찬이 보니 뜻밖에 유현덕이 아닌가!

공손찬이 묻기를: "아우님이 어찌 여기에 계시는가?"

현덕 曰: "이전에 형님께서 저를 평원 현령(平原縣令)으로 추천해 주셨는데 마침 형님께서 이곳을 지나가신다는 말을 듣고 일부러 인사드리러 나왔습니다. 잠시 성안으로 들어가 말들을 좀 쉬게 해 주시지요."

공손찬이 관우와 장비를 가리키며 묻기를: "이분들은 누구이신가?"

현덕 曰: "이 사람들은 관우와 장비라고 하는데 저와 의형제를 맺은 사이입니다."

공손찬 曰: "그럼 아우님과 함께 황건적을 쳐부순 사람들인가?"

현덕 曰: "예, 모두 이 두 사람의 힘입니다."

공손찬 曰: "지금 어떤 직책을 맡고 계신가?"

현덕이 대답하기를: "관우는 마궁수(馬弓手), 장비는 보궁수(步弓手)로 있습니다."

공손찬이 탄식하며 말하기를: "이렇게 영웅들을 썩히고 있었다니! 지금 동탁이 난을 일으켜 천하의 제후들이 다 일어나 그를 죽이러 가고 있는데 아우님도 그 하찮은 관직을 버리고 함께 반역자를 토벌하여서 한(漢) 황실을 떠받드는 게 어떻겠는가?"

현덕 曰: "기꺼이 가겠습니다."

장비 曰: "그때 내가 그 도적놈을 죽이려고 할 때 말리지만 않았더라면 오늘과 같은 일은 없었을 것 아니우."

16 당시 평원현은 덕주가 아니라 청주(靑州)에 속했음. 역자 주.

운장 曰: "기왕에 일이 이렇게 되었으니 당장 행장을 수습하여 함께 갑시다."

현덕·관우·장비는 기마병 몇 명만 데리고 공손찬을 따라갔다. 조조가 그들을 영접해 주었다. 모든 제후가 속속 도착하여 각자 영채를 세우니 영채의 길이만 2백여 리나 이어졌다.

조조는 소와 말을 잡고 제후들을 소집하여 공격할 계책을 논의했다.

하내군 태수 왕광(王匡)이 말하기를: "이제 대의를 받들기 위해서는 반드시 맹주(盟主)를 세우고 모든 사람은 그의 지시에 따라 공격해야 합니다."

조조 曰: "원본초(袁本初:원소)는 4대에 걸쳐 삼공(三公)을 지내어 그 문하에는 관리들이 많이 있고 한(漢) 조정에 유명한 재상의 후예이니 그를 맹주로 삼는 것이 어떻겠소?"

원소는 두 번 세 번 그 직을 고사했으나 모든 제후가 말하기를: "본초가 아니면 절대 안 됩니다."

원소는 어쩔 수 없이 승낙했다.

다음 날 삼층의 축대를 쌓고, 중앙과 사방에 오색의 깃발을 줄지어 꽂은 다음, 그 위에다 흰털 소의 꼬리를 단 깃발과 누렇게 도금한 큰 도끼를 세우고 병부(兵符)와 대장의 인수(將印)를 준비하여 원소에게 단(壇) 위로 오르기를 청했다.

원소는 의복을 단정히 하고 허리에 칼을 찬 채, 흔쾌히 단으로 올라가 분향재배하고 맹세문을 낭독하기를:

"한 황실이 불행하여 황실의 법통과 기강이 무너졌도다. 역적 동탁이 이런 틈을 타서 제멋대로 해악을 끼쳐 그 화가 결국 지존에게까지 미치고 백성들은 도탄에 빠졌다. 이에 원소 등은 사직이 무너질까 두려워 의병을 규합하여 국난을 구하고자 나섰도다. 무릇 우리는 마음을 함께 하고 힘을 하나로 뭉쳐 신하로서의 본분을 지킴으로써 결코 다른 뜻을 품지 않기로 함께 맹세하노니, 만일 이 맹세를 어긴 자는 그의 목숨을 거둘 것이며 자손 후대도 남기지 못할 것이로다.

황천후토(皇天后土)와 조종(祖宗)의 명령(明靈)들이시어, 부디 굽어살피소서!"

맹세문 낭독을 마치고 제물로 잡은 짐승의 피를 마셨다. 모인 제후들은 맹세문의 어조가 어찌나 기개 넘치던지 모두 눈물과 콧물을 줄줄 흘렸다.

원소가 맹세의 피를 돌아가며 마시는 의식을 마치고 하단하자, 여러 제후가 그를 호위하고 막사 안으로 들어가서 좌정하게 하고 다른 제후들은 모두 벼슬과 나이에 따라서 두 줄로 나뉘어 앉았다.

조조가 술잔이 몇 순배 돌고 난 뒤 말하기를: "오늘 기왕에 맹주를 모셨으니 각자 그의 지시에 따라야 하고 함께 나라를 구하는 데 있어 누가 강하고 약한지는 따지지 말아야 합니다."

원소 曰: "제가 비록 재주는 없지만, 공들의 추대로 맹주가 되었으니 공을 세우는 사람에게는 반드시 상을 내릴 것이고, 죄를 지은 사람에게는 벌을 내릴 것이오. 나라에는 형벌이 있고 군대에는 규율이 있으니 각자 응당히 준수하고 위반해서는 안 될 것이오."

제후들이 함께 대답하기를: "명령대로 따르겠습니다."

원소 曰: "내 아우 원술은 군량(軍糧)과 마초(馬草)를 총감독하여 각 영채에 공급하되 떨어지지 않도록 하라. 그리고 한 사람을 선봉으로 삼아 곧장 사수관(汜水關)으로 보내서 싸우도록 할 것이며 나머지는 각자 요충지를 지키며 싸움을 지원하도록 할 것이다."

장사 태수 손견이 앞으로 나오며 말하기를: "제가 선봉에 서겠습니다."

원소 曰: "문대(文臺: 손견의 字)공은 용맹하니 이 임무를 감당할 수 있을 것이오."

손견이 즉시 본부 부대 군사들을 이끌고 사수관으로 달려갔다.

관문을 지키는 병사들이 즉시 파발마를 낙양으로 보내 승상부에 급히 알리도록 했다.

동탁은 자신이 권력을 완전히 장악한 이후 매일 술판을 벌이고 술을 마셨다. 이유가 시급한 문서를 받고 동탁에게 보고하니 동탁이 크게 놀라 여러 장수들을 급히 불러 대책을 논의했다.

이때 온후 여포가 일어서서 앞으로 나와 말하기를: "부친께서는 조금도 염려하지 마십시오. 성 밖의 제후들은 제가 보기에 초개(草芥:지푸라기)와 같은 자들이옵니다. 제가 용맹한 군사들을 데리고 나가서 저들의 목을 모조리 베어 도성 문 위에 걸어 놓겠습니다."

동탁이 매우 기뻐하며 말하기를: "내게는 봉선이 있으니 베개를 높이 베고 아무 근심 없이 잘 수 있겠구나!"

말이 채 끝나기도 전에 여포 뒤에 있던 한 사람이 큰 소리를 지르며 나와서 말하기를: "'닭을 잡는데 어찌 소 잡는 칼을 쓴단 말입니까?' 온후가 직접 가서 수고할 게 뭐 있습니까? 제가 가서 제후들의 목을 베는 것은 마치 주머니 속의 물건을 꺼내는 것과 같습니다!"

동탁이 그자를 보니 그는 신장이 아홉 척(尺)이나 되는, 호랑이 체격에 여우 허리, 표범의 머리에 원숭이 어깨를 가진 관서(關西) 사람 성은 화(華), 이름은 웅(雄)이다.

동탁은 그 말을 듣고 매우 기뻐하면서 그를 효기교위(驍騎校尉)로 임명하여 기병과 보병 5만 명을 내어 주며 이숙(李肅)·호진(胡軫)·조잠(趙岑) 등과 함께 밤을 새워 관(關)으로 달려가서 적을 막으라고 했다.

한편 원소 진영의 여러 제후 가운데 제북상(濟北相) 포신(鮑信)이라는 자가 있었다. 그는 손견이 이미 선봉장이 되었으니 그에게 첫 번째 공로를 빼앗길까 봐, 몰래 그의 아우 포충(鮑忠)에게 우선 말과 군사 3천 명을 내어 주며 지름길인 샛길을 이용하여 손견보다 먼저 관문 아래에 가서 싸움을 걸도록 했다.

화웅이 철기 5백 명을 인솔하여 비호처럼 관문 아래로 내려와 큰 소리로 외치기를: "적장은 도망가지 마라."

포충은 급히 후퇴하려 했으나 화웅이 내려치는 칼에 베이어 말에서 떨어졌으며 생포된 장교들도 많았다. 화웅은 사람을 보내 포신의 수급을 가져가 상부에 승전보를 전하니 동탁이 화웅을 도독(都督)으로 승진시켰다.

한편 손견은 네 명의 장군을 인솔하여 직접 관문 앞에 다다랐다. 그 네 명의 장수는 과연 누구누구인가? 첫 번째는 우북평(右北平) 토은(土垠) 사람으로 성은 정(程), 명은 보(普), 자는 덕모(德謨)라 하는 자로, 그는 철척사모(鐵脊蛇矛)라는 무기를 사용했다. 두 번째는 성은 황(黃), 이름은 개(蓋), 자는 공복(公覆), 영릉(零陵) 출신으로 무기는 철편(鐵鞭)이다. 세 번째는 성은 한(韓), 이름은 당(當), 자는 의공(義公)이라 하는 자로 요서(遼西) 영지(令支) 사람으로 사용하는 무기는 긴 칼이다. 네 번째는 성은 조(祖), 이름은 무(茂), 자는 대영(大榮)으로 오군(吳郡) 부춘(富春) 사람으로 쌍칼을 사용했다.

손견은 난은개(爛銀鎧:은 조각을 이어서 만든 갑옷)를 입고, 머리에는 붉은 두건을 동여매고, 허리에 고정도(古錠刀)를 차고, 화종마(花鬃馬:아름다운 갈기털이 있는 말)를 타고, 사수관 위쪽을 가리키며 욕을 하기를: "악당을 돕고 있는 이 못난 놈아, 어찌 빨리 항복하지 않는 게냐?"

화웅의 부장(副將) 호진(胡軫)이 군사 5천 명을 이끌고 관문 밖으로 싸우러 나왔다. 정보(程普)가 창을 치켜들고 날듯이 말을 몰아 호진에게 곧바로 달려들었다. 맞붙어 싸우기를 몇 합이 채 되지 않아 호진의 목을 찔러서 말 아래로 떨어뜨려 죽였다.

손견이 군사를 지휘하여 관문 앞까지 쳐들어가자, 성문 위에서 화살과 돌이 비처럼 쏟아졌다. 손견은 군사를 이끌고 양동(梁東)으로 돌아가서 주둔하고 원소에게 사람을 보내 승전보를 전하는 한편 원술에게 군량을 보내라고 재촉했다.

어떤 자가 원술에게 말하기를: "손견은 강동의 맹호입니다. 손견이 만약 낙양을 쳐부수고 동탁을 죽이면 이야말로 이리를 없애고 나니 범을 만나는 격입니다. 지금 군량을 보내 주지 않으면 그의 군사들은 반드시 패배할 것입니다."

원술이 그의 말을 듣고 군량과 마초를 보내지 않았다. 손견의 군사들은 식량이 부족하여 먹을 것이 없어서 저절로 혼란에 빠지자 정탐꾼이 관문 위의 화웅 측에 그런 사실을 알렸다.

이숙이 화웅에게 계책을 말하기를: "오늘 밤 나는 한 무리의 군사를 이끌고 성문을 나가 샛길로 가서 손견의 영채 뒤를 습격할 테니 장군께서는 영채 앞을 공격하면 손견을 사로잡을 수 있을 것입니다."

화웅은 그의 계책에 따라 전 군사들을 배불리 먹인 다음 야밤을 틈타 관문을 내려 갔다.

그날 밤은 달이 밝고 부드럽고 맑은 바람이 불고 있었다. 손견의 진영에 다가왔을 때는 이미 한밤중이 되었다. 북을 치며 앞으로 진격하니 손견은 깜짝 놀라 서둘러 갑옷을 입고 말에 오르자마자 바로 화웅과 마주쳤다. 두 마리의 말은 서로 교차하며 몇 차례 겨루기도 전에 뒤쪽에서 이숙의 군사들이 들이닥치면서 온 하늘에 불길이 치솟기 시작했다.

여러 장수들은 각자 혼전을 벌이고 있었지만, 손견의 군사들은 도망치기에 바빴다. 마침 손견 옆에 있던 조무(祖茂)가 바짝 뒤를 따라와 포위를 뚫고 달아났다. 등 뒤에서 화웅이 추격해 오자 손견이 화살을 뽑아 연속 두 발을 쏘았으나 화웅이 몸을 비틀어 피하는 바람에 맞추지 못했으며 세 번째 화살을 쏠 때는 너무 세게 힘을 주어 당기는 바람에 작화궁(鵲畫弓)이 그만 부러지고 말았다. 손견은 어쩔 수 없이 활을 버리고 말을 달려 달아나기 시작했다.

조무 曰: "주공께서는 머리에 붉은 두건을 쓰고 계시기 때문에 적들이 장군을 쉽게 알아볼 수 있어 화살의 표적이 되고 있습니다. 제가 대신 그 두건을 쓸 테니 제게 벗어주십시오."

손견은 즉시 두건을 벗어 조무의 투구와 바꿔 쓰고, 두 길로 나누어 달아났다. 화웅의 군사들은 오로지 붉은 두건을 쓴 자만 보고 추격하였으므로 손견은 작은 샛길을 따라 달아날 수 있었다. 조무가 화웅의 군사들에게 거의 따라 잡히자 조무는 붉은 두건을 어느 집의 타다 남은 기둥 위에 걸어 놓고 숲속으로 몸을 피했다. 화웅의 군사들은 달 빛 아래 흔들리는 붉은 두건을 보고 사방을 포위하였으나 감히 접근하지는 못한 채 한참 동안 화살만 쏘다가 그것이 계책이었다는 것을 깨닫고 앞으로 나가서 두건을 확보했다. 조무가 숲속에서 쏜살같이 튀어 나와 쌍칼을 휘두르며 화웅을 베려고 했다. 그러나 화웅은 큰 소리를 지르며 조무를 한 칼에 내리쳐 말에서 떨어뜨렸다. 싸움은 날이 밝자 끝났으며 화웅은 군사를 이끌고 성 안으로 들어갔다.

손견의 네 명의 장수 중 조무를 제외한 정보(程普)·황개(黃蓋)·한당(韓

當) 등이 모두 손견을 찾아왔으며 이들은 다시 군마들을 수습해서 주둔했다. 손견은 조무를 잃어버린 상심의 마음이 너무 컸으며 그날 밤 원소에게 사람을 보내서 소식을 알리도록 했다.

원소는 크게 놀라 말하기를: "손문대(孫文臺)가 화웅에게 패할 줄은 꿈에도 생각을 못했소!"

즉시 여러 제후들을 불러 모아 계책을 논의하려고 했다. 뒤늦게 공손찬이 도착하자 기다리던 모든 제후들을 막사 안으로 들어와서 열을 지어 앉도록 했다.

원소 曰: "어제 포장군의 아우가 지시를 어기고 제멋대로 싸우러 나갔다가 자신의 목숨은 물론 많은 군사들도 잃었습니다. 오늘 손문대 역시 화웅에게 패해 군사들의 사기가 꺾여 있는데 이제 어찌 해야 좋겠소?"

모든 제후들이 말이 없자 원소가 눈을 들어 둘러보다 공손찬 뒤에 세 사람이 서 있는데, 모두 용모가 범상치 않은데다 모두 그곳에서 쓴웃음을 짓고 있는 것을 보았다.

원소가 묻기를: "공손 태수 등 뒤에 계신 분들은 누구시오?"

공손찬은 현덕을 앞으로 불러내어 말하기를: "이 사람은 저와 어릴 때부터 동문수학한 형제로 평원 현령 유비입니다."

조조 曰 : "혹시 황건적을 토벌한 유현덕 아니오?"

공손찬 曰: "그렇소이다."

그러고는 즉시 현덕에게 앞으로 나와 예를 갖추라고 하고는 그간 현덕의 공로 및 그의 출신에 대해 자세히 설명했다.

원소 曰: "기왕에 한 황실의 종친이라 하니 자리를 잡고 앉으시지요."

하면서 유비에게 앉으라고 했으나 유비가 사양했다.

원소 曰: "나는 그대의 명성이나 관직을 존중해서가 아니라 황실의 후예라는 것을 존중하는 것이오."

이에 현덕은 맨 끝자리에 가서 앉았고, 관우와 장비는 그 뒤에서 두 손을 마주 잡고 서 있었다.

그때 갑자기 정탐꾼이 와서 보고하기를: "화웅이 철기병을 이끌고 관을 내려와 긴 장대에 손 태수의 붉은 두건을 매달고 진영 앞까지 와서 큰 소리로 욕을 하며 싸움을 걸고 있다고 합니다."

원소 曰: "누가 가서 싸우겠습니까?"

원술 등 뒤에서 효장(驍將) 유섭(兪涉)이 돌아 나오며 말하기를: "소장을 나가게 해 주십시오."

원소가 기뻐하며 즉시 유섭에게 말을 타고 나가 싸우라고 했다.

그러나 잠시 뒤 바로 보고가 오기를: "유섭은 화웅과 세 합도 싸우지 못하고 화웅의 칼에 베어 죽었습니다."

제후들이 모두 놀라고 있을 때 태수 한복(韓馥)이 말하기를: "제 수하에 상장군 반봉(潘鳳)이 있는데 그는 화웅을 벨 수 있을 것입니다."

원소가 급히 출전을 명하자 반봉은 큰 도끼를 들고 말에 올라탔다. 그가 간 지 얼마 되지 않았는데 전령이 나는 듯이 말을 달려와 보고하기를: "반봉 역시 화웅에게 당했습니다."

모든 제후들이 실색을 하고 있을 때 원소가 말하기를: "내 수하의 상장군 안량(顔良)과 문추(文醜)가 오지 않은 것이 한스럽군. 둘 중 한 사람만 있었어도 화웅 따위는 겁내지 않을 텐데!"

말을 다 마치기도 전에 계단 아래 한 사람이 나오며 큰 소리로 말하기를: "소장이 나가서 화웅의 머리를 베어 막사 안에 바치겠사옵니다."

참석자들이 모두 쳐다보니 그는 신장이 아홉 자(尺)에 수염이 두 자, 봉황의 붉은 눈, 잠자는 누에 눈썹을 하고 얼굴은 잘 익은 대추처럼 검붉은색에 목소리는 마치 큰 종이 울리는 것 같은 사람이 막사 앞에 서

126

있었다.

원소가 누구냐고 묻자 공손찬이 말하기를: "이 사람은 유현덕의 아우 관우라 합니다."

원소가 현재 어떤 직책을 맡고 있냐고 물었다.

공손찬 曰: "유현덕을 수행하여 마궁수(馬弓手)를 하고 있습니다."

막장 안의 원술이 소리치며 말하기를: "네놈이 우리 모든 제후들에게 만만한 장수가 없다고 깔보는 게냐? 일개 궁수 따위가 어찌 감히 함부로 나서는 것이냐? 저놈을 당장 끌어내라!"

조조가 급히 제지하며 말하기를: "공로(公路)께서는 고정하시지요. 이 사람이 이렇게 큰소리를 치는 것을 보면 필경 그만한 용맹과 지략이 있을 것입니다. 시험 삼아 말을 타고 나가 싸워보게 하고 이기지 못하면 그 때 가서 책임을 물어도 늦지 않습니다."

원소 曰: "일개 궁수를 출전시키면 반드시 화웅에게 비웃음만 사게 될 것입니다."

조조 曰: "이 사람의 생김새가 속되 보이지 않는데 화웅이 어찌 이 사람이 궁수인지 알 수 있겠습니까?"

관우 曰: "만약 제가 이기지 못하면 바로 내 머리를 자르시오."

조조는 따뜻한 술을 한 잔 따라 주며 관공에게 마시고 말에 오르라고 했다.

관우 曰: "술은 일단 따라만 놓으시오. 내 얼른 갔다 와서 마시겠소."

막사를 나와 칼을 들고 몸을 날려 말에 올라탔다. 제후들은 관 밖에서 북소리가 크게 진동하고 함성이 크게 나는 것을 들었는데 마치 하늘이 무너지고 땅이 꺼지며 산이 흔들리고 무너지는 것 같았다.

모든 제후들이 깜짝 놀라 마침 무슨 일인지 알아보려고 할 때, 말 방울소리가 들리면서 운장이 탄 말이 진 안으로 들어왔다. 운장은 화웅의 목을 들어 땅에 내던졌다. 그때까지 술은 여전히 따뜻했다.

후세 사람이 시를 지어 그를 찬양하기를:

천지를 위압하는 으뜸 공을 세우니	威鎭乾坤第一公
성문 안에서 북소리 둥둥둥 울리네	轅門畵鼓響鼕鼕
운장이 술잔 놓아두고 용맹 떨치니	雲長停盞施英勇
그 술 식기 전에 화웅의 목 잘렸네	酒尙溫時斬華雄

조조가 매우 기뻐했다. 그때 현덕의 등 뒤에서 장비가 돌아 나오며 큰 소리로 외치기를: "우리 형님이 화웅을 베었으니 당장 사수관으로 쳐들어가서 동탁을 사로잡아야지, 또 어느 때를 기다리고 있단 말이오?"

원술이 몹시 화를 내며 호통치기를: "우리 대신들도 오히려 겸손히 있는데, 일개 현령의 수하 졸병 따위가 어찌 감히 이런 자리에서 무위(武威)를 뽐낸단 말인가! 어서 저놈을 막사 밖으로 쫓아내거라!"

조조 曰: "공을 세운 자에게는 상을 주어야지, 어찌 신분의 귀천을 따진단 말이오?"

원술 曰: "이렇게 공 등이 일개 현령을 중히 여긴다면, 나는 이제 물러가겠소."

조조 曰: "어찌 말 한마디 때문에 대사를 그르친단 말이오?"

조조는 공손찬에게 일단 현덕·관우·장비를 데리고 영채로 돌아가 있으라고 했다. 모든 제후들이 해산한 뒤 조조는 남몰래 사람을 시켜 술과 소고기를 보내 세 사람을 위로했다.

한편 화웅 수하의 패잔병들이 그 사실을 사수관에 보고하자, 이숙이 급히 문서로 동탁에게 위급함을 알렸다. 동탁은 이유와 여포 등을 불러 의논했다.

이유 曰: "이제 상장군 화웅을 잃었으니 적들의 사기가 크게 올라 있을 것입니다. 원소가 맹주인데 원소의 숙부 원외(袁隗)가 현재 태부(太傅)로 있으니, 그들이 혹시 성 안팎으로 내통을 한다면 매우 곤란해질 것입니다. 먼저 원외를 제거해야 합니다. 그러고 나서 승상께서 친히 대군을 이끌고 나가 적들을 소탕하시지요."

동탁은 그렇게 하는 것이 좋겠다고 말하고 곧 이각(李催)과 곽사(郭汜)를 불러 군사 5백 명을 데리고 태부 원외의 집을 에워싸고 노인 어린이를 불문하고 모두 주살하고 원외의 수급은 사수관 관문 앞에 가져가서 적들에게 보이라고 했다.

그리고 동탁은 군사 20만 명을 두 갈래로 나누어, 한 길로는 이각과 곽사로 하여금 군사 5만 명을 이끌고 사수관으로 가서 관을 지키기만 하고 싸움은 걸지 말라고 명했다. 그리고 동탁 자신은 이유·여포·번조·장제 등과 함께 호뢰관(虎牢關)을 지키러 갔다. 호뢰관은 낙양에서 50리 떨어진 곳에 있었다. 군사들이 호뢰관에 도착하자 동탁은 여포에게 3만 명의 군사를 거느리고 관 앞에다 큰 영채를 세우도록 하고 자신은 관 위에 주둔했다.

정탐꾼이 이런 정보를 탐지하여 원소의 본채에 보고하니, 원소는 여러 제후들과 대책을 논의했다.

조조 曰: "동탁은 호뢰관에 군사를 주둔하고 우리 제후들의 진격로를 차단하려고 할 것이니, 우리는 군사를 둘로 나누어 적들을 맞아 싸우는 게 좋겠습니다."

그리하여 원소는 왕광·교모·포신·원유·공융·장양·도겸·공손찬 등

여덟 방면의 제후들을 나누어 호뢰관으로 가서 적을 맞아 싸우고, 조조
는 군사를 이끌고 여기저기를 오가며 그들을 지원하도록 했다. 여덟 방
면의 제후들은 각자 군사들을 일으켜 갔다. 하내 태수 왕광이 군사를
이끌고 제일 먼저 호뢰관에 도착했다. 여포가 철기병 3천 명을 데리고
나는 듯이 달려와 그와 마주했다.

왕광이 군사들의 전열을 정비하여 진을 친 다음 문기(門旗) 아래에
서 말을 세우고 바라보니 여포가 진(陣) 앞에 나와 있었다. 그는 머리에
는 세 갈래로 묶은 자줏빛 금관을 쓰고, 몸에는 서천 산 붉은 비단에 온
갖 꽃무늬를 수놓은 전포를 걸치고 그 위에 짐승들이 서로 머리를 삼키
고 있는 모습의 고리로 엮어진 갑옷을 입고, 허리에는 사자와 만왕(蠻王)
의 모양이 영롱하게 새겨진 가죽띠를 매고, 활과 화살을 차고, 손에는 화
극(畫戟)을 들고 우렁차게 울고 있는 적토마 위에 앉아 있는데, 과연 '사람
중에는 여포요, 말 중에는 적토마(人中呂布, 馬中赤兎)'라고 할 만했다.

왕광이 고개를 돌려 묻기를: "누가 감히 출전하겠느냐?"

뒤에 있던 한 장수가 창을 치켜들고 말을 달려 나갔다. 왕광이 보니
하내(河內)의 명장 방열(方悅)이었다. 두 말이 서로 교차하는데 5합이 안
되어 방열이 여포의 창에 찔려 말 아래로 떨어졌다. 그러자 여포는 다시
화극을 꼿꼿이 세우고 말을 몰아 쳐들어왔다.

왕광의 군사는 대패했으며 사방으로 흩어져 달아나기 바빴다. 여포는
좌충우돌하며 이리저리 쳐들어갔는데, 마치 무인지경에 들어가 있는 것
같았다. 그때 다행히도 교모와 원유의 군사들이 모두 도착해서 왕광을
구해냈으며 여포는 그제야 비로소 물러갔다.

삼로(三路)의 제후들은 각기 약간의 군사들을 잃어버리고 30리나 물
러나 영채를 세웠다. 뒤이어 오로(五路)의 군사들도 모두 도착하여 함께
대책을 논의했는데, 다들 말하기를 여포는 너무 출중한 영웅이라 가히

대적할 사람이 없다고 했다.

　이렇게 한창 걱정하고 있는데 하급 군관이 와서 보고하기를: "여포가 또 와서 싸움을 걸어왔습니다."

　팔로(八路) 제후들은 모두 말에 올랐다. 군사를 여덟 부대로 나누어 높은 고지에 포진했다. 멀리 바라보니 여포의 군사들이 수놓은 깃발을 휘날리며 이쪽으로 쳐들어오고 있었다.

　상당 태수 장양의 부장(副將) 목순(穆順)이 창을 치켜들고 말을 달려 나가 맞이해 싸웠으나 여포가 화극을 한 번 내리치자, 바로 창에 찔려 말에서 떨어졌으며 이를 보고 모두 깜짝 놀랐다.

　북해 태수 공융의 부장 무안국(武安國)이 철퇴를 손에 들고 나는 듯이 말을 몰아 나갔다. 여포가 화극을 휘두르며 말을 박차고 나와 맞아하여 싸우기를 19여 합 만에 여포는 화극으로 무안국의 손목을 잘라 버렸다. 무안국은 철퇴를 땅에 버리고 달아났다. 팔로 군사들이 일제히 나와 무안국을 구출했고 여포는 후퇴하여 돌아갔다. 모든 제후들이 영채로 돌아와서 상의했다.

　조조 曰: "여포는 너무나 용맹하여 당할 사람이 없으니 십팔로(十八路) 제후들이 함께 좋은 계책을 논의해 봅시다. 만약 여포만 사로잡는다면 동탁은 쉽게 죽일 수 있습니다."

　이런 계책을 논의하고 있을 때 여포는 다시 군사를 이끌고 와서 싸움을 걸어왔다. 팔로 제후들이 일제히 나아갔다. 먼저 공손찬이 긴 창을 휘두르며 직접 여포와 맞섰지만 몇 합 싸우지도 않아 공손찬은 패하고 달아났다. 여포가 적토마를 타고 추격하는데 그 말은 하루에 천 리를 가는지라 마치 바람처럼 날아가는 듯했다. 공손찬을 점점 따라잡아 여포가 화극을 번쩍 들어 공손찬의 등 한복판을 겨누고 막 찌르려고 하는 순간 옆에 있던 한 장수가 고리 눈을 부릅뜨고 호랑이 수염을 치켜세우고 장팔사모(丈八蛇矛)를 꼬나들고 나는 듯이 말을 몰며 큰 소리로 외치기를: "성(姓)이 세 개나 되는 종놈의 새끼야. 게 섯거라! 연(燕) 사람 장비가 여기 있다!"

여포는 장비가 소리치는 것을 보고 공손찬은 내 버려두고 곧바로 장비에게 달려들었다. 장비가 정신을 가다듬고 여포와 치열하게 싸우는데 계속해서 50여 합을 싸우는데도 승부가 나지 않았다. 보고 있던 운장이 말을 박차고 무게가 82근이나 되는 청룡언월도(靑龍偃月刀)를 휘두르며 달려 나가 장비와 함께 여포를 협공했다. 세 필의 말이 정(丁)자 모양으로 어우러져 싸웠다. 싸우기를 30여 합, 그러나 여포를 쓰러뜨리지 못했다. 이때 유현덕이 쌍고검(雙股劍)을 뽑아 들고 갈기가 누런 황종마(黃鬃馬)를 몰아 측면을 찌르며 싸움을 도왔다. 이처럼 세 방면에서 여포를 에워싸고 주마등처럼 빙빙 돌며 싸우고 있는데 팔로 군사들은 모두 넋을 잃고 바라보고만 있었다. 여포는 세 사람의 공격을 더 이상 버티지 못했다. 여포가 현덕의 얼굴을 향해 찌르는 척하자 현덕이 급히 피하면서 세 사람의 간격이 조금 벌어지는 틈을 이용하여 여포는 화극을 거꾸로 잡고 말을 달려 달아났다.

그렇다고 세 사람이 포기할 사람들인가! 그들이 말을 몰아 쫓아가자 팔로(八路) 군사들이 큰 지진과 같은 함성을 지르며 일제히 쳐들어갔다. 여포의 군사들은 급히 관 위로 달아나고 현덕·관우·장비는 그 뒤를 쫓았다.

옛사람이 일찍이 장편의 시를 지었는데 오로지 현덕·관우·장비가 여포와 싸운 일만 말하고 있었다.

한나라의 천수는 환제 영제에 이르러　　　　漢朝天數當桓靈
한낮의 붉은 태양 서산으로 기울었네　　　　炎炎紅日將西傾

破關兵三英
戰呂布

간신 동탁이 어린 황제를 폐위시키니　　　　　　奸臣董卓廢少帝
나약한 유협은 꿈에서도 깜짝 놀라네　　　　　　劉協懦弱魂夢驚

조조가 격문을 띄워 만천하에 고하자　　　　　　曹操傳檄告天下
모든 제후 격분하여 군사를 일으켰네　　　　　　諸侯奮怒皆興兵
서로들 의논하여 원소를 맹주로 삼고　　　　　　議立袁紹作盟主
황실을 바로 세워 천하태평 맹세했네　　　　　　誓扶王室定太平

온후 여포 이 세상에 당할 자 없으니　　　　　　溫侯呂布世無比
출중한 재주를 사해에 널리 자랑하네　　　　　　雄才四海夸英偉
몸에 두른 은 갑옷은 용 비늘로 덮이고　　　　　護軀銀鎧砌龍鱗
머리 묶은 금관에 꿩꼬리를 꽂았구나　　　　　　束髮金冠簪雉尾

짐승 새긴 옥 보대 맹수를 삼키는 듯　　　　　　參差寶帶獸平吞
어긋어긋 비단 전포 봉황이 날듯하네　　　　　　錯落錦袍飛鳳起
천리마 뛰어오르면 하늘에 바람 일고　　　　　　龍驅跳踏起天風
방천화극 번뜩이니 서릿발 이는구나　　　　　　畫戟燦煌射秋水

관문 나가 싸움 거니 당할 자 누구냐　　　　　　出關搦戰誰敢當
제후들 다들 놀라 두려워 벌벌거리네　　　　　　諸侯膽裂心惶惶
연 출신 장익덕이 앞으로 뛰쳐나가니　　　　　　踊出燕人張翼德
손에는 장팔사모 창을 높이 치켜들고　　　　　　手提蛇矛丈八槍

범의 수염 곧추서니 금실처럼 빛나며　　　　　　虎須倒堅飜金線
고리눈을 부릅뜨니 번갯불이 이는 듯　　　　　　環眼圓睜起電光

치열하게 싸웠으나 승부가 나지 않아　　　　　酣戰未能分勝敗

싸움터의 관운장 화가 잔뜩 끓어올라　　　　　陣前惱起關雲長

손에 쥔 청룡보도 서릿발이 번쩍이고　　　　　靑龍寶刀燦霜雪

앵무새긴 전포는 나비가 나는 듯하네　　　　　鸚鵡戰袍飛蝴蝶

말발굽 닿는 그곳엔 귀신도 울부짖고　　　　　馬蹄到處鬼神嚎

화난 눈을 부릅뜨니 유혈이 낭자하네　　　　　目前一怒應流血

천하호걸 현덕도 쌍고검을 들고 나서　　　　　梟雄玄德掣雙鋒

하늘에 위엄 떨치고 용맹을 자랑하네　　　　　抖擻天威施勇烈

세 사람이 에워싸고 한참을 싸우노니　　　　　三人圍繞戰多時

여포는 막아내느라 쉴 겨를이 없구나　　　　　遮攔架隔無休歇

함성이 크게 일며 온천지가 뒤집히고　　　　　喊聲震動天地翻

살기 가득 차 견우 북두 한기 서리네　　　　　殺氣迷漫牛斗寒

여포 힘이 다 빠져서 달아날 길 찾아　　　　　呂布力窮尋走路

멀리 관 바라보며 말 몰아 급히 가네　　　　　遙望家山拍馬還

방천화극 창대 거꾸로 질질 잡아끌며　　　　　倒拖畫杆方天戟

금수놓은 오색 기 어지러이 휘날린다　　　　　亂散銷金五彩旛

말고삐 끊어질 만큼 적토마 내달아서　　　　　頓斷絨條走赤兔

몸을 뒤쳐 호뢰관으로 날아 올라가네　　　　　翻身飛上虎牢關

　세 사람이 곧바로 여포의 뒤를 쫓아 관 아래에 이르니 관 위에는 푸른 명주로 만든 우산 덮개가 서풍에 펄럭이고 있는 것이 보였다.

장비가 큰 소리로 외치기를: "저놈은 틀림없이 동탁이다! 여포를 쫓기보다는 차라리 먼저 동탁을 잡아서 풀을 베고 뿌리를 제거해 버리는 게 낫겠다!"

장비는 말을 몰아 관 위로 올라가서 동탁을 사로잡으려고 했다.

이야말로:

도적을 잡으려면 괴수를 잡아야 하느니　　　擒賊定須擒賊首

기이한 공적은 결국 기인을 기다려야지　　　奇功端的待奇人

승부가 어찌 될지 궁금하거든 다음 회를 기대하시라.

제 6 회

동탁은 궁궐을 불태우는 악행 저지르고
손견은 옥새를 감추어 약속을 저버리다

焚金闕董卓行凶

匿玉璽孫堅背約

장비가 말을 재촉하여 관 아래에 도착하자 관 위에서 화살과 돌이 비 오듯 쏟아져 더 이상 나아가지 못하고 돌아왔다. 여덟 제후들은 모두 현덕·관우·장비를 청하여 그들의 공을 치하하고 사람을 원소에게 보내 승전보를 알렸다.

원소는 곧바로 손견에게 격문을 보내 군사를 출병시키라고 명령했다. 손견은 정보·황개를 데리고 원술의 영채로 찾아갔다.

손견은 막대기로 땅에 그림을 그려가며 원술에게 말하기를: "동탁과 나는 원래 어떠한 원한 관계도 없소. 내가 내 몸도 사리지 않고 직접 화살과 돌을 맞으며 죽기로 싸우는 이유는 위로는 나라의 적을 토벌하고 아래로는 장군 가문의 사적 원한을 갚아주기 위함이었소. 그런데도 장군은 남을 헐뜯는 자의 말만 듣고 군량과 마초를 보내 주지 않아 내가 싸움에 지도록 했는데, 그리하니 장군은 속이 시원하시오?"

원술은 당황하여 할 말이 없어 참언한 자의 목을 베도록 함으로써 손견에게 사죄를 표시했다.

그때 갑자기 전령이 손견에게 보고하기를: "관 위에서 어떤 장군이 말을 타고 우리 영채로 와서 장군을 보자고 합니다."

손견이 원술에게 작별 인사를 하고 본채로 돌아와 찾아온 자를 불러서 누구인지 물어보니 뜻밖에 동탁이 아끼는 장수 이각이었다.

손견 曰: "당신이 여기에 무슨 일로 왔는가?"

이각 曰: "승상께서 존경하시는 유일한 분이 바로 장군이신데 오늘 특별히 저를 보내 두 집안이 사돈 맺기를 원하십니다. 승상께서는 여식이 있는데 배우자로 장군의 아드님을 배필로 맺어주려 합니다."

손견이 크게 화를 내며 꾸짖기를: "동탁은 하늘을 거스른 무도(無道)한 놈으로 왕실을 뒤엎었기에 내가 그놈의 구족(九族)을 멸하여 천하에 사죄하려고 하는데 어찌 그런 역적 놈과 사돈을 맺는단 말이냐! 내가 지금은 네놈의 목은 베지 않을 것이니 당장 돌아가서 하루속히 사수관을 바치도록 하여라. 그러면 네 목숨만은 살려 주겠다. 만약 지체한다면 네놈 뼈는 가루로 만들고 몸은 부수어버릴 것이다."

이각이 머리를 감싸 쥐고 부리나케 내빼 돌아가서 동탁에게 손견이 이처럼 무례하다고 보고했다. 동탁이 화를 내며 이유에게 어찌해야 좋을지 물었다.

이유 曰: "온후 여포가 처음으로 패하자 군사들이 사기가 떨어져 싸울 생각이 없습니다. 차라리 군사를 이끌고 낙양으로 돌아가 아이들이 부르는 동요처럼 아예 장안으로 천도하시는 게 좋을 것 같습니다.

요즘 길거리에서 아이들이 즐겨 부르는 동요의 가사는:

서쪽에도 하나의 한나라요	西頭一個漢
동쪽에도 하나의 한나라네	東頭一個漢

| 사슴이 장안으로 들어가야 | 鹿走入長安 |
| 비로소 이 재난 없을 거야 | 方可無斯難 |

라는 것입니다. 신이 이 가사 말의 의미를 생각해 보니 '서쪽에도 한이 하나 있다.'라는 것은 한고조께서 서도(西都) 장안에서 흥성하시어 열두 황제 동안 천자의 자리를 내려온 것을 말하고, '동쪽에도 한이 하나 있다.'라는 것은 광무제께서 동도(東都) 낙양에서 흥성하시어 지금까지 역시 열두 황제의 자리를 전해 내려온 것을 말합니다. 천운은 돌고 도는 것이니 승상께서 처음 시작했던 장안으로 돌아가셔야 비로소 근심 걱정이 없어질 것입니다."

동탁이 매우 기뻐하며 말하기를: "자네 말이 아니었으면 나는 전혀 깨닫지 못했을 게야."

곧바로 여포를 데리고 한밤중에 낙양으로 돌아와 천도 문제를 상의했다. 조당에 문무백관을 소집하여 동탁이 말하기를: "한의 동도 낙양은 이백여 년이나 되어 이미 그 기운이 쇠했다. 내가 보기에 왕성한 기운은 지금 장안에 있으니 나는 황제를 모시고 서쪽으로 가려고 한다."

사도(司徒) 양표(陽彪)가 말하기를: "관중(關中: 장안을 포함한 지역)은 잔혹하게 파괴되어 이미 쇠퇴하였습니다. 이제 아무 까닭도 없이 종묘와 황릉을 버리고 떠난다면 백성들이 놀라서 동요하지 않을까 염려되옵니다. 천하를 어지럽히기는 쉬우나 안정시키기는 극히 어려우니 승상께서는 부디 이를 굽어살펴 주시기를 바랍니다."

동탁이 화를 내며 말하기를: "네놈이 국가의 대계를 방해하려고 하느냐?"

태위 황완(黃琬)이 말하기를: "양 사도의 말이 옳습니다. 옛날 왕망(王莽)이 역모로 황제의 자리를 찬탈하였으나 경시(更時:왕망의 정권 말년의 연호)년에 적미(赤眉: 눈썹을 붉게 칠해 왕망의 군대와 구별한 농민 반란군)의 난 때 온 장안이 불에 타서 완전히 잿더미로 변했습니다. 게다가 백성들은 거의 다 이사를 하여서 남은 자는 백 명에 한 둘이었습니다. 이제 궁실을 버리고 황무지로 가려고 하는데, 그래서는 안 됩니다."

동탁 曰: "관 동쪽에는 도적들이 일어나서 그 난이 천하로 번지고 있다. 장안은 효함(崤函:함곡관)의 험준한 지세이며, 게다가 농우(隴右)와 가까워 나무와 돌, 벽돌과 기와 등을 마련하기가 쉬워 궁실을 짓는데, 한 달도 안 걸릴 것이다. 너희들은 더 이상 함부로 지껄이지 말라."

사도 순상(筍爽)이 간하여 말하기를: "승상께서 만약 천도하신다고 하면 백성들이 소동을 일으키고 불안해 할 것입니다."

동탁이 더 이상 분노를 참지 못하고 말하기를: "내가 천하를 위해 계획하는데 어찌 그까짓 미천한 백성들까지 신경을 써야 한단 말이냐!"

그러고는 그날 당장 천도를 반대한 양표와 황완·순상의 벼슬을 박탈하고 서민으로 강등해 버렸다.

동탁이 밖으로 나와 수레에 올랐는데 두 사람이 수레를 보고 읍(揖)을 했다. 자세히 보니 그 둘은 상서(尙書) 주비(周毖)와 성문교위(城門校尉) 오경(伍瓊)이었다.

동탁이 무슨 일이냐고 묻자, 주비가 말하기를: "방금 들으니 승상께서 장안으로 천도하실 거라고 하여 일부러 간(諫)하고자 왔습니다."

동탁이 몹시 화내며 말하기를: "내가 애당초 너희 두 놈 말을 듣고 원소를 중용했건만 지금 원소가 이렇게 반역을 하였는데 네놈들도 같은 패거리가 아닌가!" 하며 무사들에게 호령하여 그들을 도성문 밖으로 끌고 나가 목을 베라고 했다. 그러고는 다음 날 곧바로 떠난다고 천도 명령을 내렸다.

이유 曰: "지금 자금과 양식이 부족한데 낙양에는 부호들이 아주 많이 있습니다. 그들의 재산을 몰수하여 국유 재산으로 만들고 특히 원소 등의 문하에 있던 자들은 그 종족과 무리를 모두 죽이고 그들의 재산을 몰수하면 틀림없이 막대한 자금을 확보할 수 있습니다.

동탁은 즉시 철기병 5천 명을 보내 낙양의 부호들을 잡아들이라고 했는데 그 수가 모두 수천 명이 넘었으며, 그들의 머리에 큰 글씨로 '반신역당(反臣逆黨)'이라고 쓴 깃발을 꽂고 모조리 성 밖으로 끌고 가서 목을 자르고 재산을 몰수하게 했다.

이각·곽사는 낙양 거주 백성 수백만 명을 몰아 장안으로 갔다. 모든 백성을 부대 단위로 나누고, 각 백성 부대들 사이에 군사 부대를 끼워 넣어 서로 끌고 가도록 했는데, 가다가 중간에 냇가나 골짜기에 떨어져 죽은 자의 수를 셀 수조차 없었다.

또한 군사들이 마음대로 남의 아내나 여자들을 겁탈하고 남의 양식을 빼앗을 수 있도록 허락했기에 통곡의 울음소리가 천지를 진동했다. 만일 걸음이 뒤처진 자는 등 뒤에 3천여 명의 군사들이 재촉하고 감시하다 손에 칼을 들고 길에서 마구 죽였다.

동탁이 낙양을 떠날 때는 모든 성문에 불을 지르고 백성들이 살던 집도 모두 불태웠을 뿐만 아니라 종묘와 궁부까지 불 질러 태워버리라고 지시했다.

남쪽과 북쪽의 두 궁궐이 화염의 불길로 서로 이어져 낙양의 궁전은 완전히 잿더미가 되었다. 그뿐만이 아니었다. 여포를 보내 선대의 황제와 황비의 능들을 파헤쳐 그 안에 있던 금은보화들을 모조리 꺼내도록 했다. 군사들은 그 틈을 이용하여 관리를 지냈던 자들의 묘와 일반인들의 묘까지 모두 파헤쳤다.

이리하여 동탁은 금은보화와 비단 등 귀중품을 수천 대의 수레에 가득 싣고 천자와 황후·황비 등을 겁박하여 장안으로 떠나갔다.

한편 동탁의 장수 조잠(趙岑)은 동탁이 이미 낙양을 버리고 떠났음을 알고 바로 사수관을 헌납했다. 손견이 군사들을 이끌고 먼저 들어갔다. 현덕·관우·장비는 호뢰관으로 쳐들어갔으며 모든 제후들도 각자 군사들을 이끌고 관 안으로 들어갔다.

손견이 말을 달려 멀리 낙양 쪽을 보니 화염이 하늘을 찌르고 검은 연기가 땅을 뒤덮고 있었는데 이삼백 리를 가도 닭이나 개는 물론 사람의 그림자도 보이지 않았다.

손견은 우선 군사들을 동원하여 불을 끄고 모든 제후들에게 벌판에 각자 군사들을 주둔시키도록 했다.

조조가 원소에게 와서 말하기를: "지금 역적 동탁이 서쪽으로 가고 있습니다. 지금 이 기세를 이용하여 추격할 좋은 기회인데 본초께서는 군사들을 주둔만 시켜놓고 움직이지 않으시니 어찌된 까닭이십니까?"

원소 曰: "모든 군사들이 지쳐 있어 지금 진격해야 이로울 게 없소."

조조 曰: "동탁 역적 놈이 궁실을 모두 불태우고 천자를 겁박해 천도하여, 천하의 모든 사람들은 어찌해야 할 바를 몰라 벌벌 떨고 있습니다. 지금 하늘이 동탁을 망하게 하려는 때이니, 한 번 싸움으로 천하를 안정시킬 수 있습니다. 여러 공(諸公)들은 무엇을 의심하여 진격하지 않는 것이오?"

제후들은 모두 가볍게 움직여서는 안 된다고 말했다.

조조가 매우 화를 내며 말하기를: "이런 못난 놈들과 더불어 무슨 일을 꾀할 수 있단 말인가!"

그러고는 자신이 병력 1만여 명을 이끌고 휘하 장수 하후돈·하후연·조인·조홍·이전·악진 등을 거느리고 밤을 새워 동탁의 뒤를 쫓았다.

한편 동탁의 행렬이 형양(榮陽) 지방에 이르렀을 때 태수 서영(徐榮)이 영접을 나왔다.

이유 曰: "승상께서 방금 낙양을 버리고 가고 있는데 추격병들이 있을 터이니 이에 대한 방어가 필요합니다. 태수께서는 형양성 밖의 산 위의 움푹 파인 장소에 군사들을 매복시켜 놓고 만약 추격병들이 오면 그냥 통과시키십시오. 우리가 여기서 적을 맞아 싸워 그들이 패해서 돌아갈 때, 그 도주로를 막고 기습하십시오. 이렇게 하여 우리를 뒤쫓아 오는 자들이 더 이상 추격을 하지 못하게 해야 합니다."

동탁은 그 계책을 따랐을 뿐만 아니라 또 여포에게 명하여 정예병을 이끌고 뒤를 막으라고 했다. 여포가 행렬 뒤쪽을 살피고 있을 때 마침 조조의 군사가 따라붙자 여포가 큰 소리로 웃으며 말하기를: "역시 이유가 짐작했던 대로군!"

그러고는 군사들을 옆으로 벌렸다. 조조가 말을 타고 나와 큰 소리 치기를: "이 역적 놈아! 천자를 겁박하고 백성들을 떠돌게 하면서 어디로 가려고 하느냐?"

여포가 욕을 하며 말하기를: "주인을 배신한 겁쟁이 놈아! 어디서 망언을 쏟아 놓느냐!"

하후돈이 창을 세우고 말을 달려 곧바로 여포에게 돌진했다. 몇 합 싸우지도 않았는데 이각이 좌측에서 군사를 이끌고 쳐들어오니 조조는 얼른 하후연에게 적을 맞으라고 했다.

우측에서 또 함성이 나면서 곽사가 군사를 이끌고 쳐들어왔다. 조조는 급히 조인에게 적을 맞으라고 명했다.

세 방면에서 공격해 오는 군사를 조조의 군사는 당해내지 못했다. 하후돈은 여포의 공격을 당해낼 수 없어 말을 달려 자신의 진영으로 돌아갔다. 여포가 철기병을 이끌고 추격하니 조조의 군사는 크게 패하고 형양 방향으로 달아났다.

　조조가 간신히 달아나서 어느 황량한 산기슭에 당도했을 때는 약 2경 (二更)쯤 되었다. 그날따라 달빛이 대낮처럼 밝았다. 조조가 패잔병들을 모아 솥을 걸고 막 저녁밥을 지어먹으려 할 때, 사방에서 함성이 들리더니 서영의 복병들이 일제히 뛰쳐나왔다.

　조조는 황급히 말을 채찍질하여 길을 뚫고 달아나다 하필이면 서영을 만났다. 몸을 돌려 달아났으나 서영이 쏜 화살이 조조의 어깨에 명중했다. 조조는 화살에 맞은 채 도망쳐 산언덕을 돌아가는데, 풀 속에 숨어있던 군사 두 명이 뛰어나와 조조의 말을 보고 창 두 개를 동시에 던졌다. 그 창은 조조의 말에 꼽히고 말이 넘어지자 조조 역시 말에서 굴러떨어져 두 명의 군사들에 의해 사로잡혔다. 그 순간 한 장수가 바람처럼 말을 달려와서 칼을 휘둘러 두 명의 군사를 죽이고 말에서 내려 조조를 구했는데 그는 바로 조홍이었다.

　조조 曰: “나는 여기에서 죽을 것이니 아우님이나 속히 가시게!”

　조홍 曰: “공께선 빨리 말에 오르십시오. 저는 걸어서 가겠습니다.”

　조조 曰: “적의 군사들이 쫓아오는데 자네는 어찌하려고?”

　조홍 曰: “천하에 저는 없어도 되지만, 공께서는 없어서는 안 됩니다.”

　조조 曰: “내가 만일 죽지 않고 살아난다면 그것은 바로 자네 덕분일세.”

　조조가 말에 오르자 조홍은 입고 있던 갑옷을 벗어 버리고 칼을 끌면서 말을 바짝 따라 달렸다. 약 4경쯤 되었을 때 앞에 큰 강이 있었다. 가는 길이 막혔고 뒤쪽의 함성은 점점 가까워지고 있었다.

　조조 曰: “내 명은 여기까지인가 보네, 다시 살아날 수는 없을 것 같아!”

　조홍은 급히 조조를 부축하여 말에서 내리게 한 다음 전포와 갑옷을 벗고 조조를 업고 강을 건넜다. 겨우 건너편 강기슭에 막 도착할 즈음에

144

쫓아온 군사들이 강에 도착하여 화살을 쏘기 시작했다. 조조는 물에 흠뻑 젖은 채 달아났다.

날이 밝을 때까지 30여 리를 더 달아나 흙더미 아래에서 잠시 쉬고 있을 때 한 무리의 군사들이 함성을 지르면서 쫓아왔다. 서영이 상류에서 강을 건너 추격해 온 것이었다. 이렇게 위급한 순간, 하후돈과 하후연이 수십여 명의 기병을 이끌고 달려와서 소리치기를: "서영은 내 주인을 해치지 말라!"

서영이 곧바로 하후돈에게 달려들자, 하후돈은 창을 꼬나들고 맞섰다. 몇 합 만에 하후돈의 창이 서영을 찔러 말에서 떨어뜨리고 나머지 군사들도 물리쳤다. 곧이어 조인·이전·악진 등이 각기 군사를 이끌고 찾아와 조조를 만나니 희비가 교차했다. 조조는 패잔병 5백여 명을 데리고 하내(河內)로 돌아가고 동탁의 군사들은 장안으로 갔다.

한편 제후들은 낙양에서 나누어 각자 영채를 세웠으며 손견은 궁궐 안의 잔불을 모두 끄고 성내에 군사들을 주둔시키고 건장전(建章殿) 터 위에 막사를 세웠다. 손견은 군사들에게 궁궐의 깨진 기왓장을 말끔히 청소하게 하고 동탁이 파헤쳤던 능침들을 다시 덮도록 했다. 그리고 태묘가 있던 터에 세 칸의 전각을 새로 세우고 모든 제후들을 청하여 역대 황제들의 신위를 모시고 소와 양·돼지를 잡아서 제사를 지냈다.

제사를 마친 후 모두 돌아가고 손견도 막사로 돌아왔다.

그날 밤은 달과 별들이 유난히 반짝거려 손견은 칼을 차고 밖으로 나와 이슬에 앉아 천문을 살펴보니 북쪽 하늘의 자미원(紫微垣)[17] 별자리에 흰 기운이 가득했다.

---

17 큰곰자리 부근의 별자리로 천자의 자리에 비유함. 역자 주.

손견이 한탄하며 말하기를: "황제의 별이 밝지 못해 적신(賊臣)이 나라를 어지럽히고 온 백성들은 도탄에 빠지고 경성(京城)이 텅 비었구나!"

말을 마치자 저도 모르게 눈물이 흘렀다.

옆에 있던 군사가 손가락을 가리키며 말하기를: "전각 남쪽의 우물 안에서 가느다란 오색 광채가 뿜어 나오고 있습니다."

손견이 군사들을 불러 횃불을 밝히고 우물 아래에서 그 물건을 올리도록 했는데 그것은 한 부인의 시신이었다. 비록 오래되긴 하였지만, 아직 썩지는 않았으며 그 부인은 궁중 복식에 목 밑에는 비단 주머니 하나를 매달고 있었다. 그 주머니 안에는 작은 주홍색 상자가 있는데 금으로 된 자물쇠가 채워져 있었다. 열어보니 뜻밖에 이것은 옥새가 아닌가!

둘레는 네 치(寸)쯤 되었고 옥새 위쪽은 다섯 마리의 용들이 새겨진 고리가 있고 깨진 모서리 한쪽은 황금으로 때워져 있었다.

옥새에는 전서체(篆書體)로 '수명우천, 기수영창(受命于天, 旣壽永昌)[18]'이라는 여덟 자가 새겨 있었다.

옥새를 손에 넣은 손견이 정보에게 그 옥새에 관해 물어보니, 정보가 말하기를: "이것은 전국시대의 옥새입니다. 이 옥새의 옥은 옛날 변화(卞和)라는 사람이 형산(荊山) 아래에서 봉황이 돌 위에 앉아 있는 것을 보고 그 돌을 수레에 싣고 가서 초(楚)나라 문왕에게 바쳤습니다. 그 돌을 깨어보니 그 속에 옥이 들어 있었던 것입니다. 진시황 26년 옥공에게 그 옥을 다듬도록 하고 이사(李斯:진시황 때 승상)가 전서체로 이 여덟 자를 새긴 것입니다.

진시황 28년 진시황이 순수(巡狩)[19]하다가 동정호에서 큰 풍랑을 만나 배가 뒤집히려 하자 이 옥새를 호수에 던져 풍랑을 그치게 했다고

18 천명을 받아 황제가 되었으니, 영원히 창성하라. 역자 주.
19 나라 일을 살피러 각지를 돌아다님. 역자 주.

전국옥새 상상도

합니다.

진시황 36년, 진시황이 또 각지를 순수하다가 화음(華陰)에 이르렀을 때, 어떤 사람이 황제의 행차를 막고 황제를 수행하던 사람에게 말하기를, '이것을 가져다 조룡(祖龍: 진시황의 별칭)에게 돌려줘라.' 하고는 사라졌다고 합니다.

이렇게 해서 옥새가 다시 진나라에 돌아왔는데 이듬해에 진시황은 죽고 말았습니다. 그 후 진시황의 손자 자영(子嬰)이 이 옥새를 한(漢) 고조(高祖)에게 바쳤고 왕망이 황제의 자리를 찬탈하자 효원황제의 태후가 왕심(王尋)과 소헌(蘇獻)을 향해 이 옥새를 던지는 바람에 한쪽 모서리가 깨졌으며 그곳을 금으로 때우게 된 것입니다.

광무제(光武帝)께서 이 보물을 의양(宜陽)에서 구해 지금까지 전해오고 있습니다. 듣기에 얼마 전 십상시 난이 일어났을 때 어린 황제를 겁박하여 북망산으로 갔다가 궁으로 돌아오는 길에 이 보물을 잃어버렸다고 합니다.

지금 하늘이 이것을 주공께 주신 것은 주공이 틀림없이 제왕의 자리에 오르실 분이기 때문입니다. 이곳에 오래 머물러 있을 때가 아닙니다.

속히 강동으로 돌아가서 따로 대사를 도모해야 합니다."

손견 曰: "자네 말이 곧 내 뜻과 같네. 내일 당장 병을 핑계로 이 거사는 그만두고 돌아가세."

두 사람은 의논이 끝나자 군사들에게 은밀히 이 일이 누설되지 않도록 지시했다.

그런데 손견의 군사 중에 원소와 동향인이 있었다는 것을 누가 상상이나 했겠는가! 그 군사는 이것을 자신의 출세 기회로 이용하고자 밤중에 몰래 영채를 빠져나와 원소에게 와서 밀고하니 원소는 그에게 상을 내리고 은밀히 원소의 진영에 남게 했다.

다음 날 손견이 원소에게 작별 인사를 하러 와서 말하기를: "저에게 작은 병이 생겨 장사(長沙)로 돌아가려고 이렇게 공에게 하직 인사를 하는 것이오."

원소가 웃으면서 말하기를: "나는 공의 병을 알고 있소. 바로 전국새로 인한 병이지요?"

손견은 얼굴빛이 하얗게 질리어 말하기를: "도대체 그게 무슨 말이오?"

원소 曰: "우리가 지금 군사를 일으켜 반역자들을 토벌하려는 것은 나라의 해를 제거하기 위함이오. 옥새는 조정의 보물로 기왕에 공께서 획득했으면 당연히 여러 사람들이 보는 앞에서 맹주에게 맡겨 놓았다가 동탁을 제거한 후 다시 조정에 돌려주어야 마땅할 것이오. 그럼에도 지금 그것을 숨겨서 떠나려 하다니, 도대체 무슨 의도로 그러는 것이오?"

손견 曰: "도대체 옥새가 어찌 나에게 있다고 그러시오?"

원소 曰: "건장전(建章殿) 우물 안에서 건진 물건은 지금 어디에 있소?"

손견 曰: "나는 도무지 모르는 일이오. 어찌 나를 이처럼 심하게 핍박

148

하는 것이오?"

원소 曰: "어서 빨리 내어놓으시오. 더 이상 화를 자초하지 마시오!"

손견이 하늘을 가리키며 맹세하듯 말하기를: "내가 만약 그 물건을 획득하여 몰래 감추고 있다면 훗날 제명에 죽지 못하고 다른 사람의 칼이나 화살에 죽을 것이오."

여러 제후들이 말하기를: "문대가 이렇게 까지 맹세하는 걸 보면 틀림없이 가지고 있지는 않은 것 같소."

원소가 그 군사를 불러내서 말하기를: "그 물건을 건져 낼 때 이 사람이 함께 있지 않았는가?"

손견이 크게 화를 내며 차고 있던 칼을 뽑아 그 군사를 베려고 했다. 원소 역시 칼을 뽑으며 말하기를: "당신이 그 군사를 벤다면 그것은 곧 나를 기만하는 것이다."

원소 등 뒤에 있던 안량과 문추도 모두 칼을 뽑아 들었고, 손견의 등 뒤에 있던 정보·황개·한당 역시 칼을 뽑아 손에 들자 모든 제후들이 일제히 그만 멈추라고 싸움을 말렸다.

손견은 즉시 말에 올라 영채를 정리하고 낙양을 떠나가 버렸다. 너무 화가 난 원소는 곧바로 한 통의 서신을 써서 심복에게 주면서 밤을 새워 형주(荊州)로 달려가서 형주자사 유표(劉表)에게 전해 주어 손견이 돌아가는 길을 막고 옥새를 빼앗도록 했다.

다음 날 정탐꾼이 조조가 동탁을 추격하다가 형양에서 전투가 벌어졌는데 크게 패하고 돌아왔다는 보고를 해왔다. 원소는 사람을 보내 조조를 자신의 영채로 오게 하고 다른 제후들도 불러 술상을 마련하여 조조를 위로했다.

연회가 진행되자 조조가 탄식하면서 말하기를: "내가 처음 대의를 일

으킨 것은 나라를 위해 역적을 제거하기 위함이었소. 모든 제후들께서도 저와 뜻을 함께하여 이렇게 와 주셨소. 저의 처음 생각은 본초께서 하내(河內)의 군사들을 이끌고 맹진(孟津)으로 가시고, 산조(酸棗)의 여러 장수들은 성고(成皐)를 굳게 지키며 오창(敖倉)을 점거하고, 환원(轘轅)과 태곡(太谷)을 막아서 그 요충지를 제압하려고 했소. 그런 후에 다시 원공로(袁公路: 원술)께서 남양의 군사를 이끌고 단수현(丹水縣)과 석현(析縣)에 주둔하면서 무관(武關)으로 진격하여 삼보(三輔)를 흔들어 놓으려는 것이었소. 그러고는 방어 시설을 견고히 하면서도 섣불리 싸우려 하지 않음으로써 적들로 하여금 더욱 의심을 품게 하여 우세한 형세가 우리에게 있음을 천하에 알리고 순리대로 역적을 쳐부순다면 곧바로 나라를 안정시킬 수 있다고 생각했었소.

그런데 지금 여러 제후들께서는 망설이며 진격하지 않아 천하의 여망을 저버리고 말았소. 저는 이 기회를 놓친 것이 참으로 부끄럽기 짝이 없소."

원소 등은 조조의 말에 어떠한 대꾸도 하지 못했다. 그리고 모두들 자리에서 일어났다. 조조는 원소 등이 각기 다른 마음을 품고 있어 대사를 성사시킬 수 없다고 보고, 스스로 군사를 이끌고 양주로 떠나버렸다.

공손찬은 현덕·유비·장비에게 말하기를: "원소는 능력이 부족한 사람이네. 여기 오래 있다간 반드시 변고가 있을 것 같으니 이참에 우리도 돌아가세!"

그러고는 영채를 정리하여 북쪽으로 향했다. 평원에 이르자, 공손찬은 현덕을 평원 현령으로 있게 하고 자신은 원래 자신의 지역을 지키며 군사를 양성했다.

낙양에 남아 있던 연주(兗州)자사 유대(劉岱)는 동군 태수 교모(喬瑁)에게 군사를 먹일 양식을 좀 빌려 달라고 했으나 교모가 이를 거절하자, 군사를 이끌고 교모의 진영을 쳐들어가서 교모를 죽이고 그의 부하들을 모두 항복시켰다.

원소는 모든 제후들이 각자 흩어져 떠나가는 것을 보고 영채를 정리하고 군사들을 데리고 관동으로 떠나가 버렸다.

한편 형주자사 유표(劉表)는 자가 경승(景升)이며 산양(山陽) 고평(高平) 사람으로, 한 황실의 종친이다. 어릴 때부터 친구 사귀기를 좋아해서 당시 유명 인사 일곱 사람을 친구로 삼아, 이름하여 '강하팔준(江夏八俊)'이라 불렸다.

그러면 그를 제외한 나머지 일곱 사람은 누구인가? 그들은 바로 여남(汝南)의 진상(陳翔), 자는 중린(仲麟), 같은 군의 범방(范滂), 자는 맹박(孟博), 노국(魯國)의 공욱(孔昱), 자는 세원(世元), 발해의 범강(范康), 자는 중진(仲眞), 산양(山陽)의 단부(檀敷), 자는 문우(文友), 같은 군의 장검(張儉), 자는 원절(元節), 남양의 잠질(岑晊) 자는 공효(公孝) 등이다.

유표는 이들 일곱 사람을 벗으로 사귀면서 연평(延平) 사람 괴량(蒯良)과 그의 아우이자 장릉(章陵) 태수 괴월(蒯越), 양양 (襄陽) 사람 채모(蔡瑁)를 그의 보좌관으로 삼았다.

당시 원소가 보낸 서신을 보고 곧바로 괴월과 채모에게 군사 1만 명을 이끌고 가서 손견을 막으라고 했다. 손견의 군사가 막 도착하자 괴월은 진을 넓게 벌리고 먼저 말을 타고 나갔다. 손견이 묻기를: "괴이도(異度:괴월의 자)는 어찌하여 군사를 이끌고 와서 내가 가는 길을 막는 것인가?"

괴월 曰: "당신은 한의 신하이거늘 어찌하여 대대로 내려오는 나라의 보물을 사사로이 은닉하려 하는가? 속히 내어 주면 네놈은 돌아가게 해 주겠다!"

손견이 매우 화를 내며 황개에게 나가 싸우라고 명했다. 채모가 칼을 휘두르며 나와 맞았다. 둘이 싸우기를 여러 합 만에 황개가 휘두른 채찍이 채모의 가슴을 정통으로 때리자 채모는 말을 돌려 달아났다. 손견은 승세를 잡았다고 생각하고 군사들과 함께 유표의 관할 경계 입구까지 쳐들어갔다. 그때 산 뒤에서 징 소리·북소리가 일제히 울리면서 유표가 직접 군사를 이끌고 왔다.

손견은 바로 말 위에서 예를 표하며 말하기를: "경승께서는 어찌 원소의 글만 믿고 이웃 군을 이처럼 핍박하는 것이오?"

유표 曰: "자네가 전국새를 훔친 것은 반역하겠다는 것이 아닌가?"

손견 曰: "만약 내게 그 물건이 있다면 나는 칼과 화살에 맞아 죽을 것이오!"

유표 曰: "그럼 만약 내가 자네 말을 믿게 하려면 자네를 수행하는 군사들의 짐을 내가 뒤져보도록 하여 주시게."

손견이 화를 내며 말하기를: "당신이 무슨 힘이 있다고 감히 나를 깔보는 것이오!"

막 싸움이 시작되려는데 뜻밖에 유표가 후퇴했다. 손견이 말을 몰아 뒤를 쫓아가는데 갑자기 양쪽 산 뒤에 숨어있던 복병들이 일제히 달려들고 등 뒤에서는 채모와 괴월이 다가와 손견을 가운데 두고 에워쌌다.

이야말로:

옥새를 얻었으되 쓸 데도 없는 것을	玉璽得來無用處
오히려 그로 인해 전쟁만 하게 되네	反因此寶動刀兵

결국 손견은 어떻게 탈출할 것인지, 다음 회를 기대하시라.

제 7 회

원소는 반하에서 공손찬과 맞서 싸우고
손견은 강을 건너가서 유표를 공격하다

袁紹磐河戰公孫

孫堅跨江擊劉表

손견은 유표의 군사들에게 완전히 포위되었으나 다행히 정보·황개·한당 세 장수의 필사적인 구출 작전으로 탈출할 수 있었다. 하지만 군사의 절반을 잃고 말았다. 손견은 간신히 탈출로를 만들어 나머지 병사들을 이끌고 강동으로 돌아갔다. 이때부터 손견과 유표는 원수지간이 되었다.

한편 원소는 하내에 군사를 주둔시켰으나 군량미와 말에 먹일 풀이 부족했다. 다행히 기주 목사 한복(韓馥)이 군량으로 사용할 양식을 보내주었다.

책사 봉기(逢紀)가 원소에게 말하기를: "대장부가 천하를 누비면서 어찌 다른 사람이 보내준 양식으로 먹고 산단 말입니까? 기주는 여전히 돈과 양식이 풍부한 땅인데 장군께서는 어찌 그곳을 취하지 않으십니까?"

원소 曰: "마땅한 계책이 없지 않은가?"

봉기 曰: "공손찬에게 지금 은밀히 서신을 보내 공께서 기주를 친다면 우리도 협공하겠다고 하십시오. 그럼 공손찬은 틀림없이 군사를 일으킬 것입니다. 한복은 원래 계책이 없는 자이기 때문에 공손찬이 쳐들어온다고 하면 반드시 장군께 기주를 맡아달라고 부탁할 것입니다. 그때 바로 기주를 취하면 되니 이보다 더 쉬운 일이 어디 있겠습니까?"

원소는 매우 기뻐하며 즉시 공손찬에게 서신을 보냈다.

공손찬이 서신을 읽어 보니, 기주를 협공하여 취하게 되면 땅을 절반씩 나누자는 내용이라 크게 기뻐하며 당일로 군사를 일으켰다. 그러자 원소는 한복에게 은밀히 사람을 보내 공손찬이 기주를 치려고 한다고 전했다.

한복은 당황하여 즉시 순심(荀諶)과 신평(辛評) 두 책사를 불러 대책을 논의했다.

순심 曰: "공손찬이 연(燕)과 대(代)의 두 군사들을 이끌고 쳐들어온다면 그 칼은 감당할 수 없습니다. 게다가 공손찬은 유비와 관우·장비의 도움까지 있으니 대적하기가 어렵습니다.

지금 원본초가 지략과 용맹이 뛰어나고 휘하에 유명한 장수도 많으니 장군께서는 그를 청하여 함께 기주를 다스리자고 하면 그는 반드시 장군을 후하게 대우해 줄 것이니 그러면 공손찬은 걱정하실 필요가 없습니다."

한복은 즉시 별가(別駕) 관순(關純)을 원소에게 보내 그를 모시고 오도록 했다.

장사(長史) 경무(耿武)가 간(諫)하기를: "원소는 외로운 나그네 신세인데다 군사도 약합니다. 현재 우리의 처분만 바라보고 있는 실정입니다. 예를 들어 갓난애가 어미 품에서 젖을 먹여주지 않으면 바로 굶어 죽는 것과 같은 상황입니다. 어찌하여 주(州)의 일을 그런 자에게 맡기려 하십니까? 이것은 호랑이를 양떼 우리 속에 몰아 넣어준 것이나 마찬가지입니다."

한복 曰: "나는 원래 원씨 집안의 옛 관리였고 재능 또한 본초보다 못하다. 옛사람들은 현명한 자를 택해 자리를 양보하기도 했다. 여러분들은 이번 처사를 어찌 그렇게 못마땅하게 여기는가?"

경무가 한탄하며 말하기를: "기주도 이제 끝났구나!"

이리하여 관직을 버리고 떠난 자가 삼십여 명이나 되었다. 오로지 경무와 관순만 떠나지 않고 성 밖에 나가 숨어서 원소가 오기를 기다렸다.

며칠 뒤 원소가 군사를 이끌고 왔다. 경무와 관순이 칼을 뽑아들고 나가 원소를 죽이려고 하자, 원소의 장수 안량이 즉시 경무의 목을 베고 문추가 관순을 찍어 죽였다.

기주로 들어간 원소는 한복을 분위장군(奮爲將軍)으로 삼고 자신의 부하 장수들인 전풍(田豊)·저수(沮授)·허유(許攸)·봉기(逢紀) 등에게 주(州)의 일을 각각 분담하여 맡기고 한복의 권한은 모두 빼앗아 버렸다.

한복이 후회했을 때는 이미 돌이킬 수 없이 늦은 뒤였고 결국 그는 처자식도 버리고 홀로 말을 타고 진류 태수 장막(張邈)을 찾아갔다.

한편 공손찬은 원소가 이미 기주를 차지해 버렸다는 사실을 알고 그의 아우 공손월(公孫越)을 원소에게 보내 기주 땅을 나누자고 했다.

원소 曰: "자네 형이 직접 오면 내가 상의하여 보겠네."

공손월은 작별 인사를 하고 돌아가는데 50여 리도 채 못 가서 한 무리의 군사들이 번개처럼 튀어나오더니 지껄이기를: "나는 동탁 승상 집안의 장수이다." 하고는 들입다 공손월에게 화살을 퍼부어 죽여 버렸다. 수행했던 한 사람이 간신이 도망쳐 돌아와 공손찬에게 아우의 죽은 사실을 보고했다.

공손찬은 화가 머리끝까지 치밀어 말하기를: "원소 네놈이 나를 속이고 나에게 거병을 하여 한복을 치라고 해놓고 네놈이 그 틈에 일을 꾀한 것도 모자라, 오늘 또 동탁의 군사를 사칭해서 내 아우를 쏘아 죽이다니! 내가 이 원한을 어떻게 갚아야 속이 시원할까!"

즉시 본부 군사들을 전부 일으켜 기주로 달려갔다.

원소 역시 공손찬이 올 줄 미리 알고 군사들을 이끌고 나왔다. 양쪽 군사들은 반하(磐河)에서 만났다. 원소의 군사는 반하의 다리 동쪽에, 공손찬의 군사는 반하 다리의 서쪽에서 서로 마주 보고 있는데 공손찬이 다리 위에서 말에 탄 채 큰 소리로 외치기를: "의리를 배신한 자식아, 네놈이 감히 나를 팔아먹었단 말이냐!"

원소 역시 말을 재촉하여 다리 부근까지 와서 공손찬을 가리키며 말하기를: "한복이 재주가 부족하여 기주를 나에게 부탁한 것인데 네놈이 어찌 그것을 간섭하려 하느냐?"

공손찬 曰: "지난날 그래도 네놈이 충과 의리가 있는 줄 알고 맹주로 추천했었는데 이제 보니 속셈은 이리와 같고 행동은 개 같은 자식이구나. 그러고도 네놈이 세상에 얼굴을 들고 다닐 수 있을 것 같으냐!"

원소가 크게 화내며 말하기를: "누가 저놈을 사로잡아 오겠느냐?"

말이 떨어지기가 무섭게 문추가 말을 채찍질하고 창을 꼬나들고 다리 위를 달려갔다. 공손찬이 바로 다리 옆에서 문추와 칼끝을 겨누고 싸우는데 십여 합도 채 못 되어 공손찬이 더 이상 버티지 못하고 후퇴하여 도주했다. 승기를 잡은 문추가 추격하고 공손찬은 자신의 진중으로 들어가자 문추는 바람처럼 말을 달려 공손찬의 진중을 헤집고 다녔다.

공손찬 수하의 장수 네 명이 일제히 문추에게 덤벼들었으나 문추가 단 한 번 휘두른 창에 한 장수가 바로 말에서 떨어지자 다른 세 명의 장수들은 모두 겁을 먹고 달아났다. 문추는 직접 공손찬을 추격하여 진의 뒤까지 바짝 따라붙자 공손찬은 산속 계곡으로 달아났다.

문추가 말을 몰아 매섭고 큰 목소리로 외치기를: "어서 말에서 내려 항복하거라!"

공손찬은 화살도 다 떨어지고 투구도 땅에 떨어져, 머리는 전부 풀어진 채로 말을 타고 막 산등성이를 돌아가는데, 그가 탄 말이 갑자기 앞다리가 고꾸라지는 바람에 공손찬의 몸이 뒤집히면서 말에서 떨어져 언덕 아래로 굴렀다.

문추가 급히 창을 꼬나들고 달려들어 그를 찌르려는 순간, 갑자기 풀더미 좌측에서 한 소년 장수가 돌아 나와, 나는 듯이 말을 달려 창을 꼬나들고 문추에게 달려들었다. 그 틈에 공손찬은 기어서 언덕 위로 올라가서 그 소년을 보았다.

그의 생김새는 키가 여덟 자, 짙은 눈썹에 큰 눈, 넓적한 얼굴에 이중턱, 늠름한 위풍이 풍기는데 문추와 싸우기를 무려 5~6십여 합이 되었건만 승부는 끝나지 않았고 공손찬의 부하 장수들이 지원하러 몰려오자 문추는 말을 돌려 돌아갔다.

그 소년도 더 이상은 쫓지 않았다. 공손찬은 얼른 흙더미 아래로 내려와 그 소년의 성명을 물었다. 그 소년은 허리를 굽히면서 대답하기를: "저는 상산(常山)의 진정(眞定) 사람으로 성은 조(趙), 이름은 운(雲), 자는 자룡(子龍)입니다. 원래 원소의 휘하에 있었는데 원소가 황제에 대한 충성도 없고 백성을 구제할 마음도 없는 것을 보고 미련 없이 그들을 버리고 장군의 휘하에 들어가려고 오다가 뜻밖에 이곳에서 만나게 된 것입니다."

공손찬은 너무나 기뻐서 바로 그를 데리고 영채로 돌아가 군사들을 정비했다.

다음 날 공손찬은 군사들을 좌우 양군으로 나누어 형세를 마치 새의 날개처럼 만들었다. 말 5천여 필 중 대부분이 백마였는데 이는 과거 공손찬이 강족(羌族)과 싸울 때 모두 백마를 선봉에 세우고 '백마장군'이라

158

칭했고 백마가 너무 많았기 때문에 강족들은 백마만 보면 바로 달아났
었다.

원소는 안량과 문추를 선봉에 세우고 각자 궁수 1천여 명을 인솔하
여 역시 좌우 양군으로 나누어 좌측은 공손찬의 우군을 대적하고, 우
측은 공손찬의 좌군을 쏘도록 했다.

또 국의(麴義)로 하여금 궁수 8백 명과 보병 1만 5천 명을 이끌고 진영
의 중앙에 위치하도록 했다. 그리고 원소 자신은 군사 수만 명을 이끌고
진영의 후방에서 지원하기로 했다.

공손찬은 갓 얻은 조운의 속마음은 잘 알지 못해 한 무리의 군사를
주고 자신의 뒤에서 지원하도록 하고 대장 엄강으로 하여금 선봉이 되
고 자신은 중앙에서 군사를 지휘하며 말을 타고 다리 위에 서 있었다.
옆에는 커다랗고 붉은 원 안에 황금색 실로 '수(帥)' 자를 수놓은 원수기
를 말 앞에 세워 놓았다.

공손찬은 진시(辰時: 오전 7시에서 9시)가 되자 북을 두드리며 싸움을
걸었으나 사시(巳時: 9시에서 11시)가 될 때까지 원소의 군사는 나오지 않
았다.

국의는 궁수들에게 모두 방패막이 뒤에 엎드려 숨어있다가 포성이 울
리면 바로 일제히 화살을 쏘도록 했다. 마침 엄강이 북을 치고 함성을
지르며 국의의 군사들에게 달려들자 국의의 군사들은 엄강의 군사들이
바로 앞에 다가올 때까지 움직이지 않고 있다가 지근거리까지 다가오고
포성이 울리면서 팔백여 명의 궁수들이 일제히 화살을 쏘기 시작했다.

엄강은 황급히 군사를 돌리려 하는데 국의가 말을 박차고 나가 칼을
휘둘러 엄강을 베어 말에서 떨어뜨리자 공손찬 군사는 크게 패했다. 공
손찬의 좌우 양군이 가서 구해 주려고 했으나 안량과 문추가 이끄는 군
사들이 양쪽에서 집중적으로 화살을 쏘며 구해 주려는 것을 막으면서

다리 근처까지 쳐들어왔다.

국의의 말이 도착하여 먼저 깃발을 잡고 있던 장수를 베어 버리고 '수(帥)' 자가 새겨진 원수기를 찍어 내리쳤다. 공손찬은 원수기가 찍혀 내리쳐진 것을 보고 말을 돌려 다리 아래로 달아났다. 국의가 군사들을 이끌고 공손찬 뒤를 쫓는데 마침 조운과 맞닥뜨렸다. 조운은 창을 꼬나들고 말을 달려 국의에게 무섭게 달려들었다. 몇 합 싸우지도 않았는데 국의가 창에 찔려 말에서 떨어졌다. 조운은 홀로 말을 달려 원소의 군사들 속으로 들어가 좌충우돌하는 것이 마치 무인지경으로 들어간 것 같다. 공손찬이 군사를 이끌고 다시 공격하니 이번에는 원소의 군사들이 크게 패했다.

한편 원소는 정탐꾼으로 하여금 전황을 정탐하고 오라고 했다. 그가 돌아와서 보고하기를 국의가 장수를 베어 버리고, 원수기를 빼앗고 패잔병들을 계속 추격 중이라고 했다.

그래서 원소는 어떠한 대비도 하지 않은 채, 전풍(田豊)과 함께 창을 가진 군사 수백 명과 궁수 수십 명만 데리고 말을 타고 나와 구경만 하면서 말하기를: "공손찬은 완전히 무능한 놈이구나!" 하며 껄껄 웃었다.

이렇게 말하는 순간, 갑자기 조운이 얼굴 앞에 나타났다. 궁수들이 재빨리 화살을 쏘려 했지만, 조운이 연달아 몇 명을 찔러 죽이자 모두 달아났다. 뒤에는 공손찬 군사들이 겹겹이 에워싸며 다가오는데 전풍이 황급히 원소에게 말하기를: "주공께서는 잠시 빈집 담 안에 몸을 피하십시오!"

원소는 투구를 벗어 땅에 내던지며 외치기를: "사내대장부가 전투에 임하여 싸우다 죽을지언정 어찌 담장 너머에 숨어 들어가 살기를 바란단 말이냐!"

모든 군사들이 힘을 합쳐 죽기로 싸우니 조운도 돌파해 들어가지 못했다. 마침 원소의 다른 큰 군사들이 지원을 오고, 안량 역시 군사를 이끌고 도착하자 양쪽의 군사는 서로 치열하게 싸웠다. 조운이 공손찬을 보호하면서 여러 포위망을 뚫고 다리 경계까지 돌아왔다. 원소의 군사들이 모두 추격해 오니 공손찬의 군사 중, 다시 다리를 건너오다 강물에 떨어져 죽은 군사들 수가 헤아릴 수 없었다.

원소가 앞장서서 다리를 건너와서 채 5리도 못 갔는데 산 뒤에서 큰 함성이 들리더니 한 무리의 군사들이 번개처럼 나타났다. 맨 앞에 선 세 명의 장수는 유현덕과 관운장 그리고 장익덕이었다.

이들은 평원에서 공손찬과 원소가 서로 싸우고 있다는 소식을 듣고 일부러 공손찬을 지원하러 온 것이다.

즉각 세 필의 말과 세 가지의 병기가 나는 듯이 앞으로 돌진하여 원소에게 달려들었다. 깜짝 놀란 원소는 혼비백산하여 손에 들고 있던 보도(寶刀)를 말 아래로 떨어뜨린 채 황급히 말을 돌려 도망을 갔으며 여러 군사들이 죽기로 그를 구해 간신히 다리를 건너갔다.

공손찬 역시 군사들을 수습하여 영채로 돌아왔다. 현덕·관우·장비가 인사를 마치자 공손찬이 말하기를: "만약 현덕 공이 멀리서 와서 나를 구해 주지 않았다면 큰일 날 뻔하지 않았는가!"

그리고는 조운을 만나 보도록 했다. 현덕은 조운에게 깊은 경애심을 보이며 정말 놓치고 싶지 않은 마음이 들었다.

한편 원소는 싸움에서 패한 뒤로 성을 굳게 지키고 나가 싸우려 하지 않았다. 양쪽 군사들이 서로 한 달여를 대치하고 있던 중 누군가가 동탁에게 이런 사실을 알렸다.

이유가 동탁에게 말하기를: "원소와 공손찬은 역시 당대의 호걸들인데 지금 반하에서 싸우고 있으니, 마땅히 천자의 조서를 보내 그들의 화해를 주선하십시오. 그러면 두 사람은 은덕에 감읍하여 반드시 태사께 순종할 것입니다."

동탁 曰: "그렇게 하지."

다음 날 태부(太傅) 마일제(馬日磾)와 태복(太僕) 조기(趙岐)에게 황제의 조서를 가지고 떠나게 했다. 두 사람이 하북에 다다랐을 때, 원소는 백리 밖까지 영접을 나와 재배(再拜)후 조서를 받았다. 다음 날 두 사람이 공손찬의 영채에 가서 천자의 명을 전하니 공손찬은 사자(使者)에게 원소에게 글을 전하게 하고 결국 두 사람은 화해했다. 두 사람은 장안으로 돌아가 명을 받고 처리한 결과를 보고했다. 공손찬은 당일로 군사를 철수시키고 또한 유현덕을 정식으로 조정에 평원 현령으로 천거했다. 현덕은 조운과 헤어지면서 손을 잡고 눈물을 흘리며 이별을 아쉬워했다.

조운이 탄식하며 말하기를: "저는 공손찬이 영웅인 줄 알았는데 이제 보니 역시 원소 등과 다름없는 무리입니다."

현덕 曰: "공께서는 몸을 좀 낮추고 계시다 보면 언젠가 다시 만날 날이 있을 것입니다."

두 사람은 눈물을 흘리며 작별했다.

한편 원술은 남양에서 형인 원소가 새로 기주를 얻었다는 소식을 접하고 사람을 보내서 말 천 필만 보내달라고 했으나 원소가 이를 거절하자 원술은 화를 냈으며 이때부터 형제간에 불화가 시작되었다. 원술은 또 형주에 사람을 보내 유표에게 양식 20만 석을 빌려달라고 했으나 이마저도 거절당했다.

원술은 이에 앙심을 품고 은밀히 손견에게 문서를 보내 유표를 치라고 했는데 그 글의 내용은:

"일전에 유표가 공이 돌아가는 길을 막은 것은 제 형 원소의 계략이었습니다. 지금 본초가 또 유표와 몰래 의논하여 강동을 치려고 준비하고 있습니다. 공께서는 속히 군사를 일으켜 유표를 치시고 저는 공을 위해서 본초를 친다면 두 사람의 원한을 동시에 갚을 수 있습니다. 그리하면 공은 형주를 갖게 되고 저는 기주를 얻을 수 있습니다. 이 기회를 놓치지 마시길 바랍니다."

손견이 서신을 받고 말하기를: "지난날 나의 길을 막았던 유표 이놈을 생각하면 용서할 수가 없다. 지금 이 기회에 한을 갚지 못하면 몇 년을 기다려야 할지 모른다!"

즉시 휘하의 정보·황개·한당 등과 상의했다.

정보 曰: "원술은 꾀가 많습니다. 확실히 믿을 만한 놈이 아닙니다."

손견 曰: "내가 원수를 갚으려고 하는 것인데 어찌 원술의 도움을 바라겠느냐?"

그러고는 황개를 먼저 강변으로 보내 싸움에 사용할 배를 준비하도록 했다. 작은 배에는 무기와 양식 그리고 마초를 싣고 큰 배에는 말들을 싣고 날짜를 택해 군사를 일으켰다.

강을 건너가고 있을 때 정탐꾼이 유표에게 와서 모든 정황을 보고했다. 유표는 몹시 놀라 즉시 문무 장사들을 소집하여 대책을 논의했다.

괴량(蒯良) 曰: "걱정하실 필요 없습니다. 황조(黃祖)로 하여금 강하(江夏)의 군사를 이끌고 전선을 구축하도록 하시고 주공께서는 형주와 양양의 군사를 거느리고 지원을 하도록 하십시오. 손견이 강과 호수를 건너와야 하는데 어떻게 무기를 사용하겠습니까?"

유표는 그의 말대로 황조에게 준비하게 시키고 뒤에서 대군을 일으켰다.

한편 손견에게는 네 명의 아들이 있는데 모두 오(吳)씨 부인의 소생이다. 장자의 이름은 책(策), 자는 백부(佰符), 둘째 이름은 권(權), 자는 중모(仲謀), 셋째는 익(翊), 자는 숙필(叔弼), 넷째는 광(匡), 자는 계좌(季佐)이다. 오 부인의 여동생이 손견의 둘째 부인으로 역시 1남 1녀를 두었는데 아들 이름은 명랑(名朗), 자는 조안(早安), 딸 이름은 인(仁)이다.

손견은 또 유(俞)씨의 아들 한 명을 양자로 삼았는데 이름은 소(韶), 자는 공례(公禮)이다. 손견에게는 동생도 한 명 있었는데 이름은 정(靜), 자는 유대(幼臺)이다.

손견이 막 출발하려고 할 때 아우 정이 손견의 모든 자식들을 손견의 말 앞에 데리고 나와서 차례로 인사를 올린 다음 간하기를: "지금 천자가 나약하여 동탁이 전권을 휘두르고 있고 온 세상이 큰 혼란에 빠져 있습니다. 그리고 각 지역마다 특정 세력이 패권을 장악하고 있습니다. 이제 겨우 강동은 안정을 찾아가고 있는데 작은 원한 때문에 다시 군사를 일으키는 것은 바람직한 일이 아니니 형님께서는 깊이 헤아려 주시기 바랍니다."

손견 曰: "아우는 더 이상 참견하지 말거라. 내가 장차 천하를 종횡무진하고자 하는데 가까운 곳에 있는 원수를 어찌 가만둘 수가 있느냐?"

장자 손책 曰: "만약 부친께서 꼭 가셔야 한다면 제가 수행하도록 해 주십시오."

손견이 이를 허락하여 손책과 함께 배를 타고 번성(樊城)을 향해 달려갔다. 황조는 강변에 궁수들을 매복시켜 놓고 손견의 배가 강변에 다다르자 일제히 화살을 쏘기 시작했다. 손견은 군사들에게 배 안에서 나오지 말고 강변 근처까지만 왔다 갔다 하며 유인만 하되 절대로 가볍게 행동하지 말라고 명령했다. 그러기를 삼일 동안 수십여 차례 하다 보니 황조의 군사들은 화살이 바닥이 나서 더 이상 쏠 화살이 없었다.

손견은 배 위에서 뽑은 화살만도 대략 십 수만 발이나 되었다. 그날은 마침 바람도 강 쪽에서 언덕 쪽으로 불고 있어 손견은 군사들에게 명령하여 일제히 강변의 황조 군사들을 향해 화살을 퍼붓자 황조의 군사들은 더 이상 버티지 못하고 물러나 달아날 수밖에 없었다.

손견의 군사들이 강변에 상륙 후 정보와 황개는 군사들을 두 갈래로 나누어 직접 황조의 진영으로 쳐들어갔다. 등 뒤에는 한당이 대군을 이끌고 뒤따르니 이른바 삼면 협공이다. 황조의 군사는 대패하여 번성(樊城)을 버리고 등성(鄧城)으로 들어가 버렸다.

손견은 황개에게는 배들을 지키게 하고 자신이 직접 군사들을 통솔하여 추격하자 황조가 군사를 이끌고 성을 나와 들판에 진을 쳤다. 손견은 진을 넓게 펼쳐놓고 말을 타고 문기(門旗) 아래로 갔는데, 그의 장남 손책도 완전 무장을 하고 말 위에서 창을 들고 부친 옆에 서 있었다.

황조는 두 명의 장수를 대동하고 말을 타고 앞으로 나왔는데, 한 명은 강하의 장호(張虎)이며 또 한 명은 양양의 진생(陳生)이었다. 황조가 채찍을 높이 흔들며 큰 소리로 욕을 하기를: "강동의 이 쥐새끼 같은 도적놈아! 어찌 감히 황실 종친의 경계를 침범하였느냐?"

그러면서 장호에게 나가서 싸움을 걸라고 했다. 손견의 진영에서는 한당이 맞이했다. 두 필의 말이 어우러져서 삼십여 합을 싸우는 동안 진생이 보니 장호가 약간 힘에 부치고 있어 말을 달려 도우러 나섰다. 이때 멀리서 그 모습을 보고 있던 손책이 손에 들고 있던 창을 제쳐놓고 화살을 시위에 걸어 진생의 얼굴을 향해 날리자 진생은 바로 말에서 떨어지고 말았다. 장호는 진생이 땅에 떨어지는 것을 보고 깜짝 놀라는 순간, 손쓸 틈도 없이 한당의 칼에 정수리가 두 동강 나고 말았다.

정보는 직접 말을 몰아 황조를 잡으러 앞으로 돌진해 나가자 황조는 투구와 자신이 타고 있던 말도 버리고 군사들 속에 숨어서 도망을 쳤다.

손견은 달아나는 군사들을 추격하다 한수(漢水)에 다다르자 황개에게 명하여 배들을 끌고 와서 한강에 정박하도록 했다.

황조가 패한 군사들을 수습하여 유표에게 가서 손견의 세력이 너무 강해 감당할 수 없었다고 말했다. 유표는 서둘러 괴량에게 대책을 물었다.

괴량 曰: "군사들은 방금 패했기 때문에 전의가 상실된 상태이니 깊은 해자와 굳건한 보루로 잠시 예봉을 피하시고 원소에게 사람을 보내 구원을 청하시면 이 포위망은 해결할 수 있습니다."

이 말을 들은 채모가 말하기를: "그렇게 나약한 말을 계책이라고 하시오? 적의 군사들이 바로 성 아래까지 와서 바로 해자를 건너려고 하는데, 그냥 속수무책으로 당하고만 있겠다는 말 아닌가! 제가 비록 재주는 없지만 직접 군사를 이끌고 성을 나가 일전을 벌이겠습니다."

유표가 채모에게 그렇게 하라고 하자, 채모는 군사 1만여 명을 이끌고 양양성을 나와 현산(峴山)에 진을 쳤다. 손견은 승리했던 군사를 이끌고 신속히 쳐들어갔다.

채모가 싸우러 나오자, 손견이 말하기를: "저놈은 유표 후처의 오래비다. 누가 나가서 저놈을 사로잡아 오겠느냐?"

정보가 철척모(鐵脊矛)를 꼬나들고 싸우러 나갔다. 채모와 싸우기를 불과 몇 합도 채 안 되어 채모는 패하고 달아났다. 손견은 대군을 몰아 채모의 군사를 무찔렀는데 시체가 넓은 들판을 뒤덮을 정도였다. 채모는 양양성으로 도주하여 들어갔다. 괴량은 채모가 자신의 묘책을 따르지 않아 대패했으니 마땅히 군법에 따라 참수해야 한다고 말했으나 유표는 채모의 누이를 새로이 첩으로 삼은 터라 그를 벌하려 하지 않았다.

한편 손견은 군사들을 네 개 방면으로 나누어 양양성을 에워싸고 공격을 했다. 그런데 어느 날 갑자기 광풍이 몰아치더니 손견의 막사 앞에 세워 놓은 원수기(元帥旗)에 새겨진 '수(帥)' 자 기의 깃대가 부러져 버렸다.

한당 曰: "이것은 길조가 아닙니다. 잠시 군대를 철수하시는 게 좋을 것 같습니다."

손견 曰: "나는 지금까지 연전연승했다. 양양성 취하는 것을 목전에 두고 바람에 깃대가 부러진 걸 가지고 어찌 군사를 물린단 말이냐!"

손견은 끝내 한당의 말은 듣지 않고 성을 공격할 마음만 더 급해졌다.

이때 유표의 진영에서는 괴량이 유표에게 말하기를: "오늘밤 천문의 운세를 보니 장군별이 추락하는 것이 보였는데 그 별이 누구의 별인지 분석을 해보니 바로 손견이었습니다. 주공께서는 속히 원소에게 구원을 청하는 서신을 보내십시오."

유표가 서신을 쓴 다음 누가 이 포위망을 뚫고 원소에게 가겠냐고 묻자, 장수 여공(呂公)이 나섰다. 이때 다시 괴량이 말하기를: "기왕 자네가 가겠다고 했으니 내 계책을 잘 들어야 하네. 자네는 활을 잘 쏘는 궁수들 5백 명을 데리고 말을 타고 포위망을 뚫고 빠져나가 즉시 현산으로 달려가게. 그러면 그들은 반드시 군사를 이끌고 뒤를 쫓아올 테니 자네는 1백여 명은 산으로 올려보내 돌맹이를 준비해 놓으라 하고 궁수 1백여 명은 수풀 속에 매복시켜 놓으시게. 그리고 그들이 추격해 올 때 무조건 달아나지만 말고 이리저리 맴돌면서 매복 지점까지 유인하여 화살과 돌을 일제히 퍼붓도록 하게. 만약 승리하게 되면 연주호포(連珠號炮)를 쏘아 올리면 성안에서도 즉각 나가서 싸우겠네. 만약 추격병이 없으면 호포를 쏘아 올리지 말고 곧바로 가시게. 오늘 밤은 달이 밝지 않으니 해가 지면 바로 성을 출발하시게."

여공은 계책을 잘 정리하고 군마들을 준비시킨 다음, 날이 어둑해지자 은밀히 동문을 열고 군사를 이끌고 성문을 빠져나왔다. 손견은 막사 안에 있던 중 갑자기 함성 소리가 들려 급히 말에 올라 3십여 기의 기마

168

병을 이끌고 영채를 나와 보니 군사가 와서 보고하기를: "한 무리의 군사들이 갑자기 성문을 뛰쳐나와 현산 쪽으로 달려갔습니다."

손견은 다른 장수들은 부르지 않고 3십여 명의 기마병만 이끌고 그들을 추격했다. 여공은 이미 산속의 잡풀이 있는 곳까지 가서 위아래에 매복을 시켜놓았다. 손견은 혼자서 말을 급히 몰아 쫓아왔다. 여공의 군사와 그리 멀지 않은 거리까지 다가온 손견이 크게 외치기를: "멈추어라!"

여공은 말을 돌려 손견에게 싸우러 달려갔다. 그러나 한 번 겨루어 보고는 여공은 바로 달아나 번개처럼 산길로 들어섰다. 손견이 즉시 뒤쫓아 왔으나 여공은 보이지 않았다. 손견이 막 산으로 오르려는 순간 갑자기 징 소리가 울리면서 산 위에서 돌멩이들이 굴러떨어지고 숲속에서는 화살이 비 오듯 날아왔다. 손견의 몸에는 돌과 화살을 맞고 머리에서는 뇌척수액이 흘러 말과 사람이 모두 현산에서 죽었으니 그때 그의 나이 겨우 삼십칠 세였다.

여공은 나머지 3십여 명의 기마병들을 길을 막고 모두 죽이고 연주 호포를 쏘아 올렸다. 성안의 황조·괴월·채모는 각자 군사를 나누어 성문을 나와 공격을 시작하니 강동의 군사들은 큰 혼란에 빠졌다. 황개는 하늘을 울리는 함성 소리를 듣고 수군을 이끌고 달려오다가 황조와 마주쳤는데 두 합도 싸우지 않고 황조를 사로잡았다. 정보는 손책을 보호하며 급히 탈출구를 찾아 달아나다 마침 여공과 마주쳤다. 정보는 바로 앞으로 달려 나가 여공과 몇 합 싸우지 않고 여공을 찔러 말에서 떨어뜨렸다. 양쪽 군사들의 싸움은 날이 밝아서야 겨우 끝났으며 각자 원래의 진영으로 돌아갔다.

유표의 군사들은 성안으로 들어갔으며 손책은 한수로 돌아왔다. 손책은 그제야 부친이 여러 발의 화살에 맞아 죽었으며 유표의 군사들이 부친의 시신을 들것에 담아 성안으로 가지고 들어갔다는 소식을 들었다. 그는 대성통곡을 했으며 군사들도 모두 울부짖었다.

손책 曰: "부친의 시신을 적들이 가지고 있는데 어찌 고향으로 돌아갈 수 있겠소!"

황개 曰: "지금 우리가 황조를 사로잡아 데리고 있으니 사람을 성 안으로 들여보내 협상을 하여 황조와 주공의 시신을 맞바꾸도록 합시다."

말이 채 끝나기도 전에 군리(軍吏) 환계(桓階)가 나서며 말하기를: "제가 유표와 구면이 있으니 사자(使者)로 성안에 들어가게 해 주십시오."

손책이 이를 허락하여 환계가 유표를 만나러 성안으로 들어가서 협상 내용을 모두 말했다.

유표 曰: "문대(文臺: 손견의 字)의 시신은 내가 이미 관속에 정중히 모시어 보관하고 있으니 속히 황조를 돌려보내 주거라. 그리고 양쪽이 모두 군사를 철수하고 다시는 침범하지 않기로 하면 시신을 돌려주겠다."

환계가 예를 갖추어 인사를 하고 막 떠나려고 할 때, 계단 아래에서 괴량이 나와서 말하기를: "안 됩니다. 절대 안 됩니다. 제가 한 말씀 드리겠는데 강동의 모든 군사가 한 명도 살아서 돌아가게 해서는 안 됩니다. 먼저 환계의 목을 베고 난 뒤에 제 계책을 쓰시지요."

이야말로:

적을 쫓던 손견은 방금 목숨을 잃었는데	追敵孫堅方殞命
화해 청하러온 환계 마저 재앙을 만나네	救和桓階又遭殃

환계의 목숨이 어떻게 될지 궁금하거든 다음 회를 기대하시라.

170

제 8 회

왕윤은 초선을 이용해 연환계를 꾸미고
동탁은 봉의정에서 크게 소동을 피우다

王司徒巧使連環計

董太師大鬧鳳儀亭

괴량 曰: "이제 손견은 이미 죽었고 그의 자식들은 모두 어립니다. 이렇게 허약한 틈을 타서 신속히 쳐 들어가면 강동은 북소리 한 번 울린 것으로 단숨에 얻을 수 있습니다. 만약 시신을 돌려주고 군사를 물리면 그들에게 힘을 키우도록 시간을 벌어 주는 것이 되어 우리 형주에 큰 우환거리가 될 것입니다."

유표 曰: "황조가 적의 수중에 있는데 내가 어찌 그를 버릴 수 있단 말이냐?"

괴량 曰: "무모(無謀)한 황조 한 사람을 버리면 강동을 얻을 수 있는데 무얼 망설이십니까?"

유표 曰: "나와 황조는 마음을 터놓고 지내는 그런 사이인데, 그를 포기하는 것은 의로운 일이 아니다."

결국 환계를 자기 진영으로 돌려보내고 손견의 시신과 황조를 맞바꾸기로 약속했다.

손책은 황조를 유표에게 돌려주고 부친의 영구를 영접했다.

그리고 싸움을 중지하고 강동으로 돌아가 부친을 곡아(曲阿)의 들판
에서 장사 지냈다.

장례를 마친 후 손책은 군사를 이끌고 강도(江都)에 정착했으며, 그곳
에서 현명하고 유능한 인재들을 널리 받아들이고 자신을 낮춰 사람을
대함으로써 사방에서 호걸들이 모이기 시작했는데, 이어지는 얘기는 다
음 기회로 미룬다.

한편 동탁은 장안에서 손견이 이미 죽었다는 소식을 듣고 말하기를:
"내 마음속에 품고 있던 우환덩어리 하나가 제거되었군."

그러면서 묻기를: "그놈 자식이 올해 몇 살이지?"

누군가 나서서 대답하기를: "십칠 세입니다."

동탁의 관심은 딱 거기까지였다.

이때부터 동탁은 더욱 거만하고 점점 횡포가 심해져서 자기 스스로
'상부(尚父)'라 칭하고, 외부에 출입할 때는 주제넘게 천자가 사용하는 의
장(儀仗)[20]을 했다. 그리고 자신의 아우 동민(董旻)을 좌장군 호후(鄠侯)에
봉하고, 조카 동황(董璜)을 시중(侍中)으로 삼아 황궁을 지키는 군사, 즉
금군을 총지휘(總領禁軍)하도록 했으며 동씨 종족은 어른 아이 불문하고
모두 열후(列侯)에 봉했다.

그리고 장안성 2백5십 리 떨어진 곳에 별도의 미오성(郿塢城)을 건설
했다. 이 성을 쌓는데 백성 25만 명이 동원되었다. 그 성곽의 높이와 두
께를 장안성과 똑같이 했으며 그 안에 궁실과 창고를 짓고 2십 년간 먹
을 양식을 쌓아 놓았다. 민간의 소년과 미녀 8백 명을 선발하여 그 안에
살게 하고, 황금·옥·비단·진주 등을 쌓아 놓았는데 그 수가 얼마나 되
는지 자신도 알 수가 없었다. 동탁의 가족들은 모두 그 안에서 살았으며

---

20 천자가 외출 시 위엄을 보이기 위해 격식을 갖추어 세우는 병장기. 역자 주.

동탁은 한 달에 한두 번 장안을 왕래했다.

동탁이 오갈 때마다 고관들은 횡문(橫門) 밖까지 나와서 영접하고 배웅했다. 동탁은 늘 길에다 장막을 치고 고관들과 술판을 벌였다.

하루는 동탁이 횡문을 나설 때 백관들이 모두 배웅하러 나오자, 동탁은 그곳에서 바로 연회를 베풀었다. 마침 북쪽 지방에서 투항해 온 병사 수백 명이 도착했다. 동탁은 즉시 그 병사들을 자기 앞으로 데리고 오라고 한 뒤 기분 내키는 대로 병사들을 죽이는데, 손발을 자르거나 눈알을 뽑고, 아니면 혀를 자르거나 심지어는 가마솥에 삶아 죽였다.

비명소리가 하늘을 진동하니 백관들도 부들부들 떨면서 손에 쥔 젓가락도 떨어뜨릴 정도였지만, 동탁은 마치 아무 일도 없는 것처럼 태연하게 술을 마시고 웃으며 이야기했다.

또 하루는 동탁이 조정에서 백관들을 모두 모아 놓고 양옆으로 늘어앉아 술을 마시는데, 술이 몇 순배 돌고 있을 즈음 여포가 들어오더니 동탁에게 다가가서 귓속말로 무슨 말을 속삭였다.

동탁이 웃으며 말하기를: "역시 그랬었구먼!"

동탁은 여포에게 명하여 사공(司公) 장온(張溫)을 조당에서 끌어냈다.

백관들은 깜짝 놀라 얼굴빛이 파랗게 변했다. 그러나 이어서 벌어지는 상황을 어찌 짐작이나 했겠는가!

시종이 붉은 쟁반에 받쳐 들고나온 것은 바로 장온의 머리였다. 백관들은 모두 넋이 빠져버렸다.

동탁은 웃으면서 말하기를: "놀라지들 마세요. 장원이 원술과 결탁하여 나를 죽이려고 음모를 꾸몄는데, 원술이 사람을 시켜서 장온에게 보낸 편지가 잘못되어 내 아들 봉선의 손에 들어왔소. 그래서 그자의 목을 벤 것이오. 공들과는 아무런 관계가 없으니 놀랄 필요도 없소."

모든 백관들은 그저 '네, 네,'하고 슬금슬금 자리를 물러났다.

사도 왕윤은 집으로 돌아왔으나 방금 전 조당에서 벌어졌던 일을 생
각하니 마음이 답답하여 자리에 앉아 있을 수가 없었다. 달빛은 밝은데
밤늦게까지 후원에서 지팡이를 짚고 거닐다가 도미가(茶蘪架)[21]에 기대
어 하늘을 보면서 눈물을 흘리고 있었다.

그때 갑자기 누군가 목단정(牧丹亭) 옆에서 긴 한숨을 쉬는 소리가 들
렸다. 왕윤이 살며시 다가가서 살펴보니 집안의 가기(歌妓) 초선(貂蟬)이
아닌가!

그 아이는 어릴 때 뽑혀서 왕윤의 집에 들어와 노래와 춤을 배운 올
해 나이 16세로 이성에게 성적인 호감을 일으키는 아주 매력이 있는 미
인으로 왕윤이 친딸처럼 키워 왔다.

왕윤이 한참 동안 그녀의 한숨 소리를 듣고 나서 꾸짖기를: "천한 것
이 사사로운 정(私情)이라도 품었단 말이냐?"

초선이 깜짝 놀라 무릎을 꿇고 대답하기를: "천한 소첩이 어찌 사사
로운 정을 품었겠습니까!"

왕윤 曰: "네가 그런 게 아니라면 이 야밤에 왜 긴 한숨을 짓는단 말
이냐?"

초선 曰: "소첩이 가슴속에 품고 있는 말을 하면 들어주시겠습니까?"

왕윤 曰: "하나도 숨김없이 사실대로 말해 보아라."

초선 曰: "소첩은 지금까지 이곳에서 대인의 하늘 같은 은혜를 입고
자라면서 노래와 춤을 배우게 해 주며, 정말 친딸처럼 키워주셨으니 이
런 대감님의 은혜는 제가 분골쇄신한다 해도 만분의 일도 갚지 못할 것
입니다. 요즘 대감의 양미간에 수심이 가득 차 있는 것으로 보아, 필시
나라에 큰일이 있는 것 같은데 감히 여쭙지 못했나이다. 그런데 오늘 밤
엔 유독 더 불안해하시며 자리에 앉아 계시지 못하는 것 같아 저도 모르

---

21 덩굴식물 도미(茶蘪)를 떠받치는 시렁. 역자 주.

게 한숨을 지었사온데 뜻밖에 대감께 들키고 말았습니다. 만일 대감께서 소첩을 사용하실 곳이 있다면 저는 만 번을 죽어도 사양하지 않겠습니다."

왕윤이 지팡이를 땅에 내리치며 말하기를: "한(漢) 천하의 운명이 네 손안에 있는 줄을 누가 꿈에라도 상상했겠느냐? 나를 따라서 화각(畵閣: 채색을 한 누각) 안으로 들어오너라."

초선이 왕윤을 따라 정자 안으로 들어갔다. 왕윤은 그 안에 있던 시녀들을 모두 내보낸 뒤 초선을 상석에 앉게 하고는 느닷없이 머리를 조아리며 절을 했다.

초선이 깜짝 놀라 엎드려 말하기를: "대감께서 어찌 이러시옵니까?"

왕윤 曰: "네가 이 한나라 불쌍한 백성들을 가엾게 여겨다오!"

말을 마친 왕윤의 눈에서는 눈물이 샘물처럼 솟아 나왔다.

초선 曰: "방금 전 이 미천한 소첩은 이미 말씀을 올렸나이다. 저에게 시키실 일이 있으면 저는 만 번을 죽어도 사양하지 않겠다고."

왕윤이 무릎을 꿇고 말하기를: "지금 백성들은 거꾸로 매달린 위급한 지경(倒懸之危)이고, 임금과 신하는 층층이 쌓아놓은 계란처럼 위태로운 상황(累卵之急)인데, 네가 아니면 이 위기를 구할 수 있는 사람이 없구나. 적신(賊臣) 동탁이 황위를 찬탈하려고 하는데 조정의 모든 문무백관이 어떻게 해볼 방법이 없다. 동탁에게는 수양아들이 한 명 있는데 성은 여(呂)요, 이름은 포(布)라 하는데 그는 사납고 날쌔기가 이를 데 없다.

내가 알아보니 두 명 모두 호색한(好色漢)이라, 내가 지금 '연환계(連環計)'를 쓰려고 한다. 너를 먼저 여포에게 시집보내겠다고 약속하고 바로 동탁에게 바치려고 한다. 너는 중간에서 이간질하여 그들 부자 사이가 뒤틀어지게 하여 여포가 동탁을 죽이게 함으로써 큰 악을 제거해 주지 않겠느냐? 이 나라의 사직을 다시 부추겨 세우고 강산을 다시 바로 서

게 하는 일이 모두 너의 능력에 달려 있음이야, 너의 생각은 어떠한지 궁금하구나?"

초선 曰: "신첩은 대감께서 허락하신다면 만 번을 죽어도 사양하지 않겠다고 이미 말씀드렸으니 신첩을 그 사람에게 바치시지요. 그 다음 일은 제가 알아서 하겠나이다."

왕윤 曰: "만일 이 일이 누설되면 우리 집안은 멸문지화를 당할 것이다."

초선 曰: "대감마님, 염려하지 마시옵소서. 만일 제가 대의에 보답하지 못한다면 만 번 난도질당해 죽을 것입니다!"

왕윤은 고마움의 절을 다시 했다.

다음 날 왕윤은 집에 보관하고 있던 명주(明珠) 몇 알을 솜씨 좋은 장인에게 금관에 잘 박아 넣도록 해서 은밀히 여포에게 보내 주었다. 여포는 아주 기뻐하며 직접 왕윤의 집에까지 찾아와서 고맙다고 인사를 했다. 왕윤은 미리 맛있는 안주 등 진수성찬을 준비해 놓고 여포가 도착하자 문 앞에까지 나가 영접을 하여 후당까지 직접 안내한 다음 연회석 상석에 앉게 했다.

여포 曰: "저는 승상부(丞相府)의 일개 장수에 불과하고 사도께서는 조정의 대신이신데 어찌 이런 과분한 대접을 하시는 겁니까?"

왕윤 曰: "지금 천하에 영웅이라고 하실만한 분은 오직 장군뿐이시옵니다. 제가 이렇게 모시는 것은 장군의 직책 때문이 아니라 장군의 재주를 공경하기 때문입니다."

여포는 더욱 우쭐했다. 왕윤은 정중히 술을 권하면서 입으로는 끊임없이 동 태사와 여포를 칭찬했다. 여포는 크게 웃으며 연신 술잔을 비웠다. 왕윤은 주위 사람들을 다 물러나게 하고 시녀 몇 명만 남아 술을 권하도록 했다.

분위기가 어느 정도 무르익자 왕윤이 말하기를: "그 아이를 불러 오너라."

잠시 뒤 푸른 옷차림의 시녀 둘이 곱게 단장한 초선을 부축하여 데리고 나왔다. 여포가 놀라서 누구냐고 물었다.

왕윤 曰: "이 사람의 딸 초선입니다. 내가 평소에 장군의 특별한 보살핌을 받아오던 터에 서로 가까운 친척이나 다름없기에 이참에 장군께 인사나 올리도록 부른 것입니다."

그러고는 여포에게 술 한 잔 올리라고 초선에게 분부했다.

초선이 여포에게 술잔을 올리자 두 사람은 동시에 서로 추파를 던졌다.

왕윤이 술에 취한 척하며 말하기를: "애기야, 장군을 잘 모시도록 하여라. 우리 집안이 잘되고 못 되는 것은 모두 장군께 달렸느니라."

여포가 초선에게 자리에 앉기를 청하자 초선은 짐짓 안으로 들어가려는 척했다.

왕윤 曰: "장군은 나의 절친한 친구인데 옆에 좀 앉기로 무슨 허물이 되겠느냐?"

초선은 그제야 못 이기는 척하고 왕윤의 곁에 앉았다. 여포는 마치 넋이 나간 듯 초선의 얼굴을 뚫어져라 쳐다보면서 다시 여러 잔을 마셨다.

그때 왕윤이 초선을 가리키며 여포에게 말하기를: "이 아이를 장군께 첩으로 보내 드릴까 하는데 장군께서 받아 주실는지 모르겠습니다."

여포는 기다렸다는 듯이 바로 자리에서 일어나 고맙다고 인사하며 말하기를: "그렇게만 해 주신다면 견마지로(犬馬之勞)를 다해 보답해 드리겠습니다."

왕윤 曰: "조만간 길일을 택하여 장군의 댁으로 보내드리지요."

여포는 한없이 기뻤다. 잠시도 초선에게서 눈길을 떼지 못하는데 초선 역시 추파를 던지며 사심의 정을 보냈다.

잠시 뒤 술자리가 파할 무렵 왕윤이 말하기를: "사실 오늘 밤 저희 집에서 장군을 주무시고 가도록 하고 싶지만 혹시 동태사께서 의심할까 두려워 붙잡지 못합니다."

여포는 거듭 감사를 표하며 돌아갔다.

며칠이 지난 후 왕윤은 조당에서 동탁을 만났는데, 마침 옆에 여포가 없는 틈을 이용해서 엎드려 인사를 드리며 청하기를: "제가 태사님의 행차를 저의 누추한 집으로 초청하여 소연을 베풀고자 하는데 태사님의 생각은 어떠하신지 모르겠습니다."

동탁 曰: "사도께서 초청하시는데 당연히 가야지요."

왕윤은 고맙다고 다시 인사를 올리고 집으로 돌아와 산해진미를 모두 준비하여 전청(前廳)의 한가운데에 자리를 마련하고 바닥에는 비단을 깔고 대청 안팎으로 휘장을 치도록 했다.

이튿날 정오 무렵 동탁이 도착하자 왕윤은 조복을 차려입고 문밖까지 마중을 나가 두 번 절하고 최대한 예를 갖추었다. 동탁이 수레에서 내리자 창과 칼로 무장한 병사 백여 명이 그를 빼곡히 에워싸고 집안으로 들어서더니 양편에 두 줄로 늘어섰다.

왕윤이 안채 아래에서 두 번 절을 하자 동탁은 그를 부축하여 자기 옆에 앉게 하라고 명령했다.

왕윤 曰: "태사님의 높고 높으신 성덕은 이윤(伊尹)과 주공(周公)도 미치지 못할 것입니다."

동탁은 기뻐 어쩔 줄을 몰랐다. 술이 나오고 풍악이 울리며 왕윤은 그를 지극 정성으로 모셨다. 어느덧 날이 저물고 분위기가 더욱 무르익자 왕윤은 동탁에게 후당으로 자리를 옮기기를 청하자 무장한 병사들은 물러가 있으라고 했다.

왕윤이 술잔을 높이 받들며 칭송하여 말하기를: "제가 어려서부터 천문을 익혀 좀 볼 줄 아는데 밤에 건상(乾象:별의 이치)을 살펴보니 이제 한나라 운수는 이미 다하였고 태사의 공덕이 천하에 떨칠 운세입니다. 마치 순(舜)이 요(堯)를 잇고 우(禹)가 순을 이은 것처럼 태사께서 한나라를 이어받으시는 것이 하늘의 뜻이며 만백성의 뜻이라 생각됩니다."

동탁 曰: "어찌 감히 그렇게 되기를 바라겠소!"

왕윤 曰: "자고로 '도 있는 자가 무도한 자를 치고(有道伐無道), 덕 없는 자가 덕 있는 자에게 자리를 양보한다(無德讓有德).'고 했거늘, 어찌 과분하다고 하십니까?"

동탁이 껄껄 웃으며 말하기를: "만약 천명(天命)이 내게로 돌아온다면 사도가 마땅히 으뜸 공신이 될 겁니다."

왕윤은 허리를 굽혀 감사를 드린 뒤, 후당에 화촉을 밝혀놓고 시녀들만 남긴 채 술과 음식을 나르도록 했다.

왕윤 曰: "교방(教坊)의 가무(歌舞)만으로는 태사님을 모시기에 부족한 듯하옵니다. 저희 집에 가기(家妓)가 하나 있는데 감히 불러와도 되겠습니까?"

동탁 曰: "그거 좋은 생각이오."

왕윤이 주렴(珠簾)을 드리우게 한 뒤 생황(笙簧) 소리 은은히 울려 퍼지는 가운데 주렴 밖에서 여러 기녀들이 초선을 에워싸고 춤을 추게 했다.

누군가 이 광경을 찬미한 가사(歌詞)가 있으니:

원래 그녀는 소양궁 안의 주인인가	原是昭陽宮里人
놀란 기러기 손바닥 위에서 춤추고	驚鴻宛轉掌中身
봄기운 물든 동정호를 날아오는 듯	只疑飛過洞庭春
양주곡 연주 맞춘 사뿐한 걸음걸이	按徹梁州蓮步穩

| 바람에 한들대는 새로 돋은 꽃송이 | 好花風裊一枝新 |
| 가득한 화당 향기 봄날에 취하누나 | 畫堂香暖不勝春 |

또한 이런 시도 있었으니:

박판의 빠른 장단에 맞추어 제비 날고	紅牙催拍燕飛忙
지나가던 한 조각 구름 화당에 머무네	一片行雲到畫堂
그린 듯 검은 눈썹에 나그네 한숨짓고	眉黛促成遊子恨
고운 얼굴이 옛 친구의 애간장을 끊네	臉容初斷故人腸

천금의 살인 미소를 돈으로 어이 사리	榆錢不買千金笑
버들가지 허리에 보물장식이 필요할까	柳帶何須百寶粧
춤춘 뒤 주렴 걷자 몰래 보낸 저 눈길	舞罷高簾偷目送
꿈에 선녀 본 초양왕 누군지 모르겠네	不知誰是楚襄王

춤이 끝나자 동탁이 앞으로 가까이 오라고 한다. 초선이 주렴을 제치고 살금살금 걸어와 매우 정성을 들여 두 번 절을 한다.

초선의 아름다운 자태에 홀린 동탁이 묻기를: "이 여인은 누구인가?"

왕윤 曰: "가기(歌妓) 초선이라고 합니다."

동탁 曰: "그럼 소리도 한단 말인가?"

왕윤이 초선에게 한 곡조 해보라고 시키자 초선이 단판(檀板)을 잡고 나지막한 소리로 부르기 시작했다.

이야말로:

| 앵두같은 붉은 입술 방긋이 열어 | 一點櫻桃啓絳唇 |

고은 이 드러내며 양춘가 부르니	兩行翠玉噴陽春
향기로운 혀에는 강철 검 물고서	丁香舌吐銜鋼劍
나라 어지럽힌 간신 베려고 하네	要斬奸邪亂國臣

동탁은 침이 마르도록 칭찬을 했다. 왕윤이 한 잔 따라 올리라고 명하니 동탁이 잔을 들고 묻기를: "올해 몇 살이나 되었는고?"

초선 曰; "천첩 열여섯이옵니다."

동탁 웃으며 말하기를: "참으로 선녀 중의 선녀로다!"

왕윤이 몸을 일으키며 말하기를: "이 아이를 태사님께 바치려고 하는데 마음에 드시는지요?"

동탁 曰: "이런 고마운 일이 있나, 이 은혜를 어떻게 보답하지요?"

왕윤 曰: "이 아이가 태사님을 모실 수만 있다면 그보다 더 큰 복이 어디 있겠습니까."

동탁은 연신 고마움을 표시했다. 왕윤은 즉시 융단을 깐 수레를 준비시키고 초선을 먼저 승상부로 보냈다.

동탁 역시 자리에서 일어나며 작별 인사를 했다. 왕윤은 직접 동탁을 승상부까지 전송하고 집으로 향했다.

말을 타고 돌아오는 도중, 양쪽 길에 붉은 등을 비추면서 여포가 화극을 손에 쥔 채 말을 타고 이쪽으로 오고 있는 것이 보였다. 여포는 마침 왕윤과 맞닥뜨리자 즉시 말을 세우고 왕윤의 옷깃을 움켜잡고 따지듯이 날카로운 목소리로 말하기를: "사도께서는 이미 초선을 나에게 준다고 해놓고 오늘 태사에게 보내다니 사람을 이렇게 농락해도 되는 거요?"

왕윤이 급히 여포의 말을 제지하며 말하기를: "여기서 말하기에는 적당하지 않으니 일단 제 집으로 가십시다."

여포는 왕윤을 따라 그의 집에 이르자 말에서 내려 후당으로 들어

당나라 화가 당인이 그린 초선의 초상화

갔다. 간단히 인사를 나눈 뒤 왕윤이 말하기를: "장군께서 어찌 이 늙은이를 의심하시는 것이오?"

여포 曰: "어떤 이가 내게 알려주기를 대감께서 초선이를 융단이 깔린 수레에 태워 승상부로 들여보냈다고 합디다. 대체 어찌 된 일이오?"

왕윤 曰: "장군이 속사정을 모르고 하시는 말씀이오. 어제 조당에서 태사께서 이 노부에게 말하기를, '의논할 일이 있으니 내일 당신 집으로 찾아가겠소.' 해서 이 늙은이가 소연을 준비해 놓고 기다렸지요.

태사께서 술을 드시던 중 갑자기 말씀하시기를, '당신이 초선이라고 하는 딸을 내 아들 봉선에게 주기로 했다고 들었는데 어떻게 생긴 아이인지 궁금하기도 하고 또 그 말을 곧이곧대로 믿기 어려워 일부러 와서 나도 부탁도 할 겸 한 번 보고 싶소.' 하시는 겁니다. 그래서 이 늙은이는 거역할 수도 없고 해서 초선이를 불러내 시아버님께 미리 인사를 올리도록 했습니다.

그랬더니 태사가 말하기를, '오늘이 마침 길일이니 내가 오늘 당장 이 아이를 데리고 가서 봉선이랑 짝을 맺어주겠네.' 하시는 겁니다. 장군도 한번 생각을 해 보시오. 태사께서 친히 찾아오셔서 직접 데리고 가시겠다는데 이 늙은이가 무슨 수로 거절하겠소?"

여포 曰: "용서하시오. 내가 잘못 알고 오해했으니 내일 매를 등에 지고 와서 벌을 받겠습니다."

왕윤 曰: "제 여식에게도 혼수품이 꽤 있으니 장군 댁으로 들어갈 때 함께 보내드리지요."

여포는 감사하다고 인사하고 돌아갔다.

다음 날 여포는 승상부에 있으면서 나름대로 알아보았으나 어떠한 말도 들을 수 없었다. 기다리다 못한 그는 곧장 집 안으로 들어가 여러 시첩들에게 물어보았다.

한 시첩이 말해 주기를: "어젯밤 태사께서 한 여인을 데리고 들어와 함께 침실에 들었는데 아직도 일어나지 않으셨습니다."

여포는 화가 나서 동탁의 침실 뒤로 몰래 숨어 들어가서 동정을 엿보았다. 마침 초선이 자리에서 일어나 창가에서 머리를 빗고 있었는데 문득 창밖 연못 한가운데 사람의 그림자가 비쳤다. 키는 매우 크고 머리를 동여매어 관을 쓰고 있는 사내는 분명 여포였다. 초선은 일부러 양미간을 찌푸려 수심이 가득하고 우울한 표정으로 비단 수건을 들어 몇 번이나 눈물을 찍어내는 시늉을 했다.

여포는 한참 동안 그 모습을 엿보다가 밖으로 나왔다. 잠시 후 다시 들어가 보니 동탁도 이미 일어나 중당(中堂)에 앉아 있었다. 그는 여포가 들어오는 것을 보고 묻기를: "밖에 무슨 일 있느냐?"

여포 曰: "아무 일 없습니다." 하고 동탁의 옆에 서 있다.

동탁이 막 아침 식사를 하려고 할 때 여포가 몰래 훔쳐보니 침실 안쪽의 수놓은 휘장 안에서 한 여인이 왔다 갔다 하면서 엿보다가 휘장을 살짝 젖히더니 얼굴을 반쯤 내밀며 여포를 향해 눈으로 추파를 보냈다. 초선임을 두 눈으로 확인한 여포는 그만 넋이 나가 버렸다.

동탁은 여포의 이런 모습을 보고 속으로 의심이 들어 말하기를: "봉선은 별일이 없거든 그만 물러가거라."

여포는 묘한 기분을 삭이면서 물러 나올 수밖에 없었다.

동탁은 초선을 데려온 후 여색에 빠져 한 달여 동안 어떠한 일도 하지 않은 채 두문불출하였다. 동탁이 대수롭지 않은 가벼운 병에 걸렸음에도 초선은 허리띠도 풀지 않은 채 지극 정성으로 병간호를 하는 척하자 동탁의 마음은 더욱 흡족했다.

한 번은 여포가 문안 인사를 하러 들어 오는데 때마침 동탁은 잠이 들어 있고, 초선은 침상 뒤에 앉아 있다가 상반신을 드러내고 있었다. 여포와 눈이 마주치자 초선은 손으로 자기 가슴을 가리키고 다시 그 손으로 동탁을 가리키며 눈물을 비 오듯 흘리기 시작했다. 이를 본 여포는 가슴이 찢어지는 듯 아파서 어찌할 바를 모르고 있었다. 동탁이 언제 깨어났는지 몽롱한 두 눈으로 여포가 침상 뒤를 주시하고 있는 것을 보고, 눈동자는 움직이지도 않은 채 몸을 돌렸다. 아니나 다를까, 침상 뒤에 바로 초선이 서 있는 것이 아닌가!

동탁은 화가 치밀어 여포를 꾸짖기를: "네가 감히 내가 사랑하는 계집을 희롱하느냐?"

주위 사람들을 불러 그를 밖으로 내쫓으며 다시 호통치기를: "이후로 다시는 집 안으로 들어오지 마라."

여포는 치밀어 오는 분노를 누를 길이 없어 가슴에 원한을 품은 채 물러 나왔다. 돌아오는 길에 우연히 이유를 만나 자신의 속마음을 털어 놓았다.

이유는 급히 들어가서 동탁에게 말하기를: "태사께서는 장차 천하를 취하려 하시면서 어찌 조그만 잘못을 두고 온후(溫侯:여포)를 책망하십니까? 만약 그가 마음이 변하기라도 한다면 대사를 그르치게 됩니다."

동탁 曰: "그러면 어찌하면 좋겠느냐?"

이유 曰: "내일 아침에 들어오라고 하여 황금과 비단을 하사하시면서 좋은 말로 위로해 주면 저절로 마음이 누그러질 것입니다."

동탁은 이유의 말대로 다음 날 사람을 보내 여포를 들어오도록 한 다음 위로의 말을 하기를: "내 어제는 병중에 심신이 혼미하여 말이 잘못 나와 네 마음을 상하게 했는데, 내 진심이 아니니 너무 괘념치 말거라."

그러고는 황금 열 근과 비단 스무 필을 하사했다. 여포는 감사하다고 인사를 하고 돌아갔다. 여포는 전과 다름없이 동탁을 가까이에서 모셨지만, 초선을 향한 그의 마음은 변할 수가 없었다.

동탁은 병이 낫자 조정에 들어가서 국사를 논의했다. 여포는 늘 화극을 들고 동탁을 수행했다. 어느 날 동탁이 헌제와 이야기를 나누는 것을 보고 그 틈을 이용하여 화극을 들고 내문(內門)을 빠져나와 말을 타고 쏜살처럼 상부로 달려왔다. 상부 문 앞에 말을 매어놓고 화극을 들고 급히 후당으로 들어가서 초선을 찾았다.

초선 曰: "장군께서는 먼저 후원에 있는 봉의정(鳳儀亭)으로 가 계세요. 제가 곧 따라갈게요."

여포는 화극을 들고 곧장 봉의정으로 가서 정자 아래의 굽은 난간 옆에 서서 초선을 기다렸다. 한참이 지난 뒤 초선이 버들가지를 헤치고 꽃나무를 가르며 걸어오는 모습이 마치 달 속의 선녀와 같았다.

초선이 오자마자 흐느끼며 여포에게 말하기를: "소녀 비록 왕사도의 친딸은 아니지만, 친딸처럼 키워주셨지요. 장군님을 처음 만나 뵌 후 사도께서 장군님의 시첩이 되기를 허락하셔서 제 평생소원이 이루어졌다고 좋아했는데, 뜻밖에 태사께서 불량한 마음을 먹고 제 몸을 더럽힐 줄 상상이나 했겠어요? 첩이 당장 목숨을 끊지 못하고 이렇게 살아 있는 것은 오직 장군을 뵙고 작별 인사라도 올리고 싶어서였습니다. 이제 다행히 장군을 잠시나마 뵈었으니 제 소원은 다 풀었어요. 이 몸은 이미 더럽혀졌으니 어찌 영웅을 다시 모실 수 있겠습니까? 장군님 앞에서 죽음으로써 제 마음을 분명히 보여 드리는 게 제 마지막 소원입니다."

말을 마치기가 무섭게 손으로 구부러진 난간을 잡고 연못으로 뛰어들려고 했다.

여포는 황급히 초선을 끌어안고 울면서 말하기를: "네 마음을 안 지오래 되었지만, 너와 함께 이야기 나눌 기회가 없는 것이 한이었다."

초선은 손으로 여포를 끌어당기며 말하기를: "첩은 이번 생애에는 장군

님의 처로 살 수 없지만, 내세에서는 장군님과 꼭 함께하기로 약속해요."

여포 曰: "내가 이번 생애에 너를 부인으로 삼지 못한다면 어찌 영웅이라 할 수 있겠느냐!"

초선 曰: "첩은 하루 보내기를 마치 한 해 보낸 듯하고 있습니다. 제발 장군께서 저를 불쌍히 여겨 하루속히 구해 주세요."

여포 曰: "내 지금 잠시 틈을 내어 몰래 온 것이라 혹시 늙은 도적이 의심할지 모르니 속히 가봐야겠다."

초선이 그의 옷깃을 붙잡으며 다시 말하기를: "장군께서 이렇게 늙은 도적을 무서워하시는 걸 보니 신첩이 하늘을 볼 날이 다시 있을지 모르겠사옵니다."

여포가 발길을 멈추고 말하기를: "내가 천천히 좋은 계책을 생각해 보마."

말을 마치자마자 창을 들고 막 떠나려 했다.

초선 曰: "첩이 깊은 규중(閨中)에 있으면서도 장군의 명성은 우레처럼 귀에 쟁쟁하게 들었기에 당세에 오직 한 분뿐인 영웅으로 믿었었는데 이처럼 다른 사람에게 억눌려 있는 줄 누가 상상이나 했겠어요?"

말을 마치고 초선은 비 오듯 눈물을 흘렸다.

여포는 부끄러운 마음에 온 얼굴이 벌게지면서 다시 화극을 난간에 기대어 놓고 몸을 돌려 초선을 끌어안고 어떻게든 안심을 시켜 보려고 애를 썼다. 두 사람은 서로 부둥켜안은 채 차마 떨어지지를 못했다.

한편 대전(大殿)에 있던 동탁은 여포가 곁에 없는 것을 뒤늦게 깨닫고 뭔가 마음에 의심이 들어 급히 헌제에게 하직 인사를 하고 수레에 올라 상부로 돌아왔다. 승상부 앞에 다다르니 여포의 말이 대문 앞에 매여 있는 것을 보고 문지기에게 물어보니 그가 대답하기를: "온후는 후당으로 들어갔습니다."

동탁은 좌우를 꾸짖어 물리치고 부리나케 후당으로 들어가서 여포를 찾았으나 보이지 않자 다시 초선을 불렀으나 초선 역시 보이지 않았다. 급히 시첩에게 물었다.

시첩 曰: "초선은 후원에서 꽃을 감상하고 있사옵니다."

동탁이 서둘러 후원으로 찾으러 들어가니 때마침 여포와 초선은 봉의정 아래에서 다정하게 이야기를 나누고 있고 그 옆에는 화극이 세워져 있는 것이 보였다.

동탁은 화가 치밀어 버럭 소리를 질렀다. 여포는 그제야 동탁이 온 것을 알고 깜짝 놀라서 몸을 피해 달아났다.

동탁은 화극을 집어 들고 여포를 쫓아갔다. 여포는 빨리 달아나는데 동탁은 몸이 뚱뚱해서 따라잡을 수가 없자 여포를 찌르려고 화극을 던졌으나 여포가 날아오는 화극을 손으로 쳐서 땅에 떨어뜨렸다. 동탁이 화극을 다시 집어 들고 여포를 쫓아갔으나 여포는 이미 따라잡을 수 없을 만큼 멀리 달아나 버렸다.

동탁은 여전히 여포를 쫓아 막 후원 문을 뛰어 나가는데, 누군가 나는 듯이 마주 달려오다가 동탁의 가슴을 정면으로 들이받아 동탁은 그만 땅바닥에 벌렁 넘어지고 말았다.

이야말로:

분노는 천길 높이로 하늘을 찌를 듯한데	沖天怒氣高千丈
뚱뚱한 몸 땅에 넘어지니 한 무더기로다	伏地肥軀做一堆

이 사람이 누구인지 궁금하거든 다음 회를 기대하시라.

제 9 회

여포는 왕윤을 도와서 동탁을 제거하고
이각은 가후의 조언에 장안을 침범하다

除暴凶呂布助司徒

犯長安李催聽賈詡

　　동탁과 부딪쳐 그를 넘어뜨린 사람은 다름 아닌 이
유였다. 이유는 급히 동탁을 부축해 일으켜서 서원(書
院)으로 들어가서 자리를 잡고 앉았다.

　동탁이 묻기를: "무슨 일로 왔느냐?"

　이유 曰: "제가 막 승상부에 들어서는데 태사께서 몹시 화가 나서 후
원으로 여포를 찾으러 들어가셨다는 말을 듣고 급하게 달려오던 중 마침
여포가 급히 달아나면서 말하기를, '태사께서 나를 죽이려고 합니다.' 하
기에 제가 태사님의 노여움을 풀어드릴까 하고 황급히 후원으로 들어오
다가 뜻하지 않게 태사님과 부딪쳤던 것입니다. 죄송합니다. 죽을죄를 지
었습니다."

　동탁 曰: "이 역적 놈, 내 애첩을 희롱하다니 도저히 참을 수가 없다.
맹세코 그놈을 죽여 버리고 말 테다."

　이유 曰: "은혜를 베푸는 방법은 서로 다를 수 있습니다. 옛날 초(楚)
장왕(庄王)은 절영회(絶纓會)에서 그의 애첩을 희롱한 장웅(蔣雄)의 죄를
추궁하지 않았더니 후에 장왕이 진(秦)나라 군사에게 포위당했을 때 장

웅이 죽음을 무릅쓰고 구해 주었다고 합니다. 지금 초선으로 말하자면 일개 아녀자에 불과하고 여포는 여전히 태사님의 심복이자 맹장인데 태사님께서 만약 이번 기회에 아예 초선을 여포에게 하사하신다면, 여포는 큰 은혜에 감읍하여 반드시 목숨을 바쳐 그에 보답하실 것이니 태사님께서는 부디 심사숙고해 주십시오."

동탁은 한참 동안 말이 없더니 마침내 입을 열기를: "자네 말이 일리가 있네. 내 잘 생각해 보겠네."

이유는 감사하다 인사를 하고 나갔다.

동탁이 후당으로 들어와 초선을 불러 묻기를: "네 어찌하여 여포와 사통(私通)했느냐?"

초선이 울면서 대답하기를: "첩이 후원에서 꽃구경을 하고 있는데 여포가 갑자기 뛰어들어왔어요. 제가 깜짝 놀라서 피하려고 하니까 여포가 말하기를, '나는 태사의 아들인데 왜 나를 피하려고 하느냐?'며 창을 들고 봉의정까지 저를 쫓아왔어요. 신첩은 그가 불량한 마음을 품은 것을 알고 겁탈이라도 하지 않을까 두려워 자진하려고 연못에 뛰어들려고 하는데 그놈이 나를 끌어안고 놓아주질 않는 거예요. 그렇게 생사의 갈림길에서 몸부림치고 있는데 마침 태사님께서 오셔서 제 목숨을 구해 주셨던 겁니다."

동탁 曰: "내 이제 너를 여포에게 주려고 하는데 네 생각은 어떠하냐?"

초선은 소스라치게 놀라며 울면서 말하기를: "신첩은 이미 귀인을 섬긴 터에 이제 집안의 종놈에게 내주시겠다니 신첩은 그런 욕을 당하느니 차라리 죽어버리겠어요."

하고는 즉시 벽에 걸린 보검을 빼어 들더니 자결하려고 했다.

동탁은 황급히 보검을 빼앗고 초선을 껴안으며 말하기를: "그냥 한번 해본 말이야!"

초선은 동탁의 품에 쓰러져 얼굴을 묻고 서럽게 울면서 말하기를: "이건 분명 이유의 소행입니다. 이유는 여포와 매우 친한 사이라 태사님의 체면과 소첩의 목숨 따위는 털끝만치도 생각지 않고 이런 계교를 짜낸 것이 틀림없어요. 저는 그자를 산 채로 씹어 먹어도 분이 풀리지 않겠어요."

동탁 曰: "내 어찌 너를 버릴 수 있겠느냐?"

초선 曰: "내 비록 태사님의 아낌없는 사랑을 받고 있지만, 이곳에 오래 머물러 있다가는 필시 여포의 손에 죽을 것만 같아서 두렵습니다."

동탁 曰: "내일 나와 함께 미오(郿塢)로 가자꾸나. 그곳에서 함께 실컷 즐기며 살려고 하니 앞으로 걱정이나 의심은 절대 하지 말거라."

초선은 그제야 눈물을 거두고 감사의 절을 한다.

다음 날 이유가 들어와서 동탁에게 말하기를: "오늘이 길일이니 초선을 여포에게 보내시지요."

동탁 曰: "여포와 나는 부자지간이나 진배없는데 제 계집을 자식에게 내어 준다는 게 아무래도 온당하지 않다. 다만 내가 그의 죄를 따지지는 않을 것이니. 너는 내 뜻을 여포에게 전하고 좋은 말로 그를 위로해 주거라."

이유 曰: "태사께서는 여자에게 현혹되어서는 아니 되옵니다."

마침내 동탁의 얼굴색이 변하며 말하기를: "그럼 네 아내도 여포에게 줄 수 있느냐? 초선에 대한 일은 더 이상 언급하지 말거라. 다시 입 밖에 내는 날에는 네 목도 벨 것이다!"

이유는 밖으로 물러 나와 하늘을 보며 탄식하기를: "우리 모두 한 계집의 손에 죽고 말겠구나!"

후세 사람이 책을 읽다가 이 대목에 이르자 감탄하며 지은 시가 있

으니:

왕사도 묘한 계책 한 여인의 힘 빌리니	司徒妙算託紅裙
무기도 필요 없고 군사는 더 필요 없네	不用干戈不用兵
호뢰관에서 싸운 세 사람 괜한 힘 뺏고	三戰虎牢徒費力
개선의 노래 오히려 봉의정에서 울리네	凱歌却奏鳳儀亭

동탁이 그날 당장 미오로 돌아간다고 명령하니 모든 백관들이 나와 서 배웅을 했다. 초선은 수레 위에 앉아 빽빽이 모인 사람들 틈에 여포가 멀리서 자신을 뚫어져라 쳐다보고 있는 것을 발견하자 얼굴을 감싸며 통곡하는 시늉을 했다.

초선을 실은 수레가 멀어지자 여포는 언덕 위에 말을 세워 놓고 수레가 일으키는 먼지를 바라보며 탄식하며 동탁을 증오하고 있는데 갑자기 등 뒤에서 어떤 사람이 묻는 소리가 들리기를: "온후는 왜 태사를 따라가지 않고 이곳에 서서 멀리 바라보면서 그렇게 한숨만 쉬시오?"

여포가 돌아보니 사도 왕윤이었다.

서로 인사를 나눈 뒤 왕윤이 말하기를: "이 늙은이가 요 며칠 가벼운 병에 걸려 집안에만 틀어 박혀 지내다 보니 오랫동안 장군을 뵙지 못했소. 오늘은 태사께서 미오로 돌아가신다고 하여 어쩔 수 없이 병든 몸을 이끌고 환송하러 나왔는데 다행히 이곳에서 장군을 만나 뵈니 반갑소이다. 그런데 장군께 물어볼 게 있는데 어찌 이곳에서 긴 한숨을 쉬고 계신 거요?"

여포 曰: "바로 공의 여식 때문이외다."

왕윤이 짐짓 놀라는 척하며 말하기를: "아니, 태사께서 아직도 장군에게 보내지 않으셨단 말이오?"

여포 曰: "그 늙은 도적놈이 여식에게 푹 빠져 있는지 오래됐습니다."

왕윤은 더 크게 놀란 체하며 말하기를: "세상에 이런 일이 있다니! 이 노인네는 도무지 믿기지 않소!"

여포는 지금까지 있었던 일을 모두 왕윤에게 털어놓았다. 왕윤은 고개를 들어 하늘을 보다가 다시 땅을 쳐다보며 발로 땅을 차면서 한동안 말을 잇지 못하더니 한참을 지나서 드디어 입을 열어 말하기를: "태사가 이런 금수만도 못한 짓을 하다니 그럴 줄은 정말 몰랐소이다."

그러고는 여포의 손을 잡아끌면서 다시 말하기를: "일단 우리 집에 가서 상의합시다."

여포는 왕윤을 따라 그의 집에 도착했다. 왕윤은 밀실에 술상을 차려놓고 극진하게 대접했다. 그러자 여포는 또 봉의정에서 초선을 만났던 일을 자세히 설명했다.

왕윤 曰: "태사가 내 딸을 욕보이고 장군의 처를 빼앗은 격이니 참으로 천하의 웃음을 사게 되었소. 그러나 천하는 태사를 비웃는 게 아니라 이 왕윤과 장군을 비웃을 것이오! 그런데 이 사람이야 이미 늙고 무능하여 그렇다 치지만 장군은 세상을 뒤엎을 영웅인데 이런 모욕을 당하게 되었으니 참으로 애석한 일이오."

여포의 노기가 하늘을 찌르고 술상을 주먹으로 내리치며 큰 소리를 내질렀다.

이때 왕윤이 급히 말하기를: "이 늙은이가 실언을 했소이다. 장군께서는 노여움을 푸시오."

여포 曰: "맹세하건대, 이 늙은 도적놈을 죽여서 내가 받은 이 치욕을 씻고야 말겠소."

왕윤이 급히 그의 입을 가리며 말하기를: "장군 함부로 그런 말씀 하지 마세요. 행여나 이 늙은이에게로 화가 미칠까 두렵소."

여포 曰: "사내대장부로 세상에 태어나 어찌 남의 밑에서만 답답하게 살 수 있겠소."

왕윤 曰: "장군처럼 재주가 많으신 분이 동태사 밑에서 그런 모욕까지 참아가며 시키는 일만 한다는 것은 참으로 말이 안 되지요."

여포 曰: "내가 이 늙은 도적놈을 죽여 버리고 싶지만 그래도 부자간의 정을 맺었는데 후세 사람들의 입방아에 오르내릴까 그게 걱정입니다."

왕윤이 빙그레 웃으며 말하기를: "장군의 성은 본래 여(呂)씨요, 태사의 성은 동(董)씨외다. 얼마 전 봉의정에서 태사가 장군에게 화극을 던져 죽이려고 했을 때 무슨 부자의 정이 있었겠소이까?"

여포가 흥분하며 말하기를: "사도께서 깨우쳐 주시지 않았다면 제가 일을 그르칠 뻔했습니다."

왕윤은 여포의 뜻이 이미 굳어진 것을 확인하고 진지하게 말하기를: "장군께서 만약 한나라를 다시 일으키신다면 충신으로 청사에 길이 남을 것이며 그 아름다운 명성은 백대(百代)까지 전해질 것입니다. 하지만 장군께서 만약 동탁을 돕는다면 이는 곧 반역이 되어 사필(史筆)에 기록되어 만년까지 악취를 풍기게 될 것입니다."

여포가 자리에서 내려와 왕윤에게 절을 하며 말하기를: "저 여포의 뜻은 이미 결정되었으니 사도께서는 의심하지 마십시오."

왕윤 曰: "일이 혹여 성공하지 못해 도리어 큰 화를 입게 될까 두렵소이다."

여포는 칼을 뽑아 자신의 팔뚝을 찔러 흘러나온 피로 맹세를 하자 왕윤은 그의 앞에 무릎을 꿇고 인사를 하며 말하기를: "한나라의 사직이 끊어지지 않는다면 이는 모두 장군의 덕택일 것입니다. 이 일을 절대로 누설하지 않도록 조심하시오. 때가 되어 계책이 서면 제가 직접 알려드리겠습니다."

여포는 그렇게 하겠다고 흔쾌히 승낙하고 돌아갔다.

왕윤은 즉시 복야(僕射) 사손서(士孫瑞)와 사예교위(司隷校尉) 황완(黃琬)을 오라고 하여 함께 상의했다.

사손서 曰: "얼마 전까지 주상께서 병환이 있으시다가 이제 완쾌되셨으니 말을 잘하는 사람을 한 명 골라 미오궁으로 보내 국사 논의를 위해 동탁을 황제가 찾으신다고 하고, 한편으로는 천자의 밀서를 여포에게 보내 무장한 병사들을 조정의 문 안에 매복시켜 놓았다가 동탁을 유인하여 들어오면 주살하는 것이 상책일 듯합니다."

황완 曰: "누가 감히 동탁에게 가려고 할까요?"

사손서 曰: "여포와 고향이 같은 기도위(騎都尉) 이숙(李肅)이라고 있는데 그는 동탁이 그의 관직을 올려주지 않아서 원한을 품고 있습니다. 만약 그 사람이 간다면 동탁은 틀림없이 의심하지 않을 것입니다."

왕윤 曰: "그렇게 합시다."

그러고는 여포를 오라고 하여 함께 논의했다.

여포 曰: "이전에 나에게 정건양(丁健陽)을 죽이라고 권한 놈이 바로 이숙입니다. 이제 만약 그가 가지 않겠다고 한다면 내가 먼저 그놈을 베어 버릴 것이오."

은밀히 사람을 보내 이숙을 오게 했다.

여포 曰: "지난날 공이 나에게 정건양을 죽이고 동탁에게 오라고 권하지 않았소. 지금 동탁이 위로는 천자를 기만하고 아래로는 백성들을 학대하니 그 죄악이 천하에 가득하여 사람은 물론 귀신까지 분개할 지경이오. 그러니 공이 동탁에게 천자의 조서를 전하여 동탁이 조당에 들어오도록 하시오. 그러면 매복해 있던 군사들이 그를 죽여 버릴 것이오.

198

그런 뒤에 함께 힘을 다해서 한나라 황실을 부추겨 세워 충신이 되고자
하는데 공의 생각은 어떠하오?"

이숙 曰 : "저 역시 그 역적 놈을 제거해 버리려고 한 지 오래되었지
만, 마음을 같이할 사람이 없는 것이 한스러웠는데, 장군께서도 이런 계
획을 하고 계셨다니, 이는 하늘이 내려준 기회인데 제가 어찌 감히 두
마음을 품겠습니까?"

그러고는 곧 화살을 꺾어 맹세를 했다.

왕윤 曰 : "공이 만약 이 일을 잘 해낸다면 높은 벼슬에 오르는 것쯤
이야 무슨 대수겠습니까?"

다음 날 이숙은 십여 명의 기마병을 대동하고 미오로 갔다. 천자의
조서를 가지고 왔다고 보고하자, 동탁이 안으로 들어오라고 했다. 이숙
이 안으로 들어가 문안 인사를 올리자 동탁이 묻기를: "천자께서 무슨
일로 조서를 내리셨느냐?"

이숙 曰 : "천자께서 병중이시다가 최근 회복하셔서 문무백관들을 모
두 미앙전(未央殿)에 들게 한 뒤 태사께 선위할 문제를 논의하기 위해 조
서를 내리신 것으로 압니다."

동탁 曰 : "왕윤의 뜻은 어떠하신가?"

이숙 曰 : "왕사도께서 이미 사람들에게 명하여 '수선대(受禪臺)'를 쌓아
놓고 오직 주공께서 오시기만을 기다리고 있습니다."

동탁이 크게 기뻐하며 말하기를 : "내가 지난밤 용이 내 몸을 휘감는
꿈을 꾸었는데, 오늘 과연 이런 기쁜 소식을 듣게 되는구나! 이때를 놓
쳐서는 안 되지."

동탁은 심복인 장수 이각·곽사·장제·번조 네 사람으로 하여금 비웅
군(飛熊軍) 3천 명을 거느리고 미오성을 지키게 하고, 자신은 그날로 장

안으로 올라갈 채비를 했다.

그는 이숙을 바라보며 말하기를: "내가 황제가 되면 너를 집금오(執金吾)로 임명해 주마."

이숙은 고맙다고 인사하며 자신을 '신(臣)'이라고 칭했다.

동탁이 모친에게 하직 인사를 하러 들어갔다. 그때 모친의 나이 90여 세나 되었는데, 동탁에게 묻기를: "우리 애기 어딜 가려는 게냐?"

동탁 曰: "아들이 한나라 황제 자리를 물려받으러 갑니다. 모친께서는 조만간 황태후가 되실 겁니다."

모친 曰: "내 근자에 살이 떨리고 심장이 두근거리는 게 아무래도 좋은 징조는 아닌 것 같다."

동탁 曰: "이제 국모가 되실 터인데 어찌 그러한 조짐이 없으시겠습니까?"

모친께 인사를 마치고 나서 초선에게 말하기를: "내가 천자가 되면 너를 귀비로 삼을 것이야."

초선은 이미 무슨 일이 있는지 분명히 알면서도 아주 기뻐하는 척하며 감사의 인사를 올렸다.

동탁이 수레에 올라 앞뒤 호위를 받으며 장안을 향해 출발했다. 30리도 못 갔는데 수레바퀴 하나가 부러져 버렸다. 동탁은 어쩔 수 없이 수레에서 내려 말로 바꾸어 탔다. 그런데 10리도 못 갔는데 그가 탄 말이 큰 소리로 울부짖으며 머리를 쳐들어 말고삐를 끊어 버렸다.

동탁이 이숙에게 묻기를: "수레바퀴가 부서지고 말이 또한 고삐를 끊었는데, 이게 도대체 무슨 조짐인가?"

이숙 曰: "태사께서 이제 한나라의 제위를 이어받으시는데 옛것을 버리고 새것으로 바꾸어 장차 옥으로 만든 수레와 황금으로 만든 안장을 타시게 될 징조이옵니다."

200

동탁은 그의 말이 그럴 듯하고, 믿음이 가서 매우 기뻤다. 다음 날 다시 길을 가는데 갑자기 광풍이 일고, 어두컴컴한 안개가 온 하늘을 덮어 버렸다.

동탁이 다시 이숙에게 묻기를: "이것은 또 무슨 조짐인고?"

이숙 曰: "주공께서 장차 용위(龍位)에 오르려 하시니, 붉은 빛과 자주색 안개로써 천자의 위엄을 떨쳐 보이려는 것이옵니다."

동탁은 이번에도 기뻐하며 의심하지 않았다.

마침내 성 밖에 다다르자 모든 백관들이 나와서 영접을 하는데 오직 이유만이 병으로 집에 누워 있어 영접하러 나갈 수 없었다. 동탁이 승상부로 들어서자 여포가 와서 하례를 했다.

동탁 曰: "내가 제위에 오르면 자네가 천하 군사를 총독하게 될 것이다."

여포는 고맙다고 인사를 하고 장막 앞에서 밤을 보냈다.

이날 밤, 십여 명의 아이들이 밖에서 노래를 부르는데 그 소리가 바람을 타고 장막 안에까지 들려왔다. 그 가사 曰:

천리초가 제아무리 푸르러도　　　　　千里草 何青青
열흘 이상은 살지 못 한다네[22]　　　　十日上 不得生

노랫소리는 참으로 비통했다.

동탁이 이숙에게 묻기를: "저 노랫소리는 무슨 뜻인가? 길조인가, 흉조인가?"

이숙 曰: "단지 유씨는 망하고 동씨가 흥한다는 의미일 뿐입니다."

22　천리초(千里草)는 곧 동(董)자를 가리키고 십일상(十日上)은 탁(卓)자이니 동탁이 곧 죽게 된다는 의미임. 역자 주.

다음 날 새벽, 동탁은 의장대와 시종들을 앞뒤로 세우고 입궐하는데 문득 한 도인을 보았다. 그는 푸른 도포차림에 흰 두건을 쓰고 손에는 긴 장대를 잡고 있었다. 장대 위에는 한 장(丈)이나 되는 베(布) 천을 매달았고 천의 맨 위쪽의 양면에 각각 '口(구)' 자가 한 자씩 씌어 있었다.[23]

동탁이 이숙에게 묻기를: "저 도인이 들고 있는 장대는 무슨 뜻인가?"

이숙 曰: "미친놈입니다."

그러고는 장사를 불러 멀리 쫓아 버리라고 했다.

동탁이 궁궐 안으로 들어가자 모든 신하들이 각기 조복을 갖추어 입고 길게 늘어서서 동탁을 맞이했다.

이숙은 동탁이 탄 수레의 뒤쪽에서 한 손에는 보검을 잡고 다른 손은 수레를 붙잡고 걸어가다 북액문(北掖門)에 다다르자 호위하는 군사들은 모두 더 이상 가지 못하고 문밖에 머물러 있게 하고 수레를 이끄는 20여 명만을 선별하여 안으로 들어가게 했다.

동탁이 멀리 바라보니 왕윤 등이 각자 보검을 잡고 대전(大殿) 문 앞에 서 있는 게 아닌가!

동탁이 깜짝 놀라 이숙에게 묻기를: "저들이 모두 칼을 들고 있는 것은 무슨 의미냐?"

이숙은 아무 대꾸도 하지 않고 수레를 밀고 곧장 들어갔다.

왕윤이 큰 소리로 외치기를: "역적 놈이 왔거늘 무사들은 어디 서 무얼 하고 있는가?"

말이 채 끝나기도 전에 양편에서 1백여 명의 무사들이 일제히 뛰쳐나와 동탁을 찔렀다. 그러나 동탁은 조복 안에 갑옷을 받쳐 입었는데 그 갑옷이 얼마나 두꺼운지 창끝이 들어가지 않아서 겨우 팔에 상처를 입

---

23 즉 口가 둘이면 려(呂)가 되고 그것을 베에 썼으니 베는 곧 '포(布)'이니 즉 여포를 경계하라는 의미임. 역자 주.

고 수레에서 굴러떨어지면서 큰 소리로 외치기를: "내 아들 봉선이는 어디 있느냐?"

여포가 수레 뒤에서 튀어나와 날카롭게 소리치기를: "역적을 토벌하라는 조칙이 여기에 있다."

말이 끝나기가 무섭게 여포가 화극으로 동탁의 목을 푹 찔렀다. 이숙은 바로 그 머리를 베어 손에 들었다.

여포는 왼손에는 화극을 잡고 오른손으로는 품속에서 조서를 꺼내 큰 소리로 외치기를: "조서를 받들어 적신 동탁을 베었으니 나머지 무리들은 죄를 묻지 않겠다!"

모든 장수와 관리들이 만세를 불렀다.

후세 사람들이 동탁을 한탄하여 읊은 시가 있으니:

패업이 성공하면 제왕이 되고	霸業成時爲帝王
못 이루어도 부자는 되련만은	不成且作富家郞
누가 모르나 하늘의 올바름을	誰知天意不私曲
미오성 이루자 바로 멸망하네	郿塢方成已滅亡

여포가 다시 큰 소리로 외치기를: "이유 또한 동탁을 도와 포학한 짓을 일삼았다. 누가 가서 그놈을 사로잡아 오겠느냐?"

말이 떨어지기가 무섭게 이숙이 가겠다고 했다. 그때 갑자기 궁궐문 밖에서 요란한 함성이 들렸는데, 그 함성은 바로 이유의 집 노비들이 이미 그를 묶어서 바치러 와서 지른 것이라고 보고를 했다.

왕윤이 명령하기를 그를 더 꽁꽁 묶어 가장 복잡한 시장거리로 끌고 가서 목을 베도록 하고, 또한 동탁의 시신을 사통팔달 네거리에 갖다 놓아 많은 백성들에게 구경시키라고 했다.

　동탁의 시신이 얼마나 뚱뚱했으면 시체를 지키는 군사들이 시체의 배꼽에 심지를 달아 불을 붙이니 그곳에서 흘러나온 기름이 바닥에 흥건할 정도였다.

　그곳에 온 백성들 중에 손으로는 동탁의 머리를 치고 발로는 동탁의 시체를 짓밟고 지나지 않은 사람이 없었다.

　왕윤은 또 여포에게 명하여 황보숭·이숙과 함께 군사 5만 명을 이끌고 미오로 가서 동탁의 모든 가산과 집안의 종들을 몰수하여 관에 귀속시키도록 했다.

　한편 이각·곽사·장제·번조는 동탁이 이미 죽고 여포가 오고 있다는 소문을 듣고 비웅군을 이끌고 밤을 새워 양주(凉州)로 달아났다.

　여포는 미오에 도착하자마자 먼저 초선을 찾았다. 황보숭은 미오성 안에 갇혀있던 양갓집 자녀들은 모두 풀어 주고 동탁의 친속들은 남녀노소를 불문하고 모조리 잡아 죽이라고 명령했다. 동탁의 모친이 피살되고 동탁의 아우 동민과 조카 동황은 목을 베어 높이 매달아 많은 사람들이 구경하도록 했다.

　미오성 안에 쌓여있던 황금 수십만 근과 은으로 만든 화폐 수백만 근, 그리고 온갖 비단과 구슬뿐만 아니라 갖가지 그릇과 양식 등을 모조리 몰수했는데 그 양이 얼마나 많은지 셀 수도 없었다.

　여포가 돌아와서 보고하자 왕윤은 술과 음식을 내려 군사들을 크게 위로했다.

　그리고 도당에서 연회를 베풀어 문무백관들을 불러놓고 서로 술을 권하며 한창 기쁨을 나누고 있을 때, 갑자기 누군가 와서 보고하기를: "어떤 사람이 저잣거리에 내놓은 동탁의 시체에 엎드려 슬프게 울고 있습니다."

　왕윤이 화를 내며 말하기를: "동탁의 죽음에 사대부든 일반 백성이든 기뻐하지 않은 사람이 없는데, 감히 우는 자가 있다니, 그놈이 대체 누구란 말이냐?"

그러고는 무사를 불러 명령하기를: "그자를 당장 내 앞에 끌고 오너라."

잠시 후 한 사내가 끌려왔는데 모든 신료들이 그를 보고 놀라지 않을 수 없었다. 그 사람은 다름 아닌 바로 시중(侍中) 채옹(蔡邕)이었다.

왕윤이 꾸짖기를: "역적 동탁을 죽인 것은 나라의 큰 경사이거늘, 너 또한 한나라의 신하로서 나라를 위해 이를 축하하기는커녕 역적을 위해 곡(哭)을 하다니, 이 무슨 해괴한 짓인가?"

채옹이 엎드려 죄를 고하기를: "이 몸 비록 재주는 없지만 그래도 대의(大義)는 아는데 어찌 나라를 배반하고 동탁을 위하겠습니까? 다만 한때나마 나를 인정해서 써준 사람에 대한 감정을 절제하지 못하고 저도 몰래 울고 말았습니다. 저 스스로 그 죄가 큰 줄은 아오나 공께서 너그러이 용서하여 경수월족(黥首刖足)[24]의 형을 내리시어 한사(漢史)를 계속 써서 완성하는 것으로 속죄할 수 있게만 해 주신다면 더없는 행운으로 여기겠습니다."

문무백관들은 채옹의 재주를 아까워하여 힘써 구하려 했다. 태부(太傅) 마일제(馬日磾)가 은밀히 왕윤에게 말하기를: "백개(伯喈:채옹의 자)는 글재주가 남다른 인물입니다. 만일 그에게 한사를 완성하게 한다면 한나라 왕실은 그야말로 성대한 업적이 될 것입니다. 뿐만 아니라 그는 효행이 지극한 사람으로 널리 알려져 있어, 이런 사람을 성급하게 죽인다면 인망을 잃을까 염려되옵니다."

왕윤 曰: "옛날 효무제(孝武帝)가 사마천(司馬遷)을 죽이지 않고 사기(史記)를 쓰게 했더니 오히려 비방하는 글을 써서 후세에 전해지도록 하

---

24 죄인의 이마에 먹 글자를 새겨 넣고 발목을 끊는 형벌. 역자 주.

였소. 더구나 지금은 나라의 운이 약해질 대로 약해지고 조정의 정사도 어지러울 뿐만 아니라 주상의 나이도 어린데 간사한 신하가 주상 곁에서 붓을 잡고 사서를 쓰게 한다면 우리들도 그자의 비방을 덮어쓰게 될 것이오."

마일제는 더 이상 말을 못 하고 물러 나왔지만, 사석에서 다른 대신들에게 말하기를: "왕윤은 훗날이 없을 것이다. 착한 사람은 나라의 기강이요, 사서를 기록하는 것은 나라의 법이거늘, 기강을 없애고 법을 폐하고서 어찌 오래 갈 수 있겠소?"

결국 왕윤은 마일제의 충고를 듣지 않고 채옹을 옥에 가둔 뒤 줄로 목을 졸라 죽이고 말았으니, 이 소식을 들은 사대부들은 모두 눈물을 흘렸다. 이에 대하여 후세 사람들은 채옹이 동탁을 위해 눈물을 흘린 것도 옳지 못하지만, 왕윤이 채옹을 죽인 것은 더 심한 일이라고 평했다. 채옹의 죽음을 탄식하여 지은 시가 있으니:

동탁이 권력을 휘둘러 악행을 저질렀는데	董卓專權肆不仁
시중은 어이하여 스스로 신세를 망쳤던가	侍中何自竟亡身
당시 제갈량은 융중에 드러누워 있었는데	當時諸葛隆中臥
채옹은 어찌하여 가벼이 난신을 섬겼을까	安肯輕身事亂臣

한편 이각·곽사·장제·번조 등은 섬서(陝西)에 피신해 있으면서 장안으로 사람을 보내 표문을 올려 그들의 죄를 사면해 주라고 요청했다.

왕윤 曰: "동탁이 권세를 제멋대로 부리며 함부로 날뛴 것은 모두 이네 놈들의 도움 때문이었다. 지금 비록 천하에 대사면을 내렸지만, 이네 놈만은 결코 용서해 줄 수 없다."

사자가 돌아가서 이각에게 그대로 보고하자 이각이 말하기를: "사면을 구했지만 받아 주지 않았으니 각자 살길을 찾는 수밖에 없겠소."

　모사 가후가 말하기를: "여러분이 만약 군사를 버리고 혼자서 행동한다면 작은 향촌의 우두머리(亭長)라도 공들을 능히 붙잡아 포박할 수 있을 것이오. 그렇게 하는 것은 이곳 섬서 사람들을 불러 모아 본부의 남은 군사들과 함께 장안으로 쳐들어가 동탁의 원수를 갚느니만 차라리 못하오. 만약 일이 잘되면 조정을 받들어 천하를 바로잡으면 되고, 실패하게 된다면 그때 도망쳐도 늦지 않을 것이오."

　이각 등은 그의 말대로 한번 해보자 하는 의견의 일치를 보고 서량주(西凉州) 지역에 살벌한 소문을 퍼뜨리기 시작했는데 그 소문의 내용은: "왕윤이 장차 서량주 백성들을 모두 몰살하려고 한다."

　많은 사람들이 놀라서 어쩔 줄 몰랐다. 이어서 다시 큰 소리로 외치기를: "이대로 앉아서 개죽음 당할 것인가, 아니면 우리를 따라서 반기를 들겠는가?"

　모두 다 따라나서겠다고 하니 그 수가 순식간에 10만 명이 넘었다. 그들은 네 길로 나누어 장안으로 쳐들어갔다. 가는 도중에 동탁의 사위 중랑장 우보(牛輔)를 만났는데 그 역시 군사 5천 명을 이끌고 장인의 원수를 갚겠다고 나선 길이었다. 이각은 바로 우보의 군사들과 합치고 우보로 하여금 선봉이 되도록 했다. 네 사람은 계속해서 장안을 향해 진군했다.

　왕윤은 서량의 군사들이 쳐들어온다는 소식을 듣고 바로 여포와 상의를 했다.

　여포 曰: "사도께서는 아무 걱정하지 마십시오. 그까짓 쥐새끼 같은 놈들, 그 숫자가 얼마가 된다 한들 겁날 게 뭐가 있겠습니까?"

　그러고는 이숙과 함께 군사를 이끌고 싸우러 나갔다. 선봉에 선 이숙

은 우보의 군사와 맞닥뜨렸다. 이숙은 우보와 정면으로 맞서 한바탕 싸
웠는데 우보가 당해내지 못하고 패하여 도망을 갔다. 그러나 이날 밤 이
경, 이숙이 방심하고 있는 틈을 이용하여 우보가 이숙의 영채를 기습하
여 쳐들어오니 이숙의 군사들은 혼란에 빠져 제대로 싸워보지도 못한
채 군사를 절반이나 잃고 30여 리나 뒤로 물러나 여포에게로 갔다.

여포는 크게 노하여 말하기를: "너는 어찌하여 우리 군사들의 사기를
이처럼 꺾어놓았단 말이냐!"

그러고는 이숙의 머리를 베어 군문에다 매달았다.

다음 날 여포는 군사를 이끌고 우보와 싸웠다. 그러나 우보 따위가
어찌 여포의 적수가 되겠는가! 그는 다시 크게 패해서 달아났다. 그날
밤 우보는 심복인 호적아(胡赤兒)를 불러 대책을 논의했는데 우보가 말하
기를: "여포는 워낙 날쌔고 용맹하여 어느 누구도 당할 자가 없다. 차라
리 이각 등 4명 몰래 그들이 숨겨놓은 황금과 주옥을 훔쳐가지고 군사들
은 버리고 수행원 서너 명만 데리고 함께 도망가 버리는 게 어떻겠느냐?"

호적아도 그렇게 하자고 했다. 그날 밤 황금과 주옥을 훔쳐내 심복부
하 서너 명만 데리고 몰래 영채를 빠져나와 달아났다. 강을 건너야 할
때 호적아는 가지고 온 보물들을 혼자 차지하려는 욕심에 우보를 죽이
고 그의 머리를 여포에게 바쳤다. 여포가 수상하게 여겨 그 이유를 꼬치
꼬치 캐묻자 함께 따라온 자가 자백하기를: "호적아가 우보를 죽이고 그
황금과 주옥을 빼앗았습니다."

여포는 노하여 당장 호적아의 목을 베어 버렸다. 그리고 군사를 거느
리고 앞으로 나아가다 마침 이각의 군사를 만났다. 여포는 이각의 군사
들이 진용을 갖출 틈도 주지 않고 바로 창을 꼬나들고 말을 달려 적진
으로 돌진해 들어갔다. 이각의 군사들은 도저히 감당할 수가 없어 50여
리 뒤로 물러가 산을 의지해 겨우 영채를 세웠다. 그러고는 곽사·장제·

번조를 청해 함께 대책을 논의하기를: "여포가 비록 용맹하기는 하나 꾀가 없는 자이니, 방법이 없는 게 아니오. 내가 군사를 이끌고 계곡 입구에서 여포를 매일 유인할 테니, 곽 장군은 군사를 거느리고 그들의 후미를 치시되, 초(楚) 한(漢) 전쟁 때 팽월(彭越)이 항우(項羽)의 초나라 군사를 교란하던 수법을 쓰는 거요. 징이 울리면 공격하고 북이 울리면 군사를 거두시오. 그리고 장 장군과 번 장군은 각기 군사를 두 길로 나누어 바로 장안으로 쳐들어가면 그들은 선두와 후미가 도움을 청해도 응할 수 없어 틀림없이 대패할 것이오."

세 사람 모두 그 계책을 따르기로 했다.

한편 여포가 군사를 통솔하여 산 아래에 당도하니 이각이 기다렸다는 듯이 군사를 이끌고 나와 싸움을 걸었다. 단단히 화가 난 여포가 곧바로 쳐들어가자 이각은 군사를 물려서 산 위로 도망갔다. 산 위에서 돌을 굴리고 화살을 빗발치듯 쏘아대니 여포의 군사들은 더 이상 올라갈 수 없었다. 그때 갑자기 후미에서 곽사가 군사를 이끌고 쳐들어온다는 보고를 받고, 여포가 급히 군사를 돌려 싸우려 했으나 단지 북소리만 크게 울리고 곽사의 군사들은 이미 물러가 버렸다. 여포가 막 군사를 거두려 할 때, 이번에는 징 소리가 울리면서 이각의 군사들이 쳐들어왔다. 그들을 맞아 싸우려고 하면 배후의 곽사가 또 군사를 이끌고 싸우러 달려들었다. 여포가 다시 군사를 돌려 그쪽으로 달려가면 곽사는 또 북을 쳐서 군사를 수습하여 돌아가 버린 뒤였다. 약이 올라 더 이상 참을 수가 없는 여포는 가슴이 터질 것 같았다.

이와 같은 일이 며칠간 계속되자 여포는 싸우려고 해도 싸울 수 없고, 그만두려고 해도 그만둘 수도 없어 정말 미칠 지경이었다. 그때 군사 한 명이 말을 타고 달려와 보고하기를 장제와 번조가 두 길로 나누어 군사들을 이끌고 장안으로 쳐들어와서 몹시 위태로운 상황이라는 것이다.

여포가 급히 군사를 돌려 장안으로 달려가는데 이제는 등 뒤에서 이각과 곽사가 쫓아왔다. 여포는 그들과 싸울 마음이 없어 뒤도 돌아보지 않고 장안을 향해 달려가다 보니 상당히 많은 군사들을 잃어버렸다. 가까스로 장안성 아래에 이르러 보니 이미 적병들이 구름처럼 운집하여 성을 에워싸고 있었다.

여포의 군사들이 그들과 싸우기에는 여러모로 불리했다. 더욱이 평소 여포의 사납고 거친 행동을 두려워했던 여포의 군사들은 아예 적에게 투항하는 자들도 많이 생겼다. 여포는 속으로 심히 걱정되었다.

며칠 뒤, 성안에 있던 동탁의 잔당인 이몽(李蒙)과 왕방(王方)이 적들과 내통하여 몰래 성문을 열어 주니 적군은 네 길로 나누어 일제히 성안으로 몰려 들어왔다. 여포는 좌충우돌하면서 싸웠으나 도저히 그들을 막아낼 수가 없었다.

그는 하는 수 없이 기마병 수백 명만 데리고 급히 청쇄문 밖으로 가서 왕윤을 부르며 말하기를: "형세가 아주 위급합니다. 사도께서는 어서 말에 오르십시오. 우선 저와 함께 관 밖으로 빠져나가 몸을 피한 뒤 다른 방도를 세우는 게 좋을 것 같습니다."

왕윤 曰 : "사직 영령들의 도움으로 나라가 편안해질 수만 있다면 나는 더 바랄 게 없소. 만약 그렇지 못한다면 죽음으로써 이 몸을 나라에 바칠 것이오. 국난을 당해 구차스럽게 살아남으려는 짓을 나는 하지 않을 것이오. 나를 대신하여 관동에 있는 여러 제후들께 사죄드리고 나라를 위해 최선의 노력을 해 달라고 전해 주시오!"

여포가 재삼 권했지만, 왕윤은 끝내 떠나지 않았다.

이윽고 모든 성문에서 일제히 불길이 치솟으며 화염이 하늘 높이 뻗치자 여포는 어쩔 수 없이 처자식도 버려둔 채 1백여 기마병만을 데리고 나는 듯이 달려서 관을 빠져나가 원술을 찾아갔다.

이각과 곽사는 군사들이 마음대로 노략질하도록 내버려 두었다. 태상경(太常卿) 충필(种拂)·태복(太僕) 노규(魯馗)·대홍려(大鴻臚) 주환(周奐)·성문교위(城門校尉) 최열(崔熱)·월기교위(越騎校尉) 왕기(王頎) 등은 모두 이때 죽임을 당했다.

적병들이 마침내 궁정(宮庭)을 에워싸 사태가 급박해지자 가까이에서 모시는 신하들이 천자께 선평문(宣平門) 위에 오르시어 난을 멈추도록 하시라고 아뢰었다. 이각 등은 황제가 탄 수레의 덮개를 멀리서 보고 군사들을 제지시키며 '만세' 구호를 외쳤다.

헌제(獻帝)는 선평문 누각에 몸을 기대고 묻기를: "경들은 어찌하여 주청(奏請)도 없이 함부로 군사를 몰아 장안에 들어왔는가? 도대체 뭘 하려는가?"

이각과 곽사가 고개를 쳐들고 천자를 보면서 말하기를: "동태사께서는 폐하께 사직을 지키도록 해 주신 신하인데 아무런 까닭도 없이 왕윤에게 주살되었기 때문에 신 등이 그의 원수를 갚기 위해 온 것이지 결코 반역을 일으키려는 것이 아니옵니다. 하오니 왕윤만 내어 주시면 즉시 군사를 물리겠나이다."

황제 곁에 있던 왕윤은 이 말을 듣고 황제에게 주청하기를: "신이 원래 사직을 위해서 한 일이었는데 뜻밖에 이 지경에 이르렀나이다. 폐하께서는 신을 아껴 나랏일을 그르치지 마시옵소서. 신이 내려가서 두 도적을 만나 보겠나이다."

황제는 차마 그를 보낼 수 없어서 문 위에서 왔다 갔다 하셨다.

왕윤은 즉시 선평문 아래로 뛰어 내려가면서 큰 소리로 외치기를: "왕윤이 여기에 있다!"

이각과 곽사가 칼을 빼들며 꾸짖기를: "동태사에게 무슨 죄가 있다고 죽였느냐?"

왕윤 曰: "역적 동탁의 죄가 하늘과 땅에 가득 차고 넘쳐 이루 말할 수도 없다. 그 역적 놈이 주살되던 날 장안의 사대부는 말할 것도 없고 모든 백성들 가운데 기뻐하지 않은 사람이 없었거늘, 어찌 네놈들만 그 소식을 못 들었느냐?"

이각·곽사 曰: "태사는 죄가 있다고 치자, 그럼 우리는 무슨 죄가 있다고 사면조차 해 주지 않았는가?"

왕윤이 큰 소리로 욕하기를: "역적 놈들이 왜 이리 말이 많으냐! 나 왕윤은 오늘 여기서 죽으면 그만이다!"

두 역적은 동시에 칼을 휘둘러 왕윤을 선평문루 아래에서 죽였다. 사관(史官)이 왕윤을 칭찬해서 지은 시가 있으니:

왕윤은 기가 막힌 계책으로	王允運機籌
간신 동탁을 끝장내 버리고	奸臣董卓休
안정된 나라를 마음에 품고	心懷安國恨
사직 걱정에 눈살 찌푸렸네	眉鎖廟堂憂

영특한 기운 하늘에 닿았고	英氣運霄漢
충성심 북두 견우 꿰었다네	忠心貫斗牛
여태껏 혼백은 그대로 남아	至今魂與魄
여전히 봉황루 맴돌고 있네	猶遶鳳凰樓

역적의 무리는 왕윤을 죽인 다음 사람들을 보내 왕윤의 가족들은 남

녀노소를 불문하고 모조리 죽여 버리니 사대부는 물론 일반 백성들까지 눈물을 흘리지 않은 자가 없었다. 그때 이각과 곽사는 고심 끝에 말하기를: "이미 사태가 이 지경까지 이르렀으니 지금 황제를 죽이고 대사를 도모하지 않는다면 다시는 기회가 오지 않으리라."

그러고는 즉시 칼을 뽑아 들고 큰소리를 지르며 궁궐 안으로 쳐들어갔다.

이야말로:

괴수를 처단하여 재앙 그쳤나 했는데	巨魁伏罪災方息
추종자들 날뛰어 다시 화를 일으키네	從賊縱橫禍又來

헌제의 목숨이 어찌 될지 궁금하거든 다음 회를 기대하시라.

제 10 회

마등은 왕실을 위하여 의병을 일으키고
조조는 원수를 갚으려 군사를 일으키다

勤王室馬騰擧義

報父仇曹操興師

 이각과 곽사가 헌제를 죽이려고 하자 장제와 번조가 간하며 말하기를: "안 됩니다. 지금 바로 황제를 죽이면 반발하는 자들이 많이 있을 것입니다. 차라리 예전처럼 왕으로 받들면서 지방의 모든 제후들을 궁으로 불러들여 먼저 황제의 날개를 모두 꺾은 다음에 황제를 제거해야 비로소 천하를 도모할 수 있습니다."

이·곽 두 사람은 그들의 말을 따르기로 하고 칼을 거두었다.

황제가 성문 위 누각에서 묻기를: "왕윤이 이미 죽었는데 어찌하여 아직 군사들은 물리지 않는가?"

이각과 곽사가 대답하기를: "신들은 황실을 위해 공을 세웠는데 아직 아무런 벼슬을 받지 못했기에 군사를 물릴 수 없사옵니다."

황제 曰: "경들은 무슨 벼슬을 원하는가?"

이각·곽사·장제·번조 네 명은 각자 원하는 직함을 써서 올리면서 그 관직과 벼슬을 내려 달라고 강요했다. 헌제는 그대로 따르는 수밖에 없었다.

214

이각은 거기장군(車騎將軍)의 관직과 지양후(池陽侯) 벼슬에 봉하고 사예교위(司隸校尉)를 겸하도록 하고 절(節)과 월(鉞)을 주었으며, 곽사는 후장군(後將軍)의 관직과 미양후(美陽侯) 벼슬에 봉해 주고, 부와 절을 내주어 이각과 함께 정사에 참여하도록 했다.

그리고 번조는 우장군(右將軍) 만년후(萬年侯)에, 장제는 표기장군(驃騎將軍) 평양후(平陽侯)에 봉하여 군사를 거느리고 홍농(弘農)으로 가서 주둔하도록 했다. 그 밖에 이몽(李蒙)과 왕방(王方) 등에게도 각각 교위 관직을 내려주었다. 이각과 곽사의 무리들은 그제야 은혜에 감사하다는 인사를 하고 군사를 거느리고 성문을 나섰다.

그들은 먼저 동탁의 시신부터 찾았다. 잘게 부스러진 가죽과 뼈들만 수습하여 향나무를 깎아 사람의 형체를 만들어 거기에다 수습한 뼈를 적당히 붙여 놓고 성대하게 제사를 지냈다. 그리고 황제가 입은 의관과 관을 써서 길일을 택하여 미오로 옮겨 장사를 지내기로 했다.

장사를 지내는 날이 되자 갑자기 천둥 번개와 함께 큰 비가 내려 평지의 수심이 여러 자(尺) 깊이로 고였고 관은 벼락을 맞아 쪼개져서 시신이 관 밖으로 나와 버렸다. 이각은 날이 개기를 기다려 다시 장사를 지내려 했으나 그날 밤에도 똑같은 일이 벌어졌다. 세 차례나 시도했지만, 간신히 수습했던 가죽과 뼈들마저 벼락을 맞아 흔적도 없이 타버리고 말았으니 결국 매장을 포기할 수밖에 없었다. 동탁에 대한 하늘의 노여움이 얼마나 컸으면 그랬을까!

실권을 장악한 이각과 곽사는 백성들을 잔혹하게 학살하고 은밀히 심복들을 황제 주변에 심어 두어 일거수일투족을 감시하니, 헌제는 마치 가시나무 덤불 속에서 움직이는 것과 같았다. 두 역적들은 조정 관원들의 관직을 제 맘대로 올리거나 깎아내렸다. 그러면서도 백성들의 신망을 얻으려고 특별히 주준(朱儁)을 불러들여 태복(太僕)으로 봉하여 함께 정사를 살피기도 했다.

하루는 서량(西涼) 태수 마등(馬騰)과 병주(幷州) 자사 한수(韓遂)가 군사 10만 명을 이끌고 역적 무리들을 토벌하기 위해 장안으로 쳐들어오고 있다는 보고가 들어왔다. 원래 두 장수는 출발하기 전에 장안에 사람을 보내 시중(侍中) 마우(馬宇), 간의대부(諫議大夫) 충소(种昭), 좌중랑장(左中郎將) 유범(劉範) 등 세 사람과 이미 내응하여 함께 적을 토벌하자고 공모를 하고 세 사람이 은밀히 헌제에게 주청하여 마등은 정서장군(征西將軍), 한수는 진서장군(鎭西將軍)에 봉한다는 밀조를 각각 받고 힘을 합쳐 도적을 토벌하러 나섰다.

이각·곽사·장제·번조 등은 마등과 한수의 군사들이 쳐들어온다는 소식을 듣고, 한자리에 모여서 적들을 막을 대책을 논의했다.

모사 가후가 말하기를: "두 군사들은 먼 곳에서 오고 있으므로 우리는 해자를 깊이 파고 보루를 높이 쌓아 성을 굳게 지키며 방어만 하면, 백일이 지나지 않아 적들은 양식이 떨어져서 틀림없이 스스로 물러날 것이니 그때 군사를 이끌고 추격하면 두 장수를 사로잡을 수 있습니다."

이몽과 왕방이 나서며 말하기를: "그것은 좋은 계책이 아닙니다. 우리에게 정예병 1만 명만 내어 주시면 즉시 마등과 한수의 머리를 베어다가 바치겠습니다."

가후 曰: "지금 나가서 싸운다면 반드시 패하고 말 것이오."

이몽과 왕방이 동시에 말하기를: "만약 우리 두 사람이 패한다면 우리의 목을 베시오. 그 대신 우리가 승리한다면 공 역시 머리를 내놓아야 할 것입니다."

가후가 이각·곽사에게 말하기를: "장안 서쪽 2백리 되는 곳에 주질산(盩厔山)이 있는데, 그곳은 길이 험준하니 장제와 번조 두 장군으로 하여금 그곳에서 군사를 주둔하여 굳게 지키도록 하고, 이몽과 왕방은 군사를 이끌고 나가서 적군을 맞아 싸우도록 하는 것이 좋을 듯합니다."

이각과 곽사는 그의 말에 따라 1만 5천 명의 군사들을 점검하여 이몽과 왕방에게 주었다. 두 사람은 의기양양하게 장안을 떠나 280리 떨어진 곳에 진을 쳤다.

서량의 군사들이 도착하자 이몽과 왕방이 군사를 이끌고 적을 맞이하러 나갔다. 서량의 군사들이 길을 막고 전투 진형을 펼쳤다. 마등과 한수가 말고삐를 나란히 하고 나가서 이몽과 왕방을 가리키며 욕을 퍼붓기를: "나라를 배반한 역적 놈들이다! 누가 가서 저놈들을 사로잡아 오겠느냐?"

그 말이 떨어지기가 무섭게 한 소년 장수가 손에 긴 창을 들고 준마에 앉아 날듯이 달려 나갔는데, 그의 얼굴은 관옥(冠玉)처럼 희고, 눈은 유성(流星)처럼 빛나고, 범과 같은 체구에 원숭이처럼 긴 팔, 표범의 배에 이리처럼 날렵한 허리다. 그는 바로 마등의 아들 마초(馬超)로 자는 맹기(孟起)라 하는데, 이때 나이 열일곱 살로 참으로 영리하고 용맹스럽기 짝이 없었다.

나이 어린 마초를 얕잡아 본 왕방은 말을 달려 싸우러 나갔다. 그러나 몇 합 싸우지도 못하고 마초의 창에 찔려 말에서 떨어졌다. 마초는 말머리를 돌려 돌아오는데 이몽은 왕방이 창에 찔려 죽은 것을 보고 재빨리 말을 몰아 마초의 등 뒤를 쫓아갔다. 그러나 마초는 일부러 모르는 체했다.

마등이 진지 앞에서 크게 소리치기를: "등 뒤에 쫓아오는 놈이 있다!"

그 말이 채 끝나기도 전에 마초는 이미 이몽을 말 위에서 사로잡아 버렸다. 사실 마초는 등 뒤에서 이몽이 쫓아오는 것을 알면서도 일부러

시간을 지체하다 그의 말이 가까이 다가와서 창을 들고 찔러올 때 비로소 번개처럼 몸을 살짝 피했다. 이몽의 창이 허공을 가르자 두 마리의 말이 서로 나란히 달리게 되었고 마초가 원숭이처럼 긴 팔을 슬쩍 뻗어 이몽을 사로잡아 버린 것이다.

주인이 없는 이몽과 왕방의 군사들은 눈치를 보다가 뿔뿔이 흩어져 달아났다. 마등과 한수는 기세를 늦추지 않고 추격하여 대승을 거두고 그 길로 곧장 험한 요충지까지 다가가서 영채를 세운 후 이몽의 머리를 잘라 높이 매달아 군사들에게 구경하도록 했다.

이각과 곽사는 이몽과 왕방이 둘 다 마초의 손에 죽었다는 소식을 듣고서야 비로소 가후가 선견지명이 있음을 알고 그의 계책에 따라 단지 관문을 굳게 지키고 수비만 하며 그들이 싸움을 걸어와도 좀처럼 나와서 대응하려고 하지 않았다.

과연 서량의 군사들은 두 달도 안 되어 군량과 마초가 다 떨어져 군사를 거두어 돌아갈 일을 상의하게 되었다.

그때 공교롭게도 장안성 안의 마우(馬宇)의 집 가동(家僮) 하나가 자기 집주인 마우와 유범·충소 등이 마등·한수와 내통하여 모반하려 한다는 사실을 밀고했다. 이각과 곽사가 크게 노하여 세 집안의 가족은 남녀노소와 신분의 고하를 불문하고 모조리 잡아다가 시장 거리에서 참수하고, 세 사람의 수급은 영채 문 앞에 높이 매달아 많은 사람들이 보도록 했다.

마등과 한수는 군량이 이미 다 떨어지고 성 내부와의 내응 또한 누설된 것을 알고 어쩔 도리가 없어 영채를 거두고 군사를 이끌고 물러갈 수밖에 없었다.

이각과 곽사는 장제로 하여금 군사를 이끌고 마등을 뒤쫓고, 번조는 한수의 뒤를 쫓아가도록 하니 서량의 군사들은 대패했다. 그나마 마초는 뒤에 남아 죽기로 싸워서 장제의 군사를 물리쳤다. 번조는 한수의 군사들을 악착같이 쫓아가 진창(陳倉) 근처에서 거의 따라잡혀 붙잡히는 지경에 이르자 한수가 말을 멈추고 번조에게 말하기를: "나와 공은 동향 사람인데 어찌 이리 무정하시오?"

번조도 말을 세우고 대답하기를: "윗사람의 명령인데 난들 어찌하겠소?"

한수 曰: "내가 여기 온 것도 역시 나라를 위함인데, 공은 어찌 이리 심하게 핍박하시오?"

한수의 그 말에 번조는 군사를 철수하여 말머리를 돌려 영채로 돌아감으로써 한수로 하여금 달아나게 했다.

그러나 번조가 너무 방심한 게 있었으니 바로 그 군사들 중에 이각의 조카 이별(李別)이 있었다는 것을 몰랐던 것이다. 이별은 돌아가자 당장 숙부에게 번조가 고의로 한수를 놓아 보내준 사실을 고해바쳤다.

이각이 매우 화를 내며 군사를 일으켜 번조를 치려고 하자 가후가 말하기를: "지금은 군사들의 마음이 안정되지 않은 터에 가벼이 군사를 움직이는 것은 바람직하지 않습니다. 차라리 연회의 자리를 만들어 그동안의 공로를 축하하기 위해 장제와 번조를 초청하여 술자리에서 번조를 잡아 목을 벤다면 조금도 힘들지 않고 처리할 수 있습니다."

이각이 아주 기뻐하며 즉시 연회 자리를 만들어 장제와 번조를 초청했다. 두 장수는 흔쾌히 참석하여 술이 어느 정도 취하자 이각이 돌연 얼굴색이 변하여 말하기를: "번조는 어찌하여 한수와 몰래 내통하여 모반하려고 했느냐?"

번조가 너무 놀란 나머지 미처 대답할 겨를도 없었는데 도부수들이 달려 나와 술상 아래에서 번조의 목을 베어 버렸다. 경악한 장제는 땅바닥에 엎드렸다. 이각은 그를 부축하여 자리에 앉히며 말하기를: "번조가 모반을 하여 죽인 것이오. 그러나 공은 여전히 내 심복인데 놀라거나 겁 먹을 필요가 어디 있는가?"

그러고는 장제에게 번조의 군사를 모두 통솔할 수 있는 권한을 주니 장제는 자신의 군사를 이끌고 홍농으로 돌아갔다.

이각과 곽사는 서량 군사들을 물리친 뒤로 제후들 가운데 누구 하나 감히 모반할 엄두를 내지 못했다. 가후가 여러 차례 그들에게 백성을 위무하고 현자나 호걸들을 중용하라고 권하니 다소나마 조정에 생기가 돌기 시작했다.

그러나 뜻밖에 청주에서 황건적이 또 일어났는데 그 무리의 수가 수십만 명이나 되었다. 그들은 특별히 두목이라고 할 만한 자도 없이 각처를 돌아다니며 양민을 약탈하고 괴롭히기를 일삼았다.

태복 주준이 도적 무리를 토벌할 수 있는 한 사람을 추천하겠다고 했다. 이각과 곽사가 그가 누구냐고 물었다.

주준 曰: "산동의 도적 무리를 소탕하려면 조맹덕이 아니면 안 됩니다."

이각 曰: "맹덕은 지금 어디에 있소?"

주준 曰: "지금 동군 태수로 있는데 수하에 군사들이 매우 많습니다. 만약 이 사람에게 적을 토벌하라고 명령한다면 며칠 안 걸려서 반드시 적을 소탕할 수 있을 것입니다."

이각이 아주 기뻐하며 밤새 조서를 작성하여 사람을 동군에 전했는데 조서 내용은 조조와 제북상(濟北相) 포신(鮑信)이 함께 적을 쳐부수라는 것이었다.

조조는 황제의 명을 받들어 포신을 만나 함께 군사를 일으켜 도적을 치러 수양(壽陽)으로 갔다. 포신은 적진 깊숙이 잘못 들어갔다가 그만 죽고 말았다. 조조는 도적들을 추격하여 곧장 제북(濟北)까지 쫓아가니 항복하는 자가 수만 명에 달했다.

조조는 투항한 적들을 앞세워 추격하자 그의 군사들이 가는 곳마다 항복하여 귀순해오지 않는 자가 없었다. 불과 1백여 일 만에 투항해 온 병사가 30여만 명, 그 지역 백성 1백여만 명의 남녀가 항복해 왔다. 조조는 그들 중에서 날렵한 사람들만 뽑아 이른바 '청주병(靑州兵)'이라고 칭하고 나머지는 각자 고향으로 돌아가 농사를 짓도록 했다.

조조는 이때부터 위엄과 명성이 날로 드높아졌으며 승전보가 장안에 도착하자 조정에서는 조조를 진동장군(鎭東將軍)으로 올려주었다.

조조는 연주에서 유능한 인재를 널리 불러 모았다. 숙질(叔姪)간인 두 사람이 조조에게 왔는데 그들은 영천(潁川) 영음(潁陰) 사람들로 성은 순(荀), 이름은 욱(彧), 자는 문약(文若)이라 하는데 순곤(荀昆)의 아들이다. 그는 이전에 원소 밑에 있었는데 이번에 원소를 떠나 조조를 찾아 온 것이다. 조조는 그와 이야기를 나눠보고 크게 기뻐하며 말하기를: "그대는 나의 장자방(張子房)이오!"

그러고는 행군사마(行軍司馬)로 삼았다.

순욱의 조카 순유(荀攸)는 자가 공달(公達)인데 나라 안에서 이미 유명한 인사로 일찍이 황문시랑(黃門侍郞)을 지냈으나, 벼슬을 버리고 고향에 돌아가 있다가 이번에 숙부와 함께 조조를 찾아온 것이다. 조조는 그를 행군교수(行軍敎授)로 임명했다.

순욱 曰: "제가 듣기에 연주에 진짜 유능한 선비가 한 사람 있다고 하던데 지금 어디에 있는지는 모르겠습니다."

조조가 그 사람이 누구냐고 물으니 순욱이 말하기를: "동군 동아(東阿) 사람으로 성은 정(程), 이름은 욱(昱), 자는 중덕(仲德)입니다."

조조 曰: "나 역시 오래전부터 들어본 것 같소이다."

즉시 사람을 보내 그가 어디에 사는지 찾아보도록 했는데 그는 산속에 들어가 책을 읽고 있다는 걸 알아냈다. 조조가 그를 예를 갖추어 초청하여 만나 보고 매우 기뻐했다.

그러나 정욱은 순욱에게 말하기를: "나는 보고 들은 것이 없어 하는 짓이 융통성이 없고 견문이 부족한 사람이므로 공의 천거를 감당하기 어려우나, 공의 동향 사람으로 성은 곽(郭), 이름은 가(嘉), 자를 봉효(奉孝)라고 하는 이가 있는데 그야말로 당대의 훌륭한 인물이오. 왜 그런 사람을 모시지 않으십니까?"

순욱이 무릎을 탁 치며 말하기를: "내 그만 깜빡 잊고 있었소이다!"

그는 곧바로 조조에게 곽가를 추천하여 연주로 모셔와 함께 천하의 일을 논의했다. 곽가는 광무제(光武帝)의 직계 자손인 유엽(劉曄)을 천거했다. 그는 회남(淮南) 성덕(成德) 사람으로 자는 자양(子陽)이다. 조조는 즉시 유엽도 초청했다. 유엽이 또 두 사람을 천거했는데 한 사람은 산양(山陽) 창읍(昌邑) 사람으로 성은 만(滿), 이름은 총(寵), 자는 백녕(伯寧)이라고 했고, 또 한 사람은 임성(任城) 사람으로 성은 여(呂), 이름은 건(虔), 자는 자각(子恪)이라고 했다. 이 두 사람의 명성은 일찍이 조조도 알고 있었으므로 그들을 초빙해 와서 군중종사(軍中從事)에 임명했다.

만총과 여건이 함께 한 사람을 천거했는데 진류(陳留) 평구(平丘) 사람으로 성은 모(毛), 이름은 개(玠), 자는 효선(孝先)이라는 사람이다. 조조는 그 역시 모셔 와서 종사(從事)에 임명했다.

또한 장수 한 사람이 군사 수백 명을 데리고 조조에게로 오는데 그는 태산(泰山) 거평(鉅平) 사람으로 성은 우(于), 이름은 금(禁), 자는 문칙(文則)이다. 조조는 이 사람이 활쏘기와 말타기에 능숙하고 무예도 출중한 것을 보고 점군사마(点軍司馬)로 임명했다.

하루는 하후돈이 거대한 몸집의 장사 한 명을 데리고 와서 인사를 시키기에 조조가 누구냐고 물었다.

하후돈 曰: "이 사람은 진류(陳留) 사람으로 성은 전(典), 이름은 위(韋)라 하는데, 용맹하고 힘이 보통 사람과는 비교가 되지 않습니다. 예전에 진류 태수 장막(張邈)의 밑에 있었는데 다른 부하들과 불화가 있어 맨손으로 수십 명을 때려죽이고는 산으로 도망쳐 숨어 지냈습니다. 제가 사냥을 나갔다가 우연히 이 사람이 호랑이를 잡으려고 골짜기를 뛰어 건너는 것을 보고, 제가 거두어 군중에 두고 있었는데 지금 공께 특별히 천거하는 것입니다."

조조 曰: "이 사람 용모가 장대한 것을 보니 힘이 세게 생겼구먼."

하후돈 曰: "이 사람이 예전에 친구의 원수를 갚으려고 살인을 한 후 그의 머리를 베어 저잣거리로 나갔는데 수백 명이 감히 아무도 접근을 하지 못했답니다. 이 사람이 지금 쓰고 있는 두 개의 철극(鐵戟)은 무게가 80근이나 되며, 그것을 겨드랑이에 끼고 말에 올라 날아갈 듯이 사용합니다."

조조가 즉시 그에게 시범을 보이라고 했다. 전위는 철극을 양쪽 겨드랑이에 끼고 말을 달려 이리저리 왔다 갔다 했다. 그때 갑자기 막사에 세워놓은 커다란 깃발이 바람에 날려 쓰러지려고 했다. 군사 여러 명이 달려들어 붙들었으나 바로 세우지 못했다. 그때 전위가 말에서 뛰어내리더니 군사들을 물리치고는 바람이 계속 부는 중에도 한 손으로 깃대를 잡고 세우자 깃대는 똑바로 선 채 전혀 움직임이 없었다.

조조 曰: "그 옛날 장사 악래(惡來)[25]가 다시 나타났구나!"

즉시 그를 장전도위(帳前都尉)에 임명하고 자신이 입고 있던 비단 전포

---

25 상(商)나라 주왕(紂王) 시대의 무사. 역자 주.

를 벗어서 그에게 주고, 그뿐만 아니라 준마와 멋있게 조각한 말안장까지 하사했다.

이리하여 조조에게는 지략이 뛰어난 문신과 용맹스러운 무관들이 즐비하여 그 위엄이 산동에 떨쳤다. 조조는 태산 태수 응소(應昭)를 낭야군(琅琊郡)으로 보내서 자신의 부친 조숭(曹嵩)을 모셔 오도록 했다. 당시 조조의 부친 조숭은 난을 피하여 진류를 떠나 낭야에서 숨어 지내고 있었다. 이날 아들 조조의 서신을 받고 아우 조덕(曹德)과 함께 일가친척 4십여 명과 아랫사람 1백여 명을 수레 1백여 채에 나누어 싣고 연주를 향해 떠났다.

연주로 가려면 서주를 거쳐야 한다. 서주 태수 도겸(陶謙)은 자를 공조(恭祖)라 하는데 그의 자(字)가 말해 주듯이 성품이 부드럽고 성실한 사람이었다. 그는 일찍이 조조와 손을 잡고 싶었으나 기회가 없던 차에 마침 조조의 부친이 이곳을 지나간다는 소식을 듣고 일부러 서주 경계 밖까지 나가서 그를 영접하고 두 번 절을 하며 공경심을 표했다. 그리고는 크게 연회를 베풀어 이틀 동안이나 극진히 대접해 주었다. 조숭 일행이 떠날 때 도겸은 성 밖까지 나가 배웅하고, 도위(都尉) 장개(張闓)에게 군사 5백 명을 주어 그들 일행을 호송하게 했다.

조숭이 가솔을 거느리고 화현(華縣)과 비현(費縣) 사이를 지나는데, 때는 여름에서 가을로 넘어가는 시기라 갑자기 큰 비가 쏟아지는 바람에 하는 수 없이 오래된 절을 찾아가서 하룻밤 묵어가기를 청했다. 절의 스님이 그들을 맞이해 주었다. 조숭은 가솔들의 잠자리를 정해준 다음 장개에게 군사들은 양편 긴 복도에 머물게 했다. 비에 옷과 장비가 흠뻑 젖은 군사들은 모두 원망하는 소리가 높았다. 장개가 수하의 두목을 조용한 곳으로 불러 상의하기를: "우리는 원래 황건적의 잔당으로 마지못해 도겸에게 항복하여 그 밑에서 지내고는 있지만 나아진 게 전혀 없다. 지금 조가(曹家)네에겐 재물을 실은 수레가 저렇게 많은데 너희들이 부자가 되는 것은 어렵지 않다. 우리가 오늘밤 3경에 일제히 쳐들어가 조숭 일가를 모두 죽이고 재물을 빼앗아 산속으로 들어가는 게 어떻겠느냐?"

장개의 말에 모두가 동의했다.

그날 밤 비바람이 그치지 않자 조숭은 자지 않고 앉아 있었는데, 그때 갑자기 사방에서 함성 소리가 크게 들렸다. 아우 조덕이 칼을 들고 나가서 동정을 살피려다가 바로 창에 찔려 죽었다. 조숭이 황급히 첩을 데리고 절 뒤로 가서 담장을 넘어 도망가려고 했다. 그러나 첩은 몸이 뚱뚱해서 담장을 넘을 수가 없었다. 조숭은 황급히 첩과 함께 뒷간으로 가서 숨었으나 그놈들에게 발각되어 잡혀 죽고 말았다.

태수 응소는 죽을힘을 다해 달아나서 원소에게 의탁하기 위해 찾아갔고 장개는 조숭의 전 가족을 몰살시키고, 재물을 빼앗고 절을 불살라 버린 뒤 수하 5백 명을 데리고 회남 땅으로 도망쳐 버렸다.

후세 사람이 이 일을 두고 지은 시가 있으니:

조조는 간웅이라 사람들은 칭찬하지만	曹操奸雄世所誇
일찍이 여씨 가족을 몰살시킨 적 있지	曾將呂氏殺全家
이제는 자기 식구가 모두 살해 당하니	如今闔戶逢人殺
하늘의 이치는 돌고 돌아 그대로 갚네	天理循環報不差

이때 응소의 부하 한 명이 간신히 목숨을 건져 도망하여 이 사실을 조조에게 보고했다. 그 소식을 들은 조조는 통곡을 하다 그만 실신을 했다.

여러 사람들의 부축으로 겨우 정신이 깨어난 조조는 이를 갈며 말하

기를: "도겸이 군사를 풀어서 내 부친을 살해했으니, 어떻게 그런 원수와 같은 하늘 아래 살 수 있겠나! 내 당장 대군을 일으켜 서주를 깨끗이 쓸어버리기 전에는 이 원한이 풀리지 않을 것이다."

그러고는 순욱과 정욱은 군사 3만 명을 거느리고 이곳에 남아서 견성(甄城)·범현(范縣)·동아(東阿) 세 현을 지키도록 하고, 자신은 나머지 군사를 거느리고 하후돈과 우금·전위를 선봉으로 세우고 서주를 향해 출발했다. 조조는 성을 함락시키는 즉시 성안의 백성들을 모조리 도륙하여 내 부친의 원수를 갚으라고 명령했다.

이 무렵 구강(九江) 태수 변양(邊讓)은 도겸과 교분이 두터웠는데 서주가 위험하다는 소문을 듣고 스스로 군사 5천 명을 이끌고 도겸을 도와주려고 출발했다. 조조가 이 소식을 전해 듣고 몹시 화가 나서 하후돈으로 하여금 중간에서 길을 막고 그를 죽이라고 했다.

이때 진궁(陳宮)은 동군의 종사(從事)로 있었는데 그 역시 도겸과 교분이 두터웠다. 조조가 군사를 일으켜 원수를 갚기 위해 백성을 모조리 살육하려 한다는 말을 듣고 밤새 말을 달려 조조를 만나러 왔다. 조조는 그가 도겸을 위해 자신을 설득하러 온 줄 알고 만나고 싶지 않았지만, 그래도 과거 그의 은혜를 입은 적이 있어 그냥 돌려보내는 것은 도리가 아니라 생각되어 어쩔 수 없이 막사 안으로 청하여 만났다.

진궁 曰: "제가 오늘 들으니 명공께서 대규모 군사를 이끌고 존부(尊父)의 원수를 갚기 위해 서주로 가면서 그곳의 백성들을 모조리 죽이도록 했다기에 제가 한 말씀 드리려고 이렇게 찾아왔습니다. 도겸은 원래 성품이 어진 사람으로 이익을 탐하여 의리를 저버리는 그런 자가 결코 아닙니다. 존부께서 해를 당하신 것은 장개의 악행 때문이지 도겸의 죄가 아닙니다. 더욱이 서주의 백성들이야말로 명공과 무슨 원한이 있겠습니까? 그들을 모두 죽이는 것은 명공께 결코 상서롭지 않으니 부디 심사

226

숙고해 주십시오."

조조가 화를 내며 말하기를: "공께서 지난날 나를 버리고 떠나갈 때는 언제고, 이제 무슨 면목으로 나를 찾아왔소? 도겸이 우리 가족을 죽였으니 내 맹세코 그의 쓸개를 도려내고 심장을 찍어내어 내 원한을 풀 것이오. 그대가 도겸을 위해 나를 설득하러 온 모양인데 내가 들어줄 수 없으니 어찌하겠소?"

진궁은 작별 인사를 하고 밖으로 나와 탄식하며 말하기를: "나 역시 도겸을 볼 면목이 없구나!"

그는 그 길로 말을 달려 진류 태수 장막에게로 갔다.

조조의 대군은 그들이 이르는 곳마다 닥치는 대로 백성을 살육하고 무덤을 파헤쳤다. 서주의 도겸은 조조가 원수를 갚기 위해 대군을 일으켜 무자비하게 백성들을 학살하고 있다는 소식을 듣고 하늘을 쳐다보며 통곡하며 말하기를: "내가 하늘에 죄를 지어 무고한 서주 백성들에게 이런 큰 환난을 당하게 하는구나!"

급히 여러 관원들과 의논하였는데 조표가 말하기를: "조조의 군사가 코앞까지 쳐들어왔는데 어찌 속수무책으로 앉아 죽기만을 기다리겠습니까! 제가 주공을 도와 나가서 싸우겠습니다."

도겸은 어쩔 수 없이 군사를 이끌고 성 밖으로 싸우러 나갔는데 멀리 조조의 군사들이 마치 넓은 들판에 서리가 내리고 눈이 쌓인 듯 뒤덮고 있었다. 군사들 중앙에 흰 깃발이 세워져 있는데 그 양면에는 큰 글씨로 '보수설한(報讐雪恨: 원수를 갚아 한을 푼다)' 네 글자가 쓰여 있었다. 군사들이 전투 대형을 갖추고 맨 앞에 선 흰 상복차림의 조조가 말위에서 채찍을 휘두르며 큰 소리로 욕을 했다.

도겸 역시 말을 타고 성문 깃발 아래에서 몸을 굽혀 인사를 하고 말

228

하기를: "나는 원래 명공과 교분을 맺고 싶어서 일부러 장개로 하여금 공의 부친을 호송하게 했던 것인데 뜻밖에 그놈이 적개심을 버리지 못하고 이런 일을 저질렀으나 내 책임 또한 적지는 않소. 하지만 실로 내 뜻과는 상관없이 일어난 것이니 명공께서 잘 살펴주셨으면 하오."

조조가 큰 소리로 욕하며 말하기를: "하잘것없는 늙은 놈이 내 부친을 죽여 놓고 감히 어디에서 주둥이를 나불대는가? 누가 가서 저 늙은 놈을 사로잡아 오겠느냐?"

하후돈이 즉시 튀어 나가니 도겸은 황급히 진영으로 들어가 버렸다. 하후돈이 쫓아가자 조표가 창을 꼬나들고 하후돈을 맞이하러 나왔다. 두 말이 서로 교차하는데 갑자기 광풍이 불기 시작하더니 모래와 돌들이 날아다녔다. 양쪽 군사들은 모두 큰 혼란에 빠져 각자 군사들을 거두고 말았다.

도겸이 성안으로 들어와 여러 장수들과 대책을 논의하며 말하기를: "조조의 군사 세력이 너무 강해 당해내기가 어려우니 내 스스로 몸을 결박해 조조 진영으로 가서 칼로 베든 도려내든 저들 마음대로 하게 하되 무고한 서주 백성들만은 더 이상 해치지 말아 달라고 해야겠다!"

말이 끝나기도 전에 한 사람이 나서며 말하기를: "태수께서는 오랫동안 서주를 잘 다스려 백성들이 그 은혜에 늘 감사하고 있습니다. 지금 조조의 군사들이 많다고는 하지만 당장 우리 성을 깨뜨릴 수는 없습니다. 태수께서는 백성들과 성을 잘 지키며 절대 성 밖으로 나가지 마십시오. 제가 비록 재주는 없지만 작은 계책을 써서 조조로 하여금 죽어도 몸을 묻을 곳이 없도록 하겠습니다."

사람들이 모두 깜짝 놀라며 무슨 계책이 있냐며 물었다.

이야말로:

교분 맺으려다 도리어 원수가 됐는데　　　　本爲納交反成怨
막다른 골목에서 또 살길 누가 알았나　　　那知絶處又逢生

이 사람이 누구인지 궁금하거든 다음 회를 기대하시라.

제 11 회

유 황숙은 북해에서 공문거를 구원하고
여 온후는 복양에서 조조군을 격파하다

劉皇叔北海救孔融

呂溫侯濮陽破曹操

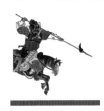

계책을 올린 사람은 다름 아닌 동해 구현(朐縣) 사람으로 성은 미(麋), 이름은 축(竺), 자는 자중(子仲)이라고 했다. 그는 집안 대대로 내려오는 부자였다. 늘 낙양을 오가며 장사를 하는데 어느 날 수레를 타고 돌아오는 길에 우연히 아름다운 여인을 만났는데 그녀가 수레를 태워달라고 했다. 미축은 여인에게 자리를 양보하고 자신은 내려서 걷기 시작했다. 그러자 그 여인이 함께 타고 가기를 청해 미축은 동승 하였으나 그 여인에게 눈길 한 번 주지 않았다.

몇 리를 간 뒤 그 여인은 수레에서 내려 감사의 표시를 하고 헤어지기에 앞서 미축에게 말하기를: "나는 남방의 화덕성군(火德星君)이오. 옥황상제의 명을 받아 그대 집에 불을 지르러 가는 길인데 그대가 예로써 나를 대해준 데 감복하여 특별히 알려드리는 것이니, 속히 돌아가서 집안의 재물을 모두 밖으로 꺼내 놓으시오. 내 오늘 밤에 갈 것이오."

말을 마치기가 무섭게 그 부인은 사라져 버렸다. 미축은 너무나도 놀라 나는 듯이 집으로 달려와 집안의 모든 물건들을 닥치는 대로 밖으로 끌어냈다. 그날 밤, 과연 부엌에서 불길이 치솟더니 그 집이 순식간에 타 버렸다.

이런 경험을 한 미축은 그때부터 있는 재산을 여러 사람들에게 나누어 주고, 가난하고 고통받는 사람들을 구제해 주었다. 이런 미축을 도겸이 초빙하여 별가종사(別駕從事)로 삼은 것이다.

이날 미축은 계책을 올려 말하기를: "제가 직접 북해군(北海郡)으로 가서 공융게 군사를 일으켜 구원해 달라고 청할 것입니다. 태수께서는 다른 한 사람을 청주로 보내 태수 전해(田楷)에게 원병을 청하십시오. 만약 이 두 곳의 군사들이 와 주기만 한다면, 조조는 반드시 군사를 물릴 것입니다."

도겸은 그렇게 하자고 하고 곧바로 서신 두 통을 써 놓고 청주에 누가 가서 구원을 청할 것인지 물었다. 한 사람이 선뜻 나서는데, 그는 바로 광릉(廣陵) 사람으로 성은 진(陳), 이름은 등(登), 자는 원룡(元龍)이라는 사람이었다. 도겸은 먼저 진원룡을 청주로 보낸 다음 미축에게 서신을 가지고 북해로 보내고 자신은 군사를 통솔하여 성을 굳게 지키며 조조의 공격에 대비했다.

한편 북해의 공융은 자가 문거(文擧)로 노(魯)나라 곡부(曲阜) 사람으로 공자의 20대 손이요, 태산도위(泰山都尉) 공주(孔宙)의 아들이다. 그는 어렸을 때부터 남달리 총명했다. 열 살 때 하남윤(河南尹) 이응(李應)을 만나러 갔는데 문지기가 들여보내 주지 않았다.

공융 曰: "나는 이씨 집안과 대대로 교분이 있는 사람이오."

이렇게 말하고 들어가서 이응을 뵙자 그가 묻기를: "네 조상과 우리 조상이 어찌 친하단 말이냐?"

공융 曰: "옛날 저의 조상 공자께서 이씨의 조상 노자(老子)께 예(禮)를 물어보신 일이 있습니다. 그러니 저와 대감께서 어찌 가문 대대로 교분이 없었다 할 수 있겠습니까?"

이응이 참 영특한 아이구나 하고 생각하고 있는데 마침 태중대부(太中大夫) 진위(陳煒)가 들어왔다. 이응이 공융을 가리키며 진위에게 말하기를: "이 아이가 참 영특한 아이인 것 같소."

진위 曰: "어릴 때 총명하다고 커서도 다 총명한 것은 아니외다."

공융이 즉시 그의 말을 받아 대답하기를: "대감의 말씀대로라면 대감께서는 어렸을 때 틀림없이 총명하셨을 것 같습니다."

진위 등이 모두 웃으며 말하기를: "이 아이가 장성하면 반드시 당대의 큰 인물이 되겠소이다."

이때부터 공융은 명성을 얻기 시작하여 중랑장이 되더니 그 뒤에도 몇 차례 벼슬이 올라 북해 태수가 되었다. 그는 유난히 사람 사귀기를 좋아하여 평소 늘 말하기를: "자리에는 항상 손님이 끊이지 않고 술독에는 술이 비지 않으면 그 이상 바랄 것이 뭐가 있겠소."

그는 북해 태수로 6년간 있으면서 백성들의 신망을 두텁게 얻었다.

그날도 마침 손님과 앉아 있는데 서주에서 미축이란 사람이 왔다고 알렸다. 공융이 들어오시라고 하여 무슨 일로 왔느냐고 물었다.

미축이 도겸이 써준 서찰을 꺼내면서 말하기를: "조조가 성을 포위하고 공격하고 있는데 매우 위급한 상황입니다. 부디 명공께서 도와주시기를 바랍니다."

공융 曰: "나는 도공조(陶恭祖)와 교분이 두터운데다 자중께서 또한 여기까지 직접 오셨는데 내 어찌 가지 않을 수 있겠소?

하지만 내 조맹덕과 원수진 일도 없는데 사람을 보내 화해를 권하는 친서를 먼저 전하고 그래도 그가 듣지 않으면 그때 가서 군사를 일으키도록 하겠소."

미축 曰: "조조는 군사의 위세를 믿고 절대로 화해하려 하지 않을 것입니다."

공융은 한편으로는 군사들을 점검하고 한편으로는 인편으로 서신을 보내려고 상의를 하고 있던 차에 황건적 무리 관해(管亥)가 수만 명의 도적 떼를 거느리고 쳐들어온다는 보고가 들어왔다. 공융은 몹시 놀라 본부 군사들을 점검하여 성으로 나가 적들과 싸울 채비를 했다.

관해가 말을 타고 나와 말하기를: "나는 북해에 양식이 많이 있는 것을 알고 있소, 1만 석만 빌려준다면 즉시 군사들을 물릴 것이오, 그렇지 않으면 어린애부터 늙은이까지 모조리 죽여 버릴 것이오!"

공융이 꾸짖으며 말하기를: "나는 위대한 한나라의 신하로서 이 땅을 지키고 있는데 어찌 너 같은 도적놈에게 양식을 내준단 말이냐!"

관해가 버럭 화를 내며 말을 박차고 칼을 휘두르며 공융에게 쳐들어왔다. 공융의 장수 종보(宗寶)가 창을 꼬나들고 말을 달려 나갔으나 몇 합 싸우지도 못하고 종보는 관해가 휘두른 칼에 맞아 말에서 떨어졌다. 공융의 군사들은 큰 혼란에 빠져 급히 성안으로 들어갔다. 관해는 군사를 나누어 사방으로 성을 에워쌌다. 공융은 마음이 매우 답답하고 괴로웠다. 이를 지켜보는 미축의 심정은 어찌했겠는가!

다음 날 공융이 성루에 올라 멀리 바라보니 적들의 세력이 생각했던 것보다 훨씬 커서 그의 근심은 더욱 깊어졌다. 그때 갑자기 성 밖에서 한 사람이 창을 꼬나들고 쏜살같이 말을 달려 좌충우돌하며 마치 무인지경에 들어간 듯 적진을 뚫고 한숨에 성문 아래까지 다가와서 큰 소리로 '성문을 열어라!'라고 외쳤다. 공융은 그가 누구인지 몰라 선뜻 성문을 열지 못하고 머뭇거리고 있을 때 적의 무리들이 해자 근처까지 쫓아오니 그 사람은 다시 몸을 돌려 연달아 십여 명을 창으로 찔러 말에서 떨어뜨리니 적의 무리는 오히려 물러갔다. 공융이 급히 명령하여 성문을 열고 들어오게 했다. 그 사람은 말에서 내려 창을 내려놓고 성 위로 올라가 공융을 보고 예를 갖췄다.

공융이 누구냐고 묻자 그가 대답하기를: "저는 동래(東萊) 황현(黃縣) 사람으로 성은 복성(複姓)으로 태사(太史)이며 이름은 자(慈), 자는 자의(子義)라 하옵니다. 저의 모친께서 태수님의 큰 은덕을 입었습니다. 제가 어제 요동(遼東)에서 모친을 뵈러 돌아왔는데 황건적들이 성을 침략하고 있다는 말을 듣고, 모친께서 말하기를, '내가 여러 번 태수님의 은혜를 입었는데 네가 가서 도와드려라.' 그래서 제가 혼자서 달려온 것입니다."

공융은 너무 기뻤다. 비록 공융은 태사자와 일면식도 없었지만, 그가 영웅이라는 사실은 예전부터 알고 있었다. 그가 멀리 나가 있는 동안 그의 노모는 성에서 20리 떨어진 곳에 살고 있어 공융이 종종 사람을 시켜서 식량과 옷감을 보내 주곤 했는데, 이번에 노모가 공융에게 은혜를 갚기 위해 자신의 아들을 보내준 것이다.

공융은 태사자를 정중히 대접하며 그에게 갑옷과 말안장을 하사했다.

태사자 曰: "저에게 정예병 1천 명만 내어 주시면 성을 나가 도적놈들을 물리치겠습니다."

공융 曰: "자네가 비록 영특하고 용맹스럽기는 하나 적들의 세력이 너무 강해 가벼이 행동해서는 안 될 것이네."

태사자 曰: "모친께서 태수님의 깊은 은덕에 감읍하여 특별히 저를 보냈는데 만일 포위망을 뚫지 못한다면, 저 역시 모친을 뵐 면목이 없습니다. 죽음을 각오하고 싸울 것입니다."

공융 曰: "내 유현덕이 당세의 영웅이라고 들었네, 만일 그가 와서 도와준다면 이 포위망을 풀 수가 있을 것인데 그를 청하러 보낼 사람이 없네."

태사자 曰: "태수님께서 글을 써 주시면 제가 급히 다녀오겠습니다."

공융은 기뻐하며 태사자에게 서신을 써 주었다. 태사자는 배를 든든히 채운 다음 옷을 단정히 입고 그 위에 갑옷을 걸쳤다. 그리고 허리에는 화살을 차고 손에는 철창(鐵槍)을 들고 말에 올라 성문이 열리자마자 쏜살처럼 튀어 나갔다.

해자 근처까지 나오자 적의 장수가 군사 몇 명을 데리고 싸우러 다가오니 태사자가 연달아 몇 명을 찔러 죽이고 포위망을 뚫고 달려 나갔다. 관해는 이 사람이 분명 구원병을 청하러 간다고 생각하고 수백 명의 기마병을 이끌고 달려와 사방팔방으로 포위했다.

태사자는 창을 말안장에 걸어 놓고 활에 화살을 꽂고 전후좌우로 정신없이 쏘았는데, 화살을 쏘는 대로 적들은 말에서 떨어지니 적의 무리들은 감히 더 이상 추격해 오지 못했다.

태사자가 마침내 탈출에 성공하여 밤을 새워 말을 달려 평원의 유현덕을 만나러 왔다. 인사를 마친 후 북해가 포위되어 구원을 요청한다는 공융의 말을 모두 전하고 서신을 올렸다.

현덕이 서신을 다 읽고 나서 태사자에게 묻기를: "그대는 누구시오?"

태사자 曰: "저는 태사자라 하옵니다. 동해의 보잘것없는 사람입니다. 공융과는 친척 관계나 동향 사람도 아닙니다. 다만 서로 의기투합하여 근심을 나누고 환난을 공유하는 뜻을 함께하고 있을 뿐입니다. 지금 관해가 갑자기 난을 일으켜 북해가 겹겹이 포위되어 고립된 상황을 호소할 곳이 없어 성이 언제 함락될지 모릅니다. 공께서는 어질고 의리가 있어 위급한 사람을 능히 구해 주시는 분이라고 공 태수께서 들으시고 특별히 저에게 위험을 무릅쓰고 포위망을 뚫고 이곳으로 구원을 요청하러 보내신 것입니다."

현덕이 진지하게 대답하기를: "북해의 공 태수께서 이 세상에 유비의 존재를 알고 있단 말이오?"

그러고는 운장·익덕과 함께 정예병 3천 명을 뽑아 북해를 향해 출발했다. 관해가 구원군이 온 것을 보고 자신이 직접 군사를 이끌고 적을 맞이하러 나왔다가 현덕의 군사가 많지 않은 것을 보고 대수롭지 않게 여겼다.

현덕은 관우·장비·태사자와 함께 말을 타고 맨 앞에 서 있었다. 관해가 크게 화를 내며 앞으로 달려 나왔다. 태사자가 막 앞으로 나가려는데 운장이 조금 더 빨리 관해를 향해 달려갔다. 두 말이 서로 교차하자 양쪽의 군사들이 함성을 질렀다. 그러나 관해가 어찌 운장의 적수가 되겠는가! 수십 합을 싸우다가 관운장의 청룡도가 번쩍 들리더니 관해의 몸뚱이가 두 동강 나며 말 아래로 떨어지고 말았다. 그러자 태사자와 장비 두 사람이 일제히 창을 꼬나들고 말을 달려 적진으로 쳐들어가자 현덕도 군사를 휘몰아 들이쳤다.

공융이 성 위에서 멀리 바라보니 태사자·관우·장비가 적의 무리를 뒤쫓아 가는 모습이 마치 호랑이가 양떼 무리 속에 뛰어들어 종횡무진으로 날뛰는 것처럼 보였다. 공융도 즉시 군사들을 휘몰아 성문을 나와 양쪽에서 협공하니 황건적 무리는 대패했으며 항복하는 자들도 수없이 많았고 잔당들은 뿔뿔이 흩어졌다.

공융은 현덕을 성안으로 영접하여 인사를 나눈 다음 연회를 크게 베풀어 승리를 축하했다. 그러고는 미축을 현덕에게 데리고 와서 인사를 시키고 장개가 조숭을 죽인 이야기를 자세히 설명해 주며 말하기를: "지금 조조가 병사들로 하여금 마음대로 약탈하게 하면서 서주를 포위하고 있어 특별히 구원을 청하러 왔습니다."

현덕 曰: "도공조께서는 원래 성품이 인자하신 분인데 뜻밖에 이런 억울한 누명을 쓰고 계시는군요."

공융 曰: "공께서는 한 황실의 종친이신데 지금 조조가 백성들을 잔혹하게 해치고 자신의 강한 것을 믿고 약한 백성들을 업신여기고 있는데 저와 함께 그들을 구하러 가지 않으시렵니까?"

현덕 曰: "제가 핑계를 대는 것 같지만 군사도 적고 장수들도 부족하여 가볍게 움직이기가 어렵습니다."

공융 曰: "제가 도공조를 구원하고자 하는 것은 비록 그와의 옛 정 때문만이 아니라 대의를 위함이오. 공께서도 정의를 받들어 함께 나설 수 없겠소?"

현덕 曰: "기왕 이렇게 되었으니 문거(文擧)께서 먼저 출발하시오. 저는 공손찬에게 가서 군사 몇천 명을 빌려서 뒤따라가겠소."

공융 曰: "공은 부디 신의를 지키십시오."

현덕 曰: "이 유비를 어찌 보고 하시는 말씀입니까? 성인께서 말씀하시기를 '자고로 모든 사람은 죽게 마련이니 사람은 신의가 없으면 살 수 없다(自古皆有死, 人無信不立).'라고 했습니다. 이 비, 군사를 빌리든 못 빌리든 반드시 직접 갈 것이오."

공융은 이 말을 듣고 미축을 시켜 먼저 서주로 돌아가서 알리도록 하고 자신은 군사를 수습하여 출발했다.

태사자는 작별 인사를 하기를: "저는 모친의 명을 받들어 태수님을 도와드리러 왔는데 이제 일이 무사히 처리되어 다행입니다. 양주 자사 유요(劉繇)가 제 동향 사람인데 저에게 와 달라는 서신이 와서 아니 갈 수가 없습니다. 다음에 또 뵙겠습니다."

공융이 그에게 금과 비단으로 사례를 하고자 했으나 태사자는 그것조

238

차 거절하고 돌아갔다.

그의 모친이 그를 보자 기뻐서 말하기를: "네가 북해 태수님의 은혜에 보답했다니 참으로 대견하구나!"

그러고 나서 태사자를 즉시 양주로 떠나보냈다.

공융이 군사를 일으킨 이야기는 이쯤에서 잠시 접어두겠다.

한편 북해를 떠나 공손찬을 만나러 간 현덕은 서주를 도와주고 싶다는 이야기를 자세하게 설명했다

공손찬 曰: "자네는 조조와 원수진 일이 없는데 무엇 때문에 남의 일에 힘을 쓰면서 고생을 자초하는가?"

현덕 曰: "저는 이미 약속을 한 터라 신의를 잃고 싶지 않습니다."

공손찬 曰: "그렇다면 군마 2천 명을 빌려주겠네."

현덕 曰: "그럼 조자룡도 함께 가게 해 주십시오."

공손찬이 그 청도 들어주어 현덕은 마침내 관우·장비가 이끄는 본부의 3천 명을 전방에, 그리고 조자룡에게 2천 명을 이끌고 뒤에서 따라오도록 하고 서주로 향했다.

한편 미축은 돌아가서 도겸에게 보고하기를 북해 태수가 유현덕을 청하여 함께 도와주러 올 것이라고 말했다. 진원룡도 돌아와서 청주 태수 전해도 흔쾌히 군사를 이끌고 구원하러 오겠다고 했음을 보고하니 도겸은 그제야 안도의 한숨을 내쉬었다.

그러나 공융과 전해는 두 갈래로 도착했지만, 조조 군사들의 기세가 너무 등등하여 겁을 먹고 멀리 산에 의지하여 영채를 세우고 쉽게 다가가지를 못했다. 다행히 조조 역시 양쪽의 군사들이 당도한 것을 보고 그쪽도 나누어 군사를 배치하느라 과감히 성을 공격하지 못했다.

그 무렵 유현덕의 군사가 도착하니 공융이 그를 맞이하여 말하기를:

"조조 군사의 세력이 워낙 큰데다 조조는 용병술이 능한 자이니 가벼이 싸워서는 아니 되오. 천천히 동정을 살핀 후에 공격하도록 합시다."

현덕 曰: "그렇기는 한데, 문제는 성 안에 군량미가 부족하여 도공조가 오래 버티기 어려울까 걱정됩니다. 제가 운장과 조자룡에게 군사 4천 명을 주어 공의 휘하에서 서로 돕도록 하고 저는 그 틈을 이용하여 장비와 함께 곧장 조조의 진영을 뚫고 서주성 안으로 들어가서 도겸을 만나 상의해 보겠습니다."

공융은 크게 기뻐하며 전해의 군사들과 합동으로 기각지세(掎角之勢)[26]를 이루어 운장과 자룡이 군사를 이끌고 양쪽에서 서로 접응키로 했다.

그리고 현덕은 장비와 함께 군사 1천 명을 이끌고 조조 군사의 영채 옆으로 지나가려는데 갑자기 영채 안에서 북소리가 울리면서 기병과 보병들이 물밀듯이 쏟아져 나오는데, 맨 앞에 선 대장 우금(于禁)이 말을 멈추고 큰 소리로 외치기를: "어디서 온 미친놈들인데 어디로 가는 것이냐!"

장비는 아무런 대꾸도 하지 않고 곧바로 우금에게 달려갔다. 두 마리의 말이 서로 교차하며 서로 싸우는 동안 현덕이 쌍고검을 휘두르며 군사들을 휘몰아 돌진해 들어가니 우금의 군사들은 패하여 달아났다. 장비는 그 뒤를 쫓아 닥치는 대로 무찌르며 곧바로 서주성 아래까지 당도했다.

이때 성 위에서 붉은 깃발에 흰 글씨로 커다랗게 쓴 '평원유현덕(平原劉玄德)' 깃발을 보고 도겸은 급히 성문을 열라고 명령했다. 현덕이 성 안으로 들어가자 도겸이 그를 영접하여 함께 서주 관아로 갔다. 서로 인사를 나누고 도겸은 연회를 베풀어 극진히 대접하고 함께 온 군사들도 실컷 먹을 수 있도록 술과 음식을 내놓았다.

도겸은 현덕의 풍채가 아주 당당하고, 말하는 것도 활달하여 마음속

---

26 앞뒤에서 적을 몰아치는 양면 작전의 형세. 역자 주.

으로 아주 기뻐하여 곧바로 미축에게 서주의 패인(牌印)을 가져오도록
하여 현덕에게 주었다.

현덕이 깜짝 놀라 말하기를: "공께서 어찌 이러십니까?"

도겸 曰: "천하가 어수선하다 보니 황실의 기강이 무너졌습니다. 공
은 황실의 종친이시니 사직을 붙들어 마땅히 바로 세워야 하지 않겠습니
까? 나는 이미 나이도 들고 능력도 부족하여 진심으로 부탁하니 서주를
맡아주시오. 제가 당장 표문을 써서 조정에 올릴 것이오. 공께서는 사양
하지 말아 주시오."

현덕이 자리에서 일어나 절을 두 번을 하고 말하기를: "제가 비록 황
실의 자손이기는 하나 공덕이 미미하여 평원상의 직책만으로도 과분하
며 오늘 대의를 위해 서로 돕기 위해 이곳에 온 것뿐인데 공께서 이렇게
말씀하시는 것은 혹시 제가 이곳을 차지하려고 온 것이 아닌가 하는 그
런 의심을 하고 계시는 것은 아닙니까? 제가 만약 그런 마음을 품었다
면 하늘이 돕지 않을 것입니다."

도겸 曰: "아니오. 그런 의심은 털끝만큼도 없고 오로지 이 늙은이의
진심이오."

도겸은 거듭 부탁했으나 현덕은 결코 그의 말을 들으려 하지 않았다.

옆에서 듣고 있던 미축이 나서며 말하기를: "지금 적의 군사들이 성
밑까지 와 있으니 우선 적을 물리칠 계책부터 의논하시고, 그 문제는 물
리친 뒤에 다시 상의하시지요."

현덕 曰: "제가 먼저 조조에게 서찰을 보내서 화해를 권해볼 생각입니
다. 조조가 만약 듣지 않으면 그때 공격해도 늦지 않을 것입니다."

그리하여 영채 3곳에 격문을 전달하여 당분간 군사를 움직이지 말도
록 하고 사람을 보내 조조에게 서신을 전달하게 했다.

한편 조조는 여러 장수들을 모아 놓고 작전 회의를 하고 있던 중 서주성에서 서신이 도착했다는 보고를 받았다. 조조가 그 서신을 열어보니 뜻밖의 유비 글이었는데 글의 내용은:

"제가 사수관에서 공을 뵌 이후로 서로 멀리 떨어져 있어 다시 뵙지 못했습니다. 이전에 존부께서 뜻밖의 화를 당하신 것은 실로 장개의 옳지 못한 소행 때문이지 결코 도공조의 죄가 아닙니다. 지금 밖으로는 황건적의 남은 잔당들이 소란을 피우고 있고, 안으로는 동탁의 잔당들이 황실과 조정을 어지럽히고 있습니다. 부디 명공께서는 조정의 위급함을 먼저 생각하시고 사사로운 원한은 뒤로 미루시어 서주에서 군사를 철수하여 나라를 구하시는 데 쓰신다면 서주를 위해서도 다행일 뿐만 아니라 천하를 위하여도 그만한 다행히 없을 것입니다."

조조가 글을 보고 나서 큰 소리로 욕을 하기를: "유비 제까짓 놈이 감히 나에게 충고를 하다니! 더구나 글 속에 은근히 나를 비꼬지 않았는가!"

즉시 서신을 가지고 온 놈 목을 베어 버리고 성을 일제히 공격하라고 명령을 내렸다.

이때 곽가가 간하기를: "유비가 먼 곳에서 구원해 주려고 왔지만 먼저 예를 표한 다음에 싸움을 하려는 의도입니다. 주공께서도 좋은 말로 화답을 하여 유비가 긴장을 풀도록 한 뒤, 일제히 공격을 한다면 성을 함락시킬 수 있습니다."

조조는 그의 말에 따라 유비의 사자에게 답신을 줄 때까지 기다리라고 했다.

이렇게 상의하고 있을 때 갑자기 전령이 나는 듯이 달려와 큰일이 일어났다고 보고했다.

　조조가 무슨 일이냐고 묻자 그가 보고하기를 여포가 이미 연주(兗州)
를 치고 복양(濮陽)까지 점령했다는 것이다.

　사실 여포는 이각·곽사의 난이 일어나자 그 길로 무관(武關)을 빠져나
가 원술을 찾아갔다. 그러나 원술은 변덕이 심한 그를 믿지 못해 받아주
지 않자 다시 원소를 찾아갔다. 다행히 원소는 그를 받아 주어 함께 상
산(常山)으로 가서 장연(張燕)을 쳐부쉈다. 기고만장해진 여포가 이때부터
원소의 부하 장수들에게 거만하게 굴자, 원소가 더 이상 놔두어서는 안
되겠다고 생각하여 여포를 죽여 버리려고 했다. 결국 여포는 다시 장양
(張揚)을 찾아갔는데 장양이 그를 받아 주었다.

　한편 여포가 장안에 있을 때 교분이 있던 방서(龐舒)가 그동안 은밀히
여포의 처자식을 숨겨 놓았다가 여포에게 보내 주었는데, 이각·곽사가
그 사실을 알고 방서를 죽여 버리고 장양에게 서신을 보내 여포를 죽이
라고 지시했다. 여포는 다시 장양에게서 도망쳐 나와 장막(張邈)을 찾아
갔다.

　이때 마침 장막의 아우 장초(張超)가 진궁(陳宮)을 데리고 와서 인사를
시키자 진궁이 말하기를: "지금 천하가 다 나누어지고 영웅들이 도처에
서 일어나고 있습니다. 공께서는 사방 천 리나 되는 땅과 백성을 다스리
고 계시지만 아직도 남의 통제나 받고 있으니 어찌 한심한 일이 아니겠
습니까?

　지금 조조가 동으로 서주를 치러 가서 연주가 텅 비어 있습니다. 여포
는 당대의 용사인데 공께서 그와 함께 연주를 취하시면 패업(霸業)도 도
모할 수 있습니다."

　장막은 매우 기뻐하며 즉시 여포로 하여금 연주를 치게 하고 이어서
복양까지 점령하도록 했다. 이리하여 견성(鄄城)·동아(東阿)·범현(范縣)

등 세 곳만 순욱과 정욱이 계책을 세워 죽음을 무릅쓰고 지켜냈기 때문에 온전했고 나머지는 모두 **빼앗기고** 말았다.

조인은 여러 차례 여포와 싸웠으나 모두 패하여 어쩔 수 없이 급하게 조조에게 알린 것이다.

보고를 받은 조조는 너무나 놀라서 말하기를: "연주를 잃었다면 우리가 돌아갈 집이 없어졌다는 말인데, 속히 대책을 강구 해야겠다."

곽가 曰: "주공께서 이참에 유비에게 인심 한 번 쓰시고 군사를 물리어서 연주를 되찾도록 하시지요."

조조는 곽가의 말에 따라 즉시 유비에게 답신을 보낸 뒤 영채를 거두고 군사를 정비하여 연주로 돌아갔다.

한편 서주성으로 돌아온 사자는 도겸에게 서찰을 올리고 조조의 군사는 이미 물러갔다고 보고했다. 도겸은 매우 기뻐하며 사람을 보내 공융·전해·운장·자룡 등을 성안으로 초청하여 성대한 연회를 열었다.

연회를 마치자 도겸은 현덕을 상석에 앉게 하고 여러 사람이 있는 자리에서 예를 갖춰 말하기를: "저는 이미 나이가 많은 데다 두 아들도 재주가 부족하여 나라의 중요한 임무를 더 이상 수행하기 곤란합니다. 유공께서는 황실의 후예이시고 덕이 넓고 재주도 많아 능히 서주를 다스릴 수 있습니다. 이 늙은이는 쉬면서 병이나 돌볼 수 있기를 진심으로 바라고 있습니다."

현덕 曰: "공문거께서 저와 함께 서주를 구해 주자고 한 것은 대의를 위해서였습니다. 그런데 제가 아무 까닭 없이 서주를 차지하게 된다면 천하 사람들은 저를 의리 없는 자라 손가락질할 것입니다."

미축 曰: "지금 한나라 황실은 매우 쇠약하고 온 나라가 혼란스러우니 지금이야말로 공을 세워 대업을 이룩해야 할 때입니다. 서주는 물자도 풍부하고 백성들도 백만 명이나 되니 유 사군(使君)께서는 사양하시지 말고 이곳을 다스리시지요."

현덕 曰: "이 일은 결단코 따를 수 없습니다."

진등 曰: "도겸 태수께서는 병환이 깊어 직무를 세심히 살필 수 없으니 명공께서는 사양하지 마십시오."

현덕 曰: "원공로(원술)는 4대에 걸쳐 삼공을 지낸 집안이라 천하 사람들이 모두 그를 존경하고 있습니다. 그가 여기에서 가까운 수춘(壽春)에 있으니 그에게 서주를 맡기시지요."

공융 曰: "원술은 무덤 속의 뼈다귀나 다름없는 자인데 어찌 그런 자를 입에 올리시는 겁니까? 오늘 이 일은 하늘이 공께 내리시는 기회인데 끝까지 거절하신다면 반드시 후회하게 될 겁니다."

이렇게 여러 사람이 설득을 해도 현덕이 고집을 꺾으려 하지 않으니 도겸이 눈물을 흘리며 말하기를: "공께서 만약 나를 버리고 간다면 나는 죽어도 눈을 감지 못할 것이오."

운장 曰: "도공께서 저렇게까지 말씀하시는데 형님이 잠시 서주의 일을 맡아주시지요."

장비 曰: "더욱이 우리가 억지로 빼앗는 것도 아니고 호의로 양보하는 것을 그렇게까지 사양할 거야 없지 않소?"

현덕 曰: "너희들조차 나를 불의에 빠지게 할 셈이냐?"

도겸이 거듭 부탁하였으나 현덕은 끝까지 뜻을 굽히지 않았다.

도겸 曰: "만약 현덕께서 끝내 받지 않으려 한다면 이 근처에 소패(小沛)라는 작은 고을이 있는데 족히 군사를 주둔시킬 만하니 부디 그곳에라도 잠시 군사를 주둔시켜 두고 이 서주를 보호해 주시면 어떻겠소?"

모든 사람들이 현덕에게 소패에 머물러 있어 주길 권하니 현덕도 그에 따르기로 했다.

도겸이 군사들을 위로하는 잔치가 끝나자 조운이 떠나겠다고 인사를 했다. 현덕은 그의 손을 잡고 눈물을 흘리며 작별했다. 공융과 전해 역시 작별하고 각기 군사를 거느리고 돌아갔다.

현덕·관우·장비도 본부 군사를 거느리고 소패로 가서 무너진 성벽과 담을 수리하고 백성들을 위로했다.

한편 조조가 군사를 이끌고 돌아오니 조인이 마중을 나왔다. 여포의 세가 워낙 강하고 게다가 진궁이 돕고 있어 연주와 복양은 이미 그들의 손아귀에 들어갔지만 견성·동아·범현 등 세 곳은 순욱과 정욱 두 사람이 서로 잘 대응하여 간신히 성을 지켜냈다고 말했다.

조조 曰: "내 생각에 여포는 비록 용맹하기는 하나 지략이 부족한 놈이라 크게 염려할 것은 없다."

그러고는 우선 영채를 안전하게 세운 다음에 다시 상의하기로 했다.

여포는 조조가 군사를 이끌고 이미 등현(滕縣)을 지나서 오고 있다는 것을 알고 부장 설난(薛蘭)과 이봉(李封)을 불러서 말하기를: "내가 오래 전부터 너희 두 사람을 써보고 싶었다. 너희들에게 군사 1만 명을 내어 줄 것이니 이곳 연주성을 단단히 잘 지켜라. 나는 친히 군사들을 이끌고 가서 조조를 칠 것이다."

두 사람은 그렇게 하겠다고 대답했다. 진궁이 급히 들어와서 말하기를: "장군께서는 연주를 버리고 어디로 가시려는 겁니까?"

여포 曰: "나는 복양으로 가서 군사를 주둔시키고 솥의 세 발과 같은 정족지세(鼎足之勢)를 펼치려고 하네."

진궁 曰: "잘못 생각하셨습니다. 설난은 틀림없이 연주를 지켜내지 못합니다. 여기서 정남쪽으로 180리 떨어진 곳에 태산이 있는데 그곳의 험로에 정예병 1만 명을 매복해 놓으십시오. 연주가 함락되었다는 소식을 들은 조조의 군사들은 틀림없이 발걸음을 두 배로 빠르게 서둘러 올 것입니다. 그들이 그곳을 절반 정도 지나갈 때까지 기다렸다가 일제히 들이치면 조조를 사로잡을 수 있습니다."

여포 曰: "내가 복양에 군사를 주둔시키려는 것은 따로 좋은 계책이 있어서 그러네. 자네가 그 뜻을 어찌 알겠는가?"

결국 진궁의 말을 듣지 않고 설란에게 연주를 지키게 하고 여포는 복양으로 떠났다.

조조의 군사가 태산의 험로에 다다르자 곽가가 말하기를: "잠시 멈추시지요. 혹시 이곳에 복병이 숨어있을지 모릅니다."

조조가 웃으며 말하기를: "여포는 지략이 없는 놈이다. 그러니까 설란에게 연주를 맡기고 자신은 복양으로 갔는데, 그런 놈이 어찌 군사들을 이런 곳에 매복해 두었겠느냐?"

그러고는 조인에게 한 부대의 군사를 거느리고 연주를 포위하라고 지시하며 말하기를: "나는 지금 복양으로 달려가서 여포를 신속히 공격할 것이다."

진궁은 조조의 군사들이 가까이 왔다는 소식을 듣고 계책을 여포에게 말하기를: "지금 조조의 군사들은 먼 길을 달려오느라 매우 지쳐 있는 상태이니 그들이 기력을 회복할 기회를 주지 말고 신속히 공격하는 것이 유리합니다."

여포 曰: "내가 한 필의 말로 천하를 누빈 사람인데, 어찌 조조 따위를 두려워하겠는가? 그들이 영채를 세울 때까지 기다렸다가 내가 직접 사로잡을 테니 두고 보거라."

조조의 군사들이 복양 가까이에 당도하여 서둘러 영채를 세웠다. 다음 날 군사를 이끌고 나와 벌판에 진을 친 다음 조조는 문기 아래에서 말을 세우고 바라보니 저만치 여포의 군사들이 둥글게 진을 친 모습이 보였다. 맨 중앙 앞에는 여포가 말을 타고 서 있고 좌우로 8명의 장수들이 호위하고 나왔다.

첫 번째 장수는 안문(雁門) 마읍(馬邑) 사람으로 성은 장(張), 이름은 요(遼), 자는 문원(文遠)이었으며, 두 번째 장수는 태산 화음(華陰) 사람으로 성은 장(臧), 이름은 패(覇), 자는 선고(宣高)였다. 이 두 장수가 또 여섯 명의 장수를 거느리고 있으니 그들은 학맹(郝萌)·조성(曹性)·성렴(成廉)·위속(魏續)·송헌(宋憲)·후성(侯成)이었다.

여포의 5만 군사가 일제히 함성을 지르고 북을 두드리는데 큰 지진이 일어난 것처럼 들렸다.

조조가 손을 들어 여포를 향해 말하기를: "내 너와 일찍이 원수진 일도 없는데 어찌 남의 땅을 빼앗은 게냐?"

여포 曰: "한나라 땅은 누구나 가질 수 있는 것인데, 이 땅이 원래 네 땅이었더냐?"

여포는 곧 장패로 하여금 나가서 싸움을 걸라고 했다. 조조 진영에서는 악진이 적을 맞이하러 나왔다. 두 말이 서로 교차하며 둘이 동시에 창을 꼬나들고 싸우기를 30여 합이나 되었지만, 승부가 나지 않았다. 하후돈이 말을 박차고 달려 싸움을 도우러 나가자 여포 진영에서도 장료가 달려 나가 그를 가로막고 싸웠다.

이를 답답한 마음으로 지켜보던 여포가 도저히 화를 참지 못하고 화극을 꼬나들고 쏜살처럼 달려 나가니 하후돈과 악진이 겁을 먹고 달아났다. 여포의 군사들이 일제히 쳐들어가니 조조의 군사는 크게 패하여 3~40리 밖으로 물러났으며 여포도 더 이상 쫓지 않고 군사를 거두었다.

조조는 한 번 패한 뒤 영채로 돌아와 여러 장수들과 계책을 상의하는데 우금이 말하기를: "제가 오늘 산 위에 올라가 여포 진영을 바라보니 복

248

양 서쪽에 여포의 영채가 하나 있는데 군사들이 그리 많지 않습니다. 우리 군사들이 패하고 돌아갔으니 오늘 밤 그들은 틀림없이 경계가 느슨할 것입니다. 그 틈에 우리가 공격해서 그 영채를 빼앗을 수만 있다면 여포의 군사들은 틀림없이 겁을 먹고 도망칠 것입니다. 이것이 상책입니다."

조조는 그의 말을 따라 조홍·이전·모개·여건·우금·전위 등 여섯 장수들을 데리고 기병과 보병 2만 명을 선발하여 밤을 틈타 샛길로 출발했다.

한편 여포는 영채에서 군사들을 위무하고 있었는데, 진궁이 말하기를: "서쪽 영채는 우리에게 아주 중요한 요새인데 만일 조조가 습격을 해오면 어쩌지요?"

여포 曰: "그놈들이 오늘 우리한테 그렇게 당했는데 어떻게 감히 온단 말인가!"

진궁 曰: "조조는 용병술이 아주 뛰어난 놈입니다. 우리가 대비하지 않으면 그놈은 반드시 공격해 올 것입니다."

여포도 이번에는 진궁의 말에 따라 고순(高順)·위속(魏續)·후성(侯成)을 뽑아 군사를 이끌고 서쪽 영채를 지키도록 했다.

한편 조조는 해가 질 무렵 군사를 이끌고 여포의 서쪽 영채에 다가가서 사방에서 일제히 쳐들어가니 영채에 있던 군사들은 당해낼 수가 없어 사방으로 도주하기에 바빴고 조조는 쉽게 그 영채를 빼앗았는가 싶었는데, 4경쯤 되자 고순이 군사를 이끌고 쳐들어왔다.

조조는 자신이 직접 군사를 이끌고 고순을 맞아 싸웠다. 삼군이 한데 뒤엉켜 싸우는데 날이 밝아올 무렵 서쪽에서 북소리가 크게 울리며 여포가 직접 구원군을 이끌고 오고 있다는 보고를 받고 조조는 영채를 버리고 달아나기 시작했다.

등 뒤에서는 고순·위속·후성이 쫓아오고 있고, 앞에는 여포가 직접 군사를 이끌고 마주하고 있었다. 우금과 악진 두 명이 여포와 맞붙어 싸웠으나 당해내지 못하자 조조는 북쪽으로 달아났다.

그러나 산 뒤쪽에서 한 무리의 군사들이 달려오는데 좌측에는 장료가, 우측에는 장패가 군사를 이끌고 몰려왔다. 조조는 여건과 조홍으로 하여금 맞아 싸우게 했으나 역시 형세가 불리했다. 조조는 어쩔 수 없이 다시 서쪽으로 달아나는데 갑자기 우레와 같은 함성 소리와 함께 한 무리의 군사들이 달려왔다. 바로 학맹·조성·성렴·송헌 등 네 장수가 앞길을 막았다.

여러 장수들이 죽기로 싸우며 특히 조조가 맨 앞에서 싸우며 나가는데 별안간 딱따기²⁷ 소리가 크게 울림과 동시에 화살이 빗발처럼 날아오니 조조는 더 이상 앞으로 나아갈 수 없고 그곳에서 탈출할 계책도 없어 큰 소리로 외치기를: "나를 구해 줄 사람 없느냐!"

그때 기병 중에서 한 명의 장수가 뛰어나왔는데 그는 바로 전위였다.

전위는 쌍철극을 꼬나 쥐고 큰 소리로 외치기를: "주공! 염려하지 마십시오!"

몸을 날려 말에서 내려 일단 쌍철극을 땅에 꽂아 놓고 단창 10여 개를 꺼내어 손에 쥐고는 부하에게 말하기를: "적들이 10보 안으로 들어오거든 나를 불러라!"

그러고는 화살을 뚫고 뛰기 시작했다. 여포의 기마병 수십 명이 말을 몰아 급히 그의 뒤를 쫓았다. 그의 부하가 큰 소리로 외치기를: "10보요!"

전위 曰 : "5보면 다시 불러라!"

부하가 다시 외치기를: "5보요!"

전위가 드디어 몸을 번개처럼 돌리며 단극을 날리는데, 단극 하나에

---

27 딱딱 소리를 내게 만든 두 쪽의 나무토막. 역자 주.

한 사람씩 말에서 떨어뜨려 한 발의 실수도 없이 순식간에 10여 명이 죽으니 나머지 기마병들은 모두 달아나고 말았다. 전위는 다시 몸을 날려 말에 올라 쌍철극을 휘두르며 적진 속으로 뛰어들어갔다. 여포의 맹장 학맹·조성·성렴·송헌 네 장수는 전위 한 명을 감당하지 못하고 각자 도망쳐 버렸다.

전위가 혼자 적군을 물리치고 조조를 구해내니, 그제야 흩어졌던 다른 장수들이 다시 모였다.

해는 이미 져서 어두워지고 있어 조조 일행은 가까스로 길을 찾아 영채로 돌아가는데 또 등 뒤에서 함성이 들리면서 여포가 화극을 손에 쥐고 말을 달려 쫓아오며 소리치기를: "조조 이 도적놈, 게 섰거라!"

조조 일행은 사람은 물론 말까지 지칠 대로 지쳐 있어 다들 서로의 얼굴만 쳐다보면서 오로지 각자 살 궁리뿐이었다.

이야말로:

겹겹의 포위망 겨우 벗어났나 했는데	雖能暫把重圍脫
감당하기 어려운 강적이 또 쫓아왔네	只怕難當勁敵追

조조의 목숨이 어찌 될지 궁금하거든 다음 회를 기대하시라.

제 12 회

도공조는 서주를 세 번씩이나 양보하고
조맹덕은 복양에서 여포와 크게 싸우다

陶恭祖三讓徐州

曹孟德大戰呂布

조조가 정신없이 달아나고 있을 때 마침 남쪽에서 한 무리의 군사들이 도착했다. 그들은 바로 하후돈이 이끄는 군사로 조조를 구원하러 온 것이었다. 하후돈이 쫓아오는 여포와 맞서 큰 전투를 벌이다 보니 어느덧 날이 저물고 큰 비까지 쏟아졌다. 양쪽은 모두 군사들을 거두어 자기 진영으로 돌아갔다. 조조는 영채로 돌아와 전위에게 후한 상을 내리고 직책을 영군도위(領軍都尉)로 높이 올려주었다.

한편 여포는 영채로 돌아와 진궁과 계책을 상의했다.

진궁 曰: "복양성 안에 전씨(田氏) 성을 가진 사람이 있는데 그는 집의 하인만 해도 천여 명이 넘는 이 군에서는 제일가는 부자입니다. 그로 하여금 조조에게 은밀히 사람을 보내 서신을 전달하게 하십시오. 그 서신 내용은, '여 온후는 사람이 어질지 못할 뿐만 아니라 잔혹하고 포악하여 백성들이 크게 원망하고 있습니다. 이제 그가 군사를 여양으로 이동하려 하고 단지 고순 만이 성 안에 남아 있으니, 오늘 밤 야간을 틈타 군사들이 들어온다면 제가 성안에서 내응을 하겠습니다.'라고 하십시오.

252

조조가 그 서신을 보고 성문 안으로 들어오도록 유인한 뒤, 네 개의 문에 불을 지르고 외부에 숨어있던 병사들이 쳐들어간다면 조조가 제 아무리 천하를 다스리는 경천위지(經天緯地)의 재주가 있더라도 이 상황에서 어찌 도망갈 수 있겠습니까?"

여포는 진궁의 계책대로 은밀히 전씨에게 말하여 그가 조조에게 사람을 보내 서신을 전달하게 했다.

조조는 방금 싸움에 크게 패하여 어떻게 해야 할지 몰라 주저하고 있던 참에 전씨가 사람을 보내왔다는 보고를 받고 그자가 가지고 온 밀서의 내용을 보니: "여포는 이미 여양으로 떠나갔으며 지금 성 안은 텅 비어 있으니 속히 오시면 제가 안에서 내응하겠습니다. 성문 위에 크게 쓴 '의(義)' 자의 백기를 암호로 꽂아 놓겠습니다."

조조가 매우 기뻐하며 말하기를: "하늘이 나에게 다시 복양을 얻도록 하시는구나!"

서찰을 가지고 온 사람에게 후한 상을 내리고 한편으로는 군사를 일으킬 준비를 시켰다. 그때 유엽이 말하기를: "여포는 비록 꾀가 없지만 진궁은 꾀가 아주 많은 사람입니다. 혹시 그 안에 무슨 속임수가 있을지 모르니 가볍게 움직여서는 안 됩니다. 명공께서 굳이 가시겠다면 군사를 셋으로 나누어 두 부대는 성 밖에 매복시켜 만약의 사태에 대응토록 하고 한 부대만 이끌고 성 안으로 들어가시는 게 좋을 것 같습니다."

조조는 그의 말에 따라 군사들을 세 개 부대로 나누어 복양성 아래에 당도했다. 조조가 맨 앞에서 바라보니 성 위에 많은 깃발이 꽂혀 있는데, 서문 모서리에 '의(義)' 자가 쓰여진 백기 하나가 보이자 내심 은근히 기뻤다.

정오 무렵 성문이 열린 곳으로 장수 두 명이 군사를 거느리고 나오는데 앞에 있는 장수는 후성이고 뒤에 있는 장수는 고순이었다. 조조는 즉시 전위로 하여금 말을 타고 달려 나가 후성을 치라고 하니 후성은 전위를 당해내지 못하고 성 안으로 달아나 버렸다. 전위가 후성의 뒤를 쫓아 조교(弔橋)[28] 앞에까지 가니 고순이 그를 막아섰다. 그러나 고순 역시 그를 막아내지 못하고 모두들 군사를 거두어 성 안으로 들어갔다. 그 혼란한 틈을 타서 몇 명의 군사가 말을 몰아 조조 앞으로 오더니, 자신들이 전씨의 사자라고 하면서 밀서를 올렸다.

그 내용은 대략: "금일 밤 초경 무렵에 성 위에서 징 소리가 울리거든 그것을 신호로 진격해 오시면 제가 성문을 열어드리겠습니다."

조조는 하후돈으로 하여금 군사를 이끌고 좌측에서 기다리게 하고, 조홍은 군사를 거느리고 우측에서 기다리게 한 다음, 자신은 하후연·이전·악진·전위 등 네 장수와 함께 군사를 거느리고 성 안으로 진입하려고 했다.

이때 이전이 나서서 말하기를: "주공께서는 잠시 성 밖에 계시지요. 저희들이 먼저 들어가 보겠습니다."

조조가 꾸짖으며 말하기를: "내가 앞장서지 않으면 누가 앞으로 나아가려 하겠느냐!"

그리고는 자신이 선두에서 직접 군사를 인솔하여 성을 향해 전진했다. 시간은 약 초경 쯤 되어 아직 달도 뜨지 않았다. 그때 마침 서문 성루에서 징 소리가 들리면서 요란한 함성 소리와 함께 성문 위에서 횃불이 활활 타올랐다. 이어서 성문이 활짝 열리고 해자에 걸려 있던 다리가 연결되었다. 조조는 기다렸다는 듯이 말에 박차를 가해 선두에서 성문을 지나 한숨에 관아 앞까지 달렸다. 그러나 길 위에는 사람은커녕 개미 새끼 한 마리도 보이지 않았다. 그제야 자신이 속았다는 걸 알고 황급히 말머리를 돌리며 큰 소리로 외치기를: "퇴각하라!"

---

28 성문 밖 해자를 건널 수 있게 만든 개폐식 다리. 역자 주.

바로 그때 관아 안에서 포성이 울리면서 사방 성문 위에서 맹렬한 불길이 하늘로 치솟으며 징과 북소리가 일제히 울렸다. 또한 함성 소리는 마치 강물이 뒤집히고 바닷물이 끓는 듯했다. 이어서 동쪽 골목에서는 장료가, 서쪽 골목에서는 장패가 각각 군사들을 이끌고 튀어나와 양쪽에서 협공하며 쳐들어왔다.

조조는 북문을 향해 달아나는데 길가에서 매복하고 있던 학맹과 조성의 군사들이 또 들이닥쳤다. 조조는 부리나케 다시 남문 쪽으로 몸을 돌려 달아나는데 여기는 고순과 후성이 가로막았다. 전위가 눈을 부릅뜨고 이를 갈면서 닥치는 대로 적을 베면서 앞으로 돌진해 나가니 고순과 후성이 성 밖으로 밀려 나갔다. 전위가 계속 돌진하여 조교까지 간 뒤 고개를 돌아보니 조조가 보이지 않았다. 다시 몸을 돌려 성 안으로 달려 들어가다 성문 아래에서 이전과 마주치자 전위가 묻기를: "주공께선 어디 계시느냐?"

이전 曰: "나 역시 찾고 있는데 보이지 않네."

전위 曰: "그럼 자네는 밖으로 나가 빨리 구원병을 불러오게. 나는 성 안으로 들어가서 주공을 찾겠네."

이전은 성 밖으로 나가고 전위는 성 안으로 쏜살같이 달려 들어갔으나 보이지 않았다. 다시 성 밖 해자까지 나가니 그곳에서 악진을 만났다.

악진 曰: "주공께선 어디 계신가?"

전위 曰: "내가 성 안팎을 두 번이나 돌아보았지만 찾지 못하였소."

악진 曰: "우리 함께 들어가서 주공을 구출하세."

두 사람이 성문 앞에 이르자 갑자기 성 위에서 화포가 터지며 불덩어리가 떨어져 내렸다. 악진의 말은 놀라서 더 이상 들어가려고 하지 않았다. 하지만 전위는 불길과 연기를 뚫고 성 안으로 돌진하여 이리저리 조조를 찾아다녔다.

당시 조조는 전위가 쏜살같이 성 밖으로 나가는 것을 보았지만 적군이 사방에서 밀려드는 바람에 남문으로 빠져나갈 수가 없었다. 조조는 하는 수 없이 다시 북문으로 돌아가는데 불빛이 정면으로 비치면서 하필 화극을 꼬나들고 말을 달려오던 여포와 마주쳤다. 조조는 얼른 손으로 얼굴을 가리고 말에 채찍을 가해 지나가려는데 여포가 뒤에서 다시 말을 몰아 쫓아오더니 화극으로 조조의 투구를 탁 치면서 묻기를: "조조, 못 봤느냐?"

조조가 손을 들어 반대편을 가리키며 말하기를: "저 앞쪽에 황마를 탄 놈이 바로 조조입니다."

여포는 그 말을 듣자마자 진짜 조조를 버리고 그 말을 쫓아 바람처럼 달려갔다.

조조는 재빨리 말머리를 돌려 동문을 향해 달아나다 마침 전위를 만났다. 전위는 조조를 호위하면서 혈로를 뚫고 어렵게 성문 가까이에 도착하니 불길이 거세게 타오르고 있고 성문 위에서는 불타는 장작과 건초 더미들을 쉴 새 없이 내던져서 성문 주위는 온통 불바다였다.

전위가 화극으로 불을 헤치며 나는 듯이 화염을 뚫고 말을 몰아 앞에서 길을 내고 조조는 그의 뒤를 따라가는데 조조가 막 성문 문턱을 넘으려는 순간, 성문 위에서 불타던 대들보가 하필 조조의 말 엉덩이에 떨어져 내려 말이 고꾸라지고 조조도 말에서 떨어지고 말았다. 조조는 정신 없이 일어나 불타고 있는 말 위의 대들보를 손으로 들어서 밀쳐 내는 바람에 손과 팔에 화상을 입고 수염과 머리털도 모두 타 버렸다.

전위가 급히 말을 돌려 조조를 구하러 왔고 마침 하후돈도 도착하여 두 사람이 함께 조조를 구원하여 화염을 뚫고 성 밖으로 나왔다. 조조는 하후연의 말을 함께 타고 전위는 앞에서 싸우면서 길을 내어 큰길까지 내달렸다. 전날 밤 초경부터 시작된 싸움은 성곽 주변에서 혼전을 계

속하다 날이 훤히 밝아서야 영채로 돌아왔다.

모든 장수들이 엎드려 절하며 안부를 묻자 조조는 멋쩍은 듯 허탈하게 웃으며 말하기를: "그런 놈의 꾀에 넘어가다니, 내 반드시 복수를 하고 말 것이야!"

곽가 曰: "계책을 빨리 세워야 합니다."

조조 曰: "이제 나도 저놈들이 썼던 계책을 그대로 쓸 것이다. 내가 화상을 입어 이미 죽었다고 거짓 소문을 내라. 그러면 여포는 틀림없이 군사를 이끌고 공격하러 올 것이다. 나는 마릉산(馬陵山) 속에 매복하고 있다가 그들 군사가 절반 정도 지나가면 바로 공격을 할 것이다. 그러면 여포를 사로잡을 수 있다."

곽가 曰: "정말 훌륭한 계책입니다."

그리하여 모든 군사로 하여금 상복을 입고 초상이 났음을 알리고 조조가 죽었다고 거짓 소문을 퍼뜨렸다. 즉시 누군가 복양으로 달려가 여포에게 조조가 온몸에 화상을 입어 영채에 도착하자마자 죽었다고 알렸다. 여포는 그 소식을 듣고 바로 군마를 점검하여 마릉산으로 달려왔다. 조조의 진영에 다다르자 북소리가 울리면서 사방에서 복병들이 달려드니 여포는 죽기로 싸워 겨우 탈출했으나 많은 군사들을 잃고 복양으로 돌아가 성문을 굳게 닫고 나오지 않았다.

그해에 갑자기 수많은 메뚜기 떼가 나타나 벼 등 곡식을 모조리 갉아먹는 바람에 관동 일대의 곡식 값이 엄청나게 치솟아 곡식 한 섬에 50관(貫)이나 되어 사람이 사람을 잡아먹는 형편이었다. 조조는 군량이 떨어지자 어쩔 수 없이 군사를 거두어 견성으로 돌아가서 잠시 머물렀고 여포 역시 군량 문제로 복양을 떠나 산양(山陽)에 주둔했으니 이로써 두 사람의 패권 다툼은 당분간 중지되었다.

한편 금년 나이 이미 63세인 서주태수 도겸은 갑자기 병을 얻어 나날이 병세가 위중하게 되자 미축과 진등을 불러 후사를 논의했다.

미축 曰: "조조의 군사가 물러간 것은 여포가 연주를 습격했기 때문입니다. 지금은 흉년으로 군사를 물렸지만 봄이 되면 반드시 다시 쳐들어올 것입니다. 부군께서 현덕에게 두 번이나 자리를 물려주려고 하셨는데 그때는 그래도 태수께서 건강하셨기 때문에 현덕이 사양하였지만, 지금은 병세가 위중하니 현덕이 지금 태수님의 상황을 보시면 더는 사양하지 못할 것입니다."

도겸은 기꺼이 사람을 소패로 보내 군사 일을 의논하자는 구실로 유현덕을 오시게 했다. 현덕이 관우·장비와 함께 수십 명의 기마병을 데리고 서주에 도착하니, 도겸이 그들을 침실 안으로 모시게 했다.

현덕이 문안 인사를 마치자 도겸이 말하기를: "현덕 공을 오시라고 한 것은 다름이 아니라, 이 늙은이의 병이 위중하여 아침에 죽을지 저녁에 죽을지 모르는 급박한 상황 때문이오. 명공께서 초라한 이 한나라 황실의 성지를 중하게 여겨 서주 태수의 패인을 받아 주기를 간절히 바라오. 그래야 이 늙은이 죽어서라도 눈을 편히 감을 수 있겠소"

현덕 曰: "태수님께는 자제분이 두 분이나 계시는데 왜 자제분께 물려주시지 않습니까?"

도겸 曰: "물론 내게 큰놈 상(商), 작은놈 응(應)이 있소. 하지만 둘 다 중임을 감당할 만한 그릇이 못되오. 내가 죽은 후에 명공께서 그놈들을 잘 가르쳐 주시길 바라오. 하지만 그들에게 결코 고을 일을 시켜서는 안 되오."

현덕 曰: "저 혼자 몸으로 어찌 그런 대임을 감당할 수 있겠습니까?"

도겸 曰: "그럼 내가 공을 보좌할 인물 한 사람을 천거해 드리지요. 그는 북해 사람으로 성은 손(孫), 이름은 건(乾), 자는 공우(公祐)라고 하

陶恭祖三讓徐州

는데 그 사람을 종사(從事)로 삼으면 될 거요."

그는 또 미축에게 말하기를: "유공은 당세의 인걸이시니 자네도 잘 모시게."

현덕이 끝내 사양하자 도겸은 손으로 자신의 가슴을 가리키며 마침내 숨을 거두고 말았다. 모든 군사들이 애도의 곡(哭)을 한 뒤 바로 태수의 패인을 현덕에게 바쳤으나 현덕은 한사코 사양하며 받아들이지 않았다.

다음 날 서주 백성들이 관아 앞에 몰려와 엎드려 울면서 말하기를: "유 사군(劉使君)께서 만일 이 고을을 다스리지 않는다면 우리들은 모두 안전하게 살아갈 수 없습니다!"

보다 못한 관우와 장비 또한 재삼 권하니 현덕은 마침내 서주 일을 맡아보기로 허락했다. 그러고는 손건과 미축을 보좌관으로, 진등은 막관(幕官)으로 삼았다. 또한 소패의 군사들을 모두 성 안에 주둔시키고 고을마다 방을 붙여 백성들을 안심시키며 한편으로는 장례식을 준비했다. 현덕과 군사들은 모두 상복을 입고 성대한 제전을 마련하여 정성껏 제를 올린 후 황하의 들판에 장지(葬地)를 정했다. 그리고 도겸의 유표(遺表)[29]를 조정에 올렸다.

견성에 있는 조조는 도겸이 이미 죽고 유현덕이 서주목(徐州牧)이 되어 서주를 다스린다는 사실을 알고 몹시 화를 내며 말하기를: "내가 아직 원수를 갚지 못했는데, 네 놈이 화살 반 개도 쏘지 않고 서주를 차지하다니! 내 반드시 유비 이놈부터 죽이고 도겸의 시체를 도륙하여 돌아가신 부친의 원한을 풀어드리고 말 테다!"

그러고는 군사를 일으켜 서주를 치러 가자고 다그쳤다.

---

29 신하가 죽을 때 황제에게 올리는 상주문. 역자 주.

이때 순욱이 들어와 간하기를: "옛날 고조께서 관중(關中)을 보전하시고, 광무제께서 하내(河內)를 확보하신 것은 모두 근본을 깊고 단단히 함으로써 천하를 바로잡기 위해서였습니다. 그 결과 전진할 때는 적을 이길 수 있었고 후퇴할 때는 굳게 지킬 수 있었으며 비록 어려울 때도 있었지만 결국 대업을 이루셨습니다.

명공께서 근거지로 삼은 연주와 하제(河濟)는 천하의 요지로 역시 옛날의 관중이나 하내와 다름없는 지역입니다. 만약 지금 서주를 취하려고 하면서 이곳에 군사를 많이 남기면 서주로 갈 군사가 부족하고, 이곳에 군사를 적게 남기면 여포가 호시탐탐 이곳을 치려고 기회를 엿보고 있으니 연주는 없는 곳이나 마찬가지입니다. 만약 서주를 얻지 못하면 명공은 어디로 돌아가시렵니까? 이제 도겸은 비록 죽었지만, 유비가 그곳을 단단히 지키고 있으니 서주의 민심은 이미 유비에게 깊은 신뢰를 보이고 있습니다. 그러니 우리가 공격을 하더라도 유비를 도와 필사적으로 싸울 것입니다. 명공께서 연주를 버리시고 서주를 취하는 것은 큰 것을 버리고 작은 것을 취하는 것이요, 근본을 버리고 하찮은 것을 취하는 격이며, 안전함을 위태로움과 바꾸는 격이니 부디 심사숙고해 주시기 바랍니다."

조조 曰: "올해는 흉년이 들어 식량도 부족한데 군사들이 이곳에서 자리만 지키고 있는 것은 아무튼 좋은 계책이 못 되오."

순욱 曰: "차라리 동쪽의 진(陳) 지역을 공격하시지요. 그리고 여남(汝南)과 영천(潁川)은 황건적의 잔당인 하의(何義)·황소(黃邵) 등이 주(州)와 군(郡)을 약탈하여 수많은 황금과 비단, 양식을 쌓아놓고 있는데 이런 도적들은 쳐부수기도 쉽고 그들의 양식을 빼앗아 군사들에게 먹인다면 조정에서도 기뻐하며 백성들도 좋아할 테니 이것이 바로 하늘의 뜻에 따르는 일입니다."

조조는 순욱의 말에 따라 하후돈과 조인은 견성에 남아 이 지역을 지키게 하고 자신은 군사들을 이끌고 먼저 진(陳) 지역을 공략한 다음 여남과 영천으로 갔다. 황건적 하의와 황소는 조조가 군사를 이끌고 온다는 소식을 듣고 무리를 이끌고 맞이하러 나오는데 양쪽 군사들은 양산(羊山)에서 만났다. 적의 무리는 비록 숫자는 많았지만, 오합지졸과 같아 대오나 행렬도 전혀 없었다.

조조가 화살과 석궁을 쏘게 하면서 전위로 하여금 말을 타고 나가게 하니 하의는 부원수를 출전시켰는데 세 합도 못 치르고 부원수는 전위의 창에 찔려 말에서 떨어지자 조조는 그 기세를 몰아 도적들을 추격하여 양산을 지나 영채를 세웠다.

다음 날 황소가 직접 군사를 이끌고 나와 진을 둥글게 치더니 그 가운데서 한 장수가 걸어 나오는데 머리에는 누런 두건을 두르고 몸에는 초록색 전포를 걸치고 손에는 철봉을 들고서 큰 소리로 외치기를: "나는 절천야차(截天夜叉) 하만(何曼)이다! 어떤 놈이 나와 싸워 보겠느냐?"

조홍이 그를 보고 큰 소리로 외치며 말에서 내려 칼을 들고 걸어 나갔다. 둘은 진 앞에서 4~5십 합을 싸웠으나 승부가 나지 않았다. 조홍이 패한 척하면서 뒤로 달아나니 하만이 뒤쫓아왔다. 조홍은 타도배감계(拖刀背砍計)[30]를 써서 몸을 획 돌리면서 펄쩍 뛰어 하만을 베어 버리고 다시 한번 칼로 찔러 죽여 버렸다.

이전이 이 기세를 몰아 바람처럼 말을 몰아 적진으로 쳐들어가니 황소는 미처 방비할 새도 없이 이전에게 사로잡혀 버렸다. 조조의 군사들은 닥치는 대로 도적의 무리를 무찌르고 그들에게서 황금과 비단, 양식들을 수없이 많이 빼앗았다.

적장 하의는 형세가 불리해지자 남은 무리 수백 명의 기병만 데리고

---

30 칼을 끌고 가다가 갑자기 등을 돌려 적을 치는 계책. 역자 주.

갈피(葛陂)로 달아났다. 한창 달아나던 중에 산 뒤에서 한 무리의 군사들이 뛰쳐나왔는데 선두에 선 장사는 키가 여덟 자에 허리둘레는 열 위(圍: 엄지와 집게 손가락사이)나 되었다.

그는 손에 큰 칼을 쥐고 가는 길을 막아서니 하의가 창을 꼬나들고 맞이했다. 그러나 단 한 번에 그 장사의 손에 사로잡히고 말았다. 나머지 무리들은 모두 겁에 질려 말에서 내려 고분고분 결박을 당했다. 그 장사는 이들을 몰고 갈피의 토성 안으로 들어갔다.

한편 전위는 하의를 추격하여 갈피까지 쫓아가니 그 장사가 군사를 이끌고 나와 맞이했다.

전위 曰: "네놈 역시 황건적이냐?"

장사 曰: "황건적 수백 명의 기마병을 내가 모조리 사로잡아 저 성 안에 가둬 놓았소."

전위 曰: "그럼 어찌 바치지 않는 게냐?"

장사 曰: "당신이 만약 나를 이겨 내 손의 보검을 빼앗는다면 내 그들을 내놓겠소."

전위가 몹시 화를 내며 쌍극을 꼬나들고 앞으로 싸우러 나갔다. 두 장수가 맞붙어 겨루는데 진시(辰時:오전 7시부터 9시)부터 오시(午時:오전 11시부터 오후 1시)까지 싸웠으나 승부가 나지 않았다. 각자 물러나 조금 쉬었는데 장사가 또 싸움을 걸었다. 전위도 다시 나가 싸웠다. 싸움은 해가 질 때까지 계속되는데 이젠 두 말이 지쳐 잠시 쉬었다. 전위의 휘하 군사가 조조에게 달려가 보고하니 조조가 몹시 놀라 황급히 여러 장수들을 데리고 그 싸움을 보러 왔다.

다음 날 그 장수는 또 싸움을 걸어왔다. 조조는 그 사람의 풍채가 매우 위풍당당한 것을 보고 마음속으로 은근히 기뻐하며 전위에게 오늘은 일부러 지라고 분부했다.

전위는 명을 받고 싸우러 나갔다. 30여 합 정도 싸우다가 전위가 패하고 진으로 돌아왔다. 장사는 진의 문 앞까지 뒤쫓아 왔으나 활과 석궁을 쏘아대자 되돌아갔다.

조조는 급히 군사를 5리 정도 뒤로 물리고 은밀히 사람을 시켜 함정을 파놓고 갈고리를 사용하는 군사들을 매복시켜 놓았다.

다음 날 다시 전위로 하여금 백여 명의 기마병을 데리고 싸우러 나가게 했다.

장사가 웃으며 말하기를: "패하고 달아난 놈이 감히 또 왔단 말이냐?"

말이 끝나기가 무섭게 말을 달려 다시 싸우기 시작했다. 전위는 몇 번 싸우는 척하다가 다시 말을 돌려 달아나기 시작했다. 장사는 오로지 앞만 보고 전위를 쫓아오다가 그만 말과 함께 함정에 빠지고 말았다. 그리고 매복하고 있던 군사들에 의해 꽁꽁 묶인 채 조조 앞에 끌려왔다.

조조는 막사에서 내려와 군사들을 물린 뒤 직접 그 결박을 풀어 주고 급히 옷을 가져다 입혀 주고 자리에 앉으라고 한 다음 그의 고향과 이름을 물었다.

장사 曰: "나는 초국(譙國)의 초현(譙縣) 사람으로 성은 허(許), 이름은 저(褚), 자를 중강(仲康)이라고 합니다. 이전에 황건적의 난을 만났을 때 종족 수백 명을 모아 마을에 흙으로 토성을 쌓아 그들을 막았습니다. 하루는 도적 무리가 몰려오기에 사람들을 시켜 돌을 많이 모아 놓았다가 나 혼자 그놈들에게 그 돌을 던졌는데 던진 돌마다 맞지 않은 게 하나도 없으니 도적 무리들이 놀라서 물러갔습니다.

또 하루는 도적들이 몰려왔는데 마침 우리는 식량이 떨어져서 도적들과 화해하여 그들의 쌀과 우리의 농사용 소를 맞바꾸기로 약속하고 쌀은 이미 보내왔고 도적들이 소를 몰고 마을 밖을 벗어나려는데 소들이 전부 달아나서 우리에게 돌아왔습니다. 내가 그들에게 소를 다시 가져다주려고 양손에 소 두 마리의 꼬리를 잡고 끌면서 뒷걸음으로 백여 걸음 걸어가니 도적놈들이 그만 놀라서 소를 가져갈 엄두를 못 내고 그만 달아나 버렸습니다. 그런 일이 두 번 있고 난 후 여기는 다시 도적놈들이 나타나지 않아서 잘 지내고 있습니다."

조조 曰: "내가 그대의 명성을 들은 지 오래되었소, 앞으로 내 밑에서 지낼 생각이 없소?"

허저 曰: "그건 제가 원하던 바입니다."

이리하여 허저는 그의 종족 수백 명과 함께 조조의 밑으로 들어왔다. 조조는 허저를 도위로 임명하고 상을 후하게 내렸다.

그리고 사로잡은 하의와 황소의 목을 베어 여남과 영천 땅을 모두 평정했다.

조조가 승리를 거두고 군사를 거두어 돌아가니 조인과 하후돈이 영접을 나와서 최근 정탐꾼이 보고한 내용을 말했다. 연주의 설란과 이봉의 군사들이 모두 노략질을 일삼느라 성이 텅 비어 있으니 승리를 거둔 기세를 몰아 그 군사들을 이끌고 공격을 한다면 한 번에 성을 점령할 수 있습니다. 조조는 즉시 군사를 이끌고 연주로 달려갔다. 예상치 못한 적을 만난 설란과 이봉은 어쩔 수 없이 군사를 이끌고 성을 나와 싸울 준비를 했다.

허저 曰: "제가 저 두 놈을 잡아서 처음 만나서 드리는 선물로 삼겠습니다."

조조가 매우 기뻐하며 즉시 나가서 싸우라고 명했다. 이봉이 화극을 꼬나들고 달려들었으나 불과 두 합 만에 허저가 이봉을 베어 말에서 떨어뜨렸다. 설란이 급히 자신의 진영으로 들어가려는데 이전이 조교 근처

266

에서 길을 막으니 설란은 성 안으로도 들어갈 수 없게 되자 군사를 이끌고 거야(鉅野) 방향으로 달아났다. 그러나 바람처럼 말을 달려 쫓아온 여건이 쏜 화살 한 발에 말에서 굴러떨어지고 군사들은 모두 뿔뿔이 흩어져 도망갔다.

조조가 연주를 되찾으니 정욱이 복양도 다시 치자고 청했다.

조조가 허저와 전위를 선봉으로, 하후돈과 하후연은 좌군, 이전과 악진을 우군으로, 조조 자신은 중군으로 우금과 여건은 후군으로 삼아 복양으로 떠났다.

이 소식을 들은 여포는 자신이 직접 선봉으로 출전하려고 했다.

진궁이 간하기를: "지금 나가시면 안 됩니다. 여러 장수들과 모여 대책 회의를 한 뒤에 결정하시지요."

여포 曰: "나 여포가 어떤 놈이 오는 것을 두려워한단 말이냐?" 좀처럼 진궁의 말을 듣지 않고 군사를 이끌고 나가 창을 비껴 들고 큰 소리로 욕설을 퍼부었다. 이쪽에서는 허저가 튀어나왔다. 20여 합을 싸웠는데 승부가 나지 않자 조조가 말하기를: "여포는 한 사람이 감당하기에는 버거운 놈이야."

그러고는 전위를 도우라고 내보내어 두 장수가 협공을 하며 좌측에서 하후돈과 하후연 그리고 우측에서 이전과 악진 등 여섯 명이 일제히 공격하니 천하의 여포라도 이들을 어찌 감당할 수 있겠는가! 결국 말을 돌려 성으로 돌아갔다.

성 위에서 이 모습을 보고 있던 전씨가 급히 군사들에게 조교를 들어 올리도록 명령했다.

여포가 큰 소리로 외치기를: "어서 조교를 내리고 성문을 열어라!"

전씨 曰: "나는 이미 조장군에게 항복했다."

전혀 예상치 못한 상황에 직면한 여포는 전씨에게 한바탕 욕설을 퍼

붓고는 어쩔 수 없이 군사를 이끌고 정도(定陶) 방향으로 달아나기 시작
했다. 진궁은 황급히 여포의 가족들을 보호하여 성의 동문을 열고 빠져
나갔다. 조조는 마침내 복양성을 되찾았고 전씨의 지난날 죄를 용서해
주었다.

유엽 曰: "여포는 여전히 맹호입니다. 지금 지칠 대로 지쳐 있으니 이
기회에 끝까지 몰아붙여야 합니다."

조조는 유엽 등에게 복양을 지키게 하고 자신은 군사를 이끌고 정도
로 여포를 쫓아갔다.

이때 여포는 장막·장초 등 장수 몇 명만 데리고 성 안에 있었고, 고
순·장료·장패·후성 등의 장수들은 바닷가로 양식을 구하러 가서 아직
돌아오지 않았다.

정도에 도착한 조조는 웬일인지 며칠 동안이나 싸울 생각은 하지 않
고 오히려 군사를 40리 뒤로 물려 영채를 세웠다. 마침 그때 제군(濟郡)
의 밀이 익어서 조조는 군사들에게 그 밀을 수확하도록 하여 식량으로
확보했다.

정탐꾼이 이런 사실을 여포에게 보고하자, 여포가 군사를 이끌고 와
서 조조의 영채 주변을 살펴보니 좌측에 무성한 숲이 있는데 그곳에 복
병이 숨어있지 않을까 염려되어 그냥 돌아가 버렸다. 조조는 여포가 군
사를 이끌고 왔다 간 사실을 알고 여러 장수들에게 말하기를: "여포가
숲속에 복병이 있을 것으로 의심했으니 그곳에 더 많은 깃발을 꽂아 놓
아 실제로 군사를 매복해 놓은 것처럼 위장해라. 그리고 영채 서쪽에 제
방이 있는데 물이 없으니 그곳에 우리의 정예병을 숨겨 놓아라. 여포는
내일 틀림없이 다시 와서 숲에 불을 지를 것이다. 그때 제방 뒤에 숨어있
던 군사들이 그들의 퇴로를 차단하면 여포는 사로잡을 수 있다."

이리하여 영채 안에는 북을 치는 고수 50여 명과 마을에서 붙잡아온

사람들에게 북을 치고 고함을 지르라고 한 뒤 정예병들은 대부분 제방 뒤에 매복시켜 놓았다.

한편 여포가 돌아가서 방금 전 상황을 진궁에게 얘기했다.

진궁 曰: "조조는 원래 꾀가 많은 놈이니 가볍게 공격해서는 안 됩니다."

여포 曰: "나는 화공(火攻)으로 복병들을 쳐부술 것이다."

다음 날 여포는 진궁과 고순은 남아서 성을 지키게 하고 자신은 대군을 이끌고 와보니 멀리 숲속에 깃발들이 많이 보였다. 여포는 군사들을 휘몰아 숲을 에워싸고 사방에서 불을 질렀으나 뜻밖에 한 사람도 보이지 않았다. 여포가 영채로 쳐들어가려고 하니 갑자기 그 안에서 천지가 진동하듯 북소리와 함성 소리가 터져 나왔다.

어찌해야 좋을지 몰라 잠시 주춤하고 있는데 갑자기 영채 뒤쪽에서 한 무리의 군사들이 튀어나왔다. 여포가 말을 몰아 그곳으로 달려가는데 바로 그때 포성 소리와 함께 제방 안에 숨어있던 복병들이 일제히 뛰쳐나왔다.

하후돈·하후연·허저·전위·이전·악진 등의 장수들이 말을 몰아 일제히 밀물처럼 몰려왔다. 천하의 여포지만 지금은 도저히 대적할 수 없다고 판단하고 큰길을 피해 들판으로 도주했다.

그를 따르던 성렴(成廉)은 악진이 쏜 화살에 맞아 죽었으며 여기서 여포는 군사 3분의 2를 잃었다. 먼저 달아난 군사 한 명이 돌아가 진궁에게 보고하니 진궁이 말하기를: "빈 성을 어렵게 지킬 바에야 차라리 빨리 피하는 게 낫겠다."

곧바로 고순과 함께 여포의 가족을 데리고 정도성을 빠져나왔다.

조조는 승리한 군사들과 그야말로 파죽지세로 성 안으로 쳐들어가니 장초는 스스로 목을 베어 죽고 장막은 원술에게로 갔다.

이로써 산동 일대는 모두 조조의 손아귀에 들어갔으며 그가 백성을 안심시키고 성곽을 보수한 일 등은 더 이상 이야기하지 않겠다.

한편 도망을 가던 여포는 돌아오던 여러 장수들과 만났고 진궁 역시 찾아왔다.

여포 曰: "우리가 비록 군사를 많이 잃었지만 아직은 조조를 깨트릴 수 있다."

그러고는 곧 다시 군사를 이끌고 왔다.

이야말로:

전쟁에서 승과 패는 언제나 있는 일　　　　　　兵家勝敗眞常事
권토중래 역시 누가 알 수 있으리오　　　　　　眷甲重來未可知

여포의 승부가 궁금하거든 다음 회를 기대하시라.

제 13 회

이각과 곽사는 갈라져 대판으로 싸우고
양봉과 동승은 황제의 어가를 보호하다

李傕郭汜大交兵

楊奉董承雙救駕

정도에서 조조에게 크게 패한 여포는 바닷가에서 패잔병들을 다시 불러 모았다. 그리고 조조와의 재결전을 위해 여러 장수들을 불러서 회의를 했다.

진궁 曰: "지금은 조조 군사의 기세가 너무 강하므로 싸워서는 안 됩니다. 우선 우리가 안전한 거처를 마련한 다음 싸우러 가도 늦지 않습니다."

여포 曰: "그럼 나는 원소를 찾아가려 하는데 어찌 생각하오?"

진궁 曰: "먼저 기주로 사람을 보내서 반응을 보시고 난 뒤에 가시지요."

여포가 그의 의견을 따르기로 했다.

한편 기주의 원소는 조조와 여포가 서로 대치하고 있다는 소식을 들었는데 모사 심배(審配)가 들어와서 말하기를: "여포는 이리나 범과 같은 자라 그가 만약 연주를 차지하게 되면 틀림없이 우리 기주를 도모하려 할 것입니다. 차라리 지금 조조를 도와서 여포를 공격함으로써 후환을 없애는 것이 낫습니다."

원소는 안량(顔良)에게 군사 5만 명을 주면서 조조를 도우러 가게 했다.

정탐꾼이 이 소식을 여포에게 급히 전하자, 여포는 크게 놀라며 진궁과 상의를 하는데, 진궁이 말하기를: "유현덕이 지금 서주를 다스린다고 하는데 그곳으로 가는 것이 어떻겠습니까?"

여포는 그의 말에 따라 서주를 향해 출발했다. 누군가 이 사실을 현덕에게 알렸다.

현덕 曰: "여포는 당세의 뛰어난 용사인데 내가 직접 나가서 영접해야 하지 않겠나!"

미축 曰: "여포는 여전히 범이나 이리와 같은 무리이므로 이곳에 머물게 해서는 안 됩니다. 받아들이면 큰 해를 입게 될 것입니다."

현덕 曰: "지난날 여포가 연주를 습격하지 않았다면 우리 서주가 조조의 포위망을 어떻게 풀 수 있었겠소. 지금 그가 궁지에 몰려서 나를 찾아오는데 어찌 그런 마음을 품겠소."

장비 曰: "형님은 마음씨가 지나치게 좋아 탈이우. 아무튼 대비는 해야 하우."

현덕이 주요 장수들을 거느리고 성 밖 3십 리까지 나가 여포를 맞이하여 그와 말머리를 나란히 하여 성으로 들어왔다. 모두 관아에 도착하여 양쪽의 소개를 마친 뒤 자리를 잡고 앉았다.

여포 曰: "내가 일찍이 왕사도와 계책을 써서 동탁을 주살한 이후 또 이각과 곽사의 난을 겪고 관동 땅을 떠돌아다녔지만, 제후들 중 누구 하나 나를 받아 주지 않았소. 최근에 조조 이 도적놈이 의롭지 못하게 서주를 침범하였으나 사군께서 도겸을 힘껏 도와주고 내가 연주를 습격함으로 인해 조조의 세력을 분산시켰지요. 그런데 뜻밖에 그놈의 간계에 빠져 패함으로써 장수와 군사들을 많이 잃어버렸소이다. 그래서 대사를 함께 논의하기 위해 이렇게 사군을 찾아왔는데 공의 뜻은 어떠신지 모르겠소."

현덕 曰: "도 사군께서 최근 갑자기 돌아가셔서 서주를 다스릴 사람이 없어 제가 잠시 맡아서 관리하고 있었는데 다행히 장군께서 이곳에 오셨으니 당연히 양보해 드려야지요."

그러고는 바로 패인을 가지고 와서 여포에게 건네주려고 했다. 여포가 태연히 그것을 덥석 받으려고 하다가 문득 보니 현덕의 등 뒤에 관우와 장비 두 사람이 모두 매우 성난 얼굴을 하고 서 있었다.

여포가 어색한 억지웃음을 지으며 말하기를: "일개 용사에 지나지 않는 이 여포가 어찌 서주목의 일을 감당할 수 있겠소?"

현덕이 다시 양보 의사를 보이자 진궁이 말하기를: "손님이 아무리 강해도 주인 행세를 할 수는 없습니다. 그러니 사군께서는 의심을 거두시지요."

현덕은 그때에야 비로소 양보를 거두고 즉시 연회를 베풀어 극진히 대접하고 거처할 곳을 마련하여 편히 쉬도록 해 주었다.

다음 날 여포가 답례의 자리를 만들어 현덕을 청하자 그는 관우·장비와 함께 갔다. 술자리가 한창 무르익자 여포가 현덕을 후당으로 청하니 관우와 장비도 따라 들어갔다. 여포가 자기 아내를 나오게 하여 현덕에게 인사를 시키려 했으나 현덕이 극구 사양했다.

여포 曰: "아우님은 그렇게 사양할 필요 없소."

장비가 이 말을 듣고 고리눈을 부릅뜨며 꾸짖기를: "우리 형님은 황실의 후예로 아주 귀한 자손인데 너 같은 하찮은 인간이 감히 아우라고 부르다니! 네 이놈 이리 나오너라. 내 네놈과 3백 합이라도 겨루겠다."

현덕이 급하게 제지하고 관우도 장비에게 나가라고 권한다.

현덕이 여포에게 사과하며 말하기를: "제 아우가 술에 취해 함부로 말

한 것이니 형께서는 너무 노여워 마시오."

여포는 입을 다물고 한동안 말이 없었다. 잠시 후 술자리가 파하고 여포가 현덕을 문밖까지 나와 배웅하려 할 때 장비기 창을 꼬나들고 말을 달려와서 큰 소리로: "여포야! 나랑 3백 합만 겨루어보자!"

현덕이 급히 관우로 하여금 제지하게 했다.

다음 날 여포가 현덕에게 하직 인사를 하러 와서 말하기를: "사군께서는 저를 받아 주셨으나 아우님들이 용납하려 않으니, 이 여포 다른 곳을 찾아가 봐야겠습니다."

현덕 曰: "장군께서 만약 이대로 가신다면 제 죄가 큽니다. 못난 아우가 무례를 범한 데 대해서는 다른 날 꼭 사과드리라고 하겠습니다. 이 근처에 소패라는 작은 고을이 있는데 제가 이전에 군사를 주둔하고 있었던 곳입니다. 협소하여 불편하시겠지만, 그곳에서 군사들을 잠시 쉬게 하시면 어떻겠습니까? 양식과 군수품은 응당 제가 보내드리겠습니다."

여포는 현덕에게 감사의 인사를 하고 그길로 군사를 거느리고 소패로 갔다. 여포가 떠난 뒤 현덕이 직접 장비를 찾아가 심하게 꾸짖은 일은 더 이상 말하지 않겠다.

한편 조조는 산동을 평정한 뒤 조정에 표문을 올려 보고하자, 조정은 조조를 건덕장군(建德將軍) 비정후(費亭侯)로 벼슬을 올려 주었다. 이때 이각은 스스로 대사마(大司馬)로, 곽사는 대장군으로 벼슬을 올렸으며 이렇게 자기들 마음대로 행동을 해도 전혀 거리낌이 없고 조정의 어느 누구도 말하는 사람이 없었다. 보다 못한 태위 양표(楊彪)와 대사농 주준(朱雋)이 은밀히 헌제에게 아뢰기를: "지금 조조 휘하에는 군사 20만 명과 모신(謀臣), 무장 수십 명이 있는데 만약 이 사람을 얻을 수만 있으면 사직을 다시 붙들어 세우는 것은 물론 간사한 무리들을 토벌하여 천하를 안정시킬 수 있을 것입니다."

헌제가 흐느끼며 말하기를: "짐이 두 도적놈에게 능멸당해 온 지 오래 되었소! 만약 두 놈을 죽일 수만 있다면 더 바랄 것이 없겠소."

양표 曰: "신에게 계책이 하나 있습니다. 우선 두 도적놈끼리 이간시켜 서로 싸우게 할 것입니다. 그런 후에 조조에게 조서를 내려 군사를 이끌고 와서 도적의 무리를 소탕하게 하여 조정을 평안하게 하소서."

헌제 曰: "그 계책을 말해 보시오."

양표 曰: "신이 듣기에 곽사의 처는 질투가 매우 심하다 하옵니다. 사람을 곽사의 처에게 보내서 두 사람 사이를 이간시켜 서로 멀어지게 하는 반간계(反間計)를 써서 두 놈들이 서로 싸우게 할 것입니다."

헌제는 비밀 조서를 써서 양표에게 주었다. 양표는 은밀히 자기의 부인으로 하여금 다른 일을 핑계로 곽사의 집을 방문하여 기회를 보아 그의 처에게 이런 말을 전해 주라고 했는데 그 내용은, '곽 장군과 이 사마 부인간의 염문설이 있는데 정도가 아주 심하다는 소문입니다. 만일 이 사마께서 그 사실을 알면 곽 장군이 틀림없이 큰 화를 당하지 않을까 싶습니다. 부인께서 어떻게 해서든지 두 분의 왕래를 끊도록 하시는 게 좋을 것 같습니다.'라는 것이었다.

곽사의 처가 놀라며 말하기를: "어쩐지 요즘 집에 들어오지 않는 날이 잦다고 했더니 그런 염치없는 짓을 하고 다니는 줄은 정말 몰랐어요! 부인께서 말을 해 주지 않았다면 감쪽같이 속고 지낼 뻔했네요. 당연히 다시는 그런 짓을 못 하게 막아야지요."

양표의 처가 돌아오려는데 곽사의 처가 알려 줘서 고맙다고 두 번 세번 인사를 했다.

며칠 뒤 곽사가 또 이각의 집에 술을 마시러 간다고 하기에 곽사의 처가 말하기를: "이각은 원래 종잡을 수 없는 성격이잖아요. 더구나 두 영웅이 나란히 설 수 없는 법이라고 하던데, 만약 그가 술에다 독이라도 탄다면 제 신세는 어찌 되겠어요?"

곽사는 그의 말을 들으려고도 하지 않고 그냥 가려고 했으나 처가 워낙 강경하게 가지 못하게 하여 결국 포기하고 말았다.

사정이 있어 올 수 없다는 연락을 받은 이각은 그날 저녁 사람을 시켜 술과 안주를 곽사의 집에 보내 주었다. 곽사의 처는 이각의 집에서 가져온 안주에 몰래 독을 넣은 뒤 상을 올리도록 했다. 곽사가 바로 음식을 먹으려고 하자 처가 말하기를: "음식이 외부에서 들어왔는데 어찌 바로 드시려 하십니까?"

그러고는 개에게 먼저 음식을 던져 주었다. 그 음식을 먹은 개는 그 자리에서 죽어 버렸다. 이 일이 있고 난 뒤 곽사의 마음에는 이각에 대한 의심을 품기 시작했다.

하루는 조정 회의가 끝난 뒤 이각이 곽사를 자신의 집으로 초대했다. 곽사는 이런저런 핑계를 대며 가지 않으려 했으나 억지로 끌고 가는 바람에 어쩔 수 없이 가서 술을 마셨다. 밤이 되어서야 술자리가 끝나고 술에 취해 집으로 돌아온 곽사는 공교롭게 배가 아팠다.

처 曰: "음식에 독을 넣은 게 틀림없어요."

그러고는 급히 똥물을 퍼오게 하여 남편에게 먹였다. 먹은 음식을 다 토하고 나서야 비로소 아픈 배는 진정이 되었다.

곽사가 크게 화를 내며 말하기를: "내가 그놈과 함께 대사를 도모해 왔는데 이제 와서 까닭 없이 나를 헤치려 하다니, 내가 먼저 선수를 치지 않으면 틀림없이 그놈의 독수(毒手)에 당하고 말겠어!"

그는 곧 본부의 군사들을 정비하여 이각을 칠 준비를 했다. 그런데 누군가 이런 사실을 이각에게 알려주었다. 곽사가 이런 짓을 하리라고는 꿈에도 생각하지 못했던 이각 역시 크게 노하여 말하기를: "곽사 이놈이 어찌 내게 이럴 수가 있단 말이냐?"

그러고는 자신도 휘하의 군사들을 거느리고 곽사를 치러 나갔다.

양편의 군사를 합하면 수만 명이 되는데, 바로 장안성 아래에서 두 군사들이 서로 엉켜 어지럽게 싸웠으며 이 와중에도 주민들을 노략질하는 군사들도 있었다.

이각의 조카 이섬(李暹)은 군사를 거느리고 궁궐을 에워싸고 수레 두 대를 이용하여 한 대에는 천자를, 또 한 대에는 복황후를 태우고 가후(賈詡)와 좌영(左靈)으로 하여금 어가를 감시 호송케 했다. 그리고 나머지 궁인과 내시들은 모두 걸어서 가게 했다. 그들이 궁궐 뒤편의 재문(宰門)을 나가려는 순간 마침 곽사의 군사들이 몰려와 일제히 화살을 쏘는 바람에 수많은 궁인들이 그 화살에 맞아 죽었다. 다행히 이각이 그 뒤를 따라와서 공격을 하니 곽사의 군사들은 물러갔다.

천자의 어가를 멋대로 끌고 나온 가후는 위험을 무릅쓰고 성문을 나와 어떤 이유나 설명도 없이 이각의 영채 안으로 데리고 갔다. 뒤늦게 군사를 몰고 온 곽사는 성으로 들어와 남은 비빈과 궁녀들을 사로잡아 모두 자기 진영으로 끌고 간 뒤 궁궐에 불을 질렀다.

다음 날 곽사는 이각이 이미 천자를 납치해 간 사실을 뒤늦게 알고 군사를 이끌고 이각의 영채 앞에서 서로 죽기로 싸우니 이를 본 천자와 황후 모두 놀라서 두려워할 뿐이었다.

후세 사람이 이를 한탄하여 시를 지었으니:

광무의 중흥으로 한나라 다시 일으켜	光武中興興漢世
앞뒤로 계승해 십이 대에 이르렀는데	上下相承十二帝
환제와 영제 무도하여 나라가 기울고	桓靈無道宗社墮

| 환관의 권력 농단으로 말세가 되었네 | 閹臣擅權爲叔季 |

어리석은 하진이 어쩌다 삼공이 되어	無謨何進作三公
궁궐의 쥐 잡으려 간웅을 불러들였네	欲除社鼠招奸雄
승냥이 몰아내니 범과 이리 들어와서	豺獺雖驅虎狼入
서량 땅의 역적 놈 음흉한 마음 품네	西州逆竪生淫凶

왕윤의 충성심 미인계로 계책을 내어	王允赤心托紅紛
동탁과 여포를 이간하여 원수 만들어	致令董呂成矛盾
역적 괴수 죽여 천하 편할 줄 알았지	渠魁殄滅天下寧
이각과 곽사 분 품을 줄 누가 알았나	誰知李郭心懷憤

가시밭길 같은 황제의 운명 어이할꼬	神州荊棘爭奈何
궁중 여인들 굶주리며 싸움 걱정하네	六宮饑饉愁干戈
인심이 먼저 떠나니 천명도 떠나가고	人心旣離天命去
영웅들 할거하여 산하를 나눠 가지네	英雄割據分山河

후대의 제왕들이여 이 일을 거울삼아	後王規此存競業
온전한 나라 깨지지 않도록 조심하라	莫把金甌等閑缺
무고한 백성들 처참하게 다 죽어나고	生靈糜爛肝腦塗
패망한 나라의 산천 원혈이 질펀하네	剩水殘山多怨血

옛 역사 살펴보니 서글픔이 밀려오네	我觀遺史不勝悲
아득한 옛 궁터엔 기장만이 자라나고	今古茫茫嘆黍離
임금 된 자 마땅히 근본 지켜야 하니	人君當守苞桑戒

278

그 누가 권력 잡아 나라 기강 세우나　　太阿誰執全綱維

　　이각의 진영으로 쳐들어가 접전을 벌이던 곽사는 전세가 불리해지자 잠시 물러났다. 이각은 이 틈을 이용하여 천자와 황후의 어가를 미오로 옮겨서 조카 이섬에게 지키도록 하면서 내부의 출입을 철저히 통제하고 음식도 제대로 주지 않아 황제를 모시는 신하들의 얼굴에는 굶주린 기색이 모두 역력했다.

　　보다 못한 황제가 이각에게 사람을 보내 쌀 다섯 섬과 소뼈 다섯 짝을 신하들에게 내려줄 수 있는지 물어보니 이각이 벌컥 화를 내며 말하기를: "아침저녁으로 밥을 올리는데 뭘 또 달라는 말이냐?"

　　그러고는 상한 고기와 썩은 양식을 보내 주었는데 너무 심한 악취 때문에 도저히 먹을 수가 없었다.

　　황제 曰: "역적 놈이 짐을 이렇게 능멸하다니!"

　　시중 양기(楊琦)가 급히 아뢰기를: "이각은 성질이 워낙 잔인하고 포악스러운 자입니다. 사태가 이 지경이 되었으니 폐하께서는 참으셔서 예봉을 피하셔야 하옵니다."

　　결국 황제는 고개를 떨군 채, 말없이 흐르는 눈물에 용포 소맷자락이 흥건히 젖었다.

　　그때 갑자기 곁에 있던 자가 보고하기를: "한 무리의 군사들이 햇빛에 창칼을 번쩍이며 천지를 진동할 듯한 징과 북소리를 울리며 폐하를 구하기 위해 여기로 달려오고 있다고 하옵니다."

　　황제가 그들이 누구인지 알아보라고 했는데 바로 곽사가 온다는 것이었다. 한순간이나마 희망을 품었던 황제의 마음은 다시 근심에 잠겼다. 그저 미오성 밖에서 함성 소리만 크게 들릴 뿐이었는데 이는 이각이 군사를 이끌고 나가 곽사를 맞아 싸우는 소리였다.

이각이 채찍으로 곽사를 가리키며 욕을 하며 말하기를: "내 너를 그리 박대하지 않았는데 어찌하여 나를 해치려 하느냐?"

곽사 曰: "이 역적 놈아, 너 같은 반역자를 어찌 살려둘 수 있느냐!"

이각 曰: "내가 여기서 어가를 보호하고 있는데 어찌 나를 반역자라고 하느냐?"

곽사 曰: "그것이 어가를 납치한 것이지 어찌 보호하고 있는 것이냐?"

이각 曰: "여러 말 필요 없다. 다른 군사들 쓰지 말고 우리 단 둘이 승부를 겨루어서 이기는 자가 황제를 모시기로 하자."

두 사람이 진영 가운데서 겨루는데 10여 합을 싸웠지만 승부가 나지 않았다. 그때 양표가 말에 채찍을 가하여 달려오며 크게 소리 지르기를: "두 분 장군 잠깐 싸움을 멈추세요! 내가 대신들과 상의하여 두 분을 화해시키고자 이렇게 달려왔습니다."

이리하여 이각과 곽사는 일단 싸움을 중지하고 각자 진영으로 돌아갔다.

양표와 주준은 60여 명의 조정 관료들과 함께 먼저 곽사의 진영에 화해를 권고하러 갔다. 그런데 곽사는 뜻밖에 관료들을 모두 감금해 버렸다.

여러 관료들이 말하기를: "우리는 두 분 장군을 화해시키려고 왔는데 어찌 우리를 이렇게 대접하시는 것이오?"

곽사 曰: "이각은 천자도 겁박하는 판인데 내가 공들을 잡아 가두는 것이 무어 그리 대수겠소."

양표 曰: "한 사람은 천자를 겁박하고, 또 한 사람은 대신들을 겁박하니, 도대체 어쩌자는 거요?"

곽사가 크게 노하며 칼을 뽑아 양표를 죽이려고 했다. 중랑장 양밀(楊密)이 극력하게 만류하자 곽사는 양표와 주준은 풀어 주고 나머지는 모두 곽사의 진영 안에 감금해 버렸다.

양표가 주준에게 말하기를: "나라의 안위와 존망을 지켜야 할 중신이 군주조차 제대로 보필하지 못하면서 공연히 세상에 살아가는 것만 같구려!"

그러고는 서로 얼싸안고 통곡하다 혼절하여 땅에 쓰러졌다. 주준은 집으로 돌아와 화병을 얻어 앓다가 죽고 말았다.

그런 일이 있고 난 뒤에 이각과 곽사는 50여 일 동안이나 매일 싸웠는데, 그 싸움에서 죽은 자가 수를 헤아릴 수도 없이 많았다.

평소 이각은 해괴하고 요사스러운 술법을 좋아했는데 늘 무녀로 하여금 군중(軍中)에서 북을 치고 신을 내리는 굿판을 벌였다. 가후가 여러 차례 그만둘 것을 간했으나 이각은 좀처럼 들으려 하지 않았다.

시중 양기(楊琦)가 은밀히 황제께 아뢰기를: "신이 보기에 가후가 비록 이각의 심복이기는 하지만 폐하에 대한 충성심도 없지는 않은 것 같사오니, 폐하께서 그를 불러 계책을 의논하시면 어떨는지요?"

이렇게 아뢰고 있는데 마침 가후가 황제를 찾아왔다. 황제는 주위를 모두 물린 뒤 울면서 가후에게 말하기를: "경이 한나라 사직을 가엽게 여겨, 짐의 목숨을 구해 줄 수 있겠는가!"

가후가 엎드려 절하여 아뢰기를: "신이 진실로 원하는 바입니다. 폐하께서는 아무 말씀 마시옵고 신에게 맡겨만 주시옵소서."

황제는 눈물을 거두고 고맙다고 했다. 얼마 뒤 이각이 뵈러 오는데 칼을 차고 들어왔다. 황제의 얼굴은 흙빛으로 변했다.

이각이 황제에게 말하기를: "곽사는 반역의 뜻을 품고 대신들을 감금하고 폐하를 겁박하려 하고 있습니다. 신이 아니었더라면 어가도 탈취당할 뻔했습니다."

황제가 두 손을 모아 이각에게 감사를 표하자 이각이 나갔다. 이때 황보력(皇甫酈)이 황제를 알현하러 들어왔다. 황제는 그가 언변이 좋고 또 이각과도 동향이라는 사실을 알고 있어, 그에게 조서를 내려 이각과 곽사를 화해시키도록 했다.

황보력이 조서를 받들고 곽사의 진영으로 걸어가서 황제의 뜻을 전했다.

곽사 曰: "만일 이각이 천자를 내보내 준다면 나도 대신들을 풀어 주겠소."

황보력이 즉시 이각에게 찾아와서 말하기를: "오늘 천자께서 내가 서량 사람인데다 공과는 동향인이라는 것을 알고 특별히 나로 하여금 두 분의 화해를 권하라고 하셨습니다. 곽사는 이미 조서를 받들었는데 공께서는 어쩌시렵니까?"

이각 曰: "나는 여포를 물리친 큰 공이 있고 조정의 정사를 4년 동안이나 잘 보살피며 많은 공적을 쌓은 것은 천하가 다 아는 사실이오. 그런데 일개 말 도적에 불과한 놈이 대신들을 감금하고 감히 나에게 대항하려 하니, 내 맹세코 그놈을 죽이고야 말겠소. 내게는 뛰어난 지략을 가진 장수들이 많이 있고 군사의 수도 더 많은데, 공이 보기에 내가 곽가놈을 충분히 이길 수 있다고 보지 않는 게요?"

황보력이 대답하기를: "그렇지 않습니다. 옛날 유궁국(有窮國)의 왕 후예(后羿)는 자신의 활 솜씨만 믿고 환난을 대비하지 않았다가 그만 멸망하고 말았소. 또한 최근에 동태사가 얼마나 막강한 힘을 가지고 있었는지 공도 잘 보지 않았습니까. 여포가 동태사의 은혜를 그리 많이 입었음에도 그를 배반하자 순식간에 동태사의 머리가 잘려 국문(國門)에 내걸리고 말았습니다. 그러니 강한 것도 사실은 믿을 것이 못 되지요. 공께서는 상장군의 몸으로 모든 권세를 한 손에 쥐고 계시며, 자손과 종족이

모두 뚜렷한 위치에 있으니 나라의 은혜가 두텁지 않다고 말할 수는 없지요. 지금 곽사는 대신들을 겁박하고 있고 장군은 지존을 겁박하고 있으니 과연 누구의 죄가 가볍고 누구의 죄가 무겁다고 할 수 있겠습니까?"

이각이 크게 화를 내며 칼을 뽑아 들고 꾸짖기를: "천자가 너를 시켜 나를 능멸하라고 하더냐? 내 먼저 네 목을 베어 버릴 것이다!"

기도위 양봉(楊奉)이 간하기를: "지금 아직 곽사도 제거하지 못하고 있는데 여기서 천자의 사신을 먼저 죽인다면 곽사에게 군사를 일으킬 명분만 주게 될 것이고 제후들도 모두 곽사를 도울 것입니다."

가후 역시 강력하게 권고하자 이각의 화는 다소 누그러졌다. 가후는 즉시 황보력을 밖으로 밀어내자 그가 크게 소리치기를: "이각이 조서를 받들지 않는 것은 황제를 시해하고 스스로 황제가 되려는 속셈이다!"

시중 호막(胡邈)이 급히 그의 입을 막으며 말하기를: "말조심하시오. 무슨 화를 당하시려고 이러십니까?"

황보력이 꾸짖으며 말하기를: "호경제(胡敬才:호막), 너 역시 조정의 신하이거늘, 어찌 반역자에게 붙어 있느냐? 임금이 능욕을 당하고 있는데 어찌 신하가 살기를 바라겠느냐? 이렇게 더럽게 목숨을 부지하느니 차라리 이각의 손에 죽는 편이 더 낫겠다!"

그 후에도 그의 심한 욕설은 그치지 않았다.

황제가 이런 사실을 알고 황보력을 급히 서량으로 보내 버렸다.

한편 이각의 군사 대부분은 서량 사람들이며 게다가 강족(羌族)의 도움을 받고 있었는데 황보력이 서량으로 돌아가서 사람들에게 떠벌리고 다니며 말하기를: "이각이 반역을 꾀하고 있으며 그를 따르는 자들은 바로 역적의 무리이니 큰 해를 입을 것이다."

그의 이런 말이 서량인들 사이에 널리 퍼지면서, 군사들의 마음이 점점 흐트러지기 시작했다.

이각이 이런 소문을 듣고 크게 노하여 크게 화를 내며 호위무사(虎賁) 왕창을 시켜 황보력을 잡아 오라고 했다. 그러나 왕창은 평소 그의 충성심과 의리를 누구보다 잘 알고 있어, 찾아보지도 않고서 돌아와서 보고하기를: "황보력이 어디로 갔는지 아무리 찾아보아도 없습니다."

가후 역시 은밀히 강족 군사들에게 말하기를: "천자는 너희들의 충의를 잘 알고 계신다. 또한 오랫동안 싸우느라 고생한 줄도 다 알고 계시기 때문에 너희들을 고향으로 돌려보내라는 비밀 조서를 내리셨다. 나중에 반드시 후한 상을 내려주실 것이다."

마침 이각이 자신들에게 어떤 벼슬이나 상도 주지 않아 불만을 많이 품고 있던 강족 군사들은 가후의 이런 말을 듣자 군사를 이끌고 모두 떠나 버렸다.

가후는 또 은밀히 황제께 아뢰기를: "이각은 욕심은 많으나 꾀가 부족한 자로 지금 군사들이 흩어지자 내심 겁을 먹고 있으니 그에게 후한 벼슬을 내려 안심시켜 두면 좋을 것 같습니다."

황제가 조서를 내려 이각을 대사마로 봉했다.

이각이 기뻐하며 말하기를: "이것은 무당들이 굿을 하여 빌어준 덕분이로다."

그러고는 무당들에게는 후한 상을 내리고 정작 장수들에게는 어떠한 상도 주지 않았다.

기도위 양봉이 크게 화를 내며 송과(宋果)에게 말하기를: "우리가 돌과 화살을 무릅쓰고 생사를 넘나들며 죽기로 싸웠거늘 고작 무당들보다도 공이 없단 말이오?"

송과 曰 : "이럴 바에는 차라리 역적 놈을 죽이고 천자를 구하는 게 어떻겠소?"

284

양봉 曰: "자네는 안에서 불을 지르게, 그럼 나는 그 불을 보고 밖에서 공격을 하겠네."

이렇게 두 장수는 밤 2경에 역할을 나누어 거사하기로 약속하였는데 그 기밀이 누설되어 누군가 이 사실을 이각에게 밀고를 했다. 이각이 크게 화를 내며 사람을 시켜 송과를 잡아 오게 하여 먼저 그를 죽여 버렸다.

양봉이 밖에서 군사를 이끌고 불이 오르기를 기다리고 있는데 어떤 기미도 없고 갑자기 이각이 군사를 이끌고 나와 양봉과 마주쳤다. 둘은 4경까지 한바탕 혼전을 벌이며 싸웠으나 결국 양봉은 이기지 못하고 군사를 이끌고 서안으로 도망쳤다.

이각은 이때부터 군세가 급격히 쇠약해졌으며 더구나 매일 곽사의 공격을 받다 보니 죽어 가는 군사들의 수가 급속히 늘어갔다.

그때 갑자기 누군가 와서 보고하기를: "장제가 섬서(陝西)로부터 대군을 이끌고 와서 두 장군을 화해시키겠다고 하면서 만약 그의 말을 따르지 않으면 어느 쪽이든 공격하시겠다고 합니다."

이각은 어려웠던 참에 선심이나 쓰려고 먼저 장제에게 사람을 보내서 화해에 응하겠다고 전하니 곽사 또한 이를 받아들이지 않을 수 없었다.

장제가 표문을 올려 황제의 어가를 홍농(弘農)으로 옮길 것을 청하니 황제도 기뻐하며 말하기를: "짐도 동도(東都:낙양)를 그리워한 지 오래다. 이제나마 돌아갈 수 있다면 얼마나 다행이겠느냐!"

그리고 조서를 내려 장제를 표기장군으로 봉하니 장제는 양식이며 술과 고기를 내어 백관들에게 잔치를 베풀고 곽사는 감금하고 있던 모든 대신들을 풀어 주었다. 그리고 이각은 어가를 수습하여 동도로 향했는데 본래 거느리고 있던 어림군(御林軍) 수백 명으로 하여금 창을 들고 어가를 호송하도록 했다.

천자의 수레 난여(鑾輿)가 신풍(新豊)을 지나 패릉(霸陵)에 이르렀다. 때는 바야흐로 가을이었는데 서풍이 불어오면서 갑자기 함성 소리가 크게 들렸다. 이어서 수백 명의 군사들이 다리 위로 올라와 어가를 가로막고 날카로운 목소리로 묻기를: "웬 놈들이냐?"

시중 양기가 말을 채찍질하여 다리 위로 가서 말하기를: "감히 천자의 어가를 막는 네놈들은 누구냐?"

두 명의 장수가 나와 묻기를: "우리는 곽 장군의 명을 받들어 첩자들을 방비하기 위해 이 다리를 지키는 중이오. 천자가 탄 어가라고 말씀하셨는데 제 눈으로 직접 확인해야 믿을 수 있겠습니다."

양기가 주렴을 높이 들어 올리자 황제가 말하기를: "짐이 여기 있는 것을 보고도 어찌 물러가지 않는 것이냐?"

여러 장수들이 모두 '만세'를 부르며 어가가 지나가도록 다리 양쪽으로 물러섰다.

두 명의 장수가 돌아가서 곽사에게 보고하기를: "어가가 이미 지나갔습니다."

곽사 曰: "내가 장제를 속이기 위해 어가를 잠시 내어준 것이고, 어가를 미오로 다시 데려가기 위해 너희들을 보낸 것인데 네놈들이 멋대로 보내 주었다고?"

곧바로 두 명의 장수를 베어 버리고 군사들을 데리고 어가를 쫓아갔다. 어가가 화음현(華陰縣)에 도착할 즈음에 등 뒤에서 함성 소리가 하늘을 진동하더니 큰 소리로 외치기를: "어가를 잠시 멈추어라!"

황제가 울면서 대신들에게 말하기를: "가까스로 이리의 소굴을 벗어났나 싶었는데 다시 범의 아가리를 만났구려, 이를 어찌해야 좋단 말이냐?"

모두 다 얼굴색이 변하고 적들은 점점 다가오고 있는 그때 문득 북소리가 들리면서 산 뒤에서 또 한 무리의 군사들이 나타났다. '대한양봉(大

漢楊奉)'이란 네 글자가 쓰여진 깃발을 선두로 한 장수가 천여 명의 군사를 이끌고 달려왔다. 알고 보니 양봉이 이각에게 패하고 곧바로 종남산(終南山) 아래에서 주둔하고 있었는데, 어가가 이쪽으로 온다는 소문을 듣고 그가 지금 황제를 호위하러 달려온 길이었다.

양봉이 당장 싸울 준비를 갖추자 곽사의 장군 최용(崔勇)이 말을 타고 나서서 양봉에게 큰 소리로 욕을 하기를: "이 역적 놈아!"

양봉이 크게 화를 내며 진중으로 고개를 돌려 말하기를: "공명(公明)은 어디 있느냐?"

한 장수가 커다란 도끼를 손에 들고 붉은 털의 말을 나는 듯이 몰아 최용에게 달려들어 단 한 번에 최용을 도끼로 내려쳐서 말에서 떨어뜨렸다. 양봉은 승기를 잡고 군사를 몰아 쳐들어가니 곽사의 군사는 대패하여 2십여 리 뒤로 물러났다.

양봉은 군사를 수습하여 천자를 알현하니 천자가 그를 위로하며 말하기를: "경이 짐을 구했소, 그 공이 적지 않소!"

양봉이 머리를 조아리며 절을 했다.

황제 曰: "방금 적장을 벤 자는 누구인가?"

양봉이 그 장수를 데리고 와 어가 밑에서 절을 올리며 말하기를: "이 사람은 하동(河東) 양군(楊郡) 사람으로 성은 서(徐), 이름은 황(晃), 자는 공명(公明)이라 하옵니다."

황제는 그의 노고를 위로했다. 양봉이 어가를 호위하여 화음(華陰)에 이르니 장군 단외(段煨)가 의복과 음식을 준비하여 황제께 바쳤다. 이날 밤 황제는 양봉의 영채에서 보냈다.

다음 날 한 번 패하고 달아났던 곽사가 군사를 다시 정비하여 양봉의 영채 앞까지 왔다. 서황이 말을 타고 선두에 섰는데 곽사의 대군은 양봉의 영채를 사방팔방으로 에워싸서 천자와 양봉은 그들의 한 가운데 포위된 것이나 다름없다. 그런 위급한 상황에 처해 있는 바로 그때, 갑자기 동남쪽에서 함성이 크게 울리더니 한 장수가 군사를 거느리고 말을 달려와 적진의 포위를 뚫고 곧장 달려왔다. 서황은 이 기회를 놓치지 않고 공격하여 곽사의 군사를 크게 물리쳤다. 그 장수가 와서 천자를 뵈었는데, 그는 다름 아닌 황제의 외척(國戚)인 동승(董承)이었다.

황제가 울면서 지난 일들을 하소연했다.

동승 曰: "폐하, 이제는 근심을 거두시옵소서. 신이 양 장군과 함께 맹세코 두 역적 놈들을 쳐부수고 천하를 안정시키겠나이다."

황제는 서둘러 동도로 가자고 명하여 밤에도 어가를 움직여 홍농을 향해 길을 재촉했다.

한편 곽사는 패한 군사들을 이끌고 돌아가다 우연히 이각과 마주쳤는데 곽사가 말하기를: "양봉과 동승이 어가를 빼앗아서 홍농으로 가 버렸소. 만약 그들이 산동에 이르러 안정을 되찾으면 틀림없이 천하에 포고령을 내려 제후들로 하여금 우리를 치라고 할 게 뻔하며, 그렇게 되면 우리는 삼족을 보존할 수 없게 될 거요."

이각 曰: "지금 장제의 군사는 장안을 점거하고 있는데 내가 보기에 가벼이 군사를 움직일 것 같지는 않으니, 나와 당신이 군사를 하나로 합하여 홍농으로 가서 황제를 죽이고 천하를 반씩 나누어 가지면 어떻겠소!"

곽사도 흔쾌히 그 제안을 받아들였다. 두 사람은 군사를 합쳐서 홍농으로 출발하였는데, 가는 곳마다 약탈을 일삼아 그들이 지나는 곳은 모두 텅 비어 버렸다.

양봉과 동승은 적의 군사들이 멀리서 쫓아오고 있다는 소식을 듣고 곧바로 군사를 돌려 동간(東澗)에서 반역의 무리들과 크게 싸웠다.

이각과 곽사 두 사람이 상의하기를: "우리의 군사는 많고 저놈들은 적으니 혼전만 되면 승리할 수 있소."

그리하여 이각은 좌측에서, 그리고 곽사는 우측에서 벌떼처럼 인해전술로 쳐들어왔다. 양봉과 동승은 양쪽을 맞이하여 죽기로 싸워 간신히 황제와 황후의 어가 일행만 보호하여 탈출하고 백관이나 궁인, 부책(符冊)이며 전적(典籍), 기타 황제가 사용하는 모든 물건(御用之物)들은 어쩔 수 없이 모두 포기해야만 했다.

곽사는 군사를 이끌고 홍농으로 들어와서도 약탈을 멈추지 않았다. 동승과 양봉은 어가를 보호하며 섬북(陝北)으로 달아났으며 이각과 곽사는 군사를 둘로 나누어 그 뒤를 쫓았다.

동승과 양봉은 한편으로는 사람을 보내 이각과 곽사에게 화해를 시도하고, 또 한편으로는 은밀히 황제의 사자를 하동으로 보내, 백파수(白波帥)·한섬(韓暹)·이악(李樂)·호재(胡才) 등에게 급히 군사를 이끌고 와서 어가를 구하라는 조서를 전했다.

이악이라는 자는 산적 두목이었는데, 이런 자에게까지 도움을 청할 정도였으니 상황이 얼마나 다급했는지 미루어 짐작이 갔다. 구원 요청을 받은 이들 셋은 황제가 자신들의 죄를 사면해 줄 뿐만 아니라 벼슬까지 준다는데 어찌 마다하겠는가?

이들은 본영의 군사들을 모두 동원하여 달려와 동승과 만나기로 하고 일제히 홍농을 치러 갔다.

그때 이각과 곽사는 그들이 거쳐가는 곳마다 백성들을 약탈하고 노약자들은 죽여 버리고 젊고 힘이 있는 자는 군사로 편입시켜 적과 싸울 때 맨 앞에 이들이 서게 하여 화살받이로 사용하는 이른바 '감사군(敢死軍: 감히 죽으려 하는 군사)'이라 불렀으며 이런 식으로 적들의 세력은 갈수록 불어났다.

이악의 군사들이 당도하여 위양(渭陽)에서 적들과 만났다. 곽사는 군사들에게 의복 등 물건을 길가에 버려두라고 지시했다. 이악의 군사들이 길바닥에 의복 등이 널려 있는 것을 보고 서로 다투어 줍느라 대오가 완전히 흐트러졌다. 이각과 곽사의 군사들은 이 틈을 이용해서 기습하여 혼전을 벌인 결과 이악의 군사는 대패하고 말았다.

양봉과 동승은 적을 막아내지 못하고 어가를 호위하여 북쪽으로 달아나는데 등 뒤에서는 적병들이 쫓아오고 있다.

이악 曰: "사태가 위급합니다! 황제께서는 말에 올라 먼저 떠나십시오."

황제 曰: "짐은 백관들을 버리고 떠날 수 없소."

사람들은 모두 울면서 어가의 뒤를 따라갔다. 호재마저 적들에게 죽자, 동승과 양봉은 적의 추격이 바로 뒤까지 왔음을 알고 황제에게 어가를 버리고 걸어서 황하 강변으로 가실 것을 청했다. 이악 등이 작은 배를 한 척 찾아와서 그 배로 강을 건너기로 했다. 이날따라 날씨는 춥고 강바람이 매서웠다. 황제와 황후가 가까스로 걸어서 강변까지는 왔는데 강변이 너무 높아 배로 내려갈 수가 없었다. 추격해 오는 적의 군사들은 점점 가까워져 왔다.

양봉 曰: "말고삐를 풀어서 길게 연결하여 황제의 허리에 묶어 배로 내려가는 수밖에 없겠소."

사람들 가운데서 황후의 오라버니 복덕(伏德)이 흰 비단 십여 필을 옆구리에 끼고 와서 말하기를: "내가 어지러이 싸우는 와중에 이 비단을 주워왔소. 이 비단을 연결하여 어가를 끌어내립시다."

행군교위 상홍(尚弘)이 비단으로 황제와 황후의 몸을 감싸 묶은 뒤 사람들로 하여금 황제를 먼저 배에 내리게 하고 이악이 칼을 쥐고 뱃머리에 서 있고 황후는 오라버니 복덕이 등에 업고 배에 내려서자, 강변에 남아 있던 무리들이 서로 먼저 배에 오르려고 줄을 잡고 다투었다. 이악이 그들을 모두 칼로 베어 물속에 빠뜨렸다. 황제와 황후를 먼저 강 건너편에 건네 놓고 다시 배를 보내서 사람들을 태우려 하니 이번에도 서로 타려고 아우성이었다. 먼저 타려고 다투는 자들은 모조리 이악의 칼에 손가락이 잘려 나가 그 비명소리가 하늘을 진동했다.

강 건너편에 도착해보니 황제 주위에 남은 사람은 십여 명에 불과했다. 양봉이 어디선가 소달구지 하나를 구해와 황제를 태우고 대양(大陽)으로 향했다. 식량도 떨어지고 밤이 되어 어느 기와집에 들어가 밤을 보내게 되었는데 시골 늙은이가 조밥을 지어와 올렸는데 주상과 황후는 밥이 너무 거칠어 목으로 넘길 수가 없었다.

다음 날 조서를 내려 이악은 정북장군(征北將軍), 한섬은 정동장군(征東將軍)으로 각각 봉하고 소달구지를 이끌고 출발했는데 두 명의 대신이 찾아와 수레 앞에서 울면서 절을 했다. 그들은 태위 양표(楊彪)와 태복 한융(韓融)이었다. 황제와 황후도 함께 울었다.

한융 曰: "이각과 곽사 이 두 역적 놈은 그래도 신의 말이라면 좀 듣는 편이오니, 신이 목숨을 걸고 가서 군사를 물리도록 설득해 보겠습니다. 폐하께서는 부디 옥체를 보전하십시오."

그리고 한융은 그들을 찾아 떠났다. 이악은 황제를 양봉의 영채에서 잠시 쉬도록 한 후, 양표의 청에 따라 황제를 안읍(安邑)으로 모시기로 했다. 황제 일행이 안읍에 도착해 보니 높은 집이라고는 하나도 보이지 않아 어쩔 수 없이 황제와 황후를 초가집으로 모셔야 했다. 더구나 그 초가집에는 여닫을 문조차 없어서 가시나무를 꺾어다가 울타리를 치고 황제는 그 안에서 대신들과 나랏일을 상의하였으며, 여러 장수들은 군사들을 이끌고 밖에서 지켰다.

이때부터 이악 등은 권력을 마음대로 휘둘렀는데, 백관들이 조금이라도 제 비위를 거스르기만 하면 황제 앞에서 욕은 물론 구타까지 서슴지 않았다. 게다가 고의로 황제에게 탁한 술과 거친 음식을 올려도 황제는 어쩔 수 없이 그것들을 먹어야만 했다.

이악과 한섬은 또 연명으로 황제에게 추천하여 그들의 졸개들과 무뢰배, 무녀와 군졸 등 2백여 명에게 교위(校尉)·어사(御史) 등의 벼슬을 내려주도록 했다. 임명장에 찍을 직인도 없어 나무에 송곳으로 글자를 파서 찍어주는 형편이어서 황제의 체통은 도무지 말이 아니었다.

한편 이각과 곽사를 찾아간 한융이 이런저런 핑계를 대며 설득을 하자 두 반역자들은 그래도 그들이 붙들고 있던 백관들과 궁인들을 돌려보내 주었다.

그해에는 극심한 흉년으로 백성들은 대부분 대추나 나물로 끼니를 해결하고 굶어 죽은 사람들의 시체가 들판에 널렸다. 다행히 하내 태수 장양(張楊)이 쌀과 고기를 보내오고, 하동 태수 왕읍(王邑)이 비단을 보내주어 황제는 다소나마 안정을 되찾을 수 있었다.

동승과 양봉이 상의하여, 한편으로는 사람을 보내 낙양궁 성을 수리하여 어가를 모시고 동도로 돌아가려고 했으나 이악이 반대했다.

동승이 이악에게 말하기를: "낙양은 원래 천자가 세운 도읍인데 안읍 같은 작은 고을에 어찌 황제를 언제까지 머무르게 할 수 있겠소? 이제 낙양으로 돌아가는 것이 당연한 이치요."

이악 曰: "당신들은 어가를 모시고 가시오. 나는 여기에 남겠소."

동승과 양봉이 어가를 모시고 동도로 출발했다. 그러자 이악이 은밀히 사람을 이각과 곽사에게 보내 함께 어가를 납치하자고 음모를 꾸몄다. 동승·양봉·한섬이 그 음모를 사전에 알아채고 밤에도 군사들이 경

292

계를 하도록 하고 어가를 호위하여 기관(箕關) 방향으로 달아났다.

이악이 그 사실을 알고 이각과 곽사의 군사들이 오는 것을 기다리지 않고 혼자서 자신의 군사를 이끌고 어가를 쫓아갔다. 사경쯤 되었을 때, 기산 아래까지 쫓아와서 큰 소리로 외치기를: "어가를 멈추어라! 이각 곽사가 여기에 왔다!"

이 소리를 들은 헌제는 놀라고 겁이 나서 그저 벌벌 떨고 있을 뿐이었다. 그때 산 위에서 불빛이 넓게 치솟아 올랐다.

이야말로:

| 지난번에는 두 역적이 두 패로 나뉘더니 | 前番兩賊分爲二 |
| 이번에는 세 역적들이 한 패로 뭉쳤구나 | 今番三賊合爲一 |

한나라 천자가 이 위기를 어떻게 벗어날지 궁금하거든 다음 회를 기대하시라.

제 14 회

조맹덕은 천자의 어가를 허도로 옮기고
여포는 야밤을 틈타서 서주를 기습하다

曹孟德移駕幸許都

呂奉先乘夜襲徐郡

이악이 군사를 이끌고 이각과 곽사를 사칭하여 어
가를 추격해 오니 천자는 몹시 놀랐다.

양봉이 천자를 안심시키면서 말하기를: "이자는 이
악입니다."

그리고 서황으로 하여금 나가서 싸우라고 했다. 이악이 직접 싸우러
나왔다. 두 말이 서로 교차하며 단 한 번 만에 이악은 서황의 도끼에 맞
아 말에서 떨어졌다. 그러자 나머지 무리들은 뿔뿔이 흩어져 도망쳤다.
양봉은 어가를 보호하며 기관을 지나갔다.

태수 장양이 양식과 비단을 가지고 지도(軹道)에서 어가를 맞이했다.
황제는 장양을 대사마로 봉했다. 장양은 황제에게 하직 인사를 하고 군
사를 주둔하러 야왕(野王)으로 떠났다.

마침내 황제가 낙양에 들어와 보니 궁궐은 모조리 불타버리고 시가지
는 모두 황폐해져 보이는 것이라고는 잡초뿐이었다. 궁전 안에는 단지 허
물어진 담장과 벽들만 남아있다.

헌제는 양봉에게 명하여 거주할 수 있는 작은 궁 하나를 짓도록 하고

백관들이 황제께 하례할 때는 모두 가시덤불 속에 서 있어야 했다.

황제는 조서를 내려 연호를 흥평(興平)에서 건안(建安)으로 고쳤다.

하필 그해에는 또 큰 흉년이 들어 낙양의 백성들은 고작해야 수백 가구뿐이었으며 그들은 먹을 식량이 없어 모두 성 밖으로 나가서 나무껍질을 벗기고 풀뿌리를 캐어 먹어야 했다.

조정 대신들 중에서도 상서랑(尙書郞) 이하의 신하들은 모두 성을 나가 스스로 땔나무를 해야만 했으며 허물어진 담이나 벽 사이에 죽어 있는 자들이 많이 있었다.

쇠잔한 한나라 말년의 기운이 이보다 더 심한 적이 있었을까?

후세 사람이 이를 탄식하여 시를 지었으니:

망산 탕산에서 백사를 베어 죽인 뒤	血流芒碭白蛇亡
붉은 깃발 휘날리며 온 천하 누볐네	赤幟縱橫游四方
진 황실 뒤엎어 한나라 사직 일으켜	秦鹿逐翻興社稷
항우를 무너뜨리고 강토를 확정했네	楚雛推倒立封疆
천자가 나약하니 간신들이 일어나고	天子懦弱奸邪起
국운이 쇠약하니 도적들이 날뛰누나	氣色凋零盜賊狂
재난 당한 두 서울 찾아가 보았더니	看到兩京遭難處
눈물 없는 철인이라도 서글퍼지리라	鐵人無淚也悽惶

태위 양표가 황제께 아뢰기를: "지난번에 황제께서 내리신 조서를 아직 조조에게 보내지 못했습니다. 지금 조조는 산동에 있는데 군사도 강하고 장수들도 많으니 그를 조정으로 들어오게 하여 왕실을 보좌토록 하심이 좋을 것 같사옵니다."

황제 曰: "짐이 이전에 이미 조서를 내렸으니 다시 상주할 필요가 어디 있겠소. 지금 즉시 사람을 보내도록 하시오."

양표가 칙지를 받들어 바로 사람을 산동으로 보내 조조를 불러오도록 했다.

한편 산동에 있는 조조는 어가가 이미 낙양으로 돌아왔다는 말을 듣고 모사들과 상의했다.

순욱이 나서며 말하기를: "옛날 춘추시대 진(晉)나라 문공(文公)이 주(周) 양왕(襄王)을 받아들였기 때문에 모든 제후들이 복종을 했고, 한고조께서 의제(義帝)의 장례를 잘 치러주어 천하의 민심을 얻을 수 있었습니다. 지금 천자께서 난을 피하여 안전한 곳으로 떠나와 계시는데 장군께서 이럴 때 의병을 일으켜 남들보다 먼저 천자를 도와 백성의 마음을 얻는다면 이보다 더 뛰어난 계책은 없을 것입니다. 만약 서두르지 않으면 다른 사람이 먼저 하고 말 것입니다."

조조가 매우 기뻐하며 군사를 일으킬 준비를 하고 있는데 마침 황제의 사자가 조서를 가지고 와서 조정으로 부르신다고 했다.

조조는 조서를 받아 보고 그날로 군사를 일으켰다.

황제는 비록 낙양으로 오긴 했지만 무엇 하나 제대로 갖춰진 것이 없었다. 붕괴된 성곽은 언제 수리될 수 있을지 몰랐다. 이런 와중에 이각과 곽사가 군사를 이끌고 이곳으로 오고 있다고 보고했다.

황제는 또 걱정이 되어 양봉에게 묻기를: "산동에 간 사자가 아직 돌아오지 않았는데 이각과 곽사가 또 쳐들어온다고 하니 이를 어찌하면 좋겠는가?"

양봉과 한섬이 동시에 대답하기를: "신들이 적들과 죽기로 싸워 폐하를 지키겠나이다!"

동승 曰: "성곽도 부실하고 군사들도 적은데 적들과 싸웠다가 이기지 못하면 그때는 어찌하겠소? 차라리 어가를 모시고 산동으로 피하느니만 못할 것 같소이다."

황제는 동승의 말을 따르기로 하고 즉시 어가를 산동을 향해 출발했으나 백관들은 탈 말이 없어 모두 어가를 따라 걸어서 갔다. 낙양을 떠나 미처 화살 한 발 쏘아서 날아갈 거리도 못 갔는데 흙먼지가 해를 가리고 징과 북소리가 하늘을 울리며 헤아릴 수도 없이 많은 군사들이 달려오고 있었다. 황제와 황후는 무서워서 몸이 덜덜 떨려 말을 하지 못했다. 그때 갑자기 말 한 마리가 쏜살처럼 달려오는데 그는 바로 산동으로 보낸 황제의 사자가 아닌가!

그가 수레 앞에 다가와서 절을 하고 아뢰기를: "조 장군이 폐하의 조서를 받고 이미 산동에서 군사를 일으켜 오고 있나이다. 이각과 곽사가 낙양으로 쳐들어온다는 소식을 듣고 하후돈을 선봉으로 상장군 십여 명과 정예병 5만 명이 어가를 지키기 위해 먼저 오고 있사옵니다."

황제는 이제야 비로소 안심이 되었다. 잠시 후 하후돈이 허저·전위 등과 함께 어가 앞으로 와서 황제를 보고 군례(軍禮)를 올렸다. 황제가 그들을 위로해 주자마자, 갑자기 동쪽에서 또 한 무리의 군사들이 도착했다. 황제가 즉시 하후돈에게 명하여 그들이 누구인지 알아보라고 했는데 그가 돌아와 아뢰기를: "그들도 조 장군의 보병입니다."

잠시 후 조홍·이전 악진이 어가 앞에 와서 황제를 뵙고 각자 자신들의 성명을 말하고 나서 조홍이 아뢰기를: "신의 형이 적의 군사들이 가까이 온 것을 알고 하후돈 혼자서는 당해내지 못할까 염려가 되어 신들에게 두 배 속도로 달려가서 도우라고 하여 이렇게 달려왔습니다."

황제 曰: "조 장군이야말로 진정한 사직지신(社稷之臣)이로다!"

그리고 즉시 어가를 호위하여 앞으로 나가라고 명령했다.

정탐꾼이 와서 보고하기를: "이각과 곽사가 군사를 이끌고 거침없이 달려오고 있습니다."

황제가 하후돈에게 군사를 양쪽으로 나누어 그들을 맞아 싸우라고 했다. 하후돈은 조홍과 두 날개로 나누고 기병이 앞에 서고 보병이 그 뒤를 따라서 총 공격을 하니 이각과 곽사의 적군들은 대패하여 베어진 머리만 해도 만여 개가 되었다.

이리하여 황제는 다시 낙양성의 고궁으로 돌아가고 하후돈은 성 밖에 군사를 주둔시켰다.

다음 날 조조가 대군을 이끌고 도착했다. 영채를 세운 뒤, 성에 들어와 황제를 뵙고 전각의 계단 아래에서 무릎을 꿇고 엎드려 절을 하니 황제가 친히 와서 조조를 일으켜 세우며 그간의 노고를 위로했다.

조조 曰: "신은 일찍이 나라의 은혜를 입어서 어찌 보답해야 할지 늘 마음에 새기고 있었사옵니다. 지금 이각과 곽사 두 역적 놈이 저지른 죄악이 천지에 가득하옵니다. 신에게 정예병 20만 명이 있사오니 순리로써 역도를 친다면 반드시 승리할 것입니다. 폐하께서는 부디 사직을 중히 여기시어 옥체를 보전하시옵소서."

황제는 조조를 사예교위(司隸校尉)에 봉하고 절월(節鉞)을 하사하고 녹상서사(錄尙書事)를 겸하도록 했다.

이때 이각과 곽사는 조조가 멀리서 오고 있다는 소식을 듣고 그가 오기 전에 빨리 싸움을 끝내기로 의논했다.

가후가 간하기를: "안 됩니다. 조조의 군사들은 정예병인데다 용맹한 장수들이니 차라리 항복하고 우리의 죄를 용서해 달라고 하는 것이 낫습니다."

이각이 화를 내며 말하기를: "네가 감히 우리의 사기를 꺾으려 하느냐!" 하면서 칼을 뽑아 가후의 목을 베려고 하니 여러 장수들이 만류했다. 그날 밤 가후는 혼자 말을 달려 고향으로 돌아가 버렸다.

다음 날 이각의 군사들이 조조의 군사들을 맞아 싸우러 나왔다.

조조는 먼저 허저·조인·전위로 하여금 3백 명의 철기병을 데리고 이
각의 진영을 세 차례나 쳐들어가 그들을 흔들어 놓은 다음에야 비로소
진을 펼쳤다.

양쪽이 모두 진용을 갖추자, 이각의 진영에서는 이각의 조카 이섬과
이별이 말을 타고 진영 맨 앞에 나섰다. 그러나 그들이 미처 말을 걸기도
전에 허저가 바람처럼 말을 달려 나가 단 한칼에 이섬의 목을 베어 버리
니, 이별은 깜짝 놀라 그만 말에서 떨어져 고꾸라지고 말았다. 허저는 그
의 목도 베어 두 사람의 머리를 가지고 자신의 진영으로 돌아갔다.

조조는 허저의 등을 두드려 주며 말하기를: "자네는 진정한 나의 번쾌
(樊噲: 한 유방의 용장)로군!"

이어서 하후돈의 군사는 좌측에서, 조인은 우측에서, 그리고 조조는
중앙에서 각각 군사를 이끌고 북을 울리면서 삼군이 동시에 진격을 하
니 반역의 군사들은 더 이상 감당을 하지 못하고 크게 패하여 도주했다.

조조는 직접 자신의 보검을 빼어 들고 진두지휘하며 밤을 새워 적들을
추격하여 수없이 죽였으며 항복을 한 자도 그 수를 헤아릴 수가 없었다.

이각과 곽사는 서쪽으로 도망을 쳤는데 허둥대는 모습이 마치 초라한
모습으로 이곳저곳 기웃거리는 상갓집의 개꼴이 되었다. 그들은 이미 어
느 곳에서도 받아 주지 않으리라는 것을 알고 어쩔 수 없이 산적이 되려
고 산속으로 들어갔다.

조조는 군사를 돌려 낙양성 외곽에 주둔했다.

양봉과 한섬이 상의하기를: "이제 조조가 큰 공을 세웠으니 틀림없이
권력을 장악할 것인데, 그가 어찌 우리를 용납하겠소?"

그들은 궐에 들어가 천자에게 이각과 곽사를 쫓아가서 죽이겠다는

구실을 대고 본부의 군사를 이끌고 대량(大梁)으로 가 버렸다.

어느 날 황제는 조정 일을 논의할 것이 있으니 궁으로 들어오라고 조조에게 사람을 보냈다. 조조가 사자가 왔다는 말을 듣고 그를 안으로 들게 해서 만나 보니 그 사자는 이목이 수려하게 잘 생겼고 낯빛이 맑고 원기도 왕성해 보였다.

조조는 속으로 생각하기를: '지금 동도에는 큰 흉년으로 백성은 물론 관료나 군사들도 모두 얼굴에 굶주린 빛이 역력한데 이 사람은 어찌 저렇게 얼굴빛이 좋을까?'

그래서 묻기를: "공의 얼굴은 유난히 윤기가 흐르는데 무슨 특별한 건강 관리 비결이 있는 게요?"

그가 대답하기를: "특별한 방법이 있는 것은 아닙니다. 다만 30여 년간 싱겁고 담백한 음식만 먹었기 때문입니다."

조조는 고개를 끄덕이며 다시 묻기를: "공의 관직은 무엇이오?"

그가 대답하기를: "저는 효렴에 천거되어 처음에는 원소와 장양 밑에서 종사(從事)로 있었습니다. 천자가 환도한다는 소식을 듣고 천자를 알현하러 왔다가 정의랑(正議郎)을 제수받았습니다. 저는 제음(濟陰) 정도(定陶) 사람으로 성은 동(董), 이름은 소(昭), 자는 공인(公仁)이라 합니다."

조조가 얼른 자리에서 일어나며 말하기를: "공의 명성을 들은 지는 오래되었는데 오늘에야 이렇게 만나게 되어 다행입니다."

그러고는 막사 안으로 술상을 들이라고 하여 그를 극진히 대접한 후에 순욱을 한번 만나 보라고 했다. 그때 누군가 와서 보고하기를: "한 무리의 군사가 동쪽으로 가고 있는데 누구인지는 모르겠습니다."

조조가 급히 사람을 시켜 알아보라고 했다.

동소 曰: "그 사람들은 이각의 옛 장수인 양봉 · 백파수 그리고 한섬입

300

니다. 명공께서 이곳으로 오셨기 때문에 일부러 군사를 이끌고 대량으로
가려는 것입니다."

조조 曰: "그것은 나를 의심하지 않았다면 그런 행동을 하지는 않았
을 것 같은데요?"

동소 曰: "그들은 꾀가 있는 자들이 아니니 명공께서는 염려하실 필요
는 없습니다."

조조가 또 말하기를: "이각과 곽사 두 반역자가 도망을 갔는데 앞으로
어떻게 할 것 같소?"

동소 曰: "발톱이 없는 범과 날개가 없는 새와 같은데 머지않아 명공
께 사로잡힐 것이니 조금도 염려하실 필요 없습니다."

조조는 동소가 하는 말이 마음에 들어 의기투합하여 조정의 대사를
물었다.

동소 曰: "명공께서 의병을 일으켜 포악한 반란을 제거하고 조정에 들
어와 천자를 보좌하고 계신 것은 곧 오패(五覇)³¹의 공로와 다름 없습니
다. 다만 여러 장수들이 사람의 생김새가 모두 다르듯이 생각 또한 각기
다르니 그들이 언제까지 명공께 복종한다는 보장이 없습니다. 지금 만약
이곳에 계속 머물러 계신다면 여러 가지 불편한 일이 생기지 않을까 염
려됩니다. 생각해보면 어가를 허도로 옮기는 것이 상책이기는 하나 최근
황제께서 여러 번 난리를 겪으면서 이리저리 옮겨 다니시다 이제 겨우 낙
양에 정착하신 지 얼마 안 되었습니다. 그래서 모든 백성들이 이곳을 우
러러보면서 하루속히 안정되기를 바라고 있어 또 다시 어가를 옮기려 한
다면 많은 사람들이 반대할 것입니다. 그러나 남이 하지 않는 일을 해야
남다른 공을 세울 수 있으니, 장군의 결단이 필요합니다."

---

31 춘추시대 때 최고 세력이 있던 5명의 제후 즉, 제(齊)의 환공(桓公), 진(晋)의 문공(文公), 진(秦)의 목
　 공(穆公), 송(宋)의 양공(襄公) 그리고 초(楚)의 장공(庄公). 역자 주.

조조가 동소의 손을 잡고 웃으며 말하기를: "그것이 바로 이 사람의 뜻이오. 그러나 양봉이 대량에 있고 조정에 대신들이 있으니 혹시 다른 변고가 생기지는 않을까요?"

동소 曰: "그런 것은 어렵지 않습니다. 우선 양봉을 안심시키기 위해 그에게 서신을 보내십시오. 그리고 대신들에게는 낙양에는 식량이 없어 허도로 어가를 옮기려 한다고 분명히 말씀하십시오. 허도는 노양(魯陽)과 가까워 양식을 운반하기가 쉽고 또 식량이 모자랄 걱정도 없다고 하면 대신들은 오히려 흔쾌히 따를 것입니다."

조조는 몹시 기뻐했다. 동소가 작별 인사를 하고 돌아가려고 하자 조조가 그의 손을 잡고 말하기를: "앞으로 제가 도모해야 할 일이 있으면 공의 가르침을 받겠습니다."

동소는 고맙다고 인사를 하고 돌아갔다.

조조는 그날부터 여러 모사들과 천도(遷都) 문제를 은밀히 의논했다.

한번은 시중 태사령(太史令) 왕립(王立)이 사적인 자리에서 종정(宗正) 유애(劉艾)에게 말하기를: "내가 천문을 살펴보니 지난봄부터 태백성(太白星: 금성)이 북두성(北斗星)과 견우성(牽牛星) 사이에서 진성(鎭星: 토성)을 범하여 천진(天津: 별이름)을 지나갔고, 형혹성(熒惑星: 화성)이 역행하여 태백성과 천관(天關: 별이름)에서 만났습니다. 이는 금(金)과 화(火)가 서로 만났으니 틀림없이 새로운 천자가 나타날 조짐입니다.

내가 보기에 한나라의 운세는 종말을 고하고 진(晉)과 위(魏)의 땅에 반드시 새로 일어나는 자가 있을 것입니다."

그는 또 헌제에게 은밀히 아뢰기를: "천명은 언젠가는 가는 것이며 오행의 기운 또한 항상 왕성할 수만은 없는 법입니다. 화(火)를 대신하는 것이 토(土)이니 한나라를 대신해 천하를 다스릴 자는 당연히 위(魏)에서 나올 것입니다."

이 말을 전해 들은 조조는 사람을 시켜 왕립에게 말하기를: "공의 조정에 대한 충성심은 알고 있지만 하늘의 이치는 심원한 것이니 부디 말씀을 삼가는 게 좋겠습니다."

조조가 왕립의 이 말을 순욱에게 전했다.

순욱 曰: "한나라가 화(火)의 덕으로 왕이 되었다면 명공께서는 토(土)의 운명입니다. 허도는 토에 속하니 그곳으로 가시면 반드시 흥할 것입니다. 화는 토를 낳고(火能生土) 토는 목을 왕성하게 할 수 있으니(土能旺木) 이는 훗날 반드시 새로 흥할 자가 있을 것이라는 동소와 왕립의 말이 일치합니다."

조조는 마침내 마음의 결정을 내리고 다음 날 입궐하여 황제를 뵙고 아뢰기를: "동도는 이미 황폐한 지 오래되어 수리할 수도 없습니다. 게다가 양식을 운반해 오는데도 어려움이 많습니다. 그러나 허도 땅은 노양과 가깝고 성곽과 궁실이 갖추어져 있고, 돈과 양식, 그리고 백성의 물자 등 모든 것이 풍족하오니 신은 감히 어가를 허도로 옮기실 것을 간청하오니 폐하께서는 부디 신의 청을 윤허하여 주시옵소서."

황제는 감히 조조의 말을 따르지 않을 수 없었다. 신하들 또한 조조의 세력을 두려워하고 있어 감히 이의를 제기하는 자가 아무도 없었다.

마침내 길일을 택해 어가를 출발시키고, 조조가 군사를 이끌고 어가 행렬을 호위하였으며 백관들은 그의 뒤를 따랐다.

길을 떠난 지 얼마 안 되어 어느 고개에 이르렀을 때 갑자기 함성 소리가 크게 들리더니 양봉과 한섬이 군사를 거느리고 길을 막았다.

서황이 선두에 서서 큰 소리로 말하기를: "조조 네놈은 어가를 겁박하여 어디로 가려 하느냐!"

曹孟德移駕幸許都

조조가 말을 타고 나가서 그를 보니 생김새가 위풍당당하여 속으로 기특하다고 여기고 허저로 하여금 그와 싸워 보라고 했다. 칼과 도끼가 서로 교차하며 싸우기를 50여 합이 넘도록 승부가 나지 않자 조조는 징을 울려 허저를 돌아오도록 했다.

그리고 모사들을 소집해서 말하기를: "양봉과 한섬 따위는 언급할 가치도 없지만 서황은 꽤 훌륭한 장수인 것 같다. 내 차마 힘으로 그를 굴복시키고 싶지는 않은데 무슨 계책으로 그를 데리고 올 수는 없겠는가?"

행군종사(行軍從事) 만총(滿寵) 曰: "주공, 염려하지 마십시오. 제가 서황과 안면이 좀 있는데 오늘 밤 졸병으로 변장을 하고 몰래 그의 진영으로 들어가 말로 그를 설득하여 그가 마음을 바꾸어 스스로 찾아와 투항하도록 하겠습니다."

조조는 흔쾌히 승낙했다.

그날 밤 만총은 졸병으로 변장을 하고 적군 진영에 잠입하여 서황의 막사 앞에 가서 몰래 그 안을 훔쳐보니 서황이 촛불을 밝혀 놓고 갑옷을 입은 채 혼자 앉아 있는 것이 보였다.

만총은 불쑥 그의 앞에 다가가서 예를 갖추어 말하기를: "옛 친구님, 그간 별고 없으신가!"

서황이 깜짝 놀라 일어나서 그를 한참 물끄러미 쳐다보고 말하기를: "자네는 산양(山陽) 만백녕(滿伯寧) 아니신가! 어떻게 이곳까지 오셨는가?"

만총 曰: "나는 지금 조 장군의 종사로 있네. 오늘 진 앞에서 친구님을 보았기에 꼭 해 주고 싶은 말이 있어 이렇게 죽음을 무릅쓰고 찾아왔네."

서황은 곧 그에게 자리를 권하며 찾아온 이유를 물었다.

만총 曰: "자네의 용맹과 지략은 세상에서 보기 드문데 어찌하여 양봉이나 한섬 같은 자들 밑에서 몸을 굽히고 있는가? 조 장군은 당세의 영웅으로 그가 유능한 사람을 예로써 대우한다는 것은 천하가 다 알고 있는 사실이네. 오늘 진 앞에서 자네의 용맹함을 보시고 매우 감탄하여 차마 용맹스러운 장수를 내보내서 죽기로 싸우는 모습은 볼 수 없다고 하시면서 특별히 나를 보내서 자네를 모셔 오라고 하셨네. 자네는 어두운 곳에서 빠져나와 밝은 세상에서 함께 대업을 이루어보지 않겠는가?"

서황은 한참 동안 말이 없더니 마침내 탄식을 하며 말하기를: "나도 양봉과 한섬이 대업을 이룰 만한 인물은 아니라는 것을 진즉부터 알고 있지만, 그들을 따라다닌 지 오래되어 차마 버리고 떠날 수가 없다네."

만총 曰: "자네는 '좋은 새는 나무를 가려서 깃들고, 현명한 신하는 주인을 가려서 섬긴다.'라는 말도 들어 보지 못했다는 말인가. 섬길만한 주인을 만났음에도 스스로 그런 기회를 놓쳐 버린다면 대장부가 아니지."

서황이 자리에서 일어서며 고맙다고 하면서 말하기를: "알았네, 자네의 말을 따르고 싶네."

만총 曰: "그럼 양봉과 한섬의 목을 베어 조 장군을 뵙는 예물로 삼는 게 어떻겠는가?"

서황 曰: "신하로서 주인을 죽이는 것은 결코 의롭지 못한 일이네. 나는 그렇게는 못 하겠네."

만총 曰: "자네는 진정으로 정의로운 사람일세."

서황은 그날 밤 수하의 기병 수십 명을 이끌고 만총과 함께 조조에게 가려고 영채를 빠져나왔다. 그런데 이런 사실이 이미 양봉에게 알려졌다. 양봉은 몹시 화가 나서 자신이 직접 1천 명의 기병을 이끌고 쫓아오면서 크게 소리치기를: "서황, 이 배신자! 게 섰거라!" 하면서 계속 추격을 하는데 갑자기 포성 소리가 울리더니 산 위와 아래에서 일제히 횃불이 타오르며 복병들이 사방에서 뛰쳐나왔다.

조조가 친히 군사를 이끌고 맨 앞에서 크게 소리치기를: "내 여기서 기다린 지 오래다. 저놈을 놓치지 말아라!"

양봉이 크게 놀라 급히 군사를 돌리려고 했으나 이미 조조의 군사들에게 포위당했다. 다행히 한섬이 군사를 이끌고 구원하러 오자 양쪽의 군사는 혼전을 벌이고 그 틈에 양봉은 도주를 했다.

조조는 적의 군사들이 혼란에 빠진 틈을 타서 승기를 잡고 총 공격을 하니 양봉과 한섬의 군사 절반 이상이 항복을 했다.

군사를 많이 잃어버려 고립된 양봉과 한섬은 남은 군사들을 거두어 원술에게로 달아났다.

조조가 군사를 거두어 영채로 돌아오자 만총이 서황을 데리고 와서 인사를 시켰다. 조조는 크게 기뻐하며 서황을 후하게 대접했다.

이리하여 무사히 어가를 모시고 허도에 도착한 조조는 궁궐과 전각은 물론 종묘와 사직을 짓고, 성대(省臺)·사원(司院)·아문(衙門)도 세우고 성곽과 창고 등을 보수하거나 고쳐 지었다. 그리고 동승 등 열세 사람은 열후(列侯)에 봉하고 공과(功過)에 따라 상과 벌을 주는 등 모든 일이 조조의 처분에 따라 이루어졌다.

조조는 스스로를 대장군 무평후(武平侯)에 봉하고 순욱은 시중(侍中) 상서령(尚書令)에, 순유는 군사(軍師)에, 곽가는 사마좨주(司馬祭酒)에, 유엽(劉曄)은 사공창조연(司空倉曹掾)에, 모개(毛玠)와 임준(任峻)은 전농중랑장(典農中郎將)에 봉하여 돈과 양식의 관리 감독을 맡겼다. 또한 정욱은 동평상(東平相)에, 범성(范成)과 동소(董昭)는 낙양령(洛陽令)에, 만총은 허도령(許都令)에 각각 봉했다. 그리고 하후돈·하후연·조인·조홍 등은 모두 장군에 봉하고, 여건·이전·악전·우금·서황 등은 교위에 임명하고, 허저와 전위는 도위(都尉)에 임명했다. 그 밖의 장수들에게도 각기 벼슬

을 내렸다. 이때부터 대권은 모두 조조에게로 돌아갔다. 조정의 큰일들
은 항상 조조에게 먼저 보고한 후에야 비로소 천자에게 아뢸 수 있었다.

조조가 천도를 마무리하는 등 대사(大事)를 이미 정한 뒤, 후당에
서 연회를 베풀고 여러 모사들을 모아 놓고 함께 상의하면서 말하기를:
"유비가 서주에 군사를 주둔시키고 스스로 서주를 다스리고 있고 최근
여포가 싸움에서 진 뒤 유비를 찾아가자 유비가 그를 소패에 머물도록
해 주었는데 만약 두 사람이 한 마음이 되어 군사를 이끌고 쳐들어온다
면 이야말로 우리의 심복지환(心腹之患; 없애기 어려운 근심)이 될 것이오.
공들에게 저들을 도모할 묘책이 없겠소?"
　허저 曰: "저에게 정예병 5만 명만 빌려주시면 유비와 여포의 목을 베
어 승상께 바치겠습니다."
　순욱 曰: "허장군이 용맹하기는 하지만 계책을 사용할 줄은 모르시는
군요. 이제 갓 수도를 옮겼는데 경솔하게 군사를 사용해서는 안 됩니다.
저에게 계책이 하나 있습니다. 이름하여 '이호경식지계(二虎競食之計)'입니
다. 지금 유비가 비록 서주를 다스리고 있지만 아직 조명(詔命)을 받지 못
한 상태입니다. 명공께서 황제께 상주하여 유비를 정식으로 서주목으로
임명하고 은밀히 서찰을 보내 여포를 죽이라고 하십시오. 일이 성사되면
유비는 자신을 보좌할 맹장 하나를 잃게 되는 것이니 유비를 도모하기
도 쉬울 것이고, 만일 성공하지 못하면 반대로 여포가 틀림없이 유비를
죽일 것입니다. 이것이 바로 '이호경식지계'입니다."
　조조는 순욱의 말에 따라 즉시 황제에게 조명을 청하여 사자를 서주
로 내려보내 유비를 정동장군(征東將軍) 의성정후(宜城亭侯)로 봉하고 서
주목으로 임명하는 조명을 가져다주면서 밀서 하나를 함께 보냈다.

한편 서주에 있는 유현덕은 황제께서 허도로 천도했다는 말을 듣고 마침 황제께 축하의 표문을 올리려고 하던 참에 갑자기 천자의 사자가 온다는 보고를 받고 성 밖까지 나가 사자를 영접하여 황제의 은명(恩命)을 받드는 의식을 거행한 다음 연회를 베풀어 그를 극진히 대접했다.

사자 曰; "군후(君侯)께서 이런 은명을 받게 된 것은 사실 조 장군이 천자께 힘써 천거하신 덕택입니다."

현덕이 감사의 인사를 전하자 사자가 곧 조조의 밀서를 꺼내서 현덕에게 건네주었다.

현덕이 밀서를 보고 말하기를: "이 일은 앞으로 의논해 보도록 하겠습니다."

연회가 끝나고 사자를 역관에 편히 모신 뒤 바로 여러 모사들과 이 일을 의논했다.

장비 曰: "여포는 원래 의리가 없는 놈인데 죽여 버린들 무슨 상관이우!"

현덕 曰: "그가 지금 형편이 궁해서 나에게 왔는데, 내가 그를 죽인다면 나 역시 의롭지 못한 건 피차일반 아니냐?"

장비 曰: "역시 좋은 사람 되기는 어렵소!"

현덕은 그의 생각과는 달랐다.

다음 날 여포가 축하하러 왔다.

현덕이 들어오라고 하니 여포가 말하기를: "공께서 조정의 은명을 받았다는 말을 듣고 이렇게 축하드리려고 왔습니다."

현덕이 겸손하게 인사를 받고 있는데, 갑자기 장비가 칼을 뽑아들고 대청 위로 올라오며 여포를 죽이려고 했다. 현덕이 황망히 막아섰다.

여포가 크게 놀라 말하기를: "익덕은 어찌하여 나만 보면 죽이지 못해 안달이오?"

장비가 큰 소리로 외치기를: "조조가 너는 의리가 없는 놈이라고 우리 형님더러 네놈을 잡아 죽이라고 했다."

현덕이 장비를 호되게 야단을 쳐서 물러가게 한 뒤, 여포와 함께 후당으로 들어가서 장비가 방금 전 그런 말을 한 이유를 사실대로 알려주고 조조가 보내 온 밀서까지 여포에게 보여줬다.

여포가 그 밀서를 꼼꼼히 다 읽어 본 뒤 울면서 말하기를: "이것은 분명 조조 이 역적 놈이 우리 둘 사이를 갈라놓으려는 속셈이오!"

현덕 曰: "형님, 염려하지 마세요. 저는 맹세코 그런 의롭지 못한 일은 하지 않을 것이오."

여포는 재삼 감사하다며 인사를 했다. 유비는 술상을 내와 여포랑 늦게까지 술을 마셨다. 밤늦게 여포가 돌아가자, 관우와 장비가 함께 말하기를: "형님은 왜 여포를 죽이지 않는 거요?"

현덕 曰: "이건 조 맹덕이 나와 여포가 공모하여 저를 칠까 봐 두려워서 짜낸 계책이다. 우리 둘이 서로 싸우게 해놓고 자신은 중간에서 이득을 보려 함인데 내 어찌 그자가 시킨 대로 하겠는가?"

관우는 비로소 깨달은 듯 고개를 끄덕거리는데, 장비가 말하기를: "그래도 난 이 여포놈을 죽여서 후환을 없애 버릴 것이오!"

현덕 曰: "그것은 사내대장부가 할 짓이 아니네."

다음 날 현덕이 허도로 돌아가는 사자를 배웅하면서 은명에 감사하는 표문을 올리고 동시에 조조에게 답신을 보냈는데 거기에는 오로지 천천히 도모하겠다는 내용만 적었다.

사자가 돌아가서 조조에게 현덕이 여포를 죽이지 않은 사실을 보고했다.

조조가 순욱에게 묻기를: "이 계책은 성공하지 못했네, 이제 어찌하면 좋겠소?"

순욱 曰: "저에게 또 하나의 계책이 있습니다. 이름하여 '구호탄랑지계 (驅虎呑狼之計)'입니다."

조조 曰: "그것은 또 어떤 계책이오?"

순욱 曰: "은밀히 원술에게 사람을 보내 안부를 물은 뒤 유비가 지난번 표문을 올렸는데 남군(南郡)을 치려 한다고 알려주십시오. 원술이 그 말을 들으면 틀림없이 화를 내면서 유비를 공격하려고 할 것입니다. 그때 공께서는 유비에게 분명하게 원술을 토벌하라는 조서를 내리십시오. 이렇게 해서 양쪽이 서로 싸우면 여포는 필시 딴마음을 품게 될 것이니 이게 바로 '범을 몰아서 이리를 삼키도록 한다.'라는 구호탄랑지계입니다."

조조는 매우 기뻐하며 먼저 원술에게 사람을 보내고 이어서 황제의 거짓 조서를 꾸며서 서주로 보냈다.

한편 현덕은 서주에서 또다시 천자의 사자가 온다는 보고를 받고 성 밖으로 나가서 영접을 했다. 조서를 개봉하여 읽어 보니 뜻밖에도 군사를 일으켜 원술을 치라는 것이다. 현덕은 명을 따르겠다고 하고 사자를 먼저 돌려보냈다.

미축 曰: "이것 역시 조조의 계책입니다."

현덕 曰: "비록 계책이라 하더라도 천자의 명령이니 따르지 않을 수 없소이다."

바로 군사들과 말들을 정비하여 날짜를 정해 출발하기로 했다.

손건 曰: "출발하기 전에 서주 성을 지킬 사람을 먼저 정해야 합니다."

현덕 曰: "두 아우님 중 누가 서주성을 지키겠소?"

관우 曰: "제가 남아서 성을 지키겠습니다."

현덕 曰: "내 자네와 어느 때든 수시로 의논해야 할 일이 많은데 어찌 떨어져 있을 수 있겠는가?"

장비 曰: "그럼 이 막내가 성을 지키겠수."

현덕 曰: "자네는 이 성을 지킬 수 없네. 그 이유는 첫째, 술만 먹으면 성질이 난폭해져서 공연히 부하들을 매질하고, 둘째는 일 처리를 경솔하게 하면서도 다른 사람의 충고도 듣지 않기 때문이네. 자넬 두고는 도저히 마음을 놓을 수가 없네."

장비 曰: "이 아우 오늘 이후로는 절대로 술을 마시지 않고 졸병들도 패지 않을 것이며, 모든 일은 반드시 다른 사람의 충고를 들어서 처리 하겠수."

미축 曰: "말은 그럴싸한데 과연 누가 그 말을 믿을까!"

장비가 화내며 말하기를: "내 형님을 여러 해 동안 따라다니며 여태껏 신의를 잃은 적이 한 번도 없는데 네가 어찌 나를 무시하는가?"

현덕 曰: "아우가 비록 말은 그렇게 하지만 내 좀처럼 마음을 놓을 수 없네. 아무래도 진원룡(陳元龍: 진등)이 내 아우를 도와주시게. 늘 옆에서 술을 좀 적게 마시게 하여 실수가 없도록 신경 좀 써 주시게."

진등이 그렇게 하겠다고 대답했다. 현덕은 이처럼 당부를 하고 곧바로 기병과 보병 3만 명을 통솔하여 서주를 떠나 남양으로 향했다.

한편 원술은 유비가 황제께 표문을 올려 남양을 삼키려 한다는 소식을 듣고 크게 화를 내며 말하기를: "시골에서 돗자리나 짜고 미투리나 삼던 촌놈이 어쩌다 큰 군을 차지하여 제후들과 동렬에 섰다고 이제 보이는 게 없는 모양이구나. 내 마침 너를 치려고 하던 참인데, 네놈이 도리어 나를 도모하겠다고 하다니, 참으로 가소롭다!"

원술은 상장군 기령(紀靈)으로 하여금 10만 대군을 거느리고 서주로 쳐들어가도록 했다.

312

양쪽의 군사들은 우이(肝眙)에서 만났다. 군사의 수가 적은 현덕은 산에 의지하여 강가에 영채를 세웠다. 산동 출신인 기령은 무게가 50근 이나 나가는 삼첨도(三尖刀)를 잘 다루는데 그날 군사를 이끌고 진 앞에 나와 큰 소리로 욕하기를: "유비 이 촌놈아, 어찌 우리 경계를 침범하였느냐!"

현덕 曰: "나는 천자의 조서를 받들어 역신(逆臣)을 토벌하려는 것인데 네놈이 감히 거역한다면 그 죄는 죽어서도 용서받지 못할 것이다!"

기령이 크게 노하며 말에 채찍을 가하고 칼을 휘두르며 직접 현덕을 공격하러 왔다.

이때 관우가 큰 소리로 호통치기를: "보잘것없는 놈이 어디서 우쭐대느냐!" 즉시 말을 몰고 나가 기령과 대판 싸우는데 싸우기를 30여 합이 되어도 승부가 나지 않았다. 기령이 큰 소리로 잠시 쉬자고 하여 관우도 말을 돌려 진으로 돌아와 기령이 다시 나오기를 기다렸는데 뜻밖에 기령 대신 부장 순정이 말을 달려 나왔다.

관우 曰: "기령에게 나오라고 하라. 내 그와 자웅을 겨룰 테다!"

순정 曰: "너 같은 이름도 없는 하찮은 장수가 어찌 기 장군의 적수가 되겠느냐!"

관우가 크게 화를 내며 바로 순정에게 달려가 단칼에 순정을 베어 말에서 떨어뜨렸다. 현덕은 군사들을 몰아 쳐들어가니 기령은 대패하여 회음(淮陰)의 강가로 물러났다. 기령은 그곳에서 더 이상 싸우려 들지 않고 단지 군사들로 하여금 몰래 현덕의 영채를 습격하도록 했으나 번번이 서주 군사들에 패해 달아났다. 양쪽 군사들의 대치 상태는 계속되는데 이 이야기는 여기서 그만하기로 한다.

이때 서주에 있는 장비는 현덕이 떠난 뒤로 일체의 잡다한 일은 진원룡에게 맡기고 군사와 관련한 중요한 일만 알아서 처리했다. 어느 날 연회를 열어 여러 관원들을 초청하여 그들이 모두 자리에 앉은 뒤 장비가 입을 열어 말하기를: "우리 형님이 떠나기에 앞서 나에게 술을 조금만 마시라고 분부하셨는데, 그것은 혹시나 술을 많이 마시고 일을 그르칠까 걱정되어 그런 것이오. 여러분들 오늘만 한 번 마시고 내일부터는 모두 술을 끊고 나를 도와 성을 잘 지키자. 그러니 오늘은 실컷 취하게 마셔 보세."

말을 마치자 장비는 일어나서 여러 관원들에게 돌아가며 술을 따라주었다. 술잔이 조표(曹豹)앞에 이르자 조표가 말하기를: "저는 천성적, 체질적으로 술을 마시지 못합니다."

장비 曰: "이런 쳐 죽일 놈. 네가 술을 안 먹겠다고? 내 기어코 네놈에게 한 잔 먹여야겠다."

조표는 두려운 나머지 어쩔 수 없이 한 잔을 받아 마셨다. 장비는 모든 관원들에게 한 잔씩 돌린 다음, 자신은 큰 술잔에다 연거푸 수십 잔을 목에 들이부어 잔뜩 취했다. 그러나 자신은 취한 사실조차 깨닫지 못하고 또 돌아다니며 여러 관원들에게 일일이 술잔을 권했다. 어느덧 다시 조표 차례가 되었다.

조표 曰: "저는 정말로 술을 마시지 못합니다."

장비 曰: "방금 전에 한 잔 마셨잖아. 그런데 이제는 왜 못 마시겠다는 거냐?"

장비가 계속 권했으나 조표가 거듭 사양을 하자 이미 술에 취한 장비가 벌컥 화를 내며 말하기를: "네가 감히 장수의 명령을 어기다니! 당장 곤장 백 대를 치거라!" 군사들에게 호령하여 조표를 끌어냈다.

진원룡 曰: "현덕 공이 떠나실 때 장군께 뭐라고 분부하셨소?"

장비 曰: "당신은 문관이니 문관이 할 일이나 신경 쓰고 내 일은 간섭

314

하지 마시오."

조표는 할 수 없이 장비에게 통사정하며 말하기를: "익덕공, 제발 내 사위의 얼굴을 봐서라도 나를 용서해 주시오."

장비 曰: "네 사위가 누군데?"

조표 曰: "여포입니다."

이 말에 장비는 더욱 화가 나서 말하기를: "내 본래 너를 때릴 생각이 없었는데, 네놈이 여포를 들먹이면서 나를 위협했으니 도저히 참을 수가 없다. 내 너를 때리는 것은 바로 여포를 때리는 것이니라!"

모든 사람들이 말려 보았지만 들을 장비가 아니다. 조표를 매질하기를 오십여 대, 보다 못해 여러 사람이 극구 말려 겨우 매질이 멈췄다.

술자리가 끝나고 집으로 돌아간 조표는 생각할수록 장비에 대한 원한이 깊어만 갔다. 결국 그날 밤 조표는 편지 한 통을 써서 소패에 있는 여포에게 급히 보냈는데 그 편지 내용은, 먼저 장비의 무례함을 자세히 설명한 뒤 현덕이 회남으로 가고 없으며 장비가 이곳을 지키고 있는데 지금 술에 곯아 떨어져 있으니 이 기회를 놓치지 말고 빨리 군사를 이끌고 와서 서주를 기습하라는 것이었다.

여포는 편지를 받아 보고 진궁을 들어오라고 해서 의논했다.

진궁 曰: "소패는 원래 오래 머물러 있을 곳이 못 됩니다. 지금 서주를 가질 수 있는 더없이 좋은 기회가 생겼는데, 이런 기회를 놓친다면 정말 후회막급일 것입니다."

여포는 그의 말에 따라 즉시 갑옷을 입고 말에 올라 오백 명의 기병을 데리고 먼저 출발하고 진궁으로 하여금 대군을 이끌고 뒤따라오도록 하고 고순은 마지막으로 출발했다.

소패는 서주에서 불과 사오십리 남짓한 거리여서 말에 오르자 금방 도착했다.

여포가 성 아래에 도착했을 때는 시간이 마침 4경(새벽 1시에서 3시) 무렵으로 달도 훤하게 밝았음에도 성 위를 지키는 군사들은 전혀 눈치도 못 채고 있었다. 여포가 성문 앞으로 가서 외치기를: "유 사군께서 기밀 사항이 있어 사람을 보냈소."

성 위에 있던 조표의 수하 군사가 이를 조표에게 알리자 조표가 성에 올라가 아래를 살펴본 뒤 군사에게 성문을 열라고 명령했다. 여포의 암호 신호에 따라 군사들이 일제히 들어가며 함성을 크게 질렀다.

이때 장비는 관청에서 술에 곯아떨어져 자고 있었는데 옆에서 급히 흔들어 깨우면서 말하기를: "여포가 속임수로 성문을 열고 쳐들어왔습니다!"

장비는 크게 노하며 허둥지둥 갑옷을 입고 장팔사모를 들고 관사 문을 나와 말에 올랐을 때 여포의 기마병은 이미 당도하여 서로 마주쳤다. 장비는 이때 술이 미처 덜 깬 상태라 제대로 싸울 수도 없었지만, 다행히 그것까지 미처 깨닫지 못한 여포는 평소 장비의 용맹함을 알고 있는 터라 선뜻 달려들지 못했다. 그 틈을 노려 18명의 기마 장수들이 장비를 보호하며 동문으로 달아났다. 현덕의 가족들은 아직 성 안의 관사에 있었지만 그들을 돌볼 겨를이 없었다.

한편 조표는 장비가 겨우 십여 명의 호위를 받으며 도망가는 데다 더욱이 장비가 술에 취해 있어 그를 우습게 보고 군사 1백여 명을 이끌고 그들의 뒤를 쫓았다. 장비가 조표를 보고 화가 머리끝까지 치솟아 말에 박차를 가해 달려갔다. 겨우 3합 만에 조표는 패하고 달아나자 장비가 그를 강변까지 쫓아가 창으로 조표의 등 한복판을 찔렀다. 조표는 말과 함께 강물에 떨어져 죽고 말았다.

장비는 성 밖에서 군사들을 불러 모았으며 성을 빠져나온 병사들은 모두 장비를 따라 회남으로 달려갔다.

성 안으로 들어온 여포는 먼저 백성들을 안심시키고 군사 1백 명을 보내 현덕의 가족이 있는 관사를 지키게 하고 어느 누구도 함부로 그 안에 들어가지 못하게 했다.

한편 단지 수십 명의 기마병만 이끌고 곧바로 우이에 도착하여 현덕을 만난 장비는 조표와 여포가 안팎에서 서로 내통하여 야밤에 습격하는 바람에 서주를 빼앗긴 경위를 소상히 설명했다. 모든 사람들의 얼굴색이 변했다.

현덕이 탄식하며 말하기를: "얻었을 때도 기뻐하지 않았거늘, 잃었다고 어찌 슬퍼하겠는가!"

관우 曰: "형수님들은 무사히 계시느냐?"

장비 曰: "모두 성 안에 갇혀 있습니다."

현덕은 묵묵히 말이 없고, 관우가 발을 구르면서 원망하며 말하기를: "네가 당초 성을 지키겠다고 했을 때 뭐라고 말했느냐? 형님께서 그렇게 신신당부를 했건만, 이제 성도 빼앗기고, 형수님들은 잡혀 있으니, 이를 어찌하면 좋단 말이냐!"

장비가 이 말을 듣고 나자 죄스러운 마음이 뼛속까지 사무쳐 몸 둘 바를 몰라 하더니 결국 칼을 쑥 빼어 들고 자신의 목을 찌르려 했다.

이야말로:

술잔 들어 마실 적엔 거침이 없었거늘　　擧杯暢飮情何放
칼 뽑아 죽으려니 후회해도 이미 늦네　　拔劍捐生悔已遲

그의 목숨이 어찌 될지 궁금하거든 다음 회를 기대하시라.

제 15 회

태사자는 소패왕 손책과 맹렬히 겨루고
손책은 엄백호와 싸워 오군을 차지하다

太史慈酣鬪小覇王

孫伯符大戰嚴白虎

장비가 칼을 뽑아 자신의 목을 찌르려 하자 현덕이 재빨리 칼을 빼앗아 땅에 던지고 그를 껴안으면서 말하기를: "옛말에 형제는 수족과 같고 처자식은 의복과 같다 했다. 의복은 찢어지면 기워 입으면 그만이지만, 수족은 잘리면 어찌 다시 이을 수 있단 말이냐? 우리 셋은 도원에서 형제의 의를 맺을 때 비록 한날한시에 태어나지는 않았을지언정 한날한시에 죽기로 맹세하지 않았더냐? 지금 비록 성과 가족은 잃었지만 어찌 형제를 중도에 잃을 수 있겠느냐? 하물며 성은 본래 내 것이 아니었고 가족들이 비록 갇혀 있지만 여포는 틀림없이 그들을 해치지는 않을 것이니 구할 방도를 찾을 수 있을 것이다. 아우님이 한순간의 실수로 어찌 목숨을 버리려고 하는가!"

말을 마친 현덕이 목메어 울자 관우와 장비도 함께 울었다.

한편 여포가 서주를 기습했다는 소식을 들은 원술은 그날 밤으로 여포에게 사람을 보내 양곡 5만 섬과 말 5백 필, 금은 1만 냥, 비단 1천 필을 보내 줄 테니 유비를 협공하자고 제안했다.

여포는 기뻐하며 고순으로 하여금 군사 5만 명을 거느리고 현덕의 후미를 기습하라고 했다.

이런 정보를 들은 현덕은 비가 오는 어두운 밤을 틈타 이양을 버리고 동쪽으로 달려가 광릉(廣陵)을 취하려고 했다. 그래서 고순의 군사가 우이에 당도했을 때는 현덕은 이미 떠난 뒤였다. 고순은 기령을 만나서 주겠다고 약속한 물건을 달라고 요구했다.

기령 曰: "공께서는 군사를 수습하여 돌아가시오. 내가 주공을 만나 뵙고 상의 드리도록 하리다."

고순은 기령과 작별 인사를 하고 군사를 돌려 와서 여포에게 기령과 나눈 이야기를 상세하게 보고 했다. 여포가 의심을 하고 있던 참에 마침 원술에게서 서신이 당도했다. 서신의 내용은 '고순이 비록 왔지만 유비를 제거하지 못했소. 그러니 유비를 잡은 다음에 약속했던 물건은 보내주겠소.'

여포는 화를 내며 원술은 신의를 지킬 줄 모르는 놈이라고 욕을 하면서 군사를 일으켜 치려고 했다.

진궁 曰: "안 됩니다. 원술은 지금 수춘(壽春)을 근거지로 하고 있어 군사가 많고 군량미 또한 넉넉하여 경솔하게 대적할 수 없습니다. 차라리 현덕을 다시 소패에 주둔하게 하여 우리의 날개로 삼는 편이 더 낫습니다. 훗날 현덕을 선봉으로 세워 원술을 먼저 치고, 다음에 원소를 치면 천하를 마음대로 누빌 수 있습니다."

여포는 진궁의 말대로 현덕에게 서신을 보내 그를 돌아오도록 했다.

한편 현덕은 군사를 이끌고 동으로 광릉을 치러 가다 원술에게 영채를 기습당하는 바람에 군사를 절반이나 잃고 말았다. 돌아오는 길에 마침 여포가 보낸 사자를 만난 현덕은 여포의 서찰을 받아 보고 매우 기뻐했다.

관우와 장비가 말하기를: "여포는 의리가 없는 놈이라 믿을 수 없습니다."

현덕 曰: "그가 나를 호의로 대하는데 어찌 그를 의심하겠는가?" 그리하여 현덕은 서주에 당도했다. 여포는 혹시나 현덕이 그를 의심할까 봐 먼저 사람을 시켜 현덕의 가족들을 돌려보내 주었다. 감(甘)·미(麋) 두 부인은 현덕을 만나자 여포가 군사들로 하여금 대문 앞을 지키게 하여 어느 누구도 들어가지 못하도록 하고 또 항상 시첩들을 시켜서 필요한 물건을 보내 주어 부족한 게 없었다고 자세하게 얘기했다.

현덕이 관우와 장비에게 말하기를: "나는 여포가 틀림없이 내 가족들을 해치지 않을 줄 알았네."

현덕은 여포에게 고맙다는 인사를 하려고 성으로 들어갔다. 그러나 장비는 여포에 대한 원한 때문에 따라 들어가지 않고 먼저 두 분 형수님을 모시고 소패로 떠났다.

현덕이 들어가 여포에게 감사의 인사를 했다.

여포 曰: "내가 성을 빼앗으려고 했던 것이 아니라 장비 아우가 술에 취해 사람을 죽이려 한다기에 행여 큰 실수를 하지 않을까 염려되어 성을 지켜주러 왔을 뿐이오."

현덕 曰: "저는 오래전부터 서주를 형님께 양보하려고 했지요."

여포는 짐짓 서주를 현덕에게 다시 양보하는 체한다. 그러나 현덕은 극구 사양하고 소패로 돌아가서 군사를 주둔시켰다. 관우와 장비는 마음속의 분이 가라앉을 리가 없다.

현덕 曰: "몸을 굽혀 자신의 분수를 지키며 하늘의 때를 기다려야지 운명과 싸우려 해서는 안 된다."

여포는 사람을 보내 양식과 비단을 보내 주었다. 이로부터 현덕과 여포사이는 좋은 관계를 유지하게 되었는데, 이 이야기는 여기서 그만 하겠다.

한편 원술은 수춘에서 장수들에게 큰 연회를 베풀고 있는데 손책(孫策)이 여강(廬江) 태수 육강(陸康)을 정벌하러 가서 이기고 돌아왔다고 보고를 했다. 원술이 손책을 들어오라고 부르자 손책은 대청 아래에서 인사를 올렸다. 원술이 그의 노고를 위로하고 자신의 옆자리에 앉혔다.

원래 손책은 부친인 손견을 따라 싸우러 나갔다가 그 전쟁터에서 부친을 잃은 뒤, 강남으로 물러나 유능한 인사와 장수들을 예로써 대하며 인재들을 불러 모았다. 그런데 도겸과 그의 외숙인 단양(丹陽) 태수 오경(吳景)의 사이가 틀어지면서 손책은 모친 등 가족을 곡아(曲阿)에서 살도록 해 놓고 자신은 원술에게 의탁하고 있었다.

원술은 그를 아껴주었는데 늘 탄식하며 말하기를: "내게 손랑(孫郎)과 같은 아들이 있다면 죽은들 무슨 한이 있겠는가!"

원술은 손책을 회의교위(懷義校尉)로 임명하고 군사를 이끌고 경현(涇縣)의 도적 조랑(祖郎)을 치라고 했는데 승리를 했다. 원술이 그의 용맹함을 인정하여 이번에 다시 육강을 공격하라고 했던 것인데 역시 승리를 하고 돌아온 것이다.

이날 연회가 끝나고 영채로 돌아온 손책은 방금 전 술자리에서 자신에게 매우 무례하게 대하는 원술의 오만한 태도를 생각하니 왠지 울적한 마음이 들었다. 마침 달도 밝아 마당을 거닐다가 문득 이 시대의 영웅이셨던 부친을 떠올려보니 현재 자신의 처지와 너무나 차이가 나는 것 같아 자신도 모르게 눈물을 흘리고 있었다.

그때 갑자기 누군가 밖에서 들어오더니 크게 웃으며 말하기를: "백부(伯符:손책의 字)께서는 무슨 일로 그러시오? 부친께서 생존해 계실 때는 저를 자주 부리셨는데, 그대가 지금 혼자 결단하지 못할 일이 있다면 나와 의논하면 될 일이지 혼자 울고 계시오!"

손책이 보니 다름 아닌 주치(朱治)였다. 그는 단양(丹陽) 고장(故障) 사람으로 자는 군리(君理)로 손견의 옛 종사관이었다.

손책이 얼른 눈물을 거두고 주치에게 자리를 권하며 말하기를: "제가 울었던 것은 선친의 큰 뜻을 이어가지 못하고 있는 것이 한스럽기 때문입니다."

주치 曰: "백부는 원공로에게 오공을 구하러 간다는 핑계로 그의 군사를 빌려 강동으로 가서 실제로 대업을 도모하시면 되지 않습니까? 언제까지 원술 밑에서 구차스럽게 얽매여 지내려는 것입니까?"

이런 상의를 하고 있는데 갑자기 또 한 사람이 들어와 말하기를: "공들이 무슨 일을 도모하시는지 저는 이미 알고 있소이다. 내 수하에 정예 장사 백여 명이 있으니 미력이나마 힘을 보태리다."

손책이 그 사람을 보니 원술의 모사(謀士)인 여범(呂範)이었다. 그는 여남(汝南) 세양(細陽) 사람으로 자는 자형(自衡)이다.

손책은 매우 기뻐하며 그에게 자리를 권하며 함께 의논했다.

여범 曰: "다만 원술이 군사를 빌려주려고 하지 않을까 그게 걱정이오."

손책 曰: "나에게 선친께서 물려주신 전국옥새(傳國玉璽)가 있소. 내 그것을 저당 잡힐 생각이오."

여범 曰: "안 그래도 원술이 오래전부터 그것을 갖고 싶어 했소. 그걸 맡기면 틀림없이 군사를 내어줄 거요."

세 사람은 협의를 마쳤다. 다음 날 손책이 원술을 보러 들어가 엎드려 울면서 말하기를: "제 선친의 원수도 아직 갚지 못하고 있는데 지금 제 외숙인 오경(五璟)이 양주자사 유요(劉繇)의 핍박을 받고 있습니다. 제 노모와 가족들은 모두 곡아에 있는데 그대로 두었다가는 틀림없이 해를

322

당할 것입니다. 청컨대 저에게 군사 수천 명만 빌려주시면 강을 건너가 난을 구제하고 노모와 가족들을 보살피려 합니다. 혹시 명공께서 믿지 못하시겠다면 제 부친께서 남기신 옥새를 담보물로 내놓겠습니다."

원술은 옥새가 있다는 그의 말에 얼른 가져오라고 하여 받아 보고는 크게 기뻐하며 말하기를: "내 너의 옥새를 갖고 싶은 마음은 없다. 다만 네 뜻이 정 그러하다면 잠시 맡아 두겠다. 내 너에게 군사 3천 명과 말 5 백 필을 빌려줄 것이니 난을 평정한 후 속히 돌아오너라. 너의 직위가 너무 낮아 군사를 지휘하기 어려울 테니 내가 천자께 표문을 올려 너를 절충교위(折衝校尉) 진구장군(殄寇將軍)으로 봉하겠다. 그러니 서둘러 떠나도록 하거라."

손책은 원술에게 감사하다고 인사하고 물러 나온 즉시 주치·여범 그리고 부친의 옛 장수인 정보·황개 등을 데리고 군사 3천여 명을 이끌고 날짜를 택하여 출발했다.

손책의 일행이 역양(歷陽)에 이르렀을 때 한 무리의 군사들이 오는 것이 보였다. 맨 선두에 선 사람은 용모가 수려하고 자태는 멋드러진 젊은 이였는데, 그가 손책을 보더니 곧바로 말에서 내려 절을 했다. 손책이 그를 보니 다름 아닌 주유(周瑜)였다. 그는 여강 서성(舒城) 사람으로 자는 공근(公瑾)이다.

원래 손견이 동탁을 토벌하려고 했을 때 집을 서성으로 이사했기 때문에 손책과 주유는 동향인 일 뿐만 아니라 나이도 같아 사귄 정이 깊어 형제의 의를 맺었었다. 손책의 생일이 주유보다 두 달 빨라 주유가 손책을 형으로 모셨다. 주유는 그의 숙부 주상(周尚)이 단양 태수가 되어서 문안 인사를 드리러 가는 길이었는데 뜻하지 않게 이곳에서 손책을 만나게 된 것이다. 손책은 주유를 보고 너무나 기쁜 나머지 자신의 속마음을 다 털어놓았다.

주유 曰: "이 아우가 견마지로(犬馬之勞)를 다해 형님의 대업을 돕겠습니다."

손책이 기뻐서 말하기를: "내가 공근을 얻었으니 대업은 반드시 성공할 것이네!"

그러고는 곧 주유를 주치·여범 등에게 소개를 했다.

주유가 손책에게 말하기를: "형님께서 대사를 도모하시는데 혹시 강동의 두 장씨를 알고 있는지요?"

손책 曰: "두 사람의 장씨라, 그게 누구신가?"

주유 曰: "한 사람은 팽성(彭城)의 장소(張昭)로 자는 자포(子布)이며, 또 한 사람은 광릉(廣陵)의 장굉(張紘)으로 자는 자강(子綱)입니다. 두 사람 다 천하를 다스릴만한 재능이 뛰어난 인재들인데 난을 피해 이곳에서 숨어 살고 있습니다. 형님께서 그 분들을 초빙하여 쓰시지 않겠습니까?"

손책이 기뻐하며 즉시 그들에게 사람을 시켜서 예물을 가지고 가서 모셔 오려고 하였으나 두 사람 모두 사양하고 오지 않았다. 마침내 손책이 직접 그들의 집을 찾아가 마음을 열고 직접 이야기를 나누며 간청하니 그제야 청을 받아들였다.

손책은 장소를 장사(長史) 겸 무군중랑장(撫軍中郎將)에, 장굉은 참모정의교위(參謀正議校尉)로 임명하여 함께 유요를 칠 계획을 의논했다.

한편 유요는 자가 정례(正禮)로 동래 모평(牟平) 사람이다. 그 역시 황실의 종친으로 태위 유총(劉寵)의 조카이자 연주자사 유대(劉岱)의 아우이다. 과거 양주자사로 수춘에 주둔해 있었는데 원술에게 쫓겨나 강동의 곡아로 온 것이었다.

손책이 군사를 이끌고 온다는 소식을 접한 유요는 급히 여러 장수들과 상의를 했다.

부장(部將) 장영(張英) 曰: "제가 한 부대를 이끌고 우저(牛渚)에 주둔하고 있으면 설령 백만 대군이 온다고 해도 접근할 수 없습니다."

말이 다 끝나기도 전에 휘하에 있던 한 사람이 소리치며 외치기를: "제가 앞 부대의 선봉이 되겠습니다."

사람들이 보니 그는 동래 황현(黃縣) 사람 태사자(太史慈)였다. 태사자는 황건적에 포위당한 북해 태수 공융을 구출한 뒤 유요를 찾아오자 유요가 그를 자신의 수하에 머물러 있도록 했는데, 손책의 군사가 당도했다는 말을 듣고 자진하여 선봉이 되기를 원한 것이었다.

유요 曰: "자네는 아직 나이가 너무 어려 대장이 될 수 없으니 내 곁에서 명을 따르도록 하게."

태사자는 내심 못마땅한 표정으로 물러갔다.

군사를 거느리고 우저에 당도한 장영은 군량 10만 섬을 창고에 쌓아 놓았다. 손책이 군사를 이끌고 도착하자 장영이 맞이하러 나갔다. 양쪽의 군사는 우저의 모래톱 위에서 만났다. 손책이 말을 타고 나오니 장영이 큰 소리로 욕을 하자 황개가 뛰어나가 장영과 싸웠다. 몇 합 싸우지도 않아서 갑자기 장영의 진영에 큰 혼란이 생겼는데 누군가 영채에 불을 질렀다는 것이다.

장영이 급히 군사를 돌리자 손책이 승세를 타고 그 뒤를 맹렬히 공격하니 장영은 우저를 버리고 깊은 산속으로 달아나 버렸다.

알고 보니 장영의 영채에 불을 지른 사람은 두 명의 장수였는데 한 사람은 구강(九江) 수춘 사람으로 성은 장(蔣), 이름은 흠(欽), 자는 공혁(公奕)이라는 사람이고, 또 한 사람은 성은 주(周), 이름은 태(泰), 자는 유평(幼平)이었다.

두 사람 모두 세상이 어지럽게 되자 사람들을 불러 모아서 양자강(洋子江)에서 노략질을 하며 살고 있었는데, 손책이 강동의 호걸로서 오래전부터 유능한 인재를 널리 구한다는 소문을 듣고 이번에 그의 무리 3백여 명을 이끌고 그를 찾아온 것이었다.

손책은 매우 기뻐하며 그들 둘을 군전교위(軍前校尉)로 삼았다.

싸움에서 이긴 손책은 우저 창고에 있던 양식과 병기, 그리고 항복한 군사 4천여 명을 거두어 곧바로 신정(神亭)으로 출발했다.

한편 장영은 싸움에 패하고 유요에게 돌아갔다. 유요는 화를 참지 못하고 그를 베려고 했으나 모사 착융(笮融)과 설례(薛禮)가 만류하여 장영을 다시 말릉성(秣陵城)으로 가서 군사를 주둔하며 적을 막으라고 했다. 그리고 유요 자신은 직접 군사를 이끌고 신정 고개 남쪽에 영채를 세웠고, 손책은 고개 북쪽에 영채를 세웠다.

손책이 그곳에 사는 토박이에게 묻기를: "혹시 산 근처에 한(漢) 광무제의 사당이 있느냐?"

토박이 曰: "고개 위에 사당이 있습니다."

손책 曰 : "내 지난밤 꿈에서 광무제가 나를 부르시어 만나 뵈었다. 당장 가서 참배를 드려야겠다."

장사 장소 曰: "안 됩니다. 고개 바로 남쪽에는 유요의 영채가 있는데 만일 복병이라도 있으면 어쩌시려고 그러십니까?"

손책 曰: "신령님께서 나를 보우하시는데 두려울 게 뭐가 있느냐?"

손책은 곧 갑옷에 창을 들고 영채를 나와 정보·황개·한당·장흠·주태 등 모두 13명이 말을 타고 고개 위까지 올라갔다.

사당에 도착하여 말에서 내려 분향 참배한 뒤 손책이 무릎을 꿇고 축원하기를: "만약 손책이 강동에서 대업을 이루어 선친의 기업(基業)을 다시 부흥시킬 수 있게 된다면 마땅히 사당을 중수(重修)하여 사시사철 정성껏 제사를 올리겠나이다."

사당에서 축원을 마친 손책은 말에 올라 여러 장수들을 돌아보며 말하기를: "내 고개를 넘어가서 유요의 영채를 살펴보고 싶다."

여러 장수들이 모두 안 된다고 했으나 손책은 그들의 말을 듣지 않고 그들과 함께 고개를 넘어 남쪽 마을과 숲을 살펴보았다.

진즉부터 길가에 매복해 있던 유요의 군사 몇 명이 이를 보고 급히 달려가 유요에게 보고했다.

유요 曰: "이것은 필시 손책이 우리를 유인하려는 계책일 것이니 쫓아가서는 안 된다."

태사자가 펄쩍 뛰면서 말하기를: "이럴 때 손책을 붙잡지 않고 언제까지 기다린단 말입니까?"

그러고는 유요의 명령도 듣지 않고 곧바로 혼자서 갑옷을 입고 말에 올라 창을 들고서 영채를 나와 크게 외치기를: "용기 있는 자는 모두 나를 따르라!"

장수들 중에 어느 누구도 움직이려 들지 않는데 오직 젊은 장수 한 사람이 말하기를: "태사자는 참으로 용맹한 장수다! 내가 도와드릴 것이다!"

모든 장수들이 그 두 사람을 비웃었다.

한편 유요의 영채를 한참 살펴보던 손책이 말을 돌려 막 고개를 넘으려고 할 때 고개 위에서 큰 소리로 외치기를: "손책, 게 섰거라!"

손책이 고개를 돌려 위를 쳐다보니 두 필의 말이 쏜살같이 달려 내려왔다. 손책은 13명을 옆으로 벌려 세운 다음 창을 꼬나들고 말을 세우고 기다렸다.

태사자가 크게 소리 지르기를: "누가 손책이냐?"

손책 曰: "네놈은 누구냐?"

대답하기를: "나는 동래의 태사자다. 손책을 잡으러 왔다!"

손책이 비웃으며 말하기를: "내가 바로 손책이다. 네놈들 둘이 한꺼번에 덤벼보아라. 조금도 두렵지 않다. 내가 만약 네놈들에게 겁이 난다면 손백부가 아니지!"

태사자 曰: "네놈들 모두 한꺼번에 덤벼도 나 역시 두렵지 않다!"

태사자는 창을 꼬나들고 말을 달려 그대로 손책을 향해 달려갔다. 손책도 창을 들고 달려 나가 맞붙었다. 두 말이 서로 교차하며 5십여 합을 싸웠으나 승부가 나지 않았다.

정보 등은 속으로 기묘함에 감탄했다. 태사자는 손책의 창법에 한 치의 빈틈이 없는 것을 보고 짐짓 패한 척하고 달아나며 손책이 쫓아오도록 유인했다. 태사자는 일부러 내려온 길로 달아나지 않고 산 뒤로 돌아서 달아났다. 손책이 급히 쫓아가며 소리치기를: "도망치면 대장부가 아니다!"

태사자는 속으로 헤아리기를: "저놈들은 12명이나 뒤를 따르는데 나 혼자서 설령 저놈을 사로잡는다고 하더라도 빼앗길 게 뻔하다. 저놈들이 찾을 수 없는 곳까지 좀 더 유인하여 손을 쓰는 편이 좋겠다."

그리하여 태사자는 달아나다 돌아서서 잠시 싸우고, 다시 달아나다 돌아서서 싸우기를 되풀이했다. 손책은 그를 놓아줄 생각이 전혀 없었다. 계속 쫓아 마침내 평지에 이르렀다. 태사자가 급히 말을 돌려 다시 싸우기를 5십여 합, 손책이 말을 달려 힘차게 창을 찌르자 태사자가 급히 몸을 비틀어 손책의 창자루를 붙잡아 겨드랑이에 끼었다. 그러면서 이번에는 태사자가 손책을 향해 창을 찌르자 손책도 몸을 번개처럼 비틀면서 태사자의 창자루를 움켜잡아 겨드랑이에 끼었다. 두 사람이 모두 힘을 써서 창을 끌어당기다 그만 둘 다 말에서 떨어지고 말았다.

그러는 사이 말들은 어디로 갔는지 보이지 않았다.

두 사람은 이제 창을 버리고 맨손으로 붙잡고 맨주먹으로 치고받으며 싸웠다. 입고 있던 전포들이 갈기갈기 찢어졌다. 손책이 재빨리 태사자 등 뒤의 단극을 빼어 들자 태사자는 얼른 손책의 머리 위에 있는 투구를 벗겨 들었다. 손책이 태사자의 단극으로 찌르면, 태사자는 손책의 투구로 막았다.

이때 갑자기 뒤에서 함성 소리가 들리더니 유요의 지원군 1천여 명이 도착했다. 손책이 당황해하는 순간 마침 정보 등 12명 역시 말을 타고 달려왔다. 손책과 태사자는 그제야 비로소 붙잡고 있던 손을 서로 놓았다.

태사자가 자기 진영에서 말과 창을 취하여 말을 타고 다시 달려왔다. 손책의 말은 정보가 끌고 와서 역시 창을 취해 말에 올랐다. 유요의 1천여 명의 군사와 정보 등 12명의 장수가 혼전을 벌이는데, 양쪽은 이리저리 밀려가며 신정 고개 아래에 이르렀다. 그때 갑자기 함성 소리가 들리며 주유가 군사를 이끌고 도착하고, 유요도 직접 대군을 이끌고 고개 아래에 도착했다. 이때 시간은 해 질 무렵이었는데 갑자기 비바람이 세차게 몰아치니 양쪽 모두 군사들을 거두어 영채로 돌아갔다.

다음 날 손책이 군사를 이끌고 유요의 영채 앞까지 왔다. 유요도 군사를 이끌고 나와 양쪽의 군사들은 서로 마주 보고 대치했다.

손책은 진 앞에서 창끝에 태사자의 단극을 매달아 흔들면서 군사들로 하여금 크게 외치게 하기를: "태사자가 만약 재빨리 달아나지 않았더라면 이미 창에 찔려 죽었을 것이다."

태사자 역시 손책의 투구를 진 앞에서 흔들면서 역시 군사들에게 소리 지르라고 하기를: "손책의 머리통이 여기에 있다."

양쪽 군사들은 이쪽이 이겼다 하고 소리치면, 저쪽에서 우리가 더 강하다 주장하며 서로 함성을 내질렀다. 태사자가 또 말을 타고 나와 손책에게 승부를 결정내자고 하여 손책이 막 나가려고 하는데 정보가 말하기를: "주공께서 힘을 쓰실 필요 있겠습니까? 제가 가서 사로잡아 오겠습니다."

정보가 진 앞으로 나오자 태사자가 말하기를: "네놈은 내 적수가 못되니 손책더러 나오라고 하거라!"

정보가 크게 화를 내며 창을 꼬나들고 태사자에게 달려들었다. 두 말이 서로 교차하며 3십여 합을 싸우고 있는데 유요가 급히 징을 울려 돌아오라고 했다.

태사자 曰: "내 이제 막 적장을 사로잡으려고 하는데 어찌 돌아오라는 것이오?"

유요 曰: "주유가 군사를 거느리고 곡아를 습격하니 진무(陳武: 여강廬江 송자松滋 사람 자는 자열子烈)가 내통하여 성이 적의 수중에 들어갔다는 보고가 왔다. 우리의 기업(基業)을 이미 잃었으니, 이곳에 오래 머물러 있을 수 없다. 속히 말릉으로 가서 설례·착융의 군사들과 합쳐서 급히 곡아를 되찾아야 한다."

태사자는 유요를 따라서 군사를 물리었으며 손책은 그들을 쫓지 않고 군사를 수습하니 장사(長史) 장소(張昭)가 말하기를: "저쪽 군사들은 주유에게 곡아를 점령당해 싸우고 싶은 마음이 없을 터이니 오늘 밤에 영채를 습격하는 것이 좋을 듯합니다."

손책이 그의 말에 따라 그날 밤 군사를 다섯 방면으로 나누어 일제히 공격하니 유요의 군사들은 크게 패하여 뿔뿔이 흩어져 도망치기에 바빴다.

태사자도 혼자 힘으로 감당할 수 없어 십여 명의 기병들만 데리고 경현(涇縣)으로 가 버렸다.

한편 손책은 또 진무(陳武)라는 사람을 얻어 그를 보좌하게 하였는데, 그는 키가 7척에 얼굴은 누렇고 눈동자는 붉어 생김새가 괴상했다. 손책은 그를 매우 경애하여 교위로 임명하여 설례를 공격할 때 선봉으로 삼았다. 진무는 십여 명의 기병을 이끌고 적진을 뚫고 들어가 적의 머리를 5십여 개나 베어 버리자 설례는 성문을 굳게 닫고 감히 나오려 하지 않았다.

손책이 막 성을 공격하려고 하는데 누군가 와서 유요가 착융과 합하여 우저를 치러 간다고 보고를 했다.

손책이 매우 화를 내면서 자신이 직접 대군을 이끌고 우저로 달려갔다. 유요와 착융 두 사람이 말을 타고 맞이했다.

손책 曰: "내가 지금 여기에 왔거늘, 어찌하여 항복하지 않는 게냐?"

유요의 등 뒤에서 창을 꼬나들고 말을 타고 나오는데, 그는 유요의 부장(副將) 우미(于糜)였다. 그는 손책과 세 합도 싸우지 않았는데 손책에게 생포당하고 말았다. 말을 돌려 돌아오려고 하는데 유요의 장수 번능(樊能)이 우미가 사로잡혀 가는 것을 보고 누군가 창을 꼬나들고 쫓아와 그 창이 손책의 등 뒤를 막 찌르려는 순간 손책 진영의 군사가 큰 소리로 외치기를: "등 뒤를 노리는 놈이 있습니다!"

손책이 고개를 돌리니 번능의 말이 바로 등 뒤에 와 있었다. 손책이 크게 기합 소리를 지르니 그 소리가 천둥소리와 같았다. 번능은 바로 그 소리에 놀라 몸이 뒤집히며 말에서 굴러 떨어져 머리가 깨져 그 자리에서 죽고 말았다.

손책이 문기(門旗) 아래에 도착하여 옆구리에 끼고 온 우미를 땅바닥에 내던지자 그도 이미 죽어 있었다. 이처럼 삽시간에 한 장수는 옆구리에 끼여 죽고, 또 한 장수는 고함소리에 놀라 죽었으니 이때부터 사람들은 손책을 '소패왕(小覇王)'이라고 불렀다.

그날 유요의 군사는 크게 패하여 군사들의 절반 이상이 항복했으며 손책의 군사들이 벤 적의 머리만도 1만여 개나 되었다. 유요와 착융은 예장(豫章)으로 달아나 유표에게로 갔다.

손책은 군사를 돌려 다시 말릉을 공격하러 갔다.

직접 성 아래 해자까지 가서 설례에게 투항을 권유하는데 성 위에서 몰래 쏜 화살이 손책의 왼쪽 다리에 맞아 말에서 굴러 떨어졌다.

여러 장수들이 급히 그를 구하여 영채로 돌아와 다리에 꽂힌 화살을 뽑고 상처에 금창약(金瘡藥)을 발랐다.

손책은 군사들에게 명하여 자신이 화살에 맞아 죽었다고 거짓 소문을 내도록 했다. 그리고 군사들은 통곡을 하며 영채를 거두어 떠났다. 설례는 손책이 이미 죽었다는 소식을 듣고 그날 밤 성 안의 군사를 모두 동원하여 용맹한 장수 장영(張英)·진횡(陳橫)과 함께 성을 뛰쳐나와서 그들을 추격했다.

그때 갑자기 사방에서 복병들이 뛰쳐나와 손책이 맨 앞에서 말을 타고 큰 소리로 고함을 치기를: "손책이 바로 여기 있다!"

설례의 군사들이 모두 기겁을 하며 모조리 창과 칼을 내던지고 바닥에 엎드렸다. 손책은 한 사람도 죽이지 말라고 명령했다. 장영이 말을 돌려 도주하려 하다가 진무의 창에 찔려 그 자리에서 즉사하고 진횡은 장흠이 쏜 화살에 맞아 죽었으며, 설례는 혼전 중에 죽었다.

손책은 말릉성에 들어가서 백성들을 안심시킨 다음, 다시 군사를 이끌고 태사자를 잡으러 경현으로 떠났다.

　한편 태사자는 건장한 청년 2천여 명을 모집하여 자신이 원래 데리고 온 군사들과 함께 유요의 원수를 갚으러 가려던 참이었다. 손책과 주유는 태사자를 사로잡을 계책을 상의했다.

　주유는 군사들에게 경현을 세 방면에서 공격하고 동문 하나는 남겨 놓아 그곳으로 달아나도록 했다. 그리고 성에서 25리 떨어진 지점에 세 곳으로 나누어 군사를 매복하고 있으면 태사자가 그쪽으로 올 때 쯤이면 사람과 말 모두 탈진할 테니 그때 반드시 사로잡을 수 있을 것이라고 했다.

　사실 태사자가 모집한 군사들 대부분은 산과 들에서 농사짓는 사람들이라 기율을 알 리가 없다. 더구나 경현의 성벽은 그다지 높지도 않았다. 그날 밤 손책은 진무에게 옷을 가볍게 입고 칼만 소지한 채 먼저 성 위로 기어 올라가 불을 지르라고 했다. 태사자는 성 위에서 불길이 치솟는 것을 보고 말을 타고 동문으로 달아났다. 등 뒤에서 손책이 군사를 이끌고 쫓아갔다. 태사자가 달아나자 뒤를 쫓는 군사들은 3십 리쯤 쫓아가다 더 이상 쫓지 않았다. 태사자는 5십여 리를 달아나 사람과 말 모두 지칠 대로 지쳐있을 때 갈대숲 속에서 갑자기 함성이 일어났다. 태사자가 급히 달아나려고 하는데 양쪽에서 던진 반마삭(絆馬索)[32]에 말의 발이 걸려 넘어지자 태사자를 사로잡아 영채에 가두어버렸다.

　손책은 태사자가 압송되어 온 것을 알고 직접 영채로 가서 군사들을 꾸짖어 물러가게 한 다음 손수 결박을 풀어 주고 자신이 입고 있던 비단 전포를 벗어서 그에게 입혀주고 영채 안으로 들어오게 하면서 말하기를: "나는 자의(子義: 태사자의 자)가 진정한 대장부임을 알고 있소. 유요 이 미련한 놈이 공을 대장으로 쓸 줄을 몰라 패배를 자초했소."

　태사자는 손책이 자신을 후하게 대우해 주자 즉시 항복을 청했다. 손

32　적의 말이 걸려 넘어지도록 둘러친 굵은 새끼나 밧줄. 역자 주.

책은 태사자의 손을 잡고 웃으며 말하기를: "신정에서 우리가 서로 싸울 때 만약 공이 나를 잡았다면 역시 해치지는 않았겠지요?"

태사자가 웃으며 말하기를: "그야 알 수 없는 일이지요."

손책은 다시 한번 껄껄 웃으며 함께 막사 안으로 들어가서 그를 상석에 앉히고 연회를 베풀어 극진히 환대했다.

태사자 曰: "유요는 지금 크게 패배하여 군사들은 이미 그의 마음을 떠났습니다. 내가 그곳에 가서 남은 군사들을 수습해 와서 명공을 돕고 싶은데 나를 믿어 주실지 모르겠소."

손책이 자리에서 일어나 감사의 인사를 하면서 말하기를: "그것은 내가 진정으로 원하는 바요. 지금 공과의 약조는 내일 정오까지 공께서 다시 돌아오는 것이오."

태사자가 승낙을 하고 떠나갔다. 모든 장수들이 말하기를: "태사자가 지금 가면 틀림없이 돌아오지 않을 것이오."

손책 曰: "자의는 신의가 있는 사람이니 결코 나를 배신하지는 않을 것이오."

그러나 사람들은 모두 믿지 않았다.

다음 날 영채의 문 앞에 긴 장대를 세워 놓고 해그림자를 지켜보고 있는데, 공교롭게 정오가 되자 태사자가 천여 명을 이끌고 영채 앞에 도착했다. 손책은 매우 기뻐했으며 모든 사람들은 손책의 사람 보는 안목에 감탄했다.

이리하여 손책은 수만 명의 군사를 거느리고 강동으로 내려가 백성을 편안하게 보살펴주자 투항해 오는 자들이 수도 없이 많았다. 강동의 백성들은 모두 그를 '손랑(孫郞)'이라고 불렀다. 손랑의 군사가 온다는 소문만 들어도 간담이 서늘해져 달아나기 일쑤였다. 그러나 실제 손책의 군사가 도착하면 한 사람도 노략질을 허용하지 않았으며 닭이나 개도 전혀 놀라지 않았다.

백성들은 모두 기뻐하며 소와 술을 영채로 가지고 와서 군사들을 위로하였으며 손책은 금이나 비단으로 그에 대해 답례를 하니 환호성이 들판을 덮었다.

손책은 유요 수하에 있던 군사들 중에 군사로 계속 남아 있기를 원하는 자는 그를 따르게 하고 군사로 남기를 원하지 않은 자는 상금을 주어 고향에 돌아가 농사를 짓게 해 주었으니 강남의 백성 중에 손책을 우러러 칭송을 하지 않은 자가 없었다.

이리하여 손책의 군사력은 매우 강성해졌으며, 모친과 숙부, 아우들을 모두 곡아로 돌아가 살도록 했다.

손책은 그의 아우 손권으로 하여금 주태와 함께 선성(宣城)을 지키게 하고 자신은 군사를 거느리고 오군을 치기 위해 남쪽으로 떠났다.

이때 엄백호(嚴白虎)는 스스로를 '동오덕왕(東吳德王)'이라 칭하며 오군을 점거하고 있었는데 그의 부장(副將)들로 하여금 오정(烏程)·가흥(嘉興)에 주둔하면서 그곳을 지키게 했다.

이날 손책의 군사가 이르렀다는 말을 들은 엄백호는 자신의 아우 엄여(嚴興)로 하여금 군사를 이끌고 나가 대적하라고 했다. 양쪽 군사는 풍교(楓橋)에서 만났는데 엄여는 칼을 비껴들고 다리 위에서 말을 세웠다.

손책의 전령이 이런 사실을 중군(中軍)에 알리자 손책이 직접 나가서 싸우려 했다.

이때 장굉이 간하기를: "무릇 주장은 삼군의 운명이 걸려있는 몸이므로 대수롭지 않은 적들까지 친히 나서는 것은 바람직하지 않으니 부디 자중하십시오."

손책이 사과하며 말하기를: "선생의 말은 참으로 지당하오. 그렇지만

336

내가 직접 돌과 화살을 무릅쓰지 않으면 군사들이 명령을 따르지 않을
까 봐 걱정되오.”

그러고는 한당으로 하여금 나가서 싸우라고 명을 했다. 한당이 다리
위에 도착했을 때 장흠과 진무가 어느새 작은 배들을 몰아 강기슭으로
부터 다리를 지나서 강 건너편 기슭의 적들에게 화살을 어지럽게 쏘아
대고 있으며, 이 두 장수는 강기슭에 올라가 적들을 닥치는 대로 죽이니
엄여는 후퇴하여 달아났다.

한당은 군사를 몰아 그 뒤를 쫓아 창문(閶門) 아래까지 추격하니 적들
은 성 안으로 들어가 버렸다.

손책은 군사를 수륙(水陸) 두 길로 동시에 진격하여 오성을 포위하였
으나 3일 동안이나 성문을 굳게 닫고 싸울 기미가 보이지 않았다.

손책은 군사를 이끌고 창문 가까이 가서 항복을 권유했다. 이때 성
위에서 장수 한 명이 왼손은 기둥을 붙잡고 오른손으로 성 아래를 가리
키며 큰 소리로 욕을 했다.

태사자가 바로 말 위에서 시위에 화살을 메기면서 고개를 돌려 장수
들에게 말하기를: “내 저놈 왼쪽 손에 화살을 꽂을 테니 한번 보시오.”

말이 끝나기 무섭게 시위 소리가 울리더니 과연 날아간 화살은 명중
하여 그 장수의 왼쪽 손을 관통하여 기둥에 깊이 박혀 버렸다. 이를 지
켜보던 성의 위아래 사람들 모두 갈채를 보내지 않을 수 없었다. 여러 사
람들이 그자를 구하여 성 아래로 내려갔다. 엄백호가 크게 놀라서 말하
기를: “저들 중에 이와 같은 장수가 있으니 어찌 대적할 수 있겠는가!”

그는 어쩔 수 없이 강화를 청하기로 했다.

다음 날 엄여로 하여금 성을 나가 손책을 만나 보라고 했다. 손책이
엄여를 막사 안으로 청하여 술을 마셨다. 술기운이 웬만큼 돌자 손책이
엄여에게 단도직입적으로 묻기를: “형님의 뜻은 뭐요?”

엄여 曰: "장군과 강동을 절반씩 나누는 겁니다."

손책이 크게 화를 내며 말하기를: "이 쥐새끼 같은 놈이 어찌 감히 나랑 맞먹겠다는 것이냐!"

손책은 즉시 엄여의 목을 베라고 명령을 했다. 엄여가 칼을 빼들고 일어서자 손책이 잽싸게 칼을 휘둘러 그를 베어 버리고 그의 수급을 잘라 성 안으로 보냈다.

엄백호는 도저히 감당할 수 없음을 깨닫고 성을 버리고 도주했다.

손책은 군사들을 거느리고 엄백호를 추격하면서 황개는 가흥을 공격하여 취하고 태사자는 오정을 빼앗으니, 여러 주(州)들이 평정되었다.

엄백호는 여항(餘杭)으로 달아나면서 길에서 노략질하다가 그 지방의 능조(凌操)라는 사람이 마을 사람들을 모아 싸우자 그들에게도 당하지 못하고 다시 회계로 달아났다. 능조 부자 두 사람이 손책을 맞이하니, 손책은 그를 종정교위(從征校尉)로 임명하고 곧바로 그들과 함께 강을 건너갔다.

엄백호는 도적들을 모아 서진(西津) 나루를 점거하고 있었는데 정보가 그들과 싸워 크게 패하자 엄백호는 다시 밤을 새워 회계로 달아났다.

회계 태수 왕랑(王朗)은 군사를 이끌고 나와 엄백호를 구해 주려고 했는데 갑자기 누군가 나와서 말하기를: "안 됩니다. 손책의 군사는 인의(仁義)를 표상으로 하고 있으나 엄백호는 포악한 짓을 일삼는 무리이니 차라리 엄백호를 사로잡아 손책에게 바치는 것이 낫습니다."

그 사람은 바로 우번(虞翻)이었다. 그는 회계 여요(餘姚) 사람으로 자는 중상(仲翔)이라고 하는데 당시 군의 하급관리로 있었다.

왕랑이 화를 내며 꾸짖자 우번은 길게 탄식을 하며 물러났다.

왕랑은 급히 군사를 이끌고 엄백호를 만나 산음(山陰) 벌판에 진을 쳤다.

손책 또한 마주 보고 진을 벌인 다음, 말을 타고 나와 왕랑에게 말하기를: "나는 인의의 군사를 일으켜 절강 일대를 안정시키기 위해 왔거늘 당신은 어찌하여 적을 돕고 있는 거요?"

왕랑이 욕을 하며 말하기를: "네놈의 탐욕은 끝이 없구나, 이미 오군을 얻고도 또 내 땅까지 노리다니! 내 오늘 엄씨의 원수를 갚아줄 것이다."

손책이 크게 화를 내며 막 나가 싸우려는데 벌써 태사자가 뛰쳐나가니 왕랑 역시 말을 박차고 칼을 휘두르며 나왔다. 태사자와 몇 합 겨루지도 않았는데, 왕랑의 장수 주흔(周昕)이 싸움을 도우러 뛰어나오자 손책 진영에서는 황개가 달려 나가 주흔을 대적했다. 양 진영에서 북소리가 울리면서 양쪽 군사들이 격렬하게 싸웠다.

그때 갑자기 왕랑의 진영 후미에서 혼란이 발생하였는데 한 무리의 군사들이 후미를 공격한 것이다. 왕랑이 크게 놀라 급히 말을 돌려 후미를 대적하는데, 알고 보니 주유와 정보가 군사를 이끌고 측면에서 쳐들어와 앞뒤로 협공을 하게 된 것이다.

왕랑의 군사로는 그들을 대적할 수 없어 엄백호·주흔과 함께 탈출구를 겨우 뚫어 성 안으로 들어간 다음 조교(弔橋)를 들어 올리고 성문을 굳게 닫아버렸다.

손책의 대군은 승기를 잡고 성 아래까지 쫓아와 군사를 나누어 네 개의 문을 일제히 공격했다. 왕랑은 성 안에서 손책의 맹렬한 공격에 위기를 느끼고 다시 성을 나와 결사의 일전을 하려고 했다.

엄백호 曰: "손책의 군사력이 너무 막강하니 공께서는 깊은 고랑과 높은 보루로 방어를 견고히 하며 싸우러 나가지 마십시오. 그러면 저들은 한 달이 못 되어 군량이 떨어져 어쩔 수 없이 물러가게 될 것입니다. 그때 허점을 노려서 기습을 하면 싸우지 않고도 이길 수 있을 것입니다."

왕랑은 그의 의견에 따라 성을 단단히 지키기만 할 뿐 좀처럼 성문을 나오려고 하지 않았다. 손책이 수일간 연속해서 공격했으나 성공하지 못했다. 여러 장수들과 계책을 논의하는데, 손정(孫靜)이 말하기를: "왕랑이 성을 굳게 지키고만 있으니 쉽게 성을 함락시키기는 어려울 것이다. 회계의 돈과 양식의 절반은 사독(査瀆)에 있는데 여기서 불과 몇십 리밖에 떨어져 있지 않으니 먼저 사독을 차지하는 것이 좋겠다. 이것이야말로 '대비하지 않는 곳을 공격하고, 예상하지 못한 곳을 친다(攻其不備, 出其不意).'라는 계책이다."

손책이 크게 기뻐하며 말하기를: "숙부의 묘책으로 충분히 적을 쳐부술 수 있겠습니다!"

즉시 각 문에 불을 훤히 밝히고 깃발을 많이 꽂아 놓아 마치 군사들이 많이 주둔하고 있는 것처럼 위장하고 그날 밤 성을 포위하고 있던 군사들을 철수하여 남쪽으로 갔다.

주유가 나오면서 말하기를: "주공의 대군이 함께 움직이면 왕랑은 틀림없이 성을 나와 쫓아올 것이오. 그때 우리가 기습을 하면 승리할 수 있습니다."

손책 曰: "내 이미 준비를 끝냈네. 오늘 밤 안으로 성은 우리 손에 들어올 것이야!"

마침내 군사들에게 출발을 명했다.

한편 손책이 군사를 이끌고 이미 돌아갔다는 말을 들은 왕랑은 직접 여러 사람들과 함께 성 위 망루에 올라가 바라보니 성 아래 여러 곳에서 불길이 타오르고 연기가 피어나며 깃발도 펄럭이고 있어 속으로 의심을 하고 있는데 옆에 있던 주흔이 말하기를: "손책이 달아나면서 우리를 속이려고 쓴 계책입니다. 군사를 내보내 습격해야 합니다."

340

엄백호 曰: "손책이 떠난 것은 설마 사독을 치려는 것이 아닐까요? 내가 주장군과 함께 군사를 이끌고 쫓아가겠습니다."

왕랑 曰: "사독은 우리의 양식을 저장해 놓은 곳이라 반드시 지켜야 하네. 그대가 군사를 이끌고 먼저 가면 내가 뒤따라가서 호응하겠네."

엄백호와 주흔은 군사 5천 명을 이끌고 성을 나와 적들을 추격했다. 때는 초경(오후 8시경)이 가까워질 무렵, 성에서 2십여 리 떨어진 곳에 이르자 갑자기 울창한 숲속에서 북소리가 울리더니 일시에 횃불이 환하게 밝혀졌다. 엄백호가 깜짝 놀라 말을 돌려 달아나려 하자 한 장수가 불쑥 나타나 길을 막는데 불빛 속에서 살펴보니 바로 손책이었다. 주흔이 칼을 휘두르며 달려들었으나 손책이 단 한 번 찌른 창에 그만 죽고 말았으며 남은 무리들은 모두 항복했다. 그러나 엄백호는 필사적으로 탈출로를 찾아 여항 쪽으로 달아났다. 왕랑은 앞서 간 군사들이 이미 패했다는 소식을 듣고 감히 성 안으로 들어가지 못하고 군사들을 이끌고 바닷가 쪽으로 달아나 버렸다.

손책이 다시 대군을 이끌고 돌아와 승세를 잡고 성을 점령한 뒤 백성들을 안정시켰다.

하루도 못 되어 웬 사람이 엄백호의 수급을 가지고 와서 손책에게 바쳤는데, 그 사람은 키가 8척에 넓적한 얼굴, 그리고 입이 유난히 컸다. 손책이 그의 이름을 물어보니 회계 여요(餘姚) 사람으로 성은 동(董), 이름은 습(襲), 자는 원대(元代)라고 했다.

손책은 매우 기뻐하며 그를 별부사마(別部司馬)로 삼았다.

이리하여 동쪽 지방은 모두 평정되었다. 손책은 그의 숙부 손정에게 이곳을 지키게 하고 주치를 오군 태수로 삼은 다음 군사를 거두어 강동으로 돌아갔다.

한편 손권은 주태와 선성을 지키고 있었는데 어느 날 갑자기 산적들이 나타나서 사방에서 공격을 했다. 때는 깊은 밤이라 미처 대적할 틈도 없어서 주태는 즉시 손권을 안고 말에 올라 몸을 피하려는데 도적 수십 명이 칼을 휘두르며 쫓아왔다. 주태는 말이 없어서 걸어가면서 칼을 들고 도적 십여 명을 베어 죽였다. 잠시 뒤 한 도적이 말을 달려 주태의 등을 향해 창을 찔렀다. 주태는 몸을 피하며 그 창을 손으로 잡고 끌어당겨서 그자를 말 아래로 떨어뜨리고 창과 말을 빼앗아 탈출구를 확보하여 손권을 구출해 냈다. 나머지 산적들은 모두 멀리 도망가 버렸다.

주태의 몸에는 12군데나 창에 찔렸는데, 창독으로 상처가 부풀어 올라 목숨마저 위태로울 지경이었다. 손책은 그 소식을 듣고 크게 놀랐다. 이때 휘하의 동습이 말하기를: "제가 이전에 해적들과 싸우다 몸의 여러 군데를 창에 찔렸는데 회계군의 관리로 있는 우번이라는 자가 용한 의원을 소개해 주어 불과 보름 만에 나은 적이 있습니다."

손책 曰: "우번이라면 혹시 우중상을 말하는 것인가?"

동습 曰: "네, 그렇습니다."

손책 曰: "그는 현사(賢士)이다. 내 마땅히 그를 기용해야겠다."

그러고는 장소와 동습을 보내 우번을 모셔 오도록 했다. 우번이 오자 손책은 그를 정중히 맞이하여 공조(功曹)에 임명했다. 그리고는 급히 의원을 구한다고 말을 했다.

우번 曰: "그 의원은 패국(沛國) 초군(譙郡) 사람으로 성은 화(華), 이름은 타(佗)이고 자를 원화(元化)라고 하는데 참으로 당세의 신의(神醫)입니다. 모시고 와서 뵙도록 하겠습니다."

우번이 하루도 못 되어 그를 데리고 왔다. 손책이 그를 만나 보니 동안(童顔)인데다 머리카락은 학처럼 희어서(鶴髮) 마치 이 세상 사람이 아닌 신선의 풍모였다. 손책은 그를 최상의 손님으로 대우하면서 주태의 상처를 치료해 달라고 부탁했다.

화타 曰: "이 상처를 치료하는 것은 그리 어려운 일이 아닙니다."

화타가 약을 쓰기 시작한 지 한 달 만에 주태는 완쾌되었다.

손책은 크게 기뻐하며 화타에게 후하게 사례했다. 그러고는 곧 군사를 보내 산적을 소탕하니 마침내 강남도 평정되었다.

손책은 장수들을 나누어 보내서 각 요새를 지키게 하고 조정에 표문을 올려서 그간의 상황을 아뢰었다. 그리고 한편으로는 조조와 교분을 맺고, 또 한편으로는 사람을 시켜서 원술에게 서신을 보내 옥새를 돌려달라고 했다.

한편 원술은 은근히 황제가 되려는 생각을 품고 있었으므로 손책에게 답장하면서 핑계를 대어 옥새를 돌려주지 않았다. 그러고는 급히 장사(長史) 양대장(楊大將)·도독(都督) 장훈(張勳)·기령(紀靈)·교유(橋蕤)·상장(上將) 뇌박(雷薄)·진란(陳蘭) 등 3십여 명을 모아 놓고 의논했다. 그러면서 말하기를: "손책이 내가 빌려준 군마로 저렇게 강동 땅을 모두 차지해 놓고 은혜를 갚을 생각은 하지 않고 도리어 옥새를 돌려달라고 사람을 보냈는데 참으로 무례하다. 장차 어떤 계책으로 도모하는 것이 좋겠는가?"

장사 양대장이 말하기를: "손책은 지금 장강의 요새를 점거하고 있을 뿐만 아니라, 군사의 세력도 막강하고 군량도 넉넉하므로 지금은 도모할 때가 아닙니다. 지금은 먼저 유비를 쳐서 전에 아무 이유도 없이 우리를 공격한 원수부터 갚도록 하십시오. 그런 다음에 손책을 도모해도 늦지 않습니다. 제가 계책 하나를 말씀드릴 테니, 이대로만 하시면 당장 유비를 사로잡을 수 있습니다."

이야말로:

| 강동으로 가서 범을 잡으려 않고 | 不去江東圖虎豹 |
| 서주로 와서 교룡과 싸우려 하네 | 却來西郡鬪蛟龍 |

그 계책이 어떤 것인지 궁금하거든 다음 회를 기대하시라.

제 16 회

여포는 원문에서 화극을 쏘아서 맞히고
조맹덕은 육수에서 싸움에 크게 패하다

呂奉先射戟轅門

曹孟德敗師淯水

양대장이 원술에게 유비를 칠 계책을 올리겠다고
했다.

원술 曰: "그 계책이 무엇인가?"

양대장 曰: "유비의 군사는 지금 소패에 주둔하고 있어 쉽게 취할 수
있지만, 문제는 여포가 서주에 범처럼 버티고 있다는 것입니다. 지난번
우리가 여포에게 황금과 비단·양식과 말을 주겠다고 약조해 놓고 지금
까지 주지 않고 있어서 그것을 핑계로 유비를 도우려 하지 않을까 염려
됩니다. 그래서 지금 그에게 양식을 보내 주어 그의 마음을 붙잡아 놓아
군사를 움직이지 못하게 해 놓으면 유비는 사로잡을 수 있습니다. 그런
뒤에 여포를 치면 서주도 얻을 수 있습니다."

원술은 양대장의 계책에 기뻐하며 한윤으로 하여금 양곡 20만 섬과
밀서를 여포에게 보내 주었다. 여포는 매우 기뻐하며 한윤에게 융숭한
대접을 해주었다. 한섬이 돌아가서 원술에게 보고하자 원술은 즉시 기령
을 대장으로, 뇌박(雷薄)과 진란(陳蘭)을 각각 부장으로 삼아 수만 명의
군사를 이끌고 소패를 공격하게 했다.

현덕이 이 소식을 듣고 즉시 여러 장수들과 함께 대책을 상의하는데 장비가 출전하겠다고 했다.

그러자 손건이 말하기를: "지금 소패는 양식도 군사도 모두 부족한데 어찌 대적할 수 있겠소? 급히 여포에게 서신을 보내 위급 상황을 알리는 것이 좋겠습니다."

장비 曰: "그 자식이 우릴 도와주려고 하겠소?"

현덕 曰: "손건의 말이 옳다."

그러고는 즉시 여포에게 서신을 보내는데, 그 내용은:

"장군께서 굽어살펴 주시어 이 유비 소패에 몸을 의탁하고 있는데 그 은혜는 실로 높고도 두텁습니다. 지금 원술이 사사롭게 원수를 갚겠다는 핑계로 기령으로 하여금 군사를 이끌고 이곳을 침략하게 했으니 소패의 존망이 조석에 달려있습니다. 장군이 아니면 누가 이 고을을 구원해 주시겠습니까? 바라건대 군사를 지원해 주시어 거꾸로 매달려 있는 이 위기에서 구해 주신다면 더할 나위 없이 큰 다행이겠습니다!"

여포는 편지를 보고 진궁과 계책을 상의하면서 말하기를: "지난번 원술이 나에게 양식을 보내면서 밀서를 전한 것은 나에게 현덕을 도와주지 말라는 뜻이었는데 지금 현덕이 나에게 구해달라고 요청하였소. 내 생각에 현덕이 소패에 주둔하고 있는 것은 내게 해될 것이 없지만, 만약 원술이 현덕을 삼키고 나면 북쪽 태산의 여러 장수들과 연합하여 나를 도모하려고 할 텐데, 그리하면 나는 잠을 편히 잘 수 없을 것이오. 아무래도 현덕을 구해 주는 것이 좋을 것 같소."

마침내 여포는 군사를 일으켜 출발했다.

한편 기령은 대규모 군사를 일으켜 신속히 진군하여 소패의 동남쪽에 영채를 세웠다. 그들은 낮에는 수없이 깃발을 펄럭이게 하여 산천을 뒤덮고 밤에는 북을 쳐서 천지를 진동하고 횃불을 대낮처럼 밝게 비추게 했다. 반면 현덕의 군사는 고작해야 5천여 명이니 성 안에서 지키고만 있을 수도 없어서 어쩔 수 없이 성 밖으로 나와 영채를 세우고 포진했다. 그때 뜻밖에 여포가 군사를 이끌고 현에서 1리쯤 떨어진 곳의 서남쪽 방향에 영채를 세웠다는 보고가 들어왔다. 기령도 여포가 유비를 구하러 군사를 이끌고 왔다는 소식을 듣고 급히 사람을 시켜 여포에게 편지를 보내 신의가 없음을 질책했다.

여포가 껄껄 웃으면서 말하기를: "내게 원술과 유비 모두 나를 원망하지 못하게 할 계책이 하나 있다."

그러고는 기령과 유비 두 영채에 사자를 보내 두 사람을 연회에 초청했다. 현덕은 여포가 초청을 하자 곧바로 가려고 했다.

관우와 장비 曰: "형님, 가시면 안 됩니다. 여포는 틀림없이 딴 생각을 하고 있는 것입니다."

현덕 曰: "내가 지금까지 그를 박대하지는 않았으니 그도 나를 해치지는 않을 것이다."

현덕이 즉시 말을 타고 출발하니 관우와 장비도 그 뒤를 따랐다.

여포의 영채에 도착하여 안으로 들어서자 여포가 말하기를: "내 오늘 특별히 공의 위급함을 해결해 줄 것이오. 훗날 뜻을 이루거든 오늘의 공을 잊지나 마시오!"

현덕은 감사하다고 인사를 했다. 여포가 현덕을 자리로 안내하자 관우와 장비는 칼을 차고 그의 등 뒤에 섰다. 그런데 잠시 후 기령이 도착했다고 보고를 했다. 현덕이 깜짝 놀라 자리를 피하려 했다.

여포 曰: "내 오늘 특별이 의논할 게 있어서 두 분을 모신 것이니 조금도 이상하게 생각하지 마시오."

현덕은 아직 그의 의도를 알아채지 못해 내심 불안했다. 기령이 말에서 내려 무심코 영채에 들어오다 뜻밖에 현덕이 상석에 앉아 있는 것을 발견하고 깜짝 놀랐다. 그대로 몸을 돌려 돌아가려고 해서 주위에서 극구 말려도 듣지 않고 나가려 하자 여포가 앞으로 나가 그를 붙잡고 돌려세워 끌고 오는데 마치 어린아이 다루듯 했다.

기령 曰: "장군, 이 기령을 죽일 작정이오?"

여포 曰: "그럴 리가요."

기령 曰: "그러면 저 큰 귀 놈이요?"

여포 曰: "당연히 그도 아니지요."

기령 曰: "그럼 대체 어쩌실 작정이오?"

여포 曰: "현덕과 나는 형제지간이오. 지금 장군께서 피곤하게 한다기에 내가 구해 주려고 온 것이오."

기령 曰: "그럼 나를 죽이려는 게 틀림없군."

여포 曰: "그런 게 아니라고 내 말 했잖소. 이 여포 평생 싸움을 싫어하고 오직 싸움 말리는 것만 좋아했소. 이번에도 양쪽을 화해시키려는 것뿐이오."

기령 曰: "도대체 어떻게 화해시키겠다는 거요?"

여포 曰: "내 한 가지 방법이 있는데 그것은 천운에 따라 결정될 것이오."

그리고는 기령을 끌고 영채 안으로 들어와 현덕과 인사를 나누게 했다. 두 사람 모두 의심을 품고 경계를 하고 있었다. 여포는 자신이 가운데 앉고 기령은 왼편에, 현덕은 그의 오른편에 앉도록 한 다음 연회를 베풀어 술잔을 돌리도록 했다.

348

술잔이 여러 순배 돌자 여포가 말하기를: "당신들은 내 체면을 봐서 군사들을 모두 물려주시오."

현덕은 아무 말이 없었다.

기령 曰: "나는 주공의 명을 받들어 10만 명의 군사를 이끌고 유비를 잡으러 왔는데 군사를 그냥 물리라니, 무슨 말씀을 그리 하시오?"

장비가 크게 화를 내며 손에 칼을 뽑아들면서 호통치기를: "우리가 비록 군사 숫자는 적지만 네까짓 놈들은 어린애들 장난처럼 보고 있다. 우리는 백만 황건적도 물리쳤는데 그에 비하면 네놈들은 아무것도 아닌 것들이 감히 우리 형님을 상하게 할 것 같으냐?"

관우가 급히 제지하며 말하기를: "기왕 왔으니 여장군의 뜻이 무엇인지 한 번 들어나 보고, 각자 영채로 돌아가서 싸워도 늦지 않을 것이네."

여포 曰: "내 두 분을 청한 것은 화해를 시키려는 것이지 절대로 싸움을 붙이려는 게 아니오."

이쪽의 기령은 분개하고 있고 저쪽의 장비도 여차하면 칼을 뽑을 기세다.

여포가 크게 화를 내며 소리치기를: "당장 내 방천화극을 가져오너라!"

여포가 방천화극을 손에 쥐자 기령과 현덕 모두 얼굴색이 변했다.

여포 曰: "내 두 분을 화해시키느냐 아니면 못 시키느냐는 오직 하늘의 뜻에 달려 있소."

여포는 자신의 부관에게 방천화극을 건네주면서 원문 밖 먼 곳에 그 화극을 꽂아놓도록 했다. 그리고 기령과 현덕을 번갈아 쳐다보면서 말하기를: "원문은 이곳에서 약 일백오십 보 떨어져 있소. 내가 만약 활을 쏘아 저 화극의 작은 가지를 명중시키면 두 분은 모두 군사를 물리는 겁니다. 만약 명중시키지 못한다면 당신들은 각자 영채로 돌아가서 싸울

준비를 하시오. 내 말을 듣지 않은 사람이 있으면 내가 힘을 합쳐 그와
싸울 것이오.”

　기령은 은근히 판단해 보기를: “화극이 백 오십 걸음이나 떨어져 있
는데 어떻게 그 작은 가지를 명중시키겠나? 일단 그렇게 하겠다고 응해
놓고 그가 맞추지 못하면 그때 내 계획대로 싸우면 그만이지.”

　기령은 흔쾌히 승낙하였으며 현덕은 당연히 마다할 이유가 없었다.
여포는 모두 자리에 앉아 다시 술을 한 잔씩 마시도록 했다. 술을 다 마
신 뒤 여포는 활과 화살을 가져오라고 명했다.

　현덕은 마음속으로 축원하기를: “그가 쏜 화살이 명중하게 해 주소서.”

　여포는 전포 소매를 걷어 올린 뒤 시위에 화살을 메긴 뒤 활을 힘껏
당기더니 소리 지르기를: “맞았다!”

　이야말로:

활 당기는 모습 마치 하늘에 가을달 가는 듯　　弓開如秋月行天
화살은 마치 유성이 땅에 떨어지듯 날아가네　　箭去似流星落地

　여포가 쏜 화살은 화극의 작은 가지에 명중했다. 그러자 막사 안팎의
모든 장수들이 일제히 탄성을 질렀다.

　후세 사람이 이를 칭송하여 시를 지었으니:

여포의 신들린 활솜씨 세상에 드물어　　溫侯神射世間稀
원문 표적 맞혀 위기에서 구해주었네　　曾向轅門獨解危
해를 쏘아 떨어뜨린 후예보다도 낫고　　落日果然欺后羿
원숭이 울린 양유기보다도 더 나으니　　號猿直欲勝由基

호랑이 힘줄 시위소리에 활 당겨지고 　　　　虎筋弦響弓開處
수리깃털로 만든 화살 힘차게 날아가 　　　　雕羽翎飛箭到時
표범 꼬리 요동치듯 화극을 꿰뚫으니 　　　　豹子尾搖穿畫戟
십만의 정예병들 갑옷 벗고 돌아갔네 　　　　雄兵十萬脫征衣

화극의 작은 가지를 정확히 맞힌 여포가 껄껄 큰 소리로 웃으며 잡고 있던 활을 땅바닥에 내던지고 기령과 현덕의 손을 잡고 말하기를: "이것은 양쪽 모두 군사를 물리라는 하늘의 명령이오."

그리고 군사들에게 큰 소리로 지시하기를: "술을 따르라! 자, 우리 모두 큰 잔으로 마십시다!"

현덕은 은근히 다행이라고 생각했다. 반면, 기령은 한동안 묵묵히 있더니 여포에게 말하기를: "장군의 말을 안 들을 수는 없지만 이대로 돌아가면 우리 주군께서 어찌 내 말을 믿겠소이까?"

여포 曰: "내가 직접 서신을 써 주면 되지 않겠소?"

술잔이 또 여러 순배 돌고 나서 기령은 여포에게 서신을 써 달라고 하여 먼저 돌아가니 여포가 현덕에게 말하기를: "내가 아니었더라면 공은 위태로울 뻔 했소."

현덕은 감사의 인사를 하고 관우·장비와 함께 돌아갔다.

다음 날 세 곳의 군사들이 모두 흩어졌으니, 현덕은 소패성으로, 그리고 여포는 서주성으로 각각 돌아갔으며 그 얘기는 여기서 그만 하겠다.

한편 회남으로 돌아간 기령이 원술에게 여포가 원문에 화살을 명중시켜 화해를 시킨 일을 보고하니 원술이 크게 화를 내며 말하기를: "여포 그놈이 나에게 그렇게 많은 양식을 받아 처먹고 도리어 이런 애들 장난 같은 짓으로 유비를 보호해 주다니!

내 직접 당장 군사를 일으켜 유비뿐만 아니라 여포도 함께 칠 것이다."

기령 曰: "주공, 경솔해서는 안 됩니다. 여포는 용맹함과 힘이 뛰어난 데다 서주를 차지하고 있습니다. 만약 여포와 유비가 머리와 꼬리에서 서로 호응한다면 도모하기가 쉽지 않습니다. 제가 듣기에 여포의 처 엄씨에게 혼기가 찬 딸이 하나 있다고 합니다. 주공께는 아드님이 한 분 계시니 사람을 보내 여포에게 청혼을 해 보시지요. 여포가 만약 주공께 딸을 시집보낸다면 틀림없이 유비를 죽일 것이니 이것이 바로 소불간친지계(疏不間親之計)[33] 이옵니다."

원술은 그의 계책에 따라 한윤을 중매쟁이로 삼아 서주에 많은 예물을 보내면서 청혼을 하도록 했다.

한윤이 서주의 여포를 만나 말하기를: "주공께서 늘 장군을 흠모하시면서 장군의 따님(令愛)을 며느리로 삼아 사돈 간의 정을 영구히 맺고자 하십니다."

여포가 안으로 들어가 처 엄씨와 의논했다. 사실 여포는 두 명의 처와 한 명의 첩이 있는데 엄씨는 가장 먼저 결혼하여 본처로 있었고 그 뒤 초선을 첩으로 삼았으며 소패에 거주할 때 조표의 딸을 둘째 아내로 맞아 들였다. 그러나 조씨가 자식을 낳지 못하고 먼저 죽고 초선 역시 자식이 없어 유일하게 엄씨 만이 딸 하나를 낳았으니 여포는 정말 그 딸을 애지중지 키웠다.

엄씨가 여포에게 말하기를: "제가 듣기로 원 공로께서는 오랫동안 회남을 잘 다스려 군사도 많고 양식도 넉넉하여 머지않아 천자가 된다고 하던데, 만약 대사가 이루어진다면 우리 딸은 장차 황후가 될 가망이 있지만 그에게 아들이 몇이나 있는지 모르겠어요?"

---

33 친하지 않는 사람이 친한 사람들의 사이를 이간시킬 수 없다는 계책. 역자 주.

여포 曰: "아들은 단 하나요."

엄씨 曰: "그렇다면 당장 허락하시지요. 설령 황후가 되지 못하더라도 우리 서주로서는 걱정할 게 없지 않겠습니까?"

여포의 뜻은 이미 결정되었다. 한윤을 후하게 대접하고 혼사를 허락했다.

한윤이 돌아가서 원술에게 보고하자 원술은 즉시 혼례에 필요한 예물을 갖추어 한윤을 시켜 서주로 보냈다. 여포는 원술의 예물을 받은 다음 한윤을 극진히 대접고 역관에 머물며 쉬게 했다.

다음 날 뜻밖에 진궁이 역관으로 한윤을 찾아갔다. 인사를 마치고 자리에 앉은 뒤 좌우를 모두 물러나 있게 했다. 그리고 한윤에게 단도직입적으로 묻기를: "원술로 하여금 여포와 혼사를 맺게 한 것이 누구의 계책이오? 그 의도는 유비의 목을 취하자는 것이지요?"

한윤이 당혹을 금치 못하며 일어서서 사과하며 말하기를: "공께서는 이 말씀을 제발 누설하지 말아 주세요!"

진궁 曰: "나야 내 입으로는 말하지 않겠지만 이 일을 오래 끌면 반드시 다른 사람들이 알게 될 것이고 그러면 도중에 변고가 생기지 않을까 염려되오."

한윤 曰: "그럼 어찌하면 좋을지 공께서 가르침을 주시지요."

진궁 曰: "내 생각엔 여포로 하여금 당장 내일이라도 딸을 보내게 하는 게 어떻겠소?"

한윤이 크게 기뻐하며 감사의 인사를 하면서 말하기를: "그렇게만 해 주신다면 원공께서도 공의 은덕을 절대로 잊지 않을 거요!"

진궁이 한윤에게 작별 인사를 하고 돌아와 즉시 여포를 만나서 말하기를: "듣기에 공의 따님을 원공로의 아들에게 시집보내기로 하셨다는데 정말 잘하셨습니다. 그런데 혼사 날짜는 정하셨는지요?"

여포 曰: "차차 의논해서 정할까 하네."

진궁 曰: "자고로 빙례를 받고 혼사가 이루어지기까지는 각각 그 기간이 정해져 있습니다. 황제는 1년, 제후는 반년, 대부는 석 달, 일반 백성은 한 달입니다."

여포 曰: "원 공로께서는 하늘로부터 국보(전국옥새)를 하사받으셨고 조만간 황제가 되실 분이니 천자의 예를 따라도 되지 않겠는가?"

진궁 曰: "불가하옵니다."

여포 曰: "그럼 어쩔 수 없이 제후의 예를 따라야 하나?"

진궁 曰: "그것 역시 불가하옵니다."

여포 曰: "그럼 경대부의 예를 따라야 한다는 것인가?"

진궁 曰: "그것은 더욱 아니지요."

여포가 웃으며 말하기를: "그럼 공은 나더러 일반 백성의 예를 좇으란 말인가?"

진궁 曰: "아닙니다."

여포 曰: "그럼 도대체 어찌하란 말인가?"

진궁 曰: "지금 천하의 제후들은 서로 자신이 진정한 영웅임을 다투고 있습니다. 이제 공께서 원 공로와 사돈을 맺으신다고 하면 모든 제후들이 질투를 하지 않는다는 보장이 있습니까? 만약 길일을 멀리 잡아놓으면 혹시 혼사를 치르는 날을 기회로 삼아 복병들이 도중에 신부를 빼앗으려 한다면 어찌하시겠습니까? 지금 취할 수 있는 계책은 공께서 허락을 하지 않으셨다면 몰라도, 기왕 허락하셨으니 제후들이 그 사실을 알아채기 전에 따님을 수춘으로 보내서 별관에 머무르게 하신 연후에 길일을 택하여 혼례를 치르도록 하신다면 만에 하나도 뒤탈이 없을 것입니다."

여포가 기뻐하며 말하기를: "공의 말이 지당하오."

여포가 들어가서 그런 내용을 엄씨에게 알리고 밤을 새워 혼수를 준비하여 보마(寶馬)가 이끄는 향나무 수레에 따님을 태워 송헌(宋憲)과 위속(魏續)에게 호위하게 하여 한윤과 함께 떠나도록 했다.

그 일행은 풍악소리가 하늘을 진동하는 가운데 성 밖으로 나왔다.

이때 진원룡(陳元龍)의 부친 진규(陳珪)는 병이 들어 관직에서 물러나 집에서 노후를 보내고 있었는데 풍악 소리를 듣고 무슨 까닭이냐고 물으니 집안사람들이 그 사연을 알려주었다.

진규가 혼자 말로 중얼거리기를: "이것은 소불간친(疎不間親)의 계책이다. 현덕이 위험하구나!"

그는 곧바로 병을 무릅쓰고 여포를 만나러 갔다.

여포 曰: "대부께서 어찌 오셨습니까?"

진규 曰: "듣자하니 장군께서 죽게 되었다기에 미리 조문하러 왔소이다."

여포가 놀라며 말하기를: "도대체 그게 무슨 말씀인지요?"

진규 曰: "지난번 원술이 공께 금과 비단을 보내면서 유현덕을 죽이려고 했지만 공께서 화극을 맞추어 화해를 시켰지요. 그런데 지금 갑자기 사돈을 맺자는 그 의도는 공의 여식을 볼모로 삼아 현덕을 공격하여 소패를 취하고, 소패가 망하면 바로 서주가 위험해진다는 것을 왜 모르시오. 그쪽에서 양식을 빌려 달라, 군사를 빌려 달라고 할 때 마다 그에 응하려면 그것 또한 귀찮은 일 아니겠소. 게다가 다른 사람들에게는 원한을 사게 될 것이고요. 그렇다고 그 청을 들어주지 않는다면 그것은 바로 사돈 간의 정리를 버리는 것이니 군사를 일으키는 빌미가 될 것이오. 더군다나 원술은 지금 황제가 되려는 뜻을 품고 있다고 하던데, 그것은 곧 반역이며 만약 반역을 일으킨다면 공도 역시 반역자의 친속이니 천하 사람들이 어찌 공을 용납하겠소?"

여포가 깜짝 놀라며 말하기를: "진궁이 나를 그르치게 했구나!"

여포는 즉시 장료에게 명하여 군사를 이끌고 30리 밖까지 쫓아가서 딸을 데려오게 하고 한윤 또한 붙잡아 와서 감금시켜 놓고 돌려보내 주지 않았다. 그러고는 사람을 원술에게 보내 아직 딸아이의 혼수 준비가 부족하니 갖추어지는 대로 바로 보내겠다고 전했다.

진규는 또 여포에게 한윤을 허도로 보내라고 하였으나 여포는 결정을 미루고 있었다.

갑자기 누군가 와서 보고하기를: "현덕이 소패에서 군사를 모집하고 말을 사들인다고 하는데 무슨 꿍꿍이인지 모르겠습니다."

여포 曰: "그야 장수 된 자의 본분이거늘 무슨 꿍꿍이가 있겠느냐?"

이때 송헌과 위속이 다가와서 여포에게 알리기를: "우리 두 사람이 명공의 명을 받들어 산동으로 말을 사러 갔었지요. 명마 3백여 필을 사가지고 패현의 경계에 이르렀을 때 산적들에게 그 절반을 빼앗겼습니다. 그런데 알아보니 유비의 아우 장비가 산적으로 위장하여 말들을 빼앗아 갔다고 합니다."

여포가 그 말을 듣고 화가 머리끝까지 치밀어 즉시 군사를 점검하여 소패로 장비를 치러 갔다. 현덕 또한 여포가 온다는 말을 듣고 깜짝 놀라 급히 군사를 이끌고 맞이하러 나갔다. 양 진영이 대형을 갖춘 뒤 현덕이 말을 타고 나가서 말하기를: "형님께서 무슨 일로 군사를 이끌고 이곳에 오셨습니까?"

여포가 손가락질을 하며 욕을 퍼붓기를: "내가 원문에서 화극을 명중시켜 네놈의 큰 위기를 구해 주었건만 네가 어찌 함부로 나의 말을 빼앗을 수 있단 말이냐?"

현덕 曰: "제가 말이 부족하여 사방에 수소문하여 말을 사들이도록 했지만, 어찌 형님의 말을 빼앗았겠습니까."

여포 曰: "네놈이 장비를 시켜서 내 말 150필을 빼앗고 지금 발뺌을 하는 것이냐?"

장비가 창을 꼬나들고 말을 타고 나와 말하기를: "그래, 내가 네 좋은 말 150필을 빼앗았다. 어쩔 테냐?"

여포가 욕을 퍼붓기를: "이 고리눈깔 도적놈아! 네놈은 번번이 나를 깔보는구나!"

장비 曰: "네놈 말을 빼앗긴 것은 그렇게 분하고 네놈이 우리 형님의 서주 땅을 빼앗은 것은 왜 아무 말이 없는 게냐?"

여포가 화극을 꼬나들고 말을 몰아 장비를 공격하니 장비 역시 장팔 사모를 휘두르며 맞아 싸웠다. 둘이서 싸우기를 1백여 합, 그러나 승부가 날 기미가 보이지 않았다. 현덕은 혹시 장비가 실수할까 염려되어 급히 징을 울려 군사를 거두어 성 안으로 들어가 버렸다. 여포가 군사를 나누어 사방을 포위했다.

현덕이 장비를 불러 질책하며 말하기를: "이 모든 게 자네가 남의 말을 훔쳤기 때문에 벌어진 일이네. 지금 그 말들은 어디 있는가?"

장비 曰: "여러 절에다 보관해 두었소."

현덕이 즉시 사람을 보내 성을 나가 여포 진영에 가서 상황을 설명하고 그 말들을 모두 돌려주겠으니 서로 군사를 거두자고 청했다.

여포가 그 말을 따르려 하니 진궁이 말하기를: "지금 유비를 죽이지 않으면 뒷날 반드시 화를 입게 될 것입니다."

여포는 진궁의 말을 듣고 그 청을 들어주지 않고 성을 공격하니 더욱 위태로워졌다.

현덕은 미축·손건과 상의했다.

손건 曰: "조조가 원한을 품고 있는 자가 바로 여포입니다. 차라리 이

358

참에 성을 버리고 허도로 도망을 쳐 조조에게로 간 뒤 군사를 빌려서 여포를 치는 게 상책입니다."

현덕 曰: "그럼 누가 먼저 성을 나가 포위망을 뚫겠는가?"

장비 曰: "이 막내가 죽기로 앞장서 싸우겠소!"

현덕은 장비를 전면에, 그리고 관우는 후미에서 추격을 막고 자신은 중간에서 어린애와 노약자를 보호하며 탈출하기로 했다. 그날 밤 삼경(밤 11시부터 1시), 달이 밝았을 때를 이용하여 북문을 나가 달아나는데 마침 송헌·위속과 마주쳤다. 장비가 그들을 격퇴하며 겹겹이 쌓은 포위망을 뚫었으며, 뒤에서 장료가 쫓아오니 관우가 그를 막아냈다. 여포는 현덕이 떠나간 것을 알고는 구태여 쫓으려고도 하지 않았다. 그리고는 성 안으로 들어가 백성들을 안심시키고 고순으로 하여금 소패를 지키게 하고 자신은 서주로 돌아갔다.

한편 허도로 도망을 간 현덕은 성 밖에 이르러 영채를 세운 뒤 먼저 손건을 조조에게 보내 여포의 핍박에 못 이겨 이렇게 몸을 의탁하러 왔다는 현덕의 말을 전하게 했다.

조조 曰: "현덕은 나의 형제나 다름없소."

그러고는 성 안으로 청해 만나자고 했다.

다음 날 현덕은 관우와 장비는 성 밖에 두고 자신은 손건과 미축을 데리고 조조를 만나러 갔다. 조조는 그들을 최고의 예를 다해 대우해 주었다. 현덕은 그간 여포와 있었던 일들을 소상히 설명했다.

조조 曰: "여포는 역시 의리가 없는 놈이군요. 나와 아우님이 힘을 합쳐 그놈을 죽여 버립시다."

현덕이 감사의 인사를 했다. 조조는 연회를 베풀어 그를 극진히 대접하고 밤이 되어서야 보내 주었다.

순욱이 들어와서 말하기를: "유비는 영웅입니다. 지금 일찌감치 도모하지 않으면 후일 반드시 후환이 될 것입니다."

그러나 조조는 아무 대꾸도 하지 않았다. 순욱이 나가니 곽가가 들어왔다.

조조 曰: "순욱이 방금 나에게 현덕을 죽이라고 말하는데 자네 생각은 어떠한가?"

곽가 曰: "안 됩니다. 주공께서 의병을 일으키신 것은 백성들을 위해 포악한 자들을 제거하고자 함이며, 오직 신의로써 호걸들을 불러 모아야 하며 그래도 여전히 오지 않을까 염려해야 합니다. 지금 현덕과 같은 영웅의 명성을 가진 자가 곤궁한 처지가 되어 의탁하고자 찾아 왔는데 만약 그를 죽인다면 이는 어진 사람을 해치는 일이 됩니다. 천하의 지모지사(智謀之士)들이 이런 소문을 들으면 스스로 의구심을 갖게 되어 주공 앞에 나타나지 않을 터이니 그러면 장차 주공께서는 누구와 함께 천하를 도모하시겠습니까? 이는 무릇 한 사람의 후환을 없애려다 천하의 신망을 잃게 되는 것으로, 천하가 안정되느냐 아니면 위험에 빠지느냐가 이 일에 달려있으니 깊이 살피셔야 합니다."

조조가 크게 기뻐하며 말하기를: "그대의 말이 내 뜻과 꼭 같소."

다음 날 조조는 표문을 올려 유비를 예주(豫州)목사로 천거했다.

정욱이 간하기를: "유비는 절대로 남의 밑에 있을 사람이 아닙니다. 속히 제거하는 편이 낫습니다."

조조 曰: "지금은 바로 영웅을 이용해야 할 때이니만큼, 한 사람을 죽임으로써 천하의 인심을 잃을 수는 없다. 이에 대해서는 곽가도 나와 생각이 같다."

결국 조조는 정욱의 간언도 듣지 않고 군사 3천 명과 양곡 만 섬을 현덕에게 보내 주어 예주로 가서 부임을 한 뒤 군사를 소패에 주둔시키

360

고 흩어진 군사들을 다시 소집하여 여포를 공격하도록 했다. 현덕이 예주에 도착한 후 조조에게 사람을 보내 날짜를 정해 여포를 치기로 약속했다.

조조가 막 군사를 일으켜 직접 여포를 치러 가려고 할 때 갑자기 전령이 달려와 보고하기를: "장제가 관중(關中)에서 군사를 이끌고 남양을 공격하다가 화살에 맞아 죽었습니다. 그래서 장제의 조카 장수(張繡)가 그 군사를 통솔하여 가후를 모사로 기용한 뒤 유표와 결탁하여 병사를 완성(宛城)에 주둔시키고 궁궐을 침략하여 어가를 탈취하려 하고 있습니다."

조조가 몹시 화를 내며 군사를 일으켜 그를 토벌하려고 했지만, 그 틈에 여포가 또 허도를 치러오지 않을까 걱정이 되어 순욱에게 계책을 물었다.

순욱 曰: "이것은 별로 어려운 일이 아닙니다. 여포는 꾀가 없는 녀석이라 자신에게 이득만 된다면 틀림없이 좋아할 것입니다. 명공께서 서주로 사자를 보내 여포의 관직을 올려주고 상을 내리십시오. 그리고 현덕과 화해하라고 하십시오. 그러면 여포는 기뻐하며 멀리까지는 내다볼 생각조차 하지 않을 것입니다."

조조 曰: "그것 참 좋은 생각이군."

조조는 즉시 봉군도위(奉軍都尉) 왕칙(王則)으로 하여금 벼슬을 내리는 황제의 칙령과 현덕과 화해를 권하는 서신을 가지고 서주로 가서 여포에게 전달하도록 하는 한편 군사 15만 명을 일으켜 직접 장수를 치러 갔다.

조조는 군사를 세 길로 나누어 떠났는데 선봉은 하후돈이 맡았으며 육수(淯水)에 이르러 영채를 세웠다.

가후가 장수에게 권하기를: "조조의 군사는 막강하니 직접 대적하는 것은 투항하는 것보다 못합니다."

장수는 가후의 충고에 따라 가후로 하여금 조조의 진영에 가서 투항의 의사를 전하도록 했다. 조조는 가후가 응대함에 있어 거침이 없는 것을 보고 그를 매우 아끼어 자신의 모사로 쓰고 싶었다.

가후 曰: "저는 이전에 이각을 따라다니다가 천하에 죄를 지었으며 지금은 장수를 모시고 있는데 제 말이라 하면 다 들어주고 제가 올린 계책은 모두 따라주는데 제가 차마 그를 버릴 수가 없습니다."

가후는 조조에게 인사를 하고 떠났다.

다음 날 가후가 장수를 데리고 와서 조조를 뵈니 조조가 그들을 극진히 대접했다. 조조는 군사를 이끌고 완성으로 들어가 주둔하고 나머지 군사들은 성 밖에 나누어 주둔했는데 영채의 울타리가 10여 리나 되었다.

조조가 완성에 머무르는 며칠 동안 장수는 매일 연회 자리를 만들어 조조를 초청했다.

하루는 조조가 술에 취해 침소에 돌아와 가만히 부관에게 묻기를: "이 성안에는 기녀가 없느냐?"

조조의 조카 조안민(曹安民)이 조조의 의도를 알아차리고 은밀히 말하기를: "실은 어젯밤 제가 숙소 옆을 엿보았더니 부인 한 명이 있는데 생김새가 보통 미인이 아닙니다. 그래서 누구냐고 물어보니 장수의 숙부 장제의 부인이라고 합니다."

조조가 그 말을 듣고 조카로 하여금 무장 군사 50명을 거느리고 가서 그녀를 데려오도록 했다.

잠시 후 그녀를 데리고 막사 안으로 들어왔다. 조조가 보니 과연 미인이었다. 조조가 성이 무엇이냐고 물으니 부인이 대답하기를: "첩은 장제의 처 추씨(鄒氏)이옵니다."

조조 曰: "부인은 내가 누군지 아시오?"

추씨 曰: "승상의 권위와 명성은 오래전부터 듣고 있사온데 오늘밤 이렇게 만나 뵙게 되어 영광이옵니다."

조조 曰: "내가 부인을 만난 까닭에 특별히 장수의 항복을 받아 준 거요. 그렇지 않았으면 멸족지화를 당했을 것이오."

추씨가 감사의 인사를 하며 말하기를: "다시 태어나게 해 주신 은혜실로 감사드립니다."

조조 曰: "오늘 부인을 만난 것은 하늘의 행운이오. 오늘 밤 잠자리를 같이하고 나를 따라 허도로 돌아가서 편히 부귀영화를 누리는 것이 어떻겠소?"

추씨가 감사하다며 그렇게 하겠다고 한다.

그날 밤 막사 안에서 함께 잤다.

추씨 曰: "성 안에 오래 머물러 있으면 틀림없이 시조카인 장수가 눈치를 챌 것이고 역시 남들의 뒷공론도 염려됩니다."

조조 曰: "내일 부인을 데리고 영채로 갈 것이니 그곳에서 우선 지내도록 하지요."

다음 날 조조는 부인을 데리고 성 밖의 중군 막사 영채로 처소를 옮기고 전위를 불러 막사 밖의 호위를 철저히 하도록 하고 누구도 자신이 부르기 전에는 들어오지 못하도록 했다. 때문에 영채 안과 밖은 전혀 소통이 되지 않았으며 조조는 매일 추씨와 쾌락을 즐기며 돌아갈 생각을 하지 않았다.

장수 집안사람이 이런 사실을 은밀히 장수에게 보고하자 장수가 화를 내며 말하기를: "조조 이 도적놈이 나를 이렇게까지 심하게 모욕하다니!"

그러고는 곧바로 가후를 들어오라고 하여 상의를 했다.

曹孟德敗師渭水

364

가후 曰: "이 일은 절대로 입 밖으로 드러내서는 안 됩니다. 내일 조조가 중요한 일을 논의하기 위해 막사에서 나오면 여차여차하시면 됩니다."

다음 날 조조가 막사에서 일을 보고 있을 때 장수가 들어와서 보고하기를: "최근 항복한 군사들 중에서 도망을 친 자들이 많이 있는데 중군에 주둔하고 있도록 해 주십시오."

조조가 이를 허락했다.

장수는 그의 군사들을 중군으로 들여와 네 개의 영채에 분산 배치했다. 그러고는 때를 정하여 거사하기로 했는데 문제는 용맹한 전위가 지키고 있어 쉽게 접근할 수 없다는 것이었다. 그래서 편장(偏將) 호거아(胡車兒)와 상의를 했다. 호거아는 힘이 워낙 장사여서 오백 근을 짊어지고 하루에 칠백 리를 갈 수 있는 그야말로 기인이었다.

그가 장수에게 계책을 말하기를: "전위를 두려워하는 이유는 바로 그가 갖고 있는 쌍철극(雙鐵戟) 때문입니다. 주공께서 내일 그를 불러 술을 대접하시되 잔뜩 취해서 돌아가게 하십시오. 저는 그 틈에 그들 군사로 위장하여 그의 막사 안으로 몰래 들어가서 쌍철극을 훔쳐 나오겠습니다. 그러면 그 사람도 전혀 두려울 게 없습니다."

장수가 매우 흡족해하며 우선 활과 화살, 갑옷 등을 준비해 놓고 각 영채에 알렸다.

시간이 되어 가후로 하여금 전위를 장수의 영채로 정중히 모셔 와서 극진히 술대접을 했다. 전위는 밤이 되자 만취한 상태로 돌아갔다. 그러는 사이 호거아는 조조의 군사들 틈에 섞여 조조가 있는 본 영채로 들어갔다.

그날 밤 조조는 막사 안에서 추씨와 술을 마시고 있었는데 갑자기 막사 밖에서 말과 사람이 지나다니는 소리를 듣고 사람을 시켜 알아보라고 하니 장수의 군사들이 야간 순찰을 하고 있다고 보고를 하여 조조는 전혀 의심하지 않았다.

시간이 이경(二更: 밤 9시에서 11시)쯤 되었을 때 갑자기 영채 안에서 시끄러운 소리가 들렸는데 쌓아둔 건초 더미에서 불이 났다는 보고였다.

조조 曰: "군사들이 실수로 불을 낸 것 같으니 더 이상 소동을 피우지 말거라."

그런데 잠시 후 사방에서 불길이 치솟아 오르니 조조는 그제야 상황이 심상치 않음을 깨닫고 황급히 전위를 찾았다.

전위는 그 시각 술에 취해 바로 잠이 들었는데 꿈결에 징소리·북소리·함성 소리가 요란하게 들려서 깜짝 놀라 일어나서 쌍철극을 찾았으나 보이지 않았다. 그때 이미 적병들은 원문 앞에까지 다가와 있었으므로 전위는 급히 군졸이 허리에 차고 있던 칼을 뽑아 들었다. 문 앞에는 이미 수 많은 군사들이 긴 창을 꼬나들고 영채 안으로 뛰어들어왔다. 전위는 있는 힘을 다해 앞으로 달려 나가 20여 명을 해치우자 기병들은 잠시 물러났다.

그러나 뒤이어 보병들이 들이닥쳐 양쪽의 창들은 마치 갈대와 같았다. 전위는 갑옷도 입지 않아 온 몸에 창이 찔려 상처투성이였지만 의연하게 죽기로 싸웠다. 칼날이 무뎌질 정도로 칼을 휘두른 전위는 더 이상 칼이 쓸모없게 되자 칼을 버리고 이번에는 양손에 한 사람씩 번쩍 들어 그것을 방패삼아 적을 대적하는데 그렇게 맨손으로 그에게 맞아 죽은 자가 8~9명이나 되었다. 그러자 적들은 더 이상 접근하지 못하고 멀리서 화살을 쏘아댔는데 화살이 마치 비 오듯 쏟아졌다.

그럼에도 전위는 죽기를 무릅쓰고 영채 문 앞을 막아서고 있었다. 적군들은 이미 영채 뒤로 돌아와서 던진 창이 전위의 등을 꿰뚫으니 전위도 어쩔 수 없이 두세 번 고함을 크게 지르고는 피를 땅에 흥건히 쏟으며 죽고 말았다. 그가 죽은 지 한참이 지났으나 누구 하나 감히 앞문으로 들어서는 자가 없었다.

한편 조조는 전위가 영채 앞문을 가로막고 버티는 틈을 이용하여 후
문으로 말을 타고 달아날 수 있었고 그를 따르는 자는 유일하게 그의 조
카 조안민뿐이었는데 그는 말이 없이 걸어서 조조를 수행했다.

조조는 뒤쫓아 오는 적병들의 화살이 우측 어깨에 맞았고 그의 말 역
시 세 발의 화살에 맞았으나 다행히 조조가 탄 말은 대원(大宛)³⁴산 준마
로 통증을 느낄수록 더 빨리 달렸다.

조조가 육수(淯水) 강변에 이를 무렵 추격해 온 적병들에 의해 조안민
마저 난도질당해 죽었다. 조조는 황급히 말을 타고 강을 건너 건너편 강
둑에 다다랐을 때 적병들이 쏜 화살에 말의 눈이 정통으로 맞아 말이
그 자리에서 쓰러지고 말았다. 그때 조조의 장자 조앙(曹昻)이 말에서 뛰
어 내려 조조를 부축해 자기가 타던 말에 태워 달아나게 하고, 자신은
비 오듯 쏟아지는 화살에 맞아 그 자리에서 죽고 말았다.

간신히 탈출에 성공한 조조는 길에서 여러 장수들을 만나 패잔병을
수습했다.

이때 하후돈이 거느린 청주의 군사들은 승세를 타고 마을을 돌아다
니며 민가를 약탈하고 다녔는데 그런 광경을 목격한 평로교위(平虜校尉)
우금(于禁)이 본부 군사를 이끌고 가서 청주 군사들을 토벌하고 백성들
을 위무시켰다.

청주 군사들이 돌아가서 조조를 보고 엎드려 울면서 우금이 반란을
일으켜 청주 군사들을 쫓아와 죽였다고 보고하자 조조는 크게 놀랐다.

잠시 후에 하후돈·허저·이전·악진이 모두 도착하니 우금이 반란을 일
으켰다고 조조가 말하며 군사를 정비하여 우금을 맞아 싸우라고 했다.

34 고대 서역 대원국, 현재의 이란. 역자 주.

한편 우금은 조조 등이 모두 오고 있는 줄 알면서도 적들의 기습에 대비하기 위해 즉시 진의 모서리에 궁수들을 배치하고 참호를 파고 진영을 구축했다. 누군가 그에게 알리기를: "청주 군사들이 장군께서 반란을 일으켰다고 말해 지금 승상께서 오고 있는데 장군은 어찌하여 해명하려 하지 않으시고 영채부터 세우시는 겁니까?"

우금 曰: "지금 적병들이 뒤에서 추격해 와서 언제 들이닥칠지 모르는데 만약 사전에 대비하지 않으면 무슨 수로 적병을 막아낼 수 있겠느냐? 해명하는 일은 사소한 일이고 적을 물리치는 것이 큰일이다."

다행히 영채를 막 세우고 나니 장수의 군사들이 두 갈래로 나누어 쳐들어왔다. 우금이 영채를 나가 앞장서서 적을 맞으니 장수는 급히 군사를 뒤로 물렸다. 조조 주위의 여러 장수들은 우금이 전면에서 군사를 이끌고 공격하는 것을 보고 각자 군사를 이끌고 우금과 함께 공격을 하니 장수의 군사들이 크게 패하여 달아났다.

우금은 계속 장수의 군사를 쫓아 1백여 리를 추격하니 장수는 더 이상 해 볼 도리가 없다고 판단하여 패잔병들을 이끌고 유표에게 몸을 의탁하러 가 버렸다.

조조가 군사를 거두고 장수들을 점검하고 있을 때 우금이 들어와 조조에게 청주의 군사들의 말에 대한 해명을 했다. 그들이 제멋대로 백성들을 노략질하여 백성들의 민심을 크게 잃어 어쩔 수 없이 그들을 죽였다고 변명을 했다.

조조 曰: "그럼 그런 정황을 나에게 먼저 알리지 않고 영채부터 세운 것은 어떻게 설명하겠는가?"

우금이 앞서 말했던 대로 대답을 했다.

조조 曰: "장군은 그렇게 위급한 상황에서도 군사를 잘 정비하여 방비를 튼튼히 하고 남들이 비방을 일삼을 때도 노고를 마다하지 않아 결

368

국 패전을 승전으로 바꾸었으니 과거의 어떤 명장도 이보다 더 잘할 수
있겠는가!"

조조는 우금에게 금으로 만든 그릇 한 벌을 상으로 하사하고 익수정
후(益壽亭侯)로 봉하는 한편 하후돈은 휘하의 군사들을 제대로 단속하지
못한 죄를 문책했다.

그리고 전위의 제사를 성대히 지내주고 조조가 친히 곡을 하고 술잔
을 따라 올린 뒤 여러 장수들을 돌아보며 말하기를: "내 장자와 사랑하
는 조카를 잃었어도 이렇게 애통해하지 않았거늘, 오로지 전위를 잃은
것이 너무 애통하여 이처럼 서럽게 울었던 것이네!"

모든 사람들이 감동했다.

다음 날 조조는 군사를 거두어 허도로 돌아간다고 명을 내렸다. 그
이후의 일은 여기서 더 이상 언급하지 않겠다.

한편 왕칙이 황제의 조서를 가지고 서주에 이르니 여포가 영접을 하
여 부중(府中)으로 들어갔다. 여포가 조서를 개봉하여 읽어 보니 여포를
평동장군(平東將軍)으로 봉하고 특별히 인수를 하사한다는 내용이었다.
그리고 또 조조의 서신을 꺼내 주면서 왕칙이 여포의 면전에서 조공께서
그를 매우 공경하고 있다는 말을 전해 주자 여포는 좋아서 어쩔 줄을 몰
랐다.

그때 갑자기 원술이 보내온 사람이 와 있다고 보고를 하자 여포가 그
를 불러 물어보니 사자가 말하기를: "원공께서 조만간 황제로 즉위하실
것이며 동궁을 세워야 하니 황비를 하루속히 회남으로 모셔 오라고 하
셨습니다."

여포가 몹시 화를 내며 말하기를: "역적 놈이 어찌 감히 이런 짓을 한
단 말인가!"

여포는 즉시 그 사자를 죽여 버리고 감금해 둔 한윤의 목에 칼을 씌운 다음 진등에게 사은의 표문을 가지고 왕칙과 함께 한윤을 허도로 압송해 가서 은혜에 대한 감사의 선물로 보냈다. 그리고 조조에게 답신을 보내면서 정식으로 서주목으로 제수해 줄 것을 청했다.

조조는 여포가 원술의 청혼을 거절한 사실을 알고 크게 기뻐하며 한윤을 저잣거리로 끌고 나가 참수하도록 했다.

여포의 사자 진등이 조조에게 은밀히 간하기를: "여포는 여우와 같은 자로 용맹하기는 하나 지혜가 없어 거취를 가볍게 결정하는 자이니 일찌감치 처치해 버리는 게 좋을 것입니다."

조조 曰: "내 평소 여포는 이리 같은 자라 본성이 흉포하여 오래 두고 길들이기 어렵다는 것을 잘 알고 있소. 그러나 공의 부자가 아니고는 그 실정을 자세히 알아낼 사람이 없으니 부디 공이 나를 도와주시오."

진등 曰: "승상께서 만약 군사를 움직이신다면 제가 마땅히 안에서 호응하겠습니다."

조조는 기뻐하며 진등의 부친 진규에게 중이천석(中二千石)의 봉록을 주고 진등은 광릉 태수(廣陵太守)에 임명했다.

진등이 하직 인사를 하고 돌아가려 하자 조조가 그의 손을 잡고 말하기를: "동쪽 지방의 일은 모두 공에게 당부하오."

진등이 머리를 끄덕이며 쾌히 승낙하고 서주로 돌아왔다. 여포가 허도에 갔던 일은 어찌 되었는지 묻자 진등이 말하기를: "저의 부친은 녹봉을 받으셨고 저는 태수가 되었습니다."

여포가 크게 화를 내며 말하기를: "네놈이 내가 요구한 서주목의 자리는 신경도 쓰지 않고 너희 부자만 국록과 벼슬을 챙겼다는 말이냐! 네 부친은 나더러 조조와 힘을 합하고 원술과 사돈을 맺으면 안 된다고 해서 내 그리했건만 결국 내가 얻은 것은 하나도 없고 네 부자만 모두 귀한 것을 얻었으니, 결국 네 부자가 나를 팔아먹은 셈이구나!"

그러고는 즉시 칼을 뽑아 그를 죽이려고 하자 진등이 크게 웃으면서 말하기를: "장군께서는 어찌 그리 사리에 밝지 못하십니까?"

여포 曰: "내가 어째서 사리에 밝지 못하다는 것이냐?"

진등 曰: "제가 조공을 뵙고 말하기를, '장군을 기르는 것은 범을 기르는 것과 같아서 늘 배부르게 먹여 주어야지 배가 고프면 바로 사람을 물게 될 것입니다.'라고 했지요. 그러자 조공이 웃으며 말하기를, '나는 공의 생각과 좀 다르오. 나는 온후를 대하는 것을 매를 기르는 것과 같다고 생각하오. 아직 여우와 토끼가 날뛰고 있는데 어떻게 먼저 매의 배를 배부르게 해 준단 말이오. 매는 배가 고파야 여우나 토끼를 잡지, 배가 부르면 바로 날아가 버린다오.' 하더군요.

그래서 제가 다시 묻기를, '누가 여우나 토끼인지요.' 했더니 조공이 말하기를, '회남의 원술·강동의 손책·기주의 원소·형양의 유표·익주의 유장·한중의 장노, 그들 모두 여우와 토끼들이오.'라고 하더군요."

여포가 칼을 내던지고 웃으면서 말하기를: "조공이 과연 나를 확실히 알고 있구먼!"

이때 갑자기 원술의 군사들이 서주로 쳐들어온다는 급보가 들어왔다. 여포는 그 말을 듣고 깜짝 놀랐다.

이야말로:

친선을 맺으려다 원수지간이 되어　　　　　　秦晉未諧吳越鬪
혼인을 하자더니 싸움만 불러왔네　　　　　　婚姻惹出甲兵來

결국 사태는 어찌 전개될 것인가? 다음 회를 기대하시라.

제 17 회

원술은 일곱 군사 대대적으로 일으키고
조조는 유비 등 세 장수와 함께 만나다

袁公路大起七軍

曹孟德會合三將

한편 회남의 원술은 그곳이 평야 지대가 넓어 양식이 풍부할 뿐만 아니라 손책이 맡겨 놓은 옥새까지 가지고 있는 터라 분수에 넘치는 황제 노릇을 해볼 생각을 하고 모든 부하들을 모아 놓고 말하기를: "옛날 한고조는 불과 사상(泗上)의 정장(亭長:현 아래의 향촌의 장)이라는 신분으로 천하를 차지했다. 그러나 4백 년이 지난 지금 한의 운세는 다하여 세상이 마치 가마솥의 물이 펄펄 끓는 것처럼 요동치고 있다. 우리 가문은 4대에 걸쳐 삼공을 배출한 명문 집안으로 백성들의 신망을 받고 있으니, 이제 나는 하늘의 뜻에 순응하고 백성의 인심을 따라서 황제의 자리에 오르려 하는데 공들의 뜻은 어떠한가?"

주부(主簿) 염상(閻象)이 말하기를: "안 됩니다. 옛날 주나라 시조 후목(后稷)은 그렇게 많은 공덕을 쌓았으며 문왕에 이르러 천하의 3분의 2를 차지하였음에도 여전히 은(殷)나라를 섬겼습니다. 명공의 가문이 비록 귀한 집안이라고 해도 주나라의 흥성함만 못 하고, 한 황실이 비록 미약하다고 하나 은나라 주왕(紂王)만큼 포악하지는 않으니, 이 일을 결코 행하여서는 안 됩니다."

원술이 화를 내며 말하기를: "우리 원씨(袁氏)는 본래 진(晉)나라에서
나왔는데 진은 바로 순(舜)임금의 후예이다. 진의 토(土)가 한의 화(火)를
계승하는 것이 그 운세에 맞는 것이며, 또한 참(讖:예언서)에서 이르기를,
'한(漢)을 대신할 자는 도고(塗高)이다.'라 했는데 나의 자(字)가 공로(公路)
이니 도(塗)와 로(路)가 같은 의미이므로 그 예언과도 맞아서 떨어지지 않
느냐? 더구나 나에게는 전국옥새까지 있으니 만약 내가 황제가 되지 않
는다면 이는 하늘의 도를 거역하는 것이 된다. 내 뜻은 이미 정해졌으니
더 여러 말을 하는 자는 목을 벨 것이다."

마침내 원술은 연호를 중씨(仲氏)로 정하고 조정에 상서대(尙書臺)와 여
러 성(省) 등의 관직을 정했으며 황제의 수레인 용봉연(龍鳳輦)을 타고, 남
쪽 성 밖에 가서 천신(天神)에게, 북쪽 성 밖에 가서 지신(地神)에 각각 제
사를 지낸 뒤, 아내 풍방씨(馮方氏)를 황후로, 아들을 동궁으로 세웠다.

그런 다음 여포의 여식을 빨리 데려와서 동궁비로 삼으려고 재촉하
기 위해 사자를 보냈는데, 여포가 이미·한윤을 허도로 압송하여 조조
로 하여금 죽이게 했다는 소식을 접한 원술은 크게 노하여 장훈(張勳)
을 대장으로 삼아 20여만 명의 대군을 7로군(路軍)으로 나누어 서주를
치게 했다.

제1로는 대장 장훈이 중앙에서 총 지휘를 하고, 제2로는 상장 교유(橋
蕤)가 왼쪽을, 제3로는 상장 진기(陳紀)가 오른쪽을 맡아 나아가고, 제4
로는 부장 뢰박(雷薄)이 왼쪽을, 제5로는 부장 진란(陳蘭)이 오른쪽을, 제
6로는 항장(降將) 한섬(韓暹)이 왼쪽을, 제7로는 항장 양봉(楊奉)이 오른쪽
을 각각 맡아 휘하 장병들을 거느리고 날짜를 정해 출발했다.

그리고 연주자사 김상(金尙)을 태위로 임명하여 7로군의 물자와 양식
의 수송 감독을 명했으나 그가 따르지 않자 원술은 그를 바로 죽여 버리

고 대신 기령을 7로도구응사(七路都救應使)로 삼아 지원 책임을 맡겼다. 원술 자신은 군사 3만 명을 이끌고 이풍(李豊)·양강(梁剛)·악취(樂就)를 최진사(催進使)로 삼아 7로군을 지원했다.

한편 여포의 정찰꾼들이 보고하기를, 장훈의 군사들은 큰 길로 곧바로 서주로 쳐들어오고, 교유의 군사는 소패로, 진기의 군사는 기도(沂都)로, 뇌박의 군사는 낭야(琅琊)로, 진난의 군사는 갈석(碣石), 한섬의 군사는 하비(下邳), 양봉의 군사는 준산(浚山)을 향해 오는데 이들은 모두 하루에 50리 씩 행군하면서 오는 길에 모두 약탈을 일삼고 있다는 것이다.

여포는 급히 모사들을 불러 모아 상의를 했는데 이 자리에 진규와 진궁 부자도 참석했다.

진궁 曰: "작금의 서주의 화(禍)는 진규 부자가 조정에 아첨하여 작위와 봉록을 얻기 위해 초래한 것으로 지금 장군에게 그 재앙이 돌아온 것입니다. 그러니 두 사람의 목을 베어 원술에게 바치면 그들의 군사는 저절로 물러갈 것입니다."

여포는 그 말을 듣고 즉시 진규와 진등 부자를 체포하여 감금하라고 명령했다.

그러자 진등이 박장대소를 하며 말하기를: "장군답지 않게 어찌 이리도 겁이 많으십니까? 내가 보기에 7로군의 군사들은 모두 일곱 개의 썩은 풀 더미에 지나지 않는데 무얼 그리 걱정하십니까!"

여포 曰: "네놈에게 만약 적을 쳐부술 계책이 있다면 너의 죄를 용서해 줄 것이다."

진등 曰: "장군이 만약 이 노부의 말대로만 해 주신다면 서주는 걱정 없이 지킬 수 있습니다."

여포 曰: "말해 보시오."

진등 曰: "원술의 군사는 비록 그 수는 많아도 모두 오합지졸에 불과하여 훈련도 되어 있지 않고 신임하지도 않습니다. 우리는 훈련된 군사들이 성을 지키면서 기병들을 이용하여 기습 공격을 하면 승리할 수밖에 없습니다. 또한 이 계책을 쓰면 서주를 안전하게 지킬 수 있을 뿐만 아니라 원술을 사로잡을 수도 있습니다."

여포 曰: "그 계책은 또 무엇인가?"

진등 曰: "한섬과 양봉은 옛 한나라의 신하들입니다. 지금은 조조를 피해 어쩔 수 없이 잠시 원술에게 몸을 의탁하고 있지만 원술이 그들을 무시하고 있기 때문에 그들 역시 원술을 위해 쓰이고 있는 것을 그리 달가워하지 않습니다. 그러니 두 사람에게 서신을 보내서 그들과 손을 잡아서 안에서 호응을 하게 하고, 또 유비와 손을 잡아 외부와 힘을 합한다면 틀림없이 원술을 사로잡을 수 있습니다."

여포 曰: "그럼 네가 직접 편지를 한섬과 양봉에게 가지고 가서 협상을 하도록 하라."

진등이 그리 하겠다고 했다.

여포는 먼저 허도에 표문을 올려 원술이 서주를 치러 왔음을 알리고, 예주에 사자를 보내 유비에게 도움을 요청하는 한편 진등에게 기병 몇 명을 데리고 하비에 이르는 길목에서 한섬을 기다리게 했다. 마침내 한섬이 하비에 도착해서 영채를 세웠다.

진등이 만나러 들어가자 한섬이 묻기를: "당신은 여포 사람인데 여기는 무슨 일로 왔소?"

진등이 웃으며 말하기를: "나는 대한(大漢)의 신하이거늘 어찌 여포의 사람이라고 하시오? 장군이야말로 한의 신하였는데 지금 반역자의 신하가 되어 옛날 관중에서 어가를 호위했던 공로를 깡그리 날려 버리려 하십니까? 제가 장군이라면 절대 그리하지는 않을 것입니다. 더구나 원술은

천성이 의심이 많은 자로 장군이 언젠가는 그에게 해를 당하게 될 터인
데, 지금이라도 대책을 세우지 않으면 후회해도 소용이 없을 것입니다."

한섬이 탄식하며 말하기를: "나도 한나라 조정으로 돌아가고 싶지만
돌아갈 길이 없는 게 한이오."

이때 진등이 여포의 서찰을 내놓았다.

한섬이 그 서찰을 다 읽어 보고 말하기를: "이제 뜻을 알았으니 공은
먼저 돌아가시오. 내 양 장군과 함께 창끝을 거꾸로 돌려 원술을 칠 테
니 불길이 오르는 것을 신호로 온후에게 군사를 이끌고 총 공격을 하라
고 하시오."

진등은 한섬과 작별을 하고 급히 여포에게 돌아와 보고했다.

여포 또한 군사를 5로(路)로 나누었는데, 고순은 군사를 거느리고 소
패로 나아가서 교유를 대적하게 하고, 진궁은 기도로 나아가 진기를 맡
도록 하고, 장료와 장패는 낭야로 나아가서 뇌박을 대적하게 하고, 송헌
과 위속은 갈석으로 가서 진난과 맞서게 했다. 그리고 여포 자신은 몸소
일군(一軍)을 거느리고 서주의 큰길로 나아가 장훈을 대적하기로 했다.
각기 군사 1만 명씩을 거느리고 남은 군사는 성을 지키도록 했다.

여포는 성을 나와 30리에 영채를 세웠다. 장훈이 군사를 이끌고 도착
했으나 장훈은 여포를 대적하기는 어렵다고 생각하고 20리 뒤로 물러나
서 군사를 주둔시킨 다음 사방에서 군사들이 접응하기를 기다렸다.

그날 밤 2경쯤 되었을 때 한섬과 양봉의 군사들이 도착하여 도처에
불을 놓았다. 이를 신호로 여포의 군사가 장훈의 영채를 습격하니 장훈
의 군사는 큰 혼란에 빠졌다. 여포가 승세를 잡고 쳐들어가니 장훈은 패
하고 도주하였으며 여포는 군사를 이끌고 날이 밝을 때까지 추격하다가
마침 그곳에서 기령의 군사와 마주쳤다.

여포와 기령의 군사들이 서로 맞붙어 싸우던 중 마침 한섬과 양봉의 군사들이 양쪽에서 기령을 협공하니 기령도 크게 패하여 달아났다. 여포는 그들을 계속 추격하다가 산등성이 뒤쪽에서 한 무리의 군사들이 다가오는데 문기(門旗)가 펼쳐지고 그 뒤로 용·봉황·해·달 등을 수놓은 깃발과 사두오방(四斗五方)의 커다란 깃발이 바람에 펄럭였다.

또한 오직 황제만이 쓸 수 있는 의장(儀仗)인 금과은부(金瓜銀斧)와 황월백모(黃鉞白旄)를 흔들며 그 사이에서 황금빛 비단에 금실을 두른 일산(日傘)이 움직이더니 황금 갑옷을 두르고 두 자루의 칼을 팔목에 건 원술이 여포의 눈앞에 나타났다.

원술은 진 앞으로 나와서 말을 세우며 큰 소리로 욕을 하기를: "여포, 주인을 배반한 이 종놈아!"

여포가 화를 내며 화극을 꼬나들고 앞으로 나아갔다. 원술의 장수 이풍((李豊) 역시 창을 들고 싸우러 나왔는데 불과 3합 만에 여포의 화극에 그의 손이 찔려 창을 버리고 달아났다. 승기를 잡은 여포의 군사들이 일제히 쳐들어가니 원술의 군사들은 큰 혼란에 빠졌다. 여포는 군사를 이끌고 그들의 뒤를 추격하여 빼앗은 말과 무기와 갑옷의 수가 헤아릴 수도 없을 정도였다.

원술이 패전한 군사들을 이끌고 불과 몇 리도 채 못 갔는데 산 뒤에서 한 무리의 군사들이 나타나 도주의 길목을 차단하였는데 선봉에 선 장수는 바로 관우였다.

관우가 큰 소리로 외치기를: "이 역적 놈! 아직도 살아 있느냐!"

원술이 황급히 도주하는데 그를 따르던 패잔병들은 사방으로 흩어져 달아나다 관우의 군사들에게 죽은 자가 수도 없이 많았다. 원술은 얼마 안 되는 패잔병들을 수습하여 간신히 회남으로 돌아갔다.

여포는 마침내 승리하였고 관우와 양봉 그리고 한섬 등의 군사들을 서주로 초청하여 큰 연회를 베풀어 대접하고 군사들에게는 상을 내려 술과 고기로 배불리 먹도록 했다. 다음 날 관우는 하직 인사를 하고 예주로 돌아갔다.

여포는 조정에 한섬을 기도목(沂都牧)에, 양봉을 낭야목(琅琊牧)으로 임명하도록 천거하되 두 사람 모두 서주에 남아있도록 상의하려고 했다.

진규 曰: "안 됩니다. 두 사람이 산동에 있으면 1년 안에 산동이 모두 장군의 손아귀에 들어오게 됩니다."

여포는 진규의 말을 듣고 두 명의 장수에게 각각 기도와 낭야 두 곳에 잠시 주둔하고 있으면서 조정의 명을 기다리게 했다.

진등이 은밀히 부친에게 묻기를: "어찌하여 두 사람이 서주에 남아 있도록 하여 여포를 죽이는 토대를 만들지 않으셨습니까?"

진규 曰: "그들이 만약 여포와 한패가 된다면 도리어 범에게 발톱과 이빨을 더해 주는 꼴이 될 수도 있다."

진등은 부친의 고견에 탄복했다.

한편 싸움에서 패하고 회남으로 돌아간 원술은 사람을 강동으로 보내 손책에게 군사를 빌려 복수를 하고자 했다.

손책이 화를 내며 말하기를: "네놈이 내 옥새를 가지고 스스로 황제라 칭하고 한나라 황실을 배반한 대역무도한 짓을 저질러서 내가 군사를 일으켜 그 죄를 물으려고 하는데 도리어 나에게 반역자를 도와주라고 하다니 참으로 가당치도 않구나!"

그러고는 거절의 서신을 써서 사자에게 돌려보내니 원술이 그 서신을 보고 화를 내며 말하기를: "이 젖비린내 나는 애송이 놈이 감히 이럴 수가 있단 말이냐! 내 우선 그놈부터 쳐야겠다!"

장사(長史) 양대장(楊大將)이 극구 만류하여 이를 막았다.

손책은 원술에게 거절의 답신을 보낸 후 혹시 원술이 군사를 일으켜 쳐들어오는 것을 대비하려고 군사를 점검하여 강어귀에서 지키고 있었다. 그때 갑자기 조조의 사자가 도착하여 손책을 회계 태수로 봉하고 군사를 일으키어 원술을 치라는 명령을 전했다.

손책이 상의하여 군사를 일으키려고 하자 장사 장소가 말하기를: "원술이 비록 최근에 패하기는 했지만, 군사도 많고 군량미도 넉넉하니 결코 가볍게 보아서는 안 됩니다. 차라리 조조에게 서신을 보내 그에게 회남을 치라고 하십시오. 그러면 우리가 호응을 하여 협공을 하면 원술의 군사는 틀림없이 물리칠 수 있습니다. 그렇게 해야 만에 하나 우리가 잘못되어도 조조의 도움을 받을 수 있습니다."

손책은 장소의 말에 따라 사자를 보내 조조에게 이런 뜻을 전달했다.

한편 허도로 돌아간 조조는 전위를 그리워하며 그를 위해 사당을 세우고 제사를 지냈으며, 그의 아들 전만(典滿)을 중랑에 임명하고 부중(府中)에서 함께 지냈다. 조조가 손책의 사자가 가지고 온 서신을 읽고 있는데 원술이 양식이 부족하여 진류(陳留)에서 노략질을 감행하고 있다는 또 다른 보고가 들어왔다.

조조는 원술이 허약해진 틈을 기회 삼아 군사를 일으키어 회남을 치기로 했다. 조인에게 허도를 지키게 하고 그 나머지는 모두 정벌에 참여하는데 군사가 모두 17만여 명에 군량미 등 군수물자를 실은 수레가 1천여 대나 되었다.

그는 또 한편으로 손책·유비 그리고 여포에게 사람을 보내 원술을 치는데 함께 하기로 했다. 조조의 군사들이 예주의 경계에 이르자 현덕이 이미 군사를 이끌고 맞이하러 나오니 조조가 그를 영채 안으로 들어오기를 청했다. 서로 인사를 나눈 뒤 현덕이 수급 두 개를 바치자 조조가 놀라며 묻기를: "이것은 누구의 수급이오?"

현덕 曰: "이것은 한섬과 양봉의 수급입니다."

조조 曰: "이걸 어떻게 얻은 것이오?"

현덕 曰: "여포가 이 두 사람에게 기도와 낭야의 두 현에 머물도록 해 주었는데 이 두 사람은 군사를 풀어 백성들을 약탈하게 하니 두 고을 사람들의 원성이 자자했습니다. 제가 더 두고만 볼 수 없어 연회 자리를 만들어 이 두 사람을 상의할 일이 있다는 핑계로 초청을 하여 술을 마시다가 술잔 던지는 것을 신호로 삼아, 관우와 장비 두 아우를 시켜 죽였습니다. 그리고 그의 수하들은 모조리 항복해 왔습니다. 그래서 지금 죄를 청하는 것입니다."

조조 曰: "공께서는 나라의 해를 제거하여 실로 큰 공을 세운 것인데 그게 어찌 죄가 된다는 말씀이오!"

조조는 오히려 현덕의 공을 치하한 뒤 군사를 합하여 서주의 경계에 이르자 여포가 영접하러 나왔다. 조조는 듣기 좋은 말로 여포를 위무하고 여포를 좌장군에 봉하고 허도로 돌아가면 그의 인수를 바꾸어 주겠다고 하니 여포는 매우 기뻐했다.

조조는 즉시 여포의 군사를 좌군으로, 현덕의 군사는 우군으로 삼고 자신은 직접 중앙에서 대군을 통솔하며 하후돈과 우금을 선봉에 세웠다.

조조의 군사들이 오고 있다는 말을 들은 원술은 대장 교무를 선봉으로 군사 5만 명을 이끌고 대적하게 했다. 양쪽의 군사는 수춘의 경계에서 만났다. 그러나 교무는 하우돈과 맞서 싸워 불과 3 합도 못 되어 하후돈의 창에 찔려 죽고 말았으며 원술의 군사는 크게 패하여 성 안으로 들어가 버렸다.

그때 손책이 배를 이용하여 강변 서쪽으로 쳐들어오고 있으며 여포는 동쪽으로, 유비는 관우·장비와 함께 남쪽으로, 그리고 조조는 직접 군

曹孟德會合三將

사 7만 명을 이끌고 북쪽에서 일제히 쳐들어온다는 급보를 받은 원술은 크게 놀라 여러 문무 관리들을 소집하여 대책을 논의하였다.

양대장 曰: "수춘은 최근 몇 년간 수해와 가뭄이 연속되어 백성들은 식량이 부족한데 또다시 군사를 움직이면 백성들의 원성이 많아 적을 맞아 싸우기가 어렵습니다. 그러니 성을 나가 직접 맞서 싸우기 보다는 성을 단단히 지키면서 적들의 군량미가 다 떨어지기를 기다리면 그들은 반드시 무슨 변고가 생길 것이니 폐하께서는 어림군을 통솔하시어 이곳을 떠나 회수(淮水)를 건너가서 잠시 피해 계시면 그곳은 첫째 지형에 익숙하고, 둘째는 예봉을 잠시 피할 수 있습니다."

원술은 양대장의 말에 따라 이풍·악취·양강·진기 등 4명에게 군사 10만 명을 나누어 주어 수춘성을 단단히 지키게 하고 나머지 장졸들을 데리고 창고에 보관해둔 금은보배 등 온갖 보물들을 모조리 수습하여 회수를 건너갔다.

한편 조조의 군사 17만 명이 매일 소비하는 군량미가 엄청나게 많은데다 인근 여러 군이 모두 가뭄으로 식량을 제때 보급할 수 없어 조조는 군사들을 독려하여 싸움을 빨리 끝내고 싶었지만 이풍 등은 성문을 굳게 닫고 나오려고 하지를 않았다.

조조의 군사들은 한 달여를 대치만 하고 있다 보니 군량미가 다 떨어져서 손책에게 급히 서신을 보내서 양곡 10만 섬을 빌려 왔지만, 그것으로 얼마 동안 버틸 수 있을지 모르는 상황이었다. 이때 군량 관리 책임자인 임준(任峻)의 부하로 있는 창고 관리관 왕후(王垕)가 들어와서 조조에게 묻기를: "군사는 많고 양곡은 적은데 어찌할까요?"

조조 曰: "적은 말(小斛)로 나누어 주어 잠시 위기를 넘겨보자."

왕후 曰: "군사들의 원망이 심할 텐데 어찌하시렵니까?"

조조 曰: "내 생각이 있으니 시키는 대로 해라."

왕후는 조조의 명령에 따라 작은 말로 식량을 나누어 주었다. 조조는 사람을 시켜 은밀히 각 영채로 가서 반응을 살펴보라고 하니 누구 한 사람 원망하지 않은 자가 없었으며 모두들 승상이 자신들을 속였다고 말을 했다.

조조는 은밀히 왕후를 불러 말하기를: "내 너에게 물건 하나를 빌려 군사들의 마음을 진정시키고자 하니 너는 빌려주는 것에 인색해서는 안 된다."

왕후 曰: "승상께서는 어떤 물건을 빌리시려는 겁니까?"

조조 曰: "네 목을 베어 군사들에게 보여 주려고 한다."

왕후가 소스라치게 놀라며 말하기를: "제가 무슨 죄를 지었다고 그런 말씀을 하시는 겁니까!"

조조 曰: "나는 네가 잘못한 것이 없다는 것을 잘 알고 있다. 그런데 너를 죽이지 않으면 군사들의 동요된 마음을 진정시킬 수가 없으니 어쩔 도리가 없다. 네가 죽은 뒤 너의 처자식은 내가 책임지고 보살피마. 그것은 걱정하지 말거라."

왕후가 다시 말을 하고자 하였으나 조조는 도부수를 불러 그를 문 밖으로 끌고 나가 한 칼에 베어 그 목을 높은 장대에 매달아 놓았다. 그리고 조조는 방문을 이렇게 써서 붙였다:

"왕후가 고의로 작은 말로 식량을 나누어주고 군량미를 도적질하였으므로 군법에 따라 처형하노라."

이리하여 조조에 대한 군사들의 원성은 진정되었다.

다음 날 조조는 각 영채의 장령들에게 명령하기를: "만약 3일 안으로 힘을 합해 성을 쳐부수지 못하면 모조리 목을 벨 것이다."

조조는 직접 성 아래에까지 가서 돌과 흙을 날라서 해자 메우는 것

을 독려했다. 성 위에서 화살과 돌이 비 오듯 쏟아지자 두 명의 군사가
겁을 먹고 돌아왔다. 조조는 직접 칼을 뽑아 그 두 명의 목을 베고 직접
말에서 내려 흙을 받아서 해자 메우는 일을 거들었다. 이를 본 모든 장
수와 군사들의 사기가 충천하여 성문을 향해 돌진하니 성 위에서는 더
이상 적을 대적할 엄두를 내지 못했다.

조조의 군사들이 앞을 다투어 성벽을 타고 넘어가 쇠사슬을 끊고 성
문을 활짝 열어젖히니 모든 군사들이 일제히 성 안으로 몰려 들어갔다.
이풍·진기·악취·양강 등 네 명의 장수는 모두 생포되었다. 조조는 그들
모두를 저잣거리로 끌고 나가 목을 베도록 명령했다. 그리고 궁실과 전
각 등 황실을 흉내 내어 지은 모든 기물을 불태워 버려 수춘성 안은 폐
허가 되고 말았다.

조조는 여러 참모들과 군사를 계속 몰아 회수를 건너 원술을 추격하
는 문제를 상의하는데 순욱이 간하여 말하기를: "몇 년간 연속 가뭄으
로 양식을 구하기 어려운데 만약 다시 군사를 일으키면 군사들도 지치
고 백성들도 손해를 입게 되어 이로울 게 없습니다. 차라리 잠시 허도로
돌아갔다가 내년 봄에 밀이 익어 군량미가 충분히 준비되면 그때 다시
도모하시는 것이 좋겠습니다."

조조가 주저하며 결단을 못 내리고 있을 때 갑자기 전령이 와서 보고
하기를: "달아났던 장수(張繡)가 유표에게 몸을 의탁하더니 제멋대로 날
뛰어 남양·강릉 등 여러 현(縣)에서 다시 반란을 일으켰습니다. 조홍이
그들을 대적했지만 연이어 패하여 이렇게 급히 알리는 것입니다."

조조는 손책에게 서신을 보내 그로 하여금 강을 건너 진을 치고 있
도록 하여 유표가 의심을 품고 감히 쉽게 군사를 움직이지 못하게 견제
하도록 일렀다. 그리고 자신은 당일로 군사를 돌려 장수를 칠 계획을
세웠다.

　　조조가 떠나기 전에 현덕에게는 소패에 주둔하고 있으면서 여포와는 형제처럼 지내면서 서로 돕고 더 이상 서로 싸우지 말라고 지시했으며 여포는 군사를 거느리고 서주로 돌아갔다.

　　여포가 먼저 떠나자 조조는 은밀히 현덕에게 다시 말하기를: "내가 공에게 소패에 주둔하라고 하는 것은 이른바 함정을 파놓고 범이 빠지기를 기다리는 이른바 '굴갱대호(堀坑待虎)' 계책을 쓰자는 것이오. 공은 다만 진규 부자와 상의하여 기회를 잘 포착하도록 하시오. 내가 마땅히 공을 도울 것이오."

　　말을 마치고 그는 떠났다.

　　한편 조조가 군사를 이끌고 허도로 돌아오니 보고가 올라와 있었다. 단외(段煨)가 이각(李傕)을 죽였고 오습(伍習)은 곽사(郭汜)를 죽여서 각각 그 수급을 가져왔다고 했다. 또한 단외는 이각의 가족 등 2백여 명을 허도로 압송해 왔다는 것이다. 조조는 이각의 가족들은 각 성문에 나누어 보내 모두 목을 베고 두 사람의 수급은 높이 매달아 많은 사람들에게 보이도록 하니 그것을 본 백성들은 모두 통쾌히 여겼다.

　　황제는 어전에서 문무백관을 모아 놓고 태평연(太平宴)을 열고 단외를 탕구장군(蕩寇將軍)으로, 오습은 진로장군(殄虜將軍)으로 봉하고 각각 군사를 이끌고 장안을 지키게 하니 두 사람은 감사의 절을 하고 물러갔다.

　　조조는 황제께 장수가 또 난을 일으켰으므로 자신이 직접 군사를 이끌고 가서 소탕하겠다고 아뢰었다. 황제가 친히 수레를 타고 조조가 싸우러 나가는 것을 전송하니 때는 건안 3년(서기 198년) 4월이었다.

　　조조는 순욱을 허도에 남겨 군사를 지휘하게 하고 자신이 직접 대군을 통솔하여 출발하였는데 행군하면서 보니 길가의 밀들은 이미 누렇게 익어가고 있었다. 하지만 백성들은 군사들이 다가오자 감히 밀을 베지 못하고 멀리 도망을 가는 등 몸을 피했다. 이를 본 조조는 군사가 지나가는 모든 지역에 사는 노인들과 그 지역을 관리하는 관원들에게 사람을 보내 알리기를: "내가 천자의 명을 받들어 역적을 토벌하려는 것은 백성들을 편하게 하기 위함이다. 지금 밀을 수확해야 할 시기인데 부득이한 사정으로 출병할 수밖에 없었으니, 모든 장병들에게 알리노니 밀밭을 함부로 짓밟는 자는 누구를 막론하고 모두 목을 벨 것이다. 군법이 심히 엄중하니 백성들은 안심하고 밀을 수확하기 바란다."

백성들은 이 말을 듣고 모두들 기뻐하며 조조를 칭송하지 않는 자가 없었으며 멀리서 먼지를 일으키며 오는 군사들을 보고 먼저 다가와 인사를 했다. 군사들이 부득이 밀밭을 지나갈 때는 말에서 내려 손으로 밀 포기를 헤쳐 가며 지나가 감히 밀을 밟는 자가 없었다.

조조 역시 밀밭을 조심스레 지나가는 데 갑자기 말 옆에서 비둘기가 푸드득 날아오르자 깜짝 놀란 조조의 말이 껑충 뛰면서 밀밭으로 뛰어들어 짓밟아 버렸다. 조조는 즉시 행군주부(行軍主簿)를 불러 자신이 밀밭을 밟은 죄를 논의하게 했다.

주부 曰: "누가 감히 승상의 죄를 논할 수 있습니까?"

조조 曰: "나 자신이 법을 만들어 놓고 스스로 지키지 않으면서 다른 사람을 어떻게 복종시키겠느냐?"

즉시 차고 있던 칼을 뽑아 자신의 목을 찌르려 하니 주위에서 깜짝 놀라 말렸다.

곽가 曰: "옛 춘추(春秋)의 의(義)에 이르기를 지존에게는 법이 적용되지 않는다고 했습니다. 승상께서는 대군을 통솔해야 하는데 어찌 스스로 해칠 수 있습니까?"

조조는 한동안 침묵을 이어가다 말하기를: "기왕 춘추에 그런 말이 있다니 내 죽음은 면했소."

그러고는 자신의 머리카락을 잘라 땅에 내던지고 말하기를: "이 머리 카락으로 내 목을 대신하겠소."

사람들을 시켜 그 머리카락을 삼군에 두루 전해 돌려가며 보이면서 말하게 하기를: "승상께서 밀밭을 짓밟아 목을 베어 많은 사람들이 보도록 해야 하지만, 머리카락을 자르는 것으로 대신하노라."

이 말을 들은 군사들은 모두 소름이 끼칠 정도로 두려워 누구 하나 군령을 어기는 자가 없었다.

후세 사람이 시를 지어 이 일을 논했으니:

십만 명 용사들 각자 마음 모두 달라 　十萬貔貅十萬心
한 사람 호령으로 다스리기 어려워라 　一人號令衆難禁
칼로 머리카락 잘라 머리를 대신하니 　拔刀割髮權爲首
이로써 조조의 용병술 깊음을 알겠네 　方見曹瞞詐術深

한편 조조가 대군을 거느리고 오고 있다는 보고를 받은 장수는 급히 유표에게 서신을 보내서 구원을 청하는 한편 자신은 뇌서(雷敍)·장선(張先)과 함께 군사를 이끌고 적을 맞아 싸우러 성을 나갔다. 양군이 서로 마주 보고 진을 쳤다.

장수가 말을 몰고 앞으로 나가 손가락으로 조조를 가리키며 욕하기를: "네놈은 인의(仁義)의 가면을 쓴 몰염치한 놈이니 금수와 다를 게 뭐 있느냐!"

조조가 크게 화를 내며 허저로 하여금 나가서 싸우라고 했다. 장수는 장선을 내보냈는데 3합 만에 허저가 장선을 베어 말에서 떨어뜨리고 군사들이 쳐들어가니 장수의 군사는 크게 패했다. 조조는 달아나는 장수의 군사를 남양성 아래까지 뒤쫓아갔다. 장수는 성 안으로 들어가 성문을 굳게 닫고 나오지를 않았다.

조조가 성을 에워싸고 공격을 하려고 하니 성 밖 해자가 너무 깊고 또 넓었으며 더구나 해자 안에 물이 가득 차 있어서 성에 접근하기가 어려웠다. 그래서 군사들로 하여금 흙을 날라다가 해자를 메우게 하고 성 옆에 흙을 담은 포대와 나뭇단, 풀 더미를 서로 층층이 높게 쌓아놓고 그 위에 사다리를 걸치고 성 안을 살펴보도록 했다. 조조는 3일 동안이나 말을 타고 성 주위를 돌면서 여기저기를 살펴보았다. 그러고는 군사들에게 서문의 모서리에 나뭇단을 쌓아 올리도록 한 다음 여러 장수들에게 그곳으로 해서 성 위로 올라가도록 했다.

성 안에서 그 광경을 보고 있던 가후가 장수에게 말하기를: "조조가 무얼 하려는지 이제 알았습니다. 그들이 쓰려는 계책을 우리가 역으로 이용하는 게 좋겠습니다."

이야말로:

| 뛰는 놈 위에 나는 놈 있다더니 | 强中者有强中手 |
| 속임수 쓰니 속임수로 받아치네 | 用詐還逢識詐人 |

그 계책이 어떤 것인지 궁금하거든 다음 회를 기대하시라.

제 18 회

가문화는 적의 동정을 살펴서 승리하고
하후돈은 화살을 뽑아서 눈알을 삼키다

賈文和料敵決勝

夏侯惇拔矢啖睛

조조의 속셈을 알아차린 가후는 조조의 계책을 역이용하려고 하면서 장수에게 말하기를: "제가 성 위에서 조조가 3일 동안이나 성 주위를 살피며 돌아다니는 것을 봤는데, 그는 성 동남쪽 모서리의 벽돌 색깔이 예전과 최근에 쌓은 곳의 색깔이 서로 다른데다가 사슴뿔 모양의 나무로 만든 방어용 목책들도 태반이나 부서진 것을 보고 그쪽을 공격 장소로 정했습니다. 그렇지만 반대로 서북쪽에 나뭇단과 풀들을 쌓아놓고 그쪽으로 공격할 것처럼 위장하여 우리로 하여금 그곳에 군사를 집중 배치하게 하고는 실제로는 야밤을 틈타 동남쪽 모서리의 성벽을 기어올라 쳐들어오려는 속셈입니다."

장수 曰: "그러면 우리는 어찌하면 좋겠는가?"

가후 曰: "아주 간단합니다. 내일은 정예의 장병들을 배불리 먹인 다음 가벼운 복장으로 동남쪽 주민들의 집 안에 숨어 있게 하십시오. 그리고 서북쪽은 백성들을 군사들로 가장하여 지키는 척하는 겁니다. 야간에 그들이 동남쪽 성벽을 기어 올라오면 포성 소리를 신호로 복병들이 일제히 들이닥치면 조조를 사로잡을 수 있습니다."

장수는 기뻐하며 가후의 계책을 따르기로 했다.

이런 계책을 알 리가 없는 조조의 정탐꾼이 조조에게 장수가 다른 곳의 군사들을 거두어 서북쪽의 성벽에 집중하여 배치하며 고함을 지르며 성을 지키고 있으며 동남쪽은 텅 비어 있다고 보고를 했다.

조조 曰: "적들이 내 계책에 걸려들었군!"

조조는 곧 군사들에게 삽과 곡괭이 등 성벽을 오를 도구를 준비하라고 명령하고 낮에는 군사를 이끌고 서북쪽만 공격하는 척했다. 날이 저물어 2경(二更: 밤 9시에서 11시)쯤 되자 정예병들을 거느리고 동남쪽으로 가서 해자를 건너 성벽을 타고 올라 목책들을 다 부숴 버렸다. 그때까지 성 안에서는 아무런 반응이 없었다. 마음을 놓은 조조의 군사들이 일제히 성벽을 타고 넘어 들어간 그 순간 느닷없이 포성 소리와 함께 사방에서 복병들이 몰려나오니 조조의 군사들은 놀라서 급히 후퇴하였는데 등 뒤에서는 장수가 직접 용장들을 거느리고 무섭게 휘몰아 쳐들어왔다.

조조의 군사들은 크게 패하여 성 밖으로 후퇴하여 수십 리나 달아났다. 장수는 직접 그 뒤를 쫓다가 날이 밝자 군사를 거두어 성 안으로 들어갔다.

조조가 패한 군사들을 점검해보니 죽은 군사가 5만여 명이나 되었고, 빼앗긴 군수품도 수없이 많았으며 여건(呂虔)과 우금(于禁)도 부상을 당했다.

한편 가후는 조조가 패하여 도주하는 것을 보고 장수에게 권했다. 즉시 유표에게 서신을 띄워 그로 하여금 군사를 일으켜 조조의 퇴로를 막으라고 했다. 유표가 편지를 받아 보고 군사를 움직이려고 하는데, 갑자기 정탐병이 보고하기를, 손책의 군사가 호구(湖口)에 주둔하고 있다는 것이다.

괴량 曰: "손책이 호구에 진을 치고 있는 것은 조조의 계책입니다. 지금 조조는 크게 패한 상태로 지쳐 있고 사기도 떨어져 있으니 이 틈을 이용하여 공격하지 않으면 반드시 후환이 있을 것입니다."

유표는 마침내 황조로 하여금 요새를 단단히 지키라고 하고 자신은 군사를 통솔하여 안중현(安衆縣)으로 가서 조조의 퇴로를 막는 한편 장수와 만나기로 약속했다. 장수는 유표가 이미 군사를 일으켰음을 알고 가후와 함께 조조의 뒤를 추격했다.

한편 조조의 군사들은 천천히 행군해서 양성(襄城) 육수(淯水)에 이르렀을 때 조조가 갑자기 말 위에서 대성통곡을 했다. 여러 사람들이 깜짝 놀라 무슨 일이냐고 묻자 조조가 말하기를: "내 지난해 이곳에서 나의 대장 전위(典韋)를 잃은 생각을 하니 나도 모르게 눈물이 흘러내린 것이오!"

잠시 행군을 멈추고 성대하게 제전을 마련하여 먼저 전위의 망혼에 제사를 지냈다. 조조가 친히 분향을 하고, 재배를 하며 곡을 하니 모든 군사들이 감격을 했다. 전위의 제사를 마친 뒤 비로소 그의 조카 조안민(曹安民)과 장자 조앙(曹昻)의 제사를 지내고 그때 함께 죽은 군사들과 화살에 맞아 죽은 조조의 애마 대완마(大宛馬)에 대한 제사까지 모두 마쳤다.

다음 날 갑자기 순욱이 사람을 보내 보고하기를: "유표가 장수를 도와 안중에 군사를 주둔시키고 승상의 귀로를 차단하고 있습니다."

조조가 순욱에게 답신을 하기를: "내 일부러 천천히 행군하면서 적들이 나를 추격해 오고 있다는 것을 이미 잘 알고 있으며, 나에게 이미 계책이 서 있어 안중에 다다르면 반드시 장수를 쳐부술 것이니 너무 걱정하지 마시오."

그러고는 군사들의 행군 속도를 좀 빨리하여 안중현의 경계에 이르렀다. 이때 유표의 군사는 요충지를 지키고 있었으며 장수의 군사들은 뒤에서 추격해 오고 있었다.

조조는 군사들에게 명령하여 칠흑 같은 밤에 험준한 산에 길을 내도록 하고 은밀히 군사들을 매복시켜 놓았다. 새벽녘에 이르자 유표와 장수의 군사들이 서로 만났다. 그들은 조조의 군사들이 예상보다 적은 것을 보고, 조조가 도망을 갔다고 생각하고 군사들을 모두 이끌고 서둘러 험준한 산길로 들어섰다. 이때 매복해 있던 조조의 군사들이 일제히 뛰쳐 나와 공격을 하니 깜짝 놀란 유표와 장수의 군사들은 크게 패하고 말았다.

조조의 군사들은 안중의 험한 요새를 쉽게 빠져나와 영채를 세웠다. 유표와 장수는 패잔병들을 수습하여 서로 만났다.

유표 曰: "우리가 조조의 간계에 빠져 당할 줄은 몰랐소이다!"

장수 曰: "그러게 말입니다. 기회를 보아 다시 칩시다."

이리하여 두 군사는 안중현에 주둔하였다.

한편 원소가 군사를 일으켜 허도를 치러 온다는 소식을 알아챈 순욱은 밤새 파발마를 달려 조조에게 보고했다. 서신을 본 조조는 마음이 급해 즉시 군사를 돌려 출발했다. 이런 사실을 정탐병이 장수에게 보고하자 장수가 즉시 추격하려고 했다.

가후 曰: "지금 쫓아가면 반드시 패할 것이니 쫓아가면 안 됩니다."

유표 曰: "지금 쫓아가지 않으면 가만히 앉아서 기회를 놓치고 말 것이오."

유표는 장수에게 빨리 서둘러 추격하자고 권하며 군사 1만여 명을 이끌고 함께 쫓아갔다. 약 10여 리를 달려가니 조조의 후미를 만날 수 있었다. 조조의 군사는 그들이 추격해 올 것을 미리 대비하고 있었으므로 힘껏 맞서 싸우니 추격해 온 두 군사들은 크게 패하고 돌아갔다.

장수가 가후에게 말하기를: "공의 말을 듣지 않았다가 이렇게 패하고 말았소."

가후 曰: "지금 군사를 정비하여 다시 추격하시지요."

장수와 유표가 동시에 말하기를: "지금 이렇게 패하고 돌아왔는데 어찌 다시 추격하라는 것이오?"

가후 曰: "지금 추격을 하면 반드시 크게 승리를 할 것이오. 만일 승리를 못 한다면 내 목을 베시오."

장수는 가후의 말을 믿었지만 유표는 의심을 하며 함께 가지 않았다. 장수는 혼자 군사를 이끌고 다시 쫓아가 공격하니 조조의 군사는 과연 크게 패하여 군수물자 등을 길에 버리고 달아나기에 바빴다. 장수가 계속 추격을 했으나 산 뒤에서 한 무리의 군사들이 튀어 나와 장수는 더 이상 추격하지 못하고 군사를 수습하여 안중으로 돌아왔다.

유표가 가후에게 묻기를: "저번에는 정예병들이 추격해도 공은 반드시 패할 것이라고 말했고 이번에는 패한 병사들이 다시 추격해도 반드시 크게 승리를 한다고 했는데 두 번 모두 공의 말대로 되었소. 어찌 그 사정이 다름에도 공의 말씀이 다 들어맞는지 공이 나를 깨우쳐 주시오."

가후 曰: "이것은 별로 어려운 일이 아니지요. 장군이 비록 용병술이 뛰어나다고 하나 조조의 적수는 못 됩니다. 조조의 군사가 비록 패하기는 했지만, 반드시 후미에 용장을 배치하여 추격에 대비했을 것이니 우리의 군사들이 아무리 정예병이라 한들 그들을 물리칠 수 없으니 반드시 패하리라는 것도 알 수 있지요. 또한 조조가 그리 급하게 군사를 돌리려는 것은 틀림없이 허도에 사건이 발생했기 때문일 것입니다. 이미 우리의 추격병을 쳐부수었으니 수레를 가볍게 하여 신속히 돌아가려고 더 이상 대비를 하지 않은 것이지요. 그 기회를 우리가 노려, 다시 추격을 하니 승리를 할 수밖에 없었구요."

유표와 장수는 그의 식견에 탄복하지 않을 수 없었다.

가후는 유표에게 형주(荊州)로 돌아가게 하고 장수에게는 양성(襄城)을 지킴으로써 서로 이와 입술의 역할을 하라고 권하니 양군은 각자의 위치로 돌아갔다.

한편 조조가 허도를 향해 급히 행군을 하는데 맨 뒤의 후군이 다시 장수 군사들의 추격을 받고 있다는 보고를 받고 급히 여러 장수들과 함께 구원하러 가니 장수의 군사들이 이미 물러가고 있는 것이 보였다.

패한 후군의 병사가 조조에게 돌아와 보고하기를: "만약 산 뒤에서 한 무리의 군사들이 나타나 중간에서 막아주지 않았다면 우리는 모두 그들의 포로가 되었을 것입니다."

조조가 급히 그가 누구냐고 물으니 그 사람이 창을 잡고 말에서 내려 조조에게 인사를 했는데 그는 알고 보니 진위중랑장(鎭威中郎將)으로 있는 이통(李通)이었다. 그는 강하(姜夏) 평춘(平春) 사람으로 자는 문달(文達)이라고 했다.

조조가 어떻게 왔느냐고 물었다.

이통 曰: "저는 지금 여남(汝南)을 지키고 있는데 승상께서 장수 · 유표와 싸우고 있다는 말을 듣고 힘을 보태고 싶어서 왔습니다."

조조는 기뻐하며 그를 건공후(建功侯)로 봉하고 여남 서쪽 지역을 지키면서 유표와 장수의 군사를 방비하도록 했다. 이통은 감사의 인사를 하고 돌아갔다.

허도로 돌아온 조조는 손책의 공로를 황제께 상주하여 그를 토역장군(討逆將軍)에 봉하고 오후(吳候)로 삼았다. 그리고 사자를 강동의 손책에게 보내 유표를 토벌하라는 조서를 내렸다.

조조가 부중(府中)으로 돌아와 모든 관료들의 참배가 끝나자 순욱이 묻기를: "승상께서는 안중까지 천천히 행군하면서 추격하는 적의 군사들을 반드시 무찌르리라는 것을 어찌 아셨습니까?"

조조 曰: "그들은 물러가도 돌아갈 곳이 없으므로 필사적으로 싸울 것으로 생각했다. 그래서 나는 천천히 유인하면서 은밀히 기습작전을 쓰면 틀림없이 승리할 줄 알았네."

순욱이 그 말을 듣고 감탄하고 있을 때, 곽가가 들어왔다.

조조 曰: "공은 어찌 이리 늦었는가?"

곽가가 소매에서 편지 한 통을 꺼내며 조조에게 말하기를: "원소가 승상께 편지를 보내왔는데 그가 군사를 일으켜 공손찬을 치겠으니 승상에게 군사와 양식을 빌려달라고 합니다."

조조 曰: "내 듣기로 원소가 허도를 치려고 했다더니 내가 돌아온 것을 보고 이제 그놈이 다른 생각을 품은 것인가!"

즉시 편지를 뜯어보니 그 내용이 교만하기 짝이 없다.

조조가 곽가에게 묻기를: "원소가 이처럼 무례한데 내가 그놈을 치고 싶지만, 힘이 모자란 것이 한이로다. 이를 어찌하면 좋겠는가?"

곽가 曰: "그 옛날 한고조 유방이 항우의 적수가 되지 못했던 것은 승상께서도 잘 아실 겁니다. 항우가 비록 강했지만 결국 유방에게 사로잡힌 것은 오로지 유방의 지혜가 뛰어났기 때문입니다. 지금 원소에게는 열 가지 패배의 요인이 있으며 공은 열 가지 승리의 이유가 있습니다.

원소의 군사가 비록 강성하다고 하지만 겁낼 필요가 없는 이유는;

첫째, 예절과 의식에 있어서 원소는 번거롭고 형식적인 것을 좋아하지만 주공께서는 자연의 이치에 맡기니 이는 도(道)에서 이긴 것입니다.

둘째, 행위에 있어서 원소는 천리를 거스르며 움직이나 주공께서는 순리대로 따르시니 이는 의(義)로써 이긴 것입니다.

셋째, 환제와 영제 이래 정사의 실정이 계속되는 것은 기강이 해이해졌기 때문인데 원소는 그것을 관대함으로 잡으려다 실패한 것이고 주공께서는 엄히 다스려 바로 잡았으니 이는 치(治)로써 이긴 것입니다.

넷째, 인재 등용에 있어서 원소는 겉으로는 관대한 척하지만, 속으로는 시기심이 많아서 중요한 일은 가까운 친인척에게 모두 맡기지만, 주공께서는 겉은 대범하고, 안으로는 사리에 밝아 오직 재능을 보고 사람을 쓰시니 이는 도(度)로써 이기는 것입니다.

다섯째, 계책에 있어서 원소는 꾀는 있으나 결단력이 부족하지만, 주공께서는 계책을 정하시면 곧바로 실행하시니 이는 지모(智謀)로써 이기는 것입니다.

여섯째, 대인 관계에 있어서 원소는 오로지 명성만 가지고 사람을 판단하지만, 주공께서는 지성으로 사람을 대하시니 이는 덕(德)에서 이기는 것입니다.

일곱째, 친소(親疏) 관계에 있어서 원소는 가까이 있는 자만 생각하고 멀리 있는 자는 소홀히 하지만 주공께서는 친소를 불문하고 두루 염려해 주고 보살펴 주시니 이는 인(仁)에서 이기는 것입니다.

여덟째, 참소(讒訴)에 있어서 원소는 참소의 말만 들으면 미혹되어 의심하지만, 주공께서는 참소의 말을 들어도 그대로 받아들이지 않으시니 이는 명철함(明)으로써 그를 이기는 것입니다.

아홉째, 판단함에 있어서 원소는 옳고 그름을 잘 가리지 못하지만, 주공께서는 법도가 엄하고 밝으시니 이는 문(文)으로써 이기는 것입니다.

마지막으로 열째, 병법을 운용함에 있어 원소는 허세 부리기만 좋아하고 병법의 요점을 모르지만, 주공께서는 적은 군사로 많은 무리를 물리치고 용병술이 귀신같으시니 이것은 무(武)로써 이기는 것입니다.

이렇게 주공께서는 원소를 이길 이유가 열 가지나 있으니 원소를 쳐
부수는데 아무런 어려움이 없습니다.”

조조가 웃으며 말하기를: “공이 말한 그 열 가지 이유가 어찌 내게 다
해당한다고 할 수 있겠는가!”

순욱 曰: “곽봉효(奉孝: 곽가의 字)의 이른바 ‘10승 10패설(十勝十敗設)’은
바로 제 생각과 똑같습니다. 원소의 군사가 비록 많다고 하나 두려울
게 없습니다!”

곽가 曰: “사실 우리에게 가장 시급한 우환덩어리는 서주의 여포입니
다. 이제 원소가 북으로 공손찬을 치러 간다고 하니 우리는 그가 멀리
나간 틈을 이용하여 여포를 쳐서 동남쪽을 평정한 다음에 원소를 치는
게 상책입니다. 우리가 먼저 원소를 친다면 여포는 반드시 그 틈을 이용
하여 허도를 공격할 터이니 우리의 피해가 적지 않을 것입니다.”

조조는 곽가의 말을 따르기로 하고 곧바로 동으로 여포를 치러 갈 계
책을 논의했다.

순욱 曰: “먼저 유비에게 사자를 보내 약속을 정하시고, 그 답을 보고
나서 군사를 움직이는 게 좋을 것 같습니다.”

조조는 그 말에 따라서 한편으로 현덕에게 서신을 보내고 또 한편으
로는 원소가 보낸 사자를 후히 대접하면서 황제께 상주하여 원소를 대
장군 태위(太尉)로 봉하고 기주·청주·유주·병주 등 네 주의 도독(都督)을
겸하게 했다.

그리고 원소의 밀서에 답하기를: “공은 공손찬을 치시오. 그러면 내가
마땅히 공을 돕겠소.”

원소는 그 편지를 받고 매우 기뻐하며 군사를 일으켜 공손찬을 치러
갔다.

한편 여포는 서주에서 걸핏하면 손님들을 초대하여 연회를 베풀었는데 그때마다 진규 부자는 그 술자리에 참석하여 여포의 공덕을 입에 침이 마르도록 칭송하는 것을 잊지 않았다.

이를 지켜보던 진궁은 진규 부자가 늘 못마땅하여 기회를 보아 여포에게 말하기를: "진규 부자가 장군의 면전에서 아첨을 일삼으나 실제 그들의 속마음이 어떤지는 알 수 없으니 조심하셔야 합니다."

여포가 화를 내며 꾸짖기를: "자네는 어찌하여 이유도 없이 참소하여 좋은 사람을 해하려 하는가?"

진궁이 물러 나와 탄식하며 말하기를: "충언을 귀담아듣지 않으니 재앙을 면치 못하겠구나!"

진궁은 여포를 버리고 다른 곳으로 갈까 생각도 해보았지만 차마 그럴 수도 없는 노릇이고, 이곳에 계속 남아 있자니 다른 사람의 비웃음이나 사지 않을까 두려워 매일 답답하고 우울한 나날을 보냈다.

그러던 어느 날 진궁은 울적한 마음을 풀기 위해 몇 명의 기병을 데리고 소패로 사냥을 나갔다. 그런데 문득 관도(官道) 위로 역마(驛馬) 하나가 나는 듯이 달려가고 있는 것이 보였다.

진궁은 이상한 예감이 들어 사냥을 포기하고 부하들과 함께 길이 좁은 지름길을 가로질러 쫓아가 그 역마를 사로잡아 묻기를: "너는 누가 보냈으며 어디로 가는 것이냐?"

그 사자는 이 자들이 여포의 부하라는 것을 알고 당황하여 말을 하지 못했다. 진궁이 그의 몸을 수색하게 했더니 그의 품속에서 현덕이 조조에게 보내는 밀서 한 통을 발견했다. 진궁은 즉시 그 사람과 밀서를 여포에게 보여 주었다. 어찌 된 경위인지 소상히 밝히라는 여포의 추궁에 그 사자는 어쩔 수 없이 실토하여 말하기를: "조 승상의 분부로 유 예주께 서신을 전달하고 그 답신을 받아 돌아가는 길인데 그 편지 속에 무슨 내용이 적혀 있는지는 모릅니다."

여포가 그 편지를 뜯어 자세히 읽어 보니 그 내용은:

"공의 명을 받들어 여포를 도모하고자 늘 심혈을 기울이고 있지만 제게 군사가 적고 장수 또한 많지 않아서 감히 가벼이 움직일 수가 없습니다. 승상께서 대군을 일으키신다면 제가 마땅히 선봉에 서겠습니다. 삼가 군사들과 무기를 잘 정비하여 명을 기다리겠습니다."

편지를 읽고 난 여포가 큰 소리로 욕설을 퍼붓기를: "조조 이 역적 놈이 어찌 감히 이럴 수 있단 말인가!"

여포는 그 자리에서 사자의 목을 벤 다음 먼저 진궁과 장패로 하여금 태산의 손관(孫觀)·오돈(吳敦)·윤예(尹禮)·창희(昌豨) 등의 도적들과 결탁하여 산동의 연주 일대의 모든 군을 치게 하고, 고순과 장료는 현덕을 공격하여 소패를 취하도록 했으며, 송헌과 위속으로 하여금 서쪽의 여남과 영천을 치도록 명하고 자신은 몸소 중군을 거느리고 세 곳의 군사를 지원하기로 했다.

한편 고순 등이 군사를 이끌고 서주를 나와 소패로 향할 즈음 정탐병이 이 사실을 현덕에게 보고하니 현덕이 급히 여러 장수들과 상의했다.

손건 曰: "속히 조조에게 위급한 상황을 알려야 합니다."

현덕 曰: "누가 허도로 가서 급보를 전하겠느냐?"

계단 아래에서 한 사람이 나서며 말하기를: "제가 가겠습니다."

그는 현덕의 동향 사람으로 성은 간(簡), 이름은 옹(雍), 자는 헌화(憲和)로, 현재 현덕의 참모로 있었다. 현덕은 즉시 간옹에게 서신을 보내 밤낮으로 말을 달려 허도에 구원 요청을 하는 한편 성을 지키기 위한 병장기들을 정비하여 현덕 자신은 남문을 지키고, 손건은 북문, 운장이 서문을, 그리고 장비는 동문을 각각 맡았으며 미축과 그의 아우 미방(糜芳)은 함께 중군을 지키도록 했다. 원래 미축에게는 누이동생이 있었으니 그가 곧 현덕의 둘째 부인이다. 현덕과 그들 형제는 처남과 매부 사이인지라 그들로 하여금 중군을 지키며 가족을 보호하게 한 것이었다.

고순이 성 아래까지 다가오자 현덕이 성의 망루 위에서 묻기를: "내 봉선과 사이가 나쁘지 않거늘, 어찌하여 군사를 이끌고 여기까지 온 것이오?"

고순 曰: "네놈이 조조와 결탁하여 우리 주군을 해하려 하지 않았느냐? 이제 그 일이 들통이 났으니 어서 성문을 나와 결박을 받아라!"

말을 마치자 즉시 군사들로 하여금 성을 공격하라고 명했다. 현덕은 성문을 굳게 닫고 나가려 하지 않았다. 다음 날, 장료가 다시 군사를 이끌고 서문을 공격했다. 운장이 성 위에서 말하기를: "공처럼 태도가 바른 분이 어찌 여포와 같은 도적과 함께 있는 것이오?"

장료는 고개를 숙이고 아무 말이 없다. 운장은 이 사람이 충의의 기개가 있는 줄 잘 아는지라 더 이상 심한 말을 삼가고 역시 싸우려 들지도 않았다. 장료가 군사를 물려 다시 동문으로 갔는데 장비가 곧 성문을 나와 싸우려 했다. 이런 사실을 전해 들은 관우가 급히 동문으로 달려가니 장비가 막 성문을 박차고 나가는 것이 보였으며 장료의 군사는 이미 물러가고 있는 상황이었다.

장비가 계속 추격하려고 하자 관우가 급히 성 안으로 불러들였다.

장비 曰: "저놈들이 겁을 집어먹고 도망을 가는데 왜 추격을 못하게 하는 것이오?"

관우 曰: "저 사람의 무예가 우리보다 못하는 것이 아니다. 내가 바른 말을 해 주었더니 느낀 바가 있어 싸우려 들지 않았을 뿐이지 겁을 먹고 도망친 게 아니네."

장비는 그제야 깨닫고 군졸들로 하여금 성문을 굳게 닫고 더 이상 싸우려 들지 않았다.

한편 허도로 달려간 간옹이 조조를 만나 지금까지의 상황을 소상히 설명하자 조조가 즉시 여러 책사들을 모아 놓고 논의하기를: "내가 여포를 치는데 원소는 걱정이 없는데 유표와 장수가 그 허점을 노리지 않을까 염려가 될 뿐이다."

순유 曰: "그들 두 사람은 최근 싸움에서 패하여 감히 경거망동하지 못할 것입니다. 다만 여포가 워낙 용맹한 놈이라 만약 원술과 결탁하여 회수(淮水)와 사수(泗水) 지방을 이리저리 날뛴다면 쉽게 쳐부수기는 어려울 것입니다."

곽가 曰: "지금 여포가 반기를 든 지 얼마 안 되어 아직은 민심이 우리 편에 있으니 민심이 돌아서기 전에 빨리 쳐부수는 것이 좋습니다."

조조는 그의 말에 따라 즉시 하후돈·하후연·여건·이전과 함께 군사 5만 명을 거느리고 먼저 출발하라고 명령하고 자신은 대군을 통솔하여 그 뒤를 따르며 간옹도 함께 수행하도록 했다.

이런 사실을 미리 파악한 정탐꾼이 고순에게 보고하자 고순이 재빨리 여포에게 알렸다. 여포는 우선 후성·학맹·조성에게 2백여 기병을 이끌고 가서 고순을 지원하되, 소패에서 30리쯤 떨어진 곳에 진을 치고 조조의 군대를 맞이하라고 하고 자신도 곧 대군을 이끌고 뒤따라가서 지원하기로 했다.

소패성 안에 있던 현덕은 고순이 물러가는 것을 보고서 조조의 군사가 다가오고 있음을 알고, 손건은 성을 지키고 미축과 미방은 가족들을 지키게 하고 자신은 관우·장비와 함께 군사를 거느리고 성을 나와 각각 나누어서 영채를 세우고 조조의 군사를 기다렸다.

한편 군사를 이끌고 맨 앞에서 나아가던 하후돈은 마침 고순의 군사들과 마주쳤는데 곧바로 하후돈이 창을 꼬나들고 나가 싸움을 청하니 고순이 대적하러 나왔다. 두 필의 말이 서로 교차하며 싸우기를 4~5십여 합, 마침내 고순이 더 이상 버티지 못하고 진으로 도망을 쳤다. 하후돈이 그 뒤를 바짝 추격하니 고순은 진을 맴돌아 달아났다. 이에 하후돈도 포기하지 않고 진을 돌아 추격했다.

이때 진에서 이런 모습을 보고 있던 조성이 몰래 활에 화살을 메기고 하후돈이 가까이 다가오기를 기다려 정조준을 하여 시위를 당기니, 그 화살은 날아가 정확히 하후돈의 왼쪽 눈을 명중시켰다. 하후돈은 소리를 크게 지르며 손으로 그 화살을 뽑자 뜻밖에 눈알까지 그대로 뽑혀 나오고 말았다.

하후돈이 큰 소리로 말하기를: "부모님의 정기와 피로 만든 것인데 내 어찌 버리겠느냐!"

즉시 입 안에 넣고 삼켜 버렸다. 그러고 나서 곧장 창을 꼬나들고 말을 몰아 조성에게 달려들었다. 조성이 미처 손을 쓸 겨를도 없이 하후돈의 창이 조성의 머리를 관통하니 조성은 말에서 굴러떨어져 그 자리에서 죽고 말았다.

이 광경을 목격한 양쪽 군사들 모두 질겁했다. 하후돈이 조성을 죽이고 돌아오는데 갑자기 고순이 군사를 휘몰아 그 뒤를 쫓아오니 조조의 군사는 크게 패하고 말았다. 하후돈은 그의 동생 하후연의 도움으로 간신히 목숨을 구하였고 여건과 이전은 패한 군사들을 수습하여 제북(濟北)까지 물러나서 영채를 세웠다.

고순은 승리를 거두고 군사를 이끌고 돌아와 현덕을 공격하려고 하는

데, 여포도 때마침 대군을 거느리고 왔으니 고순·여포·장료가 세 군데
서 현덕·관우·장비를 동시에 협공하는 형세다.

　이야말로:

눈알 삼킨 장수 제아무리 잘 싸운다지만　　　啖睛猛將雖能戰
화살 맞은 선봉이 오래 버티기는 힘드네　　　中箭先鋒難久待

현덕의 승부가 어찌 될지 궁금하거든 다음 회를 기대하시라

제 19 회

조조는 하비성에서 격전 벌여 물리치고
여포는 백문루에서 끝내 참수를 당하다

下邳城曹操鏖兵

白門樓呂布殞命

한편 고순과 장료는 관우의 영채를 치고, 여포 자신은 장비의 영채를 공격하자, 관우와 장비가 각각 그들을 맞아 싸우고 현덕은 양쪽을 오가며 군사를 지원했다. 그러나 여포가 군사를 나누어 장비의 후미를 기습하는 바람에 관우와 장비는 패하고 그의 군사들은 흩어지고 말았다. 현덕은 겨우 수십 명의 기병을 데리고 소패성 안으로 달아나는데 여포가 그 뒤를 쫓아오자 현덕은 급히 성 위의 군사들에게 조교를 내리라고 소리쳤다. 그러나 여포가 현덕의 등 뒤까지 바짝 추격해 오니 성 위에서는 화살을 쏘려고 해도 잘못하다가 현덕을 맞힐까 봐 두려워 차마 쏘지를 못했다. 그 틈에 여포는 그대로 성 안으로 들어서 버렸고 성문을 지키던 군사들은 더 이상 버티지 못하고 사방으로 흩어져 달아나기 바빴다.

여포가 즉시 군사들을 성 안으로 불러들이자 형세가 워낙 다급해진 현덕은 가족들을 돌아볼 경황도 없이 성 안을 그대로 가로질러 서문으로 빠져나갔다.

여포가 현덕의 집 앞에 이르자 미축이 여포를 맞으며 말하기를: "내 듣기로 대장부는 적장의 처자는 해치지 않는다고 하더이다. 장군이 천하를 다투고 있는 자는 바로 조조요. 현덕은 늘 장군이 원문에서 화극에 화살을 쏘아 곤경에서 벗어나게 해 주신 은혜를 잊지 않고 있어 감히 장군을 배신할 수 없었소이다. 다만 지금은 부득이한 사정으로 조조에게 몸을 의탁하고 있어 벌어진 일이니 장군께서 부디 가엾게 여기시오."

여포 曰: "내 현덕과는 오랜 벗인데, 어찌 차마 그 처자를 해치겠느냐?"

여포는 미축에게 현덕의 처자를 서주로 데려가서 편히 지내도록 해 주었다. 그리고 자신은 군사를 이끌고 산동의 연주 경계를 향해 떠나면서 고순과 장료로 하여금 소패성을 지키도록 했다. 이때 손건은 이미 성 밖으로 탈출했으며 관우와 장비 역시 각자 흩어진 군사들을 수습하여 산속으로 들어갔다.

간신히 홀로 말을 타고 성을 빠져나온 현덕이 달려가던 중에 등 뒤에 한 사람이 쫓아오는 것을 느껴 뒤를 돌아보니 그는 바로 손건이었다.

현덕 曰: "나는 이제 두 아우의 생사조차 알지 못하고 처자도 버리고 왔으니 장차 어찌하면 좋겠는가?"

손건 曰: "우선 조조에게 몸을 의탁하고 후일을 도모하시지요."

현덕은 손건의 말에 따라 지름길을 찾아 허도로 향했다. 가는 도중 식량이 떨어지면 마을로 들어가 먹을 것을 구했는데 어디를 가나, 그가 예주 목사 유현덕이라는 소식을 듣고는 모두들 앞을 다투어 음식을 내놓았다.

하루는 어느 시골집에서 잠을 자게 되었는데 그 집의 한 청년이 나와 절을 했다. 그의 이름을 물으니 그는 사냥꾼 유안(劉安)이라는 사람이었다. 그는 예주 목사가 왔다는 소식을 듣고 맛있는 고기를 대접하고 싶었지만, 그날따라 사냥한 짐승이 없었다. 결국 그는 자신의 처를 죽여 현덕에게 대접을 했다.

현덕 曰: "이건 무슨 고기인가?"

유안 曰: "이리 고기입니다."

현덕은 아무런 의심 없이 배불리 먹고 잠이 들었다.

다음 날 새벽, 길을 떠나려고 후원으로 말을 가지러 가다가 문득 부인이 부엌에 죽어 있었는데 팔의 살이 다 발라져 있는 것을 보고 소스라치게 놀라 물으니, 비로소 어제 저녁에 먹은 고기가 유안의 아내였음을 깨달았다. 현덕은 가슴이 미어지는 고통을 억제할 수 없어 눈물을 흘리며 말에 오르자 유안이 현덕에게 말하기를: "저도 사군을 따라가고 싶지만, 집안에 노모가 계셔서 감히 먼 길을 떠날 수가 없습니다."

현덕은 감사의 인사를 하고 길을 떠나 양성(梁城)을 향해 말을 달리는데 갑자기 흙먼지가 해를 가리며 한 무리의 군사들이 오고 있는 것을 보았다. 현덕은 그들이 조조의 군사임을 알고 곧바로 중군기 아래로 가서 조조를 만났다.

현덕은 조조에게 그간의 사정들 즉, 소패성을 여포에게 빼앗긴 경위, 두 아우의 생사도 모르는 채 처자식도 버리고 도망해 온 일 등을 소상히 이야기했다. 그 말을 들은 조조 역시 눈물을 흘렸다. 또 유안이 자신의 처를 죽여서 그 고기로 현덕에게 대접을 했다는 말을 들은 조조는 손건에게 황금 백 냥을 주어 유안에게 가져다주도록 했다.

조조의 군사들이 제북에 이르자 하후연이 영접을 하여 영채로 들어가서 그의 형 하후돈이 한쪽 눈을 잃고 병상에서 치료 중이라는 것을 자세히 설명했다. 조조는 하후돈의 눈 상태를 직접 살펴보고 먼저 허도로 돌아가 잘 치료 받도록 하는 한편 여포가 현재 어디에 있는지 알아보도록 했다.

정탐꾼이 와서 보고하기를: "여포는 진궁·장패와 함께 태산의 산적들과 결탁하여 연주의 여러 군들을 공격하고 있습니다.”

조조는 조인에게 군사 3천명을 주어 소패성을 되찾으라고 하고 조조 자신은 현덕과 함께 여포와 싸우러 갔다.

조조의 군사가 산동의 소관(蕭關) 근처에 이르자 마침 태산의 산적인 손관·오돈·윤례·창희 무리가 수하 도적 3만 명을 이끌고 나와 가는 길을 막아섰다. 조조는 허저로 하여금 맞아 싸우도록 하자 산적 네 명이 일제히 달려들었다. 허저가 죽을힘을 다해 싸우니 네 명의 장수도 그를 감당하지 못하고 모두 달아나 버렸다. 조조는 승기를 잡고 그 뒤를 추격하여 소관에 당도했다. 여포의 정탐꾼이 이런 사실을 여포에게 알렸다.

이때 여포는 이미 서주로 돌아와 있었는데 소패가 위험하다는 소식을 듣고 자신은 진등과 함께 소패를 구하러 가면서 서주는 진규에게 지키도록 했다.

진등이 떠나려 할 때 진규가 그의 아들 진등에게 말하기를: “일찍이 조공이 동방의 일은 모두 너에게 맡긴다고 말한 적이 있다. 이제 여포는 머지않아 패할 것이니 이번에 그를 도모하도록 해라.”

진등 曰: “바깥일은 제가 알아서 할 터이니 여포가 패하고 돌아오거든 아버님께서는 미축에게 함께 성을 지키자고 하면서 여포가 성 안으로 들어오지 못하게 하십시오. 저는 여포에게서 벗어날 계책이 따로 있습니다.”

진규 曰: “여포의 처자식이 다 여기에 있고 여포의 심복들도 많이 있는데 어찌하면 좋겠느냐?”

진등 曰: “그것 역시 저에게 계책이 있습니다.”

그리고 여포를 만나서 말하기를: “서주는 사방에서 공격을 받을 것이고 더구나 조조는 필사적으로 공격할 터인데 우리는 마땅히 물러나 있을 곳을 생각해 두어야 합니다. 하비에 재물과 양식들을 옮겨 놓아야 만약 서주가 포위되더라도 하비성에 군량미가 있으므로 구원을 할 수 있을 것 같은데 주공께서는 더 좋은 계책이 있으신지요?"

여포 曰: "원룡(元龍)의 생각이 옳을 듯하네. 내 당장 처자식도 그곳으로 옮겨 놓아야겠다."

즉시 송헌과 위속으로 하여금 처자식 등 가솔들을 보호하여 재물 및 양식 등과 함께 하비성으로 옮기도록 하는 한편 자신은 진등과 함께 소관을 구하러 떠났다.

가는 도중에 진등이 말하기를: "제가 먼저 소관에 가서 조조의 허와 실을 찾아보고 올 테니 주공께서는 제가 돌아온 다음에 가시지요."

여포가 이를 허락하자 진등이 먼저 소관으로 가서 진궁을 만났다.

진등 曰: "온후께서는 공 등이 나가서 싸우려고 하지 않는 것을 괴이하게 생각하시면서 처벌하러 오는 길이오."

진궁 曰: "지금 조조군의 세력이 너무 강하여 가벼이 대적할 수가 없소. 우리는 소관을 굳게 지키고 있을 터이니 주공께서는 소패성을 보호하는 게 상책이라고 전해 주시오."

진등은 그저 예, 예, 하고 대답했다. 날이 저물어 관에 올라가 바라보니 조조의 군사들이 바로 관 아래까지 와 있었다. 진등은 어둠을 틈타 편지 세 통을 써서 화살에 매달아 관 아래 조조의 진영으로 쏘아 보냈다.

다음 날 진등은 진궁과 작별한 뒤 여포에게 달려와서 말하기를: "관 위에 가서 보니 산적 손관의 무리들이 관을 전부 조조에게 바치고 항복하려는 것을 제가 진궁을 시켜 단단히 지키고 있도록 해 놓았습니다. 그러니 장군께서는 날이 어두워지면 달려가서 도우시면 됩니다."

여포 曰: "공이 아니었으면 이 소관도 조조에게 빼앗기고 말았을 것이네!"

그러고는 진등에게 먼저 관으로 달려가서 진궁과 내응을 약속하되 봉화를 신호로 할 것을 지시했다.

진등이 진궁에게 가서 보고하기를: "조조의 군사는 이미 샛길을 이용하여 소관으로 들어오고 있소이다. 이러다가 서주까지 잃을까 염려되니 공들은 빨리 돌아가도록 하시오."

진궁이 곧바로 모든 군사들을 이끌고 관을 버리고 달아나는 것을 본 진등은 관 위로 올라가서 불화살을 쏘아 올렸다. 여포는 횃불을 신호로 어둠을 틈타 기습적으로 쳐들어오자 진궁 군과 여포 군은 칠흑 같은 어둠 속에서 서로 적인 줄 알고 자기 편끼리 붙어 싸워 죽이고 죽었다.

전날 밤 진등의 서신을 받은 조조의 군사들은 봉화 신호를 보고 일제히 쳐들어가 승세를 잡고 공격을 하니 손관 등의 무리는 각자 사방으로 흩어져 도망쳐 버렸다.

날이 훤히 밝을 무렵까지 죽도록 싸우고 난 다음에야 계책에 걸려들었음을 안 여포는 급히 진궁과 함께 서주로 돌아갔다. 여포가 성 가까이 이르러 성문을 열라고 외치자 갑자기 성 위에서 화살이 비 오듯 쏟아지더니 성루에서 미축이 외치기를: "네가 우리 주공의 성을 빼앗았으니 이제는 마땅히 우리 주공께 되돌려드려야 되지 않겠느냐? 다시는 이 성에 들어올 생각을 하지 말라!"

화가 머리끝까지 치민 여포가 말하기를: "진규! 진규는 어디 있느냐?"

미축 曰: "내 이미 그를 죽여 버렸다."

여포가 진궁을 돌아보며 묻기를: "진등은 어디 있느냐?"

진궁 曰: "장군은 그 간사한 도적놈에게 아직도 미련이 남아 있습니까?"

여포가 군중 속을 다 뒤져보라고 하였으나 진등이 그곳에 있을 리가 만무하다. 진궁이 여포에게 소패로 갈 것을 권하니 여포가 그러자고 했다. 여포 일행이 소패로 가는 도중에 한 무리의 군사가 달려오는데 알고 보니 고순과 장료였다. 어떻게 된 일이냐고 여포가 묻자 그들이 답하기

를: "방금 진등이 와서 보고하기를 지금 주공께서 포위당했으니 저에게 급히 가서 구해 주라고 했습니다."

진궁 曰: "이 또한 그 간사한 놈의 계략입니다."

여포가 분통을 터뜨리며 소리치기를: "내 반드시 이 도적놈을 죽여 버리고 말리라!"

급히 소패성으로 말을 달려 가보니 소패성 위에는 어느새 조조의 군기(軍旗)들이 펄럭이고 있었다. 조조가 이미 조인을 시켜 소패를 습격하여 성을 빼앗아 지키도록 했기 때문이다.

여포는 성 아래에서 큰 소리로 진등에게 욕을 퍼부었다. 그러자 진등이 성 위에서 여포에게 손가락질을 하며 욕을 하기를: "나는 한나라의 신하이거늘 어찌 너 같은 반역자를 섬길 수 있겠느냐?"

여포가 끓어오르는 화를 주체할 수 없어 막 성을 공격하려고 하는데, 갑자기 등 뒤에서 우레와 같은 함성이 일어나며 한 무리의 군사들이 몰려왔다. 맨 앞에 선 장수는 장비였다. 고순이 그를 대적하러 나갔지만 적수가 되겠는가! 여포가 직접 나가 장비와 한창 접전을 벌이는 중에 진 밖에서 함성 소리가 다시 일어났다. 조조가 친히 군사를 통솔하여 몰려오고 있었다.

여포는 도저히 당해내지 못 하리라 판단하고 군사를 이끌고 동쪽으로 달아났다. 조조의 군사들이 그 뒤를 맹렬히 뒤쫓았다. 여포는 도주하느라 사람이며 말이며 모두 지칠 대로 지쳐 있는데 한 무리의 군사들이 또다시 나타나 앞길을 가로막았다. 앞장선 장수가 말을 세우고 칼을 꼬나들고 큰 소리로 외치기를: "여포, 네 이놈! 도망치지 마라, 관운장이 여기 있다!"

여포가 황급히 그와 맞붙어 싸우는데 등 뒤에서는 장비가 쫓아오고 있었다. 여포는 더 이상 싸울 엄두를 내지 못하고 진궁 등과 달아날 길

을 간신히 뚫어 하비성을 향해 곧장 달아났다. 그때 마침 후성(候成)이
군사를 이끌고 나와 여포를 맞아들였다.

극적으로 상봉한 관우와 장비는 눈물을 흘리며 그동안 지낸 일들을
이야기했다.

운장 曰: "나는 해주로 가는 길목에 진을 치고 있다가 소식을 듣고
이곳으로 달려왔네."

장비 曰: "이 아우는 망탕산(芒碭山)에 들어가 있었는데 오늘 운 좋게
도 형님을 만났지 뭐요."

두 사람은 간단히 인사를 마친 뒤 함께 군사를 이끌고 조조의 군중
에 있는 현덕을 찾아가 울면서 엎드려 절을 했다. 현덕 역시 기쁨과 슬
픔이 한데 어우러진 감정을 억누르고 두 사람을 조조에게 인사시킨 뒤
함께 조조를 따라 서주성으로 들어갔다.

미축이 나와서 그들을 영접하고 가솔들은 모두 안전하다고 말해 주
자 현덕은 비로소 시름을 놓고 기뻐했다.

진규 부자 역시 조조에게 인사를 했다. 조조는 연회를 크게 베풀어
모든 장수들의 노고를 치하했는데 조조는 중앙에 앉고 진규는 우측에,
현덕은 좌측에 앉히고 나머지 장수들은 서열에 따라 차례로 앉혔다. 연
회가 끝나자 조조는 진규 부자의 공로를 칭찬하며 열 개 현의 봉록을 더
해 주고 진등에게는 복파장군(伏波將軍)의 벼슬을 주었다.

서주를 손에 넣은 조조는 내심 크게 기뻐하며 다시 군사를 일으켜 하
비를 칠 문제를 상의했다.

정욱 曰: "이제 여포에게 남아 있는 성은 하비가 유일합니다. 지금 우
리가 너무 심하게 몰아치면 그는 죽기 살기로 대응할 것이며 그러다 안
되면 원술을 찾아갈 것입니다. 만일 여포와 원술이 손을 잡게 되면 그

형세는 공격하기 쉽지 않을 것입니다. 지금은 유능한 사람으로 하여금 회남으로 가는 길목을 막고 지키도록 하고, 안으로는 여포를 막고 밖으로는 원술에 대비하는 것이 좋을 듯합니다. 게다가 지금 산동에는 여포 수하의 장패와 손관의 무리들도 아직 항복하지 않고 있으니, 그들에 대한 방비 역시 소홀히 해서는 안 됩니다."

조조 曰: "산동으로 가는 모든 길목은 내가 맡을 테니 회남으로 가는 길목은 현덕께서 맡아 주시오."

현덕 曰: "승상의 명을 어찌 감히 어길 수 있겠습니까?"

다음 날 현덕은 미축과 미옹만 서주에 두고 손건과 관우·장비를 데리고 군사를 이끌고 회남으로 가는 길목을 지키러 떠났으며 조조는 직접 군사를 거느리고 하비를 치러 갔다.

한편 하비성의 여포는 양식이 넉넉하게 있는데다 사수(泗水)의 방어에 유리한 지형적 이점이 있기 때문에 지키기만 하면 될 것으로 생각하고 있었다.

진궁 曰: "지금 조조의 군사들이 방금 도착하여 매우 지쳐있는 상태이고 우리의 군사들은 충분한 휴식으로 힘을 비축하고 있으니 저들이 영채를 세우고 휴식을 취하기 전에 우리가 공격을 하면 반드시 승리할 수 있습니다."

여포 曰: "우리는 지금 여러 차례 패하여 가볍게 군사를 움직여서는 안 된다. 이곳은 방어에 유리하니 저들이 공격하기를 기다렸다가 몇 차례 공격에 실패할 때 우리가 기세를 잡아 반격을 한다면 놈들을 모조리 사수의 물귀신으로 만들 수 있다."

여포는 끝내 진궁의 계책을 들으려 하지 않았다. 며칠이 지난 뒤 조조의 군사들이 영채를 이미 세우고 조조가 여러 장수들과 군사를 통솔하여 성 아래까지 다가와서 큰 소리로 외치기를: "여포는 내 말이 들리느냐!"

여포가 성 위에 오르니 조조가 여포에게 말하기를: "내 듣기로 봉선이 원술과 사돈을 맺으려 한다기에 내가 이곳까지 군사를 이끌고 온 것이오. 원술은 반역을 한 대역 죄인이고, 그대는 동탁을 토벌한 큰 공이 있는 터에 어찌하여 예전의 공로를 버리고 역적을 따르려고 하는가! 성이 무너지고 나면 그때는 후회해도 소용이 없으니 지금이라도 항복하여 한나라 황실을 돕는다면 봉후(封侯)의 지위는 잃지 않게 해 주겠소!"

여포 曰: "승상께서는 잠시 물러나 계시오. 상의를 해보겠소."

바로 그때 여포 옆에 있던 진궁이 조조에게 큰 소리로 욕을 하기를: "이 간사한 역적 놈아!"

그러고는 활을 쏘아 조조의 일산(日傘)을 맞혔다.

조조는 분을 참지 못하고 손가락으로 진궁을 가리키며 말하기를: "내 맹세코 네놈을 살려두지 않겠다!"

즉시 군사들에게 성을 공격하라고 명령했다.

진궁이 여포에게 말하기를: "조조는 먼 길을 오느라 지쳐있어 오래 지탱해 낼 수 없습니다. 장군께서는 보병과 기병을 거느리고 성 밖에 주둔하시고 저는 잔여 군사를 데리고 성 안을 굳게 지키고 있겠습니다. 조조가 만약 장군을 공격하면 제가 군사를 이끌고 나가 그 배후를 치겠습니다. 조조가 만약 성을 공격한다면 장군께서 그 배후를 구원해 주십시오. 그렇게 하면 조조의 군사는 열흘 안에 식량이 떨어질 것이니 그때는 단 한 차례의 공격으로도 조조를 깨트릴 수 있습니다. 이것이 바로 기각지세(掎角之勢)입니다."

여포 曰: "그대 말이 옳다!"

여포는 즉시 부중으로 돌아와 무장을 단단히 했는데, 때는 마침 추운

겨울이라 솜옷을 많이 가져오도록 하자, 그의 아내 엄씨가 나와서 묻기를: "장군께서는 어딜 가시려고 그러십니까?"

여포가 진궁의 계략을 자세히 설명하자 엄씨가 말하기를: "장군께서 성을 남에게 맡기고 처자도 버리고 적은 군사들만 데리고 멀리 나가셨다가 만에 하나 무슨 변고라도 생기면 첩이 어찌 장군의 처로 남아있을 수 있겠어요?"

여포가 주저하며 결정을 내리지 못하고 사흘 동안이나 집에서 나오지 않았다.

진궁이 들어가서 말하기를: "조조의 군사가 성을 사면으로 포위하고 있습니다. 속히 나가지 않으면 반드시 곤경에 빠지게 될 것입니다."

여포 曰: "내 그동안 깊이 생각을 해 봤는데 성을 두고 멀리 나가는 것은 아무래도 성을 굳게 지키는 것보다 못할 것 같다."

진궁 曰: "근자에 듣기로 조조군의 양식이 부족하여 허도로 양식을 가지러 보냈는데 조만간 도착할 것이라고 합니다. 장군께서는 정예병을 이끌고 가서 적의 군량미 수송로를 끊어 놓아야 합니다. 이는 아주 절묘한 계책입니다."

여포는 마침내 그 말에 따라 다시 안으로 들어가서 엄씨에게 그 사실을 알리니 엄씨가 울면서 말하기를: "장군께서 만약 성을 나가시면 진궁과 고순이 어찌 성을 온전히 지킬 수 있겠습니까? 만약 성 안팎 어느 쪽에서라도 잘못되는 일이 생기면 그때는 후회해도 소용이 없을 것입니다. 첩이 이전에 장안에 있을 때에도 장군께서 첩을 버리고 떠난 적이 있었지요. 그때는 다행히 방서(龐舒)가 첩을 숨겨주어 다시 장군을 만나 이렇게 모시게 되었는데 또다시 첩을 버리고 가실 줄은 정말 몰랐습니다. 하지만 장군은 앞길이 만 리 같은 분이시니 신첩 따위 어찌 되든 괘념치 마십시오."

엄씨는 말을 마치자마자 통곡을 했다. 여포는 엄씨의 말을 듣고 마음이 착잡하여 좀처럼 결단을 못 내리고 이번에는 초선을 찾았다.

초선 曰: "장군은 첩의 주인이시니 부디 장군의 몸을 가벼이 움직이지 마세요."

여포 曰: "너무 염려하지 말거라. 내게는 방천화극과 적토마가 있는데 누가 감히 내 근처에 얼씬거릴 수 있단 말이냐!"

그러고는 나와서 진궁에게 말하기를: "조조군의 군량이 온다는 것은 속임수다. 조조는 워낙 속임수가 많은 놈이므로 섣불리 움직일 수 없다."

진궁이 나와서 탄식하며 말하기를: "이제 우리는 죽어도 묻힐 땅조차 없구나!"

여포는 이때부터 하루 종일 집안에 틀어박혀서 나가지 않고 오직 엄씨와 초선과 함께 술만 마시며 답답한 마음을 달래려 했다.

이를 보다 못한 여포의 모사 허사(許汜)와 왕해(王楷)가 들어와 계책을 말하기를: "지금 원술이 회남에서 위세를 크게 떨치고 있습니다. 장군께서는 과거에 원술과 사돈을 맺기로 한 적도 있는데 그에게 한번 구원을 청해 보시지요? 원술의 군사와 안팎으로 협공을 한다면 조조를 깨트리는 일은 그리 어렵지 않습니다."

여포는 그들의 계책을 따르기로 하고 그날로 서신을 써서 두 사람에게 주어 떠나도록 했다.

허사 曰: "한 무리의 군사들이 앞장서서 포위망을 뚫어 주셔야 나갈 수 있습니다."

여포는 장료와 학맹으로 하여금 군사 1천 명을 이끌고 요충지 입구의 안전한 지점까지 호송하도록 했다. 이날 밤 이경 무렵 장료가 앞장을 서고 학맹은 뒤에서 허사와 왕해를 보호하면서 성을 빠져나갔다. 한참을 달려 현덕의 영채를 멀리 돌아서 뒤를 쫓던 추격자들을 따돌리고 요충지 입구의 안전한 장소를 지나자 학맹은 군사 5백 명을 거느리고 그대로 허사와 왕해를 따라가고, 장료는 남은 군사 반을 데리고 요충지 입구로 돌아오니 관운장이 길을 막고 나섰다. 그러나 싸움이 벌어지기도 전에 성에서 군사를 거느리고 달려 나온 고순이 위험에 처한 장료를 도와 성 안으로 들어가 버렸다.

한편 무사히 수춘에 도착한 허사와 왕해가 원술에게 여포의 서신을 바쳤다.

원술 曰: "내가 보낸 사자를 죽이고 혼사를 깨버릴 때는 언제고 이제 와서 안부를 묻는 것은 무슨 까닭인가?"

허사 曰: "이것은 모두 조조의 간계에서 비롯된 것이오니 명공께서는 굽어살피어 주시옵소서."

원술 曰: "네 주인이 조조 군사 때문에 위급한 처지가 아니라면 어찌 제 딸을 내게 보내려 하겠느냐?"

허사 曰: "명공께서 지금 도와주지 않으시면 곧, '입술이 상하면 이가 시리다(脣亡齒寒).'란 말이 있듯이 명공께서 해를 입으시게 될지도 모를 일입니다."

원술 曰: "봉선은 변덕이 죽 끓듯 하니 도저히 믿을 수 없다. 먼저 딸을 보내 주면 그때 군사를 일으키겠다."

허사와 왕해는 원술에게 하직을 고하고 학맹과 함께 수춘을 떠났다. 그들이 현덕의 영채 근처에 이르렀을 때 허사가 말하기를: "아무래도 낮에는 움직이기 어려울 것 같소이다. 한밤중에 우리 둘이 먼저 지나갈 터이니 학장군이 뒤를 맡아주시오."

밤이 되어 허사와 왕해는 먼저 몰래 떠나고 학맹이 막 지나가려고 할 때 장비가 길을 막았다. 학맹은 장비와 싸우자마자 장비에게 사로잡히고 5백여 명의 군사는 모두 뿔뿔이 흩어져 달아나 버렸다. 장비가 학맹을 현덕에게로 데려가니 현덕은 그를 영채 본진으로 압송하여 조조에게 보였다. 학맹은 여포가 원술에게 구원병을 청하기 위해 자신의 딸을 원술에게 주기로 한 일을 사실대로 말했다.

조조는 크게 화를 내며 학맹을 국문에서 참수하고 각 영채에 방비를 더욱 철저히 하도록 전달했다. 만약 여포나 그의 군사가 방비를 뚫고 지나가는 자가 생기면 군법에 따라 처단할 것이라고 하니 각 영채의 군사들은 긴장하지 않을 수 없었다.

현덕은 영채로 돌아와서 관우와 장비에게 분부하기를: "우리는 지금 회남으로 통하는 가장 중요한 요충지를 맡고 있다. 두 아우는 각별히 조심하여 주공의 군령을 어기는 일이 없도록 하게."

장비 曰: "우리가 적장을 잡아 주었는데 상은 주지 못할망정 도리어 엄포만 놓으니 대체 이게 무슨 경우요?"

현덕 曰: "그런 게 아니네. 조조는 많은 군사를 통솔하고 있는데 군령이 아니면 무엇으로 군사를 복종시키겠는가? 아우들은 절대로 군령을 어기지 않도록 하게."

관우와 장비는 그렇게 하겠다고 대답하고 물러갔다.

한편 하비성으로 돌아온 허사와 왕해는 여포에게 딸을 먼저 보내 주어야만 원술이 군사를 일으켜 구원해 주겠다고 한 말을 구체적으로 보고했다.

여포 曰: "그러면 어떤 방법으로 보내면 좋겠는가?"

허사 曰: "지금 학맹이 체포되어 조조는 틀림없이 우리의 정황을 잘 알고 있어 대비를 철저히 하고 있을 것입니다. 만약 장군께서 직접 호송하지 않으면 누가 겹겹이 쌓인 포위망을 뚫을 수 있겠습니까?"

여포 曰: "그러면 오늘 당장 보내면 어떻겠나?"

허사 曰: "오늘은 일진이 흉살(凶殺)이 있는 날이라 안 됩니다. 내일은 길일이니 술시(戌時: 밤 7시에서 9시)나 해시(亥時:밤 9시에서 11시)에 보내도록 하시지요."

여포는 장료와 고순에게 명령하기를: "군사 3천 명을 이끌고 신부가 타고 갈 수레 한 채를 준비하라. 내가 직접 2백리 밖까지 호송해 줄 터이니 거기서부터는 너희 둘이서 책임지고 호송하도록 하라."

다음 날 밤 이경 무렵, 여포는 딸에게 솜옷을 두둑이 입히고 그 위에 다시 갑옷을 입힌 다음 자신의 등에 업고 화극을 들고 적토마 위에 올랐다. 성문을 활짝 열고 여포가 앞장을 서서 성을 나오니 장료와 고순이 그 뒤를 따랐다. 막 현덕의 영채 앞에 이르렀을 때 갑자기 북소리가 크게 울리면서 관우와 장비가 군사를 몰고 나와 길을 막으며 큰 소리로 외치기를: "멈추어라!"

여포는 싸울 마음이 없어서 오직 달아날 길을 찾으려고 애를 썼다. 현덕도 몸소 군사를 이끌고 도주로를 차단하고 공격을 하니 양쪽 군사 간의 일대 접전이 벌어졌다. 여포가 제아무리 용맹하다고 해도 등에 딸을 업고 있는 데다, 혹여 그 딸이 다치게 될까 봐 염려되어 감히 겹겹이 쳐진 포위망을 뚫고 나가지 못했다. 더구나 뒤에서 또 서황과 허저가 여포를 향해 쳐들어오면서 모든 군사들이 소리쳐 외치기를: "여포를 놓치지 마라!"

여포는 포위망을 도저히 뚫고 나갈 수 없음을 깨닫고 급히 말머리를 돌려 다시 성 안으로 들어가 버렸다. 여포의 군사가 한 사람도 포위망을 뚫고 나가지 못한 것을 확인한 현덕은 그제야 군사를 수습하였고 서황과 허저도 각각 영채로 돌아갔다. 성 안으로 다시 들어온 여포는 답답한 마음에 그저 술만 마셔댔다.

한편 조조는 벌써 두 달이 넘도록 하비성을 공격했으나 함락시키지 못하고 있는데 보고가 올라오기를: "하내 태수 장양이 동시(東市)에 군사를 보내 여포를 구하려고 했는데, 부장(副將) 양추(楊醜)의 손에 죽고 말았습니다. 그가 수급을 승상께 바치려고 하다가 도리어 장양의 심복 장수인 휴고(眭固)에게 죽었고, 휴고는 반대로 견성(犬城)으로 갔다고 합니다."

조조는 보고를 받자마자 사환(史渙)으로 하여금 휴고를 쫓아가서 죽이라고 했다. 그리고 장수들을 모아 놓고 말하기를: "장양은 다행히 자멸했지만 아직도 북쪽에는 원소가, 동쪽에는 유표와 장수가 호시탐탐 기회를 노리고 있는데 우리는 이곳 하비에서 두 달이 넘도록 성을 함락시키지 못하고 있소. 나는 여포를 버려두고 환도하여 잠시 싸움을 쉴까 하는데 공들의 생각은 어떠하오?"

순욱이 급히 제지하며 말하기를: "안 됩니다. 여포는 번번이 패하여 이미 사기가 뚝 떨어져 있습니다. 더구나 장수의 기세가 꺾여 있으니 군사들도 싸울 마음이 없습니다. 진궁이 비록 지모가 있다고 하지만 결단을 내리는 데는 더딥니다. 지금 여포가 기운을 차리지 못하고 있고 진궁도 계책을 세우지 못하고 있는 이때에 빨리 공격을 한다면 여포를 사로잡을 수 있을 것입니다."

곽가 曰: "제게 하비성을 무너뜨릴 계책이 있는데, 군사 20만 명을 쓰는 것보다 나을 것입니다."

순욱 曰: "혹시 기수(沂水)와 사수(沙水)의 제방을 터뜨리자는 거요?"

곽가가 웃으며 말하기를: "바로 그것이오!"

조조가 크게 기뻐하며 즉시 군사들에게 명령하여 두 강의 제방을 무너뜨리도록 했다. 조조의 군사들은 모두 높은 언덕에 자리 잡고 앉아 하비성이 물에 잠기는 것을 구경했다. 하비성 전체의 문 가운데 동문을 제외한 모든 성문이 물에 잠겼다.

군사들이 크게 놀라 여포에게 급히 알리니, 여포가 말하기를: "내 적토마는 물도 평지처럼 건너는데 겁낼 게 뭐가 있느냐?"

여포는 매일 엄씨와 초선과 함께 주색에 빠져 몸이 상해 그 몰골이 말이 아니었다. 그러던 어느 날 우연히 거울에 비친 자신의 얼굴을 보고 깜짝 놀라서 혼자 말하기를: "내가 주색에 빠져도 너무 빠져 있었구나! 오늘부터 당장 끊어야지."

그리고 성 안에 영을 내려 술을 마신 자는 누구를 막론하고 목을 베겠다고 했다.

한편 후성에게는 말이 15필이 있었는데 그의 마부가 훔쳐가서 현덕에게 바치려다 후성에게 발각되어 마부를 죽이고 말을 되찾았다. 여러 장수들이 찾아와서 후성을 치하했다.

마침 후성에게는 담가놓은 술 대여섯 말이 있어 장수들과 함께 마시고 싶었지만, 며칠 전에 여포가 내린 금주령이 마음에 걸려 먼저 술 다섯 병을 들고 부중으로 가서 여포에게 고하기를: "장군의 위엄 덕분에 잃었던 말들을 모두 찾아왔습니다. 여러 장수들이 와서 치하하기에 담가두었던 술을 감히 저희끼리만 마실 수가 없어 먼저 장군께 바치려 합니다."

여포가 크게 화를 내며 말하기를: "내 이미 금주령을 내렸거늘, 네놈들이 도리어 함께 모여 술을 마시려 했단 말이지! 이는 나를 치기 위하여 네놈들이 공모하려는 것이 아니더냐?"

그러고는 그를 끌어내서 목을 베라고 명령했다. 송헌·위속 등 여러 장수들이 다 들어가서 그를 용서해 달라고 애원했다.

여포 曰: "고의로 내 명을 어겼으니 마땅히 참수할 것이나, 여러 장수들의 얼굴을 봐서 일단 곤장 1백 대만 치도록 하라!"

여러 장수들이 또 빌어서 곤장 50대로 감해 주었다. 이 일로 모든 장수들은 기가 죽었다. 송헌과 위속이 위로하러 후성을 찾아가니 후성이 울면서 말하기를: "공들 덕분에 제가 목숨은 부지했소이다!"

송헌 曰: "여포는 오로지 자기 처자만 알지, 우리들은 초개처럼 여기고 있어."

위속 曰: "조조의 군사는 성을 포위하고 있고 성도 언제 물에 잠길지 모르니 우리가 죽을 날도 머지않았어!"

송헌 曰: "여포는 역시 인의(仁義)를 모르는 자야. 차라리 우리가 그를 버리고 달아나는 게 어떻겠소?"

위속 曰: "달아나는 건 장부가 할 짓이 아니오. 차라리 여포를 생포하여 조조에게 바치면 어떻겠소?"

후성 曰: "나는 말을 되찾아 왔다가 이렇듯 형벌을 받았지만 여포가 평소 믿는 것은 적토마뿐이니, 두 분이 여포를 사로잡아 성을 바치겠다면, 나는 먼저 그의 말을 훔쳐내어 조조를 만나 보겠소."

세 사람은 상의를 마쳤다. 그날 밤 후성은 마원(馬院)으로 몰래 들어가서 적토마를 끌어내 자신이 직접 타고 동문으로 달려갔다. 위속이 지키고 있다가 즉시 성문을 열어 주어 나가도록 해 주고는 짐짓 뒤를 쫓아가는 시늉만 했다.

후성은 조조의 영채로 달려가서 적토마를 바치고, 송헌과 위속이 성루에 백기를 꽂는 것을 신호로, 성문을 열어 주기로 준비되어 있다는 것을 말해 주었다. 조조는 곧 방문 수십 장을 쓴 다음 거기에 직접 서명까지 해서 화살에 매달아 성 안으로 쏘아 보냈다. 그 방문에는 이렇게 씌어 있었다:

"대장군 조조는 황제의 칙명을 받들어 여포를 정벌하는 것이다. 만약 대군에 항거하는 자가 있으면 성이 함락되는 날 멸문지화(滅門之禍)를 당할 것이다. 하지만 위로는 장교로부터 아래로는 서민에 이르기까지 여포를 사로잡아 바치거나, 또는 그 수급을 바치는 자가 있으면 관직과 상금을 후하게 내릴 것이다. 이에 방문으로써 모두에게 알리는 바이다."

이튿날 새벽, 성 밖에서 천지를 진동하는 함성 소리가 들렸다. 여포는 소스라치게 놀라 화극을 들고 성 위에 올라 각 성문들을 점검했다. 여포는 후성이 적토마를 타고 성 밖으로 빠져나간 것을 알고 그것을 막지 못한 위속의 죄를 다스리려고 했다. 하지만 성 아래의 조조의 군사들이 성위에 백기가 휘날리고 있는 것을 보고 함성 소리와 함께 맹렬히 성을 공격했으므로 여포는 직접 나서서 적을 막아 싸울 수밖에 없었다. 새벽부터 시작된 전투는 한낮까지 계속되자 조조의 군사는 잠시 물러갔다.

여포는 문루에서 잠깐 쉬다가 자신도 모르게 의자에 기대앉은 채 깜빡 잠이 들고 말았다. 이 기회를 틈타 송헌은 주위 군사들을 물린 뒤, 화극을 멀리 치운 다음 곧바로 위속과 함께 여포를 밧줄로 꽁꽁 동여매고 단단히 결박했다.

꿈을 꾸다가 깜짝 놀라 깨어난 여포는 급히 소리를 치며 사람을 불렀으나 다가오는 군사들은 전부 두 사람에 의해 쫓겨나고 말았다. 그리고 백기를 한번 흔들자 조조의 군사들이 일제히 성 아래로 달려왔다.

위속이 큰 소리로 외치기를: "여포를 사로잡았다!"

그러나 성문 앞에 선 하후연은 그 말을 좀처럼 믿지 못했다. 송헌이 성 위에서 여포의 화극을 아래로 집어 던지고 성문을 활짝 열어젖히니 그제야 조조의 군사들이 한꺼번에 성 안으로 몰려 들어갔다. 고순과 장료는 서문을 지키고 있다가 물길에 막혀 달아나지 못하여 그대로 사로잡혔고, 진궁은 남문까지 달아났으나 서황에게 붙잡혔다.

조조는 성으로 들어서자 우선 터놓았던 두 강의 제방을 막아 성안의 강물을 전부 빼고, 방문을 내걸어서 백성들을 안심시킨 다음 현덕과 함께 백문루(白門樓) 위에 올라가 앉으니 관우와 장비가 그 뒤에 호위하고 섰다. 그리고 사로잡은 한 무리의 사람들을 끌어내 오도록 했다. 제아무리 기골이 장대한 여포라지만 밧줄에 꽁꽁 묶이고 보니 하나의 덩어리에 불과했다.

여포가 외치기를: "너무 꽉 죄어 숨도 못 쉬겠소, 좀 늦춰주시오."

조조 曰: "호랑이를 어찌 느슨하게 묶을 수 있겠느냐?"

후성·위속·송헌이 모두 조조 옆에 서 있는 것을 본 여포가 그들에게 말하기를: "내 너희들을 박대하지 않았거늘 네놈들이 어찌 나를 배반했단 말이냐?"

송헌 曰: "네놈은 계집의 말만 듣고 장수들의 계책은 들으려고도 하지 않았다. 그러고도 박대하지 않았다는 것이냐?"

여포는 더 이상 말을 못 했다. 잠시 후 여러 군사들이 고순을 끌고 왔다.

조조가 묻기를: "네 할 말이 있느냐?"

고순은 아무런 대꾸도 하지 않았다. 조조는 화가 나서 그를 끌어내어 목을 베라고 했다. 서황이 진궁을 끌고 들어왔다.

조조 曰: "공대(公臺: 진궁)는 그간 별고 없었는가?"

진궁 曰: "내가 너를 버린 것은 네 마음이 바르지 않기 때문이었다."

조조 曰: "내 마음이 바르지 못해서 그랬다면 공은 어찌하여 여포 같은 자를 섬겼는가?"

진궁 曰: "여포는 비록 지모는 없지만, 너처럼 간사하거나 음험하지는 않다."

조조 曰: "공은 스스로 지모가 뛰어나다고 말했거늘, 어찌하다 지금 이렇게 되었소?"

진궁이 여포를 돌아보며 말하기를: "이 사람이 내 말을 듣지 않은 게 한이오! 만약 내 말만 들었어도 이렇게 되지는 않았을 것이오."

조조 曰: "이제 어찌했으면 좋겠소?"

진궁이 크게 소리치며 말하기를: "더 이상 모욕을 보이지 말고 어서 죽이시오!"

조조 曰: "공은 그렇다 치고, 공의 노모와 처자는 어찌했으면 좋 겠소?"

진궁 曰: "내 듣기로, 효로써 천하를 다스리는 자는 남의 부모를 해치 지 않으며 천하에 인정(仁政)을 베푸는 사람은 남의 제사를 끊지 않는다 고 했소. 내 노모와 처자의 목숨 또한 그대의 손에 달려있을 뿐이오. 나 는 이미 사로잡힌 몸이니 오직 죽기를 청할 뿐 어떠한 미련도 없소이다."

조조의 마음 한구석에는 그를 살려 주고 싶은 마음도 있었다. 그러나 진궁은 일어나더니 당당히 문루 아래로 걸어 내려갔다. 조조의 마음을 헤아린 주위 장수들이 그를 만류했으나 그는 멈추지 않았다. 조조는 일어 나서 눈물을 흘리며 그를 보냈으나 진궁은 끝내 뒤를 돌아보지 않았다.

조조는 부하들에게 명령하기를: "즉시 공대의 노모와 처자를 허도로 모셔서 편히 살도록 하라. 만약 소홀히 하는 자는 목을 베리라."

진궁은 그 말을 듣고도 역시 입을 열지 않고 목을 늘여서 칼을 받았 다. 이를 본 사람들은 모두 눈물을 흘렸다. 조조는 그의 시신을 관에 넣 어 허도에서 장사를 지내 주었다.

후세 사람이 진궁의 죽음을 탄식해 시를 지었으니:

| 생사 앞에서도 두 뜻이 없었더라 | 生死無二志 |
| 장부의 기개 어찌 그리도 장한가 | 丈夫何壯哉 |

금석 같은 그의 충고를 외면하여	不從金石論
동량의 재목을 보람 없이 잃었네	空負棟梁材

진실로 공경해 그 주인 보좌하니	輔主眞堪敬
모친 하직할 땐 참으로 애달프네	辭親實可哀
백문루에서 죽을 때의 그의 모습	白門身死日
공대와 같은 인물 어디에 있으랴	誰肯似公臺

조조가 진궁을 보내려고 문루 아래로 내려갈 때 여포가 현덕에게 말하기를: "이제 공은 상객으로 위에 앉아 있고 나는 죄수가 되어 계단 아래 꿇어앉아 있는데 어찌하여 나를 풀어 주라고 말 한마디 하지 않는가?"

현덕은 말없이 고개만 끄덕였다. 조조가 문루로 다시 올라오자, 여포가 큰 소리로 외치기를: "명공이 가장 우환거리로 여긴 자가 바로 이 여포였소. 이제 내가 항복했으니, 공은 대장이 되고 이 몸이 부장이 되면 천하를 쉽게 평정할 수 있을 것이오."

조조가 현덕을 돌아보며 묻기를: "어찌하면 좋겠소?"

현덕이 대답하기를: "공께서는 정건양(丁建陽)과 동탁의 일을 보지 않으셨소?"

여포가 현덕을 노려보며 말하기를: "참으로 신의가 없는 놈이로구나!"

조조는 그를 끌고 내려가서 목을 매서 죽이도록 명령했다.

여포가 고개를 돌려 현덕에게 말하기를: "이 귀 큰 놈아! 내가 원문에서 화극을 쏘아 너를 구해준 일을 잊었느냐?"

그때 누군가 큰 소리로 외치기를: "여포, 이 못난 놈아! 어차피 죽을 바에야 사내답게 죽으면 그만이지 무슨 말이 그렇게 많으냐?"

426

그 사람은 도부수가 끌고 온 장료였다. 조조는 여포를 목매달아 죽이도록 한 다음 그 머리를 잘라 저자에 높이 매달았다.

후세 사람이 이를 탄식하여 시를 지었으니:

도도히 넘치는 큰 물결 하비성 잠기니　　　　洪水滔滔淹下邳
바로 그해 여포 장군 생포되고 말았네　　　　當年呂布受擒時
하루 천리 달리던 적토마 소용이 없고　　　　空言赤兔馬千里
방천화극 한 자루도 무슨 쓸모 있으랴　　　　漫有方天戟一枝

묶인 범 풀어 달라 애걸하니 비겁하고　　　　縛虎望寬今太懦
매는 배불리 먹이지 말라는 옛말 맞네　　　　養鷹休飽昔無疑
처첩에게 빠져서 진궁의 말 안 듣더니　　　　戀妻不納陳宮諫
귀 큰놈 은혜 모른다고 욕해서 뭣하랴　　　　枉罵無恩大耳兒

또한 현덕을 논한 시가 있으니

사람 해치는 굶긴 범 단단히 묶으렸다　　　　傷人餓虎縛休寬
동탁과 정건양의 피 아직 안 말랐으니　　　　董卓丁原血未乾
현덕은 그가 아비 잡아먹는 줄 알면서　　　　玄德旣知能啖父
왜 살려두어 조조를 해치게 안 했을까　　　　爭如留取害曹瞞

한편 무사들이 장료를 끌고 오자, 조조가 손으로 그를 가리키며 말하기를: "이 자는 무척 낯이 익구나."

장료 曰: "복양성 안에서 만났었는데 그새 잊었느냐?"

조조가 웃으며 말하기를: "그래, 너도 기억하고 있구나."

장료 曰: "그때 일이 애석할 따름이다!"

조조 曰: "무엇이 애석하다는 말이냐?"

장료 曰: "그날 불이 약해서 너 같은 나라의 도적을 태워 죽이지 못한 것이 한스럽단 말이다."

조조가 크게 화를 내며 말하기를: "패장이 어디 감히 욕하느냐?"

조조가 직접 칼을 뽑아 장료를 죽이려고 하자 장료는 전혀 겁내는 기색 없이 목을 내밀었다.

이때 조조의 등 뒤에서 한 사람이 그의 팔을 잡고 말리며, 또 한 사람은 그의 앞으로 와서 무릎을 꿇고 말하기를: "승상께서는 잠시 손을 멈추십시오!"

이야말로:

목숨 구걸한 여포는 구해주는 이 없는데   乞哀呂布無人救
역적이라 욕한 장료 도리어 살길이 있네   罵賊張遼反得生

장료를 구해준 사람은 누구일까? 다음 회를 기대하시라.

제 20 회

조조는 허전에서 황제의 활로 사냥하고
동승은 내각에서 황제 비밀조서를 받다
曹阿瞞許田打圍
董國舅內閣受詔

조조가 칼을 뽑아 장료를 죽이려고 하는 순간 현덕은 조조의 팔을 붙잡고 운장은 그 앞에 무릎을 꿇었다.

현덕 曰: "이렇게 곧은 마음을 가진 사람은 살려두었다가 쓰셔야 합니다."

운장 曰: "저도 일찍이 문원이 충의지사임을 알고 있었습니다. 부디 그의 목숨만은 살려 주십시오."

조조는 칼을 내던지고 웃으며 말하기를: "나 역시 문원의 충성과 의리는 익히 알고 있는 터라 일부러 한번 해 본 것이오."

그러고는 친히 그의 결박을 풀어 주고 자신의 옷을 벗어 입혀준 뒤 그를 부축하여 상좌에 앉혔다. 장료는 조조의 그런 호의에 감동하여 마침내 항복했다. 조조는 그를 중랑장에 임명하고 관내후(關內侯)의 벼슬을 내린 다음, 장패를 회유하도록 했다.

장패는 여포가 이미 죽었고 장료까지 항복했다는 소식을 듣고 스스로 군사를 이끌고 와서 항복했다. 조조는 장패에게 후한 상을 내린 뒤, 그에게 다시 손관·오돈·윤예 등을 회유하게 했다. 그러나 창희는 끝내 귀순하지 않았다. 조조는 장패를 낭야상(琅琊相)에 임명하고 손관 등도 벼슬을 높여주어 청주와 서주의 연해 지역을 지키게 했다.

여포의 처자들은 허도로 돌려보내고 모든 군사들에게 음식과 상을 내려 위로한 다음 영채를 거두어 회군했다. 허도로 돌아가는 도중 서주를 지날 때 백성들이 모두 거리로 몰려나와 분향하고 절을 올리며 유사군(劉使君)을 서주 목사로 남겨 두시어 이 지역을 다스리게 해 달라고 청했다.

조조 曰: "유 사군은 공적이 워낙 크니 황제를 배알하고 작위를 받은 뒤에 다시 돌아와도 늦지 않을 것이니라."

그 말에 백성들은 머리를 조아리며 고맙다고 인사했다. 조조는 거기 장군 차주(車胄)에게 서주를 임시로 다스리도록 했다. 허창(許昌)으로 돌아온 조조는 출정했던 군사들에게 공로에 따라서 벼슬과 상을 내리고, 현덕은 승상부 왼쪽 근처에 있는 저택에 머물게 했다.

다음 날 헌제가 조회를 열었다. 조조는 표문을 올려 현덕의 공로를 아뢰고 현덕을 데리고 들어가 황제를 알현하게 했다. 현덕은 조복(朝服)을 갖추어 입고 어전의 붉은 계단 아래에서 배알하니, 헌제는 그를 전각 위로 오르게 한 뒤 묻기를: "경의 조상은 누구인고?"

현덕이 아뢰기를: "신은 중산정왕(中山靖王)의 후손으로 효경황제(孝景皇帝) 각하(閣下)의 현손이옵니다. 그리고 유웅(劉雄)의 손자이고 유홍(劉弘)의 자식이옵니다."

헌제가 유씨 족보를 가져오게 하여 종친의 일을 맡아보는 종정경(宗正卿)에게 낭독하도록 하니:

"효경황제는 아드님을 열네 분 두셨는데 일곱째 아드님이 곧 증산정황 유승(劉勝)이옵니다. 승은 육성정후(陸城亭侯) 유정(劉貞)을 낳고, 정은 패후(沛侯) 유앙(劉昂)을 낳고, 앙은 장후(漳侯) 유록(劉祿)을 낳고, 록은 기수후(沂水侯) 유련(劉戀)을 낳고, 련은 흠양후(欽陽侯) 유영(劉英)을 낳았습니다. 영은 안국후(安國侯) 유건(劉建)을 낳고 건은 광릉후(廣陵侯) 유애(劉哀)를 낳고, 애는 교수후(膠水侯) 유헌(劉憲)을 낳고, 헌은 조읍후(祖邑侯) 유서(劉舒)를 낳고, 서는 기양후(祁陽侯) 유의(劉誼)를 낳았습니다. 의는 원택후(原澤侯) 유필(劉必)을 낳고, 필은 영천후(潁川侯) 유달(劉達)을 낳고, 달은 풍령후(豊靈侯) 유불의(劉不疑)를 낳고, 불의는 제천후(濟川侯) 유혜(劉惠)를 낳았습니다. 혜는 동군범령(東郡范令) 유웅(劉雄)을 낳고. 웅은 유홍(劉弘)을 낳았는데 홍은 벼슬을 하지 않았으며, 유비는 바로 유홍의 자식이옵니다.”

헌제가 족보를 따져보니, 현덕은 바로 황제에게 숙부뻘이 되었다. 헌제는 크게 기뻐하며 현덕을 편전으로 들어오라고 청하고 숙질간의 예를 지키며 속으로 생각하기를: ‘조조가 권력을 제 마음대로 행사하고 있어서 국사가 내 의지와는 상관없이 결정되곤 했는데 이제 이런 영웅다운 숙부를 얻었으니 참으로 짐에게 큰 힘이 될 것이로다!’

헌제는 유현덕을 좌장군 의성정후(宜城亭侯)에 봉하고, 연회를 베풀어 극진히 대접했다. 연회가 끝나자 현덕은 은혜에 감사를 올리고 조정을 나왔다. 이때부터 사람들은 모두 유현덕을 가리켜 유 황숙(劉皇叔)이라 불렀다.

조조가 승상부로 돌아오니 순욱 등 여러 모사들이 말하기를: “황제께서 유비를 황숙으로 인정하셨는데, 아무래도 이 일은 승상께 이롭지 못할 것 같습니다.”

조조 曰: “그가 비록 황숙이 되었다고 해도 내가 황제의 칙명을 일컬어 명하면, 그는 감히 복종하지 않을 수 없을 것이다. 더구나 내 그를 허도에 머물러 있도록 했으니, 보기에는 그가 비록 황제 곁에 있다고 하지만 실은 내 손아귀 안에 들어 있는 셈인데 걱정할 게 뭐 있는가? 내가 오히려 염려하는 것은 태위 양표(楊彪)다. 그는 원술과 친척인지라, 만약 그가 두 원씨(원소와 원술)와 내응을 한다면 문제가 커질 수 있으니 이 자를 당장 없애야겠다."

그러고는 은밀히 사람을 시켜서 양표가 원술과 내통하고 있다고 무고하도록 하여 양표를 붙잡아 하옥시키고 만총(滿寵)에게 명하여 그 죄를 다스리도록 했다. 마침 허도에 와 있던 북해 태수 공융(孔融)은 이 소식을 듣고 조조에게 간하기를: "양공은 4대에 걸쳐 청렴하고 덕이 높기로 널리 알려진 사람인데 어찌 원씨의 일 때문에 그에게 죄를 물을 수 있습니까?"

조조 曰: "이는 조정의 뜻이외다."

공융 曰: "주(周) 성왕(成王)이 소공(召公)을 죽였다고 주공(周公)이 자신은 모르는 일이라고 말할 수 있겠습니까?"

조조는 하는 수 없이 양표를 죽이지 못하고, 그의 관직을 박탈하고 향리로 돌려보내는 것으로 이 사건을 마무리 했다.

조조의 전횡을 더 이상 참지 못하던 의랑(議郎) 조언(趙彦)이 황제의 칙명도 없이 조조가 제멋대로 대신을 잡아 가둔 죄를 탄핵하는 상소문을 올렸다. 조조는 몹시 화를 내며 즉시 조언을 잡아들여 죽여 버렸다. 이 일이 있은 후 문무백관들 중에 조조를 두려워하지 않은 자가 하나도 없었다.

모사 정욱이 조조에게 말하기를: "명공의 위명(威名)이 날로 높아지고 있거늘, 어찌하여 이런 기회에 황제의 자리에 오르지 않으십니까?"

조조 曰: "조정에는 아직도 황제에게 충성하는 신하들이 많아서 가벼이 움직여서는 안 되네. 내가 황제께 사냥을 가자고 청하여 그 곳에서 여러 대신들의 반응을 살펴볼 것이오."

이리하여 조조는 좋은 말과 날쌘 매, 뛰어난 사냥개를 고르고, 좋은 활과 화살을 갖춘 다음 군사들을 성 밖에 집결시켰다. 그러고는 궁 안으로 들어가서 황제에게 사냥하러 가자고 청했다.

황제 曰: "사냥은 옳은 일이 아닌 것 같소."

조조 曰: "옛 제왕들도 춘수(春蒐)·하묘(夏苗)·추선(秋獮)·동수(冬狩)라 하여 각 계절마다 교외로 나가서 사냥을 함으로써 그 무위(武威)를 천하에 떨쳐 보였습니다. 이처럼 세상이 어지러운 때일수록 사냥을 하여 무예를 연마하셔야 합니다."

조조의 말을 헌제는 감히 따르지 않을 수 없었다. 헌제는 마침내 소요마(逍遙馬)를 타고 보석으로 장식된 활(寶雕弓)과 금촉이 달린 화살(金鈚箭)을 챙겨 수레 난가(鑾駕)를 타고 성을 나섰다.

유현덕과 관우·장비도 각자 활과 화살을 챙기고, 겉옷 속에는 가슴을 보호하는 엄심갑(掩心甲)을 입고, 손에는 병장기를 들고, 수십 명의 기병을 이끌고 황제를 따라 허창성을 나섰다.

이날 조조는 말발굽이 누렇고 번개처럼 빠른 조황비전마(爪黃飛電馬)를 타고 10만 명의 군사를 이끌고 황제와 함께 허전(許田)으로 사냥을 가니, 무려 2백여 리나 되는 사냥터를 군사들이 둘러싸고 있었다.

조조는 황제와 겨우 말머리 하나 정도의 거리만큼 뒤에서 거의 나란히 하고 가는데, 그 뒤에는 전부 조조의 심복 장수들뿐이었다. 문무백관들은 모두 멀찍이 떨어져서 따라갈 뿐 아무도 감히 가까이 가지 못했다.

헌제가 소요마를 달려 허전에 당도하니, 유현덕이 길가에 서서 맞이했다.

헌제 曰: "짐은 오늘 황숙의 사냥 솜씨를 한번 보고 싶소."

현덕이 황제의 명을 받들어 말에 오르자 마침 풀숲에서 토끼 한 마리가 불쑥 뛰어나왔다. 현덕이 그 토끼를 향해 쏘았는데, 단 한 번 만에 그 토끼를 정통으로 맞히니 헌제가 갈채를 보냈다.

언덕을 넘어서자 이번에는 가시덤불 속에서 커다란 사슴 한 마리가 뛰어나왔다. 헌제는 연달아 화살 세 대를 겨누어 쏘았으나 모두 빗나가고 말자 조조를 돌아보고 말하기를: "경이 쏘아보시오."

조조는 황제에게 보조궁(寶雕弓)과 금비전(金鈚箭)을 빌려 달라고 하더니, 재빨리 활을 당겨 화살을 날리니 그대로 사슴의 등에 박혔고, 사슴은 풀 속에 쓰러졌다. 신하들과 장수들은 사슴의 등에 금비전이 꽂혀 있는 것을 보고는 황제가 쏘아 맞힌 줄로 알고 모두 펄쩍펄쩍 뛰면서 황제를 향해 '만세'를 외쳤다.

바로 그때 조조가 황제의 앞을 가로막고 나서더니 그 환호에 대한 치하를 자신이 했다. 그 모습을 본 모든 사람들의 얼굴색이 하얗게 변했다.

현덕의 등 뒤에 있던 관운장은 크게 화를 내며 누에 눈썹을 치켜세우고, 붉은 봉의 눈을 부릅떴다. 그러고는 청룡도를 뽑아들고 말을 박차고 나가 조조를 베려고 했다. 그 모습을 본 현덕이 황급히 손을 내저으며 눈짓을 보냈다. 관우는 이런 형을 보고 감히 움직일 수가 없었다.

현덕은 몸을 굽히며 조조에게 치하하며 말하기를: "승상의 활솜씨는 세상에 보기 드문 신궁입니다."

조조가 웃으며 말하기를: "이는 다 황제의 홍복(洪福)이십니다."

조조는 슬쩍 말머리를 황제에게 돌려 치하하고는 황제의 보조궁을 돌려드리지 않고 자신의 등에 걸었다.

사냥이 끝나고 허전에서 한바탕 연회가 벌어졌다. 연회가 끝나자 천자의 어가는 허도로 돌아갔고, 모든 사람들은 각자 자신의 집으로 돌아갔다.

436

운장이 현덕에게 묻기를: "조조 그 역적 놈이 황제를 업신여기기에 내 그놈을 죽여서 나라의 화근을 없애려 했는데 형님은 왜 나를 말리셨소?"

현덕 曰: "'쥐를 때려잡고 싶어도 그릇 깰까 봐 참는다(投鼠忌器)'라는 말이 있다. 조조와 황제가 서로 말머리 하나 사이를 두고 있고, 조조의 심복들이 그 주위를 둘러싸고 있는데, 만약 아우가 순간의 노여움을 참지 못하고 경망스럽게 움직였다가 혹시 일을 그르치고 황제가 다치게 되는 날에는 결국 우리가 그 죄를 다 뒤집어서 쓸 것 아니냐?"

운장 曰: "그렇지만 오늘 이 역적을 죽이지 않은 것은 훗날 반드시 화가 될 것입니다."

현덕 曰: "이 일은 비밀로 부치고 함부로 입 밖으로 말을 내지 말거라."

한편 궁으로 돌아온 헌제는 복황후에게 울면서 말하기를: "짐이 즉위한 이래 간웅들이 연달아 일어나 먼저는 동탁에게 변을 당하였고, 뒤이어 이각과 곽사의 난을 만나 짐과 그대는 보통 사람들이 겪지 않은 고통을 당하였소. 마침내 조조를 얻어 처음에는 그가 종묘사직을 떠받들 훌륭한 신하인 줄 알았는데 뜻밖에 권력을 잡고 제멋대로 국사를 농단하고 있으니, 짐이 매번 그자를 볼 때마다 마치 내 등이 가시에 찔리는 듯하오. 게다가 오늘 사냥터에서 그 자가 나를 대신하여 신하들의 치하에 답례까지 했으니 이미 그 무례함이 극에 달하였소. 그는 조만간 반드시 딴 뜻을 품을 것이니, 이제 우리 부부는 어떻게 죽을지 모르겠소."

복황후 曰: "조정의 모든 대신들이 한나라의 녹을 먹는데 국난을 구할 사람이 한 사람도 없단 말입니까?"

말이 미처 끝나기도 전에 누군가 밖에서 들어오며 말하기를: "황제 폐하와 황후 폐하께서는 너무 상심하지 마시옵소서. 소신이 나라의 화를 제거할 수 있는 한 사람을 천거하겠나이다."

그는 바로 복황후의 부친 복완(伏完)이었다. 헌제가 눈물을 감추고 묻기를: "황장(皇丈: 장인)께서도 조조 이 역적 놈의 전횡을 알고 계셨소?"

복완 曰: "허전에서 사슴을 쏘던 일을 보지 않은 사람이 어디 있겠나이까? 다만 만조백관 가운데 조조의 친척이 아니면 그의 심복들이니, 국척(國戚)이 아니고서야 누가 충성을 다하여 역적을 치겠나이까? 이 늙은 신하는 권세가 없어서 이 일을 행하기가 어렵사옵니다만 거기장군인 국구(國舅;황후의 형제) 동승이라면 대사를 맡길 수 있나이다."

황제 曰: "동 국구는 나라의 어려움을 당해 여러 번 힘을 쓴 줄은 짐도 잘 알고 있소. 그를 곧 입궐하라고 하여 함께 대사를 의논해 보도록 하지요."

복완 曰: "폐하의 주위에 있는 자들은 모두 조조의 심복들이니, 만약 이 일이 누설되면 무슨 변을 당할지 모르옵니다."

헌제 曰: "그러니 이 일을 어찌하면 좋겠소?"

복완 曰: "신에게 한 가지 계책이 있사옵니다. 폐하께서는 옷 한 벌과 옥대 하나를 은밀히 동승에게 내려주시되 옥대 속에다 비밀조서를 넣어서 꿰맨 후 그에게 하사해 주소서. 그리하면 동승이 집으로 돌아가서 그 조서를 뜯어보고 밤낮으로 계책을 세울 것이니 아마도 귀신도 모르게 할 수 있을 것이옵니다."

황제는 그렇게 하겠다고 하였고 복완은 인사를 하고 물러갔다.

황제는 손가락을 깨물어 혈서로 비밀조서를 썼다. 그러고는 복황후에게 주어 그 밀서를 옥대의 자주색 비단 받침 속에 집어넣고 꿰매도록 한 다음 자신이 입고 있던 금포(錦袍) 위에 그 옥대를 두르고 내사(內史)로 하여금 동승을 대궐로 불러드리도록 했다.

동승이 황제를 알현하고 예를 마치자 황제가 말하기를: "짐이 간밤에 황후와 더불어 지난날 패하(覇河)에서 겪었던 고초에 대해 이야기하다가

438

당시 국구께서 큰 공을 세웠음에도 지금까지 잊고 있었다는 생각이 들어 오늘 특별히 그 은공을 위로하려고 부른 것이오."

동승은 머리를 조아리며 은혜에 대한 감사 표시를 했다. 헌제는 동승을 데리고 편전을 나와 태묘로 간 다음 바로 공신각(功臣閣) 안으로 들어갔다. 황제는 그곳에서 분향재배한 다음 동승과 함께 화상(畵像)을 둘러보았다.

정중앙에 있는 한 고조의 초상 앞에서 황제가 말하기를: "선조 고황제(高皇帝)께서는 어느 곳에서 몸을 일으켰으며 어떻게 창업(創業)하셨지요?"

동승은 깜짝 놀라서 아뢰기를: "폐하께서 어찌 신을 희롱하시옵니까? 제가 성조(聖祖)의 일을 어찌 모르겠사옵니까? 고황제께서는 사상(泗上)의 정장(亭長)으로 계시다가 몸을 일으키시어 3척(尺) 검을 들어 백사(白蛇)를 베시고 의로운 군사를 일으키시어 천하를 종횡하시었으니 3년 만에 진(秦)을 멸망시키시고, 5년 만에 초(楚)를 멸하여 마침내 천하를 통일하여 만대에 길이 전해질 기업을 세우셨나이다."

헌제 曰: "짐의 선조께서는 그처럼 훌륭한 영웅이셨는데 그 자손은 이처럼 나약하니 참으로 한심스럽소!"

그러고는 고황제의 화상 좌우에 있는 두 화상을 손으로 가리키며 황제가 말하기를: "이 두 사람은 유후(留侯) 장양(張良)과 찬후(鄼侯) 소하(蕭何)가 아니오?"

동승 曰: "그러하옵니다. 고조께서 창업의 기반을 닦으실 때 실로 이 두 사람의 힘이 컸사옵니다."

헌제가 주위를 둘러보니 수행하는 자들이 저만큼 떨어져 있는 것을 확인하고 낮은 목소리로 은밀히 동승에게 말하기를: "경도 이 두 사람처럼 짐의 화상 곁에 나란히 걸릴 것이오."

동승 曰: "신은 한 치의 공로도 없는데 어찌 그런 영예를 감당할 수

있겠나이까?"

헌제 曰: "경이 서도(西都: 장안)에서 짐을 구해준 은공을 하루도 잊은 적이 없었으나 경에게 내려준 게 아무것도 없었소."

그러고는 입고 있던 금포와 옥대를 가리키며 황제가 말하기를: "경은 짐의 이 금포를 입고 또 짐의 이 옥대를 둘러 항상 짐의 곁에 있는 듯이 해 주시오."

동승이 머리를 조아리며 사례했다. 헌제는 옥대를 풀고 금포를 벗어 동승에게 하사하며 은밀히 말하기를: "경은 돌아가서 이것들을 자세히 살펴보고 짐의 뜻을 저버리지 말도록 하시오."

동승은 황제의 뜻을 알아듣고 금포를 입고 옥대를 두른 다음에 헌제에게 하직 인사를 하고 공신각을 나왔다.

누군가 조조에게 급히 가서 보고하기를: "황제가 동승과 함께 공신각에 올라 밀담을 나누고 있습니다."

조조는 왠지 찜찜한 생각이 들어 즉시 대궐로 들어서는데 공교롭게 동승이 궁궐 문을 나서다 조조와 마주치고 말았다. 전혀 예상치 못한 급작스런 상황에서 몸을 피할 곳이 없어 동승은 길가에 비켜서서 예를 올릴 수밖에 없었다.

조조 曰: "국구는 어떤 일로 입궐하셨소?"

동승 曰: "황제께서 부르시어 입궐하였더니 이렇게 금포와 옥대를 하사하셨습니다."

조조가 묻기를: "황제가 그런 것을 하사하실 때는 무슨 이유가 있겠지요?"

동승 曰: "지난번 서도에서 어가를 구해 드린 공로를 생각하시어 이것을 하사하셨습니다."

조조 曰: "그 옥대를 풀어서 내게도 좀 보여 주시오."

동승은 옥대나 금포 속에는 필시 밀서가 들어 있을 것이라고 짐작되어 조조가 그것을 발견할까 봐 겁이 나서 시간을 끌고 풀어 주지 않았다. 조조가 더욱 의심하여 주위 사람들에게 빨리 풀어오라고 호통을 쳤다.

조조가 옥대를 한참 동안 이리저리 살펴보고 나서 웃으며 말하기를: "과연 좋은 옥대로군, 이제 금포를 벗어서 내게 보여 주시오."

동승은 두려운 마음을 애써 감추며 감히 따르지 않을 수 없어서 금포도 벗어서 조조에게 주었다. 조조는 직접 손으로 금포를 펼쳐들고 햇빛에 비춰가며 자세히 살펴보았다. 그러고는 그 금포를 자기의 몸에 걸치고 그 위에 옥대를 맨 다음 주위를 돌아보며 말하기를: "어떠냐? 내 몸에 딱 맞느냐?"

주위 사람들이 잘 어울린다고 대답한다.

조조가 동승에게 말하기를: "국구께서는 이 금포와 옥대를 내게 주시지 않겠소?"

동승이 사정하기를: "황제께서 하사하신 물건을 어찌 감히 남에게 줄 수 있겠습니까? 이 사람이 따로 한 벌 지어서 바치겠습니다."

조조 曰: "국구께서 이 의대(衣帶)를 받은 데에는 무슨 깊은 뜻이 들어 있는 것은 아닌가요?"

동승이 깜짝 놀라 말하기를: "어찌 감히 그런 일이 있겠습니까? 승상께서 그리 생각하신다면 차라리 승상께 드리겠소이다."

조조 曰: "공이 받은 군왕의 하사품을 내가 어찌 함부로 빼앗겠소. 내 잠시 농담했을 따름인데 그렇게 정색하시니 내가 도리어 무안하구려."

그러고는 옥대와 금포를 벗어서 동승에게 돌려주었다.

조조와 헤어져 집으로 돌아온 동승은 밤이 되도록 홀로 서재에 앉아서 금포를 몇 번이나 반복하여 샅샅이 살펴보았으나 아무것도 보이지 않았다.

동승은 생각하기를: '황제께서 이 금포와 옥대를 하사하시면서 자세히 살펴보라고 하신 데에는 반드시 무슨 곡절이 있을 터인데 아무런 흔적도 찾을 수 없으니 도대체 어찌된 까닭인가?'

동승은 이번에는 옥대를 손에 들고 자세히 살펴보기 시작했다.

영롱한 백옥 위에 작은 용 한 마리가 꽃 사이를 지나가는 모습이 새겨져 있고, 뒷면은 자주색 비단을 안으로 대서 단정하게 꿰맸는데 역시 아무것도 찾을 수가 없었다.

동승은 의아하게 생각하면서 그것을 탁자 위에 놓고 몇 번이나 되풀이하며 이리저리 찾아보았다. 그러다 지쳐서 탁자에 엎드려 자려던 그 순간 갑자기 등잔 심지의 불똥이 옥대 위에 떨어져서 뒤의 안받침이 불에 탔다. 동승은 깜짝 놀라서 손으로 불똥을 비벼 껐으나, 어느새 한 군데가 구멍이 났고 그 속에 하얀 비단이 드러나 보이고 그 비단에서 핏자국이 희미하게 보이는 것이 아닌가!

동승은 급히 칼로 실밥을 뜯어내고 그 비단을 꺼내 보니 그것은 곧 황제가 직접 자신의 피로 쓴 비밀조서였다.

그 비밀조서의 내용은:

"짐이 알기로, 인륜(人倫)의 도리는 부자간의 관계가 우선이고, 존비(尊卑)의 분별은 군신(君臣)간의 관계가 근본이라. 근래 역적 조조가 권력을 농락하며 군부(君父)를 무시하고 억압하며 붕당을 만들어 조정의 기강을 무너뜨리고 있으며 상벌의 행함이 모두 짐의 의지와 무관하게 이루어지고 있다. 짐은 이를 밤낮으로 근심하고 있고 천하가 장차 위태로워질까 두렵다. 경은 나라의 대신이자 짐의 가까운 인척으로서, 마땅히 고조황제께서 힘들여 창업하신 것을 생각하고 충의에 불타는 열사를 규합하여 간사한 무리를 제거하고 사직을 다시 안정시킨다면 조종(祖宗)에 대하여 심히 다행일 것이다. 짐은 손가락을 깨물어 피로써 이 조서를 써서 경에게 보내니, 경은 신중을 기하여 짐의 뜻을 저버리지 말라.

건안(建安) 4년(서기 199년) 춘삼월 황제의 조서"

조서를 읽은 동승은 비통한 마음에 눈물을 줄줄 흘리면서 그날 밤을 뜬눈으로 새웠다. 새벽에 다시 서재로 가서 조서를 거듭 읽어 보았으나 도무지 계책이 떠오르지 않았다. 탁자 위에 조서를 올려놓고 조조를 없애 버릴 계책을 이리저리 궁리하던 중 그만 탁자에 기대앉은 채 깜박 잠이 들고 말았다.

이때 시랑(侍郎) 왕자복(王子服)이 찾아왔는데, 문지기는 왕자복이 동승과 평소 교분이 두터운지라 미리 알리지 않고 그대로 들여보냈다. 그가 서재로 들어가 보니 동승은 탁자에 엎드려 잠이 들었는데, 그의 소맷자락 밑에 흰 비단 한 조각이 눌려 있고 그 위에 짐(朕)이라는 글씨가 희미하게 보였다.

왕자복은 의아한 생각이 들어 비단조각을 가만히 빼내서 읽어 보고 얼른 그것을 자신의 소맷자락에 감추고 동승을 깨워서 말하기를: "국구 대감은 참으로 태평하시오. 이런 상황에서 어찌 잠을 잘 수 있단 말이오!"

동승이 깜짝 놀라서 잠에서 깨고 보니 탁자 위에 놓아 둔 조서가 보이지 않았다. 동승은 넋이 나가서 손발을 덜덜 떨며 어찌할 바를 몰랐다.

왕자복 曰: "자네가 조공을 죽이려나 보는데, 내 가서 고해바칠 것이오."

동승이 울면서 통사정을 하기를: "형께서 만약 그리하시면 한나라 종사는 이제 끝장이오."

왕자복 曰: "농담이오, 농담! 우리 조상도 대대로 한의 녹을 먹은 터에 어찌 충성심이 없겠소. 내 작은 힘이라도 도울 터이니 우리 함께 역적을 없애도록 하세!"

동승 曰: "형께서 그리하여 주신다면 나라를 위해 참으로 다행한 일이오!"

왕자복 曰: "우리 밀실에 들어가서 함께 충성을 맹세하는 의장(義狀)을 작성하여 삼족을 버릴 각오로 황제에게 보답하도록 하세!"

동승은 매우 기뻐하며 흰 비단 한 폭을 가져와서 먼저 자기 이름을 쓰고 수결을 했다. 왕자복 역시 이름을 쓰고 수결을 한 다음 말하기를: "오자란(吳子蘭) 장군과 나는 아주 가까운 사이이니 함께 이 일을 도모할 수 있을 것이네."

동승 曰: "조정 대신 가운데 장수교위(長水校尉) 충집(种輯)과 의랑(議郎) 오석(吳碩)만이 나의 심복이오. 그들도 틀림없이 우리와 함께 일을 할 수 있을 것이오."

두 사람이 이렇게 한참 논의를 하고 있을 때, 하인이 들어와서 충집과 오석이 찾아왔다고 알린다.

동승 曰: "이는 하늘이 우리를 돕고 있는 것이오!"

그러고는 왕자복에게 잠시 병풍 뒤에 숨어 있으라고 하고 두 사람을 서재로 청하여 자리에 앉아 차를 다 마신 뒤 충집이 말하기를: "지난번 허전에서 사냥할 때 일을 생각하면 공 역시 분하시지요?"

동승 曰: "분하기야 하지만 어찌할 수가 없네."

오석 曰: "내 맹세코 이 역적 놈을 죽이고 싶은데 나를 도와줄 사람이 없는 게 한이오."

충집 曰: "나라를 위해 그런 놈을 없앨 수만 있다면 비록 이 몸이 죽더라도 여한이 없겠소."

그때 왕자복이 병풍 뒤에서 걸어 나오며 말하기를: "너희 두 사람이 조 승상을 죽이려 하다니, 내 즉시 고발할 것이다. 동 국구가 바로 증인 일세."

충집이 화를 내며 말하기를: "충신이 어찌 죽음을 두려워하겠느냐? 우리는 죽어서 한나라의 귀신이 될지언정 나라의 도적에게 아부하여 목숨을 구걸하는 당신처럼 살지는 않을 것이다."

동승이 웃으면서 말하기를: "그렇지 않아도 우리가 이 일을 위하여 두 사람을 만나 보려던 참이었네. 왕시랑의 말은 농담이라네."

그러고는 동승이 소맷자락에서 황제의 피로 쓴 조서를 꺼내서 두 사람에게 보여 주었다. 두 사람은 조서를 읽고 한참 동안 눈물을 흘렸다. 동승이 그들을 청하여 의장에 이름을 쓰고 수결하도록 했다.

왕자복 曰: "두 분은 여기서 잠시 기다리고 계시오. 내 가서 오 장군을 청해 오리다."

왕자복이 나간 지 얼마 안 되어 오자란과 함께 돌아와 그들을 만나 보고 그 역시 의장에 서명을 했다. 동승은 그들을 후당으로 안내하여 술상을 내오라고 하여 함께 술을 마셨다.

그때 갑자기 서량 태수 마등(馬騰)이 찾아왔다고 알렸다.

동승 曰: "내가 병으로 누워 있어 오늘은 만나볼 수 없다고 하여라."

문지기가 나가서 그대로 전하니 마등이 크게 화를 내며 말하기를: "지난 밤 동화문(東華門) 밖에서 대감께서 금포와 옥대를 걸치고 나오는 것을 내 눈으로 분명히 보았거늘 어찌하여 병을 핑계 대는 것이냐? 내가 한가하게 놀러 온 게 아닌데 어찌 나를 만나기를 꺼려한단 말이냐!"

문지기가 다시 안으로 들어가서 마등이 화를 낸 일을 전하니 동승이 자리에서 일어나며 말하기를: "여러분은 잠시 기다리고 계시오. 내 잠시 나가서 만나고 오리다."

그는 곧바로 대청으로 나가 그를 맞이하여 인사를 마치고 자리에 앉자, 마등이 말하기를: "나는 궁에 들어가서 황제를 뵙고 다시 서량으로 돌아가는 길에 하직 인사를 하러 왔는데, 어찌하여 나를 보지 않으려 한 거요?"

동승 曰: "갑자기 몸이 좀 불편하여 제대로 영접하지 못했소이다. 참으로 송구하오."

마등 曰: "얼굴에 화색이 가득한 걸 보니 아무래도 병환은 아닌 것 같소이다."

동승은 대답할 말이 없었다. 그때 마등이 소매를 떨치고 곧바로 일어서더니 계단을 내려가면서 깊은 한숨을 쉬며 말하기를: "모두 다 나라를 구할 인물은 못 되는구나!"

동승은 그 말에 급히 쫓아 내려가 마등의 소매를 붙잡고 묻기를: "공은 누가 나라 구할 인물이 못 된다는 겁니까?"

마등 曰: "허전에서 사냥할 때의 일을 생각하면 나는 아직도 분해서 가슴이 먹먹한데 공은 황제의 인척임에도 주색에만 빠져 도무지 역적을 칠 생각은 안하니 어찌 나라를 구할 인물이라 할 수 있겠소이까?"

동승은 그가 혹시 자기 속을 떠보려 하는 소리가 아닌지 몰라서 짐짓 깜짝 놀라는 체하고 말하기를: "조 승상은 나라의 중추 대신이자 온 조정이 기대고 의지하는 사람인데 공은 어찌 그런 말씀을 하시오?"

마등이 크게 화를 내며 말하기를: "대감은 아직도 조조 그 역적 놈을 좋은 사람이라 여기고 있는 것이오?"

동승 曰: "남의 이목이 있으니 공은 목소리를 낮추시지요."

마등 曰: "살기를 탐하고 죽기를 두려워하는 무리와 더 이상 대사를 논할 가치가 없소."

말을 마치고 막 떠나려고 했다. 마등이 충의지사(忠義之士)인 것을 안 동승이 말하기를: "고정하시오. 내 공에게 보여 드릴 물건이 하나 있소이다."

동승은 마등을 서재로 안내하여 황제의 조서를 보여 주었다. 마등은 조서를 다 읽고 나자 머리털이 곤두서고 이를 갈며 입술을 깨물어 입에 피가 가득한 채 동승에게 말하기를: "대감께서 거사를 도모하기만 한다면 나는 즉시 서량의 군사를 일으켜 호응하리다."

동승은 마등을 후당으로 데리고 가서 그곳에 있던 사람들을 만나게 한 다음, 의장을 꺼내서 마등에게 서명을 하게 했다. 마등은 술잔에 피를 타서 마시면서 맹세하기를: "우리는 죽는 한이 있어도 오늘의 맹세를 저버리지 맙시다."

그러고는 자리에 앉아 있는 다섯 사람을 가리키며 말하기를: "열 사람만 있으면 충분히 대사를 성공시킬 수 있을 것이오."

동승 曰: "충의지사를 그렇게 많이 모을 수는 없소. 만약 사람을 잘못 끌어들였다가는 도리어 일을 그르치게 됩니다."

마등은 문무백관들의 이름과 직위가 적혀 있는 원행로서부(鴛行鷺序簿)를 가져오라고 해서 한 장씩 살펴보다가 문득 유씨(劉氏) 종족 부문에 이르러 손뼉을 치며 말하기를: "어찌하여 이 사람과 의논해 보지 않는 거요?"

모두가 누구냐고 물었다. 마등이 차분하게 그 사람에 대해 말했다.

이야말로:

국구 동승이 비밀조서를 받고부터	本因國舅承明詔
또 종친이 나서서 한 황실을 돕네	又見宗潢佐漢朝

과연 마등이 말하는 인물은 누구일까? 다음 회를 기대하시라.

삼국지연의 1 _도원결의

초판 발행   2022년 8월 29일
2쇄 발행   2024년 1월 20일

지 은 이   나관중
옮 긴 이   김민수
펴 낸 이   김재광
펴 낸 곳   솔과학
등 록   제10-140호 1997년 2월 22일
주 소   서울특별시 마포구 독막로 295번지 302호(염리동 삼부골든타워)
전 화   02-714-8655
팩 스   02-711-4656
E-mail   solkwahak@hanmail.net

I S B N   979-11-92404-08-0 (04820)